인간의 굴레

서머셋 몸

일신서적출판사

인간의 굴레

차례

인간의 굴레 Ⅱ

63

필립은 삼월 말에 있었던 해부학 시험에도 또 낙제했다. 그는 던스포드와 함께 그 자신의 골격 표본을 써서 함께 공부했다. 서로 질문을 해가며 인골(人骨)에 대해서는 온갖 부분에서부터 온갖 소결절(小結節), 배설 기관의 의미에 이르기까지 거의 암송하다시피 했지만, 막상 시험장에 나가자 필립은 완전히 흥분하여 뭔가 질문을 받게 되자 갑자기 자기의 대답은 모두 틀린 것같이 생각되어 전연 바른 대답을 할 수가 없었다. 낙제 할 것이 뻔하기 때문에 이튿날은 발표를 보러 가지도 않았다. 이 두 번째의 실패로 인해 그는 완전히 동기생 가운데서 열등하고 태만한 학생이라는 딱지가 붙어버렸다.

그러나 그걸 별로 마음에 두지 않았다. 그 외에도 얼마든지 생각해야 할 일들이 있었다. 아무리 밀드레드라 하더라도 남 못지 않은 상식은 가지고 있을 터이고, 문제는 어떻게 해서든지 깨우쳐주는 것이 좋지 않겠느냐 하는 생각이 들었다. 그는 특히 품행이 좋지 못한 여자에 대해서는 일종의 지론을 가지고 있었는데, 그것에 따르면 어떠한 여자라도 이쪽에서 끈기있게 버티기만 하면 끝내는 함락할 수 있다는 것이었다. 결국은 기회를 기다리는 것이었다. 화가 나더라도 참고 사소한 친절로 상대방에게 조금씩 호감을 사도록 하며 되도록 여자의 육체적 피로 같은 것을 이용한다. 왜냐하면 친절에 대해서는 어느 여자나 쉽게 감동되게 마련이기 때문이다. 그리고 또 매일 근무하는 도중 여러 가지 불쾌한 일이 따르게 마련이므로 그런 경우 여자 마음의 피신처가 되어 주면서 기회를 엿보는 것이 상책일 것 같다. 그는 늘 파리에 살고 있는 친구들과 그들이 찬미하는 미인들에 대해 이야기해주었다. 그가 말하는 인생에는 매력과 즐거운 향락이 있을 뿐 천한 점이라곤 조금도 없었다. 자기 자신의 추억에다 미미라든가 로돌프라든가 뮤제트며, 그 밖의 여러 작중 인물들의 로맨스를 엮어 노래와 웃음으로 미화된 가난한 생활 이야기와 미와 청춘으로 낭만화된 방탕, 방자한 연애 이야기를 밀드레드에게 열심히 들려주었다. 여자의 편견 같은 것도 직접적으로는 절대로 비난하거나 공격하지 않았다. 단지 그것이 편협한 생각에 불과하다는 것을 암시함으로써 싸워나가는 입장을 취했다. 그는 여자의 냉담함에도 결코 마음이 흔들리지 않고 무관심에 대해서도 결코 화를 내지 않았다. 그러고 보면 지금까지 그는 여자를 너무 싫증나게만 했다. 그러나 이번엔 애써 붙임성 있고 재미있게 해주려고 노력했다. 화를 내지 않았고 별다른 요구도 하지 않았으며 불평이나 나무라지도 않았다. 여자가 약속을 일방적으로 깨뜨려도 다음날은 웃는 얼굴로 대했다. 변명을 하면 괜찮다고 가볍게 넘겼다. 적어도 그녀 때문에 고통스러웠다는 내색은 전혀 하지 않았다. 지금까지 그의 격한 성품이 여자를 싫증나게 했다는 것을 알고 있었기 때문이다. 조금이라도 불쾌한 감정은 마음속 깊이 감추어두었다. 정말 그는 모든 것에 영웅적인 노력을 기울였다.

그런데 이런 변화에 대해——원래 어떤 변화를 민감하게 느끼는 밀드레드도 아니었지만——그녀는 한 번도 입 밖으로 말한 일은 없었으나 효과는 역력히 나타났다. 그녀는 전보다 훨씬 더 마음을 터놓고 이야기를 하였고 사소한 불만도 곧잘 호소하게 되었다. 그녀의 불만이란 것은 여지배인에서부터 직장 동료, 숙모에 대한 것에 이르기까지 자질구레한 것들이 대부분이었지만 그래도 필립은 결코 싫은 얼굴을 하지 않고 잘 들어주었다.

“당신은 나보고 내가 좋다느니 어떻다느니 하는 말을 안 할 때가 제일 좋아요.”

하고 그녀가 말했다.

“그건 무척 고마운 얘긴데.”

하고 그는 웃었다.

지금 자신이 한 그 말이 얼마나 그를 낙심시켰는지, 또 이토록 가볍게 대답하는 데는 얼마나 쓰라린 기분이 들었는지 그녀는 전혀 알 리가 없었다.

"가끔은 키스해도 좋아요. 나도 기분이 별로 나쁘지 않고 당신도 무척 즐거워하시니까."

때때로 여자 쪽에서 식사를 청해올 때가 있는 경우에는 그는 여자 쪽에서 먼저 청해왔다는 사실 때문에 한층 기뻐 어쩔 줄 몰라했다.

"딴 사람한테는 이런 말 하지 않아요." 여자는 변명이라도 하듯 말했다. "하지만 당신한테는 얘기해도 좋다고 생각했어요."

"나로서는 더 이상 이렇게 기쁠 수가 없소."

그는 싱글싱글 웃으며 대답했다.

사월도 다 간 어느 날 밤, 그녀가 또 식사를 하러 가자고 청해왔다.

"좋소, 그런데 그 다음에는 어디로 갈까?"

"으응, 저, 아무 데도 가고 싶지 않아요. 조용히 앉아 이야기나 나누지 않겠어요? 어때요, 좋죠?"

"물론, 좋지."

그는 조금은 자기 생각도 하게끔 되었다고 생각했다. 석 달 전만 하더라도 하루 저녁을 이야기로 보낸다는 것은 그에게는 무척 지루하고 참을 수 없는 일이었을 것이다. 화창한 날씨였다. 거기에 봄이라는 계절이 필립을 한층 들뜨게 하였다. 요즈음에 와서는 사소한 일에도 곧잘 만족하곤 했다.

"이대로 여름이 되면 참 좋겠죠?"

합승 이층 좌석에 앉아 소호까지 가면서(마차를 세 내고 어쩌고 그런 사치는 그만둡시다, 하고 여자 쪽에서 말했었다) 그는 말했다.

"일요일마다 템즈 강변에서 지낼 수 있어요. 도시락을 싸가지고 가서."

여자는 엷은 미소를 띠웠다. 그는 신이 나서 여자의 손을 잡았다. 여자는 별로 손을 빼려고도 하지 않았다.

"조금은 내가 좋아진 모양이지?"

그는 웃으며 말했다.

"바보, 좋아하는 거 알고 계시잖아요. 아니면 이런 데 같이 오겠어요? 안 그래요?"

그 무렵의 두 사람은 이미 소호 식당에서는 단골이 되어 있었다. 들어서니까 여주인이 웃으며 맞아주었다. 웨이터가 인사를 했다.

"오늘은 제가 주문하겠어요."

밀드레드가 말했다.

필립은 그녀가 오늘따라 유달리 예쁘다고 생각하면서 메뉴를 넘겨주었다. 그녀는 좋아하는 요리를 골라 주문하였다. 워낙 요리의 종류가 적기 때문에 두 사람은 그 집에서 하는 요리를 벌써 여러 번이나 먹었다. 필립은 무척 기분이 좋아 여자의 눈을 물끄러미 바라보기도 하고 핏기없는 그녀의 볼을 뚫어질 듯이 바라보기도 하였다. 식사가 끝나자 그녀는 신기하게도 담배를 한 대 뽑아들었다. 그녀는 평소에는 거의 담배를 피우지 않았다.

"난 여자가 담배 피우는 게 제일 싫어요." 그리고 잠시 주저한 뒤에, "당신 놀라셨죠? 오늘 밤 제가 저녁을 사달라고 해서."

"기뻤소."

"그런데, 필립, 얘기할 게 좀 있어요."

그는 힐끗 여자의 얼굴을 보았다. 약간 가슴이 덜컹했지만 이미 그런 데는 훈련이 잘 되어 있었다.

"말해봐요."

그는 싱글싱글 웃으며 말했다.

"바보 같다는 말씀 하시면 안 돼요. 사실은 저 결혼할까 해요."

"뭐?"

달리 할 말이 없었다. 그는 언젠가 그런 말이 나올 것이라고 몇 번이나 생각했었다. 그리고 그런 경우 나는 어떻게 할까, 무슨 말을 해야 할까, 상상해본 일도 있었다. 그때 느낄 절망을 생각하면 견딜 수 없는 심정이 되곤 했었다. 차라리 자살을 할까 생각한 일도 있었다. 미칠 것 같은 분노를 느낀 일도 있었다. 그러나 그때의 절망을 미리 예감하고 있었던 때문인지 막상 이런 일이 닥치자 맥이 탁 풀어지는 느낌을 가졌을 뿐이었다. 그것은 마치 병이 중태에 빠져 체력이 완전히 쇠퇴해버린 사람이 결과 같은 것은 아무래도 좋으니까 그냥 포기해버리고 싶어지는 그런 심정과 비슷했다.

"저도 그럭저럭 시들 나이잖아요. 여자 나이 스물넷이면 이젠 집안에 들어앉을 때도 됐죠."

그는 대답하지 않고 그저 카운터 저쪽에 있는 여주인을 바라보았다. 그런 다음에는 한 여자의 모자에 붙은 빨간 깃털을 그윽히 쏘아보았다.

"당신이라면, 축하한다는 말 한 마디쯤 해주셔도 좋잖아요."

"뭐? 내가? 어쩐지 거짓말 같은 기분이 드는데. 꿈에서는 가끔 보았지만. 이렇게 되고 나니까 당신이 식사를 같이 하자고 해서 우쭐했던 내가 우스꽝스럽게 느껴지는군. 그건 그렇고 상대는 누구요?"

"밀러예요."

그녀는 이렇게 말하고 약간 얼굴을 붉혔다.

"밀러?" 이 말에 필립도 입을 딱 벌렸다. "그 사람하곤 벌써 몇 달이나 안 만나지 않았소?"

"그게 그런데, 지난 주 어느 날 그가 점심 시간에 찾아와서 결혼 신청을 하지 않겠어요? 돈도 꽤 잘 버는 모양이에요. 지금은 한 주일에 칠 파운드밖에 안 벌지만 앞으로는 희망이 많다나 봐요."

필립은 또다시 입을 다물었다. 그러고 보면 그녀는 처음부터 밀러를 좋아했던 것이다. 그 남자는 그녀를 즐겁게 해주었다. 더구나 그가 외국에서 태어났다는 것이 무의식적으로나마 그녀에게는 묘한 매력이 되었던 것이다. 드디어 그는 입을 열었다.

"그렇다면 할 수 없지. 제일 마음에 끌리는 사람한테 가는 거야 어쩔 수 없지. 그건 그렇고 결혼식은 언제 할 거요?"

"이번 주 토요일. 모두에게 벌써 말해두었어요."

필립은 갑자기 가슴이 죄어드는 것 같은 기분을 느꼈다.

"그렇게 빨리?"

"우린 등기소에서 간략하게 결혼하려고 해요. 그게 좋다고 밀러가 말했어요."

필립은 갑자기 심한 피로감을 느꼈다. 한시바삐 헤어져서 이대로 돌아가 잠들어버리고 싶었다. 그는 주인에게 계산을 부탁했다.

“자, 그럼 마차로 빅토리아 역까지 데려다주지. 그러면 기차를 오래 기다리지 않아도 될 거요.”

“함께 가주시지 않겠어요?”

“당신만 괜찮다면 오늘은 사양하고 싶군.”

“좋을 대로 하세요.” 여자는 카랑카랑한 목소리로 대답했다. “하지만 내일 차 시간에는 만날 수 있겠죠?”

“아니 이젠 나도 끝장을 내는 게 좋겠소. 이 이상 자기가 자기를 불행하게 할 이유는 없는 거니까. 마차 요금은 치렀소.”

그는 여자에게 고개를 끄덕이며 억지로 웃었다. 그리고 차를 타고 집으로 돌아왔다. 자기 전에 파이프를 피워보았지만 거의 눈을 뜨고 있을 수가 없었다. 그러나 심한 고통은 없었다. 베개에 머리를 대기가 무섭게 깊은 잠에 빠져들고 말았다.

64

그러나 그는 이튿날 새벽 세시경에 잠을 깨고 나서 상태 그대로 잠을 이루지 못했다. 밀드레드를 생각하기 시작한 것이다. 생각하지 않으려고 애썼지만 도저히 어쩔 수가 없었다. 머리가 멍해질 정도로 같은 생각을 몇 번이나 되풀이했다. 결혼하는 것은 어쩔 수가 없다. 젊은 처녀가 혼자 벌어 먹기엔 확실히 인생은 너무나 냉혹하다. 안락한 가정을 꾸며줄 만한 남자가 나타났다면 결혼에 동의했다고 해서 조금도 나무랄 일은 못 된다. 그녀의 입장에서 보면 자기와 같은 사람과 결혼한다는 것은 확실히 미친 짓일 것이라고 생각할 것이 틀림없다. 만일 그런 가난에도 견딜 수 있는 것이 있다면 그건 사랑뿐이겠는데 그녀는 그를 사랑하고 있지 않는 것이다. 그 여자의 잘못이라고는 할 수 없다. 다른 모든 인생사와 마찬가지로 인정하지 않으면 안 될 엄연한 사실인 것이다. 필립은 여러 가지로 냉정하게 생각해보았다. 생각하니까 그의 마음속 깊은 곳에는 상처 받은 자존심이라는 것이 있었다. 애초부터 그의 연애도 이 상처 입은 자존심에서 시작된 것이고 지금 그의 불행의 대부분을 만드는 것도 이 마음 밑바닥에 있는 그것인 것이다. 그는 여자를 경멸하는 것에 못지않게 자신도 경멸하였다. 그리고 다음에는 여러 가지 계획을 세워보았다. 그러나 똑같은 계획이 몇 번씩이나 머릿속에 맴돌 뿐 그녀의 부드럽고 창백한 뺨에 키스한 추억이며, 길게 꼬리를 빼는 듯한 그녀의 목소리가 몇 번이나 그러한 생각을 파고들어왔다. 해야 할 공부는 산더미같이 많았다. 왜냐하면 여름에는 전에 낙제한 두 과목 외에 화학 시험도 치러야 했기 때문이다. 여태까지는 병원에서 친구들을 일부러 멀리 해왔으나 이제는 친구가 그리웠다. 단 한 가지 기쁜 일이 있었다. 이 주일쯤 전에 헤이워드한테서 편지가 왔는데 일간 런던을 지나가게 되었으니까 식사나 같이 하자는 것이었다. 그러나 그때는 모든 것이 귀찮은 생각에 거절하고 말았다. 그런데 그가 다시 미술 시즌이 되어 돌아오는 모양이었으므로 이번엔 필립도 편지를 써보기로 했다.

시계가 여덟시를 치고 이제 일어나도 좋을 시간이라고 생각하자 어쩐지 약간 마음이 즐거워졌다. 안색은 나쁘고 피로해 있었다. 그러나 목욕을 하고 옷을 갈아입은 다음 아침을 먹고 나자 또다시 넓은 세계 속에 끼어든 느낌이 들었다. 고통도 얼마쯤 가라앉아 있었다. 아침 강의에 나갈 생각은 없었기 때문에 대신 육해군(陸海軍)백화점으로 가 밀드레드의 결혼 축하 선물을 골랐다. 한참 망설이다 결국 화장품 세트를 사기로 결정했다. 값이 이십 파운드나 되어 그에게는 좀 힘에 겨운 선물이었지만 화려하고 보기 좋았다. 그녀라면 값을 정확하게 알고 있을 것이다. 그녀는 기뻐하겠지만 동시에 그것은 여자에 대한 그의 모욕을 나타낸 것으로 그런 것을 보내야 하는 그의 심정은 뭐라 말할 수 없는 슬픔이 느껴졌다.

필립은 밀드레드의 결혼식 날을 불안한 심정으로 기다렸다. 그에게는 참을 수 없는 고통을 주리라고 생각했기 때문이다. 그런데 토요일 아침 헤이워드로부터 그날 아침 일찍 도착할 테니 필립도 마중 나와 숙소 찾는 일을 도와달라는 편지가 왔을 때 그는 안도의 숨을 내쉬었다. 아무 데나 정신을 쏟고 싶었던 그는 곧 시간표를 조사해 헤이워드가 이용할 만한 열차를 찾아내었다. 그는 마중을 나갔다. 옛 친구와의 재회에는 감격 이상의 무엇이 있었다. 화물은 역에 맡겨둔 채 두 사람은 가벼운 마음으로 걸어나왔다. 헤이워드답게 제일 먼저 한 시간 정도 국립 미술관에 가보자고 했다. 필립도 오랫동안 그림을 보지 않았기 때문에 생활과의 조화를 위해서도 한 번쯤은 보아둘 필요가 있었다. 지난 몇 달 동안 필립에겐 예술이며 책에 대해 이야기를 주고받을 친구가 한 사람도 없었다. 파리 시절 이후로 헤이워드는 프랑스 근대 시인에 몰두했는데 당시 프랑스에는 시인들이 대거 등단하고 있던 판이라 필립에게는 처음 듣는 신인의 이름도 적지 않았다. 두 사람은 서로 좋아하는 그림 이야기를 나누며 회랑을 한 바퀴 돌았다. 화제가 꼬리를 물어감에 따라 두 사람은 완전히 흥분했다. 태양은 빛나고 공기는 따뜻했다.

"공원에 가보지 않겠어?" 헤이워드가 말했다. "방은 점심을 먹고 나서 찾아도 돼."

공원의 봄은 아주 상쾌했다. 살았다는 것만으로도 즐거움을 느낄 수 있는 그런 날이었다. 신록은 하늘을 배경으로 파랗게 피어나고 새하얗게 빛나는 하늘에는 흰 구름이 점점이 떠 있었다. 그림 같은 호숫가에는 근위 기병 연대의 병사가 회색빛으로 뭉쳐 있었다. 잘 정돈된 주위의 풍경은 마치 십육 세기 회화의 아름다움과 우아함을 연상케 했다. 그것은 너무나 목가적이고 꿈꾸는 듯한 숲속의 계곡만을 연상시키는 와토의 그림과는 달리 산문적인 장 바티스트 파테르의 그림을 연상시켰다. 필립의 마음은 가벼웠다. 지금까지는 겨우 책에서만 읽었지만 이제야 비로소 예술이란 (이렇게 말하는 것은 자연을 보는 그의 눈에는 언제나 예술이 있었기 때문이다) 인간의 영혼을 고통에서 해방시켜준다는 것을 확실히 깨달았기 때문이다.

두 사람은 점심을 먹기 위해 이탈리아 음식점으로 들어가 작은 키안티 한 병을 주문했다. 식사를 하면서도 얘기는 계속되었다. 하이델베르크의 친구들을 생각해내기도 하고 파리에 있는 필립의 친구들의 이야기도 나왔다. 그런가 하면 책에 대해서도 얘기하고 그림과 도덕관에 대해서도 논하고 나아가 인생 문제에 관해서까지 토론을 했다. 그때 갑자기 필립은 시계가 세시를 치는 소리를 들었다. 그렇다, 지금쯤 밀드레드는 결혼식을 하고 있을 것이다. 그는 가슴을 찌르는 듯한 고통 때문에 잠시 동안 헤이워드의 말소리도 들리지 않았다. 그는 글라스에 키안티 주를 가득 따랐다. 술을 자주 마시지 않기 때문에 금방 취기가 올랐다. 어쨌든 그는 기분이 아주 좋았다. 그토록 명석했던 머리인데도 몇 달 동안 쉬고 있었기 때문에 이러한 대화만으로도 완전히 취해버렸다. 공통의 취미를 가진 이야기 상대가 있다는 것은 얼마나 고마운 일인가.

"이처럼 아름다운 날을 방 찾는 데 낭비하다니. 그게 될 말인가. 오늘 밤은 우리 집에서 쉬도록 하게. 방은 내일이나 월요일에도 찾을 수 있으니까."

"좋아, 찬성이야. 그럼 뭘 하지?"

헤이워드가 대답했다.

"일 페니짜리 기선을 타고 그리니치에나 가보세."

이 말에는 헤이워드도 대찬성이었다. 두 사람은 마차를 타고 웨스트민스터 교까지 갔다. 그들이 도착하니 마침 배가 떠나려는 참이었다. 잠시 후 필립이 웃으며 말했다.

"내가 처음 파리에 갔을 때, 아마 클러튼이었을 거야. 미라는 것은 화가나 시인을 만나서만 비로소 사물 가운데에 태어나는 것이라고 말했던 것을 기억해. 과연, 미를 창조하는 것은 화가나 시인이야. 그 사물 자체는 지토의 종루나 공장 굴뚝이나 조금도 다를 것 없이 결국 아름다움이란 것은 오랜 세월을 두고 사람의 마음에 일어나는 깊은 감동에 의해서 점점 풍부해지는 것이 아닐까. 그래서 낡은 것이 새 것보다 더 아름답다고 하는 거야. 예를 들어 키츠의 시는 씌어진 당시보다도 지금이 훨씬 아름답단 말일세. 왜냐하면 그 후 백여 년 동안에 수많은 연인들이 그 시를 읽었고 또 마음에 고뇌를 가진 사람들이 그 시를 통해 위로를 얻었기 때문일세."

그러나 무엇이 필립으로 하여금 이런 말을 하게 했는지, 헤이워드의 추측에 맡긴 채 자기는 아무 말도 하지 않았다. 그보다도 이러한 추측을 안심하고 내맡길 수 있다는 것이 그에게는 무엇보다 즐거웠다. 지금까지 살아온 기나긴 인생에 대한 갑작스런 반동이라 할지라도 그의 감동은 너무나도 깊었다. 런던 대기의 부드러운 오색 광선이 회색빛 석조 건물에 파스텔화 같은 부드러움을 주고 선창가와 창고 건물이 운집한 곳에는 일본 판화와 같은 엄숙한 아름다움이 감돌고 있었다. 배는 천천히 내려갔다. 대영제국의 상징이나 다름없는 템즈의 강폭이 점점 넓게 퍼지고 배의 왕래가 마치 직조를 짜듯이 빈번해졌다. 필립은 이러한 자연을 그토록 아름답게 만든 화가나 시인들을 고맙게 생각하며 가슴이 뿌듯해지는 것을 느꼈다. 마침내 런던의 풀에 다다랐다. 아, 말로 다 할 수 없는 웅장한 풍경, 그의 상상력은 다시 날개를 펴기 시작하여 이 광막한 흐름에 어떠한 인물이 오르내렸던가 생각했다. 보스웰을 거느린 존슨 박사였을까, 아니면 군함을 탄 늙은 피프스였을까, 아무튼 그것은 영국의 역사와 로맨스와 모험 정신을 합친 일대 장관이었다. 필립은 눈을 빛내며 헤이워드를 보았다.

"친애하는 찰스 디킨스 군."

자기 감동에 취해 미소를 지으며 중얼대듯 그는 말하였다.

"자네 그림 공부를 그만두고 섭섭하지 않나?"

"아니."

"그럼 의사가 좋은 모양이군."

"아니, 싫어하지만 달리 뭐 할 게 있어야지. 그래도 첫 두 해 동안의 공부는 정말 진저리가 나. 게다가 유감스럽게도 내겐 과학적인 소질이 조금도 없는 모양이야."

"그렇다고 그렇게 금방 금방 직업을 바꿀 수도 없지 않나."

"아니야, 할 거야. 그만두지는 않아. 그럭저럭 하다가 병원에라도 들어가는 날이면 좀더 취미가 붙을지도 모르지. 나라는 인간은 아무래도 인간 그 자체에 더 흥미를 느끼는 것 같아. 그리고 내 견해로는 의사만큼 자유로운 직업은 없어. 지식은 모두 머리에 들어 있겠다, 나머지는 기계와 약을 넣은 가방 한 개만 있으면 어디든지 가서 먹고 살 수 있거든."

"그럼, 개업은 안 할 작정인가?"

"당분간은 안 할 생각이야. 난 병원 근무가 끝나면 곧장 선의가 되려고 생각하고 있어. 동양에 가보고 싶어. 말레이 반도, 샴, 중국, 이런 데를 —— 거기서 뭐든지 할 테야. 일은 얼마든지 있어, 우선 인도에서는 콜레라 방역을 하고 그 외 그와 비슷한 일을 얼마든지 할 수 있어. 나는 세계를 골고루 구경하고 싶어. 그러니 돈 없는 사람이 그런 일을 하려면 의사가 되는 길밖에 다른 도리가 없지 않은가?"

드디어 그리니치에 도착했다. 이니고 존스가 설계한 품위있는 건물이 강변을 향해 그 위용을 드러내고 있었다.

"저봐, 바로 저기가 틀림없어. 그 잭이란 녀석이 진흙 속에 들어가 동전을 찾았다는 곳이."

필립이 말했다.

두 사람은 공원 안으로 들어갔다. 남루한 옷을 입은 아이들이 시끄럽게 떠들며 놀고 있었다. 여기저기에는 늙은 선원이 앉아 햇볕을 쬐고 있었다. 모든 것이 그대로 백 년 전의 풍경 같았다.

"그러면, 파리에서 보낸 이 년간은 그냥 허송한 셈이 아닌가?"

헤이워드가 물었다.

"허송했다고? 저 아이들이 움직이는 것을 보게. 그리고 나무 사이로 비친 햇살이 땅에 그린 저 무늬를 보게. 그리고 또 저 하늘을——이 사람아, 만일 내가 파리에 가지 않았더라면, 저 하늘의 아름다움은 영원히 모르고 말았을 것일세."

헤이워드는 필립이 갑자기 울음을 참는 것같이 느껴졌다. 그래 깜짝 놀라 그의 얼굴을 쳐다보았다.

"왜 그래?"

"아냐, 아무것도 아냐. 미안해, 그만 감상에 빠져서. 지난 반 년 동안 난 너무 미에 굶주려 있었거든."

"전엔 퍽 딱딱한 자네였는데. 자네 입에서 그런 말을 들으니 재미있군."

"농담 말게. 난 재미로만 한 소리가 아니야."

필립이 웃었다.

"자, 차라도 한 잔 마시러 가세."

65

헤이워드의 방문은 필립을 위해서는 무척 다행스러운 일이었다. 그는 하루하루 밀드레드를 잊어갔으나 깊은 혐오를 가지고 과거를 회상하게 되었다. 어찌하여 그토록 부끄러운 사랑의 노예가 되었는지 스스로도 도무지 알 수가 없었다. 밀드레드를 생각할 때마다 오직 분노와 증오만이 끓어오를 뿐이었다. 하여튼 그녀는 그에게 이토록 지독한 굴욕을 맛보게 한 여자였다. 그는 이제 그녀의 모습이며 행동 하나하나에서 결점만을 과장되게 끄집어내서 회상했다. 그런 여자에게 사랑을 느낀 자신을 생각하면 치가 떨리곤 하였다.

'결국 내가 얼마나 약한 인간인가 하는 것을 증명하는 것이다.'

그는 혼자 생각했다. 말하자면 이번 사건은 야회나 어디 그런 자리에서 저지른 실수 비슷한 것으로써 전혀 변명할 여지가 없는 그런 종류의 것이었다. 보상하는 길은 잊는 것 이외에는 달리 방법이 없었다. 그가 빠졌던 타락을 놀라워하고 두려워하는 것, 그것만이 오직 구원이었다. 말하자면 허물을 벗은 뱀과 같았다. 낡은 허물을 그는 증오를 가지고 바라보았다. 그러다가 자기를 다시 되찾았다고 생각하자 그는 무한히 기뻤다. 미친 듯한 사랑에 빠져 있는 동안에 얼마나 많은 인생의 기쁨을 잃었었는가. 그는 다시 한 번 뼈저리게 느꼈다. 아, 사랑 같은 건 이제 질렸다. 그런 것이 사랑이라면 두 번 다시 사랑 같은 건 하고 싶지 않았다.

"소포클레스였던가?" 필립이 물었다. "생명을 파먹는 사랑의 야수로부터 하루 빨리 풀려나게 해달라고 기도한 것이."

그는 정말 다시 태어난 것 같았다. 그는 주위의 공기를 지금까지 한 번도 맛보지 못한 것처럼 들이마셨다. 모든 사물이 어린아이가 보는 것처럼 즐겁게만 보였다. 그리고 그 미친 듯한 한때를 반 년의 고역이라고 불러보았다.

헤이워드가 런던에 자리잡은 지 며칠 되지 않은 어느 날 필립은 블랙스테이블에서 부쳐온 엽서 한 장을 받았다. 어떤 화랑에서 연 전람회 초대에 대한 안내장이었다. 그는 헤이워드를 데리고 갔는데 목록을 보니까 로슨의 그림 한 점이 나와 있었다.

"그녀석이 보낸 거로군."

필립이 말했다.

"만나보세. 틀림없이 자기 그림 앞에 서 있을 거야."

그 그림은——루드 챌리스의 프로필이었는데——구석진 곳에 걸려 있고 짐작한 대로 근처에 로슨이 서 있었다. 초대권으로 모여든 화려한 사람들 틈에 끼어 그는 커다란 소프트 모자를 쓰고 헐렁하고 바랜 옷을 입고 있었는데 어딘지 모르게 무척 기가 죽은 얼굴이었다. 뛸 듯이 반갑게 맞이한 그는 만나기가 무섭게 그 특유의 요설로 런던에 이사했다는 얘기이며, 루드 챌리스란 여자는 창부 같은 여자였다느니, 파리에서는 아틀리에를 빌려 살았는데 이제 파리도 싫증이 났다느니, 그리고 지금은 어떤 사람의 초상화를 부탁받고 있다는 이야기를 한바탕 지껄여댔다. 그리고 나중에는 함께 식사라도 하며 옛날 이야기를 모조리 털어놓지 않겠느냐고 말했다. 헤이워드와는 파리에서 인사한 적이 있지 않느냐고 했지만 그는 우습게도 헤이워드의 멋진 옷차림이며 말쑥한 맵시에 다소 기가 죽은 모양이었다. 물론 로슨과 함께 둘이서 지저분하고 작은 아틀리에를 얻어서 살 때보다는 그러한 옷들이 훨씬 잘 몸에 어울리는 것만은 사실이었다. 식사를 하면서도 로슨의 얘기는 끝이 없었다. 플라나간은 미국으로 돌아가버렸고 클러튼도 없어졌다. 그는 사람이 예술이나 예술가와 손을 잡고 있는 한, 어떠한 것도 성취할 수 없고 유일한 길은 오직 그것들과 손을 끊는 것뿐이라는 결론에 도달했다고 한다. 그래서 그것을 가장 쉽게 실행하기 위해 그는 파리에 있는 모든 친구들과 싸움을 했다고 한다. 즉 그들에 대해서 노골적인 비판을 시작한 것이다. 덕분에 그가 이젠 파리와 인연을 끊고 헤로나(북 스페인의 작은 도시로 언젠가 바르셀로나로 가는 도중 기차의 차창으로 보았다고 한다)로 간다고 해도 모두 슬퍼했지만 아무도 만류하지는 않았다. 지금도 그는 혼자 거기에서 살고 있다고 한다.

"그 친구도 영원히 틀린 게 아닐까."

필립이 말했다.

뭔가를 표현하려고 싸우고 있는 초인간적인 집념에는 필립도 흥미가 있었다. 다만 무엇인가가 그의 마음속 깊이 도사리고 있어서 아무도 알지 못했다. 그것이 그를 병저으로 만들고 불평꾼으로 만들고 있었다. 필립은 막연하게나마 그런 점에 있어서는 자기도 그와 같다고 생각했다. 다만 그런 경우에 그의 고민은 이 인생 전체를 어떻게 살아가느냐 하는 데 있을 뿐이었다. 말하자면 그것이 그의 자기 표현의 한 방도였으나, 막상 어떻게 해야 하느냐고 묻는다면 전혀 알 수가 없었다. 그러나 그 문제에 대해 그 이상 생각할 틈은 없었다. 로슨이 루드 챌리스와의 연애를 낱낱이 이야기하기 시작한 것이다. 그의 말에 의하면 그녀는 영국에서 건너온 젊은 남학생과 눈이 맞아 그를 버렸다고 한다. 여전히 추한 연애 행각을 일삼고 있다는 것이었다. 누가 그 사이에 끼어들어 그 청년을 구해주지 않으면 그녀가 파멸시키고 말 것이라고 말했는데 그것은 의외로 사실인 것 같았다. 필립이 느낀 바로는 로슨이 가장 섭섭해하는 것은 다만 그림을 그리는 도중에 모델이 도망쳤다는 사실뿐인 것 같았다.

"여자란 것이 예술을 알 게 뭐야. 그냥 아는 체할 뿐이지." 그렇게까지 말했지만 체념은 빠른 듯 곧, "하지만 난 결국 그 여자의 초상화를 넉 장이나 그린 셈이야. 그런데 맨 마지막에 그린 것까지도 과연 성공했느냐 하는 점에는 별로 자신 없어."

필립은 그가 연애 문제까지도 그토록 태평하게 처리하는 것을 보고 몹시 부러웠다. 일 년 반의 생활은 무척 즐겁게 보냈으며 게다가 훌륭한 모델을 공짜로 쓰고도 별로 괴롭지도 않게 깨끗이 여자와 헤어졌다는 것이었다.

"그런데 크론쇼는 어떻게 지내고 있어?"

필립이 물었다.

"아아, 그 친구는 이제 틀렸어." 옛날 그대로의 시원시원한 대답이었다. "앞으로 반 년만 있으면 죽을 거야. 지난 겨울 폐렴을 앓아서 칠 주일이나 영국 병원에 입원했었거든. 그런데 퇴원할 때 의사가 하는 말이 죽고 싶지 않거든 술을 끊으라고 충고했다는 거야."

"가엾게도."

필립은 웃었다. 술을 안 좋아하는 필립의 입가엔 슬그머니 미소가 감돌았다.

"그래서 잠깐 동안은 근신을 한 모양이야. 그래도 여전히 리라에는 안 빠지고 나오곤 했지. 안 나오고 배길 수 있나. 그런데 이제는 겨우 오렌지 꽃물이 든 핫 밀크나 마시는 정도야. 아주 천치처럼 변해버리고 말았지."

"그래서 자네들은 사실대로 전부 말해주었겠군."

"자기도 알고 있어. 그런데 요 얼마 전부터 다시 위스키를 마시기 시작했어. 이젠 자기의 연령으로는 갱생할 수 없다는 거야. 구질구질하게 오 년을 살기보다는 반 년이라도 재미있게 살다 죽는 게 낫다나. 요샌 돈 때문에도 무척 고생을 하고 있는 모양이야. 앓는 사람한테 수입이 있을 리

없고, 게다가 또 같이 살던 여자가 굉장한 악녀라 그 친구 꽤 골치를 썩는
모양이야. 지금도 생각나지만 처음 만났을 때는 나도 무척 존경했어. 훌
륭한 사람이라고 생각해서 말이야. 그런데 인생이 성공하는 데는 바로 그
중산 계급적 속물 근성이 있어야 하니, 정말 알고도 모를 일이야.”
 “뭐, 그 친구 재주가 없었기 때문이지. 어차피 객사할 운명을 처음부터
타고 난 거야.”
 필립은 조금도 동정을 나타내지 않는 로슨의 태도가 불쾌했다. 물론 인
과라고 하면 인과에는 틀림없었다. 그러나 원인이 결과가 되고 결과가 원
인이 되는 필연 속에야말로 모든 인생의 비극이 있는 것이 아닐까. 로슨
이 말했다.
 “아 참, 잊어버린 게 있어. 자네가 출발한 바로 직후에 크론쇼가 자네
한테 물건 하나를 보내왔어. 난 또 자네가 곧 돌아올 줄만 알고 별로 마음
에 두지 않았고, 더구나 보낼 생각은 못 했어. 며칠 후에 다른 짐하고 같
이 이리 올 텐데 웬만하면 자네가 아틀리에에 와서 가져가지 않겠나?”
 “뭔지 아직 가르쳐주지도 않았잖아.”
 “뭐, 낡은 융단 조각이야. 아무리 보아도 돈이 될 물건은 아닌 것 같더
군. 그래서 어느 날 그 친구한테 물어본 일이 있어. 대체 왜 그런 지저분
한 물건을 보냈느냐고 말이야. 그랬더니 그 친구 하는 말이 랑스 거리의
어떤 가게에서 십오 프랑이나 주고 샀다나. 페르시아 융단인 모양이야.
언젠가 자네가 인생이 뭐냐고 물은 일이 있다며? 그 융단이 거기에 대한
대답이라는 거야. 하긴 그녀석 그날 무척 취하긴 했지만 엉뚱더군.”
 필립은 웃었다.
 “그래, 그럼 받아두기로 하지. 말하자면 전에 선생이 한 말이 있는데
그것은 아까 말한 대로 그 회답은 자기 스스로가 발견하고 그 뜻을 알아
내야 한다는 요지의 말이었네.”

66

 필립의 공부는 순조롭게 진행되었다. 공부할 분량은 상당히 많았다. 일
학기 종합 시험의 사분의 삼(그 중 두 과목은 전에 낙제했다)을 칠월에

한꺼번에 치르려고 했기 때문이다. 그러나 인생은 즐거웠다. 새로운 친구도 생기게 되었다. 모델을 찾고 있던 로슨이 어떤 극장에서 대역을 맡아 보던 소녀 한 사람을 찾아낸 것이다. 그리고 그녀에게 모델이 되어달라고 설득을 하기 위해 어느 일요일 날 간단한 오찬회를 베풀었다. 그때 소녀가 샤프롱으로 한 부인을 데리고 온다고 해서 그 상대로 필립도 초대되어 오직 그 부인만을 상대하도록 부탁받았다. 그건 쉬운 일이었다. 왜냐하면 그 여자와 애기를 해보니까 무척 유쾌하게 잘 떠드는 여자였다. 필립에게 꼭 한 번 놀러오라고 했다. 빈센트 스퀘어에 전셋방을 빌리고 있었는데, 다섯시에는 언제나 차를 마시고 있다고 말했다. 가보니까 굉장히 환영해주어 기분이 좋아진 그는 다시 찾아갔다. 이름은 미시즈 네스비트, 나이는 스물다섯 정도로 몸집이 작고 명랑한 얼굴이었으나 미인은 아니었다. 영리한 눈, 튀어나온 광대뼈, 커다란 입, 극단적인 색의 대조가 어딘지 어느 현대 프랑스 화가가 그런 초상화와 비슷했다. 피부는 새하얗고, 볼은 새빨갛고, 짙은 속눈썹과 머리칼은 검은색이었다. 하여튼 기묘한 인상을 주는 다소 부자연스런 외모였지만 결코 불쾌할 정도는 아니었다. 남편하고는 별거 중이었고 삼류 소설을 써서 자기와 아이들의 생계를 유지하고 있었다. 근처에는 이러한 종류의 소설을 전문적으로 다루는 출판사가 한두 군데 있었기 때문에 일은 얼마든지 있었다. 고료는 형편없이 싸서 삼만 단어의 소설 한 편에 겨우 십오 파운드였지만 그녀는 만족하고 있었다.

"결국 독자의 입장에서는 이 펜스만 내면 되니까요." 그녀는 말했다. "그 사람들은 같은 것을 몇 번이나 되풀이해 읽기를 좋아해요. 내가 하는 건 사람의 이름이나 바꾸는 그런 정도죠. 싫증이 나면 세탁물이나 방세나 아이들 의복 같은 걸 생각하고 다시 써나가요."

그 외 그녀는 극장에서 엑스트라 일자리가 생기면 무대에도 나갔다. 일만 있으면 이것으로도 일 주일에 십육 실링에서 일 기니는 벌었다. 하루가 끝나면 그녀는 피로하여 정신없이 잤다. 괴롭고 힘든 생활을 겨우 꾸려나가고 있는 것이다. 예민하지만 유머스러운 재치가 있고 아무리 괴로운 경우에 처해도 늘 즐거움을 발견해내었다. 어떤 때는 불경기로 안해 돈 한 푼 못 벌 때에는 몇 개 안 되는 소유물들이 복스홀 브리지 거리의 전당포로 들어가고 다시 주머니 사정이 나아질 때까지 버터 바른 빵만을 먹곤 하였다. 그러나 결코 명랑함만은 잃지 않았다.

이럭저럭 임시 변통으로 꾸려나가는 생활이긴 했지만 필립에게는 흥미가 있었다. 게다가 그녀는 곧잘 어이없는 고생 이야기를 해서는 필립을 웃기곤 했다. 그가 왜 순수 문학을 하지 않느냐고 물어보았더니 그녀는 자기가 재능이 없다는 것을 잘 알고 있다고 했다. 그리고 하루에 몇천 자라는 속도로 아무렇게나 써가는 것이 나쁜 것인 줄은 알지만 돈벌이로는 의외로 좋을 뿐 아니라 그녀가 할 수 있는 일 중에서는 가장 나은 것이기 때문이라고 말했다. 하여튼 현재의 생활을 겨우 이어나가는 이외에는 장래의 희망 같은 것은 조금도 없었다. 친척도 없는 것 같았고 친구들이 있다고 해도 모두 그녀와 똑같이 가난뱅이들뿐이었다.

"장래는 생각해서 뭘 하겠어요. 석 주일 분의 방세와 식비 한두 파운드만 있으면 조금도 걱정할 거 없어요. 현재도 이런데 장래까지 걱정하면 너무도 살 맛이 안 나요. 어쨌거나 이렇게 사는 수가 있으니까요."

어느 틈에 필립은 매일같이 그녀의 방에서 차를 마시게 되었고 폐를 끼치지 않기 위해 과자며 버터며 때로는 홍차 같은 것도 사들고 갔다. 서로 세례명으로도 부르게 되었다. 여자한테서 받는 동정은 그에게는 이것이 첫 경험이었고 여러 가지 고민에 귀를 기울여줄 상대가 생겼다는 것은 정말 기쁜 일이었다. 시간은 꿈처럼 지나갔다. 그녀에 대한 그의 감탄을 그는 더 이상 감출 수가 없었다. 즐거운 이야기 상대였다. 밀드레드와 비교해서 생각하지 않을 수가 없었다. 자기가 모르는 것에는 일체 흥미를 나타내려고 하지 않는 밀드레드의 완고한 우둔성에 반해 이 여자의 빠른 이해력과 기민한 총명. 자칫했으면 밀드레드 같은 여자와 일생의 인연을 맺을 뻔한 것을 생각하면 그는 가슴이 내려앉았다. 어느 날 그는 그녀와의 내력을 노라에게 전부 털어놓았다. 어느 모로 보나 결코 명예로운 이야기라고는 할 수 없었는데도 다행히 그녀는 따뜻한 동정심을 나타내었다.

"하지만 손을 끊어서 오히려 잘 됐잖아요."

이야기를 다 들은 그녀는 이렇게 말했다.

그녀는 애버딘 종 강아지같이 언제나 머리를 한쪽으로 약간 기울이는 기묘한 버릇이 있었다. 그녀는 반듯한 의자에 앉아 바느질을 하고 있었다. 놀고 있는 사이라곤 조금도 없었다. 필립은 그녀의 발 밑에 편안히 기댄 자세로 앉아 있었다.

"그래요, 이 문제가 잘 처리되어 얼마나 고마운지 모르겠어요."

그는 자기도 모르게 한숨을 쉬었다.

"딱하게도 얼마나 마음이 쓰라리셨을까."

그녀는 중얼거리듯 말했다. 그리고 동정을 나타낼 생각이었는지 한 손을 그의 어깨에 얹었다.

그는 그 손을 잡고 키스했다. 그러나 여자는 재빨리 손을 뺐다. 그리곤 얼굴을 붉히고,

"왜 그런 짓을 하세요?"

하고 물었다.

"하면 안 됩니까?"

순간 여자는 눈을 빛내며 그를 보았다. 그리고 가볍게 미소를 지었다.

"아녜요, 그런 건 아니지만."

그는 일어나 마주 섰다. 여자는 그윽히 그의 눈을 쏘아보았다. 큼직한 입이 미소로 떨리고 있었다.

"왜 그래요?"

여자가 물었다.

"당신은 훌륭한 여자 같아요. 따뜻하게 말해주어서 고맙소. 난 당신이 좋아요, 정말."

"바보 같은 말씀 하지 마세요."

필립은 여자의 양팔을 잡아 가만히 끌어당겼다. 여자는 그가 하는 대로 약간 몸을 앞으로 기울였다. 그리고 그는 새빨간 입술에 키스했다.

"왜 그런 짓을 하세요?"

여자가 물었다.

"기분이 무척 좋으니까요."

여자는 더 이상 묻지 않았다. 그러나 눈은 부드럽게 빛나고 있었다. 그녀는 한 손으로 조용히 그의 머리를 쓰다듬었다.

"이런 짓을 해서 당신은 어떻게 하실 참이에요? 우리는 그냥 좋은 친구가 아니었나요? 그러니 그대로 지내는 편이 훨씬 즐겁지 않을까요?"

"하지만 당신이 제 양심에 정말 공감하신다면 저의 이마를 어루만지는 짓은 하지 말아야 할 게 아닙니까?"

여자는 어색하게 웃었다. 그러나 여전히 애무하는 손은 멈추지 않았다.

"제가 나빴나요?"

필립은 다소 놀라는 한편 흥미가 가득한 기분으로 여자의 눈을 뚫어지게 바라보았다. 어느덧 그 눈은 촉촉하게 젖어 부드럽게 빛나고 있었다. 그것은 뭐라 표현할 수 없는 매혹적인 표정이었다. 그의 가슴은 무섭게 뛰고 눈에서는 눈물이 핑 돌았다.

"노라, 당신은 나 같은 건 하찮게 여기시죠?"

그의 목소리는 뭔가 꿈이라도 꾸는 듯한 어조였다.

"어머, 당신같이 영리한 분이 왜 그런 바보 같은 질문을 하시죠?"

"하지만 당신이 나를 좋아하리라곤 도저히 생각할 수 없어요."

그는 그 말을 하며 양팔을 벌려 키스를 했다. 여자는 얼굴이 빨개지며 소리를 지르면서도 그의 포옹에 기꺼이 몸을 내맡겼다. 이윽고 그가 여인을 떼어놓자 마룻바닥에 그냥 주저앉으며 의아스러운 듯 그녀를 바라보았다.

"아아, 이제 못 하겠어요."

"왜요?"

"놀랐소, 정말."

"그리고 기분이 좋았어요?"

"정말 좋았어." 그는 진심으로 소리쳤다. "그리고 아아, 이 사랑, 이 행복, 이 감사!"

그는 여자의 손을 잡고 키스를 마구 퍼부었다. 그리고 필립에게는 이번에야말로 길고 확고하게 생각되는 행복의 길로 접어드는 계기가 되는 것 같았다. 두 사람은 애인이 되기는 했으나 여전히 친구이기도 했다. 노라에게는 일종의 모성 본능이 있어 필립을 사랑하는 일에 솔직하게 표현했다. 말하자면 누군가 한 사람, 애무하고 꾸짖고 떠들어댈 상대가 그녀에게는 필요했던 것이다. 또한 가정적인 성품도 있어 그의 건강이며 속옷의 뒷바라지를 무척 즐거워했다. 그가 언제나 신경을 쓰는 불구의 처지도 깊이 동정했으며 또 그 동정은 어디까지나 그녀의 본능적인 따뜻한 마음에서 우러나왔다. 그녀는 젊고 활기있고 건강했다. 그녀는 사람을 사랑하는 데는 조금도 부자연스럽지 않았으며 기운차며 명랑하기도 했다. 필립을 사랑한 것은 우선 그녀가 흥겨워하는 인생의 즐거움이나 행복을 그도 함께 웃어준다는 것에도 있었지만 역시 무엇보다 중요한 이유는 필립이라는 인간, 그 자체였다.

그녀가 언젠가 그런 말을 하자 그는 즐거운 듯 웃으며 말했다.

"농담이겠죠. 당신은 내가 말이 없고 입이 무거우니까 좋아하는 거겠죠."

필립에게는 사랑을 한다는 기분은 없었다. 그냥 그녀와 함께 있는 것이 즐겁고 그녀의 이야기가 재미있고 좋을 뿐이었다. 그녀의 덕택으로 그는 자신을 회복하고 영혼의 상처에도 향유(香油)의 약을 바른 셈이 되었다. 그녀에게 사랑을 받는다는 것이 한없이 자랑스러웠다. 그는 그녀의 용기, 천성, 운명에 대한 반항 등에 감명을 받았다. 그리고 그녀는 그녀대로의 철학, 정말 솔직하고 실제적인 철학을 갖고 있었다.

"전, 교회니 목사니 하는 것은 일체 믿지 않아요. 그래도 하느님만은 믿어요. 하지만 하느님도 우리 인간들이 제대로 훌륭하게 살아가라고, 만일 절름받이 개가 층계 밑에서 어쩔 줄을 몰라 하면 도와서 올라가게 해준다든지, 그런 정도의 일만 하면 나머지는 그렇게 우리에게 이래라 저래라 간섭하지 않아요. 그리고 인간이란 또 대개가 친절하고 선량한 게 아네요? 그렇지 않은 사람은 불쌍하지만."

"그럼 내세에 대해서는?"

필립이 물었다.

"잘은 모르지만 뭐 좋은 것이겠죠. 집세도 안 내고 소설을 쓸 필요도 없을 테니까요."

하고 여인은 웃으며 말했다.

역시 여자인 만큼 그녀는 교묘하게 비위를 맞추는 데는 능숙했다. 필립이 도저히 위대한 화가가 될 가망이 없다는 것을 깨닫고 파리를 떠난 것은 무척 용기있는 일이라고 칭찬해주었다. 그리고 그는 최상의 말로 칭찬을 받았을 때는 무척 기분이 좋았다. 그는 지금까지의 자기 행동이 용기가 있는 것인지 아니면 의지가 약한 것이 원인인지 알지 못했던 것이다.

그런데 이제 그녀로부터 영웅적인 행위라는 말을 듣자 기쁘지 않을 수 없었다. 다른 친구들 같으면 본능적으로 회피하려는 화제도 그녀는 서슴없이 뛰어들었다.

"발에 그렇게 신경을 쓰는 건 바보 같은 짓이에요." 그의 얼굴이 불쾌한 듯 붉어지는 것을 보고도 그녀는 태연히 말을 계속했다. "필립, 당신이 생각하는 것처럼 사람들은 그렇게 심각하게 생각하지 않아요. 물론 처음 만날 때는 눈에 띄지만 곧 잊어버리고 말아요."

그는 대답하고 싶지 않았다.

"왜 화나셨어요?"

"응."

여자의 팔이 그의 목을 감았다.

"아시겠죠, 저는 당신을 사랑하기 때문에 이런 말을 하는 거예요. 이런 것으로 당신이 불행해진다면 정말 싫어요."

"당신 같으면 무슨 말을 해도 괜찮아요. 내가 당신에게 얼마나 감사하게 생각하고 있는지 보여주고 싶군요."

그는 웃으며 대답했다.

그녀는 또 다른 방향으로 곧잘 그를 휘어잡았다. 거칠고 난폭한 태도는 취하지 못하게 하였고 그가 화를 내면 깔깔대고 웃었다. 그녀는 그를 예의바른 인간이 되도록 가르쳤다.

"난, 당신 말이라면 뭐든지 다 듣겠소."

그는 언젠가 이렇게 말한 일이 있다.

"정말 그래요?"

"그렇고말고. 난 뭐든지 당신이 하라는 대로 하고 싶어요."

바보는 아니니까 그는 자기의 행복을 잘 알고 있었다. 그녀는 아내가 주는 것 같은 모든 것을 주면서도 결코 그의 자유는 뺏지 않았다. 지금까지 그가 사귄 친구 중에 가장 좋은 친구였으면서도 남자에게서는 결코 받을 수 없었던 동정을 베풀어주었다. 성적 관계는 두 사람의 우정에 있어서 다만 가장 강한 연결에 지나지 않았다. 다시 말해서 그것은 우정에 대한 최후의 표시임에는 틀림없었지만 본질적인 것은 아니었다. 필립도 성욕이 충족된 탓도 있고 해서 대인 관계가 좋은 침착한 인간이 되어가고 있었다. 그는 완전히 자기를 되찾은 기분이었다. 때로 무서운 치정에 사로잡혔던 지난 겨울을 회상할 때도 있지만 그것은 결국 밀드레드에 대한 증오심과 나아가서는 자기 자신에 대한 혐오만을 가슴 가득히 남겨놓을 뿐이었다.

시험이 다가오자 노라까지 정신이 없었다. 그녀의 열성에 그는 기쁘기도 했고 감동도 받았다. 성적이 발표되면 곧 알려달라고 그에게 약속을 받은 그녀는 이번엔 실패도 없고 사분의 삼 정도의 과목이 모두 합격했다는 소식을 듣자 곧 울음을 터뜨렸다.

"잘됐어요, 저도 얼마나 걱정했는지 몰라요."

"바보같이 울기는."

하고 필립은 웃었지만 목이 메이는 것을 느꼈다.

그렇게까지 좋아해주는 것을 같이 즐거워하지 않을 인간이 있겠는가.

"그래, 이제부턴 어떻게 하실 작정이세요?"

"이번엔 마음을 푹 놓고 놀 작정이오. 시월에 겨울 학기가 시작될 때까지는 아무것도 할 일이 없으니까."

"블랙스테이블 큰아버님 댁에 가실 테죠?"

"천만에, 난 런던에서 당신과 같이 지내겠소."

"하지만, 역시 다녀오시는 게 좋을 거예요."

"왜? 이제 내가 싫어졌소?"

여자는 웃으면서 양손을 그의 어깨에 얹었다.

"아니에요. 당신, 너무 공부만 해서 지쳤기 때문에 신선한 공기도 좀 마시고 쉬고 오실 필요가 있어요. 그러니 다녀오세요."

그는 잠시 대답하지 않았다. 그리고 황홀한 눈으로 여자를 바라보았다.

"당신 아닌 딴 사람이 그런 소리를 했다면 난 결코 믿지 않았을 거요. 하지만 당신은 오직 나만을 생각해주고 있소. 대체 나의 어디가 그렇게 좋지?"

"이왕이면 아주 제 인격적인 평까지 해주세요."

여자는 명랑하게 깔깔 웃었다.

"그래요, 분별이 있고 친절하면서도 결코 남에게서 많은 것을 바라지 않지. 사람을 괴롭히지도 않고 귀찮게도 하지 않으면서도 자기 분수는 지

킨다고나 할까."

"바보, 형편없군요. 하지만 이것만은 말할 수 있어요. 나라는 여자는 내가 아는 한, 경험에서 배울 줄 아는 극히 드문 인간 중의 하나라고요."

67

필립은 런던으로 다시 돌아갈 날을 애타게 기다리고 있었다. 블랙스테이블에서 보낸 두 달 동안, 노라는 때때로 남자 같은 커다란 글씨체로 긴 편지를 보내곤 했다. 편지에는 매일 일어나는 자질구레한 일들, 예를 들어 주인집의 가정싸움이며 웃음이 터져나올 만큼 재미있는 얘기며, 무대 연습 중에 일어난 우스꽝스러운 싸움(그녀는 런던 어느 극장에서 꽤 인기를 얻고 있는 쇼에 나가고 있었다), 출판사와의 기묘한 신경전 같은 것이 아주 재미있게 씌어 있었다. 필립은 주로 독서로 시간을 보냈지만 해수욕도 하고, 테니스도 하고, 요트를 몰기도 했다. 시월 초에는 다시 런던으로 돌아와 제2기 종합 시험 준비를 시작했다. 어떻게든 합격하고 싶었다. 이번 시험만 통과하게 되면 그 지긋지긋한 학과 과정은 끝을 맺고 다음에는 외래 환자의 담당 조수가 되어 교과서만이 아니라 인간과의 접촉이 시작되는 것이다. 노라와는 매일 만났다.

로슨은 한 여름을 수영장에서 보내며 항구와 해안을 꽤 많이 스케치했다. 초상화를 두 개나 주문받았기 때문에 광선이 나빠져 있을 수 없게 될 때까지 런던에 머물러 있기로 했다. 헤이워드도 런던에 있으면서 아무 때나 겨울이 되면 외국으로 가겠다며, 결단을 내리지 못한 채 한 주일이나 지체하고 있었다. 그는 이 이삼 년 동안에(처음 하이델베르크에서 만난 것은 벌써 오 년 전이다) 살이 찌고 어느 새 머리는 대머리가 되어 있었다. 게다가 그는 그것에 무척 신경을 써 길게 기른 머리로 보기 흉한 머리 윗부분을 감추고 있었다. 그의 단 한 가지 위로거리는 앞이마 근처가 아주 훌륭하게 보이는 것이었다. 푸른 눈은 빛을 잃어서 흐리멍덩했고 입가도 청춘의 발랄함을 잃어 윤기가 없었다. 장래의 계획만 늘어놓았지만 여전히 옛날의 그 확신은 도무지 찾아볼 길이 없었다. 이제는 친구들도 자기의 말을 믿지 않는다는 것을 알고 있었다. 위스키 두세 잔만 마시면 그는 곧 서글픈 푸념을 늘어놓았다.

"난 패배자야. 야만적인 생존 경쟁에는 맞지 않는 인간이야. 내가 할 수 있는 일이란 단지 한쪽 길가에 비켜서서 저 속물들이 이득을 찾아 다투며 지나가는 데 길을 터주고 서 있는 것뿐이야."

그를 보고 있노라면 인간은 실패하는 것이 성공하는 것보다 훨씬 아름답고 훌륭한 것처럼 생각되었다. 확실히 말은 하지 않지만 그의 무관심과 냉담성은 저속한 것에 대한 혐오에서 생긴 것 같았다. 그는 아주 아름다운 말로 플라톤을 설명했다.

"자네의 그 플라톤도 그럭저럭 졸업한 줄 알았는데."

싫증이 난 필립이 말했다.

"그래?"

그는 눈썹을 치켜올리며 반문했다.

그러나 필립은 그 이상 계속 말할 기분이 나지 않았다. 요즘 와서 그가 발견한 것은 침묵이 무엇보다 강한 위엄을 가진다는 것이었다.

"같은 것을 그렇게 몇 번이나 되풀이해 읽은들 무슨 소용이 있겠나. 결국은 부지런한 태만, 뭐 그런 것이라고 할 수 있지 않을까."

"그럼 자네는 어떤 심오한 사상가의 사상도 한 번만 읽으면 다 이해할 수 있나?"

"아니, 난 플라톤을 이해하고 싶지는 않아. 난 비평가가 아니냐. 내가 그에게 흥미를 가지는 것은 그를 위해서가 아니라 오직 나 자신을 위해서야."

"그럼 왜 책을 읽지?"

"하나는 재미로, 즉 습관이니까 담배를 피우는 것과 마찬가지야. 읽지 않으면 담배를 피우지 않을 때처럼 뭔가 기분이 나빠져. 그 다음 이유는 나를 알기 위해서야. 나는 책을 읽을 때 눈으로 읽는다고 할 수 있어. 그러노라면 때로 나한테만 의미가 있는 한 구절에 부딪치게 되지. 아니 한 구절이 아니라 한 마디에 지나지 않을 때도 있어. 그리고 그것이 바로 내 몸의 피와 살이 되는 거야. 나는 책 속에서 내게 필요한 것만을 섭취하네. 그러니까 여러 번 되풀이해 읽는다고 해서 그 이상의 것이 나올 리가 없지. 난 그렇게 생각해. 결국 인간이란 벌어지지 않은 꽃봉오리 같은 것이 아닐까. 책을 읽는다고 그게 어떻게 되는 건 아닐세. 그러나 때로 어떤 사람에게는 아주 특별한 의미를 가진 것이 나오네. 그것이 꽃잎을 벌어지게 하는 거지. 하나씩 꽃잎이 벌어지다가 결국 활짝 피는 것일세.”

이 비유에는 필립 자신도 과히 만족하지 않았다. 그러나 그 외에는 그가 느끼고는 있으면서도 확실하게 설명할 방법이 얼른 떠오르지 않았던 것이다.

“자넨 곧잘 무엇을 해보려고 하고, 무엇이 되어보려고 하는데, 그게 바로 속물 근성이란 것일세.”

헤이워드가 어깨를 으쓱하며 말했다.

필립은 요즘 헤이워드라는 친구를 잘 알고 있었다. 그는 자만심이 강하고 약한 인간이었다. 그리고 너무나 자만심이 강하기 때문에 모두들 그 감정을 상하게 하지 않도록 끊임없이 신경을 쓰지 않으면 안 되었다. 그는 게으름과 이상주의를 확실하게 구별하지 못하는 남자였다. 어떤 날 그는 로슨의 아틀리에에서 한 저널리스트를 만났다. 그 남자는 그의 얘기에 홀딱 반해 일 주일쯤 지나자 신문사 주관의 이름으로 그에게 뭔가 비평 기사를 하나 써달라는 부탁을 했다. 그런데 그는 쓸까 말까 하는 것 때문에 결심이 서지 않아 무려 사십팔 시간을 고심했다. 이런 종류의 일을 하고 싶다고 계속 떠들어댄 자기 태도 때문에 거절할 배짱도 없고 그렇다고 일을 해볼 용기가 나지 않았던 것이다. 결국 그는 거절하고서야 마음을 놓았다.

“내 일에 방해가 되었을 거야.”

그는 필립에게 말했다.

“일이라니? 무슨 일?”

그는 잔인하다고 생각했지만 물었다.

“나의 내적 생활이야.”

그리고 그는 아미엘, 제네바 대학 교수로서 총명과 재기로 커다란 성과가 기대되었지만 끝내는 실현을 거두지 못한 그 아미엘 교수에 대해서 멋진 말로 이야기하기 시작했다. 아미엘 교수가 죽은 후 그 유고 중에서 발견된 놀랄 만큼 성실한 일기에 의해, 처음으로 그 실패의 원인과 변명이 낱낱이 알려졌다. 헤이워드는 수수께끼와 같은 미소를 띠었다.

그러나 그는 지금도 책에 대해서 무척 재미있게 얘기할 수가 있었다. 취미는 고상하고 감상력도 뛰어났다. 그리고 사상에 대해서도 항상 깊은 흥미를 가지고 있고 그 때문에 나무랄 데 없이 재미있는 말 상대였다. 그러나 그렇다곤 해도 일체의 사상은 그에게는 없는 거나 마찬가지였다. 즉 아무런 영향도 받지 않기 때문이다. 마치 세레 시에 가서 도자기라도 만지듯 그는 그렇게 사상을 다루었다. 손에 들고 모양이며 광택을 즐기고 마음속에서 값까지도 정해보지만 다음엔 다시 상자에 넣은 채 영영 잊어버리고 마는 것이다.

그러면서도 때때로 아주 멋진 발견을 해보는 것도 다름 아닌 헤이워드였다. 어느 날 밤, 상당한 예비 설명이 있은 후 그는 필립과 로슨을 데리고 비크 거리에 있는 어떤 술집으로 갔다. 그곳은 단순히 술집으로, 역사적 유서가 있다는 점에서(십팔 세기적 영광의 추억이 수없이 남아 있어 그것이 낭만적 상상을 자극했다) 멋질 뿐만 아니라 런던에서 제일이라는 코담배와 펀치 주로 널리 알려진 곳이었다. 헤이워드는 두 사람을 길고 커다란 방으로 안내했다. 때가 약간 묻긴 했지만 아주 훌륭한 벽에는 커다란 나부상이 몇 폭 걸려 있었다. 모두 헤이든 화풍의 거대한 풍자화였는데 런던의 독특한 안개와 기후로 마치 옛날 거장의 작품이라도 보는 듯 운치를 자아내고 있었다. 검은 벽, 거대한 금박, 마호가니 테이블 등이 화려했으며 벽을 따라 늘어놓은 가죽 소파도 아주 부드러워 앉기에 기분이 좋았다. 입구 반대편 테이블 위에 숫양의 머리가 놓여 있고 유명한 코담배가 그 속에 들어 있었다. 그들은 펀치 주를 주문해 마셔보았다. 그것은 럼 주의 핫 펀치였다. 그 향긋한 맛은 말로 다 표현할 수가 없었다. 이런 어휘가 부족한 소설의 형용사로는 도저히 미치지 못하는 것이었다. 흥분한 공상 속에도 찬란한 조사(措辭), 본석이라도 아로새긴 것 같은 이국적 미사 여구, 그러한 것들이 자기도 모르게 떠올랐다. 피는 뜨거워지고, 머리는 맑아지고, 행복에 흠뻑 취하게 해주었다. 저절로 기지가 튀어나오고 다른 사람의 기지까지도 재미있게 듣게 되었다. 말하자면 거기에는 음악의 정취와 수학이 가진 정확성이 함께 구비되어 있다고 할 수 있었다. 그 특징 중의 단 하나만으로도 다른 모든 것을 설명하고 있는 듯했다. 부드러운 마음에 따뜻함이라고나 할까. 그러나 그 맛도, 향기도,

혀의 감촉도 모두 뭐라 표현할 수 없는 것들이었다. 이것이 만일 런던의 시정 풍경으로 아무리 아름답다고 하더라도 어쩌면 찰스 램의 뛰어난 필재로도 그려냈을지도 모르고, 또 저 돈 환의 바이올린이었다면 어떤 불가능한 도전이 있다고 하더라도 장엄하고 아름다운 표현 성과를 달성했을 것이다. 마찬가지로 오스카 와일드였다면 비잔티움의 비단을 장식하는 데 이스판의 주옥을 사용하여 독자를 뇌쇄하는 미의 극치를 창조했을지도 모른다. 그러나 다시 한 번 그 하늘의 감로주를 생각하자 마음은 전에 들은 바 있던 에라카바르스의 향연이 연상되어 갑자기 유쾌한 현기증을 느꼈다. 그리고 벌써 잊혀진 시대의 낡은 옷, 주름 잡힌 것, 긴 양말, 조끼 등을 간직했던 곰팡내나는 긴 궤짝의 로맨스 향기, 색이 바랜 은방울 꽃의 향기, 환타치즈의 맛, 이것은 또 드뷔시의 미묘하기 이를 데 없는 하모니와 훌륭하게 조화되어 살아 있었다.

하늘에서 내린 감로주라고 생각할 수 있다. 이 미주를 마실 수 있는 술집을 헤이워드가 발견한 것은, 어느 날 그가 거리에서 케임브리지 동창생 마칼리스터를 만난 덕택이었다. 마칼리스터는 증권 중개인인 동시에 철학자이기도 했다. 술집에는 매주 한 번씩 나온다고 했는데, 어느 새 필립도 로슨과 헤이워드와 마찬가지로 매주 화요일 밤에 정기적으로 여기에 모이게 되었다. 세태의 변천으로 지금은 찾아오는 손님이 적었는데 그것이 오히려 대화를 즐기는 사람들에게는 무척 다행스러운 일이었다. 마칼리스터는 골격이 유난히 크고 옆으로 딱 벌어진 키가 작은 남자였다. 그리고 넓적한 얼굴을 하고 있었으나 목소리는 유난히 부드러웠다. 따라서 이 칸트 학도는 뭐든지 순수 이성으로 쪼개놓았다. 언제든지 철학론을 설파하기를 좋아하였다. 필립은 늘 열심히 귀를 기울였다. 그러나 그는 사실 오래 전부터 확실히 형이상학만큼 흥미있는 학문은 없었지만 그러나 그것이 정작 실제로 인생에 있어서 어느 만큼의 도움이 되는지는 과연 의문이라는 결론에 도달해 있었다. 예를 들어 그가 블랙스테이블에서 그토록 긴 사색 끝에 얻은 조그마한 철학도 막상 밀드레드가 나타나 그녀에게 미쳐 있을 때에는 아무런 도움도 되어 주지 못했잖은가. 참 인생의 지침으로서 이성이 그렇게 도움이 된다고는 도저히 생각할 수 없었다. 인생은 어디까지나 인생이었다. 그 무렵 그는 이제 그를 지배하던 감정의 난폭함, 마치 밧줄로 대지에 묶이기라도 한 듯 아무런 저항도 할 수 없었던 그 무력함 등의 경험들을 생생하게 회상하고 있었다. 현명한 지혜는 얼마든지 책에서 읽을 수 있었다. 그러나 결국 판단의 근거가 된 것은 그 자신의 직접적인 경험뿐이었다. 혹은 자기만이 특별한가 하는 것까지는 확실하지 않았다. 예를 들어 어떤 행위에 대한 옳고 그름의 판단 하나를 놓고 보더라도 그것을 하면 어떤 이득이 생기고 하지 않으면 어떤 손해가 있는지 그런 계산은 전혀 하지 않았다. 다만 모든 존재가 도저히 저항할 수 없는 힘으로 솟아 있을 뿐이었다. 결코 그 자신의 일부분으로 행동할 것이 아니라 모든 존재가 움직이고 있었던 것이다. 그를 지배하고 있던 힘은 아무리 생각해도 이성과는 아무런 관계도 없는 것이었다. 이성이 한 역할이라고는 다만 그의 온몸과 마음이 희구하고 있는 것을 어떻게 손에 넣는가 하는 방법을 제시해주었을 뿐이었다.

마칼리스터는 말을 끄집어냈다.

"그건 너의 일체 행위가 만인의 행위에 대해 보편적 법칙이 되도록 하라, 그런 것이지."

"그런데 그게 나한텐 완전한 넌센스로밖에 생각되지 않습니다."

"무척 대담한 친군데. 적어도 임마누엘 칸트의 말에 그런 식으로 인용하다니."

"다른 사람이 한 말을 그저 존경만 한다는 것은 더 바보 같은 얘기가 아닙니까. 어처구니없게도 존경이 너무 지나칩니다. 칸트의 사상은 그것이 진리이니까 그렇게 생각한 것이 아닙니다. 그것보다는 오히려 그가 칸트이기 때문에 그렇게 생각했다, 하는 것이 더 타당하지 않을까요?"

"과연, 그렇다면 지상 명령에 대한 자네의 이견이란 대체 어떤 것인가?"

(그들의 기세로는 제국의 운명이라도 걸려 있는 듯한 말투였다.)

"즉 이런 얘기겠죠. 사람은 누구나 의지의 힘으로 자신의 행동을 선택하는 것이다. 다시 말해서 이성이야말로 가장 확실한 안내자라는 것이죠. 그런데 이성의 명령이 어째서 정념(情念)의 명령보다 위라고 단정할 수 있죠? 두 개는 각각 다른 겁니다. 내 얘기는 이것뿐이에요."

"어쩐지 자네는 정념의 노예로 만족하고 있는 것 같구먼."

"노예일는지도 모르죠. 하지만 그것은 도저히 어쩔 수 없이 만족해서가 아닙니다."

필립은 웃었지만 이렇게 말하면서 문득 밀드레드를 쫓아 헤맬 때의 그 미친 듯한 감정을 되새겨보았다. 그때 그는 그 일로 얼마나 세차게 방황했던가, 또 자기의 비열함을 얼마나 통탄했던가.

그러나 고맙게도 그런 것은 완전히 잊어버렸다. 그는 혼자 생각했다.

그러나 그는 그렇게 말을 하면서도, 과연 지금 한 말에 거짓이 없었는가 하는 그 점에는 자신이 없었다. 왜냐하면 감정에 사로잡혀 있을 때의 그는 이상할 정도로 활기에 차 있었고 그의 정신은 놀랄 만큼 강했기 때문이다. 지금보다 훨씬 발랄했고 다만 살아 있다는 것만으로도 흥분을 느꼈고 왕성한 영혼의 연소가 있었다. 그것과 비교해보면 지금의 생활은 어딘가 약간 저조한 데가 있었다. 비록 비참한 고통을 맛보았다 할지라도 그 대신 압도당할 만큼 강렬한 생명감이라는 보상이 있었다.

그러나 필립의 이 실언은 마침내 자유 의지론으로까지 발전했고 학식이 풍부한 마칼리스터는 변증법에는 꽤 조예가 깊은 듯 계속 반론을 폈다. 필립은 어느덧 자기 모순이라는 함정에 빠지고 말았다. 그는 빠져나갈 수 없는 궁지에 몰렸다고 생각하자 교묘한 논리로 발을 빼고 다음은 권위로 모면했다.

"난 다른 사람에 대해선 모르겠어요. 하지만 나 자신의 경험으로는 나의 자유 역시 의지의 미망이 몹시 강해서 그것에서 쉽게 도망칠 수가 없다는 것을 압니다. 그러나 그것도 역시 미망이라는 것이 나에게는 사실상 행동의 가장 강한 동기가 되어 주더군요. 일체의 가장 강한 동기가 될 수 있는 무엇을 할 때까지는 내게도 선택 능력이란 것이 있어 보이고 사실 내 행동을 좌우하다시피 하지요. 그러나 끝난 뒤에 생각해보면, 그것은 영겁의 옛날부터 정해져 있었던 것 같은 느낌이 들어요."

"그러니 그 결론은?"

헤이워드가 물었다.

"말하자면 후회하는 것은 무의미하다, 그것뿐입니다. 우유를 쏟아버리고 울어봤자 무슨 소용이 있느냐 하는 말은 우주의 모든 힘이란 힘이 모두 달려들어 우유를 쏟아버리자고 한 것과 마찬가지라는 얘깁니다."

68

어느 날 아침, 필립은 자리에서 일어나다가 현기증을 느껴 다시 누웠는데 돌연 병이 났구나 하는 생각이 들었다. 팔 다리가 몹시 쑤시고 전신이 오한으로 떨렸다. 아침식사를 날라온 하숙집 아주머니에게 열린 문으로 소리를 쳐 몸이 불편한 것 같으니 차 한 잔과 토스트 한 조각을 갖다달라는 부탁을 했다. 이삼 분 지나자 노크 소리가 나고 그리피스가 들어왔다. 두 사람은 벌써 일 년 이상이나 같은 지붕 아래 살면서도 복도에서 만나면 가볍게 인사나 나눌 정도였다.

"어때?" 그리피스가 말했다. "얼마나 나쁜지 보러 왔어."

필립은 까닭없이 낯을 붉히며 뭐 대수롭지 않고 한두 시간만 지나면 좋아질 것이라고 대답했다.

"우선 체온을 좀 재어보는 게 어때?"

"아니, 괜찮아."

필립은 짜증을 내듯 대답하였다.

"뭐 그럴 거 없어."

필립은 어쩔 수 없이 체온계를 입에 물었다. 그리피스는 침대 옆에 앉아 한참 뭐라고 지껄이고 나서 체온계를 뽑아 힐끗 보고 한 마디 했다.

"이것 봐, 자네 역시 누워 있지 않으면 안 돼. 디콘 선생한테 왕진을 부탁할 테니까."

"그럴 거 없어, 별거 아니니까. 너무 신경 쓰지 마."

"뭐, 이런 것쯤은 아무것도 아니야. 하여튼 열이 있으니까 누워 있어야해. 안 그래?"

그의 태도나 말투에는 일종의 독특한 매력이 있었다. 건방짐과 친절이 묘하게 뒤섞여 뭐라고 말할 수 없이 좋은 느낌을 주었다.

"자네는 아주 훌륭한 간호사로군그래."

필립은 이렇게 미소를 띠며 중얼거리고 눈을 감았다.

그리피스는 그의 베개를 고쳐주고 익숙한 솜씨로 시트와 담요의 주름을 펴 몸을 싸주었다. 그리고 사이폰을 가지러 필립의 거실로 갔으나 찾

지 못했는지 일부러 자기 방까지 가서 가지고 왔다. 그리고 그는 덧문을
내려주었다.

"자, 한숨 푹 자. 회진이 끝나는 대로 선생님을 모셔올 테니까."

필립은 상당히 오랜 시간 혼자 있는 듯한 느낌이 들었다. 머리가 지끈
거렸고 팔다리가 마구 쑤셨다. 소리를 내어 엉엉 울고 싶을 정도였다. 그
때 노크 소리가 나고 여전히 활기있고 쾌활한 그리피스가 들어왔다.

"디콘 선생님이 오셨어."

의사가 들어왔다. 유순한 중년 신사로 필립도 그의 얼굴은 알고 있
었다. 두세 마디 증세를 물은 다음 곧 진찰을 하고 진단을 내렸다.

"뭐라고 생각하나, 자넨?"

선생은 웃으면서 그리피스에게 물었다.

"감기죠?"

"역시 그래."

의사는 이렇게 말하고 지저분한 하숙방을 둘러보았다.

"어때, 자네, 입원하지 않겠나? 독방이 있어. 여기 있는 것보다는 훨
씬 내 손이 자주 미칠걸세."

"아니, 전 여기가 좋아요."

움직이기 싫었던 것이다. 게다가 그는 새로운 환경이라는 것에 곧 기가
죽어버리는 버릇이 있었다. 간호사들이 끝없이 잔소리하는 것도 싫었고
살풍경스러울만큼 정결한 것도 마음에 들지 않았다. 그러자 그 말을 그리
피스가 곧 받았다.

"선생님, 제가 돌보겠습니다."

"아, 그렇다면 아주 잘됐군."

선생은 처방을 적어놓고 몇 가지 주의를 일러준 다음 곧 돌아갔다.

"자, 이제부터 내가 하라는 대로 해." 그리피스가 말했다. "나 혼자서
일직도 하고 숙직도 하는 간호사 노릇까지 다 할 테니까."

"친절하게 해주어서 정말 고마워. 하지만 난 혼자서도 충분해."

그리피스는 차고 커다란 마른 손을 필립의 이마에 댔다. 서늘한 느낌에
뭐라 말할 수 없이 기분이 좋았다.

"그럼 곧장 약방으로 달려가서 조제해올게."

잠시 후 그는 약을 지어가지고 돌아와 먼저 일회분을 먹었다. 그리고 이층으로 책을 가지러 갔다 다시 내려와서 말했다.

"오늘은 자네 방에서 공부를 좀 해야겠는데 괜찮겠나? 문을 열어놓을 테니까 용건이 있으면 소리를 쳐."

저녁이 다 되어 필립이 옅은 잠에서 깨어보니 거실 쪽에서 말소리가 들려왔다. 그리피스에게 누군가 찾아온 모양이었다.

"오늘 밤은 제발 오지 마, 응? 부탁이야."

그리피스의 목소리였다.

그리고 일이 분 지나자 다시 누군가가 들어와 그리피스가 거기 있는 것을 보고 무척 놀란 목소리와 그가 계속 변명하는 소리가 들렸다.

"난 지금 이 방에 있는 이학년 학생을 간호하고 있는 중이야. 가엾게도 감기에 걸렸잖아. 그러니까 오늘 밤은 트럼프 놀이를 할 처지가 못 돼."

한참 있으니까 그리피스는 다시 혼자가 되었다. 필립이 그를 불렀다.

"자네 설마 오늘 밤 모임을 연기하려는 건 아니겠지?"

"그건 자네 탓이 아니야. 나도 외과공부를 좀 할 게 있어."

"연기하지 마. 곧 나을 테니까 내 걱정은 하지 않아도 돼."

"아아, 알겠어."

그러나 병세는 더욱 나빠졌다. 밤이 되자 의식이 약간 몽롱해지고 헛소리까지 했는데, 새벽녘에야 겨우 눈을 뜰 수 있었다. 언뜻 보니까 그리피스가 팔걸이의자에서 일어나 마룻바닥에 쭈그리고 앉아 석탄 덩어리를 한 개씩 손으로 집어 난로 속으로 던져넣고 있었다. 그는 파자마 위에 가운을 걸친 모습이었다.

"뭘 하고 있어?"

"아, 깼나. 그냥 조용히 불을 지피려구."

"왜 침대에서 자지 않지? 지금 몇 시쯤 됐어?"

"글쎄 다섯시쯤 됐을까. 어젯밤은 그냥 새는 것이 좋을 것 같아서, 이층에서 의자를 가져왔지. 매트라도 깔고 누웠다가는 그대로 곯아 떨어져 자네가 부르는 소리도 못 들을까봐 말이야."

"친절은 고맙지만 너무 그러지 말게. 그러다 혹시 전염이라도 되면 어떻게 하려고?"

"그땐, 자네가 간호해주면 될 게 아닌가."

하고 그리피스는 웃었다.

아침이 되자 그리피스가 덧문을 열었다. 하룻밤 내내 자지 못해 얼굴엔 피로의 기색이 역력했으나 여전히 활기있어 보였다.

"자, 몸을 씻어볼까."

그는 쾌활한 목소리로 말했다.

"내가 하겠어."

필립은 부끄러운 생각이 들어 대답했다.

"바보 같은 소리 하지 마. 그 독방에라도 들어갔다고 생각해봐. 간호사가 씻어줄 텐데. 나도 간호사만큼 씻길 줄 알아."

필립은 몸이 몹시 쇠약해져 있었기 때문에 그 이상 대항할 기력도 없어 시키는 대로 손, 얼굴, 발, 가슴 등 잠자코 그가 씻는 대로 내버려두었다. 그는 여자처럼 꼼꼼하게 해주었다. 그러면서도 계속 재미있는 이야기를 그치지 않았다. 다 끝나자 병원에서 하는 식으로 시트를 깔고 베개를 바로 고쳐주고 모포까지 말끔히 정돈해주었다.

"내 솜씨를 아서 간호원장한테 보이고 싶구먼. 깜짝 놀랄 거야. 그리고 디콘 선생은 아침 일찍 오신다고 했어."

"자네가 왜 이렇게 친절하게 해주는지, 난 도무지 영문을 모르겠는데."

"왜냐하면 내겐 아주 좋은 실습이 되거든. 환자를 갖는다는 것은 어느 모로 보나 재미있는 일이야."

그는 필립에게 아침 식사를 마련해주고 자신도 먹기 위해 옷을 갈아입고 나갔다. 그러나 그는 열시가 조금 못 되어 포도와 꽃 몇 송이를 들고 들어왔다.

"자넨 정말 친절한 사람이군."

필립은 감격하여 이렇게 말했다.

그는 결국 오 일간 누워 있었다. 노라와 그리피스가 교대로 간호해주었다. 그리피스는 나이가 필립과 동갑이었지만 가볍고 소탈한 성격이 어머니 같았다. 그는 무척 생각이 깊고 따뜻하고 쾌활한 청년이었는데 그 중에서도 가장 좋은 면은 역시 그가 대하는 모든 사람에게 마치 건강을 주는 것과 같은 왕성한 생활력을 내뿜는 것이었다. 필립은 대부분의 인간들이 어머니나 누이로부터 받은 애정이라는 것을 전혀 모르기 때문에 이 쾌활한 청년의 여성적인 부드러움이 뼈에 사무치도록 고마웠다. 필립의 병은 나날이 좋아졌다. 그러자 그리피스는 계속 필립의 방에 앉아 자신이 경험한 여러 가지 재미있는 일을 들려주었다. 그는 여자를 무척 좋아해서 한꺼번에 서너 여자와 관계하고 있었다. 그리고 거기에서 일어나는 귀찮은 일들을 피하기 위해 그가 생각해낸 여러 가지 꾀는 정말 재미있었다. 그는 그가 경험한 모든 사실에 대해 멋있고 낭만적으로 살을 붙여 얘기하는 재능을 갖고 있었다. 그는 빚에 쪼들리고 가진 것이라고는 모조리 전당포에 들어갔는데도 시종 쾌활했고 사치스러웠으며 인색하지 않았다. 천성적인 한량이라고나 할까, 속물 같은 장사꾼이나 사기꾼 같은 인간들을 좋아했기 때문에 런던의 술집을 휩쓸고 다니는 불량배들 사이에도 그의 얼굴은 꽤 알려져 있었다. 거리의 여자들도 그를 친구나 다름없이 대해 그들이 겪는 고통과 기쁨 같은 것을 숨김없이 털어놓았다. 야바위꾼들도 그의 가난한 생활을 잘 알고 있어서 식사를 대접하거나, 오 파운드 정도는 언제든지 빌려주었다. 그리고 시험에는 매번 떨어졌지만 당사자는 눈 하나 깜짝하지 않았다. 그리고 리즈에서 개업하고 있는 아버지가 부모된 도리로 꾸중이라도 하면 너무나 고분고분하게 들었기 때문에 그의 아버지도 진정으로 화를 내지 않았다.

"난 책에 대해선 아주 숙맥이란 말이야. 공부를 하려도 제대로 돼야 말이지."

그는 여전히 쾌활한 목소리로 말했다.

그는 정말 지나칠 정도로 즐거운 생활을 하였다. 그러나 그도 청춘을 마음껏 누린 뒤에는 의사 자격만 얻으면 다음엔 개업으로 크게 성공을 거둘 게 뻔했다. 왜냐하면 말로 표현할 수 없는 그의 장점이 병 같은 것을 금세 낫게 해줄 것이기 때문이다.

필립은 옛날 국민 학교 시절에 키가 크고 거칠으면서도 쾌활한 동급생을 숭배했듯이 지금도 또한 그를 숭배했다. 완쾌될 무렵에는 완전히 친구가 되었다. 그리고 필립은 그리피스가 자기의 조그만 거실에 앉아 예의 그 재미있는 이야기를 지껄여대고 연거푸 담배를 피워대는 것을 즐거운 마음으로 바라보았다. 필립은 때때로 그를 리젠트 가에 있는 술집으로 데

리고 갔다. 헤이워드는 그를 바보라고 무시했지만 로슨은 그의 매력을 인
정하여 초상화를 꼭 한 번 그려보겠다고 말했다. 파란 눈, 흰 피부에 곱
슬머리, 과연 그림과 같은 용모였다. 그들은 곧잘 그리피스가 전혀 모르
는 문제를 놓고 토론했는데, 그럴 때면 그는 항상 그 아름다운 얼굴에 선
량한 미소를 띠고 그냥 그렇게 앉아 있는 것만으로도 동료들에게 즐거움
을 더해주는 것이라는 듯(사실이 그렇기도 했지만) 조용히 앉아 있었다.
마칼리스터가 증권 중개인이란 사실을 알자 그는 곧 열심히 증권계의 이
야기를 묻기 시작하였다. 마칼리스터는 점잖게 미소를 띠고 만일 이러이
러한 주식을 이러이러한 때 사두었더라면 지금쯤은 큰 돈을 벌었을 것이
라고 말했다. 그 말을 듣자 필립도 군침이 돌았다. 그도 여러 가지로 예
상 이상의 돈을 쓰고 있었다. 만일 마칼리스터가 말하는 것과 같은 손쉬
운 방법으로 다소 돈벌이가 된다면 얼마나 고마운 일이겠는가.

"그래, 앞으로도 그런 좋은 정보가 들어오면 곧 알려줄게. 늘 돈을 버
리는 건 아니고 요컨대 문제는 때를 잘 만나야 해."

마칼리스터는 말했다.

만일 오십 파운드라도 좋으니까, 돈을 벌어 노라가 그토록 원하는 털
오버를 사줄 수 있다면 얼마나 좋을까, 필립은 그런 것을 생각하지 않을
수 없었다. 그는 리젠트 가에 있는 여러 상점을 상상하며 그 돈으로 살 수
있는 물건들을 골라보았다. 노라를 위해서라면 모든 것을 전당포에 잡혀
도 좋았다. 그녀는 어쨌든 나의 새 인생을 이토록 행복하게 해주니까.

69

어느 날 오후였다. 언제나와 같이 노라의 집에 차를 마시러 가기 전에
먼저 몸이라도 깨끗이 씻으려고 병원에서 돌아와 방문을 열고 들어가려
고 하는데 아주머니가 먼저 문을 열고 말했다.

"여자 손님이 와서 기다리고 계세요."

"제게요?"

필립은 자기도 모르게 소리쳤다.

놀랐다. 노라임에 틀림없었지만 그래도 무슨 용건으로 왔는지 전혀 짐

작이 가지 않았다.

　"방에 들어가게 해서는 안 된다는 것을 알고 있었지만 세 번씩이나 찾아와서 무척 난처한 얼굴을 하길래 그럼 잠깐 기다려보라고 말했어요."

　변명을 하는 그녀를 지나쳐서 방 안으로 뛰어들어갔다. 순간 심장이 내려앉았다. 밀드레드였다. 그녀는 의자에 앉아 있다가 그를 보자 당황스레 일어났다. 그러나 그녀는 가까이 오려고도 하지 않고 말을 건네려고도 하지 않았다. 그는 완전히 당황한 나머지 자신이 무슨 소리를 하는지도 모르고 중얼거렸다.

　"대체 무슨 일로?"

　그러나 여자는 대답 대신 울음을 터뜨렸다. 어깨를 축 늘어뜨린 채 마구 흐느껴 울었다. 마치 자리를 구하러 온 하녀 같은 모습이었다. 어쨌든 불쌍할 정도로 초라해 보였다. 필립은 자신의 기분을 가누지 못했다. 그래도 발길을 돌려 도망치고 싶은 충동을 느꼈다.

　"설마 당신과 만날 줄은 몰랐어."

하고 마침내 그는 입을 열었다.

　"저도 차라리 죽고 싶어요."

　여자가 울부짖듯 대답했다.

　필립은 여자를 그대로 서 있게 내버려두었다. 무엇보다도 먼저 자기를 어떻게 진정시켜야 할지 알 수 없었다. 무릎이 떨려왔다. 여자를 보며 그는 절망적으로 중얼거렸다.

　"어떻게 된 거야, 대체?"

　"밀러와 헤어졌어요."

　필립의 심장이 무섭게 뛰었다. 그는 처음으로 깨달았다. 난 여전히 이 여자를 사랑하고 있다. 한 번도 잊은 적이 없는 것이다. 그런데 이제 그 여자가 그의 눈앞에 가련한 모습으로 서 있다. 그대로 끌어안고 눈물에 젖은 그 얼굴에 마구 키스를 퍼붓고 싶었다. 아, 얼마나 오랜 이별이었던가! 잘 참고 용케도 견뎌왔던 것이다.

　"앉아. 그리고 한 잔 마셔요."

　그는 이렇게 말하고 의자를 불 옆으로 끌어당겨주었다. 그가 위스키 소다를 만들어주자 여전히 흐느끼며 그것을 마셨다. 여자는 슬픔에 젖은 커다란 눈으로 그를 바라보았다. 눈 밑에는 주름이 생기고 옛날에 보았을 때보다도 훨씬 여위고 창백해 보였다.

"당신이 청혼하실 때 승낙할 걸 그랬어요."

그 말을 듣자 필립도 왠지 모르게 가슴이 뜨끈해왔다. 마음을 억누르고 억지로 떼어놓았던 그녀와의 거리가 더 이상 버틸 수 없이 느껴졌다. 그는 살며시 여자의 어깨에 손을 얹었다.

"고생을 해서 안됐군."

그녀는 남자의 가슴에 얼굴을 묻고 미친 듯 울어댔다. 모자가 거추장스러웠던지 그녀는 벗어버렸다. 그녀가 이처럼 눈물이 많은 여자인 줄은 몰랐다. 그는 몇 번이나 여자의 입술에 키스했다. 한참 지나자 여자도 다소 마음이 가라앉은 모양이었다.

"필립, 당신은 언제나 친절하게 해주셨죠. 그래서 전 당신한테 찾아올 수 있다고 생각했어요."

"그보다 대체 어떻게 된 일이야. 자세히 말해봐요."

"말할 수 없어요, 말할 수 없어요."

그녀는 그에게서 몸을 떼며 말했다.

그는 여자와 나란히 무릎을 꿇고 앉아 여자의 뺨에 가만히 입술을 갖다 댔다.

"내게 말 못 할 게 어디 있어? 내가 한 번이라도 당신이 한 일을 가지고 화를 낸 일이 있소?"

여자는 띄엄띄엄 말하기 시작했지만 이따금 몹시 흐느껴 울었기 때문에 거의 알아들을 수 없는 말도 있었다.

"지난 주 월요일이었어요. 그이가 버밍엄에 갔어요. 목요일까지 돌아온다고 약속을 하고서. 그런데 금요일이 되어도 돌아오지 않지 뭐예요. 그래서 편지를 띄웠더니 그것마저 회답이 없어요. 그래서 다시 편지를 띄우고 곧 회답을 안 해주면 내 쪽에서 버밍엄으로 가겠다고 했죠. 그랬더니 오늘 아침 갑자기 변호사한테서 편지가 왔는데, 그런 권리가 없다는 거예요. 이 이상 귀찮게 굴면 법적인 조치를 해버리겠다고 써 있었어요."

"그럴 리가 있나." 필립은 외쳤다. "자기 처한테 어떻게 그런 짓을 할 수 있지? 싸움이라도 했소?"

  "네, 했어요. 일요일 날, 그이는 이제 내가 싫어졌대요. 하지만 그런 소리는 전에도 한 일이 있고 또 그럴 때마다 제게 다시 돌아왔거든요. 그래서 전 이번에도 믿지 않았죠. 내가 애가 생겼다고 하니까 그인 깜짝 놀랐어요. 저도 될 수 있으면 감추려고 했죠. 하지만 도저히 어쩔 수 없게 되어 말하니까, 그때 그인 정말 지독한 소릴 했어요. 그건 제 잘못이고 미리 무슨 방법이라도 세웠어야 하지 않느냐고 하잖아요. 그때 그 소리를 당신이 들으셨다면 기가 막혔을 거예요. 물론 저도 그때서야 알았어요. 그 사람은 절대 신사가 아니라는 걸 말예요. 돈도 한 푼 주지 않았어요. 저에게도 밀린 방세를 갚을 만한 돈이 없고 해서 집 주인 아주머니한테 혼이 났어요. 아주머니는 절 도둑년 취급을 해요."
  "난 당신들이 아파트를 빌린 줄 알았는데."
  "처음에는 그 집인줄 알았어요. 그런데 정작 빌린 건 하이베리에 있는 가구 달린 작은 방 하나였지 뭐예요. 정말 아주 치사한 사내였어요. 절 보고 사치스럽다고 하지만 어디 사치할 돈이나 제대로 주고 하는 말이었는 줄 아세요?"
  아무튼 사소한 일과 중대한 일을 혼동하는 여자이긴 했다. 필립은 할 말이 없었다. 이야기의 요점을 확실히 알 수가 없었다.
  "그렇게 지독한 남자 같지 않던데."
  "당신은 아직 그 남자를 몰라서 그래요. 제가 다시 돌아갈 줄 아세요? 설사 저쪽에서 찾아와 용서를 구한다고 해도 절대로 안 가요. 그런 남자를 좋아하다니 제가 바보였어요. 게다가 수입도 말한 것과는 딴판이에요. 정말 모두가 새빨간 거짓말이었어요."
  필립은 잠시 생각에 잠겼다. 그러다가 여자의 딱한 처지가 가엾어진 나머지 자기를 완전히 잊어버렸다.
  "그럼, 내가 버밍엄에 가볼까? 직접 만나서 담판을 해도 좋고."
  "아이 이제 그럴 가망도 없어요. 절대로 돌아오지 않을 거예요."
  "하지만 그렇다고 해도 위자료는 받아야 할 거 아냐. 그대로 주저앉고 말 순 없지. 난 잘 모르니까 역시 변호사한테 의뢰하는 게 좋겠군."
  "하지만 어떻게 부탁하죠? 전 돈도 한 푼 없는데."
  "그거야 내가 내주지. 내가 아는 변호사한테 편지를 써주겠소. 아버지의 유언을 집행해준 사람인데, 스포츠 맨이기도 해. 그럼 지금 당장 같이 갔다올까? 이 시간이면 아직 사무실에 있을 테니까.”

“아녜요, 편지만 써주시면 저 혼자 가보겠어요.”

그녀도 다소 진정이 된 것 같았다. 그는 책상에 앉아 편지를 썼다. 그리고 그녀가 무일푼이라는 말이 생각나, 바로 전날 수표를 현금으로 바꾸어둔 돈에서 오 파운드를 꺼내주었다.

“필립, 당신은 정말 친절하신 분이군요.”

“나도 기뻐. 당신을 도울 수 있으니.”

“지금도 좋아요, 제가?”

“응, 전과 똑같이, 조금도 달라지지 않았어.”

그는 약간 앞으로 내민 여자의 입술에 키스했다. 그녀의 태도에는 몸을 모두 맡긴다는 뜻에선지 전에는 절대로 볼 수 없었던 무엇이 있었다. 그도 괴로웠던 보람이 있었던 것이다.

여자는 돌아갔다. 정신을 차려보니까 두 시간은 족히 있은 셈이었다. 그는 가만히 앉아 있을 수 없을 정도로 행복했다.

“가엾게도, 가엾게도.”

그는 혼자 중얼거렸다. 가슴에는 지금까지 느끼지 못했던 커다란 애정이 일어났다.

여덟시경, 전보가 올 때까지 그는 노라를 완전히 잊고 있었다. 뜯어볼 것도 없이 그녀한테서 온 것이라는 것을 알았다.

‘무슨 일이 있었어요? 노라.’

어떻게 해야 할지 또 어떻게 회답을 해야 할지 몰랐다. 간혹 그랬듯이 연극이——지금도 바로 거기서 나온 길이다——끝난 다음 그녀와 함께 집까지 걸어갈 시간은 있었다. 그러나 웬일인지 오늘 밤만은 그녀와 만날 것을 생각하자 가슴속에서 맹렬한 반발이 일어났다. 편지를 쓸 생각도 해보았지만 아무래도 여느때와 마찬가지로 ‘사랑하는 노라’라고 쓸 용기가 나지 않았다. 결국 전보를 치기로 결정했다.

‘미안, 나갈 수 없었소. 필립.’

노라의 모습이 똑똑히 떠올랐다. 못생긴 작은 얼굴, 불쑥 나온 광대뼈, 강렬한 느낌의 얼굴빛을 생각하자 어쩐지 싫은 생각이 들었다. 그녀의 피부에는 뭔가 오싹 소름이 끼치게 하는 게 있었다. 전보를 친 후에는 의당 어떤 행동을 해야 할 줄은 알고 있었으나 일단 전보라도 한 장 쳐놓으면 우선은 급한 것은 면할 수가 있을 것이다.

이튿날 다시 한 장 쳤다.

'미안, 오늘도 못 감. 편지 보내겠음.'

밀드레드는 네시에 오기로 했다. 바쁜 시간이긴 했지만 차마 그 말을 입 밖에 낼 수가 없었다. 여자의 일을 먼저 해결해주고 싶었던 것이다. 그는 초조한 마음으로 기다렸다. 창으로 내다보고 있다가 여자의 모습이 나타나자 얼른 문을 열었다.

"그래 닉슨 씨를 만났소?"

"네, 하지만 소용없대요. 해결책이 도저히 없대요. 역시 억지로 웃고 참을 수밖에 도리가 없나봐요."

"하지만 그럴 수야 있나."

필립이 외쳤다.

여자는 지친 듯 털썩 주저앉았다.

"왜 그렇대?"

여자는 꾸깃꾸깃 구겨진 편지를 그에게 내주었다.

"이거 당신 편지예요. 사실은 가지 않았어요. 어제는 차마 얘기하지 못했어요. 정말 말할 수가 없었어요. 밀러는 저하고 결혼한 게 아녜요. 그 사람한텐 아내도 있고 자식도 셋이나 있어요."

필립은 돌연 질투와 고뇌로 가슴이 져려오는 것을 느꼈다. 도저히 견딜 수 없는 심정이었다.

"그래서 이제 새삼스럽게 작은 어머니 집에 돌아갈 수도 없고 해서 당신 곁을 찾아오게 된 거예요."

"그런데 왜 그런 남자한테 갔었지?"

그는 동정심이 생기려는 것을 억지로 누르며 나직한 목소리로 단호하게 물었다.

"저도 모르겠어요. 처음엔 부인이 있는 사람인 줄 몰랐어요. 그래서 그 사실을 들었을 땐 분명히 거절했어요. 그리고 나선 이삼 개월은 통 만나지 못했어요. 그런데 또 가게에 찾아와서 설득하는 바람에 저도 도저히 저 자신을 어쩔 수 없어서 그만 같이 가지 않고는 안 될 형편이 되고 말았어요."

"그래, 당신은 그 남자가 좋았나?"

"저도 잘 모르겠어요. 그 사람이 하는 말은 뭐든지 웃지 않고는 못 견딜 정도로 재미있었어요. 단지 그것뿐이었어요. 그 따위 남자한테 무엇이 있겠어요——결코 후회하진 않을 거다. 매주 꼭꼭 칠 파운드씩 주겠다 하고——그래요, 자기는 매주 십오 파운드씩 받고 있다고 했지만 그건 다 새빨간 거짓말이었어요. 사실과 다르지 뭐예요. 그때 전 매일 아침 상점에 나가는 것이 죽기보다 싫었고 작은 어머니하고도 약간 말썽이 생겨서 곤란을 당하고 있었어요. 작은 어머니는 나를 친척이라기보단 가정부 취급을 했어요. 자기 방 청소는 자기가 맡아 하라는 거예요. 그래서 제가 하지 않으면 아무도 해주는 사람이 없었어요. 아아, 지금 와서 생각해보면 정말 몹쓸 짓을 했나봐요. 그래서 그 사람이 와서 같이 살자고 했을 때는 다른 생각이 들지 않았어요."

필립은 여자한테서 떨어진 후 책상 앞에 앉아 얼굴을 두 손에 묻었다.

"화났어요, 필립?"

기어들어가는 목소리였다.

"응."

그는 머리를 들었지만 고개는 여전히 돌린 채 대답했다.

"정말 괴롭군."

"왜요?"

"이제 말하지만, 난 정말 당신이 좋았소. 당신의 마음을 잡을 수 있는 일이라면 무슨 짓이든지 했소. 그러면서 때때로 당신이 이미 남을 사랑할 수 없는 사람이 아닌가 생각한 일도 있었소. 그런데 그런 당신이 그 남자를 위해서는 모든 것을 다 희생한 여자라는 것을 알았을 때의 내 고통을 좀 생각해보오. 대체 그 남자의 어디가 그렇게 좋았소?"

"정말 미안해요. 저도 무척 후회했어요, 정말."

그는 밀러의 모습을 떠올려보았다. 부은 듯한 창백한 얼굴, 음침한 푸른 눈, 멋은 부렸으나 천해 보이던 복장. 그러고 보니 언제나 빨간 털 조끼를 입고 다녔다. 필립은 크게 한숨을 내쉬었다. 여자가 일어나 그의 곁으로 다가와 한 팔로 그의 목을 안았다.

"필립, 언젠가 당신 결혼하자고 하셨죠. 저는 잊지 않고 있어요."

그는 여자의 손을 잡고 쳐다보았다. 여자는 얼굴을 숙여 키스했다.

"필립, 당신의 마음이 아직도 변함이 없다면 이번엔 당신이 하라는 대로 하겠어요. 전 이제야 알았어요. 당신이야말로 가장 훌륭한 신사라는 것을."

순간 그는 심장이 멎는 것 같았다. 그렇지만 아무리 그렇더라도 약간 불쾌했다.

"호의는 고맙소. 하지만 어렵겠는걸."

"왜요, 이젠 제가 싫어졌어요?"

"그렇지 않아. 지금도 마음으로부터 사랑하고 있어."

"그럼 왜 안 된다는 거예요? 모처럼 좋은 기회인데 왜 즐기려고 하지 않죠? 네? 이젠 아무래도 괜찮잖아요."

그는 여자의 팔에서 빠져나왔다.

"당신은 아직 몰라. 그야 난 처음 당신을 봤을 때부터 무척 사랑했소. 하지만 지금은——아무래도 그 남자 때문에. 불행히도 나란 인간은 너무 상상력이 강해서 생각만 해도 참을 수 없소."

"이상한 분이군요, 당신이라는 사람은, 참."

그는 다시 한 번 여자의 손을 잡고 미소를 지었다.

"물론 당신의 마음은 고맙소. 몇 번 고개를 숙여도 부족할 지경이오. 하지만 아무리 해도 이 기분만은 나도 도저히 어쩔 수 없소."

"당신은 정말 좋은 분이군요."

그 후에도 여러 가지 이야기를 하며 두 사람은 옛날처럼 다정한 사이가 되었다. 시간이 꽤 지나갔다. 함께 식사를 하고 극장 구경이나 가자고 필립이 제안했지만 여자는 한참 동안 응해주지 않았다. 그것도 그럴 것이 이러한 경우 그녀로서는 일단 끝까지 연기를 해야 했을 거고 또 그러자면 극장 구경 같은 것은 자기의 궁한 입장에서는 도저히 어울리지 않는 것을 본능적으로 깨닫고 있었기 때문이었다. 마침내 필립은 자기를 기쁘게 해주는 의미에서 같이 가자고 청하기에 이르렀다. 그래서 결국 그 여자도 승락하고 말았으며 여자의 이러한 배려가 필립을 기쁘게 했다. 그녀는 전에 둘이 곧잘 가던 소호의 작은 식당으로 가고 싶다고 했는데 이것 또한 그를 무척 기쁘게 만들었다. 그런 말을 하는 것을 보니 지난날의 행복스러웠던 일들이 아직 기억에 남아 있는 것 같았기 때문이다. 식사가 진행됨에 따라 그녀는 차츰 원기를 회복했다. 모퉁이 술집에서 사온 포도주가 그녀의 마음을 한결 따뜻하게 해준 모양이었다.

그녀는 어느 새 자기가 슬픈 표정을 지어야 한다는 것을 잊고 있었다. 필립은 이런 때 장래에 대한 이야기를 하는 것이 괜찮을 것이라고 생각했다.

“그럼 당신에겐 지금 돈이 한 푼도 없소?”

필립이 적당한 기회를 보아 물었다.

“물론이죠. 어제 당신한테 받은 것밖에 없어요. 그 중 삼 파운드는 하숙집 아주머니한테 드렸지만.”

“그럼 이럭저럭 해나가려면 십 파운드는 있어야겠군. 편지를 내도록 부탁해보지. 틀림없이 얼마쯤은 받아낼 수 있을 거야. 백 파운드만 받으면 어린애를 낳을 때까진 어떻게 되지 않을까?”

“전 그런 남자한테서는 돈 한 푼 받아내기 싫어요. 차차리 굶어 죽으면 죽었지.”

“하지만 사람을 이렇게 만들어놓고 그대로 내버리다니 말이나 되오?”

“하지만 제게도 자존심은 있어요. 그걸 생각해야죠.”

필립은 약간 곤란해졌다. 어떻든 의사 면허를 딸 때까지는 돈이 떨어지지 않도록 절약할 필요가 있었고, 그 후에도 지금 이 병원이나, 아니면 딴 병원에서 외과의나 내과의로 근무할 일 년이라는 기간을 위해서도 다소 여유를 둘 필요가 있었다. 그러나 방금도 밀드레드는 밀러는 더러운 구두쇠라고 마구 욕을 했다. 그래서 한 번에 반대하기도 무서웠다. 이번엔 그 자신이 구두쇠라는 말을 들을 염려가 있었기 때문이다.

“아무튼 저 그런 남자한테서는 한 푼도 안 받을 작정이에요. 차라리 거지가 되는 한이 있더라도. 일자리도 그 전 같으면 얼마든지 얻을 수 있겠지만 지금같이 몸이 이래서는 그것도 무리예요. 역시 몸도 좀 돌봐야 하니까요.”

“아니, 뭐 지금 당장 일은 걱정하지 않아도 돼. 다시 일 할 수 있을 때까진 내가 돌봐줄 테니까."

"당신만이 저를 돌봐주실 유일한 분이에요. 밀러한테도 말했어요. 나도 갈 데가 있다고요. 당신만이 가장 훌륭한 신사라는 말도 해주었어요."

듣는 동안에 헤어진 사정을 차츰 알 수 있었다. 밀러가 런던에 올라와서 밀드레드와 관계를 갖게 되자 제일 먼저 눈치를 챈 부인이 남편 회사의 사장한테로 쫓아간 모양이다. 그녀는 이혼한다고 위협하고 회사는 또 회사대로 해결하지 못하면 해고하겠다고 분명히 말했다.

그는 몹시 자식을 귀여워하는 성격이라 도저히 아이들과 헤어질 수가 없었다. 결국 본처냐, 정부냐, 하는 입장에서 그는 본처를 택한 것이다. 그러니까 되도록 복잡한 일이 생기지 않게 하기 위해서 어린아이만은 안 생기도록 관계를 해왔었는데, 마침내 밀드레드도 그 이상 숨길 도리가 없어 임신한 사실을 털어놓게 되자 그는 당황해버렸다. 그래서 고의로 트집거리를 만들어 싸움을 하고 그대로 여자를 버리고 만 것이다.

"그래, 낳을 달은 언제야?"

"삼월 초예요."

"그럼, 앞으로 석 달밖에 안 남았군."

계획을 세울 필요가 있었다. 밀드레드는 그대로 하이베리의 하숙집에 머물러 있을 생각은 없다고 분명히 말했다. 필립의 입장에서도 좀더 가까이 오는 것이 편했다. 내일 여기저기 찾아보자고 약속했다. 그녀는 복스홀 브리지 근처가 좋을 것 같다고 말했다.

"그 근처가 나중에도 가까워서 좋아요."

"무슨 뜻이야, 그건?"

"제가 옮긴대도 아마 거기선 두 달이나 조금 더밖에 못 살 거예요. 그 다음에 옮길 수 있는 아주 좋은 집이 한 집 있어요. 집도 썩 좋고 사람들도 모두 훌륭한 사람들뿐이에요. 집세는 일 주일에 사 기니이고 딴 건 아무것도 필요없어요. 그야 물론 의사한테 치를 돈은 별도지만 달리 들 돈은 그것밖에 없어요. 저의 친구 한 사람이 세들어 있는데, 그 집 아주머니가 좋은 분이래요. 전, 남편이 인도에 가 있는 장교이고 어린애를 낳아야 하고 건강도 고려해야 하므로 런던에 와 있다고 해둘 참이에요."

이 말을 들을 필립은 놀라지 않을 수가 없었다. 가냘픈 작은 몸집에 창백한 얼굴, 여자는 냉정한 표정을 짓고 있었다. 예기치 못한 정열이 여자의 가슴속에서 타오르고 있다고 생각하자 그의 마음은 기묘하게 뒤흔들리며 심장의 고동이 빠르게 뛰었다.

70

하숙집에 돌아왔을 때 필립은 노라에게서 꼭 편지가 와 있으려니 생각했는데 의외로 아무것도 와 있지 않았다. 이튿날 아침이 되어도 아무 소식이 없었다. 이 상황이 그를 화나게도 하고 불안하게도 만들었다. 런던에 있는 동안 그는 그녀와 매일 만났다. 그러한 그가 이틀씩이나 이유도 알리지 않고 가지 않았으니 그녀는 틀림없이 이상하게 생각 했을 것이다. 혹시 운이 나쁘게도 밀드레드와 같이 있는 것을 들킨 것은 아닐까 하고 생각해보았다. 그녀를 마음 상하게 하거나 불행하게 하는 것은 생각만 해도 견딜 수 없는 일이었다. 오늘 오후 꼭 찾아가보리라 결심했다. 필립은 노라와 이러한 관계를 맺게 된 것은 그녀의 탓이라고 생각하고 싶었다. 하여튼 이러한 관계를 계속해 나간다는 생각만 하여도 소름이 끼치는 일이다.

그는 복스홀 브리지에 있는 어떤 삼층 집에 밀드레드를 위하여 시끄럽긴 했지만——그녀는 창 아래에서 마차 소리가 들려오는 것을 좋아했기 때문에——안심하고 방을 정했다.

"하루 종일 사람 하나 안 지나가는 그런 거리는 싫어요. 저는 활기찬 인생이 좋아요."

그리고 그는 무거운 다리를 억지로 끌고 빈센트 광장 쪽으로 갔다. 벨을 누를 때는 무서운 불안감이 엄습해왔다. 노라에게 미안한 것 같아 가슴이 죄었다. 노라가 그를 나무랄까 두렵기도 하였다. 성미가 급한 여자라는 것을 알고 있었고 그는 또 말다툼 같은 건 아주 질색이었다. 결국 가장 좋은 방법은, 밀드레드가 돌아왔는데 만나보니까 자기의 애정은 조금도 변함이 없더라, 정말 미안하지만 이 이상 당신에게는 아무것도 줄 것이 없다는 식으로 분명히 말하는 것일는지도 몰랐다. 그러나 그러면 또 노라가 괴로워할 것이 마음에 걸렸다. 어쨌든 그녀는 그를 사랑하고

있다. 전에는 그것이 자랑스럽고 감사하기까지 했지만 지금 이렇게 되고
나니까 견딜 수 없는 심정이었다. 하여튼 그녀로서는 그한테서 그렇게 지
독한 꼴을 당할 이유는 털끝만큼도 없을 것이다. 그녀는 뭐라고 하며 맞
아줄까? 그는 여러 가지를 생각해보았다. 계단을 올라가면서 그녀가 취
할 행동이 차례차례 떠올랐다간 사라졌다. 문을 노크한 후 천천히 문을
열었다. 얼굴에서 피가 싹 가시는 것 같았고 이런 마음의 동요를 어떻게
감출까 궁리했다.

노라는 뭔가 열심히 쓰고 있다가 그를 보자 벌떡 일어나며 소리쳤다.

"아아, 발소리로 알았어요. 개구쟁이 어린애, 대체 어디 숨어 있다 왔
죠?"

그녀는 기쁜 듯 다가와 그의 목을 안았다. 만나서 정말 기쁘다고도 말
했다. 그는 우선 키스를 하고 마음을 진정시키기 위해 차를 한 잔 청
했다. 여자는 재빨리 불을 피워 물을 끓였다.

"어떻게 바쁜지 틈을 낼 수 있어야지."

그는 자기가 생각하기에도 유치한 변명을 했다.

여자는 여느때와 다름없이 즐겁게 이야기를 시작했다. 지금까지 한 번
도 주문을 받아보지 못한 어떤 출판사에서 중편을 주문해와서 계약했다
는 얘기며 그것을 끝내면 십오 기니는 받을 수 있다는 얘기였다.

"하늘에서 떨어진 돈이나 마찬가지예요. 아주 좋은 생각이 있어요. 그
돈으로 옥스퍼드 대학에 다녀오지 않겠어요? 그 대학을 꼭 한 번 보고
싶어요."

그는 혹시 여자의 눈에 비난의 그림자는 없는지 그윽이 살펴보았다. 그
러나 그것은 보통때와 조금도 다름없는 맑고 명랑한 눈이었다. 그녀는 만
난 것만으로도 한없이 기뻤던 것이다. 그는 힘이 쑥 빠지는 것을 느꼈다.
이래서는 도저히 그 사실을 입밖에 낼 수 없다. 여자는 토스트를 만들어
그것을 어린아이에게 하듯 그의 입에 넣어주었다.

"내 귀여운 고양이, 이제 배가 불러요?"

그는 웃으며 고개를 끄덕였다. 이번엔 담배를 물려주었다. 그리고 언제
나 그렇게 하듯 그의 무릎에 올라가 앉았다. 무척 가벼웠다. 그의 두 팔
에 안겨 힘없이 기대앉자 행복에 취한 듯한 한숨을 쉬었다.

“무슨 얘기 좀 해주세요. 다정한 얘기.”

그녀는 속삭이듯 말했다.

“글쎄, 무슨 얘기를 할까?”

“상상하는 것만이라도 좋으니까 저를 좋아한다고 좀 해주세요.”

“그런 건 벌써 알고 있잖아.”

이래서는 도저히 말할 용기가 나지 않을 것이다. 오늘 하루만은 행복하
게 놔두자. 나중에 편지로 알려줄 수도 있다. 오히려 그쪽이 더 나을는지
도 모른다. 그녀가 울 걸 생각하니 참을 수 없었다. 여자는 그의 얼굴을
당겨 키스를 요구했다. 그러나 키스하면서도 그는 밀드레드의 핏기없는
얇은 입술을 생각했다. 밀드레드의 생각이 마치 환영처럼, 그러나 그렇다
고 해서 단순한 환영이라기보다는 뭔가 좀더 실제적인 형태로 항상 그의
의식에 달라붙어 그의 주의력을 쉴새없이 휘저어놓았다.

“오늘은 왜 이렇게 말이 없어요?”

노라가 말했다.

노라의 수다는 두 사람 사이에 언제나 농담거리가 되어왔기에 그는 가
볍게 대꾸했다.

“당신이 언제 내게 말할 틈이나 주었소? 그래서 난 말하는 법을 잊어
버린 모양이야.”

“당신은 제 말을 처음부터 안 듣고 계셨어요. 그건 실례예요.”

그는 약간 얼굴이 붉어졌다. 혹시 비밀을 눈치챈 것은 아닌가 하고 생
각했다. 그는 불안해서 시선을 피했다. 여자의 몸무게가 오늘따라 견딜
수 없이 느껴졌다. 몸이 닿는 것도 어쩐지 싫었다.

“발이 저린데.”

“어마, 미안.” 그녀는 소리치며 뛰어내렸다. “나 음식 조절을 좀 해야
겠어요. 남자 무릎에 올라앉는 이 버릇을 고치지 않으려면.”

그는 일부러 일어서서 다리를 쾅쾅 굴러보기도 하고 주위를 돌아다니
기도 했다. 그러고는 여자가 두 번 다시 못 오르게 난로 앞에 가 섰다. 말
하는 것을 듣고 있노라면 이 여자가 밀드레드보다는 열 배나 더 나은 여
자같이 느껴졌다. 하여튼 그녀는 그를 유쾌하게 해주었고 즐거운 이야기
상대로도 훨씬 나았다. 머리도 좋고 인간적으로 훨씬 부드러웠다. 마음씨

가 좋고 용기가 있고 귀엽고 정직한 여자였다. 밀드레드에게는 이러한 형용사가 하나도 적용이 안 되었다. 만일 조금이라도 그에게 분별이 있다면 당연히 노라 쪽을 택해야 했다. 어쨌든 밀드레드와 같이 있을 때보다는 훨씬 그를 행복하게 해주니까. 요컨대 그녀는 나를 사랑하고 있지만 밀드레드는 다만 그의 도움에만 감사하고 있을 뿐이었다. 그러나 결국 가장 중요한 것은 사랑을 받는 것이 아니라 사랑을 하는 것이었다. 그는 마음 깊이 밀드레드를 요구하고 있었다. 노라와 함께 오후 내내 있기보다는 단. 십분이라도 좋으니까 밀드레드와 같이 있고 싶었다. 노라한테서 받는 모든 것보다도 차가운 밀드레드의 키스가 훨씬 더 좋았다.

'이 점만은 할 수 없다.' 그는 생각했다. '그 여자는 벌써 내 피와 살이 되어버린 것이다.'

그녀가 아무리 냉혹하고 악질이고 천하고 어리석고 탐욕스럽다 하더라도 그런 것은 아무래도 좋았다. 그냥 무조건 사랑하고 싶었던 것이다. 노라와 같이 행복하기보다는 차차리 불행하더라도 밀드레드와 같이 있는 것이 훨씬 즐거웠다. 필립이 일어나 돌아가려고 하자 노라는 무심한 얼굴로 말했다.

"그럼 내일 또 와주시는 거죠?"

"응."

그는 짧게 대답했다. 내일은 밀드레드의 이사를 도와야 하기 때문에 오지 못할 것이다. 그러나 그 말을 할 용기가 나지 않았다. 결국 전보를 치기로 결심했다. 이튿날 오전 밀드레드는 방을 보고 아주 만족해했다. 필립은 점심을 마치고 함께 하이베리로 갔다. 짐이라고는 의복을 넣은 트렁크가 하나, 그 외 자질구레한 물건을 넣은 트렁크가 또 하나, 그리고 다소 가정적인 분위기를 풍기는 쿠션, 램프 갓, 사진틀 따위를 싼 것이 있었다. 그 밖에 커다란 마분지 곽이 두어 개 있었지만 모든 걸 다 합쳐도 사륜 마차 뚜껑 위에 싣기도 넉넉할 정도였다. 빅토리아 거리를 지날 때는 혹시 노라가 지나가지나 않을까 하고 마차 깊숙이 몸을 숨겼다. 사실은 아직 전보도 못 쳤지만, 그렇다고 복스홀 브리지 근처 우체국에서 칠 수도 없었다. 왜냐하면 그녀 쪽에서는 대체 그런 데서 무얼 했을까 하고 의심할 염려가 있었고, 또 거기까지 와서 그녀가 살고 있는 광장까지 못

갔다는 것은 얘기가 안 되었다. 할 수 없다. 일단 가서 반 시간이라도 좋으니까 만나고 오는 것이 좋겠다고 결정을 했으나 의무라고 생각하자 불쾌해졌다. 이런 비굴한 잔꾀까지 부려야 한다고 생각하자 노라라는 여자에게 몹시 화가 났다. 그러나 밀드레드를 생각하면 그는 마냥 행복했다. 짐 푸는 것을 도와주는 것도 즐거웠고, 또 그가 방세까지 치른 방을 잡아 그녀가 묵게 된 것도 어쩐지 자기의 여자 같은 생각이 들어 몹시 기뻤다. 그녀를 위해서라면 뭐든지 해주고 싶었다. 그로서는 여자를 위해서 하는 일이면 무조건 즐거웠고 여자는 또 자기를 위해서 기꺼이 일해주려는 사람이 있을 때는 손끝 하나 까딱 하지 않았다. 그는 여자의 짐을 풀어서 의복을 정리해주었다. 여자가 오늘은 외출하지 않겠다고 하였기 때문에 그는 슬리퍼를 꺼내오고 구두를 벗겨주었다. 밀드레드를 위해서는 하는 이런 일조차도 그에게는 즐겁게만 생각되었다.

필립이 쭈그리고 앉아서 구두 단추를 벗기자 그녀는 자못 애정 어린 손길로 그의 머리카락을 어루만지며 말했다.

"당신은 정말 저를 사랑하시는군요."

그는 그 손을 잡고 키스했다.

"잘 와주었소. 정말 잘 했소."

그러고는 쿠션과 사진틀을 정돈해주었다. 청자 항아리가 서너 개 있었다.

"좋아, 여기다 꽃을 사다 꽂지."

그는 말했다.

그는 자랑스러운 듯 자기가 한 일을 둘러보았다.

"저, 이제 외출하지 않을 테니까 티 가운 갈아입겠어요. 뒤의 훅을 좀 끌러주세요."

이렇게 말하면서 그녀는 마치 상대가 여자이기나 한 것처럼 태연히 그에게 등을 돌렸다. 그가 남자라는 것을 조금도 문제삼지 않는 것 같았다. 그러나 그의 마음은 이러한 요구까지 정다워 오히려 감사한 마음으로 가득 찼다. 그는 서투른 솜씨로 여자의 훅을 따주었다.

"처음 당신 찻집에 갔을 때만 해도 설마 내가 이런 것까지 해주게 될 줄은 꿈에도 몰랐어."

54

그는 억지로 웃음을 띠며 말했다.

"그렇지만 이런 일은 누군가 꼭 해줘야 해요."

그녀는 침실로 들어가더니 값싼 레이스로 장식한 연푸른 빛깔의 티 가운으로 갈아입고 나왔다. 필립은 그녀를 긴 의자에 앉히고 그녀를 위해 차를 끓였다.

"안됐지만 함께 마실 시간이 없소." 그는 섭섭한 듯 말했다. "아주 사소한 한 가지 약속이 있어서 말이야. 하지만 삼십분 후면 돌아올 거야."

무슨 약속이냐고 만일 묻는다면 어떻게 대답할까, 그게 걱정이었지만 다행히 여자는 그런 것엔 전혀 흥미가 없는 것 같았다. 방에 들어올 때 미리 두 사람분의 식사를 주문해두었으니 밤에 조용히 이야기나 하자고 말했다. 빨리 돌아와야 했기 때문에 그는 복스홀 브리지로 가는 전차를 탔다. 노라에게 가는 즉시 오늘은 오륙 분밖에 시간의 여유가 없다고 솔직하게 말하기로 마음 먹었다.

"오늘은 정말 인사할 시간밖에 없어. 눈코 뜰 새 없이 바빠서 말이야."

방에 들어가자마자 그는 말했다.

순간 노라의 얼굴이 어두워졌다.

"대체 왜 그래요?"

싫어도 거짓말을 해야 한다고 생각하자 화가 치밀었다. 그래서 병원에서 실습 강의가 있기 때문에 거기에 나가봐야 한다고 대답했을 때는 스스로도 얼굴이 새빨개지는 것을 느꼈다. 여자도 그런 말을 누가 믿을 줄 아느냐는 듯한 얼굴을 짓는 것 같아 더욱 울화가 치밀었다.

"네, 좋아요. 하지만 그 대신 내일은 하루 종일 같이 있어 줘야 해요."

그는 멍하니 여자의 얼굴을 쳐다보았다. 내일은 하루 종일 밀드레드와 같이 지낼 것을 즐겁게 기다리고 있었던 것이다. 내일은 해야 할 일이었고, 도저히 낯선 집에 그녀 혼자 내버려둘 수도 없었다.

"대단히 미안한 일이지만, 내일은 또 선약이 있어서."

여기까지 말하고 나자 드디어 그도 어떻게든 피하려 했던 본심을 털어놓을 때가 왔다는 것을 깨달았다. 노라의 얼굴이 갑자기 빨갛게 상기됐다.

"하지만 고든 씨 내외를 점심에 초대하기로 했는데 어떻게 하죠?"

고든 씨 부부란 지방 공연을 마치고 일요일에는 런던으로 돌아오기로 되어 있는 배우와 그 부인을 말하는 것이다.

"일 주일이나 전에 미리 말했었잖아요."

"잊어버렸어. 정말 미안해. 아무래도 올 수 없을 것 같은데, 누구 딴 사람을 부를 수 없을까?"

"당신, 내일 일이라는 게 대체 뭐예요?"

"그렇게 심문하듯 꼬치꼬치 캐묻지 말아."

"말하고 싶지 않은 거죠?"

"말하는 건 조금도 상관없지만, 그렇게 일일이 보고하기는 싫어."

노라의 얼굴색이 확 변했다. 그러나 겨우 화를 참고 그의 곁으로 다가가 두 손을 잡았다.

"필립, 내일은 절 실망시키지 마세요. 당신과 함께 지낼 것을 얼마나 기다리고 있었는지 아세요? 고든 씨 내외도 당신을 만나보고 싶어해요. 내일은 정말 재미있을 거예요."

"물론 가능하면 오고 싶지만."

"제가 무리한 요구를 하는 건가요? 저도 당신이 싫어하는 건 조금도 부탁하고 싶지 않아요. 하지만 이번 한 번만 꼭 그 얄미운 약속을 취소해 주세요, 네?"

"정말 미안하지만 취소할 수 없을 것 같아."

그는 퉁명스럽게 대답했다.

"그 약속이라는 게 대체 뭐예요?"

그녀는 교태 섞인 어조로 물었다.

그러나 그는 계속 거짓말을 했다.

"그리피스의 누이동생 두 사람이 올라오기로 되어 있는데, 우리 둘이서 데리고 다니기로 했소."

"뭐 그런 걸 가지고 그러세요? 그렇다면 그리피스는 당신 말고도 딴 사람을 얼마든지 구할 수 있잖아요."

그녀는 무척 다행이라는 듯 말했다.

좀더 그럴 듯한 구실을 찾아낼 걸 그랬다고 생각했다. 하여튼 형편없이 졸렬한 거짓말이었다.

"응, 그런데 그게 안 될 것 같아. 단단히 약속을 했고 또 약속한 건 지키야 할 테니까."

"하지만 그렇다면 저하고도 약속을 하셨잖아요. 따지고 보면 제가 먼저예요."

"너무 그렇게 고집을 부리지 마."

여자는 발끈 화를 냈다.

"오기 싫으니까 못 온다는 거죠. 생각해보면 요 이삼 일 동안에도 뭘 했는지 알 게 뭐예요. 아주 달라졌군요."

그는 시계를 보았다.

"아, 이제 슬슬 가봐야 해."

"그럼 내일 안 오세요?"

"응."

"그럼 이제 두 번 다시 안 와도 좋아요."

마침내 여자는 참다 못 해 소리를 질렀다.

"그야 뭐 당신 좋을 대로."

"그래요. 그러니까 나도 이제 당신을 붙잡지 않겠어요."

여자는 빈정대는 투로 말했다.

필립은 어깨를 으쓱하고 밖으로 나왔다. 그 정도로 그친 것이 다행이었다. 울고불고 하면 어떻게 했을 것인가. 한시름 놓게 되었다. 그는 길을 걸으면서 이토록 간단하게 해결할 수 있는 것을 스스로 축하해마지않았다. 빅토리아 거리에 와서 밀드레드에게 가지고 갈 꽃을 샀다. 저녁 식사는 대단한 성공이었다. 그녀가 좋아하는 캐비아 단지를 필립이 가지고 왔고, 하숙집 아주머니가 야채를 넣은 커틀릿 요리와 푸딩을 만들어주었다. 필립은 또 밀드레드가 좋아하는 버건디 주를 주문했다. 커튼을 내리고 불을 피우고 밀드레드가 가지고 온 갓을 램프에 씌우자 방 안은 말할 수 없이 좋아졌다.

"이렇게 하니 가정이라도 꾸민 것 같군."

필립은 웃으면서 말했다.

"하지만 이렇게 살 생각은 없었어요."

식사가 끝나자 필립은 안락의자를 두 개 난로 앞으로 가지고 가서 둘이 나란히 앉았다. 그는 편안한 기분으로 담배를 피워 물었다. 무척 행복하고 포근한 기분이었다.

"내일은 어떻게 할까?"

"아, 내일은요, 저 털즈 힐에 가기로 했어요. 왜 기억하고 계시죠? 찻집의 여지배인 말예요, 그 사람도 결혼했어요. 한 번 꼭 놀러오라고 초대를 받았지 뭐예요. 물론 저도 결혼한 줄 알고 말예요."

필립은 마음은 갑자기 어두워졌다.

"하지만 난 당신하고 일요일을 함께 지내려고 초대까지 거절해버렸는데."

그는 털끝만큼이라도 애정이 있는 여자라면 이런 경우 가지 않고 집에 있겠다고 말할 것이라고 생각했다. 노라 같으면 틀림없이 그렇게 말했을 것이다.

"당신도 참 딱하신 분이군요. 전 벌써 석 주일 전부터 약속했단 말예요."

"하지만 혼자서 가는 것이 좋을까?"

"남편은 장사 일로 집에 없다고 하죠, 뭐. 그 여자 남편은 장갑 장사를 하는 사람인데 아주 멋진 사람이래요."

필립은 입을 꽉 다물었다. 쓰라린 감정이 가슴을 스쳐갔다. 여자는 옆눈으로 힐끗 보며 말했다.

"필립, 이 정도의 조그만 기쁨을 안 된다곤 하시지 않겠죠? 제가 외출하게 되는 것도 이게 마지막이 될지도 몰라요. 게다가 약속까지 해놓았단 말예요."

그는 여자의 손을 잡고 미소를 지어 보였다.

"뭐든지 당신 좋을 대로 해요. 내 소원은 오직 당신의 행복뿐이니까."

소파 위에 푸른 장정을 한 작은 책 한 권이 펼쳐진 채 뒤집혀져 놓여 있었다. 필립은 무심코 그것을 들여다보았다. 이 펜스짜리 싸구려 소설로 작가는 코테니 페이지트로 되어 있었다. 페이지트는 다름 아닌 노라의 필명이었다.

"저는 이 사람 소설을 참 좋아해요." 밀드레드가 말했다. "모조리 읽어보았어요. 아주 세련되고 멋이 있어요."

그러자 언젠가 노라가 자기의 작품에 대해 이렇게 말하던 것이 생각났다.

"내 소설 말예요, 가정부들한텐 아주 인기가 있어요. 꽤 그럴 듯하게 보이는 모양이죠."

71

필립은 그리피스한테서 여러 가지 고백을 들은 대가로 그도 복잡한 이삼각 관계를 모조리 털어놓았다. 일요일 아침 식사가 끝나자 두 사람은 잠옷 차림으로 난로 앞에 앉아 담배를 피우면서 그 전날 겪은 일을 모조리 이야기하였다. 그리피스는 필립이 그토록 귀찮은 관계에서 쉽게 빠져나온 것을 기뻐했다.

"여자와 관계를 맺기는 아주 간단한데 말이야." 그는 무척 자신 있는 어조로 말했다. "손을 끊기란 여간 힘든 일이 아니야."

스스로 생각하기에도 정말 멋지게 해냈다. 필립은 자기 등을 자기가 치고 싶은 심정이었다. 하여튼 그로서는 속시원하게 되었다. 그는 털즈 힐에서 즐겁게 보내고 있을 밀드레드를 생각해보았다. 그녀가 행복하다면 그것만으로 그는 만족했다. 설사 그 자신은 실망한다 하더라도 그녀의 기쁨을 방해하지 않았다는 것을 생각하자 그는 아주 만족스러웠다. 그러나 월요일 아침이 되자 책상 위에는 노라한테서 온 편지가 놓여 있었다.

토요일엔 너무 심한 말씀을 드려서 미안했어요. 용서하시고 여느때와 다름없이 오후 차 시간엔 꼭 와주세요. 전 진정 당신을 사랑하고 있어요.

당신의 노라로부터

그는 가슴이 내려앉는 것을 느꼈다. 어떻게 해야 좋을지 알 수 없었다. 편지를 그리피스에게 보였다.

"회답을 안 하는 게 좋아."

그는 말했다.

"하지만 그럴 순 없어. 그 여자가 눈이 빠지게 기다릴 생각을 하면 난 견딜 수 없어. 우체부의 노크 소리만큼 기다리기 어려운 것도 없을 거야. 자넨 모르겠지만 난 잘 알고 있어. 그러니까 다른 사람한테 그렇게 할 순 없어.”

“하하, 자네두 참. 이런 문제는 누군가 한 사람이 고통을 당하지 않으면 처리가 안 되는 거야. 그러니까 자넨 이를 악물고 참아야 해. 꼭 한 가지 말해둘 건, 이런 고통은 결코 오래 지속되지 않는다는 거야.”

그러나 아무리 생각해도 노라가 그런 지독한 고통을 당할 이유는 없을 것 같았다. 그녀가 얼마나 괴로워할지 그리피스가 알 리가 없었다. 언젠가 밀드레드가 결혼하게 되었다고 말했을 때 그는 얼마나 괴로워했던가, 문득 그 생각이 났다. 그러자 그는 남에게는 도저히 그럴 수 없다고 생각했다.

“그렇게 괴롭히기 싫으면 다시 돌아가면 될 거 아냐.”

그리피스는 말했다.

“그럴 수는 없어.”

그는 벌떡 일어나 초조한 듯 방 안을 왔다갔다 했다. 그날로 일을 끝내주지 않은 노라라는 여자에게 화가 나 견딜 수 없었다. 그에게 사랑이 없다는 것은 이미 다 아는 사실, 그런 것을 눈치채는 데는 누구보다 예민한 것이 여자라고 하지 않는가.

“자네, 어떻게 좀 도와줘.”

그는 그리피스에게 애원했다.

“그렇게 야단스럽게 떠들 거 없어. 사람이란 이런 건 언제든지 잊게 마련이니까. 그리고 첫째 이런 걸 알아둬야 돼. 그 여자가 과연 자네가 생각하듯 그렇게 자네를 일편단심 생각하고 있는지 어떤지. 인간이란 누구나 자기 상대의 연애 감정을 과장해서 생각하게 마련이니까.”

그는 거기서 잠깐 말을 끊고 재미있다는 듯 필립의 얼굴을 쳐다보고는 다시 말을 이었다.

“단 한 가지 방법밖에 없어. 편지를 써. 그리고 모든 것은 끝났다고 분명히 말해줘. 앞으로 오해가 생기지 않게 잘라 말해두란 말이야. 물론 상처야 입겠지. 어중간하게 두는 것보다는 잔인해도 그렇게 하는 편이 훨씬 상처도 적게 입어.”

필립은 책상에 앉아서 다음과 같은 편지를 썼다.

노라 !

당신을 불행하게 하는 것은 정말 슬프오, 하지만 내 생각엔 이 일을 그 냥 토요일 그 상태로 그대로 두는 게 좋을 것 같소. 흥미고 뭐고 아무것도 없어진 지금 이런 상태를 질질 끈다는 것은 아무짝에도 소용이 없다고 생 각하오. 당신은 나보고 나가달라고 했소. 그래서 난 나왔소. 두 번 다시 돌아갈 생각은 없소. 안녕.

필립 캐어리로부터

그는 편지를 그리스피스에게 보이고 의견을 청했다. 그는 읽고 나서 눈 을 빛내며 필립의 얼굴을 쳐다보았으나 읽은 심정은 말하지 않았다.
"그만하면 될 것 같군."
필립은 나가 우체통에 넣었다. 그러나 오전 내내 마음이 편안치 않 았다. 편지를 받은 노라의 기분이 어떨지 자꾸 생각났기 때문이다. 그녀 의 눈물을 생각하자 그는 견딜 수 없이 괴로웠다. 그러나 한편 어깨에 놓 인 큰 짐을 벗은 것 같은 홀가분한 기분도 들었다. 직접 눈앞에서 보는 고 통보다는 마음에서 상상하는 편이 견디기가 쉬웠다. 이제는 마음 놓고 밀 드레드를 사랑할 수 있게 되었다. 오늘 오후라도 병원 일이 끝나면 곧바 로 그 여자를 찾아갈 수 있다고 생각하자 가슴이 울렁거렸다.
그러나 보통때와 같이 하숙집에 돌아와서 문을 열려 하자, 뜻밖에도 뒤 에서 말소리가 들렸다.
"들어가도 괜찮아요? 벌써 삼십분이나 기다렸어요."
노라였다. 그는 귀뿌리까지 빨개지는 것을 느꼈다. 여자의 목소리는 명 랑했다. 화난 것 같은 기색이었으나 마지막이라는 얘기를 하러 온 것 같지 는 않았다. 그는 대답했다. 쫓기는 기분이었다. 마음은 불안감으로 가득 했지만 억지로 웃음을 띠고 대답했다.
"아, 좋아."
그가 문을 열자 여자는 앞장서서 방으로 들어갔다. 그는 불안했다. 그 래서 조금이라도 마음을 가라앉히려고 여자에게 담배를 권하고 자신도 한 대 피워 물었다. 여자는 즐거운 듯 그의 얼굴을 보며 말했다.

“정말 몹쓸 분이군요. 어째서 그런 지독한 편지를 주셨죠? 만일 사실이기라도 했다면 난 얼마나 불행해졌을지.”

“진정이오, 나는.”

그는 정색하고 대답했다.

“바보 같은 소리 하지 마세요. 그야, 나도 요전에 갑자기 화를 내긴 했지만, 그래도 사과하는 편지 드렸잖아요. 오늘도 이렇게 빌러 왔구요. 물론 당신은 누구의 노예도 아니고, 또 나도 당신에 대해서 무슨 권리가 있다곤 생각하지 않아요. 당신이 싫다는 걸 억지로 매달릴 생각도 없구요.”

그리고 그녀는 의자에서 벌떡 일어나 두 손을 커다랗게 벌리고 그의 곁으로 다가왔다.

“자, 우리 이제 마음을 풀어요, 필립, 당신을 화나게 해드렸다면 제가 사과하겠어요.”

그녀가 손을 쥐자 차마 뿌리치지 못했다. 그리고 상대의 얼굴을 똑바로 쳐다볼 용기가 나지 않았다.

“이미 때가 늦지 않았을까?”

그러자 여자는 마룻바닥에 쓰러지듯 앉아서 두 손으로 그의 무릎을 꽉 끌어안았다.

“그런 심한 말씀 마세요. 저도 성미가 어지간히 급하긴 해요. 그래서 전번엔 당신 기분을 상하게 해드린 것도 알지만, 그렇다고 이렇게 풀지 않는 건 우습지 않아요? 두 사람 다 불행해진다는 건 의미가 없지 않겠어요? 우리의 우정은 참 행복한 것이었는데.”

여자는 이렇게 말하면서 그의 손을 천천히 어루만지기 시작했다.

“전 당신을 진심으로 사랑해요.”

그는 노라의 손을 뿌리치고 자리에서 일어났다. 그러고는 방 반대편으로 걸어갔다.

“정말 미안하지만 지금 와서는 어쩔 수 없게 됐소. 모든 일이 다 과거가 되어버렸소.”

“그렇다면 이젠 저를 사랑하지 않는단 말씀이에요?”

"아마 그런 것 같소."

"그럼 저를 버릴 기회를 노리고 계셨군요. 그래서 마침 그 기회를 잡았다, 이거죠?"

그는 대답을 하지 않았다. 여인은 한참 동안 그를 노려보았다. 차마 볼 수 없는 딱한 모습이었다. 그가 뿌리치며 일어섰을 때의 모습 그대로 안락의자에 기댄 채 앉아 있었다. 그리고 얼굴을 가릴 생각도 않고 소리없이 흐느끼기 시작했다. 여인의 눈에서는 눈물이 주르륵 흘러내렸다. 보고 있는 편이 오히려 괴로워서 필립은 자기도 모르게 고개를 돌렸다.

"당신 마음을 상하게 한 건 미안하지만 그렇다고 당신을 사랑하지 않게 된 게, 내 책임은 아니지 않소."

여인은 대답하지 않았다. 마치 무엇에 호되게 두드려 맞기라도 한 듯 꼼짝하지 않고 앉아 있었다. 여전히 눈물이 볼을 타고 흘러내렸다. 여인으로부터 힐난을 받는 편이 차라리 나을 것 같았다. 그는 여인이 틀림없이 노여워할 것이라고 생각하고 마음속으로 단단히 각오를 하고 있었다. 그의 마음 깊숙이에는 이런 감정이 도사리고 있었다. 진짜 싸움으로 서로가 험한 말을 주고받는 열전은, 어느 의미에서는 오히려 자신들의 행위의 정당화라고도 할 수 있다고. 시간이 흘러갔다. 이윽고 소리없는 여인의 흐느낌에 그는 불안해지기 시작하였다. 물 한 잔을 가지고 와서 여자에게 건넸다.

"한 모금 마시는 게 어때? 마음이 좀 진정될 거야."

여자는 힘없이 두어 모금 마셨다. 그리고 기어드는 듯한 목소리로 손수건을 달라고 말했다. 이윽고 눈물을 닦자 신음하듯 그녀는 말했다.

"물론 내가 당신을 사랑하는 것만큼 당신이 날 사랑하지 않는 것만은 알고 있었어요."

"하지만 연애란 흔히 그런 게 아닐까. 언제나 한편에서는 사랑하고 다른 한편에서는 사랑을 받기만 하는……."

순간 그는 밀드레드를 생각했다. 괴로움이 그의 가슴을 후비고 지나갔다. 노라는 한참 동안 대답하지 않다가 단호하게 말했다.

"나란 여자는 정말 불행한 인간이에요. 세상에 태어난 게 저주스러워요."

 그것은 그에게 말하는 소리라기보다는 그녀 자신에게 들려주는 독백이 었다. 지금까지 그는 그녀가 한 번도 남편과의 생활이나 가난한 살림살이에 대해 얘기하는 걸 들어본 일이 없었다. 그런 만큼 그는 세상을 상대로 용감하게 싸워나가는 그녀의 불굴의 용기에 늘 감탄해왔던 것이다.

 "거기에 당신이란 분이 나타났어요. 당신은 정말 다정하고 좋은 분이었어요. 머리가 좋은 것에도 탄복했어요. 의지할 사람이 생겼다는 것은 정말 즐거운 일이었어요. 전 당신을 사랑했어요. 헤어질 때가 오리라곤 꿈에도 생각 못 했어요. 하지만 이것이 다 제 탓만은 아니에요."

 다시 눈물이 흘러내리기 시작했다. 그러나 이번엔 여자도 제법 침착을 되찾아가고 있었다. 있는 힘을 다해 감정을 억제하고 있는 것 같았다.

 "물 조금만 더 주세요."

 그녀는 눈물을 닦았다.

 "추태를 보여드려서 미안해요. 하지만 전 전혀 예상하지 못했어요."

 "나도 미안하오, 정말. 지금까지 나에게 베풀어준 일에 대해선 진심으로 고맙게 생각하고 있소. 그것만은 알아주오."

 그러나 대체 이 여자는 자기의 어디가 그렇게 좋았을까?

 "아아, 언제나 같은 일이군요." 여자는 한숨을 쉬며 말했다. "남자로부터 대우를 받으려면 쌀쌀맞게 굴어야 하고 여자 쪽에서 상냥하게 대해주면 오히려 버림받게 마련인가 봐요."

 여자는 돌아가겠다고 했다. 그리고 그윽히 필립의 얼굴을 바라보았다. 그녀는 잠시 후 한숨을 크게 쉬더니 말한 듯 말했다.

 "도무지 어떻게 된 영문인지 알 수가 없어요. 대체 어떻게 된 거죠?"

 필립은 갑자기 결심했다.

 "역시 말해두는 게 좋겠군. 나도 필요 이상으로 욕을 먹기는 싫으니까. 말해두지만, 나도 어쩔 수 없었소. 사실은 밀드레드가 돌아왔소."

 순간 여자의 얼굴에서 핏기가 싹 가셨다.

 "그럼 왜 그런 말을 바로 말하지 않으셨어요? 그 정도의 말은 해줘도 괜찮았을 텐데."

 "차마 말할 수가 없었소."

 여자는 거울을 보며 모자를 고쳐 썼다.

“마차를 불러주시지 않겠어요? 아무래도 걸어서는 가지 못할 것 같아요.”

필립은 문 앞에 나가 지나가는 마차를 세웠다. 그러나 여자를 바래다주려고 밖으로 나왔을 땐 그는 여자의 얼굴빛이 너무나 창백한 데 놀랐다. 금방 늙어버린 듯 걸음걸이가 한결 힘들어 보였다. 도저히 혼자 돌려보낼 수가 없었다.

“상관없다면 집까지 바래다줄까?”

여자는 대답하지 않았지만 그는 마차에 올라탔다. 다리를 지나고 아이들이 소리를 지르며 노는 더러운 거리를 지나 두 사람은 묵묵히 마차를 몰았다. 집에 당도했으나 여자는 곧 내리려 하지 않았다. 다리를 옮겨놓을 힘조차 없는 것 같았다.

“용서해주겠지. 노라?”

필립이 말했다. 그녀는 힐끗 그에게 눈길을 돌렸다. 눈엔 여전히 눈물이 빛나고 있었다. 그러나 억지로 입가에 미소를 띠고 말했다.

“가엾게도, 제 걱정을 해주시는군요. 염려 마세요. 절대로 당신을 원망하지 않을 테니까요. 곧 잊어버릴 거예요.”

그녀는 이렇게 말하며 재빨리 그의 얼굴을 어루만졌다. 메마른 듯한 손길이었으나 결코 원망하지는 않는다는 표시 같았다. 그리고 마차에서 내리자 재빨리 집 안으로 사라져버렸다.

필립은 차비를 치르고 밀드레드의 하숙집까지 걸어갔다. 이상하게 마음이 무거웠다. 어쩐지 자신을 호되게 나무라고 싶은 심정이었다. 그렇지만 그렇게라도 하지 않으면 어떻게 해야 할지 알 수가 없었던 것이다. 과일 가게 앞을 지날 때 문득 밀드레드가 포도를 좋아한다는 것이 생각났다. 그 여자의 수많은 변덕을 생각해냄으로 해서 지금 이렇게라도 그녀를 사랑할 수 있다는 것은 얼마나 즐겁고 고마운 일인가.

72

그 후 삼 개월 동안 필립은 매일 밀드레드를 만나러 갔다. 교과서를 가지고 가서 차를 마시고 나면 밀드레드는 으레 안락의자에 누워 소설 책을 읽고 그는 그 앞에서 공부했다. 때때로 얼굴을 들어 여자의 얼굴을 바라보았다. 그럴 때면 행복한 미소가 그의 입술을 스쳐가곤 했다. 그녀는 그의 시선을 따가울 정도로 느꼈다.

"바보로군요, 사람의 얼굴을 그렇게 쳐다보시고, 시간 낭비 아녜요? 어서 공부나 하세요."

"당신은 폭군이군."

그는 맑은 목소리로 말했다.

저녁 식사 준비로 하숙집 여주인이 올라오면 그는 읽던 책을 집어치우고 기분이 너무 좋은 나머지, 가끔 아주머니와 가벼운 농담을 주고받는 때가 있었다. 아주머니는 런던 토박이로 키가 작고 말을 몹시 빨리하는 쾌활한 중년 여인이었다. 밀드레드는 어느 틈에 친한 사이가 되어 현재 이 상황에 이르기까지의 경위를 샅샅이, 그러면서도 거짓말을 잔뜩 섞여 말했다. 그것을 또 이 사람 좋은 여주인은 밀드레드의 말에 아주 감동된 나머지, 밀드레드를 위로해주는 일이라면 어떠한 고된 일도 사양치 않겠다는 태도로 나오게 되었다. 또 밀드레드에게는 체면을 유난히 차리는 면도 있어서 필립에게는 오빠 행세를 해달라고 부탁했다. 두 사람은 저녁 식사를 같이 했다. 그가 주문한 식사가 변덕스러운 밀드레드의 식성에 맞을 때 그는 무척 기뻤다. 그녀와 마주 앉아 있는 것만으로도 행복해 그는 때로 너무나 기쁜 나머지 여자의 손을 꽉 쥐곤 했다. 식사가 끝나면 여자는 난로 옆에 있는 안락의자에 앉고 그는 마룻바닥 위에서 그녀에게 기대는 듯한 자세로 편히 담배를 피우곤 하였다. 두 사람 다 말을 하지 않고 지내는 일이 많았다. 때때로 정신을 차려보면 여자는 꾸벅꾸벅 졸고 있었다. 그럴 때는 그녀의 단잠을 깨우지 않기 위해 손끝 하나 꼼짝하지 않고 멍하니 난롯불을 쳐다보며 행복감에 도취되곤 하였다.

"좀 잤소?"

여자가 눈을 뜨는 것을 보고 그는 웃으며 물었다.

"자지 않았어요. 그냥 눈을 감고 있었어요."

결코 잤다고 하는 일이 없었다. 예민하지 않은 그녀의 성격 탓에 임신한 것에 별로 고통을 느끼지 않는 것 같았다. 물론 건강에는 무척 신경을 써서 그 방면의 충고는 무엇이든 받아들였다. 매일 아침 날씨가 좋으면 건강을 위해 일정한 시간 동안 바깥 공기를 쐬곤 하였다. 또 날씨가 그리 춥지 않을 때엔 세인트 제임스 공원의 벤치에 조용히 앉아 있을 때도 있었다. 그러나 그 밖의 시간은 하루 종일 안락의자에 누워서 닥치는 대로 소설책을 읽거나 아니면 여주인과 잡담을 하며 한가롭게 지내고 있었다. 그 여자만큼 남의 애기를 좋아하는 사람도 없을 것이다. 매일같이 필립에게, 여주인의 신상에 관한 애기며 아래층에 사는 사람들의 애기, 심지어 옆집 사람들의 소문까지도 놀랄 만큼 자세하게 알아가지고 재미있는 듯 그에게 들려주곤 했다. 어떤 때는 갑자기 무서워지는 때도 있는 것 같았다. 애를 낳을 때의 고통에 대해 불안을 가지고 호소할 때도 있고 죽지나 않을까 겁을 내는 때도 있었다. 그녀는 여주인과 아래 층에 살고 있는 어떤 여자(사실은 밀드레드는 그 여자를 잘 몰랐다. 밀드레드 말을 빌리면, 그 여자는 '전 혼자 있는 게 제일 좋아요. 아무하고나 잘 어울리지 않는 여자거든요.'하고 말하는 것이었다)한테서 들은 분만시의 고통을 세밀하게 말했는데 더구나 그것을 불안 반, 흥미 반으로 자세하게 말하곤 했다. 그러나 그 외에는 대개 편안한 상태로 오직 어머니가 되는 날만을 기다리며 지내고 있었다.

"제가 뭐 여자 중에서 애를 제일 처음 낳는 것도 아니고, 그렇죠? 의사 선생님 말씀도, 애를 낳는 건 별 거 아니래요. 그러고 보면 역시 제 몸은 튼튼한 모양이에요."

산월이 되면 들어가기로 되어 있는 산원의 여주인 오웬 부인이 의사 한 사람을 소개해주어서 밀드레드는 매주 한 번씩 진단을 받고 있었다. 분만 비용은 십오 기니라고 했다.

"물론 더 싸게 할 수도 있었어요. 그렇지만 오웬 부인이 추천한 분이잖아요. 공연히 아끼려다 더 쓰게 될까봐 그냥 됐어요."

"아니, 당신만 행복해질 수 있다면 내게는 비용 같은 건 문제가 아니오."

그녀는 필립의 성의를 아주 당연한 것처럼 받아들였다. 그는 어쨌든 그녀를 위해 돈을 쓰는 것이 즐거웠다. 그녀에게 오 파운드 지폐를 한 장 한 장 줄 때마다 흐뭇한 행복과 자랑을 맛보았다. 워낙 절약이라는 것을 모르는 여자였기 때문에 그녀에게 주는 금액은 상당한 액수에 달했다.

"돈이 어디로 다 나가는지 모르겠어요." 그녀 자신도 말했다. "마치 물처럼 손가락 사이로 빠져나가버리는 것 같아요."

"그런 건 아무래도 좋아. 하여튼 나는 뭐든지 당신을 위해서 할 수 있다면 그 이상 기쁜 게 없으니까."

재봉은 거의 하지 못했기 때문에 갓난아기에게 필요한 옷 같은 것도 자기 손으로 장만하려 하지 않았다. 사는 게 훨씬 싸다고 필립에게 말했다. 그는 마침 유산으로 투자했던 담보 사채의 일부를 팔아서 현금으로 바꿀 수 있는 다른 투자를 하기 위해 오백 파운드를 은행에 맡긴 터라 경제 상황은 괜찮았다. 두 사람은 곧장 장래에 대한 구상을 하곤 했는데 필립이 아이를 곁에 두고 키우자는 데 반해 여자는 완강히 싫다고 버티었다. 여자의 의견으로는 자신이 벌어서 생계를 유지해야 하므로 어린애까지 일일이 돌볼 수는 없다는 것이었다. 그녀의 계획이란 먼저 다니던 상점에 나가고 싶다는 것이었다. 그리고 어린애는 조용한 시골의 얌전한 부부한테 맡겨 키우겠다고 했다.

"한 주일에 칠 실링 육 펜스만 주면, 잘 키워줄 사람을 찾을 수 있을 거예요. 그러는 게 아이를 위해서도 좋고 저를 위해서도 좋아요."

필립은 어쩐지 몹시 냉정한 것처럼 느껴졌다. 그러나 그녀의 그런 태도를 설득하려고 하면 여자는 곧 비용 때문에 그러는 것이 아닌가 하는 얼굴을 했다.

"그런 거 걱정하실 거 없어요. 당신더러 돈 대라고 하지 않을 테니까요."

"돈 때문에 그러는 게 아니야. 잘 알고 있으면서 그래."

솔직히 말해서 여자는 사산되기를 원하고 있었다. 분명히 말을 하지는 않았지만 필립은 그것을 눈치로 알았다. 처음엔 그도 놀랐다. 그러나 다시 생각해보니까 결국 그편이 관계자 모두를 위해서도 좋다는 것을 그도 인정하지 않을 수 없었다.

"입으로 이러쿵저러쿵 말들은 그럴 듯하게 하지만 여자 혼자 제 밥벌이 한다는 게 그리 쉬운 일이 아니거든요. 더욱이 애나 생기는 날이면 산통 깨지게 마련이에요."

"하지만 다행히 당신은 나라도 의지할 곳이 있지 않소."

필립은 여자의 손을 잡으며 말했다.

"그야, 당신은 언제나 친절한 분이지요."

"아아, 집어치웁시다, 그런 시시한 얘긴!"

"하지만 전 당신의 친절을 그냥 받기만 할 생각은 아녜요."

"부질없는 소리, 내가 언제 돌려주길 바랐소? 당신을 위해서 뭘 했다면 그것은 그냥 당신이 좋아서요. 은혜로 생각할 건 아무것도 없소. 나를 사랑해준다면 별문제지만 그렇지 않다면 난 당신한테서 아무것도 받고 싶지 않아요."

마치 자기의 육체를 타인한테서 받은 은혜의 보답으로 아무한테나 내놓을 수 있는 물건처럼 생각하는 그 여자의 사고 방식에 그는 잠시 어이가 없었다.

"하지만 전해드리고 싶어요, 필립. 저에게 너무나도 고맙게 해주시니까요."

"뭐 좀 기다린다고 안 될 법 있겠소? 당신 몸이 제대로 좋아지거든, 어디 신혼 여행이라도 가기로 합시다."

"이제 보니 장난꾸러기시군요."

여자는 빙그레 웃으며 말했다.

밀드레드의 산월은 삼월이라고 했다. 그래서 몸이 회복되면 곧 두 주일쯤 함께 해안에 가기로 결정했다. 그 동안 필립은 열심히 공부하기로 했다. 시험이 끝나면 봄 휴가였으므로 그때엔 둘이서 파리로 가보기로 했다. 필립은 여러 가지 계획을 끝없이 얘기했다. 파리의 봄은 정말 즐겁게 보낼 수 있다. 그가 잘 알고 있는 라틴 지역의 조그만 호텔에 방을 정해놓고, 먼저 맛있는 음식을 파는 레스토랑을 차례로 돌아다닌다. 연극도 보고 뮤직 홀에도 데리고 가겠다. 그 옛날의 친구들을 만나면 틀림없이 재미있을 것이다. 그는 크론쇼의 얘기도 해주었다. 그녀는 어머, 만나보고 싶어요, 하고 말했다. 그리고 다음은 로슨이다. 그는 두 달 전부터 다시 파리에 가 있다. 발 뷰리에에 가서 춤도 추자. 교외로 피크닉을 가는 것도 좋다. 베르사이유와 샤르트르와 퐁텐블로에도 꼭 가보자.

"하지만, 그러자면 경비가 무척 많이 들 텐데요."

"비용 같은 게 뭐야. 내가 그날을 얼마나 기다리며 바라고 있었는데.

내겐 이 여행이 얼마나 즐거운 기대였는지 당신은 모를 거요. 나는 당신 외엔 여자를 한 번도 사랑해본 일이 없고 또 앞으로도 없을 거요."

그녀는 그의 정열적인 고백을 눈을 빛내며 듣고 있었는데 그 여자의 눈에서 그는 지금까지 보지 못했던 어떤 애정을 본 것 같았다. 그는 진심으로 감사하고 싶은 심정이었다. 보통때와는 달리 그녀는 무척 다정했다.

그를 언제나 초조하게 만들던 꼿꼿한 태도도 찾아볼 수가 없었다. 이제는 친숙해진 때문인지 그의 앞에서도 애써 겉치레를 하려 하지 않았고 전과 같이 힘들여가며 머리의 손질을 하지도 않고 그저 간단하게 묶는 정도였으며 여느때처럼 이마에 머리를 내려뜨리지도 않았다. 얼굴이 여위어 눈이 한결 크게 보였다. 눈 밑에는 깊은 주름이 있었는데, 볼이 창백하기 때문에 더욱 두드러지게 보였다. 무한한 애수를 담고 있다고나 할까, 우수에 가득 찬 얼굴이었다. 어딘지 모르게 성모 마리아를 연상시키는 데가 있었다. 두 사람이 언제까지나 이렇게 같이 있을 수 있으면 얼마나 좋을까, 하고 필립은 생각했다. 이러한 행복은 난생 처음 맛보는 것이기도 하였다.

매일 저녁 열시에는 돌아오기로 했다. 그녀가 일찍 자고 싶다고 했기 때문이다. 돌아오면 낭비한 시간을 보충하기 위해 그 후 두 시간은 더 공부했다. 또한 여자의 머리를 빗겨주었다. 작별의 키스는 이제는 거의 종교 의식처럼 되었다. 먼저 여자의 양쪽 손바닥에 키스하고(아, 그 가는 손, 그리고 언제나 공들여 손톱을 다듬기 때문인지 손톱도 무척 아름다웠다), 다음은 감은 눈, 그것도 먼저 오른쪽, 다음엔 왼쪽의 순서였고, 맨 마지막이 입술이었다. 그리고 애타는 연정을 가슴에 가득 품고 밖으로 나오는 것이다. 그의 온몸을 불태워버리고 자기 희생에 대한 대가 그것이 충족되는 기회가 오기를 그는 손꼽아 기다리고 있었다.

이윽고 분만을 하기 위해 병원으로 들어가는 날이 왔다. 입원 중의 방문은 오후만으로 한정되어 있었다. 밀드레드는 재빨리 신분을 바꿔 이번엔 군인의 아내로 남편은 연대에 입대하기 위해 인도에 가서 부재 중이라 하였고 필립을 그녀의 시동생으로 이 병원의 여원장에게 소개하였다.

"조심하셔야 해요. 남편이 인도에서 관리로 지내고 있는 여자가 입원한 거로 돼 있으니까."

여자가 말했다.

"나 같으면 그런 일로 당황하지는 않겠소. 그 여자의 남편인가 하는 사람도 당신의 남편된 사람과 같은 배로 떠났을 테니까."

"어떤 밴데요?"

하고 여자는 놀라는 듯 물었다.

"뭐, 바로 그 유령선이지."

밀드레드는 무사히 계집아이를 낳았다. 면회가 허락되어 들어가보니 갓난애는 엄마 옆에 누워 있었다. 그녀는 몹시 지쳐 있었지만 모든 것이 끝나 한시름 놓은 듯했다. 그에게 아기를 보여주면서 자기도 신기한 듯 바라보았다.

"우습게 생겼지요? 도무지 제 아기 같은 생각이 들지 않아요."

갓난아기는 빨갛고 쪼글쪼글한 얼굴로 기묘하기 이를 데 없었다. 보고 있던 필립은 픽 웃었다. 무슨 말부터 해야 할지 알 수 없었다. 게다가 원장이 바로 옆에 서 있어서 더욱 거북했다. 그를 바라보는 여자의 눈치로 보아 밀드레드의 말 같은 건 믿지 않고 필립을 아주 어린애의 아버지로 보는 것 같았다.

"이름은 뭐라 짓겠소?"

필립이 물었다.

"매들레인으로 할까, 세실리아로 할까, 망설이는 중이에요."

원장은 두 사람을 남겨둔 채 잠시 자리를 비웠다. 필립은 허리를 굽혀 여자의 입술에 키스했다.

"잘 됐소, 모든 것이 무사히 끝나서."

그녀는 여윈 팔을 그의 목에 감았다.

"당신은 정말 좋은 분이에요."

"자, 이제 드디어 당신은 내 것이 됐군. 참 오랫동안 기다렸소."

문 밖에서 원장의 발소리가 들려왔다. 필립은 황급히 허리를 폈다. 원장이 들어왔다. 그 원장의 입가에 엷은 미소가 감돌고 있었다.

73

그로부터 삼 주일 후, 필립은 브라이튼으로 떠나는 밀드레드와 어린애를 전송했다. 몸은 빨리 회복되어 전에 없이 건강해 보였다. 전에 밀러와 두어 번 주말을 함께 보낸 적이 있는 어떤 하숙집으로 가기로 되어 있었는데 주인이 독일에 가버렸기 때문에 자기 혼자서 어린것을 데리고 내려간다는 편지를 보냈었다. 밀드레드라는 여자는 없는 이야기를 그럴 듯하게 지어내는 데 취미를 붙인 모양으로, 더욱이 그 세세한 점까지를 차례차례 고안해나가는 수단에는 놀랄 만한 재주가 숨어 있었다. 그리고 브라이튼에서 아이를 맡아볼 여자를 물색해보겠다고 말하였다. 이토록 빠르게 이런 일을 처리해버리는 냉담성에는 필립도 적이 놀랐으나 그 여자는 아이가 엄마에게 익숙해지기 전에 남에게 떠맡기는 것이 아이에게도 훨씬 좋다는 상식론으로 맞섰다. 필립은 실제로 어린아이를 낳은 후 이삼 주일만 지나면 모성본능이라는 것이 생기게 될 테니, 그때에 가서 아이 거처를 정하자고 권해볼 참이었으나, 그런 일은 아예 생각하지도 못하게 되고 말았다. 그렇다고 어린것에게 매정하게 대한다는 것도 아니었다. 필요한 점은 무엇이든 서슴지 않고 해주었다. 때론 흥겨워했다. 어린애에 대한 이야기를 상당히 많이 하는 편이었다. 원래가 냉담한 마음씨를 가진 여자임에 틀림이 없었다. 그 여자에게는 도저히 자기 분신이라는 실감이 나지 않는 모양이었다. 여자는 벌써부터 아이가 아버지를 닮았다고 생각했다. 이 아이가 성장하는 날이면 자기는 대체 어떻게 하면 좋으냐는 얘기만 했다. 더욱이 아이가 생긴 것부터가 자기 자신의 크나큰 실수인 것처럼 울화를 터뜨리곤 하였다.

"제가 그 당시 지금만큼이나 세상을 알았던들……."

그녀는 필립이 아이의 행복만을 걱정한다고 불만이었다.

"설사 당신이 이 애의 아버지라 해도 그렇게까지 야단을 떨진 않을 거예요! 이 애 때문에 고생할 사람은 바로 밀러 그 사람이에요."

필립의 머릿속은 소문으로 들은 이기적이고 잔인한 부모가 맡기고 간 아이들을 학대한다는 생각으로 가득했다.

“바보 같은 소리 마세요. 그건 양육비를 한꺼번에 모두 현금으로 주니까 그런 일이 일어나는 거예요. 그러나 매주 정해놓고 지불해보세요. 그들도 잘 돌봐주는 게 이익이 아니겠어요.”

필립은 그렇다면 어린애가 없는 사람이나 더 이상 다른 자식을 받지 않겠다고 약속하는 사람한테 맡겨야 한다고 주장했다.

“돈 가지고 구차스럽게 굴어선 안 돼요. 이 애가 먹을 것을 얻어먹지 못한다든가 매를 맞느니 차라리 내가 매주 반 기니를 더 줄 테니까.”

“당신은 정말 이상한 사람이군요. 필립.”

여자는 웃었다.

그는 의지할 데 없는 어린애가 몹시 가엾었다. 조그맣고, 못생기고, 곧잘 울어대는 어린애였다. 탄생 그 자체부터 치욕과 고통을 함께 지닌 불행한 아이였다. 그 누구도 반기지 않는 어린애, 추위와 더위를 막아주는 옷, 그리고 먹을 것, 잠자리, 이 모두를 전혀 남인 필립에게 의지하고 있는 어린애.

기차가 움직이기 시작했을 때, 그는 밀드레드에게 키스했다. 어린애에게도 해주고 싶었지만 웃을까봐 그만두었다.

“가거든 편지를 해줘요. 당신이 돌아올 날을 손꼽아 기다리겠소.”

“당신이나 시험에 낙제하지 않도록 조심하세요.”

사실 그도 그래서 열심히 공부하고 있었다. 그러나 그것도 이제 열흘밖에 남지 않았다. 그는 막바지 힘을 다했다. 그도 시험만은 어떻게든 통과하고 싶었다. 무엇보다도 시간과 비용을 절약하기 위해서였다. 왜냐하면 그의 돈이 마치 거짓말 같은 속도로 줄어들어가고 있기 때문이었다. 그리고 또 한편으로는 이번 시험에만 통과되면 이 고역과 같은 지긋지긋한 공부도 끝나게 될 것이고, 다음은 내과, 산과만 남아 있게 되는데 이런 학문은 지금까지 해오던 해부학이나 생리학보다는 훨씬 재미있는 과목이었다. 그래서 필립은 나머지 과정을 오히려 흥미를 가지고 기다리고 있었다. 더구나 낙제했다는 말은 죽어도 밀드레드에게 하고 싶지 않았다. 시험이 어려워서 대개의 수험생들이 한 번은 낙제하기 마련인데 그렇다고 통과하지 못했다면 그녀로부터 경멸을 받을 것이 뻔했다. 그녀는 자기 생각을 거리낌없이 함부로 내뱉는 성격의 여자였기 때문이다.

밀드레드로부터 잘 도착했다는 편지가 왔다. 그는 매일 반 시간씩이나 걸려 그녀에게 긴 편지를 썼다. 만나면 이상하게 서먹서먹해서 할 수 없던 말까지도, 펜대를 쥐면 입으로는 쑥스러워서 도저히 할 수 없는 말까지도 술술 잘 써졌다. 이 뜻밖의 발견에 힘을 얻어서 그는 자기의 모든 심정을 모두 털어놓았다. 내 마음속은 당신 생각을 가득 차 있고 나의 일거수 일투족은 모두가 당신에 대한 사모의 표시나 다름없다고, 지금까지 생각만 해왔지 한 번도 입 밖에 내보지 못한 그런 말도 거침없이 종이 위에 옮겨놓았다. 그 외에 장래에 대한 계획, 전도에 가로놓인 행복, 그리고 그 여자에 대한 감사의 뜻을 빼지 않고 써보냈다. 도대체 그 여자의 어떤 점이 그토록 그에게 희열을 주는 것일까 자문해보았다(지금까지도 수없이 자문해보았으나 어떻다고 말로는 표현할 수가 없었다). 그러나 끝내 이해할 수가 없었다. 다만 그가 알고 있는 사실이라고는 그 여자와 함께 있으면 그는 마냥 행복했고, 그 여자가 가버리면 돌연 모든 것이 차디찬 회색빛 세계로 변하는 것이었다. 그녀를 생각만 하여도 마치 심장이 부풀어오르는 듯한 기분으로 호흡하는 것조차 답답하고 거북했고 (허파를 압박한다고나 할까) 심장이 마구 뛰었다. 그 여자와 함께 있는 희열, 그것은 바로 고통에 가까운 것이기도 하였다. 무릎이 덜덜 떨리며 먹지 못해 영양 실조에 걸려 온몸이 떨리는 듯한 일종의 기묘한 허탈감 같은 것을 느끼는 것이었다. 그는 목이 빠지도록 여자의 회답을 기다렸다. 물론 그렇게 자주 오리라 기대하지는 않았다. 그 여자에게는 편지를 쓴다는 것이 대단히 큰일이라는 것을 알고 있기 때문이다. 그리하여 그가 네 통을 보내는 데 대해 한 통밖의 회신을 못 받고, 그나마도 어이없이 간단한 편지인데도 그는 아주 만족해했다. 방을 얻은 하숙집 애기며 날씨와 어린애에 대한 애기를 쓴 다음 지금 막 하숙에서 사귄 어떤 여자 친구와 해변가를 산보하고 돌아오는 길인데 그 여자가 아이를 무척 귀여워한다는 얘기, 토요일 밤에는 연극을 볼 예정이라는 둥, 브라이튼에도 사람이 점점 늘어가고 있다고 써 있었다. 너무나 기교가 없는 것이 필립에게는 가련한 인상을 주었다. 서투른 글씨, 판에 박은 듯한 내용, 읽어가는 동안 그는 큰소리로 웃고 껴안고 키스라도 퍼붓고 싶은 야릇한 충동을 느꼈다.

그는 자신을 가지고 시험을 치렀다. 어느 과목이고 어려운 것은 없었고 합격은 분명했다. 시험의 후반은 구술 시험으로 이것은 다소 신경질이 났지만 그럭저럭 대답은 할 수 있었다. 결과가 발표되자 그는 곧 밀드레드에게 합격의 소식을 알렸다.

방에 돌아와보니까 그녀한테서 편지가 와 있었다. 일 주일간 더 머물러 있기로 했다는 것이었다.

한 주일에 칠 실링으로 애를 맡아주겠다는 여자가 나타나기는 했지만, 그 여자의 뒷조사도 해봐야 하겠고, 자기에게도 바다 공기가 몸에 좋아서 앞으로 사오 일만 더 있게 되면 눈에 띄게 효과가 나타날 것이라고 말하였다. 필립에게 돈을 달라는 말을 하기가 죽도록 싫지만 모자를 하나 꼭 사야겠다는 말도 했다. 왜냐하면 바로 새로 사귄 그 여자 친구가 멋깨나 부리는 여자인데 같이 거닐자니, 매양 같은 모자만 쓸 수도 없고 해서 죄송하기 그지없는 일이나 회답할 때 다소 송금을 해달라는 것이었다. 순간 필립은 큰 실망을 느꼈다. 시험에 합격한 기쁨이 한꺼번에 사라지고 마는 것 같았다.

'만일 내가 사랑하는 사분의 일 정도라도 그 여자가 날 사랑한다면, 하루라도 쓸데없이 그곳에서 머뭇거리고 있진 않을 텐데.'

그러나 그런 생각은 순식간에 사라지고 말았다. 그것은 어디까지나 자신의 단순한 이기심에 불과한 것이었고 그에겐 그녀의 건강이 무엇보다 중요한 것이었기 때문이었다. 그렇다고 그에게 무슨 할 일이 있는 것은 아니었다. 그럼 일단 브라이튼에 가서 일 주일을 그녀와 함께 지내도록 할까? 생각이 거기에 미치자 그의 가슴은 울렁거리기 시작했다. 나도 같은 하숙집에서 방을 빌리겠다고 하고, 아무런 예고도 없이 불쑥 밀드레드 앞에 나타나면 얼마나 재미있을까. 그는 기차 시간표까지 조사했지만 이내 단념하고 말았다. 첫째, 그녀 쪽에서 자기와 만나는 것을 기뻐할지 어떨지 의문이었다. 그녀는 그쪽에서 많은 친구를 사귄 처지다. 그는 조용한 것을 좋아하는 사람이었으나 여자 쪽은 반대로 떠들썩한 것을 좋아하는 기질이 있다. 여자는 자기보다는 딴 사람들과 어울리기를 좋아할 것이 틀림없었다. 그러므로 설사 일분간이라도 그 여자에게 방해물이 된다고 생각하니 괴롭고 두려웠다. 런던에 있어야 할 이유가 아무것도 없다. 웬만하면 이 일 주일 동안 매일 만날 수 있는 곳에서 보내고 싶다고 쓰고 싶었으나 그러나 그것조차 주저했다. 시간이 있다는 것은 그녀 쪽에서도 알고 있는 처지였고 만일 그가 오길 바랐다면 벌써 그런 소리를 했을 게 틀림없었다. 가고 싶다고 했다가 그쪽에서 구실이라도 붙여 거절하는 날이면, 그때의 고통은 생각만 해도 견딜 수 없었다.

이튿날, 회답과 함께 오 파운드 지폐 한 장을 보내주었다. 그리고 편지 끝에, 만일 이번 주말에 만나주기만 하면 기꺼이 달려가겠으나 그것 때문에 계획을 변경시킬 필요까지는 없다고 덧붙였다. 애타는 심정으로 회답을 기다렸으나, 편지 사연에는 좀더 일찍 알았더라면 그렇게 해도 좋을 뻔했으나, 공교롭게도 토요일 밤엔 뮤직 홀에 갈 선약이 있고, 더욱이 그가 하숙에서 묵게 되면 집안 사람들의 입에 오르내리기 쉬우니, 차라리 일요일 아침에 와서 하루를 지내고 가는 것이 어떻겠느냐, 메트로폴에서 식사나 하고, 그 다음 어린아이를 맡아 기르겠다는 훌륭한 부인하고도 만나기로 하자는 것이었다.

일요일은 화창한 날씨였다. 기차가 브라이튼에 가까워짐에 따라 햇빛이 차창에 눈부시게 빛났다. 밀드레드는 역에서 기다리고 있었다.

"마중을 나와서 고마워."

그녀의 손을 잡으며 그는 외쳤다.

"안 나올 줄 아셨어요?"

"물론 나오리라곤 생각했지. 하지만 어쨌든 건강해서 무엇보다 반갑군."

"네, 아주 좋았어요. 될 수 있으면 좀더 있었으면 좋겠어요. 게다가 하숙집 사람들이 모두 아주 좋은 분들이에요. 아무튼 요 몇 달 동안 너무 집에 틀이박혀 있어서 좀 재미있게 놀아보고 싶었어요. 어떤 땐 정말 심심해서 죽을 뻔했어요."

그녀는 새로 산 모자——싸구려 꽃을 다닥다닥 붙인 커다란 검은 밀짚 모자——를 쓰고 제법 말쑥한 차림을 하고 있었다. 그리고 가짜겠지만 목에는 긴 백조털 목도리 같은 것도 두르고 있었다. 아직은 걷는 것도 약간 꾸부정한 듯했고(그것은 그 여자의 버릇이긴 했지만), 눈은 그다지 크게 보이지 않았으며 혈색은 아직 돌지 않았지만 전에 보던 어두운 빛은 보이지 않았다. 그들은 해안까지 걸어나왔다. 생각해보니 그들은 벌써 몇 달 동안이나 한 번도 같이 걸어본 적이 없었기 때문인지 필립은 갑자기 자기의 저는 발이 마음에 걸려 감추려고 하면 할수록 더욱 어색한 걸음걸이가 되었다.

"어때, 만나서 기뻐?"

그는 미친 듯한 열정에 가슴을 두근거리며 물었다.

"물론이죠. 그런 거 물을 필요도 없잖아요."

"그리피스가 안부를 전합디다."

"아이, 건방지게."

그리피스에 대해서는 전에도 늘 이야기를 했다. 그의 대단한 발전상도 곧잘 화제에 올랐고, 이것은 비밀 이야기라고 말해놓고 그가 들려준 여자 이야기를 해 그녀를 기쁘게 해주기도 했다. 어떤 때는 약간 싫은 얼굴을 했지만 대개는 흥미있게 열심히 들었다. 그의 용모며 이상한 매력에 대해서도 필립은 감탄사를 섞어가며 상세히 들려주었다.

"당신도 틀림없이 그가 나처럼 좋아질 거야. 재미있고 유쾌한 친구지. 그런 친군 그리 흔하지 않을 거야."

서로 별로 친하지도 않던 때 그가 얼마나 알뜰하게 자기의 병 간호를 해주었던가 하는 이야기도 해주었다. 그런 걸 하나도 빠뜨리지 않고 얘기했다.

"당신도 만나보면 틀림없이 좋아하지 않곤 못 배길 거요."

"하지만, 난 얼굴이 이쁜 남잔 싫어요, 자만심이 강한 걸 보면 참을 수 없거든요."

"그리피스도 당신과 한 번 만나고 싶대. 내가 당신 얘기를 많이 했거든."

"무슨 애길 하셨어요?"

밀드레드와의 연애 사건을 그리피스 외에는 이야기할 상대가 없었기 때문에 처음에는 조금씩 말하다가 나중에는 모든 경위를 낱낱이 이야기했다. 그녀의 생김새, 모습 등 아마 쉰 번은 족히 했을 것이다. 그는 여자의 용모의 세세한 점까지를 연모에 넘치는 심정으로 묘사해보였다. 따라서 여위고 가는 손이 어떤 형태이며, 얼굴은 얼마나 흰가 하는 것을 그리피스는 손바닥을 보듯이 환하게 알고 있었다. 더구나 필립이 그 여자의 핏기없고, 얇은 입술의 매력에 대해 말을 했을 때는 그리피스는 너털웃음을 터뜨리고 말았다.

"아아, 그만해두게. 다행히도 난 만사를 그런 식으로 과장해서 생각하진 않네. 그래서야 인생이 무슨 살 맛이 있나."

필립도 가볍게 웃었다. 그리피스라는 사나이는 생명을 건 사랑의 환희, 다시 말해서 그것은 고기며 술, 호흡하는 공기, 그 외 생존에 필요한 모든 필수품과 같다는 것을 아직 모르는 것이다. 물론 그도 필립이 그녀가 애를 낳을 때 도와준 것이며 또 오늘은 그녀 있는 곳에 간다는 것을 알고 있었다. 그때 그는 이렇게 말했다.

"한데, 자넨 보답을 받을 자격이 충분히 있는 사람이야. 돈은 꽤 많이 들긴 하지만 자네라면 그런 일을 할 수 있으니 행복한 사람이라고 할 수 있어."

"아냐, 돈이 남아 돌아서 그러는 건 아닐세. 다만 그렇게 하는 것을 괴롭게 생각하지 않을 뿐이네."

점심 식사 하기에는 시간이 좀 일렀기 때문에 필립과 밀드레드는 유보장(遊步場)의 오두막에 앉아 햇볕을 쬐며 지나가는 사람들을 바라보았다. 브라이튼의 점원인 듯한 남자들이 삼삼 오오 지팡이를 흔들면서 지나가는가 하면, 역시 여점원인 듯한 여인들이 무리를 지어 깔깔 웃으며 종종 걸음으로 지나갔다. 휴가로 런던에서 내려온 사람들은 쉽사리 구별해낼 수가 있었다. 폐부를 찌르는 듯한 신선한 공기가 그들의 피로감에 상쾌한 자극을 주었다. 수많은 유태인들, 말쑥한 공단 옷으로 몸을 감고 다이아몬드를 번쩍이며 지나가는 늘씬한 숙녀들, 유난히 몸을 흔들며 지나가는 조그맣고 통통한 남자, 어딘가 호텔에서 주말을 보내고 있는 것 같은 말쑥하게 차린 중년 신사들이 소화를 시키기 위해서인지 몹시 빠른 걸음으로 지나갔다. 아는 사람들이 서로 인사를 나누고는 '닥터 브라이튼'이며 '해변가 런던'에 대한 이야기를 하고 있었다. 때때로 유명한 배우들도 지나갔다. 그들은 사람들의 시선을 일부러 모르는 체하고 지나갔다. 어떤 사람은 가죽 구두에 아스트라칸 모피가 달린 외투를 입고 은으로 만든 손잡이가 달린 지팡이를 들고 지나가기도 하고 어떤 사람은 흡사 수렵에서 돌아온 것처럼 니커보커스 바지에 해리스 트위드의 알스터 외투에, 같은 트위드 천으로 만든 모자를 뒤로 젖혀 쓰고 느릿느릿 걸어가기도 했다. 햇빛이 파란 바다 위에 내리비치고 그 파란 바다는 잠자듯 조용했다.

점심을 마치자 두 사람은 어린애를 맡아 기르겠다는 여인을 만나기 위해 호브에 갔다. 여인의 집은 뒷골목에 있는 조그마한 집이었으나 아담하고 깨끗했다. 이름은 하닝이라고 했다. 반백의 머리에 살집이 좋은 불그스레한 얼굴을 한 건장한 중년 부인이었다. 테없는 모자는 어딘지 어머니 같은 인상을 주었다. 필립은 즉시 친절한 여자라는 인상을 받았다.

"어린애를 돌보려면 꽤 귀찮으실 텐데요?"
하고 필립이 말했다.

여인의 말로는, 남편은 목사보로 자기보다 훨씬 나이가 많다고 했다. 목사들은 대개 젊은 사람들을 목사보로 구하기 때문에 나이가 많은 그들은 좀처럼 영구직을 얻기가 힘들다고 했다. 간혹 가다가 휴가를 간다든지 병석에 눕게 되는 때만 겨우 대리직을 맡아 얼마간 보조는 받고 있지만 액수가 적은데다 생활은 갈수록 어렵고 하여 생각 끝에 남의 아이를 맡아 길러 일 주일에 몇 실링이나마 생활에 보텔 작정이라고 말했다. 그리고 아이의 영양만은 결코 부족됨이 없이 잘 키우겠다고 덧붙였다.

"아주 좋은 사람 같죠?"
돌아오는 길에 밀드레드가 말했다.

그러고 나서 그들은 메트로폴에서 차를 마셨다. 그녀는 많은 사람과 악대를 좋아했다. 필립은 이제 애기에 지쳐버려 들어오는 여자들의 옷을 지칠 줄 모르고 열심히 보고 있는 밀드레드의 얼굴을 물끄러미 바라보고만 있었다. 밀드레드는 물건의 값을 알아맞히는 데는 뛰어났다. 가끔 필립에게로 몸을 기울이고서는 낮은 소리로 관찰 결과를 보고하였다.

"저, 백로 깃털을 보셨어요? 아무리 못 해도 칠 실링은 할 거예요."라든가, "저것 보세요, 저 담비 가죽, 하지만 알고 보면 토끼예요. ——저건 담비 같지만 담비가 아네요. 일 마일 앞에서도 단번에 알 수 있어요."
이렇게 말하곤 아주 자랑스러운 듯 웃는 것이었다.

필립은 행복한 듯 웃고 있었다. 그녀의 기뻐하는 얼굴을 보는 것은 즐거웠다. 그리고 순진한 그녀의 말투도 무척 재미있었다. 악대가 뭔가 감상적인 곡조를 연주하고 있었다.

저녁 식사를 마치자 역까지 걸어갔다. 필립은 여자의 팔을 붙잡았다. 그리고 프랑스 여행에 대한 계획을 애기했다. 그녀는 이번 주말에 런던으로 돌아오지만 여행만은 아무래도 다음 주 토요일까지 떠날 수 없다고 말했다. 필립은 이미 파리의 호텔에 예약을 해놓았고 다만 차표를 살 날만 기다리고 있다고 대답했다.

"이등이라도 괜찮겠지? 필요없는 낭비를 줄이고 그쪽에 가서 더 즐겁게 노는 게 좋으니까 말이야."

라틴 지역에 대한 애기는 벌써 몇십 번이나 했던가. 그 즐거운 낡은 거리를 천천히 걸어가 아름다운 뤽상부르 공원에서 한가하게 쉬어보는 거다. 파리에 질리면 날씨 좋은 날을 골라 퐁텐블로에 가도 좋다. 때마침 수목에 새싹이 틀 때다. 그 숲의 신록처럼 아름다운 것이 또 있겠는가. 그것은 마치 음악 같고 즐거운 사랑의 다툼 같을 것이다. 밀드레드는 그의 말에 조용히 귀를 기울이고 있었다. 그는 여자의 눈동자를 그윽히 들여다보았다.

"가보고 싶지?"

"그야 물론이죠."

여자는 웃었다.

"아아, 나는 그날이 오기를 얼마나 기다렸는가! 그때까지 매일을 어떻게 지낼지 모를 지경이오. 무슨 사고가 일어나 갈 수 없게 되지나 않을까, 그게 걱정이오. 내가 당신을 얼마나 사랑하고 있는지 난 잘 표현할 수 없지만, 그것을 생각하면 난 때때로 미칠 것 같소. 그런데 드디어 이번에야말로!"

그는 갑자기 말을 끊었다. 역에 도착한 것이다. 그러나 도중에 너무 천천히 걸어왔기 때문에 제대로 마지막 인사를 할 틈도 없었다. 황급히 키스를 하고 개찰구를 향해 뛰어갔다. 여자는 헤어진 자리에 그대로 서 있었다. 그 여자는 뛰어가는 그의 모습이 무척 우습다고 느껴졌다.

74

밀드레드는 다음 토요일에 돌아왔다. 그날 밤은 필립과 단둘이 지냈다.

연극 구경을 하고 저녁 식사 때에는 샴페인을 터뜨렸다. 그녀는 최근 몇 달 만에 느끼는 즐거움이라 보는 것도 듣는 것도 모두 만족해하는 것 같았다. 극장에서부터 그가 빌려놓은 핌리코의 셋집까지 마차로 돌아오는 길에 그녀는 내내 그의 옆에 붙어 앉아 있었다.

"만나서 기쁘지?"

그는 말했다.

여자는 대답은 하지 않고 살짝 그의 손을 잡았다. 애정 표현을 나타내는 것에 인색한 그녀인 만큼 그런 행동이 그를 한없이 기쁘게 했다.

"내일 저녁 식사 시간엔 그리피스를 초대했소."

"어마, 그래요. 잘하셨어요. 그렇잖아도 꼭 한 번 만나보고 싶었는데."

일요일 밤에는 여자를 데리고 나가려고 해도 구경거리가 하나도 없었다. 그래서 온종일 지루하게 지내지 않을까 걱정하고 있었던 것이다. 다행히 그리피스는 쾌활한 남자여서 하룻밤을 흥겹게 지낼 것 같았다. 더구나 필립은 두 사람이 다 자기의 마음에 드는 사람들이라 서로 알게 되어 친구가 되었으면 하는 마음이 간절했다.

"자, 이제 앞으로 엿새밖엔 안 남았어."

이렇게 말하고 그는 밀드레드와 헤어졌다.

일요일 저녁 식사는 로마노의 이층에서 하기로 결정했다. 왜냐하면 그곳은 요리를 썩 잘할 뿐 아니라, 실제보다 비용이 많이 드는 듯한 인상을 주기 때문이다. 필립과 밀드레드가 먼저 와서 한참 동안 그리피스를 기다렸다.

"정말 시간을 안 지키는 사람이군." 필립이 말했다. "보나마나 또 그 많은 여자 중의 하나와 시시덕거리고 있겠지."

그러나 잠시 후 나타났다. 훤칠하게 키가 큰 호남이었다. 보기 좋은 상체가 약간 위압하는 듯한 느낌도 들었지만 그것이 아주 매력적으로도 보였다. 아름답게 물결치는 머리, 크고 다정한 푸른 눈, 새빨간 입술, 모두가 더할 나위 없이 아름다웠다. 밀드레드가 반한 눈초리로 바라보는 것을 보고 필립은 묘한 만족감을 느꼈다. 그리피스는 가볍게 웃으며 인사를 했다.

"말씀은 많이 들었습니다."

밀드레드와 악수를 하며 말했다.

"하지만 제가 선생님 말씀을 더 많이 들었는걸요."

"그리고 흉도 보고 말이야."

필립이 말했다.

"그렇게 제 흉을 보았습니까?"

그리피스는 웃었다. 밀드레드가 새하얀 고운 이, 쾌활하게 웃는 얼굴을 재빨리 눈여겨보는 것을 필립은 알았다. 그리고 말했다.

"초면이지만 구면이나 조금도 다를 바 없지. 내가 두 사람을 충분히 소개해뒀으니까."

그리피스는 대단히 기분이 좋았다. 그것도 그럴 것이 마침 마지막 시험에도 통과하고 의사 면허도 받게 되어 런던의 북쪽 어느 병원에 외과 의사 자리가 결정된 것이다. 오는 오월에는 근무가 시작되기 때문에 그 안에 고향에 한 번 다녀오겠다고 했다. 그에게는 말하자면 이번이 런던에서 보내는 마지막 주일이었다. 그는 그 동안 실컷 놀아보자는 심산인 것 같았다. 그는 예의 그 유창한 어조로 재미있는 화젯거리를 늘어놓았다. 필립은 늘 그렇듯 자기가 도저히 미치지 못하는 그 화술에 감탄하며 듣고 있었다. 내용은 별것 아니었으나 활기찬 말 재주 때문에 사람의 시선을 끌었다. 그와 만나는 사람이면 누구나 끌리는 일종의 생명력 같은 것이 그의 전신에서 흘러나왔다. 마치 체온처럼 직접 감각에 닿는 듯한 힘이었다. 밀드레드조차 여태껏 보지 못했던 활기에 넘쳐 있었다. 이 자그마한 회식이 이렇게 성공을 거두었다는 것에 필립도 진심으로 기뻐했다. 그녀는 아주 기분이 좋아 점점 큰소리로 웃었다. 제이의 천성처럼 된 얌전한 체하는 태도는 어디론가 달아나버리고 없었다. 한참 후에 그리피스가 말했다.

"사실 당신을 밀러 부인이라고 부르기가 어쩐지 몹시 거북하군요. 필립이 늘 밀드레드, 밀드레드 하고 부르는 걸 들어와서요."

"뭐, 자네도 그렇게 부르지그래. 그렇다고 내가 어떻게 할 건 아니니까."

필립이 웃으면서 말했다.

"그럼 나도 해리라고 불러달라고 할까?"

필립은 그들 두 사람이 얘기하는 것을 가만히 듣고 있었다. 그리고 행복한 사람들의 모습을 지켜보는 것이 얼마나 즐거운 일인가 생각했다. 그가 심각한 얼굴을 하고 있으면 그리피스가 가끔씩 다정한 목소리로 놀리곤 했다.

"필립, 해리는 당신이 무척 좋은가 봐요."

밀드레드가 가볍게 웃으며 말했다.

"아무튼 이 친구는 참 좋은 사람이니까."

그리피스는 이렇게 말하며 필립의 손을 잡고 즐겁게 흔들어 보였다. 그가 필립을 좋아한다는 것이 그의 매력을 한층 더하게 했다. 세 사람다 별로 술을 잘하지 못하기 때문에 술은 곧 효과를 나타냈다. 그리피스는 점점 더 떠들고 큰소리로 고함을 지르기 때문에 재미는 있었으나 나중에는 필립도 좀 조용히 하라고 타이르지 않으면 안 될 정도였다. 그는 원래 말 솜씨가 대단한 사람이다. 그가 겪은 애정행각을 닥치는 대로 지껄여대는데, 로맨스나 웃음거리를 하나도 빠뜨리지 않았다. 그런 애정행각에서는 으레 그가 두 가지 역이나 세 가지 역을 한꺼번에 맡았다. 밀드레드는 흥분으로 눈을 빛내며, 더 이야기하라고 연방 졸라댔다. 그의 얘기에는 에피소드가 끊임없었다. 조명이 꺼지기 시작하고서야 처음으로 그녀는 깜짝 놀라며 말했다.

"어머, 어쩌면 이렇게 밤이 짧아요. 아직 아홉시 반밖에 안 된 줄 알았는데."

그들이 헤어지려고 하자 밀드레드는 웃으며 그리피스에게 말했다.

"저, 내일 필립의 방에 차를 마시러 갈 생각이에요. 웬만하면 오시지 않겠어요?"

"네 가구말구요."

핌리코로 돌아가는 도중 밀드레드는 내내 그리피스 얘기만 했다. 그의 용모, 모양 좋은 양복, 목소리, 그 쾌활함 등 그러한 것에 완전히 매혹된 것이다.

"좋아해서 정말 다행이군." 필립이 말했다. "당신 기억하지? 언젠가 내가 그를 만나려고 하니까 비웃었던 일을?"

"그분은 당신을 퍽 좋아하나 봐요. 참 좋은 분이에요. 당신을 위해서 아주 좋은 친구예요.”
  키스라도 청하듯 여자는 그에게 얼굴을 돌렸다. 보기 드문 일이었다.
  “오늘 밤은 정말 유쾌했어요, 필립. 진정으로 감사해요.”
  “바보 같은 소리.”
  그는 웃어 넘겼으나 여자 쪽에서 그토록 고마워하는 것을 생각하자 어
느덧 눈에 눈물이 괴었다. 그녀는 현관문을 열고 안으로 들어가기 전에
다시 한 번 필립을 돌아보고.
  “해리에게 말해주세요, 그가 정말 좋아졌다고요.”
  “알았어. 그럼 잘 자요.”
  그는 웃으며 말했다.
  이튿날 둘이서 차를 마시고 있으려니까 그리피스가 들어왔다. 그는 팔
걸이의자에 앉았는데 커다란 손발을 천천히 움직이는 그의 동작에는 어
딘지 묘하게 관능적인 데가 있었다. 필립은 밀드레드와 둘이서만 계속 말
을 주고받는 것을 묵묵히 듣고 있었지만 마음은 즐거웠다. 어느 쪽이나
모두 그가 좋아하는 사람인 만큼 그 둘이 좋아하는 것은 너무나 당연하다
고 생각했다. 설혹 지금 그리피스가 밀드레드의 관심을 독점해버렸다 해
도 그런 것은 아무것도 아니었다. 밤만 되면 완전히 자기 것이 되는 것
이다. 말하자면 아내를 살필 줄 모르는 남편의 태도, 다시 말해서 아내의
애정을 너무 믿는 나머지 그녀가 설사 딴 남자와 희롱을 하더라도 해가
없는 한 자기도 같이 기뻐하는 그런 점이 필립에게 있었다. 그러나 그러
한 그도 일곱시가 되자 시계를 보며 말했다.
  “밀드레드, 이제 그럭저럭 저녁 먹을 시간 아니야?”
  순간 모두 입을 다물었다. 그리피스는 잠깐 생각하는 듯하더니 말했다.
  “아, 그래. 그럼 실례. 그렇게 늦은 줄 몰랐군.”
  “오늘 밤 딴 볼 일이 있으세요?”
  밀드레드가 물었다.
  “아뇨.”
  다시 침묵이 흘렀다. 필립은 약간 불안스러운 목소리로 말했다.
  “난 잠깐 목욕을 하고 와야겠는데.” 그리고 다시 밀드레드 쪽을 향해,
“당신도 손을 씻지 않겠소?”

그러나 그녀는 대답하지 않고 오히려 그리피스를 향하여 물었다.

"그럼 왜 함께 식사를 안 하세요?"

그는 묵묵히 자기를 보고 있는 필립의 눈과 마주쳤다.

"어젯밤에도 함께 있었으니까 방해가 돼선 안 되죠."

그는 이렇게 말하고는 껄껄 웃었다.

"어머, 그런 건 상관없어요." 밀드레드는 양보하지 않았다. "필립, 당신도 좀 권해보세요. 방해는 무슨 방해예요."

"그야 뭐. 그리피스 자네만 좋다면 함께 가도록 하지."

"그럼 좋아, 가지." 그리피스는 기다렸다는 듯 대답했다. "방에 가서 준비하고 오겠소."

그가 나가자마자 필립은 화가 나서 밀드레드를 나무랐다.

"대체 그 사람을 왜 저녁 식사에 초대한 거야?"

"할 수 없잖아요. 오늘 밤엔 아무 할 일도 없다고 하는데 아무 말도 안 하면 그게 오히려 이상하잖아요."

"쳇, 말 같지 않은 소리 마. 그것보다 왜 먼저 일이 있느냐 없느냐 그런 걸 물었느냔 말이야."

핏기없는 여자의 입술이 약간 샐쭉해졌다.

"저도 가끔은 좀 놀고 싶어요. 아침부터 밤까지 둘이만 지내니까 이젠 진절머리가 나요."

그리피스가 큰소리를 내며 계단을 내려오는 소리가 들렸다. 필립은 몸을 씻으러 욕실로 갔다. 저녁 식사는 근처 이탈리아 식당에서 했다. 필립은 기분이 나빠 줄곧 입을 다물고 있다가 문득 깨닫고 보니 그리피스와 비교해 자기의 입장이 무척 불리했다. 그래서 그는 억지로 불쾌한 기색을 감췄다. 가슴을 할퀴는 고통을 없애기 위해 술도 꽤 마셨고 애써 입을 열려고 노력도 했다. 밀드레드도 아까의 폭언을 뉘우친 듯 이번엔 열심히 그의 기분을 맞췄다. 그녀는 간지러울 정도로 상냥하고 친절했다. 그러자 이내 필립은 질투심에 사로잡혔던 자기 자신이 바보처럼 느껴졌다. 식사가 끝나 마차를 타고 극장으로 가는 도중 밀드레드는 두 사나이 사이에 끼여 앉아서 자연스럽게 손을 내밀었다. 그의 분노는 말끔히 가시고 말았다. 그러나 순간 그는 여자의 다른 한쪽 손이 그리피스의 손에 쥐어져 있다는 것을 깨달았다. 다시 한 번 격심한 고통이 그를 사로잡았다. 그는 아연해지면서 좀더 일찍 알았어야 하지 않았을까 하는 의문, 즉 두 사람은 이미 사랑하게 된 것이 아닌가 하는 의문이 떠올랐다. 의혹, 분노, 당황, 절망 같은 안개가 눈앞을 가로막아 연극 같은 것은 하나도 눈에 들어오지 않았지만 그런 마음을 애써 감추고 여전히 웃고 떠들며 얘기했다. 그때였다. 돌연 어떤 자학적 충동이 그를 사로잡았다. 그는 벌떡 일어나 뭘 좀 마시고 오겠다고 했다. 지금까지 그리피스와 밀드레드는 한 번도 단 둘이 되어본 일이 없다. 이제 그 기회를 주려는 것이다. 그러나 그리피스가 말했다.

"나도 나가겠어. 목이 꽤 타는데."

"그런 소리 마, 자넨 여기서 밀드레드와 이야기하고 있게."

왜 그런 소리를 했는지 그 자신도 잘 알 수 없었다. 어쩌면 그 자신의 고통을 한층 더 참을 수 없는 것으로 만들기 위해 일부러 두 사람을 함께 남겨두었는지도 몰랐다. 그는 술 파는 곳으로 가지 않고 곧장 이층으로 올라갔다. 여기서라면 들키지 않고도 두 사람을 살필 수 있을 것이다. 보니까 두 사람은 무대 쪽은 보지도 않고 서로 쳐다보며 웃고 있었다. 그리피스는 유창한 능변으로 말을 계속하고 있었고 밀드레드는 넋을 잃은 듯한 표정으로 듣고 있었다. 필립은 머리가 쑤셔왔다. 그대로 돌처럼 꼿꼿이 서 있었다. 지금 내려가면 방해가 될 것이 틀림없었다. 두 사람은 지금 그가 없는 동안을 즐기고 있는 것이다. 그리고 그 자신은 여기서 이렇게 괴로워하고 있는 것이다. 시간이 흘러갔다. 지금은 다시 돌아가기도 어쩐지 멋쩍었다. 두 사람 다 자기를 조금도 생각하지 않는 건 분명했다. 그런데도 식사비며 극장값을 모조리 자기가 치른 것을 생각하자 가슴이 더 아팠다. 얼마나 바보 노릇을 하고 있는 것인가! 부끄러움으로 온 몸이 불덩이처럼 달아올랐다. 두 사람 다 자기가 없는 것을 얼마나 좋아하는가를 한눈에 알 수 있었다. 그는 두 사람을 남겨둔 채 그냥 집으로 돌아가야 힌다고 생각했다. 그러나 생각해보니까 모자도 없고, 외투도 없었으며, 더구나 나중에 기나긴 변명이 필요할 것 같았다. 하는 수 없이 그는 자리로 되돌아갔다. 그를 보기가 무섭게 밀드레드의 얼굴에는 귀찮아하는 빛이 스치고 지나가는 것 같았다. 그는 맥이 탁 풀리는 것을 느꼈다.

"왜 그렇게 오래 있었어?"

그리피스가 웃는 낮으로 말했다.

"아는 친구를 잠깐 만나서 얘기하느라고 빠져나올 수가 있어야지. 자네가 이해해줄 것 같아서."

"아아, 정말 유쾌했어. 밀드레드 양은 어땠는지 모르지만."

그녀도 진심으로 만족한 듯 웃었다. 그러나 그 웃음 속에는 필립을 오싹하게 하는 여운이 있었다. 그는 이제 돌아가자고 말했다.

"응, 그러지. 우리 두 사람이 당신을 마차로 집까지 바래다주겠어."

이 사실 하나만 보더라도 어떻게든 필립과 단둘이 되기를 피하려고 하는 밀드레드의 지시 같아 견딜 수 없었다. 마차 속에서는 그도 그 여자의 손을 잡으려고 하지 않고 여자도 손을 내밀지 않았다. 무슨 비열한 짓인가. 그의 머리는 그 생각으로 가득했다. 그는 흔들리면서 계속 자신에게 물어보았다. 자기 몰래 만나기 위해 이 두 사람은 대체 어떤 계획을 세웠을까? 그렇다면 그들 두 사람만을 남겨둔 것은 무슨 바보 같은 짓이었던가. 일부러 신경을 써 재회의 기회를 준 셈이 된 것이다.

"이대로 타고 돌아가지." 밀드레드의 집에 도착했을 때 필립이 말했다. "난 이제 피곤해서 도저히 걸을 수 없네."

돌아오는 길에도 그리피스는 여전히 유쾌한지 필립이 퉁명스럽게 대답하는 것도 전혀 눈치채지 못하는 것 같았다. 그러나 필립은 자기의 태도가 변한 것을 언젠가는 눈치채리라 생각하고 입을 다물고 있었다. 결국 그의 침묵이 계속되자 그리피스도 갑자기 걱정이 되어 입을 다물었다. 필립은 뭔가 얘기를 하고 싶었지만 말을 하려고 하면 이상하게 위축되어 한마디도 나오지 않았다. 시간은 점점 흘러갔다. 우물쭈물 하고 있으면 기회는 영원히 사라지고 만다. 결단을 내려 사실을 얘기해야 한다. 그는 가까스로 입을 열었다.

"자네 밀드레드와 연애하고 있나?"

"내가?" 그리피스는 웃었다. "오, 그래서 자네가 오늘 밤 그렇게 이상했군그래. 그럴 리가 있나, 어이없는 소리 말게."

그는 이렇게 말하면서 그의 팔에 손을 걸치려 했으나 필립은 재빨리 몸을 피했다. 거짓말이라는 것을 알고 있기 때문이다. 계속 물으면 여자의 손을 잡은 기억은 없다고 잡아뗄 것이 틀림없었다. 그러나 그런 얘기는 죽어도 하기 싫었다. 갑자기 그는 울고 싶은 심정이 되었다.

"해리, 그야 자네한테는 아무것도 아니겠지. 자네한텐 얼마든지 다른 여자가 있으니까. 하지만 그 여자만은 제발 건드리지 말아주게, 응? 그 여자는 내 인생의 전부나 다름없어. 지금까지 나는 너무도 비참했으니까."

그는 목소리가 떨리고 복받쳐오르는 울음을 도저히 억제할 수가 없었다. 쥐구멍에라도 들어가고 싶은 심정이었다.

"무슨 소리를 그렇게 하나. 내가 왜 자네를 괴롭히는 짓을 하겠나. 난 자네를 무척 좋아해. 그런 내가 그런 짓을 하겠나. 그냥 장난을 좀 했을 뿐이야. 다만 자네가 그렇게 기분 나빠할 줄 알았더라면 좀더 조심했을걸세."

"정말인가?"

"그런 여잔 조금도 좋아하지 않아. 맹세해도 좋네."

필립은 안도의 한숨을 내쉬었다. 마차가 하숙집 앞에 도착했다.

75

이튿날 필립은 기분이 매우 좋았다. 그는 너무 귀찮게 따라다니다가 더 큰 미움을 사면 안 된다고 생각하고 그날은 저녁 식사 때까지 밀드레드와 만나지 않기로 했다. 밤에 데리러 가니 그녀는 벌써 준비를 하고 있었다. 오늘은 웬일로 이렇게 시간을 잘 지키느냐고 가볍게 놀려주었다. 언젠가 필립이 사 준 새 옷을 입고 있었다. 아주 멋있다고 칭찬했다.

"하지만 다시 가서 고쳐야 해요. 스커트가 맞지 않아서."

"파리에 갖고 갈 거면 양장점에 말해서 빨리 해달래야지."

"그때까진 되겠죠, 뭐."

"그렇지만 앞으로 사흘밖에 남지 않았어. 열한시 차로 떠날까?"

"좋을 대로 하세요."

어떻든 근 한 달 동안은 단 둘이서 지내게 되는 것이다. 필립은 여자의 모습을 탐욕스런 눈으로 훑어보았다. 사랑의 번뇌라고나 할까. 스스로도 우스워질 지경이었다.

"도대체 당신의 어디가 그렇게 좋을까?"

필립이 웃는 얼굴로 말했다.

"흥, 고맙군요."

메마른 몸이 거의 뼈가 보일 정도로 앙상했다. 가슴은 사내아이처럼 납작했다. 얇고 핏기없는 입술은 차라리 보기가 흉했고 살갗은 파르스름한 빛조차 감돌았다. 필립은 웃으면서 말했다.

"여행 떠나거든 강장제를 좀 많이 먹어야겠어. 살이 찌고 혈색이 좋아져서 돌아와야지."

"난 살찌고 싶지 않아요."

그리피스의 말은 끝내 꺼내지 않았다. 식사를 하면서 필립은(이제는 그녀에게 자신이 섰던 것이다) 거의 심술궂은 말투로 말했다.

"간밤엔 해리와 즐거웠던 모양이지?"

"그렇구말구요. 나 그분 좋아한다고 했잖아요."

하고 여자는 웃었다.

"그러나 해리는 그렇지가 않은 모양이던데."

"어떻게 아세요?"

"들었지. 본인한테."

여자는 필립의 얼굴을 쳐다보았다. 그러자 기묘한 광체가 그녀의 눈에 떠올랐다.

"그렇다면 이 편지를 읽어보세요. 오늘 아침에 받은 것이니까요."

그녀는 한 통의 편지를 그에게 넘겨주었다. 힘차고 또박또박한 틀림없는 그의 필적이었다. 여덟 장의 사연이었다. 문장도 좋고, 솔직하고, 매력있는 필치, 어느 모로 보나 숱한 여자를 다뤄본 사나이의 편지였다. 내 가슴은 당신 생각으로 가득 차 있소. 첫눈에 당신에게 반해버렸소. 사실을 말하자면 나는 당신을 사랑하고 싶지는 않아요. 왜냐하면 필립이 당신을 열렬히 사랑하고 있는 사실을 알았기 때문이지만 나로서는 어쩔 수가 없는 일이오. 필립은 참 좋은 사나이지요. 그러므로 나로서는 매우 미안한 일이긴 하지만 그것은 내 탓이 아니오. 오직 그 어떤 강한 힘에 사로잡혀 있는 느낌이오. 이 따위 내용을 늘어놓은 뒤에 여자들이 좋아할 만한 찬사를 늘어놓았다. 그리고 끝에 가서 내일 점심 식사를 같이 해주신다니 정말 감사하다. 지금부터 만나보고 싶은 심정으로 가슴이 부푼다고 말을 맺었다. 날짜는 어제 저녁이었다. 그러고 보니 필립과 헤어진 뒤에 쓴 것이 분명했고 필립이 이미 잠들었으리라고 생각한 그 시각에 일부러 편지 부치러 나간 것이 틀림없다.

그는 뛰는 가슴을 가까스로 달래며 읽었다. 그러나 겉으로는 조금도 놀란 표정을 나타내지 않았다. 그는 미소와 더불어 조용히 편지를 여자에게 돌려주었다.

"점심 식사는 좋았소?"

"물론이죠."

하고 여자는 힘주어 대답하였다.

그는 손이 떨리는 것 같아 살며시 테이블 밑으로 감췄다.

"그리피스란 친구를 너무 믿지 말아요. 굉장한 바람둥이니까."

여자는 편지를 들어 다시 한 번 읽은 뒤에 천천히 말했다.

"나도 어떻게 할 수 없어요. 대체 어떻게 되어가는 것인지 잘 모르겠어요."

짐짓 냉담을 가장하는 말투였다.

"그렇지만 나로선 좀 난처한 문제야."

"당신은 아프거나 속상해하지도 않잖아요."

"그래 어떻게 하란 말이오? 머리카락이라도 몇 줌 뜯는 꼴이 보고 싶단 말이오?"

"그야 화 내실 줄은 알았지만."

"한데 이상하게도 난 조금도 화가 나지 않아. 이런 일이 생길 줄 벌써부터 알고 있었으니까. 아무튼 두 사람을 만나게 한 게 애당초 내 잘못이야. 어느 모로 보나 그 친구가 나보다 낫다는 건 나도 잘 알고 있었소. 나보다 훨씬 재미있고 미남인데다가, 당신이 좋아할 만한 얘기도 많이 알지."

"무슨 말씀이신지 잘 모르겠군요. 내가 바보인지는 몰라도 어쩔 수 없는 일이에요. 그러나 대단히 미안하지만 난 당신이 생각하는 것만큼 바보가 아니에요. 어림없어요. 당신에겐 내가 좀 과분한 것 같아요."

 "아니, 싸우자는 거야?"
 그는 조용히 물었다.
 "천만에요. 그런데 왜 날 아무것도 모르는 바보 취급을 하려드는지 영문을 모르겠군요."
 "그건 내가 잘못했어. 당신을 화나게 할 작정은 아니었어. 조용히 생각해보자는 게 그만. 되도록이면 소란 피울 생각은 없었소. 그렇지만 내 마음이 당신에게 끌리는 것만은 사실이고 또 자연스런 일이라고 생각하오. 그런데 한 가지 불쾌한 것은 왜 그놈이 당신을 유혹했느냐 그 말이야. 그 녀석은 내가 당신에게 홀딱 반한 것을 잘 알고 있었단 말이오. 비겁한 자식 같으니라구, 입으론 당신을 좋아하지 않는다고 해놓구선 당신에게 편지질을 하다니."
 "그런 걸로 그분이 싫어지게 만들 속셈인 모양이지만 천만에요."
 필립은 말문이 막혔다. 어떻게 말해야 자기의 진실이 전해질지 알 수가 없었다. 냉정하게 이치를 따져 말하고 싶었다. 그런데 마음이 산란해서 가다듬기가 여간 힘들지 않았다.
 "어차피 오래 못 갈 애정의 희생이 될 필요야 없지 않소. 아무튼 그녀석은 한 여자에게 열흘 이상은 흥미를 지속시키지 못하는 작자니까. 더구나 당신은 경험이 있는 여자이고. 이렇게 해보았댔자 당신으로서는 크게 이로울 것도 없을걸."
 "그건 당신 생각이고요."
 여자가 싸움이라도 걸 듯이 덤벼들었으므로 그는 더욱 난처해졌다.
 "당신이 정말로 사랑한다면 그야 할 수 없지. 나도 참는 데까진 참아보겠소. 당신과 나, 즉 우리도 잘 어울려온 편이 아닐까? 난 당신에게 지독하게 한 것 같지는 않은데. 그야 물론 처음부터 당신이 날 사랑하지 않았다는 건 알고 있었소. 하지만 좋다고는 하지 않았소? 그러니까 파리에라도 가게 되면 이내 그리피스를 잊어버려요. 당신만 그를 잊어버릴 마음이라면 어려운 일은 아니야. 그리고 나도 당신의 애정을 받는다고 해서 벌 받지는 않겠지."
 여자는 대꾸를 하지 않았다. 두 사람은 말없이 식사를 계속했다. 침묵이 계속되어 어색해지자 필립은 공연히 딴 이야기를 늘어놓았다. 그녀는 들는 체하지 않았으나 그런 것쯤은 묵살해버렸다. 그녀의 대답은 그야말로 마지못해 하는 것뿐이고 먼저 단 한 마디도 걸지 않았다. 그러다가 별안간 말을 가로채듯이 말했다.

"필립, 난 토요일엔 도저히 가지 못할 것 같아요. 의사 선생님이 안 된대요."

그는 거짓말인 줄은 알았지만 모른 체하고 물었다.

"그럼 언제 갈 수 있소?"

여자는 힐끔 그의 얼굴을 보았다. 그러나 그의 얼굴이 파랗게 질려 있는 것을 보자 그녀는 겁에 질렸던지 눈길을 돌렸다. 아무래도 좀 두려웠던 것이다.

"차라리 딱 잘라 결말을 짓는 것이 좋겠군요. 그래요, 당신과 같이 갈 수 없어요."

"그렇게 나올 줄은 대강 짐작하고 있었지. 하지만 이제 새삼스럽게 마음이 변했다 해도 이미 늦었어. 기차표고 뭐고 모두 다 준비가 됐으니까."

"그렇지만 당신이 싫으면 안 가도 좋다고 말씀하셨잖아요. 억지로 하지 않겠다구요. 가고 싶지 않아요."

"나도 마음이 변했소. 이 이상 바보 취급받긴 싫으니까 같이 가야 해."

"난 당신이 친구로선 참 좋지만 그 이상으론 도저히 생각할 수 없어요. 그런 식으로 당신을 좋아하지는 않아요. 그건 억지예요."

"아니 일 주일 전만 하더라도 좋다고 야단이더니!

"그땐 그때였구요."

"하긴, 아직 그리피스를 만나기 전이었으니까!"

"아까 당신이 말씀하셨죠. 내가 진정 그를 사랑한다면 할 수 없다고."

그녀는 불쾌한 듯이 얼굴을 찡그리고 눈앞의 접시를 바라보고 있었다. 필립의 얼굴은 분노로 새파랗게 질려 있었다. 주먹으로 여자의 낯을 갈겨주고 싶었다. 눈가가 퍼렇게 멍이 들면 어떤 꼴이 될까 하고 상상해보기도 하였다. 십팔 세 가량의 소년 둘이 가까운 테이블에서 식사를 하고 있었는데 가끔 밀드레드를 바라보았다. 예쁜 여자와 식사하는 그를 부러워하고 있는지도 모를 일이다. 혹은 입장이 바뀌어보았으면 하는 마음인지도 모를 일이었다. 그때 밀드레드가 입을 열었다.

"그래, 우리 둘이서 함께 간다고 해요. 그래서 어떻게 된다는 거죠? 나는 그리피스 생각만 할 것이 뻔할 테고 그렇게 되면 당신도 뭐 재미있겠어요?"

"그건 당신이 걱정할 일이 아니오."

여자는 그 대답의 의미를 여러 모로 생각해본다. 그리고 새빨개졌다.

"그런 건 야비한 일이에요."

"그게 어떻다는 거요?"

"당신만은 진짜 어엿한 신사인 줄 알았더니만."

"당치도 않은 착각이지."

자기 생각에도 재미있는 대답이었다. 그는 껄껄 웃었다.

"웃지 마세요, 제발. 같이 갈 순 없어요. 정말 미안해요. 하기야 나도 지독하지만요. 그렇죠? 하지만 싫은 건 할 수 없어요."

"잊었어, 당신은? 당신이 곤란할 때 난 꽤나 하느라고 했는데. 아기 낳기까지의 생활비는 물론 입원비도 모조리 치러주었소. 그리고 브라이튼에 간 여비며, 지금은 또 아기의 양육비도 모두 내 돈이오. 당신의 옷값도 냈고. 지금 당신 몸에 두른 것은 한 오라기라도 남김없이 내 돈으로 치른 것뿐이오."

"당신이 신사라면 내게 해준 것을 그렇게 제 앞에서 떠벌리진 않을 거예요."

"아, 시끄러워, 제발 입 좀 닥쳐요. 신사라니 무슨 말이오? 내가 만일 신사라면 당신 같은 바람둥이에 걸려들어 시간을 낭비할 줄 알아? 날 좋아하고 안 하고가 대체 어쨌단 말야? 이 이상 바보 취급받기는 싫단 말이오. 파리에 같이 가면 좋고 아니면 그만두는 거지."

여자의 뺨은 노여움으로 빨갛게 달아올랐다. 대꾸했을 때의 목소리는 평소의 점잔하게 보이려던 말투는 간 데 없고, 천박한 뒷골목의 말투가 완연히 드러나 있었다.

"처음부터 당신 같은 건 조금도 좋아하지 않았어. 한 번도 좋다고 생각 안 했어. 당신이 어거지로 했을 뿐이죠. 덤벼들어 키스를 하면 늘 소름이 끼쳤어. 이젠 만지는 것도 싫어. 굶어 죽어도 싫어."

필립은 접시의 요리를 먹으려고 했다. 그런데 목구멍에서 넘어가지 않았다. 그는 술을 마구 퍼마시고 담배에 불을 붙였다. 전신이 부들부들 떨려왔다. 말은 하지 않았다. 여자가 일어서기를 기다렸으나 자리에 앉은 채 잠자코 테이블만 내려다보고 있었다. 만약 단 둘뿐이었다면 느닷없이 여자의 목을 껴안고 불 같은 키스를 퍼부었을 텐데. 세게 입술을 누르면 여자는 길고 새하얀 목을 뒤로 젖힐 것이다. 그 모양이 눈에 보이는 듯했다. 말없이 한 시간이 지나갔다. 마침내 웨이터가 미심쩍은 눈초리로 두 사람을 보고 있는 것이 느껴졌다. 불러서 계산을 청했다. 그리고 조용히 말했다.

"그럼 갈까?"

여자는 여전히 말없이 손가방과 장갑을 집어들고 외투를 걸쳤다.

"이번엔 언제 그리피스를 만나오?"

"내일요."

그녀는 태연하게 대답했다.

"그 친구하고 잘 의논해봐요."

그녀는 기계적으로 손가방을 열더니 그 속에서 종이 조각을 꺼냈다.

"이거, 이 옷 청구서예요."

하면서 좀 머뭇거리며 말한다.

"그게 어떻다는 거요?"

"내일 지불하기로 되어 있어요."

"그래서?"

"그런 건 모른다 그 말인가요? 사도 좋다고 말해놓구선."

"그랬지."

"그럼 해리에게 부탁하지요 뭐."

"꽤나 좋아하며 치르겠지. 그 친구는 내게도 칠 파운드나 빚이 있어. 전 주일엔 현미경을 전당포에 맡겼다나. 빈털터리가 되어버렸단 말이야."

"그런 소리로 날 위협하시는 거예요? 나도 벌어 먹고 살 만하다구요."

"거 정말 잘 됐군. 나도 이젠 한푼도 줄 돈이 없으니까."

그녀는 토요일에는 지불해야 할 방세며, 아이의 양육비에 생각이 미쳤다. 그러나 아무 말도 하지 않았다. 식당에서 나와 큰 길로 나오면서 필립이 물었다.

"마차를 불러줄까? 난 좀 걷고 싶은데."

"나 돈 없어요. 오늘 오후에 지불할 것들이 많거든요."

"그렇다면 걷는 것도 해롭진 않겠지. 내일 만약 날 만나고 싶다면 차 시간에 집에 있겠어."

그는 모자를 벗어 들고 한가로이 발걸음을 옮겼다. 그러다가 뒤돌아보니 여자는 아직도 헤어진 자리에 서서 사람들의 모습을 바라보고 있었다. 그는 되돌아가서 억지로 웃으며 돈을 손에 쥐어주었다.

"자, 이 실링. 돌아갈 마차 삯이야."

그러고는 여자의 대답을 기다리지도 않고 성큼성큼 걸어갔다.

76

이튿날 오후, 필립은 방에서 정말 밀드레드가 찾아올까 하고 생각했다. 어젯밤은 잠을 제대로 자지 못했다. 아침에는 학교 클럽에 나가 닥치는 대로 신문을 읽으며 시간을 보냈다. 휴가로 친구들은 대부분 런던에 있지 않았으나 그래도 한두 사람의 이야기 상대는 있었다. 장기를 두며 간신히 지루한 시간을 보냈다. 점심을 먹고 나니 몸이 피로하고 두통이 나서 하숙집으로 돌아와 자리에 누웠다. 그는 소설책을 뒤적였다. 그리피스는 만나보지 못했다. 어젯밤 돌아왔을 때는 없었고 그 뒤로 돌아오는 소리가 들리기는 했으나 여느때처럼 자나 안 자나 필립의 방을 기웃거리는 일은 하지 않았다. 그리고 아침이 되자 일찌감치 밖으로 나가는 소리가 들렸다. 그를 피하는 기색이 역력했다. 그때 가벼운 노크 소리가 났다. 필립은 일어나 문을 열었다. 밀드레드가 서 있었다.

"들어와요."

그는 여자를 방에 들이고 문을 닫았다. 그녀는 자리에 앉았다. 머뭇머뭇하더니 이윽고 말문을 열었다.

"어제 이 실링 고마워요."

"뭐, 그걸 가지고서."

여자는 희미한 미소를 띠었다. 필립은 마치 강아지가 장난을 치다가 혼나고 다시 주인의 환심을 사려고 꼬랑지를 흔드는 모양이 생각났다.
"그리피스하고 점심 먹고 왔어요."
"아하, 그래."
"필립, 만일 당신만 좋으시다면 토요일에 파리로 가겠어요."
순간 짜릿한 승리감을 온몸으로 느꼈다. 그러나 그것도 한순간에 지나지 않았다. 그 뒤로 의혹이 솟았다.
"돈 때문에?"
"그래요, 반은. 해리는 속수 무책이에요. 이 집 방세가 오 파운드나 밀렸다나요. 그리고 당신에게 칠 파운드 빚이 있고 양복점에서도 빚 독촉을 받는 모양이에요. 있으면 뭐든지 전당포에 맡기겠다지만 그것도 없는 모양 같던데요. 나 새 옷값 받으러 오는 그 사람에게 어찌나 시달렸는지. 게다가 토요일엔 방세도 내야 하지만 어디 직장이 당장 구해지겠어요? 빈 자리가 나기까지 조금은 기다려야 하는 게 보통이거든요."
그녀는 불평하는 투로 말했다. 운명의 부당함을 늘어놓으면서 그것이 자연의 섭리라면 할 수 없다는 듯한 말투였다. 필립은 대답하지 않았다. 여자의 말 뜻을 알고 있기 때문이었다.
"반은, 이라고 했지?"
그는 마침내 입을 열었다.
"저어 해리가 그랬어요. 당신은 우리 두 사람에게는 참 좋은 분이라고요. 그에게는 둘도 없는 좋은 친구였고 내게도 당신만큼 잘해준 사람은 없었어요. 그러니까 우리는 당신에겐 잘해드려야 한다고 그 사람이 말했어요. 그리고 스스로도 자기는 원래 바람기가 있는 편이다, 인간됨이 다른 당신 같은 이를 자기 때문에 버린다는 것은 큰 잘못이라고 하더군요. 자기와는 절대로 오래 지속되지 못하지만 당신은 그렇지가 않다나요. 자기 입으로 그랬어요."
"그럼 정말 같이 가고 싶어?"
"그래요."
그는 여자의 얼굴을 보았다. 그녀의 입과 귀 언저리가 괴로운 듯이 일그러졌다. 마침내 나의 승리, 이제야 내 뜻이 통한 것이다.
지금까지의 서글픈 굴욕감에 대해 그는 가벼운 조소를 내비쳤다. 그녀도 재빨리 그를 보았다. 그러나 아무 말도 하지 않았다.

"당신과 함께 떠날 날을 얼마나 기다려왔는지. 무척 괴로웠었지만 이번에야말로 정말 행복하게 된다……."

그의 말이 채 끝나기도 전에 별안간 밀드레드가 와락 울음을 터뜨렸다.

언젠가 노라가 앉아 울던 바로 그 의자에 앉아 똑같은 모습으로 의자 등에 얼굴을 파묻고 울었다. 머리가 닿아 오목해진 곳에 얼굴을 묻고 울었다.

"억세게 여자 운이 없는 놈이야, 나는."

필립은 혼잣말로 중얼거렸다.

여자의 여윈 몸이 격렬한 울부짖음으로 떨리고 있었다. 이렇게 흐느끼면서 우는 여자를 그는 일찍이 보지 못했다. 너무나 측은해서 가슴이 쓰렸다. 저도 모르게 여자 곁으로 다가가 살며시 두 팔로 껴안았다. 그녀는 싫어하는 기색도 없이 오히려 슬픔을 이기지 못하는 듯 그의 애무에 몸을 맡겼다. 나직한 목소리로 위로의 말을 속삭여주었다. 무슨 말을 하는지도 모르면서 덮치듯이 키스를 퍼부었다.

"그렇게 슬퍼?"

"아아! 차라리 죽고만 싶어. 아기 낳을 때 그대로 죽었더라면 좋았을 걸."

여자는 신음하듯 말하였다. 모자가 걸리적거려 필립이 벗겨주었다. 그리고 머리를 의자 등에 편안히 기대게 해주고 자기는 테이블로 돌아가 그녀를 지켜보았다.

"사랑이란 참 무서운 거야. 그런데도 사람들은 너도 나도 사랑을 하려드니."

한참만에 울부짖음이 겨우 진정되었다. 그녀는 머리를 뒤로 젖히고 두 팔을 힘없이 늘어뜨린 채 앉아 있었다. 흔히 화가들이 의상을 걸치는 데 쓰는 마네킹 같은 기괴한 형상이었다.

"그토록 그 남자를 사랑하리라고는 꿈에도 몰랐어."

필립이 말했다.

그리피스의 진심을 너무나 잘 알 것 같았다고 하는 것은 필립 자신이 그리피스의 입장에 서보았기 때문이다. 그의 눈으로 보고 그의 손으로 느

껴보았기 때문이다. 그리피스의 육체가 되어 생각할 수도 있었으며 또한
그의 입술로 키스도 하고 그의 파란 눈으로 미소짓기도 했다. 그러나 놀
라운 것은 어디까지나 여자 쪽의 감정이었다. 이 여자에게 이렇게 격렬한
연애가 가능하리라고는 단 한 번도 생각한 일이 없었다. 그러나 이것은
사랑이었다. 틀림없는 사랑이었다. 무엇인가 그의 가슴속에서 무너져내
리는 것 같았다. 무엇이 허물어져간다고 할까, 그런 느낌이 들어 그는 그
만 허탈상태에 빠졌다.

"난 당신을 불행하게 만들고 싶지는 않아. 싫거든 함께 가지 않아도
돼. 어쨌거나 돈은 줄 테니까."

여자는 고개를 가로저었다.

"아뇨, 간다고 했으니까 가겠어요."

"그렇게도 그 친굴 생각하면서 따라간다니, 어떻게 된다는 거지?"

"그래 정말 그래요. 진정 사랑해요, 물론 그분과 마찬가지여서 어차피
오래 계속되지 않을 것은 알고 있지만, 그러나 당장은……."

그녀는 잠깐 말을 끊고 어지럽기나 한 듯 눈을 지그시 감았다. 문득 묘
한 생각이 필립의 머리에 떠올랐다. 그는 다시 생각할 여지도 없이 입에
서 나오는 대로 말해버렸다.

"그럼 왜 그리피스하고 같이 안 가지?"

"어떻게 가요? 우리가 돈이 없다는 걸 잘 알면서!"

"돈은 내가 주겠소."

"당신이?"

여자는 고쳐 앉으며 뚫어지게 그를 바라보았다. 갑자기 눈이 빛나고 볼
에도 생기가 돌았다.

"그런 건 마음껏 하고 싶은 대로 하는 거야. 끝나면 내게로 다시 오겠
지."

그러나 그렇게 말해버리고 나니 견디기 어려운 고뇌가 엄습해왔다. 그
러면서도 그 고통은 웬일인지 그에게 어떤 감동을 주는 것이었다. 그녀는
두 눈을 크게 뜨고 그를 바라보았다.

"설마 당신 돈으로 그런 짓 하려구요. 해리도 그런 생각은 엄두도 내지
못할걸요."

 "뭐, 문제없어, 당신이 말하면."
 여자가 반대할수록 그는 고집을 피웠다. 그러면서도 한편으로는 거절해주기를 바라고 있었다.
 "오 파운드 줄 테니 토요일에서 일요일까지는 놀다 올 수 있을 거야. 아무렇지도 않은 일이야. 그 친구, 월요일에는 북 런던에 있는 근무처로 가니까 가기 전에 그렇게 해도 좋을 것 같소."
 "필립, 그게 정말이에요?"
 그녀는 손바닥을 치면서 소리를 질렀다.
 "정말 보내준다면 앞으로는 정말로 당신이 좋아질 거예요. 당신을 위해선 무슨 일이라도 할 거예요. 그렇게 해주시면, 이런 기분 완전히 잊어버려지겠죠. 정말 돈 주시는 거죠?"
 "그럼."
 그녀는 사람이 달라진 것 같았다. 큰소리로 웃었다. 갑자기 정신이 이상스러워졌나 할 정도로 행복해 보였다. 그녀는 일어나서 필립 옆에 무릎을 꿇고 두 손을 잡았다.
 "정말 좋은 분이셔. 당신처럼 착한 분은 처음 보았어요. 하지만 나중에 화내지 않겠죠?"
 그는 웃으며 머리를 저었다. 그러나 마음속은 끓어오르는 분노로 괴로웠다.
 "그럼, 지금 해리에게 말하고 와도 괜찮아요? 그리고 당신이 괜찮다고 했다고 말해도 되죠? 당신이 괜찮다고 약속해야만 그이도 동의할 거예요. 아아, 필립, 난 당신이 좋아요. 정말로! 돌아오면 당신 하자는 대로 다 해드리겠어요. 월요일에는 파리든 어디든지 다 따라가겠어요."
 그녀는 일어서며 모자를 썼다.
 "어디 가지?"
 "같이 가겠느냐고 물어보려요."
 "벌써?"
 "더 있으라구요? 그럼 그러죠."
 여자는 다시 앉았다. 그런데 그는 싱긋 웃고서 말했다.
 "아니, 괜찮으니 가는 게 좋을 거요. 그러나 꼭 한 가지 청이 있어. 지

금은 그리피스를 만나기 싫어. 그것만은 안 되겠어. 만나거든 내가 화 나
지 않았다든가 하는 말은 얼마든지 해도 좋아요. 그러나 다만 눈앞에 나
타나지 말도록 부탁해줘요.”

“알았어요.” 그녀는 힘차게 일어서며 장갑을 끼었다. “그이가 뭐라고
했는지 가르쳐드리겠어요.”

“오늘 저녁은 나하고 같이 식사하면 어떨까?”

“좋아요.”

그녀는 얼굴을 들어 키스를 청했다. 그가 세게 입술을 누르자 여자는
두 팔로 목을 얼싸안았다.

“당신은 참 좋은 사람이야, 필립.”

그러나 두 시간쯤 지나 그녀에게서 편지가 왔는데 머리가 아파 식사를
같이 할 수 없다는 내용이었다. 필립이 처음부터 예기하고 있던 일이기는
했다. 그리피스와 함께 식사할 것이 뻔하다. 질투심이 가슴을 갈기갈기
찢어놓았다. 그러나 다시 생각하니, 지금 두 사람을 사로잡고 있는 이 갑
작스러운 격정은 눈에 보이지 않는 어떤 큰 힘이 작용했다고나 할까, 자
기의 힘으로써는 어쩔 수 없는 것같이 생각되었다. 두 사람이 연애하는
것은 지극히 당연스러운 일로도 느껴졌다. 어느 모로 보나 그리피스가 자
신보다는 한 발 앞선다. 바로 말해서 그가 밀드레드라도 역시 밀드레드와
같은 행동을 했을 것이다. 다만 가장 그의 마음을 아프게 한 것은 그리피
스의 배신이었다. 그토록 친한 친구이고 자기가 밀드레드에게 홀딱 반
했다는 것을 알고 있었다면 좀 다른 방법을 취할 수도 있지 않을까.

그는 금요일까지 끝내 밀드레드를 만나지 않았다. 그녀를 만나보고 싶
어 못 견딜 정도였으나 막상 그녀가 찾아와서 상대해보니 자기 따위는 그
녀의 염두에도 없었다. 그녀의 마음은 오직 그리피스로 가득찼다는 것을
알게 되자 필립은 격렬한 증오심이 회오리 바람처럼 일기 시작하였다. 이
제 생각하니 그들 둘이 맺어진 것은 당연한 일이었던 것이다. 그리피스는
속물 중에서도 으뜸 가는 속물이다. 하기야 그것은 전부터도 알고 있
었다. 일부러 못 본 체한 것이다. 머리는 텅 빈 속물이지만 그가 지닌 매
력이 그의 탐욕스러운 이기주의를 교묘하게 감싸고 있었던 것이다. 자기
의 욕정을 위해서는 그 누구를 희생시켜도 뉘우칠 줄 모르는 사나이였다.

그가 영위하는 단정치 못한 생활은 어떤가! 술집이라는 술집은 한 곳도 빼놓지 않고 쏘다니고 아무데서나 마시고 다시 값싼 정을 찾아 헤맨다. 책이라고는 가까이 해본 적이 없다. 쓸모없는 저열한 일밖에는 아는 것이라고는 없지 않은가. 고상한 사상 같은 것은 머리에 떠올린 일이 없다. 입버릇처럼 스마트라는 말을 지껄여댄다. 사람에게 대한 최고의 찬사는 바로 그것이었다. 스마트! 밀드레드가 좋아할 것이 당연하다. 소위 그 사나이에 그 계집이었다.

필립은 두 사람 어느 쪽에도 상관없는 이야기만 밀드레드에게 했다. 그녀는 그리피스 이야기가 하고 싶은 것이다. 그것을 잘 안다. 그러나 필립은 좀처럼 기회를 주지 않았다. 이틀 전에도 정말 하찮은 구실로 그와의 식사를 연기했다. 그날 일은 조금도 비치지 않았다. 은연중에 갑자기 그의 마음이 식었다는 것을 암시해줄 만한 그런 이야기만 하였다. 특히 솜씨를 발휘한 것은 아주 따분한 화제, 즉 그것으로 그녀가 마음 상하리라는 것은 알지만 그렇다고 해서 상대방으로서는 쉽사리 트집을 잡을 수 없는, 말하자면 미묘한 잔인성이라고나 할까, 그녀로서는 화낼 수조차 없는 그런 것만 골라서 화제를 삼는 것이었다. 마침내 여자는 일어섰다.

"그만 가봐야겠어요."

"그렇지, 바쁠 텐데."

그녀는 손을 내밀었다. 필립은 내민 손을 잡고 작별 인사를 한 다음 여자를 위해 문을 열어주었다. 그녀가 무슨 말이 하고 싶은가를 그는 잘 알고 있었으며 그 냉담하면서도 조소적인 태도에 얼마나 그녀가 놀라고 있는지도 알고 있었다. 그의 부끄럼 타는 버릇이 남의 눈에는 지독한 냉담성으로 비치고 뜻밖에도 사람을 위압하게 되는 수가 있었으나 그것을 알고 난 뒤부터는 필요하면 이번에는 의식적으로 이 수법을 쓸 수도 있었다.

"당신, 언젠가의 약속 잊지 않았겠죠?"

마침내 여자는 문을 열고 기다리고 있는 그에게 말했다.

"무슨 약속인데?"

"돈 말이에요."

"얼마나 필요해?"

  필립은 일부러 얼음보다도 더 차갑게 말하였다. 그런 만큼 묘하게 가시 돋친 말이 되었다. 밀드레드의 얼굴이 확 붉어졌다. 순간 그녀의 격렬한 증오심이 느껴졌다. 와락 하고 덤벼들지 않은 여자의 자제력에 놀랐다. 어떻게 해서든지 괴롭혀주고 싶었던 것이다.
  "내일 옷값과 방세를 내야 돼요. 그뿐이에요. 해리는 안 간다고 했어요. 그러니까 그 돈은 필요없어요."
  필립은 심장이 울리는 것을 느꼈다. 문의 손잡이를 놓았다. 문이 닫혔다.
  "왜 안 간대?"
  "당신 돈으론 도저히 못 가겠다는 거예요."
  그때였다. 자학의 악마, 그렇다, 그의 마음에 도사리고 있는 자학의 악마가 고개를 쳐들었다. 두 사람이 같이 가지 않기를 간절히 바라고 있으면서도 어떻게 하지 못하는 것이다. 하필이면 여자를 통해 그리피스를 설득하다니.
  "내가 괜찮다는데 왜 못 간다는 거지?"
  "그래서 나도 그렇게 말했어요."
  "정말 가고 싶으면 굳이 사양할 필요가 없지 않소?"
  "사양이 아니죠. 물론 가고 싶어해요. 돈만 있으면 그분은 지금 당장에라도 가요."
  "그렇게 까다롭다면 그 돈을 당신에게 주지."
  "나도 그랬어요. 당신만 좋다면 필립이 돈을 빌려줄 테니 금방 갚으면 되지 않느냐고요."
  "기꾸로 되어버렸군. 여자가 무릎을 꿇고 주말 여행에 데리고 가주세요, 라고 하다니."
  "정말 그래요."
  뻔뻔스럽다고나 할까, 그녀는 조그맣게 소리내어 웃었다.
  필립은 알 수 없는 오한이 등골을 스쳐가는 것을 느꼈다.
  "그럼 어떻게 할 거지?"
  "뭐 별것 있겠어요? 그분은 내일 가시잖아요? 가야 하나봐요."
  필립으로서는 실로 절호의 기회였다. 그리피스만 없으면 밀드레드는 반드시 자기에게로 돌아온다. 런던에는 아는 사람도 없으니 싫어도 자기를 찾게 될 것이다. 단둘이 되기만 하면 지금의 흥분 상태는 금방 가라앉힐 수도 있다. 이 이상 아무 말 하지 않으면 우선 안전할 것이다. 그런데 그에게는 그들의 이런 주저를 쳐부숴주고 싶은, 기묘한 악마적 흥미가 있었다. 얼마만큼 그에 대해 보복을 할 수 있는지 그것이 보고 싶었다. 조금만 더 버티면 반드시 상대는 함락될 것이다. 그들 두 사람에게 파렴치한 행위를 하게 하는 것이 그로서는 한없이 즐거웠다. 입 밖으로 나오는 한 마디 한 마디가 견딜 수 없이 자신을 괴롭히는데도 그 괴로움 속에서 엄청난 기쁨을 찾아내고 있었던 것이다.

"지금 안 가면 영원히 못 가게 될걸."

"그래요, 나도 그렇게 말했어요."

그녀의 목소리에는 필립을 깜짝 놀라게 하는 격렬한 데가 있었다. 그는 안간힘을 쓰면서 손톱을 물어뜯었다.

"그런데 대체 어딜 간다는 거요?"

"옥스퍼드예요. 그분은 그 대학에 있었잖아요. 그래서 학교 구경을 시켜 준대나요?"

그러고 보니 그도 언젠가 옥스퍼드에 가자고 권유한 적이 있다. 그런데 그녀는 구경 같은 거 싫다고 분명히 거절했던 것이다.

"일기도 퍽 좋은데. 지금쯤 옥스퍼드의 날씨는 참 좋을 거야."

"그래서 나도 많이 말해봤어요."

"그러니까 한 번 더 해보란 말이오."

"당신도 권유하더라고 해볼까요?"

"뭐, 거기까지 말할 필요는 없고."

그녀는 그의 얼굴을 보면서 잠시 말이 없었다. 필립도 억지로 웃는 얼굴로 마주 쳐다보았다. 그녀를 증오하고 또 경멸했다. 그러면서도 마음속 깊이 사랑하는 것이다.

"그럼, 이렇게 할까? 지금 곧 가서 그렇게 하자고 해보겠어요. 간다면 돈은 내일 받으러 오죠. 당신 몇 시에 집에 계시죠?"

"점심이 끝나면, 집에서 기다리기로 하지."

"그렇게 하세요."

"옷값과 방세는 지금 줄 테니까."

그는 책상으로 가서 있는 돈을 모두 꺼냈다. 옷값이 육 기니, 그 밖에 방세와 식비, 그리고 한 주일 분의 양육비가 들었다. 그는 팔 파운드 십 실링을 주었다.

"고마워요, 정말."

여자는 돌아갔다.

77

필립은 의과 대학 지하실에서 점심 식사를 마치고 하숙집으로 돌아왔다. 마침 토요일 오후여서 주인 아주머니가 층계를 닦고 있었다.

"그리피스 군은 집에 있습니까, 아주머니?"

"아뇨, 학생이 나간 뒤에 바로 나갔는데요."

"돌아온다고 그래요?"

"글쎄요, 돌아오지 않을걸요. 짐을 가지고 나갔으니까요."

어떻게 된 영문인지 알 수가 없었다. 그는 책을 읽기 시작하였다. 웨스트민스터 시립 도서관에서 빌려온 버튼의 《메카 기행(紀行)》이었다. 맨 처음 페이지를 읽어보았으나 영 머리에 들어오지 않았다. 마음이 거기에 없었기 때문이었다. 끊임없이 초인종 소리에 정신을 쏟았다. 그리피스가 밀드레드를 두고(컴버랜드의 고향으로 돌아갔으리라고는 아무래도 생각되지 않았다. 이제 곧 밀드레드가 돈을 받으러 오고 말 것이다. 그는 이를 악물고 계속해서 책을 읽었다. 주위를 집중시켜보려고 애썼다. 한 줄 한 줄 머리에 새기듯했으나 견디고 있는 고통 때문에 무참하게도 일그러져 나갔다. 돈을 주겠다느니 하는 얼빠진 말을 하는 것이 아니었다고 깊이 후회하였다. 그러나 일단 입 밖에 내어 말한 이상 여자를 위해서라기보다는 그 자신 때문에도 이제 취소할 만한 용기는 없었다. 한 번 결심한 일은 어떤 일이 있더라도 밀고 나간다는 병적인 완고성이 그에게는 있었다. 삼 페이지 정도 읽었는데 아무것도 느낌이 남지 않았다는 것을 알았다. 다시 처음부터 읽기 시작했는데 그것도 정신을 차려보니 한 문장을 몇 번이나 되풀이하며 읽는 데 지나지 않았다. 그리고 그 악몽 속에서 보는 수식처럼 그의 사고와 무섭게 뒤얽히는 것이었다. 다만 한 가지 그가 할 수 있는 일은, 이대로 나가서 밤늦게까지 돌아오지 않는 일뿐이었다. 그렇게 하면 둘 다 떠나지 못한다. 거의 매시간 그가 돌아왔는지 어쩐지 알아보러 오는 그들의 모습이 눈에 보이는 듯했다. 그들의 실망을 상상하니 즐거웠다. 그는 다시 같은 문장을 되풀이하여 읽고 있었다. 그런데 그것도 결국 할 만한 일이 아니었다. 할 수 없다. 오면 돈을 주어야지. 그리고 인간이 얼마나 파렴치하게 될 수 있는지 보여주자. 이제는 눈에 한 줄도 들어오지 않았다. 글자를 그냥 보고 있을 수도 없었다. 의자 등에 기대어 눈을 지그시 감고 고뇌 때문에 감각조차 마비되어버린 것 같은 마음으로 밀드레드가 오기를 기다렸다.

아주머니가 들어왔다.

"밀러 부인이 오셨어요."

"들어오라고 하시죠."

맞아들이는 것은 좋지만 지금의 이 기분은 보여주고 싶지 않았다. 그는 마음을 다부지게 먹었다. 사실 무릎을 꿇고 여자의 손을 잡으며 가지 말아달라고 애원하고 싶은 충동을 느꼈다. 그러나 새삼스레 여자의 마음을 돌릴 만한 아무런 방법도 없다는 것을 알고 있었다. 오히려 자기의 말이나 행동이 고스란히 그리피스에게 전해질 뿐이 아니겠는가. 그것을 생각하니 부끄러웠다.

"여행은 어떻게 됐소?"

일부러 쾌활하게 물어보았다.

"지금 떠나는 길이에요. 해리가 바깥에서 기다리고 있어요. 당신이 만나기 싫다고 해서 사양하는 거예요. 그렇지만 잠깐이라도 좋으니까 작별 인사를 하러 와도 되느냐고 물어보래요."

"난 만나고 싶지 않아."

사실 그에게는 그리피스를 만나고 안 만나고는 문제도 아니었다. 일이 이쯤 되고 보면, 한시라도 빨리 나가주기를 바랄 뿐이다.

"자, 여기 오 파운드. 어서 돌아가주오."

그녀는 돈을 받고 고맙다는 인사를 하였다. 그리고 그냥 돌아가려고 하자 필립이 물었다.

“언제 돌아오지?”

“물론 월요일에는 돌아올 테죠. 해리가 고향에 가야 하니까요.”

그때 무의식적으로 하려고 했던 말이 얼마나 굴욕적인 것인가를 순간적으로 깨달았다. 그러나 질투와 욕정으로 더 어쩔 수가 없었다.

“그럼 돌아오면 만나주겠지?”

저도 모르게 애원조가 된 것은 어쩔 도리가 없었다.

“물론이죠, 돌아오면 바로 알리겠어요.”

악수를 나누고 헤어졌다. 밖에 세워둔 사륜 마차에 그녀가 뛰어오르는 것을 필립은 커튼 너머로 보고 있었다. 마차는 달려가버렸다. 그는 침대 위에 몸을 던지고 두 손으로 얼굴을 가렸다. 눈물이 솟아오르는 것을 깨달았다. 자기 자신에게 화가 났다. 주먹을 움켜쥐고 눈물을 참으려고 했으나 이겨내지 못했다. 뼈 아픈 아픔이 치솟았다.

이윽고 그는 일어섰다. 이 무슨 수치일까. 기력이 다한 듯했다. 얼굴을 닦고 독한 위스키 소다를 만들어 마셨다. 기분이 다소 좋아졌다. 문득 난로 선반 위에 파리행 차표가 놓여 있는 것이 보였다. 필립은 노여움에 떨며 불 속으로 집어던졌다. 반환할 수 있다는 것을 알고 있었으나 태워버리는 편이 마음 편할 것 같았다. 그러고는 누군가 말상대를 찾으러 밖으로 뛰쳐 나갔다. 클럽은 텅 비어 있었다. 아무라도 말상대를 찾지 못하면 그대로 미칠 것 같았다. 로슨은 파리에 가고 없었다. 헤이워드의 하숙집을 찾아가보았으나 가정부가 주말이라 마침 브라이튼에 가고 없다고 했다. 그 길로 미술관으로 가보았으나 거기도 문을 닫을 시간이었다. 어떻게 해야 할지 알 수 없었다. 미칠 것만 같았다. 기차에 나란히 앉아 옥스퍼드로 떠나는 두 사람의 모습이 눈앞에 떠올랐다. 집으로 돌아와보았으나 역시 견딜 수 없었다. 곰곰이 생각하니 비참하기 이를 데 없는 생활이었다. 다시 한 번 버튼을 읽기 시작하였으나 읽어나가는 도중 몇 번이나 느껴지는 것은 나는 얼마나 바보였나 하는 생각뿐이었다. 여행을 떠나라고 한 것도 자기였고 돈을 준 것도 자기가 아니었던가. 그것도 억지로 쥐어주다시피 한 것이다. 그리피스 같은 인간을 소개해주면 어떤 일이 일어날 것쯤은 미리 알았어야 했을 것이고 그 자신의 맹렬한 애착을 보고 그리피스가 욕정을 일으킬 것이라는 것도 짐작했어야 했다. 지금쯤은 옥스퍼드에 당도했을 시간이다. 존 거리의 어떤 여인숙에 묵었을는지도 모른다. 필립은 아직 옥스퍼드에 가본 일은 없지만 그리피스한테 들어서 어디에 갈 것이라는 것쯤은 환히 알고 있었다. 식사는 틀림없이 클라렌든에서 할 것이다. 그리피스의 말로는 호화로운 식사는 언제나 거기서 했다고 했다. 필립도 체이링 클로스 근처의 레스토랑에서 가벼운 식사를 했다. 연극이라도 볼까 하고 식사가 끝나자 곧장 극장 특별석에 틀어박혔다. 마침 오스카 와일드의 작품을 상연하고 있었다. 그리피스와 밀드레드도 오늘 밤 연극 구경을 갔을지도 모른다. 어떻게 해서든지 밤 동안 시간을 보내야 할 것이고 둘다 바보인 만큼 대화만으로는 만족하지 못할 것이다. 그렇다. 둘은 아주 잘 어울리는 부부처럼 똑같이 천하고 마음이 텅 비었다. 그렇게 생각하자 그는 몹시 유쾌해졌다. 무대는 보고 있었지만 마음은 허공에 둥둥 떠 있었다. 막간(幕間)마다 위스키를 마셔 기분을 돋우었다. 술엔 약한 그였기 때문에 효과는 금방 나타났지만 그래도 뭔가 말할 수 없이 쓸쓸하고 허전한 기분은 남았다, 연극이 끝나자 그는 다시 한 잔을 들이켰다. 도저히 이대로 갈 수는 없었다. 잠이 올 리 만무하였다. 더욱이 왕성한 그의 상상력이 자아내는 여러 광경이 두려워지기까지 하였다. 그러나 그런 생각을 모두 집어치우기로 하였다. 꽤 과음한 것 같았다. 갑자기 심한 충동에 사로잡혔다. 뭔가 굉장하게 불결한 일을 해보고 싶었다. 시궁창에라도 뒹굴어볼까? 온몸을 부딪쳐 완전한 짐승이 되어볼까? 마구 기면서 돌아다니고 싶었다.

　술은 취했지만 여전히 우울한 기분으로 그는 발을 절름거리며 피커딜리를 걸어갔다. 분노와 슬픔이 무섭게 가슴을 후볐다. 짙은 화장을 한 창부가 그를 불러 세웠다. 여자가 그의 팔에 손을 얹자 그는 지독한 말을 하고 확 떠밀어버렸다. 두세 걸음 가다가 그는 문득 발걸음을 멈추었다. 상대가 미천하다고 생각해도 지독한 말을 한 것이 후회가 되었다. 그래서 그는 여자의 뒤를 쫓아가 말했다.

　“이봐, 색시.”

　“꺼져버려.”

　필립은 껄껄 웃었다.

　“한 가지 물어보겠는데 오늘 밤 나하고 같이 식사나 하지 않겠소?”

　여자는 깜짝 놀라 그의 얼굴을 보며 한참 주저하다가 술취한 사람에게
호의라도 베풀겠다고 생각한 모양으로 이렇게 말했다.
　"같이 가도 좋아요."
　이 여자도 밀드레드가 곧잘 쓰던 말을 쓰는 것을 보고 그는 무척 재미
있었다. 언제나 밀드레드와 같이 가던 바로 그 식당으로 여자를 데리고
갔다. 그는 함께 걸으면서 여자가 줄곧 자기의 다리를 보고 있는 것을 알
았다.
　"절름발이야. 안 되나?"
　"당신은 참 이상한 분이군요."
　여자는 이렇게 말하고 웃었다. 집에 돌아왔을 때는 전신이 쑤시고 머릿
속이 쾅쾅 울렸다. 위스키 소다를 다시 한 잔 따라마시고 마음을 진정시
킨 후에 그대로 침대 속에 들어가 다음 날 점심때까지 꿈도 안 꾸고 정신
없이 잤다.

78

　마침내 월요일이 되었다. 필립은 이것으로 기나긴 고통은 끝났다고 생
각했다. 기차 시간표를 조심스레 보니까 그날 밤 그리피스가 고향으로 갈
수 있는 막차는 옥스퍼드에서 한시 조금 지나 떠나는 것밖에 없다는 것을
알았다. 그러면 밀드레드는 그 몇 분 후에 출발하는 런던행 기차를 탈 게
틀림없었다. 그는 마중을 나가고 싶었다. 그러나 그녀도 하루쯤은 혼자
있고 싶을 것이고 어차피 밤까지는 돌아왔다는 전갈이 올 게 틀림없었다.
만일 오지 않으면 이튿날 아침 하숙집으로 찾아가면 되었다. 어쩐지 기가
꺾이는 것 같았다. 그리피스에 대해선 무서운 증오를 느꼈으나 밀드레드
에 대해선 그토록 지독한 꼴을 당했는데도 비통함에 가까운 욕정을 느낄
뿐이었다. 지금 와서 생각하니 지난 토요일 오후 미친 사람처럼 위로의
손길을 찾아 헤맸을 때 헤이워드가 없었던 것이 차라리 잘되었다고 생각
했다. 있었으면 결국 모든 것을 털어놓았을 것이고 헤이워드는 필립의 무
기력함에 새삼 놀랐을 것이다. 그리고 필립을 경멸했을 터이고 무엇보다
도 남에게 몸을 맡기고 만 밀드레드를 지금 와서 정부(情婦)로 삼으려고

하는 데는 무척 놀라고 말 것이다. 그러나 그게 어떻단 말인가? 욕정만 충족시킬 수 있으면 그는 어떤 타협도, 아니 보다 굴욕적인 해결도 기꺼이 받아들일 작정이었다.

저녁 무렵이 되자 그의 발길은 자기도 모르게 밀드레드의 집으로 향했다. 창을 두드렸지만 방 안은 캄캄했다. 돌아와 있는가 묻지는 않았다. 그녀와의 약속을 믿고 있었기 때문이다. 그러나 다음 날 아침이 되어도 편지는 오지 않았다. 오정때쯤 찾아가보았으나 하녀의 대답은 아직 돌아오지 않았다는 것이었다. 도무지 알 수 없는 노릇이었다. 그리피스는 싫어도 전날 고향에 갔을 것이다. 어느 결혼식에서 신랑 들러리를 서야 했고 밀드레드의 수중엔 돈이 없었다. 필립은 일어날 수 있는 모든 일을 상상해보았다. 오후가 되자 다시 한 번 가서 편지를 써놓고 왔다. 두 주일 동안 아무 일도 없었던 것처럼 온화한 어조로 오늘 저녁 식사를 같이 하지 않겠느냐는 말만 써놓고 왔다. 만날 장소와 시간을 적어두고 헛일인 줄을 알면서도 약속한 장소로 나가보았다. 한 시간 정도 기다렸지만 오지 않았다. 수요일 아침이 되자 더 찾아갈 수 없어 심부름꾼 아이를 시켜 편지를 전하게 하고 답장을 받아오라고 했다. 그러나 한 시간쯤 지나자 그 아이는 봉을 뜯지 않은 그의 편지와 함께 부인은 시골에서 아직 돌아오지 않았다는 전갈을 가지고 왔다. 필립은 전신의 피가 거꾸로 흐르는 것 같았다. 마지막 배신은 너무나도 지독했다. 그는 언제까지나 한없이 밀드레드를 저주했다. 그리고 이러한 실망도 모두가 그리피스 때문이라고 생각하자 밉다 못 해 죽이고 싶다는 생각도 들었다. 캄캄한 밤에 마주쳐 그의 가슴을 예민한 비수로 찔러 개처럼 노상에서 죽게 내버려두면 얼마나 상쾌할까. 그런 생각을 해가며 돌아다녔다. 분노와 슬픔으로 그의 마음은 뒤범벅이 되었다. 위스키를 좋아하지 않는 편이었는데도 일부러 자기를 잊으려고 화요일과 수요일도 과음을 하고 잠이 들곤 했다. 목요일 아침, 늦잠에서 깨어 창백한 얼굴을 하고 혹시 편지가 오지 않았나 하고 거실로 나가보았다. 그런데 거기에는 그리피스의 편지가 놓여 있었다. 기묘한 감정이 그의 가슴을 스치고 지나갔다.

뭐라고 써야 좋을지 모르겠으나 아무튼 쓰지 않으면 안 될 것 같아 몇

자 적네. 너무 화를 내지 말아주게. 밀러하고 같이 가서는 안 되는 일인 줄은 잘 알고 있었으나 나도 내 마음을 도저히 어떻게 할 수가 없었네. 난 그 여자한테 완전히 발목을 잡힌 기분이었네. 어떻게 해서라도 그 여자를 손에 넣고 싶었어. 자네가 우리 두 사람의 여행 경비를 내주겠다는 제안을 했다는 말을 들었을 때 나는 이미 마음에서 자제력을 잃었네. 이제 모든 것이 끝나고 보니 나는 진심으로 내 자신을 부끄럽게 여기네. 그런 바보 같은 짓을 하지 않았다면 얼마나 좋았을까. 제발 화내지 않는다는 답장을 보내주게. 그리고 꼭 다시 찾아갈 수 있도록 허락해주게. 자네는 밀러한테 다시는 나를 안 만나겠다고 했다지만, 나는 그 소리를 듣고 무척 슬펐네. 제발 한 줄이라도 좋으니까 편지를 보내주게. 그리고 용서해준다고 말해주게. 그러면 내 양심도 구원을 받을 수 있지 않겠나. 자네는 별 신경을 쓰고 있지 않다, 그렇지 않으면 돈을 내줬을 리가 없다, 그렇게 생각했던 거네. 그래도 역시 돈을 받지 말아야 한다는 것은 알고 있었네. 나는 월요일에 고향으로 돌아왔지만 밀드레드는 한 이틀 동안 혼자서 옥스퍼드에 남아 있겠다고 했네. 그러나 수요일엔 런던으로 간다고 했으니까 이 편지가 도착할 때쯤엔 자네가 그녀를 만나고 있을 것으로 아네. 만사가 잘되기를 진심으로 비네. 제발 용서해준다는 회답을 곧 보내주게.

해리

필립은 화가 나서 편지를 갈가리 찢어버렸다. 물론 회답을 쓸 생각은 눈곱만큼도 없었다. 그는 이렇게 구질구질한 변명을 늘어놓는 그리피스를 경멸했다. 양심의 가책이니 어쩌니 하는 것도 비위에 거슬렸다. 인간이라면 비겁한 짓을 할 수도 있다. 그러나 해놓고 나중에 후회하는 것은 진짜 비굴한 짓인 것이다. 비겁하기 짝이 없는 위선에 가득찬 편지라고 생각했다. 그의 감상적인 문구도 불쾌했다.

"지독한 짓을 해놓고 나중에 사과만 하면 만사 해결되는 것같이 생각하다니. 너무나 뻔뻔스럽군."

그는 혼자 중얼거렸다. 기회만 있으면 언제든 꼭 한 번 본때를 보여줘야겠다고 굳게 결심했다.

그러나 밀드레드가 런던에 돌아왔다는 것은 알았다. 급히 옷을 갈아입고는 면도할 틈도 없이 차 한 잔만 마시고 마차를 타고 그녀의 하숙집으로 달려갔다. 마차가 마치 기어가는 것같이 느껴졌다. 어쨌든 그 여자를 한 번은 만나고 싶었기 때문이었다. 그리고 제발 반가이 맞게 해달라고 믿지도 않는 하느님에게 빌었다. 그는 그냥 모든 것을 잊고 싶었다. 가슴을 두근거리며 벨을 눌렀다. 어떻게든 다시 한 번 껴안고 싶은 욕망에 지금까지 받은 모든 고통을 완전히 잊고 말았다.

"밀러 부인 계십니까?"

그는 쾌활한 목소리로 물었다.

"이사 가셨는데요."

하녀가 대답했다.

그는 멍하니 서서 하녀를 바라보았다.

"한 시간쯤 전에 오셔서 짐을 가지고 가셨어요."

순간 뭐라 말해야 좋을지 몰랐다.

"제 편진 전해주셨습니까? 어디로 간단 말은 없었습니까?"

아, 알았다. 또 속았구나. 이미 그한테 돌아올 생각은 없었던 것이다. 어떻게든 체면만은 지키려고 애썼다.

"아, 뭐, 곧 연락이 올 겁니다. 제 집 주소가 틀렸나보죠."

발길을 돌려 맥이 쑥 빠진 채 하숙집으로 돌아왔다. 이런 결과가 올 줄 미리 짐작을 안 한 바는 아니었다. 자기를 좋아한다는 말은 한 번도 한 일이 없었으며 처음부터 자기를 바보 취급했다고 할 수 있다. 다정한 마음도 없거니와 친절한 마음도 없다. 애초부터 사랑이라는 것을 모르는 여자다. 이제 할 수 없으니 단념하는 수밖에 없었다. 받은 고통은 지독한 것이었다. 참느니 차라리 죽고 싶을 정도였다. 이렇게 된 이상 모든 것을 끝장내는 편이 좋을 것 같은 생각이 들었다. 강물에 뛰어들 수도 있고 철길에 몸을 던질 수도 있다. 그러나 그렇게 생각하고 막상 실행하려고 하자 갑자기 그는 강한 반발을 느꼈다. 시간이 흐르면 지금의 이 쓰라림도 잊을 때가 온다고, 이성이 그렇게 속삭이는 것이었다. 있는 힘을 다해 노력하면 잊을 수도 있을 것이고 그 따위 여자 때문에 자살을 한다면 얼마나 우스운 꼴이 되겠는가.

하나밖에 없는 생명을 버린다는 것은 바보 같은 짓이다. 지금 생각엔

이 사실을 극복하기가 불가능한 것같이 생각되지만 그것도 결국 시간문제에 불과한 것이다.

런던에 있고 싶지가 않았다. 보고 듣는 모든 것이 불행한 추억으로만 느껴졌다. 백부에게 블랙스테이블로 간다고 전보를 쳐놓고 서둘러 짐을 싼 다음 제일 이른 기차를 탔다. 그처럼 고통을 겪은 지저분한 방에서 빨리 떠나고 싶었던 것이다. 맑은 공기를 마시고 싶었다. 지독한 자기 혐오였다. 다소 자신의 정신이 어떻게 된 게 아닐까 하는 느낌마저 들었다.

어른이 된 이후, 필립은 목사관에서 제일 좋은 방을 차지하고 있었다. 모퉁이 방으로 한쪽 창 바로 앞에 큰 노목이 있어 시야를 가렸지만 다른 한쪽 창문에서는 정원과 목사관 밭 너머로 넓디넓은 목장이 내다보였다. 필립은 아주 어렸을 때의 이 방의 벽지를 기억하고 있었다. 벽에는 백부의 청년 시절의 친구가 그렸다는 빅토리아 초기 풍의 기묘한 수채화가 몇 폭 걸려 있었다. 비록 색은 약간 바랬지만 일종의 독특한 미를 간직하고 있었다. 화장대 둘레에는 뻣뻣한 모슬린 천이 둘러쳐져 있었고 발 높은 낡은 옷장이 놓여 있었다. 필립은 안도의 한숨을 내쉬었다. 이러한 모든 것들의 의미를 그는 아직 몰랐던 것이다. 목사관에는 옛날 그대로의 생활이 숨쉬고 있었다. 가구 하나 자리를 바꾼 게 없었다. 백부도 여전히 똑같은 식사를 하고, 똑같은 말을 하고, 매일 같은 장소를 산책했다. 다만 약간 뚱뚱해지고, 한층 말이 없어지고, 또 약간 더 생각이 편협해졌을 뿐이었다. 이제는 홀아비 생활에도 익숙해져서 백모 이야기는 거의 입 밖에 내지도 않았다. 조사이어 그레이브스와는 여전히 싸움을 계속하고 있었다. 필립도 한 번 만나보았지만 그는 전보다도 약간 더 여위고 머리도 희어지고 한층 더 잔소리꾼이 되어 있었다. 그리고 옛날부터 풍기고 있는 특이한 모습을 그대로 간직하고 있었다. 필립은 문득 선원의 구두며, 방수 외투며, 도르래, 그 밖에 배에 필요한 모든 도구를 파는 상점 앞에 섰는데 어린 시절에도 역시 여기에 서서 먼 바다에 대한 동경과 미지의 세계를 탐험하는 매력에 가슴을 두근거리고 있었던 것이 생각났다.

우체부가 노크하는 소리를 들을 때마다 혹시나 런던의 하숙집에서 밀드레드가 편지를 보내온 것이 아닌가 하고 적잖이 가슴을 두근거렸지만 이내 오지 않으리라는 것을 잘 알고 있었다. 냉정하게 생각할 수 있는 지금에서야 생각해보니 도대체 밀드레드라는 여자한테 애정을 요구한 것부터가 무리였다. 그리고 남자에게서 여자에게로, 거꾸로 여자에게서 남자에게로 옮아가며 한쪽이 다른 한쪽을 노예로 만들고 마는 것이 도대체 무엇인지 필립에게는 이해가 되지 않았다. 편의상 성(性) 본능이라고 불러볼 수도 있을 것이다. 그러나 만일 그것만이라면 어째서 그것이 특정한 한 인간에게만 그토록 강렬한 매력으로 나타나는 것일까, 그것을 알 수가 없었다. 저항할 수 없는것, 그것은 충동이었다. 이성도 이것에는 맞설 수 없었다. 우정도 감사도 이해 관계도 이것 앞에는 아무 힘이 없었다. 밀드레드가 볼 때 필립이라는 남자는 아무런 성적 매력도 없었다. 때문에 그가 아무리 노력해도 모두 빗나간 탄환이 되고 만 것이다. 그렇게 생각하자 견딜 수 없이 불쾌했다. 인간이라는 것이 마치 짐승처럼 생각되었다. 갑자기 그는 인간의 마음이라는 것이 어둡고 알 수 없는 의문투성이라는 걸 깨달았다. 밀드레드가 그에게 냉담하다고 해서 그는 멋대로 그녀를 중성녀라고 생각하고 있었다. 사실 바짝 마른 외모며, 얇은 입술, 가는 허리, 밋밋한 가슴, 권태로운 동작 등은 확실히 그러한 가정을 증명하고도 남음이 있었다. 그런데 그러한 그녀가 갑자기 사랑의 노예가 되고 그것을 충족시키기 위해서는 기꺼이 모든 것을 희생하고 만 것이다. 지금까지 그는 그녀와 밀러와의 사이의 관계를 잘 이해할 수 없었다. 아무리 생각해도 그녀답지 않고 그 여자 자신도 어떻게 설명을 하지 못했다. 그러나 이제 그리피스와의 관계를 보자 결국 같은 일이었다는 것을 알 수 있었다. 역시 어쩔 수 없는 감정에 휘말려갔던 것이다. 그렇다면 그 두 남자의 어디에 그토록 그녀를 사로잡는 신비한 점이 있었을까 하고 그는 생각해보았다. 그리고 보면 두 사람 다 단순한 그녀를 웃기는, 어딘가 경박하고 우스꽝스러운 데가 확실히 있었다. 그러나 결국 그녀를 사로잡은 것은 그들 두 사람의 가장 큰 특징이었던 강렬한 성적 매력이 틀림없었다. 본래 밀드레드라는 여자에게는 인생의 모든 사실에 대해 묘하게 고상한 체하려는 데가 있었다. 육체의 모든 기능을 뭔가 난잡한 것으로 생각하는 일면이 있었고 극히 평범한 일까지도 일부러 고상한 말로 하려 했으며, 또 간단한 말 한 마디로 끝날 수 있는 것을 일부러 어려운 말을 쓰려고 하는 면이 있었다. 따라서 이들 두 사람의 성적 매력은 그녀의 마르고 흰 어깨 위에 가해진 채찍 같은 것이었으며 그 황홀한 고통 밑에서 여자는 그저 바들바들 떨고 있었던 것이다.

필립도 한 가지만은 결심하고 있었다. 즉, 두 번 다시 고뇌의 추억이 가득한 그 방으로는 돌아가지 말자는 것이었다. 그는 아주머니한테 나가겠다는 뜻을 편지로 알렸다. 그리고 자기 방에 있는 가구와 집기 같은 것을 자기 것으로 놓고 싶었다. 어디 가구 없는 방을 찾아야겠다고 생각했다. 그편이 즐겁기도 하고 방세도 쌀 것이다. 싼 것도 중요한 조건 중의 하나였다. 왜냐하면 그는 일 년 반 동안에 거의 칠백 파운드나 탕진하고 만 것이다. 구멍을 메우려면 철저히 절약하지 않으면 안 되었다. 이따금 미래를 생각하면 등골이 오싹해지는 때가 있었다. 밀드레드 같은 여자한테 그런 큰 돈을 썼다니 정말 기가 막히는 노릇이었다. 그러나 그러면서도 만일 또다시 그런 일이 일어나면 역시 똑같은 일을 저지르지 않을 자신은 없었다. 한 가지 재미있는 것은, 필립이란 사나이는 자신의 감정을 명백하게 표정에 나타내지 않고 느린 동작 때문에 그의 친구들은 그를 의지가 강하고 사리 판단이 분명한 사람이라고 생각하고 있었다. 이성적인 인간이라 여기고 모두 그의 성격을 칭찬하기까지 했다. 그러나 그 자신은 알고 있었다. 온화한 표정은 단지 무의식적으로 쓰고 있는 가면에 불과한, 말하자면 나비의 보호색과 같은 것이었다. 자신의 의지가 약한 것엔 스스로도 질릴 정도였다. 아주 하잘것 없는 감정에조차 바람에 나부끼는 나뭇잎처럼 흔들렸다. 한번 감정의 포로가 됐다 하면 나머지는 완전히 맥을 못 추었다. 자제력이라는 것이 없었던 것이다. 있는 것같이 보인 것은 단지 다른 모든 사람을 움직이게 하는 것에 대해 그가 냉담하고 무관심했다는 것뿐이었다.

그는 언젠가 그 자신이 형성한 철학을 생각하고 쓴 웃음을 지었다. 왜냐하면 그가 경험한 위기에 그것은 아무런 도움도 되지 않았기 때문이다. 인생이 위기에 처했을 때 사상이 과연 도움이 될 수 있는 것일까, 그는 의심했다. 그 자신이 느낀 바로는 그는 그 속에 있으면서도 그 이외의 것인 어떤 큰 힘에 의해 밀려가고 있었고 그 힘은 항상 쉼없이 파울과 프란체스카를 싸고 휘몰아치는 지옥의 강풍처럼 마구 그를 휘몰아쳤던 것이다.

일단 취해야 할 행동에 대해서는 생각은 했다. 그러나 자칫 중요한 국면에 처하고 보면 본능과 감정, 그 밖에 뭔지 확실히 알 수 없는 손에 붙잡혀 꼼짝을 할 수 없었다. 환경이라고 하는 힘과 성격이라고 하는 두 힘에 의해 움직이는 기계처럼 다만 움직이고 있을 뿐이었다. 그의 이성은 방관자로 옆에 서서 사실을 관찰하긴 해도 간섭할 힘은 전혀 없었다. 아득히 먼 하늘에서 인간의 행동을 굽어보고는 있으나 극히 작은 현상 하나도 바꿀 수 없는 에피큐러스 신과 똑 같았다.

79

새 학기가 시작되기 이틀 전에 필립은 방을 구하러 런던으로 올라왔다. 먼저 웨스트민스터 브리지 거리에서 약간 들어간 골목길을 헤맸으나 더러운 환경이 마음에 들지 않았다. 마침내 케닝튼에 조용하고 어딘지 약간 고풍스런 맛이 나는 거리를 하나 발견해냈다. 강 건너쪽 이웃은 아직 대커리가 묘사한 런던의 풍취가 어느 정도 남아 있었다. 바로 저 뉴컴 가의 쌍두마차가 가족을 태우고 멀리 서 런던으로 치달았을 것 같은 케닝튼 거리 근처에는 플라타너스의 잎이 싹트고 있었다. 필립이 고른 거리의 집은 대개가 이층으로 대부분의 창문에는 셋방이란 종이가 나붙어 있었다. 그는 가구가 없다는 집 하나를 노크했는데 말이 없고 무뚝뚝한 한 여인이 나와 지독히 작은 방 네 개가 붙은 것을 보여주었다. 방 하나에 취사용 스토브와 수채가 딸려 있었다. 방세는 일 주일에 구 실링이라고 했다. 그렇게 많은 방은 필요없었으나 워낙 방세가 싼데다가 빨리 자리잡고 싶은 생각에 결정짓고 말았다. 주인에게 청소와 아침 식사를 해줄 수 없겠느냐고 했더니 지금 일만도 힘에 부쳐서 도저히 해줄 수가 없다고 했다. 그녀는 방세만 제때 받으면 그 외의 모든 일에 관여하지 않겠다고 했는데 그것은 이쪽에서도 바라고 있는 일이었다. 그리고 다시 덧붙여 웬만하면 모퉁이 잡화상(그것이 곧 우체국이기도 했다)에 가서 물어보면 가정부를 구할 수 있을 것이라고 말했다.

필립도 가구는 약간 가지고 있었다. 지금까지 모두 사 모은 것으로, 예를 들면 파리에서 산 안락의자라든가 그의 테이블이 하나, 거기에 그림이

몇 폭, 그리고 크론쇼가 선사한 조그마한 페르시아 융단이 있었다. 침대
는 백부가 접는 것을 주기로 했다. 요새는 팔월이 되어도 세를 놓지 않기
때문에 소용이 없었던 것이다. 그 밖에 필요한 것은 십 파운드를 들여서
다 사들였다. 응접실로 쓸 방에는 십 실링을 들여 밀빛 벽지를 발랐다.
벽에는 언젠가 로슨이 준 그랑 조귀스탕 강변의 스케치와 역시 파리에서
의 유학 시절, 매일 면도를 하며 바라보던 앵그르의 〈오달리스크〉와 마네
의 〈올림피아〉의 복제품을 걸기로 했다. 그리고 그도 옛날에는 그림을 그
린 일이 있다는 추억으로, 스페인 청년 미구엘 아프리아를 모델로 그린
목탄 데생을 벽에다 걸었다. 주먹을 움켜쥐고 두 다리를 마룻바닥에 떡
붙이고 서서 얼굴에는 가장 인상적이고 의연한 듯한 표정이 나타난 나체
화였는데, 그의 작품으로는 가장 나은 것이었다. 오랜만에 보니까 결점도
꽤 많이 눈에 띄었지만 여러 가지 얽힌 사연도 있고 하여 이 그림만은 아
량을 가지고 볼 수가 있었다. 그러고 보면 그 후 미구엘은 어떻게 되었을
까? 재능이 없는 인간이 보여주는 예술에 대한 집념만큼 무서운 것은
없다. 끝내는 가난과 굶주림과 질병에 쫓기어 어떤 병원에서 마지막 숨을
거둔 것은 아닐까? 아니 그것보다 절망이 다가온 것을 알고 더러운 세느
강에 몸을 던져 죽은 것이나 아닐까? 그러나 남유럽 인의 변하기 쉬운
기질을 생각하면 그는 또 그러한 고투를 깨끗이 내동댕이치고 지금쯤은
마드리드의 어느 사무실 서기라도 되어 이번에는 정치와 투우에 대한 그
의 생각을 열변하고 있는지도 모른다.
　필립은 로슨과 헤이워드에게 새로 얻은 방에 한 번 와보라고 말했다.
한 사람은 위스키병을, 다른 한 사람은 오리 간(肝)파이를 선물로 가지고
왔다. 그들이 필립의 취미를 칭찬해주어서 기분이 흐뭇하였다. 그 스코틀
랜드의 증권 중개인도 초대할까 했으나 의자가 셋밖에 없어 그만두고 말
았다. 그런데 로슨은 자기의 소개로 필립과 노라와의 사이가 매우 좋았던
것을 알고 있었기 때문인지 문득 어떤 말을 꺼냈다. 며칠 전 일인데 우연
히 노라와 만났다는 것이다.
　"그 여자가 자네도 잘 있느냐고 묻더군."
　노라의 이름을 듣자 필립은 얼굴이 붉어졌다(난처할 때 얼굴이 붉어지
는 버릇은 아직도 고쳐지지 않았다). 로슨이 이상한 표정으로 바라보

았다. 그도 요즈음 거의 런던에서 살기 때문인지 안정을 찾고 머리도 짧게 깎고 양복도 말끔한 모직으로 해 입고 중절모를 쓰고 있었다.

"완전히 손을 뗀 모양이지?"

"그래, 벌써 몇 달 동안이나 안 만났어."

"얼굴이 더 예뻐졌던데. 하얀 타조 털을 잔뜩 단 멋진 모자도 쓰고 말이야. 제법 잘 살고 있나봐."

필립은 화제를 바꾸었다. 그러나 마음속으로는 그녀를 생각하고 있었다. 세 사람 다 뭔가 다른 이야기를 하고 있을 때 그가 불쑥 물었다.

"아직도 노라가 나한테 화를 내고 있던가?"

"아니 전혀. 자네를 아주 좋게 말하던데."

"그럼 한 번 만나러 갈까?"

"그러게, 그런다고 그 여자가 뭐 어떻게 하겠나."

요즈음도 가끔 노라를 생각하는 때가 있었다. 밀드레드한테 버림을 받았을 때 제일 먼저 생각한 것이 그녀였다. 그 여자 같으면 결코 그런 짓은 하지 않았을 것이라고 생각하고 혼자 쓴 웃음을 지었다. 만나고 싶은 생각도 들었다. 그 여자라면 틀림없이 동정해줄 것이다. 그러나 생각해 보면 그것도 부끄러웠다. 저쪽은 잘 해주었는데 이쪽이 지독한 짓을 해버린 것이다.

'아아, 그 여자 하나만을 지켰더라면!'

로슨과 헤이워드가 돌아간 다음 자기 전에 담배 한 대를 피우면서 그는 생각했다.

빈센트 스퀘어의 아늑한 거실에서 보낸 즐거웠던 한때, 화랑과 연극 구경을 갔던 추억, 단둘이 나눈 밤의 대화들이 생각났다. 그녀는 얼마나 그의 행복만을 생각해주었던가. 그리고 그의 일에 대해 얼마나 흥미를 보여주었던가. 그녀의 사랑이야말로 다정스럽고 영속성이 있는 사랑이었다. 관능 이상의 무엇이 있었다. 모성애라고 해도 좋았다. 그것이 얼마나 귀중한 것인지, 그로서는 하느님께 감사해야 할 정도의 애정이라는 것을 벌써부터 알고 있었다. 마침내 그는 그 여인의 가슴속에 뛰어들기로 결심했다. 그 여인은 자기로 말미암아 얼마나 쓰라린 고통을 받았을 것인가. 그러나 마음이 넓은 그녀라 틀림없이 용서해줄 것이라는 생각이 들었다.

악의라고는 전혀 없는 여인이었다. 그럼 먼저 편지를 쓸까? 아니, 그것보다 예고없이 불쑥 찾아가 그대로 다리 밑에 무릎을 꿇어버릴까. 아무리 그렇다고 정작 그런 연극 같은 행동은 할 수 없다는 것을 잘 알고 있었지만, 하여튼 생각만은 그렇게 했다. 다시는 배신하지 않겠다고 맹세하는 거다. 나쁜 버릇은 다 고쳤다. 비로소 그녀의 가치를 인식하게 되었으니 자기를 믿어달라고 말하는 거다. 그의 상상은 날개를 달고 미래의 일까지 생각했다. 일요일에는 그녀를 데리고 뱃놀이를 하러 가자. 그 다음에는 그리니치로 가는 거다. 지난날 헤이워드와 함께 즐겼던 놀이와 그때 본 런던 항구의 아름다움은 아직도 영원한 추억으로 남아 있다. 따뜻한 여름날 오후에는 함께 하이드 공원 벤치에 앉아 이야기의 꽃을 피우는 것도 좋겠지. 즐거운 듯 언제나 조잘대는 그녀의 말, 그것은 마치 자갈 위를 흐르는 시냇물처럼 재미있고 수다스러우면서도 개성에 넘쳐 있다. 그것을 생각하자 그는 자기도 모르게 웃음이 나왔다. 그가 맛본 고통은 모두 악몽처럼 사라지리라.

그러나 이튿날 차 마실 무렵——즉 그녀가 꼭 집에 있을 성 싶은 시간에——그녀의 방문을 노크하였을 때 그의 용기는 한꺼번에 사라져버렸다. 과연 용서해줄까? 갑자기 찾아가는 것은 아무래도 너무 지나친 것 같았다. 그가 매일 드나들던 때와는 달리 문이 열리고 가정부가 얼굴을 내밀었다. 네스비트 부인이 계시냐고 물었다.

"케어리란 사람인데 만날 수 있는지 물어봐주시오. 여기서 기다릴 테니까."

하녀는 계단을 올라가더니, 곧 다시 쿵쿵 발소리를 내며 내려왔다.

"어서 들어오세요. 삼층 방에 계세요."

가슴을 두근거리며 그는 올라가 문을 두드렸다.

"들어오세요."

귀에 익은 맑은 목소리가 대답했다.

새로운 평화와 행복에의 초대처럼 들렸다. 들어가니까 노라가 그에게 다가오며 악수를 청했다. 흡사 바로 어제 작별한 것 같은 태도였다. 그때 남자 한 사람이 일어났다.

"이분은 케어리 씨. 그리고 이쪽은 킹즈포드 씨."

다른 사람이 있는 것을 보자 그는 몹시 실망했다. 필립은 의자에 앉아서 다시 그 남자를 자세히 바라보았다. 그런 이름은 들은 적이 없었다. 그러나 보니까 아주 편안한 자세로 앉아 있었다. 나이는 마흔쯤 되어 보였다. 수염은 없고 긴 금발을 깨끗이 빗어 넘기고 있었다. 금발에 얼굴이 흰 남자가 중년에 들어서면 흔히 그렇듯, 불그스레한 피부와 파랗고 피로해 보이는 눈을 하고 있었다. 커다란 코, 커다란 입, 광대뼈가 유난히 튀어나왔고 체격이 늠름했다. 키는 보통 이상이고 어깨도 넓었다.

"그렇잖아도 어떻게 되셨나 궁금해하던 참이에요."

여자는 여전히 활기있는 목소리로 말했다.

"참 요전에 로슨씨를 만났어요. 그분이 그 얘기 안 해요? 꼭 좀 다시 찾아달라고 말씀드렸어요."

그녀의 얼굴에는 귀찮아하는 기색이 조금도 없었다. 필립이 그토록 거북해 하는 이 재회를 정말 아무것도 아닌 것처럼 받아 넘기는 그녀의 재주에는 그도 감탄했다. 그녀는 차를 따라주었다. 그녀가 설탕을 넣으려고 해서 그는 황급히 막았다.

"내 정신 좀 봐. 그만 잊어버렸군요."

여인은 큰소리로 말했다.

그러나 아무리 보아도 그것은 사실같이 믿어지지 않았다. 그가 차에 설탕을 넣지 않는 것쯤은 결코 잊을 리가 없었다. 생각해보면 그녀는 이 사소한 일을 통해 그녀의 무관심을 일부러 나타내려고 일부러 그런 짓을 한 것 같았다.

필립이 들어올 때 중단됐던 대화는 그대로 다시 계속되었다. 그리고 한참 지나자 그는 자신이 불필요한 존재라는 것을 깨달았다. 유머는 있었지만 어딘가 다소 독단적인 말투였다. 얼른 보아 저널리스트 같았다. 화제마다 그는 재미있는 이야기를 꺼냈는데 필립은 자기만이 그 대화에서 빠진 것 같아 불쾌해졌다. 억지로라도 상대보다 늦게까지 있어야겠다고 생각했다. 이 남자도 역시 노라의 숭배자일까? 전에는 곧잘 그런 남자들 이야기를 둘이서 하고 웃어대곤 하였다. 필립은 될수록 자기와 노라만이 알고 있는 이야기로 화제를 바꾸어보려고 했지만, 그때마다 그 남자가 사이에 끼어들어 이야기를 어느 틈엔가 필립이 입을 다물 수밖에 없는 문제로 교묘히 끌어가곤 했다. 그는 노라에게 다소 화가 났다. 그가 소외당하고 있는 것은 노라도 알고 있을 것이다. 물론 그녀는 벌을 주느라고 그러는지도 모른다. 그는 그렇게 생각하고 겨우 기분을 돌렸다. 이윽고 여섯시가 되었다. 남자는 일어나며 말했다.

"전 그럼 실례하겠습니다."

노라는 악수를 하고 층계참까지 배웅을 나갔다. 그리고 손을 뒤로 돌려 문을 닫고 이분 가량 밖에 서 있었다. 필립은 그들이 무슨 말을 하는지 궁금했다.

"킹즈포드란 누구요?"

그녀가 돌아왔을 때 그는 일부러 명랑한 목소리로 물었다.

"아, 그분은 험즈워즈 잡지사의 편집장이에요. 요즘 제 원고를 많이 받아줘요."

"안 갈 줄 알았는데."

"그것보다 당신이 남아주셔서 정말 잘됐어요. 잠깐 애기할 게 있어요." 하고는, 그녀는 작은 몸을 커다란 팔걸이의자에 책상다리를 하고 마치 고양이처럼 등을 구부리고 앉아 담배를 피워 물었다. 필립이 언제나 재미있어하는 자세였다. 그것을 보자 그는 자기도 모르게 얼굴이 밝아졌다.

"꼭 고양이 같군."

그녀는 검고 아름다운 눈을 빛냈다.

"그래요. 이제 이런 버릇도 고쳐야 할 거예요. 저 같은 나이에 이런 어린애 같은 짓은 어울리지 않거든요. 하지만 이렇게 책상다리를 하고 있으면 아주 편해요."

"이 방에 이렇게 다시 앉으니 얼마나 좋은지 모르겠군. 정말 다시 오고 싶었소."

그는 행복한 듯 말했다.

"그러시다면 왜 좀더 일찍 오지 못하시고?"

그녀는 즐거운 듯 물었다.

그는 얼굴을 붉혔다.

"어쩐지 오기가 거북해서."

다정한 그녀의 얼굴이 그를 보았다. 입술에는 아름다운 미소가 떠올랐다.

"그런 걱정 안 하셔도 좋았을 텐데."

그는 순간 주저했다. 심장의 고동이 갑자기 빨라졌다.

"전번에 마지막 만났을 때의 일을 기억하오? 당신에게 너무 가혹한 짓을 한 것 같아 몹시 부끄럽게 생각하고 있소."

그녀는 그를 빤히 바라보며 대답하지 않았다. 그는 점점 당황하기 시작했다. 이제 겨우 안 것이지만 그는 어이없는 생각을 하고 온 것 같았다. 여자는 조금도 유혹하려 하지 않았다. 단도직입적으로 물어볼 수밖에 달리 도리가 없었다.

"노라, 용서해주겠소?"

그리고 그는 밀드레드에게 당한 얘기, 그래서 너무 슬픈 나머지 자살을 하려고까지 했다는 얘기를 하나도 빼놓지 않고 다 털어놓았다. 어린애가 태어났다는 것, 그리피스와 만난 얘기, 자기가 얼마나 바보였던가 하는 얘기, 그리고 밀드레드를 믿었다 보기 좋게 배반당한 얘기, 그리고 그 동안에도 노라의 친절과 애정을 생각하고 당신을 버린 것을 얼마나 후회했는가 하는 얘기를 했다. 그리고 생각해보면 당신과 함께 있었을 때만이 가장 행복했기 때문에 이제 비로소 당신이 얼마나 고마운 존재인가 하는 것을 절실히 깨달았다는 결론까지 잊지 않고 덧붙였다. 그의 목소리는 가슴이 복받쳐 쉰 소리가 되었다. 어떤 때는 자기의 말이 부끄러워 얼굴을 들지 못한 채 발만 내려다보며 얘기했다. 얼굴은 고통으로 일그러졌으나 떠들고 있자니 기분이 묘하게 가라앉았다. 이윽고 얘기는 끝났다. 그는 의자에 파묻혀 그녀의 대답을 기다렸다. 이제 숨기고 있는 것은 아무것도 없었다. 자기를 너무 깎아내린 나머지 필요 이상으로 지독한 말을 한 후회마저 들었다. 여자가 대답하지 않는 데 놀라 그는 고개를 번쩍 들었다. 그녀는 그를 보고 있지 않았다. 그 얼굴은 창백하고 뭔가 멍하니 생각하고 있는 것 같았다.

"뭐라구 할 말이 없소?"

그녀는 깜짝 놀라 정신을 차리자 얼굴을 붉혔다.

"딱하게도, 당신도 꽤 괴로워하신 모양이군요."

다시 뭔가 말을 계속하려다 입을 꼭 다물었다. 그는 여자의 말을 기다렸다. 마침내 그녀는 결심한 듯이 말했다.

"저요, 킹즈포드 씨하고 약혼했어요."

"왜 좀더 일찍 말해주지 않았소?" 그는 소리를 질렀다.

"그러면 그런 부끄러운 애기를 일부러 당신 앞에서 하지 않았을 거 아니오."

"잘못했어요. 하지만 그만두라고 할 수도 없었잖아요. 저, 당신이." 하고 거기서 그녀는 잠깐 그의 마음에 상처를 주지 않을 말을 찾는 것 같았다. "저, 그때 밀드레드 씨가 돌아왔다고 하셨죠? 그 다음 얼마 안 가서 전 곧 그분을 만났어요. 한참 동안은 꽤 슬펐어요. 그때 그분이 무척 친절하게 해주셨어요. 누군가에게 제가 호된 꼴을 당했다는 건 그분도 알고 계셔요. 물론 그것이 당신이라는 것까지는 모르지만요. 전 그분이 안 계셨다면 어떻게 됐을지 모를 거예요. 그리고 또 저도 언제까지나 일을 할 수 있는 것도 아니라는 생각이 갑자기 들더군요. 이제 정말 지쳤거든요. 그분에게 주인 이야기를 했어요. 그랬더니 곧 결혼만 해준다면, 이혼 비용은 자기가 다 대주겠다고 하더군요. 그분은 꽤 수입이 많은 것 같아요. 그러니까 내가 특별히 일을 하고 싶지 않는 한 아무것도 안 해도 될 거예요. 어쨌든 그분은 절 무척 좋아해서 뭐든 뒤를 돌봐주시겠다고 하잖겠어요. 그 말을 듣고 전 얼마나 기뻤는지 몰라요. 요즈음은 저도 그분이 아주 좋아졌어요."

"그럼 벌써 이혼을 했소?"

"네, 우선 조건부 판결은 내렸어요. 칠월엔 확정될 테니까. 그렇게 되면 곧 결혼할 작정이에요."

잠시 필립은 아무 말도 하지 못했다. 그러다 이윽고 중얼거리듯이 말했다.

"그렇다면 이런 바보 같은 짓은 하지 않는 건데."

그는 부끄러운 고백을 생각한 것이다. 그녀는 의아한 듯 그의 얼굴을 쳐다보았다.

"하지만, 당신은 한 번도 절 진정으로 사랑하신 적이 없잖아요?"

"사랑한다는 건 결코 즐거운 일이 아니군."

그러나 필립이라는 남자는 언제나 곧 다시 일어설 수가 있었다. 그는 일어나서 손을 내밀었다.

"자, 그럼 진심으로 행복을 비오. 결국 그게 당신에겐 제일 좋을 것 같군."

그녀는 그의 손을 잡은 채 슬픈 표정을 지었다.

"또 와주시겠죠?"

"아니." 그는 머리를 흔들며 말했다. "당신들이 행복한 걸 보면 질투가 날 테니까."

그는 그녀의 집에서 천천히 나왔다. 그녀는 한 번도 사랑받은 일이 없다고 했는데 그러고 보면 그 말이 사실이었다. 그는 실망, 아니 화가 치밀었다. 그러나 결국 상처를 입은 건 마음이라기보다 오히려 허영심이었다. 그것은 누구보다도 자신이 잘 알고 있었다. 그리고 이내 자기 자신이 신의 장난의 대상이 되었다는 것을 깨달았다. 그는 괴로운 심정으로 자기를 비웃었다. 그러나 자기 자신의 어리석음을 비웃을 수밖에 없는 일은 결코 유쾌한 일이 못 되었다.

80

그 후 석 달 동안은 줄곧 새로운 학과에만 공부했다. 이 년 전만 해도 수습하기 곤란할 정도로 많이 입학했던 학생들도 지금은 훨씬 줄어들었다. 시험이 의외로 어려워 자퇴하는 학생도 있고, 런던의 생활비가 예상보다 많이 든다는 이유로 고향의 양친에게 돌아가버린 학생들도 있었다. 또 그 중에는 다른 직업으로 바꾼 학생도 있었다. 필립이 아는 학생 중에는 돈을 기가 막히게 잘 버는 방법을 생각해낸 사람도 있었다. 처음에는 물건을 사서 전당을 잡혔는데, 나중에는 외상으로 물건을 사다가 전당 잡히는 편이 낫다는 것을 발견했다. 그 후 누군가가 즉결 재판소의 기록 속에서 그의 이름을 발견했을 때는 병원 안이 발칵 뒤집혔다. 결국 다시 구속되었는데 당황한 그의 부친이 보증인이 되어 당사자는 백인의 의무 규칙으로 인해 식민지로 보내졌다. 또 도회 생활에 전연 경험이 없는 어떤 청년은 곧장 극장과 술집에 빠져 사귀는 친구도 경마광이니 경마 예상자니, 조마사(調馬師) 같은 사람만 사귀더니 지금은 마권 매표소의 사무원이 되었다는 소문도 있었다. 필립도 한 번 피카딜리 서커스 근처 술집에서 본 일이 있는데, 허리를 졸라맨 상의에 커다란 테 넓은 갈색 모자를 쓰고 있었다. 또 한 청년은 천성적으로 노래와 남 흉내내기에 장기가 있어 학교 음악회에서 당시 인기를 끌고 있던 희극 배우의 흉내를 내어 갈채를 받더니 학교를 중퇴한 후 음악 희극 코러스단에 들어가버리고 말았다. 그리고 또 한 사람, 이 청년은 시골뜨기 같은 외모에 무뚝뚝한 말투로 도저히 깊은 감정을 이해할 수 없을 것 같아 필립의 흥미를 끌었는데, 끝내는 런던의 도시 생활이 숨이 막혀 견딜 수 없게 된 것같이 보였다. 그는 숨막힐 것 같은 분위기 속에서 점점 여위어가다가, 자신도 모르는 사이에 그의 혼이 마치 손아귀에 잡힌 참새처럼 가쁜 호흡과 방망이질 치는 심장의 고동으로 몸부림치고 있었다. 어린 시절을 보냈던 넓디넓은 하늘과 활짝 열린 전원의 한적함을 갈구해마지않았던 것이다. 어느 날 강의가 끝난 쉬는 시간에 말 한 마디 없이 훌쩍 사라져버리고 말았다. 그후 그의 친구들이 들은 그에 대한 소문은 결국 의학을 단념하고 어떤 농장에서 일하고 있다는 것이었다.

필립은 내과 강의와 외과 강의를 듣고 있었다. 그리고 매주 특정한 날 오후에는 외래 환자의 붕대를 감아주어 얼마간 잔 돈푼을 벌었다. 약을 제조하는 법도 배우고 청진기의 사용법도 배웠다. 칠월에는 약물 시험을 치기로 되어 있었는데 여러 가지 약품을 써서 물약을 만들든가 정제를 만들든가 고약을 개는 것은 퍽 재미있었다. 조금이라도 인간적인 흥미를 끄집어낼 수 있는 일에 그는 열을 내어 덤벼들었다.

한 번은 멀리서 그리피스의 모습을 본 일이 있었다. 그러나 죽이고 싶은 생각이 날까봐 일부러 피하고 말았다. 그리피스의 친구들——그 중엔 아직도 필립의 친구인 사람도 있지만——그들에 대해서는 뭔가 일종의 창피한 생각을 느꼈다. 왜냐하면 그들은 모두 그와 그리피스와의 싸움을 알고 있고 어쩌면 그 원인까지도 알고 있는 것같이 생각되었기 때문이다. 그들 중 램즈덴이라는 키가 크지만 머리는 작고 몹시 활기찬 남자가 있었는데, 그는 아주 충실한 그리피스의 신봉자로 그의 넥타이에서부터 구두에 이르기까지, 또 말투에서부터 몸짓 하나에 이르기까지 그대로 흉내내고 있었다. 어느 날 그가 말했다. 그리피스는 자기가 낸 편지에 회답이 없는 것을 무척 괴로워하면서 어떻게든 그와 화해하기를 바라고 있다는 것이었다.

"그래 그렇게 전하라고 하던가?"

"아냐, 내 생각으로 하는 말이야. 자기는 정말 나쁜 짓을 했대. 자네는 시종 일관 잘 해주었는데. 다시 화해를 하면 무척 좋아할 거야. 자네와 만날까봐 겁나서 병원에도 못 오잖아, 자네가 죽일는지도 모른다나."

"그럴는지도 모르지."

"그놈도 꽤 슬퍼하더군."

"그놈이 어떻게 괴로워하든 나하곤 상관없어."

"화해만 할 수 있다면 무슨 짓이라도 하겠대."

"어린애야, 히스테리야. 그놈이 뭘 이러구저러구 할 말이 있어. 나 같은 거 어치피 살 가치도 없는 인간이야. 나 같은 거 없어도 얼마든지 잘 살아갈 그리피스가 아냐? 이제 그 따위 녀석한텐 전혀 흥미가 없어."

램즈덴은 몹시 냉정한 녀석이라고 생각했다. 입을 다물고 당황한 듯 주위를 둘러보더니 말을 이었다.

"이젠 해리도 그런 여자와 상종한 걸 굉장히 후회하고 있어."

"호오, 그래?"

그는 드디어 빈정거리는 투가 되었다. 몹시 만족했다. 그러나 그의 심장이 무섭게 뛰는 것을 아무도 몰랐다. 그는 마른 침을 삼키고 상대의 말을 기다렸다.

"그럼, 자네는 그 일을 완전히 잊어버렸단 말인가?"

"나? 응, 다 잊었어."

그 후의 밀드레드와 그리피스의 관계가 조금씩 밝혀졌다. 그는 입가에 연방 미소를 띠고 그의 말에 귀를 기울였다. 그의 태도는 머리가 나쁜 상대 같은 건 훌륭히 속일 수 있는 그런 냉정이었다. 그리피스와 함께 지낸 옥스퍼드에서의 주말은 그녀의 돌발적인 사랑을 진정시키기는커녕 오히려 부채질하는 결과밖에 되지 않았다. 그가 돌아가겠다고 했을 때 그녀는 자기 자신도 전혀 생각 못 했던 감정의 소용돌이로 이틀 더 혼자 남아 있겠다고 말했다. 누가 뭐라 해도 이미 필립한테는 돌아가고 싶지 않았다. 생각만 해도 지긋지긋했다. 그리피스는 자기가 불붙여놓은 그녀의 정화

(情火)의 격렬함에 새삼 놀랐다. 왜냐하면 그녀와 같이 지낸 이틀 간이 그에게는 오히려 지루하기까지 했던 것이다. 모처럼 재미있었던 이 막간극을 일부러 지루한 정사로 만들 생각은 눈곱만큼도 없었다. 그녀는 꼭 편지를 보내달라고 부탁했다. 천성적으로 정직하고 의리가 있고 점잖고, 아무튼 모든 면에서 뛰어나려고 원했던 그리피스는 고향에 돌아가자 곧 길면서도 달콤한 편지를 보냈다. 그러자 그녀 역시 길고 긴 연정이 넘쳐흐르는 편지, 그렇지만 표현 능력이 전혀 없는 조잡하고 천하고 형편없으며 글씨가 엉망인 편지를 보내왔다. 그는 아주 질려버렸다. 게다가 그것이 다음날 또 다음날 계속되자 이젠 재미있다기보다 오히려 공포증이 일어났다. 그는 회답을 하지 않았다. 그러자 이번엔 속사포 같은 전보가 날아왔다. 병을 앓고 있는가, 편지는 받아보았는가, 회답이 오지 않아 걱정이 되어 견딜 수 없다는 내용이었다. 하는 수 없이 회답을 썼지만 화를 내지 않은 범위 내에서 될수록 무관심한 감정을 담은 내용으로 썼다. 전보를 치지 말라, 어머니가 워낙 옛날 사람이라 지금도 전보를 받을 때마다 깜짝깜짝 놀라니까 일일이 설명하기가 난처하다는 얘기도 했다. 그러자 곧 다시 회답이 오고 꼭 한 번 만나고 싶다, 자기는 가진 물건을 전당포에 맡겨 (그녀는 필립이 결혼 선물로 보내준 화장품 세트를 가지고 있었는데 전당포에 넣으면 팔 파운드는 받을 수 있었다) 그쪽으로 가겠다, 그리고 그의 부친이 개업하고 있는 동네에서 사 마일쯤 떨어진 읍에 머무르겠다고 했다. 여기에는 그도 깜짝 놀랐다. 이번엔 그의 쪽에서 전보를 쳐서 그런 짓을 해서는 곤란하다. 아무 때고 올라갈 때는 반드시 알려주겠다고 약속했다. 그러나 막상 올라와보니까 그녀는 벌써 그가 취직한 병원으로 찾아와 있었다. 그는 난처한 입장에 빠졌다. 할 수 없었다. 아무튼 일단 만나서, 앞으로는 어떤 일이 있어도 절대로 여기에 와서는 곤란하다고 단단히 말해주었다. 삼 주일 만에 만나보니 지루하기 짝이 없는 여자라는 것을 깨달았다. 어째서 이 따위 여자와 관계를 맺게 됐는지 그 자신도 잘 알 수가 없었다. 이제는 될 수 있는 대로 빨리 손을 끊는 수밖에 없었다. 그는 남과 말다툼을 하기도 싫고 남에게 고통을 주기도 싫었다. 그러나 동시에 그에게는 그 밖에도 할 일이 얼마든지 있었고 이 이상 밀드레드 때문에 시끄러운 것도 싫었다. 그런데 그녀는 그리피스라는 남자는 만나

면 만날수록 유쾌하고 명랑하고 재미있었다. 여자는 달라붙었는데 그럴수록 그는 만나지 않거나 오래간만에 만나서도 그럴 듯한 이유로 변명을 하며 집에서 공부만 했다. 무리하게 약속을 하면, 바로 그때 가서 전보를 치고 회피했다. 하숙집 아주머니(취직은 했어도 석 달 동안은 그냥 하숙집에 남아 있었다)한테는 밀드레드가 오면 없다고 하라고 일러놓았다. 그녀가 곧잘 길에서 지키기도 했는데 그가 퇴근하기를 두 시간이나 기다린 것을 알면서도 그는 다정한 말 두세 마디만을 남기고는 그대로 다른 약속이 있다는 핑계로 재빨리 도망쳐버렸다. 그러는 동안에 병원을 남몰래 빠져나가는 기술이 차츰 능숙해졌다. 한 번은 밤늦게 하숙집으로 돌아와보니까 지하실 부엌 난간에 여자가 서 있는 것이 보였다. 곧 알아보고 그는 곧장 램즈덴의 방으로 가서 하룻밤 신세를 졌다. 이튿날 아주머니한테 들으니까 과연 그녀는 몇 시간이나 문간에 앉아 운 모양인데, 나중에는 경찰관을 부르겠다고까지 했다고 한다.

"자네 말이야." 램즈덴은 말했다. "자넨 참 잘 끊었네. 해리가 말하더군. 그렇게 귀찮은 여자인 줄 알았으면 죽어도 상종하지 않았을 것이라고."

필립은 기나긴 밤의 몇 시간 동안이나 문간 돌계단 위에 앉아 있는 밀드레드의 모습을 상상해보았다. 쫓아버리려는 여주인의 얼굴을 힘없이 올려다보는 그녀의 얼굴이 선히 보이는 것 같았다.

"그런데 요샌 뭘 하고 있는지 아나?"

"뭐, 관심도 없으니까. 어디서 일하는 모양이야. 하루 종일 바쁜 모양이던데."

여름 학기가 끝나기 직전, 그가 마지막으로 들은 소식은 그토록 예의범절에 밝은 그리피스도 마침내는 그 여자의 끊임없는 압박에 못 이겨 이이상 시달림을 받기가 싫으니 제발 자기를 그냥 내버려둬달라고 선언해버렸다는 것이다.

"그렇게라도 할 수밖에 없었어."

램즈덴이 말했다.

"어쩔 도리가 없었거든."

"그래, 이젠 완전히 끝난 셈인가?"

"아마 벌써 열흘이나 만나지 않은 모양이야. 자네도 알지 않나. 해리는
버리는 데는 선수가 아닌가. 그래도 아마 이번이 제일 힘들었을걸. 하지
만 아무튼 멋지게 해치운 모양이야."
　그 후 필립은 두 번 다시 그녀의 소문을 듣지 못했다. '런던의 인구'라
고 하는 거대한 이름없는 대중 속으로 그 여자도 사라져버리고 만 것
이다.

81

　겨울 학기 초에 필립은 외래 담당 조수가 되었다. 외래 담당 의사가 셋
이 있어 일 주일에 이틀씩 교대로 진단을 맡고 있었는데 필립은 티렐 박
사 밑에 등록했다. 티렐 박사는 학생들 사이에 굉장한 인기가 있어서 그
의 조수가 되기 위해서는 상당한 경쟁이 필요했다. 나이는 서른다섯이었
으며 여위고 키가 큰 남자로 빨간 머리를 짧게 깎고 크고 푸른 눈이 인상
적이었다. 얼굴은 늘 불그스레했다. 듣기 좋은 목소리로 얘기를 잘 했고
농담을 좋아했으며 세상사를 퍽 낙천적으로 생각했다. 고문 의사로도 활
동을 많이 하고 장차 훈작사(勳爵士)의 명예도 기대할 수 있는 의사였다.
그런데 그에게는 학생과 가난한 사람들하고만 접하기 때문에 어딘가 다
소 권위자인 체하는 버릇이 있었고 또 언제나 병자들하고만 상대하기 때
문에 흔히 고문 의사들의 직업적 태도에서 풍기는 명랑하고 대범한 데가
있었다. 그의 앞에 나온 환자는 마치 유쾌한 교사 앞에 나온 학생 같
았다. 그는 환자의 병을 마치 어린애의 장난이나 어리석은 놀음처럼 생각
했다. 화를 내기보다는 오히려 재미있어했다.
　학생들은 매일 외래 환자 진찰실에 나가 환자를 보고 지식을 습득하게
되어 있었다. 그러나 조수도 당번 날이 되면 일은 한층 한정되었다. 그
무렵 성 누가 병원의 외래부는 각각 안에서 통할 수 있는 방 세 개와 거대
한 돌기둥, 긴 의자가 놓여 있는 크고 어두운 대합실로 되어 있었다. 환
자들은 정오가 되면 진찰권을 받아들고 모두 거기에서 기다렸다. 약병이
며, 약단지를 손에 든 다양한 연령의 남녀들이 긴 열을 지어 묵묵히 어둠
속에서 기다렸다. 다 떨어진 더러운 옷을 입고 있는 사람이 있는가 하면

의외로 깨끗하게 차린 사람도 있었다. 그러나 어쨌든 그것은 세상에서 가장 음침한 광경이었다. 그것은 언뜻 도미에가 그린 어두운 화면을 연상시켰다. 어느 방이고 벽은 모두 연홍색으로 칠해져 있었고 벽 아래쪽만이 검푸른 자주색으로 되어 있었다. 냄새가 코를 찌르고 그것이 오후가 되면 사람의 체취와 뒤섞였다. 첫째 방이 제일 컸는데 그 한가운데는 의사용 테이블과 의자가 하나씩 놓여 있었다. 그 양편에는 좀더 작고 낮은 테이블이 두 개 놓여 있었는데 한편에는 병원 상주 의사가 앉고, 또 한편에는 그날의 진찰부를 취급하는 조수가 앉았다. 커다란 장부에는 환자의 이름, 나이, 성별, 직업과 병세에 대한 진단 같은 것이 써 있었다.

한시 반이 되면 상주 의사가 들어와 벨을 누르고 안내인을 시켜 먼저 재래 환자부터 불러들인다. 재래 환자는 티렐 박사가 올 때까지 될 수 있는 대로 그들을 봐둘 필요가 있었다. 필립의 짝이 된 상주 의사는 몸집이 자그마한 유쾌한 남자였는데 자기의 위치를 굉장히 자랑스럽게 여기고 조수들한테도 권위를 내세우려고 했다. 특히 그의 눈에 거슬린 건 상급생들이 그에게 함부로 대하려는 태도였다. 전에는 같은 재학생이었던 만큼 그가 지금의 지위에서 바라는 존경을 잘해주려고 하지 않는 것이 마음에 들지 않았던 것이다. 그가 환자를 보기 시작하면 조수가 그를 도왔다. 환자들은 줄을 지어 들어왔다. 남자 환자가 먼저였다. 만성 기관지염, '악성 해소 심함.' 이것이 그들 대부분의 병 증세였다. 한 사람이 상주 의사 앞으로 가면 다음 사람이 조수에게 진찰권을 제출한다. 만일 경과가 좋은 환자일 경우는 진찰권에 'Rep 14'라고 기입한다. 그들은 약병과 약단지를 가지고 약국으로 가서 십사 일 분의 약을 받아가지고 간다. 그러나 병원에 오래 다닌 환자들은 될수록 상주 의사의 진단을 받으려고 했다. 하지만 대개는 뜻을 이루지 못했다. 다만 서너 사람, 특히 그의 진단이 절대적으로 필요한 증세가 있는 사람만이 뒤에 남았다.

티렐 박사는 무척 쾌활한 표정으로 들어왔다. 마치 서커스의 무대에서 '여기 또 나타났습니다.' 하는 식의 인사를 외치면서 뛰어나오는 어릿광대를 연상시켰다. 그의 태도는 병이라는 게 도대체 뭐야, 우스꽝스럽군! 곧 낫게 해줄 테니까. 어쩌고 하는 것 같았다. 자리에 앉으면 먼저 재래 환자 중에 특히 봐야 할 사람이 없느냐고 묻고 그들을 재빨리 진찰했다.

그리고 환자들의 얼굴을 날카로운 눈으로 훑어보며 상주 의사와 여러 가지 증세에 대한 얘기를 하고 유쾌한 농담을 주고받았다. 그럴 때마다 조수들은 큰소리로 웃어 젖혔다. 따라서 상주 의사들도 따라 웃게 되는데 그들은 조수 따위가 웃는 건 건방지다는 듯 나무라는 얼굴로 오늘은 날씨가 좋다는 둥 덥다는 둥 점잖은 얘기를 늘어놓았다. 그리고 다시 벨을 누르고는 안내인에게 다음 환자를 들어오게 했다.

그들은 한 사람씩 들어와 박사가 있는 테이블로 간다. 노인이 있는가 하면 젊은 사람도 있고, 중년도 있었다. 대개 부두 노무자나 마차부나 공장 노동자가 대부분이었으나 (술집 사동도 어쨌든 노동자 계급이었으니) 그 중에는 꽤 말쑥한 상류 차림을 한 좀더 윗계급, 예를 들면 상점원, 회사원 같은 사람도 끼어 있었다. 이러한 사람들이 오면 박사의 눈은 수상쩍게 빛났다. 어떤 때는 일부러 빈민을 가장하여 남루한 옷을 입고 오는 사람도 있었는데 박사의 눈을 속일 수는 없었다. 그는 그것을 꿰뚫어보고 의료비를 넉넉히 낼 사람 같으면 진찰을 그 자리에서 거절하는 일도 있었다. 가장 골치 아픈 건 여자들이었는데 그들의 방법은 매우 졸렬했다. 다 떨어진 외투나 스커트를 입고 오면서도 꼭 빼놓고 와야 할 반지는 꼭 하고 오는 것이다.

“그런 보석 같은 걸 지니고 있는 걸 보면 당신은 충분히 치료비를 낼 수 있을 텐데요. 여긴 아시다시피 자선 병원입니다.”

그는 이렇게 말하고 진찰권을 밀어준 다음 다른 환자를 불렀다.

“하지만 이렇게 진찰권을 가지고 있는데요.”

“진찰권? 그런 게 뭡니까. 자, 어서 돌아가십시오. 당신 같은 사람이 진짜 가난한 사람들의 필요한 시간을 뺏을 권리는 없는 겁니다.”

환자는 뾰로통해져서 불쾌한 듯 나간다.

“저 여잔 틀림없이 신문에 투고할 거야. 런던의 자선 병원이 무척 불친절하다고.”

박사는 다음 환자의 진단서를 들고 예의 그 날카로운 눈초리로 상대를 보며 웃으며 말했다.

대개의 환자들은 국가의 시설인 자선 병원을 운용하기 위해서는 그들이 세금을 내고 있다고 생각하고 있었다. 따라서 거기에서 받는 진찰은 모두 당연한 권리이고 그들을 위해서 시간을 내는 의사들도 충분한 보상을 받고 있다고 알고 있었다.

티렐 박사가 조수 한 사람 한 사람한테 환자를 할당해주면 그들은 그들을 각각 다른 방으로 데리고 간다. 그 방은 첫 번째 방보다 적고 방마다 검은색 말털 모포를 씌운 침대가 놓여 있었다. 먼저 환자에게 여러 가지 질문을 하고 폐, 심장, 간장 등을 자세히 조사한 다음 카르테에 써넣고 대강 자기의 진단 결과를 적어 넣은 다음, 박사가 들어오기를 기다린다. 박사는 남자 환자의 진찰이 끝나면 대여섯 명의 학생들을 거느리고 들어온다. 거기에서 조수가 먼저 진찰 결과를 읽는다. 그러면 그는 거기에 대해 간단히 질문을 한 다음에는 환자를 직접 진찰한다. 만일 뭔가 흥미있는 것이 있을 경우에는 학생들도 청진기를 대본다. 한 환자에게 가슴에 두세 명, 등에 두 명이 진찰하는 특권을 누리고 그 외에 초조하게 순서를 기다리는 학생도 적지 않다. 학생들에게 둘러싸인 환자는 대개 약간 난처해하기 마련인 동시에 또 그토록 관심의 초점이 되는 것에 그다지 싫은 기색도 아니었다. 박사가 병세에 대해 얘기하면 환자는 어리둥절해 귀를 기울인다. 두세 명의 학생들은 박사가 설명하는 랏셀 소리를 다시 확인하기 위해 다시 한 번 청진기를 대본다. 그리고 그것이 끝나면 환자에게 옷을 입게 하는 것이다.

여러 환자를 다 진찰하고 나면 다시 큰 방으로 돌아와 테이블 앞에 앉는다. 그리고 근처에 있는 학생을 아무나 붙들고 지금 본 환자에게는 자네 같으면 어떤 처방을 내리겠느냐고 묻는다. 학생은 두세 가지 약 이름을 댄다.

"흠, 그럴 듯해. 그건 확실히 새로운 학설인데, 하지만 혹시 엉터리가 아닐까."

이런 말에 학생들은 언제나 웃음을 터뜨렸다. 박사 자신도 자기의 유머에는 꽤 자신이 있는 듯 눈을 빛내며 뭐든 학생이 낸 처방과는 다른 것을 낸다. 그런데 만일 똑같은 환자가 두 사람이 있어 한 학생이 방금 박사가 낸 처방과 같은 것을 내면 박사는 고개를 흔들고 전혀 딴 처방을 내는 것이다. 어떤 때는 약국 직원들이 늘 쓰는 약, 물론 오랜 경험으로 약효는 충분히 실험된 것이지만, 이른바 병원에서 조제한 명약만을 쓰는 것을 알고 일부러 어려운 처방을 내놓고 무척 재미있어했다.

"약제사에게도 일거리를 좀 줘야 해. 매일 똑같이 구아니딘하고 소다만 내봐, 뭐가 되겠나."

학생들이 웃는다. 그러면 그는 한 바퀴 돌아보고 자기가 한 농담에 스스로 흡족해한다. 그리고 다시 벨을 눌러 안내인이 얼굴을 내밀면 이렇게 말한다.

"여자 차례야, 재진부터 들어오라고 해."

그리고 의자에 기대 상주 의사와 잡담을 하고 있노라면 안내인이 재래 여환자들을 데리고 들어온다. 앞머리를 길게 내리고 입술이 파란 빈혈증 처녀들, 조금 먹은 음식조차 소화가 안 된다는 여자, 살찐 여자, 마른 여자, 노파들, 애를 너무 많이 낳아 나이에 맞지 않게 겉늙어 해소를 하는 여자들, 그 외에 그들대로 모두 이유가 있는 여자들이 마치 염주처럼 줄줄이 들어온다. 박사와 상주 의사는 재빨리 그녀들을 진찰해 나간다. 시간이 꽤 흘러 작은 방의 공기는 점점 탁해져간다, 박사가 시계를 본다.

"오늘은 새 여자 환자가 많은가?"

"꽤 되는 것 같습니다."

하고 상주 의사가 대답한다.

"그럼, 보기로 할까. 그 전의 환자는 자네가 맡아보게."

새로운 환자가 들어온다. 남자들의 병은 대부분 술이 원인이지만 여자들은 영양 부족이 많다. 여섯시경까지는 모든 것이 끝난다. 계속 서 있어야 하고 공기가 나쁘고 끊임없이 긴장해 있기 때문에 필립은 녹초가 되어 동료 조수들과 의학교로 차를 마시러 간다.

일은 상당히 재미있었다. 거기에는 소재 그대로의 인간, 다시 말해서 예술가의 가공을 기다리고 있는 소재 그대로의 인간이 있었다. 그는 예술가이고 환자들은 손 안에 있는 흙이라고 생각하자 이상하게 일이 재미있었다. 다만 아름다운 것을 창조하고 싶은 이념으로 색채니 색조니 농도에 도취되어 있던 파리에서의 생활을 생각하면 우스워져 어깨를 으쓱했다. 거기에 비해 요즘의 매일은 인간과 접하는 것이었다. 그는 지금까지 맛보지 못한 흥분 비슷한 힘을 느꼈다. 그들의 얼굴을 보고 그들의 말을 듣는 것만으로도 무한한 흥분을 느꼈다. 한 사람 한 사람이 뚜렷한 개성을 보이며 나타났다. 망설이며 어색한 모습으로 들어오는 사람이 있는가 하면, 무게없이 종종걸음으로 나타나는 사람도 있었다. 또 천천히 여유있게 들어오는 사람도 있고 부끄러워하며 들어오는 사람도 있었다. 대개의 경우 한 번만 보면 직업은 곧 알아맞힐 수 있었다. 어떻게 하면 상대가 알아들을 수 있게 질문을 할까, 어떠한 식으로 인간이 거짓말을 하는가, 또 어떻게 유도하면 사실대로 다 털어놓는가, 하는 것도 모두 알았다. 같은 일이라도 사람에 따라 받아들이는 방식이 어떻게 다른가도 잘 알았다. 똑같이 중증이라는 진단이 내려도 농담처럼 웃으며 듣는 사람이 있는가 하면 절망으로 말도 제대로 못 하는 사람도 있었다. 지금까지 대인 관계에서 겁쟁이처럼 행동한 필립이지만 이들 환자에게서는 전혀 그런 걸 느끼지 않았다. 동정에서가 아니었다. 동정이란 결국 일종의 우월감이지만 이들 환자들한테는 진심으로 마음을 터놓을 수가 있었다. 환자를 안심시키는 비결도 알았다. 환자가 배당되어 진단이 맡겨지면 환자도 이상하게 그를 믿고 모든 것을 맡기는 것같이 생각되기 시작했다.

"난 본래 날 때부터 의사 체질인가 보지." 그는 생각했다. "가장 적합한 자리를 찾았다는 건 참 다행스런 일이다."

매일 오후가 되면 연출되는 이러한 극적 흥미를 알고 있는 사람은 조수 중에서도 그 혼자인 것 같았다. 다른 사람들에게는 환자는 다만 환자에 불과하였고, 병세가 복잡해지거나 흔한 증세가 나타나면 귀찮을 뿐이었다. 랏셀의 소리를 듣든가, 이상 간장에 놀라든가, 폐 속의 예기치 못했던 통증에 대해 가볍게 토론할 뿐이었다. 그러나 필립은 그러한 일반적인 일에만 그치지는 않았다. 환자의 머리의 형태, 손 모양, 눈초리며, 코의 길이에 이르기까지 모든 것이 흥미거리였다. 이 방에서는 인간성 그 자체가 허를 찔려 습관이라는 가면이 용서없이 벗겨지게 마련이다. 다시 말해서 인간의 혼이 그대로 노출되는 것이다. 때로는 선천적인 금욕주의를 보게 되어 마음 깊이 감동을 받을 때가 있다. 한 번은 그가 교육 한 번 받지 못한 시골 환자를 맡은 일이 있다. 그런데 이 남자는 절망이라는 선언을 듣고도 태연하게 윗입술 하나 까딱하지 않았다. 그 훌륭한 본능적 용기에 필립도 혀를 내두르지 않을 수 없었다. 그러나 그런 그가 혼자가 되어 그 영혼과 마주 있을 때도 과연 그렇게 태연자약할 수 있을까? 그도 역시 절망에 빠지고 말지 않을까? 때로는 비극도 있었다. 한 번은 젊은 여인이 동생이라고 하는 열여덟 살 난 처녀를 진찰실에 데리고 왔다. 고운 얼굴에 커다란 푸른 눈, 그리고 금발이 마치 황금처럼 빛났다. 게다가 피부가 놀랄 만큼 아름다웠다. 학생들의 시선이 자연 그녀에게만 쏠렸다. 더러운 진찰실에 그런 아름다운 처녀가 나타나기는 드문 일이었기 때문이다. 언니라는 여자가 그 집안 이야기를 했는데, 양친도 오빠도 그리고 언니도 모두 폐병으로 죽고 지금은 다만 둘만이 남았다고 한다. 그런데 동생마저 요즘은 기침을 하기 시작하여 눈에 띌 정도로 체중이 줄어든다는 것이었다. 블라우스를 벗으니까 목이 우유처럼 하였다. 티렐 박사는 능숙한 솜씨로 조용히 진찰했다. 그리고 한 곳을 짚고 조수들에게 청진기를 대보라고 했다. 그것이 끝나자 옷을 입어도 좋다고 했다. 언니는 조금 떨어진 곳에 있었는데 동생에게 들리지 않게 작은 소리로 박사에게 물었다. 목소리가 불안에 떨리고 있었다.

"선생님, 괜찮을까요?"

"내 생각엔 틀림없이 그것입니다."

"이 동생이 마지막이에요. 이 애마저 죽으면 전 세상에 혼자 남게 돼요."

그녀는 울음을 터뜨렸다. 박사는 여인의 얼굴을 뚫어지게 바라보고 있다가 그 여자도 똑같은 체질이라는 것을 알았다. 어차피 오래 살 타입이 아니었다. 동생은 고개를 돌려 울고 있는 언니의 핏기가 가시는가 싶더니 얼굴을 보았다. 모든 것을 알아차렸다. 아름다운 얼굴에서 핏기가 가시는가 싶더니 어느 새 눈물이 뚝뚝 떨어지기 시작했다. 두 여인은 소리없이 흐느끼며 그대로 한참 동안 서 있었다. 그러더니 언니가 주위에서 멍하니 보고 있는 사람들의 존재도 잊은 듯 동생 곁으로 다가가 두 팔로 꽉 껴안고 어린애라도 다루듯 조용히 좌우로 흔들기 시작했다.

그녀들이 돌아간 다음 한 학생이 물었다.

"앞으로 얼마나 남았습니까?"

박사는 어깨를 으쓱해 보였다.

"오빠하고 언니도 최초의 증상이 나타나고 석 달 이내에 모두 죽어버렸으니까 저 처녀도 비슷할 거야. 돈이라도 있으면 또 모르겠지만. 그렇다고 저 사람들에게 설마 생 모리츠로 가라고 할 순 없지 않나. 딱하지만 어쩔 수 없는 거야."

언젠가 또 한 번은 한창 일할 나이의 건강한 남자가 찾아와 도저히 아파서 못 견디겠다고 호소한 일이 있다. 클럽 의사에게 보여도 아무런 소용이 없었다는데 그도 역시 죽음만이 남았을 뿐이다. 그러나 그것은 과학의 힘으로도 어쩔 수 없이 받아들여야만 하는 불가항력적인 죽음이 아니라 그가 복잡하고 거대한 기계 속의 조그만 부속품이나 다름없으며 그러한 자신의 무능력한 능력으로는 그런 상황을 바꿀 수 없다고 포기한 태도에서 생긴 그러한 죽음이었다. 다만 충분한 휴양만이 유일한 희망이었지만 박사는 이 사람에게 그러한 불가능한 일은 요구하지 않았다.

"좀더 편한 일로 바꾸는 게 좋겠습니다."

"제가 하는 일에는 편한 일이 없는데요."

"으음, 하지만 이대로 나가다가는 아주 빠질 겁니다."

"그럼 죽는단 말씀입니까?"

"그렇다고까지 할 순 없지만 아무튼 중노동은 안 됩니다."

"하지만 제가 일하지 않으면 누가 가족들을 먹여 살립니까?"

박사는 어깨를 으쓱했다. 이러한 딜레마는 몇백 번이나 경험했는지 모른다. 그러나 시간은 부족하고 보아야 할 환자는 너무나 많다.

"아, 그럼 일단 약을 가져가시도록 하십시오. 그리고 일 주일 후에 다시 와서 상태를 말해주시오."

그 남자는 어차피 별소용도 없는 처방을 들고 나갔다. 의사가 뭐라 해도 그 남자는 노동을 못 할 만큼 몸이 나쁘다고 생각하지 않았다. 더구나 지금 하는 일은 수입도 많았으므로 도저히 그만둘 수가 없었다.

"앞으로 일 년 정도 남았어."

박사는 말했다.

때로는 희극적인 일도 있었다. 간혹 느닷없이 런던식 유머가 튀어나올 때가 있고 디킨스의 소설에나 나올 듯 싶은 기묘한 노파가 수다를 떨어 좌중을 웃기는 일도 있었다. 한 번은 유명한 극장 발레단의 댄서라는 여자가 찾아온 일이 있었다. 아무리 보아도 쉰 살은 되어 보이는 여자였는데 자기 말로는 스물여덟이라고 했다. 아주 짙은 화장을 하고 학생들한테

시커멓고 커다란 눈으로 계속 추파를 던졌다. 또 웃는 얼굴이 말할 수 없이 색정적이었다. 게다가 대단한 강심장으로, 티렐 박사한테도 마치 술손님이라도 다루듯 함부로 대했다. 박사는 이것을 무척 재미있어했지만 만성 기관지 염으로 이 상태로는 도저히 일을 계속할 수 없다는 진단이 내려졌다.

"왜 이런 병에 걸렸을까요. 정말 모를 일이에요. 이 세상에 태어나서 아직 한 번도 병이라곤 앓아본 일이 없는데요. 네, 선생님? 한 번 보시면 제 말을 믿겠어요?"

하고 그녀는 학생들을 향해 긴 속눈썹을 꿈틀거리고 누런 이빨을 드러내며 웃었다. 지독한 런던 사투리를 쓰면서도 고상한 체하기 때문에 한 마디 한 마디가 모두 웃음거리가 되었다.

"말하자면 해소 기침이라고 하는 것인데, 중년 여자들이 많이 앓는 병이죠."

박사는 사뭇 심각하게 대답했다.

"그게 무슨 말씀이세요. 전 숙녀예요. 지금까지 중년 여자란 말은 한 번도 들은 일이 없어요."

눈을 커다랗게 뜨고 고개를 약간 갸우뚱한 다음 뭐라 말할 수 없이 교활한 표정으로 그를 쳐다보았다.

"그게 의사의 난처한 입장이라는 겁니다. 때때로 본의 아니게 부인들한테 실례의 말씀을 드려야 하니까요."

여자는 처방을 받아들자 다시 한 번 마지막으로 교태를 지어 보였다.

"선생님, 제 춤 한 번 구경하러 오시지 않겠어요? 꼭 와주세요."

"아, 가지요. 가고말고요."

박사는 벨을 눌러 다음 환자를 불렀다.

"선생님 같으신 분이 계셔서 절 보호해주시니 얼마나 고마운지 모르겠어요."

그러나 전체로 봐서는 비극도 아니었고 희극도 아니었다. 뭐라 표현할 수 없는 것이었다. 다양한 사람들, 갖가지 사건들, 눈물도 있는가 하면 웃음도 있었다. 행복이 있는가 하면 슬픔도 있었다. 지루하고 재미있고, 그러면서도 비정했다. 버드나무의 녹색과 꽃처럼 붉은색, 격정의 폭풍우

가 있는가 하면 침통하기도 하고 슬프기도 하고 우습기도 했다. 하잘것
없다면 하잘것없다고도 할 수 있었다. 아이들에 대한 부모의 사랑, 여자
에 대한 남자의 사랑. 번뇌가 무거운 다리를 끌며 이들의 방을 지나갈
때, 죄 있는 사람이든 죄 없는 사람이든, 버림받은 아내나 불행한 아이나
모두 똑같은 벌을 받게 마련이었다. 술이 사람을 움켜쥐고 피할 수 없는
희생을 요구했고, 이들 방에서는 죽음이 숨쉬고 있었다. 그리고 가난한
소녀의 가슴은 공포와 수치에 떨렸으며 아직 인생의 꽃봉오리에 죽음의
진단을 내렸다. 선도 악도 없었다. 있는 것은 다만 사실 뿐. 그것이 인생
이었던 것이다.

82

그 해도 다 갈 무렵, 석 달 동안의 필립의 외래 담당 조수 생활도 거의
끝나갈 무렵이었다. 파리에 있는 로슨한테서 편지가 왔다.

필립

크론쇼가 런던에 가 있네. 자네를 꼭 한 번 만나보고 싶어하네. 주소는
소호 하이드 가 사십삼 번지. 나는 어딘지 잘 모르지만 자네 같으면 찾을
수 있을걸세. 부탁이네만 뒤를 좀 돌봐주게. 이제는 기진맥진해진 모양인
데 무엇을 하고 있는지는 부인이 직접 말할걸세. 나는 잘 지내고 있고 자
네가 있을 때와 조금도 변한 것이 없네. 클러튼은 돌아왔지만 그 친구는
도저히 어쩔 수 없는 사람이 되었네. 닥치는 대로 아무하고나 싸움을 하
고 돌아다니고. 내가 보기에 무일푼 신세인 모양이야. 식물원 바로 건너
편에 있는 조그마한 아틀리에에서 살고 있는데, 자기가 그린 그림은 누구
에게도 보여주지 않네. 아무데도 얼굴을 내밀지 않기 때문에 무엇을 하고
있는지도 알 수 없네. 천재인지도 모르고 미치광이인지도 모르겠네. 그건
그렇고, 전번에 플라나간을 만났네. 마침 부인을 데리고 카르티에 구경을
나온 참이었는데, 그림 공부는 집어치우고 지금은 엽총상을 경영하고 있
는데 아주 잘 사는 모양이네. 부인이 또 굉장한 미인이어서, 내가 초상화
를 한 장 그려볼까 생각하고 있네. 만일 자네 같으면 얼마를 내라고 하겠

나? 깜짝 놀라게 하는 것은 우습지만, 그렇다고 해서 상대방은 삼백 파운드를 줄 생각인데 이쪽에선 백오십 파운드만 받겠다고, 하는 그런 바보 같은 말은 하고 싶지 않네.

프레데릭 로슨

필립은 곧장 크론쇼에게 편지를 냈다. 그러자 다음과 같은 답장이 왔다. 흔히 쓰는 편지지의 반절지에다 썼는데 싸구려 봉투는 도중에서 더러워졌다고는 생각할 수 없을 정도로 너무나 더러웠다.

케어리 군

물론 나는 자네를 잘 기억하고 있네. 나는 드디어 낙담의 늪에 빠져 절망하고 있지만, 자네를 그 늪에서 구해내는 데 내가 약간 힘이 된 것만은 자부하고 있네. 꼭 만나보고 싶네. 나는 전혀 낯선 도시에 혼자 와서 외로이 속물들에게 시달림을 받고 있는 중일세. 파리의 이야기를 할 수 있다고 생각하니 벌써부터 즐거워지네. 이리로 와달라고는 할 수 없네. 지금 있는 하숙집은 아무래도 퓨르공 씨의 대를 이을 선생을 모실 만큼 넓지 못하니까 말일세. 그러나 매일 밤 일곱시에서 여덟시 사이에는 디인가 '오 봉 프레질' 식당에서 쓸쓸한 식사를 하고 있는 나를 발견할 수 있을걸세. 그럼 안녕.

J. 크론쇼

회답이 온 날 필립은 곧 그곳으로 갔다. 식당이라는 간판만 있을 뿐 조그만 최하급 상점이었는데, 단골이라고는 크론쇼 한 사람뿐이었다. 과연 그는 바람을 피해 한 구석에 앉아 있었는데, 언제나 벗은 일이 없는 허름한 외투에다 머리에는 모자를 쓰고 있었다.

"여기선 혼자 식사를 할 수 있어 좋거든. 그런데 암만 해도 장사는 잘 안 되는 모양이야. 식사하러 오는 사람이라곤 수상한 여자가 너덧 명과 실업자 같은 사동이 한둘, 그게 다야. 얼마 안 가서 폐업할 모양인지 요리도 정말 형편없어. 하지만 내게는 그들의 비운이 오히려 다행스럽게 느껴져."

크론쇼 앞에는 압생트 술 잔이 놓여 있었다. 두 사람이 헤어진 지는 불과 삼 년밖에 안 되었지만 그의 변한 모습에 필립은 깜짝 놀랐다. 전에는 꽤 뚱뚱한 편이었는데 지금은 바짝 마르고 얼굴빛도 누르스름했다. 목덜미의 피부는 늘어져 주름이 잡히고 옷은 남의 것을 빌려 입었는지 헐렁헐렁했다. 서너 사이즈나 큰 칼라가 한층 단정치 못한 인상을 주었다. 손은 쉴새없이 떨리고 있었다. 그러고 보니 모양도 필적도 형편없던 편지가 생각났다. 확실히 병은 아주 나쁜 상태인 모양이었다.

"요즈음은 통 식욕이 없어져버렸어. 더구나 아침엔 기분이 나쁠 때가 많아. 지금도 약간의 스프와 치즈 한 조각 먹은 것이 전부야."

필립의 시선은 자기도 모르게 압생트 술로 향했다. 그것을 보자 크론쇼는 충고 같은 건 질색이라는 듯 가볍게 얼굴을 흔들어 보였다.

"벌써 진단을 내린 모양이군. 물론 압생트 술을 마시면 안 된다고 할 테지?"

"확실히 간 경화증입니다."

"맞았어. 그대로야."

그렇게 말하고 나서 그는 전에도 곧잘 필립을 바늘 방석에 앉은 기분으로 몰아넣곤 하던 그 특유의 눈초리로 힐끔 쳐다보았다. 네가 생각하고 있는 것쯤은 너무나도 명백하고 진부하다는 듯한 눈초리였다. 그러나 그 진부한 사실도 일단 인정만 한다면 무슨 할 말이 또 있겠는가? 그래서 필립은 화제를 바꾸었다.

"언제 파리로 돌아가십니까?"

"이제 파리엔 안 가기로 했어. 머지않아 곧 죽을 테니까."

너무나도 자연스런 그의 말투에 필립은 깜짝 놀랐다. 다소는 반박을 해볼까도 생각했지만 소용없다는 것을 알았다. 곧 죽을 것이 너무나 확실했던 것이다.

"그럼 이대로 런던에 계실 작정입니까?"

스스로 생각해도 서투른 질문을 했다.

"런던이 내게 뭐야. 난 이미 물을 떠난 고기나 다름없어. 설사 혼잡한 거리를 걷는다고 해. 난 많은 사람들과 부딪치겠지만 꼭 죽음의 도시를 걷는 기분일 거야. 난 도저히 파리에선 죽을 수 없었네. 같은 피를 나눈 영국 사람 사이에서 죽고 싶었네. 어떤 숨겨진 본능이 날 되돌아오게 한 것인지도 모르겠어.”

필립은 그가 동거하던 여자도, 또 형편없이 예의 없던 그의 두 아이에 대해서도 궁금했다. 그러나 거기에 대해선 크론쇼도 말하려 하지 않고 그도 묻지 않았다. 그러나 그들은 대체 어떻게 됐을까?

“왜, 그렇게 자꾸 죽는다는 말씀을 하세요? 통 알 수 없군요.”

“난 작년 겨울에 폐렴을 앓았어. 나은 것이 기적이라고들 했지. 그런데 암만 해도 또 한 번 당하고 만 것 같거든. 이번에 다시 걸리면 마지막이야.”

“무슨 그런 말씀을. 그렇게까지 나쁠 리가 있겠어요? 그냥 좀 조심하면 되겠죠. 차라리 술을 끊으시지 그러세요?”

“끊기 싫어서지. 결과에 대한 책임을 질 각오만 있다면 인간은 무슨 짓을 해도 상관없는 거야. 난 내 행동에 책임을 질 각오가 되어 있어. 자네는 나보고 간단히 술을 끊으라고 하지만 내게 지금 남은 건 이것뿐이야. 술이 없는 인생이 내게 무슨 의미가 있겠나. 이 압생트 술, 여기에서 얻는 행복을 자네는 이해할 수 있겠나? 내 마음은 쉴새없이 이 압생트 술만을 갈구하네. 그래서 나는 한 방울 한 방울 그 맛을 음미하며 마시지. 그렇게 마시고 나면 내 마음은 뭐라 말할 수 없는 행복에 잠기네. 그런데 그걸 마시지 말라고? 그야 물론 자네는 청교도니까 일체의 관능적 향락이라는 것을 경멸하고 있겠지만 세상에는 관능적 향락만큼 강력하고 좋은 건 없네. 다행히 나란 사람은 예리한 관능적 감각을 지니고 태어난 사람이야. 따라서 난 내 모든 정열을 기울이다시피 하여 관능의 만족 속에 살아왔지. 그러나 이제는 그 값도 치를 때가 됐네. 난 거기까지 받아들이기로 했어.”

필립은 한참 동안 눈도 깜박이지 않고 바라보았다.

“그래, 불안하진 않습니까?”

순간 크론쇼는 대답하지 않았다. 대답할 말을 생각하고 있는 것 같았다. 그러나 다시 필립을 향해 눈길을 돌려 말했다.

“가끔 혼자 됐을 때 같은 때는. 자넨 그걸 벌이라고 말하겠지만 그건 천만부당한 말이지. 난 불안 같은 건 조금도 무서워하지 않아. 사람은 항상 죽음을 대비하며 살아야 한다는 게 예수의 말이지만 그런 건 어리석기 짝이 없는 얘기야. 인간의 유일한 생활 방법은 죽음을 잊어버리는걸세. 죽음 같은 건 아무것도 아닌 거야. 만일 현명한 인간이라면 죽음의 불안 같은 것 때문에 일일이 행동을 구속받지 않을 거야. 그야 물론 나도 죽어 갈 때는 허덕이고 괴로워하고 불안에 떨는지도 모르지. 그리고 이렇게 된 일생을 후회할지도 몰라. 하지만 난 그런 후회는 인정하지 않네. 비록 가 난하고 병으로 죽어가고 있을망정 난 내 영혼을 쥐고 있네. 후회 같은 건 절대로 안 해.”

“그런데 언젠가 선생이 보내주신 그 페르시아 융단을 기억하십니까?”

문득 지난날의 그 여유 있는 미소가 크론쇼의 입가에 떠올랐다.

“기억하구말구. 언젠가 자네가 인생의 뜻이 뭐냐고 물어왔었지. 그 융 단이 바로 대답이었는데. 그래 발견했나?”

“아뇨.”

필립은 웃었다.

“가르쳐주시겠습니까?”

“안 되지. 자기가 발견하지 않으면 아무 뜻이 없어.”

83

크론쇼의 시집이 나오게 되었다. 친구들은 몇 해를 두고 그를 재촉하다 시피 해왔지만 그의 게으름으로 지금까지 편집을 끝내지 못하고 있었던 것이다. 그는 재촉을 받으면 입버릇처럼 영국에는 시정신이 죽어버렸다 고 대답했다. 예를 들어 몇 년, 몇십 년의 사색과 노력으로 시집이 나 왔다고 치자. 그러나 그것은 몇백 권의 다른 책과 함께 쓰레기가 되어 겨 우 서너 줄, 그것도 경멸에 찬 평론의 대상이 되었다가 이삼십 부 팔렸는 가 하면 나머지는 그대로 휴지가 되어 사라지고 마는 것이다. 명예욕은 사라진 지 오래다. 명성도 알고 보면 한갓 환상에 불과한 것이다. 이것이 그의 지론이었다. 그런데 한 친구가 시집의 편집을 맡겠다고 나섰다. 레 오날드 업존이라고 하는, 역시 글 쓰는 사람으로 필립도 한두 번 라틴 지 역의 카페에서 크론쇼와 같이 만난 일이 있었다. 영국에서는 비평가로 상당한 명성을 얻고 있었고 특히 현대 프랑스 문학의 소개에서는 일인자로 인정을 받고 있었다. 프랑스에서도 꽤 오래 있었고, 그 유명한 〈메르퀴르 드 프랑스〉 지를 당대 최고의 평론지로 만들어놓은 사람들과도 친교가 있었으며 그들의 견해를 영어로 옮겨놓는 일만으로도 영국에서는 충분히 독창성을 인정받을 수 있는 사람이었다. 그의 평론은 필립도 몇 개 읽은 일이 있었다. 토마스 브라운 경을 충실히 모방함으로써 자기의 문체를 형성해놓았는데, 그러니만큼 균형잡힌 공들인 문장과 고풍적인 화려한 어휘를 구사한 점이 더욱 개성적인 문체로 만들어놓았다. 레오날드 업존은 크론쇼를 설득하여 시고를 전부 긁어 모았는데, 그것은 상당한 부피의 책이 될 수 있다는 것을 알게 되었다. 그는 자기의 안면으로 출판사를 물색해보겠다고 약속했다. 크론쇼도 돈에는 곤란을 받고 있는 처지였다. 병을 앓기 시작한 후부터는 일정한 일거리를 얻기가 몹시 어려웠고 요즈음에는 술값에도 쩔쩔매는 형편이었던 것이다. 이러한 사정으로 업존이 몇 군데 의논을 해본 결과, 시 자체는 상당한 수준의 것이나 출판할 정도의 것은 못 된다고 거절당했다는 편지를 받게 되자, 이번에 몸이 달기 시작한 것은 바로 크론쇼 자신이었다. 즉시 편지를 내어 자신의 곤란을 알리는 동시에 더욱 많은 노력을 해주기를 부탁했다. 죽을 때가 가까워짐에 따라 역시 뭔가 하나는 남기고 싶었으며 마음속으로는 그래도 훌륭한 시를 썼다는 자부심이 있었다. 일약 신성(新星)처럼 세상에 빛나고 싶었던 것이다. 그러한 훌륭한 시보(詩寶)를 일생 동안 고이 간직해두었다가 막상 세상을 떠나려는 순간, 더욱이 자신에게는 아무런 소용이 없어지고 만 때에 헌 신짝처럼 경멸하듯 버린다는 것은 생각만 해도 유쾌한 일이었다.

그가 귀국하게 된 직접적인 동기도 업존으로부터 출판을 떠맡겠다는 사람이 있다는 편지를 받았기 때문이었다. 더욱이 업존의 설득이 주요했는지 인세 선금조로 십 파운드를 내겠다는 제안도 있었다.

"이봐, 선금이야."

크론쇼가 말했다.

"그 유명한 밀턴도 현금으로 십 파운드 이상은 받은 일이 없네."

업존은 책이 나오면 서명까지 붙여서 비평을 써주겠다고 약속했고 서평을 쓰고 있는 친구들에게도 부탁을 잘 해두었다는 이야기였다. 크론쇼는 겉으로는 아무렇지도 않은 듯이 보였으면서도 속으로는 세상에 미치게 될 큰 방향을 생각하고 무척 기뻐하고 있는 게 분명했다.

어느 날 필립은 크론쇼와 미리 약속을 해놓고, 그가 잘 가는 보잘것없는 식당으로 나갔다. 그러나 그는 끝내 나타나지 않았다. 물어보니 벌써 사흘이나 나오지 않는다는 것이었다. 가벼운 식사를 마치고 첫 편지에 씌어 있던 주소로 그를 찾아갔다. 하이드 가를 찾는 데 한참 시간이 걸렸다. 지저분한 집들이 아무렇게나 몰려 있었고 유리창은 대부분 깨져 있었으며 프랑스 신문 조각이 볼품 사납게 붙여져 있었다. 문은 벌써 몇 년이나 페인트를 칠한 흔적이 보이지 않았다. 아래층에는 세탁소니, 양화점이니, 잡화상 등 보잘것없는 가게가 늘어서 있었다. 누더기를 걸친 아이들이 한길에서 놀고 있고 낡은 휴대용 오르간이 긁는 듯한 소리로 천한 곡조를 연주하고 있었다. 필립이 크론쇼의 집(아래층은 싸구려 과자집이었다) 문을 노크하자 더러운 앞치마를 두른 프랑스 여자가 얼굴을 내밀었다. 크론쇼가 집에 있느냐고 물어보았다.

"아, 맨 위층에 영국 사람이 한 사람 살고 있는데 지금 있는지 없는지 잘 모르겠어요. 용무가 있으면 올라가보세요."

계단에는 가스등 하나가 희미하게 켜져 있었다. 집 안은 코를 찌르는 냄새로 가득했다. 필립이 올라가니까 이층에 있는 방에서 한 여자가 얼굴을 내밀고 수상쩍은 눈초리로 그의 얼굴을 보았으나 끝내 말을 걸지는 않았다. 맨 꼭대기 층계 참에는 문이 셋 있었는데 필립은 그 중 하나를 두드려보았다. 다시 한 번 두드렸으나 대답이 없었다. 손잡이를 돌려보았으나 안으로 잠겨 있는 것 같았다. 이번엔 다른 문을 두드려보았다. 역시 대답이 없었다. 또 손잡이를 돌려보았다. 문이 열렸다. 방 안은 캄캄했다.

"누구요?"

틀림없는 크론쇼의 목소리였다.

"케어리입니다. 들어가도 좋습니까?"

대답이 없었다. 그는 안으로 들어갔다. 창문은 닫혀 있고 숨이 막힐 듯한 악취가 풍겼다. 밖에 켠 아크등 불빛으로 침대 두 개가 놓인 좁은 방이 희미하게 비쳤다. 세면대와 의자 한 개가 있었는데 그것 때문에 방 안은 거의 발들여놓을 틈도 없었다.

크론쇼는 창 옆 침대에 누워 있었다. 꼼짝도 하지 않고 나직한 목소리로 말했다.

“왜 촛불은 켜지 않지?”

필립은 성냥을 그었다. 과연 침대 옆 마루 위에 촛대가 있었다. 그는 촛대에 불을 붙여 세면대 위에 옮겨놓았다. 크론쇼는 돌처럼 반듯이 누워 있었다. 잠옷 하나만 입은 모습은 정말 이상했다. 대머리는 한결 볼품이 없었다. 얼굴은 거의 죽은 사람처럼 흙빛이었다.

“몹시 편찮으신 모양인데, 누구 간호해줄 사람이라도 있습니까?”

“아침에 조지가 출근하기 전에 우유를 끓여주네.”

“조지가 누군데요?”

“본명은 아돌프라고 하지만 난 조지라고 부르네. 하여튼 여기 이 궁전에 같이 사는 사람이야.”

그러고 보니 다른 침대에는 누가 잤던 흔적이 그대로 있었고 베개의 머리가 닿는 부분이 새까맣게 때에 절어 있었다.

“설마 이 방을 누구하고 같이 쓰시는 건 아니겠죠?”

“아냐, 같이 써. 소호는 원래 방세가 비싼 곳이라서 말이야. 조지란 친구는 웨이터 노릇을 하고 있었는데, 아침엔 여덟시에 나가고 밤엔 가게가 끝난 뒤에야 돌아와. 그러니까 조금도 방해는 되지 않지. 우리 둘다 잠이 없는 편이라 조지 녀석은 자기의 신앙 이야기를 해서 시간을 보내는 데 도움이 되네. 스위스 사람이야. 난 원래 웨이터란 직업을 좋아하거든. 그런데 그 친구는 꽤 재미있는 각도에서 인생을 본단 말이야.”

“대체 언제부터 나빠졌습니까?”

“이틀 전부턴가봐.”

“그럼, 사흘 동안 내내 우유 한 병씩밖에 안 먹었단 말입니까? 왜 진작 편지를 안 주셨지요? 하루 종일 간호해줄 사람도 없이 이런 방 구석에 혼자 누워 있다니 될 말입니까?”

크론쇼는 가볍게 웃었다.

“하지만 자네, 거울을 좀 들여다보며 말하게, 그런 소리를 하면서도 속으로는 큰일났다고 생각하겠지. 그러나 하여튼 자네는 재미있는 친구야.”

필립은 얼굴이 화끈 달아올랐다. 이 음침한 방과 가련한 시인의 딱한

처지를 처음 보았을 때 느낀 황당한 감정이 그대로 얼굴에 나타났으리라
곤 생각 못 했기 때문이다. 크론쇼는 여전히 조용한 미소를 띠고 필립을
바라보았다.

"난 아주 행복하네. 참 이것 보게, 교정지야. 자네도 알고 있겠지만 나
란 인간은 딴 사람 같으면 도저히 참을 수 없는 부자유에도 끄떡 없어. 인
간이 꿈을 가지고 시간과 공간의 지배자가 돼보면 그까짓 생활 환경 같은
건 아무것도 아니야."

교정지는 침대 위에 놓여 있었다. 어둠 속에서도 쉽사리 손에 잡히게
놔두었다. 그는 눈을 빛내며 그것을 필립에게 보여주었다. 페이지를 넘기
며 아름다운 활자에 도취되어 있는 것 같았다. 한 절을 읽어보더니 그가
물었다.

"어때, 나쁘지 않지?"

그러나 필립은 딴 생각을 하고 있었다. 어쩌면 이것은 돈이 좀 들는지
도 모른다. 그의 입장에서는 지금 한푼도 지출을 늘릴 처지가 못 되었지
만 그렇다고 이러한 경우에 절약만을 내세운다는 것은 그의 기분이 허락
하지 않았다.

"전 선생님이 이런 곳에 이대로 계신다는 건 생각만 해도 괴롭습니다.
다행히 저 있는 곳에 빈 방이 하나 있습니다. 지금은 아무것도 없지만 누
구한테 말하면 침대 하나쯤은 얻을 수 있을 겁니다. 무엇하면 집을 옮기
지 않겠습니까? 이 집 방세만이라도 절약이 될 텐데요."

"그렇지만 자넨 나더러 창문을 늘 열어두자고 말하지 않겠나?"

"정 그렇다면 창문을 모두 봉해버려도 좋습니다."

"뭐, 내일쯤이면 좋아질 거야. 오늘이라도 일어날 수는 있는데, 그저
마음이 내키지 않는다 뿐이지."

"이사하기 힘들 거 없지 않습니까? 거기서는 기분이 언짢으시면 언제
까지 누워 있을 수도 있고 또 제가 잔심부름을 맡아보면 되니까요."

"그렇게까지 말한다면 폐를 좀 끼쳐보기로 할까?"

어딘지 모르게 귀찮은 듯한, 그러면서도 아주 싫지는 않은 표정으로 웃
으며 말했다.

"좋습니다."

이튿날, 필립이 데리러 오기로 이야기가 결정되었다. 필립은 바쁜 아침 시간을 쪼개어 이사할 준비를 해가지고 갔다. 그러나 가보니까 크론쇼는 벌써 옷을 다 입고, 중절모에 외투 차림으로 침대에 걸터앉아 있었다. 그리고 마루 위에는 옷이며 책을 넣은 허름한 가방이 단단히 꾸려진 채 놓여 있었다. 그것은 마치 역 대합실에서 쉬고 있는 모습과 똑같았다. 필립은 자기도 모르게 웃음이 나왔다. 두 사람은 사륜마차를 잡아타고 창은 모조리 닫고 케닝튼으로 향했다. 우선 필립은 그를 자기 방으로 안내했다. 아침 일찍 외출하여 중고품 침대와 싸구려 옷장과 거울을 사놓았다. 크론쇼는 곧장 교정을 보기 시작했다. 용태가 훨씬 나아진 것 같았다.

병에서 오는 신경질만 제외하면 필립이 그리 마음을 쓰지 않아도 되는 손님이었다. 필립은 매일 아침 아홉시에 강의가 있어서 밤까지는 얼굴을 마주칠 시간이 없었다. 필립은 한두 번 손수 장만한 저녁 식사에 크론쇼를 청해보았으나, 그는 불안해하며 도무지 집에 가만히 있을 수가 없는 것 같았다. 대개 소호 근처의 싸구려 식당에서 식사를 마치고 들어오기가 일쑤였다. 필립은 티렐 박사에게 한 번 진찰을 받아보자고 했지만 그는 완강히 거절했다. 의사에게 보여봤자 고작 술이나 끊으라고 할 것이라고 생각했던 것이다. 그것만은 무슨 일이 있어도 하지 못하겠다고 했다. 아침이면 언제나 악화되었으나 점심때 압생트 술을 마시면 원기가 곧 회복되었다. 그리하여 밤늦게 그가 돌아올 무렵에는 처음에 만났던 그 시절에 필립을 놀라게 한 훌륭한 열변으로 도도하게 자신의 주장을 말하곤 하였다. 마침내 교정이 끝났다. 책은 다음 해 이른 봄, 크리스마스 때 나온 신간 서적의 물량이 어느 정도 가라앉은 다음에 내기로 결정을 보았다.

84

해가 바뀌자 필립은 외과 외래계의 수술 조수가 되었다. 일은 지금까지 해온 것과 별다른 것이 없지만, 외과이기 때문에 내과보다는 직접해야 하는 일이 훨씬 많았다. 환자의 대부분은 게으른 사회가 제때에 치료를 해주지 못해 전파를 재촉시킨 그런 두 가지 병이 제일 많았다. 필립이 그 밑에서 조수로 일한 의무원은 제이콥스라는 사람인데 매우 명랑하고 옥타브가 높은 목소리를 내고, 머리가 벗어지고 키가 별로 크지 않은 사람이었다. 학생들 간에는 잔소리꾼으로 통했는데 외과 의사로는 일을 잘 하는 사람이기 때문에 그런 것은 너그럽게 봐주는 학생도 있었다. 그리고 그는 제법 익살 부리기를 좋아하여 그것을 환자나 학생들에게 적용시키고 다녔다. 또 조수들을 바보 취급하는 데도 취미가 있었다. 그러나 워낙 조수들은 그보다 무식한데다 그의 앞에서는 쉽게 경직되었기 때문에 그와 맞서서 대꾸를 할 수도 없어서 싱겁게 끝나버렸다. 상대를 가리지 않고 빈정대는 말이나 입바른 소리를 했으나 학생들은 웃으며 참을 도리밖에 없었고 그래서 자신은 퍽 유쾌한 듯 혼자 기분 좋아했다. 어느 날 절름발이 소년 환자가 찾아온 일이 있었다. 환자의 부모는 어떻게 좀 할 수 없겠느냐고 애원조로 매달렸다. 제이콥스는 필립을 돌아보며 말했다.

"케어리, 이 환자는 자네가 맡게. 자네가 제일 잘 알고 있을 병이니까."

순간 필립은 얼굴이 새빨개졌다. 상대방이 농담조로 말하는 것이 분명한 만큼 한층 더 했다. 언제나 눌려 지내는 조수들은 그저 아부하는 듯한 눈초리로 웃었다. 사실 그것은 그가 병원에 들어온 후 가장 열심히 연구한 병임에는 틀림없었다. 기형 다리에 관해서는 도서관을 다 뒤지다시피 해가며 거기에 관한 모든 문헌을 조사해보았다. 그는 그 소년 환자의 구두와 양말을 벗겼다. 나이는 열네 살로 들창코에 파란 눈을 가진, 주근깨가 많은 소년의 아버지는 어떻게든지 해달라고 사정하며 이 상태로는 도저히 취직도 하기가 어렵다고 호소했다. 필립은 신기한 듯 소년의 얼굴을 바라보았다. 부끄러운 기색이라곤 전혀 없이 잘 지껄여댔으며 아버지의 꾸지람을 들을 만큼 마구 까불어댔다. 그리고 자기 발에 무척 흥미를 가지고 있는 것 같았다.

"선생님, 그저 보기가 흉할 뿐이지. 조금도 불편한 점은 없어요."

소년은 필립에게 말했다.

"잠자코 있어. 도대체 넌 너무 말이 많아서 탈이야."

아버지가 나무랐다.

필립은 다리를 먼저 조사해보고 기형이 된 부분을 천천히 만져보았다. 자기는 항상 느끼는 열등감을 이 소년은 왜 느끼지 않은 것인지 알 수 없었다. 어째서 자기는 이 소년처럼 아무렇지도 않게 생각할 수 없는 것일까? 이윽고 제이콥스가 들어왔다. 소년은 침대 끝에 걸터앉았고 필립과 제이콥스가 양편에 섰으며 그 주위를 학생들이 반원을 그리며 서 있었다. 제이콥스가 기형 다리에 대해서 재기에 넘치는 말재주로 지식을 설명했다. 먼저 그 종류를 열거하고 해부학적 조건의 차이에 의해 일어나는 각기 다른 형태의 기형에 관해 설명했다. 그리고 돌연 필립을 향해 말했다.

"자네는 아마 마기형족(馬畸型足)이었지."

"그렇습니다."

필립은 학생들의 시선이 일제히 자기에게로 쏠리는 것을 느꼈다. 어쩌면 저렇게도 무정할 수 있을까. 얼굴이 새빨갛게 달아오르는 것을 도저히 어쩔 수 없었다. 제이콥스는 노련함에서 오는 유창함과 그의 특징인 명석함을 가자고 설명을 계속해 나갔다. 그는 그의 직업에 대해 대단히 흥미를 가지고 있는 것 같았다. 그러나 필립은 거의 듣고 있지 않았다. 빨리 끝내주었으면 하고 생각할 뿐이었다. 그때였다. 갑자기 그는 자신이 질문을 받고 있다는 것을 깨달았다.

"케어리 군, 잠깐 양말을 벗어보지 않겠나?"

순간 그는 전신에 전율이 지나가는 것을 느꼈다. 제기랄, 하고 욕설을 퍼붓고 싶은 충동을 느꼈으나 그렇다고 꽁무니를 뺄 용기는 없었다. 학생들의 맹렬한 조롱이 두려웠던 것이다. 그는 억지로 말했다.

"좋습니다."

그는 앉아서 구두끈을 풀기 시작했다. 손가락이 떨려 이러다가는 매듭을 풀지 못할 것같이 생각되었다. 필립의 머릿속에는 학교 시절에 학생들이 억지로 달려들어 발을 내보이게 했을 때의 일이 생각났다. 그리고 그때의 가슴을 쥐어뜯는 듯한 수치감이 생생하게 되살아났다.

"허허, 발을 아주 깨끗이 닦았는데."

제이콥스가 런던 사투리가 섞인 금속성 목소리로 말했다.

학생들도 깔깔대고 웃었다. 문득 정신을 차려보니까 진찰을 받고 있던 소년까지 호기심에 가득 찬 눈초리로 그의 발을 보고 있지 않은가. 제이콥스는 그의 발을 두 손을 잡고 말했다.

“흠, 과연 그렇구먼. 자넨 수술을 받았군. 그게 언제였가? 어릴 때였나?”

그리고 여전히 유창한 설명을 계속했다. 학생들은 허리를 굽히고 그의 발을 들여다보았다. 그 중에는 제이콥스가 손을 떼자 직접 손을 대보는 사람까지 있었다.

“이젠 용무가 다 끝났어!”

필립은 빈정대듯 싱긋 웃으며 말했다.

할 수 있으면 모조리 죽여버리고 싶었다. 목을 끌로 그었으면(왜 하필 끌이 머리에 떠올랐는지 자신도 몰랐다) 얼마나 시원할 것인가. 인간이란 얼마나 잔인한 것인가. 아아, 지옥이 있다는 것을 믿을 수 있다면 얼마나 좋을까, 하고 생각했다. 그렇다면 놈들이 오늘의 죄 때문에 벌받는 것을 상상하고 조금이라도 위로를 받을 수 있을 텐데, 하고 생각했다. 제이콥스의 강의는 이번엔 처리법으로 옮겨가서 반은 학생들에게, 반은 환자의 아버지에게 계속 설명했다. 필립은 양말을 신고 구두 끈을 매었다. 마침내 제이콥스의 이야기는 끝났다. 그러나 아직 절름발이에 대한 생각은 머리에 있는 듯 필립을 향해 다시 말했다.

“어때, 자넨 수술을 또 한 번 받아보는 게 어떻겠나. 물론 보통 인간의 발과 똑같아진다고는 할 수 없지만 조금은 나아질는지도 모를걸세. 아, 하여튼 잘 생각해보게. 다소 나아지지 않을까. 휴가를 맡고 싶거든 병원에 오면 돼.”

좀 나아질 수 있지 않을까, 때때로 해온 질문이었다. 다만 그것을 입 밖에 내는 것이 싫어서 병원에는 그만한 외과 의사가 있는데도 여태껏 누구와도 의논하지 않았던 것이다. 그러나 그가 아는 지식으로는 어린 시절 같으면 몰라도 성인이 된 지금에 와서는——그 당시만 해도 기형족의 치료 방법이 오늘날처럼 발달하지 못했다——별로 큰 효과를 기대하기 어렵다는 것으로 알고 있었다. 그러나 만일 수술함으로써 성한 사람과 같이 구두를 신을 수 있고 남의 눈에 덜 띄게 된다면 나쁠 이유는 조금도 없다고 생각되었다. 전능하신 하느님께 기도드리면 된다는 백부 말만 믿고 기적을 바라면서 정신없이 기도드렸던 때가 생각났다. 그리고 그는 미소를 지었다.

"그땐 나도 퍽 순진했어."

이월 말이 되자 크론쇼의 병세는 날로 악화되었다. 이제 일어나는 것조차 어렵게 되었다. 하루 종일 누워 창문을 열어놓지 못하게 하고 의사에게도 보이려고 하지 않았다. 영양분을 취하려고도 하지 않고 오직 위스키와 담배만을 찾았다. 필립은 어느 쪽도 다 좋지 않다는 것을 알고 있었다. 그러나 필립이 그런 소리를 해도 크론쇼는 절대로 듣지 않았다.

"놈들은 나를 죽이려고 해. 흠. 그게 어쨌단 말이야. 자넨 나를 충고해주는 모양이군. 그래 좋아. 그게 자네 의무일 테니까. 하지만 난 자네 경고 같은 건 전혀 무시할걸세. 이봐, 술, 술을 주게. 에이 참, 제기랄."

레오날드 업존은 한 주일에 서너 번 다녀갔다. 사실 그의 모습에는 어딘가 낙엽 같은 데가 있었고 낙엽이라는 표현이야말로 그에게 가장 적합한 별명이었다. 나이는 서른다섯, 색이 옅은 긴 머리와 새하얀 얼굴, 마치 잡초 같은 사나이였다. 일체 바깥 공기를 모르는 것 같은 얼굴을 하고 있었다. 그는 늘 비국교파 목사가 쓰는 그런 식의 모자를 쓰고 다녔다. 필립은 묘하게 선배인 척하는 그의 태도가 싫었고 거침없이 쏟아놓는 달변에도 늘 기가 질렸다. 그는 스스로 자기 말에 도취되어 있는 것 같았다. 그에게는 훌륭한 좌담가의 첫째 조건이라고 할 수 있는 상대방의 마음을 살피는 아량 같은 것이 전혀 없었다. 상대방이 이미 알고 있는 사실을 지껄이고 있다는 것을 그는 전연 알지 못했다. 미사여구를 늘어놓으며 로댕, 알베르 사망, 세자르 프랑크에 대한 견해를 그에게 설명해주었다. 필립이 고용한 하녀는 아침에 한 시간만 와주었고 자신은 종일 병원 근무를 하여야 했기 때문에 크론쇼는 대개 혼자 있는 경우가 많았다. 업존은 어떻게 해서든지 사람이 꼭 붙어 있어야 한다고 주장했다. 그러나 막상 실행 문제에 부딪치면 그는 전혀 협조를 해주지 않았다.

"그런 위대한 시인을 혼자 내버려두다니 생각만 해도 무서운 일이오. 잘못하다간 아무도 없이 혼자 죽어갈 염려도 있지 않겠소?"

"네, 저도 그게 걱정입니다."

"허, 어쩌면 그런 냉정한 말을 하시지요!"

"그러시다면 선생께선 왜 매일 여기 오셔서 거들어주지 않습니까? 옆에 계시다가 그분에게 일이 생기면 돌봐주시면 될 거 아닙니까."

필립은 무뚝뚝하게 대답했다.

"뭐 나보고 하라고요? 난 원래 익숙지 못한 환경에선 일을 못 해요. 게다가 나갈 일도 많고 해서."

업존은 또 필립이 크론쇼를 자기 하숙으로 데려온 것에도 찬성하지 않았다.

"내 생각엔 소호에 그냥 두는 것이 좋을 뻔했소." 그는 길고 마른 손을 크게 흔들며 말했다. "그 방은 더럽긴 해도 낭만이 있었소. 워핑이나 쇼어피치 같은 곳이라면 또 몰라도, 이 케닝튼 같은 속된 곳은 도저히 시인이 숨 쉴 곳이 못 된단 말이오."

크론쇼는 짜증을 낼 때가 많았다. 그럴 때마다 필립은 병의 증세이려니 하고 겨우 참을 수가 있었다. 때로는 필립이 귀가하기 전에 업존이 먼저 와 있는 때가 있었다. 그러면 크론쇼는 필립에 대한 불평을 늘어놓곤 했으며 업존은 그 말을 사뭇 만족스럽게 듣곤 했다.

"캐어리란 사람은 미를 모르는 사람이야. 부르주아 근성이 뿌리박혀서 말이야."

그는 필립에게 아주 심하게 대했다. 그에게 대해서는 필립도 상당한 자제력이 필요했다. 그러나 어느 날 밤 드디어 참을성도 깨지고 말았다. 그날 따라 그는 병원 일이 바빠서 지칠 대로 지쳐 있었다. 그때 주방에서 차를 준비하느라니까 업존이 들이닥쳤다. 필립이 의사에게 보여야 한다고 계속 권유한 데 대해서 크론쇼의 불평이 대단하다는 말이었다.

"당신은 잘 모르겠지만, 지금 당신은 극히 드물고 더할 나위 없이 훌륭한 특권을 가지고 있단 말이오. 이 위대한 신뢰에 보답하기 위해서라도 당신이 할 만한 일은 다 해야겠소."

"그러나 그 위대한 특권이라는 것이 내겐 좀 힘에 겨워서요."

필립은 대답했다. 화제가 금전 문제에 이르면 업존은 언제나 약간 거만한 얼굴을 지었다. 돈이라는 말만 들어도 감수성이 강한 그의 신경은 상처를 입는 모양이었다.

"크론쇼의 태도에는 썩 훌륭한 데가 있소. 당신은 그것을 귀찮다고 자꾸 흐트려놓으려고 하는데, 당신은 이해할 수 없는 그 미묘한 마음의 움직임을 잊어선 안 되오."

필립의 얼굴은 어두워졌다.

"그럼, 크론쇼 씨한테 가봅시다."

그는 냉정하게 대답했다.

시인은 반듯이 누운 채 파이프를 피우며 책을 읽고 있었다. 퀴퀴한 냄새가 방 안에 가득했다. 필립이 언제나 깨끗하게 하는데도 불구하고 크론쇼라는 사나이가 가는 곳마다 불결한 분위기가 그림자처럼 따라다녔다. 방 안으로 들어가자 그는 조용히 안경을 벗었다. 필립은 화가 머리끝까지 치밀어오르는 것을 느꼈다.

"선생님이 업존 씨에게 말하셨습니까. 제가 의사에게 보이라 해서 귀찮아 죽겠다고. 그야 그럴 수밖에 없잖습니까. 선생님은 언제 죽을지 모르는 몸입니다. 만일 아무한테도 보이지 않았다간 사망 진단서도 떼기 어려워요. 그렇게 되면 필경은 검시를 해야 하고 결국 나는 의사에게 보이지 않았다고 욕을 먹게 돼요."

"아하! 그래 미처 그것을 몰랐었군. 난 또 내 자신만 생각했었지, 자네 입장은 꿈에도 생각하지 못했네. 꿈그러면 자네 편리할 때 진찰을 받기로 하세."

필립은 아무 대꾸도 하지 않았다. 다만 거의 눈에 띄지 않을 정도로 어깨를 으쓱했을 뿐이었다. 가만히 바라보던 크론쇼가 웃었다.

"자네, 그렇게 무서운 얼굴을 하지 말게. 난들 자네의 정성 어린 노고를 모르는 바는 아닐세. 진단받기로 할 테니. 혹시 날 고쳐줄는지 누가 알아. 첫째, 자네부터가 안심이 될 테니까."

그리고 업존 쪽을 바라보면서 말했다.

"레오날드, 자넨 정말 바보군그래. 왜 이 사람을 그렇게 괴롭히지? 내가 여기 와 있는 걸 참는 것만 해도 어딘가. 자네가 할 일은 내가 죽은 다음에 나를 위해 그럴싸한 글이나 한 줄 써주면 그만이야. 자네라는 인간은 내가 잘 알고 있으니까."

이튿날 필립은 티렐 박사를 찾아갔다. 그분 같으면 이야기를 듣고 다소 흥미를 가져줄 것이라고 생각했기 때문이다. 예상대로 티렐 박사는 그날 일이 끝나자 곧 필립을 따라 케닝튼으로 와주었다. 그러나 진단 결과는 그의 보고를 그대로 인정하는 것뿐이었다. 즉, 절망이라는 것이었다.

"웬만하면 입원을 시키기로 하지. 작은 방 하나가 마침 비어 있고 하니."

"입원은 안 하려 할 겁니다."

"이것 봐, 저 사람은 언제 죽을지 몰라. 게다가 언제 폐렴에 걸리지 모르고."

필립은 고개를 끄덕였다. 티렐 박사는 두어 가지 주의 사항을 주고 필요하면 언제고 와주겠다고 약속했다. 그리고 연락할 주소를 적어놓고 돌아갔다. 필립이 다시 크론쇼의 방에 들어와보니까 그는 조용히 책을 읽고 있었다. 의사가 뭐라더냐고 물어보려고도 하지 않았다.

"이젠 안심했나?"

"선생님이 지적한 것을 말해봤자 실천은 안 하실 테죠?"

"그럼 물론이지."

크론쇼의 얼굴에 웃음이 번졌다.

85

그로부터 두 주일이 지난 어느 날 저녁이었다. 필립은 병원근무가 끝나자 집에 돌아와 크론쇼의 방 문을 노크했다. 그러나 안에서는 아무 대답도 없었기 때문에 문을 열고 그대로 들어갔다. 크론쇼는 한쪽으로 웅크리고 누워 있었다. 필립은 침대 옆으로 다가갔다. 자고 있는 건가, 아니면 또 몹시 화가 나서 누워 있는 건지 금방 알아보기가 힘들었다. 그러나 자세히 보니까 놀랍게도 입을 딱 벌리고 있었다. 그는 어깨에 손을 대보고 자기도 모르게 소리를 질렀다. 한 손을 셔츠 밑에 넣어 심장의 고동을 살펴보았다. 어떻게 해야 할지 알 수가 없었다. 다만 언젠가 그런 무서움을 물리칠 수 있는 방법을 들은 기억이 있기 때문에 그는 거울을 입가에 가지고 갔다. 그런데도 크론쇼와 단 둘이 있는 것이 무서워 견딜 수 없었다. 그는 모자도 쓰고 외투도 입은 채였다. 그 길로 계단을 뛰어내려 한길로 나갔다. 마차를 불러 할리 가로 향했다. 티렐 박사는 마침 집에 있었다.

"선생님, 곧 와주세요. 크론쇼가 아무래도 틀린 것 같습니다."

"그렇다면 이제 가봤자 소용없잖나."

"그렇지만 꼭 좀 와주세요. 문 앞에 마차를 세워놓았습니다. 삼십분이면 될 거예요."

티렐은 모자를 썼다. 오는 도중에 그는 두어 가지 질문을 했다.

"오늘 아침 제가 나올 때만 해도 별다른 이상이 없었습니다. 그런데 돌아와서 깜짝 놀랐어요. 그대로 혼자서 죽어갔다고 생각하니…… 자기는 죽을 걸 알았을까요. 선생님?"

필립은 언젠가 크론쇼가 한 말이 생각났다. 운명의 순간에 그도 역시 공포에 쫓겼을지 궁금하게 생각됐다. 만일 자기가 그런 처지가 되어 죽음이 닥쳐온 것을 알고 죽음의 불안에 쫓기면서 옆에 격려해주는 사람이 한 사람도 없다면 과연 어떨 것인가?

"자네 꽤 안절부절 못 하네그래."

이렇게 말하면서 티렐 박사는 그 아름다운 푸른 눈으로 필립을 바라보았다. 그러나 그렇게 냉담하기만 한 시선은 결코 아니었다. 하숙집에 도착해 크론쇼를 진찰하고서 그가 말했다.

"죽은 지 몇 시간 됐는데. 잠이 든 채 죽은 게 아닌가 모르겠군. 그런 일도 종종 있으니까."

초라한 시체였다. 아무리 보아도 인간이라고는 생각되지 않았다. 티렐은 얼음같이 찬 눈초리로 시체를 내려다보았다. 그리고 시계를 보더니 말했다.

"난 이제 가봐야겠군. 사망 증명서를 내줄 테니까 친척과 친지들한테는 자네가 통지하도록 하게."

"친지도 별로 없는 것 같습니다."

"그럼 장례식은?"

"제가 어떻게 해보겠습니다."

티렐은 필립의 얼굴을 힐끗 보았다. 장례 비용으로 금화 두어 개를 줄까도 생각했다. 필립의 경제 사정에 대해서는 아무것도 몰랐다. 그러나 그 정도야 해낼 수 있을 거라고 믿었으며 오히려 섣불리 말을 꺼냈다가 실례라도 되면 곤란하다고 생각했다.

“내가 도울 일이 있으면 언제든 서슴지 말고 말하게.”

두 사람은 함께 방을 나와 작별을 했다. 필립은 곧장 레오날드 업존에게 알리려고 전보를 치러 갔다. 그리고 그것이 끝나자 매일 병원에 올라가는 길에 본 장의사에 들렀다. 두 개의 견본관이 나란히 있고, 그것과 함께 창에 장식되어 있는 검은 헝겊에 은빛으로 씌어진 ‘염가(廉價), 신속, 정확’이란 세 구절이 늘 시선을 끌어왔던 것이다. 그것을 볼 때마다 그는 늘 웃음이 터져나왔다. 장의사 주인은 기름기가 도는 긴 고수머리에 언제나 검은 옷을 입고 커다란 다이아몬드 반지를 낀 작달막한 유태인이었다. 그는 타고난 능청스러움과 직업 특유의 아부하는 듯한 태도로 그를 맞았다. 필립이 난처해하는 것을 재빠르게 눈치챈 그는, 곧 여자 직원 한 사람을 보내서 필요한 조치를 하겠다고 말했다. 그는 장례식을 무턱대고 거창하게 치르려고 했다. 필립은 그것에 반대하면서도 자기의 태도가 비열하게 여겨질까 얼굴이 붉어졌다. 이런 문제에 값을 깎고 말고 할 수가 없어서 필립은 결국 무거운 부담을 지게 됐다.

“잘 알았습니다. 손님 말씀은 지나친 체면은 필요없으시다 그 말씀이시군요. 하기야 생각도 그렇습니다만, 부끄럽지 않을 정도로만 해달라 그 말씀이죠. 이 사람에게 맡기십시오. 할 것은 다 하고 값은 싸게 해드릴 테니까요. 제가 드릴 말씀은 이것뿐입니다. 하하.”

필립은 저녁 식사를 하러 집으로 돌아왔다. 먹고 있으려니까 장의사 여직원이 시체를 처리하러 왔다. 이어 업존으로부터 전보가 왔다.

‘놀라움과 애도를 표함. 만찬 약속 있어 오늘 밤 못 감. 미안. 내일 아침 일찍 감. 업존.’

또 한참 있으려니까 여직원이 거실 문을 노크하며,

“다 끝났는데요. 오셔서 한 번 봐주세요.”

필립은 여자의 뒤를 따라갔다. 크론쇼는 반듯이 누워 있었다. 눈은 감겨 있고 두 손은 자못 경건하게 가슴 위에 얹혀 있었다.

“아무래도 꽃이 필요할 것 같은데요.”

“내일 사오도록 하죠.”

여자는 만족한 듯 시체를 힐끗 보았다. 그녀는 일을 완전히 끝나고 걷어올렸던 소매를 내리고 앞치마를 벗은 후 모자를 썼다. 필립은 값을 물었다.

"그야 뭐 어떤 손님은 이 실링 반을 주시는 분도 계시고 또 어떤 분은 오 실링도 주십니다."

그 말을 들은 필립은 이상하게 기가 죽어 오 실링 이하는 낼 수가 없었다. 여자는 필립이 느끼고 있는 슬픔을 생각하여 지나친 잔소리가 안 될 범위 내에서 감사하다는 말을 남기고는 나가버렸다. 필립은 거실에서 돌아와 저녁상을 치운 다음 윌샴의 외과학 관련 공부를 공부했다. 그러나 아무리 해도 읽혀지지가 않았다. 이상하게 자꾸 신경이 곤두섰다. 계단에서 무슨 소리가 날 때마다 깜짝깜짝 놀라서 심장이 무겁게 뛰었다. 조금 전까지만 해도 인간이었던, 그러나 이제는 이미 무로 돌아가버리고 만 옆방의 그가 그를 자꾸 위협했던 것이다. 뭔가 신비한 것이 움직이기라도 하는 듯 정적이 그대로 살아 있는 것처럼 느껴졌다. 무서운 죽음의 압박이 방 안에 감돌고 있었다. 조금 전까지만 해도 친한 사람이었는데, 별안간 필립은 공포를 느끼기 시작했다. 억지로 공부를 해보려고 기를 썼으나 얼마 안 가서 절망감으로 책을 치워버리고 말았다. 그의 마음을 허황케 만든 것은 지금 막 끝나버린 한 인생의 너무나도 철저한 허무감이었다. 크론쇼의 생은 정말 아무 의미가 없었다. 차라리 처음부터 태어나지 않은 편이 좋았을는지도 몰랐다. 필립은 젊은 날의 크론쇼를 상상해봤다. 그러나 키가 훤칠하게 크고, 머리숱이 많고 젊은 힘이 넘치는 발걸음, 희망에 찬 청년 크론쇼의 용모를 그리기가 힘이 들었다. 필립이 신봉하는 도덕률, 즉 한쪽에 항상 기다리고 있는 도덕적 양심을 잊지 않는 한도 내에서 자기 의사대로 본능에 따르면 된다는 그의 원칙도 이 경우엔 적용되지 않았다. 오히려 크론쇼는 그런 일을 해냈음으로 해서 지금 이토록 비참한 패배의 생을 마친 게 아닐까. 그러고 보면 본능 그 자체도 믿을 만한 것이 못 되었다. 필립은 생각의 갈피를 잡을 수 없었다. 그래서 스스로 반문했다. 만일 이 도덕률도 아주 소용이 없다면 대체 어떤 도덕률이 있으며 또 인간은 왜 특히 어떤 행동을 골라 해야 하는가 하고. 요컨대 모두 감정에 의해 행동하고 있음에 불과했다. 그런데 이 감정에는 또 좋은 경우도 있고 나쁜 경우도 있었다. 그러고 보면 인생이 승리로 끝나는 것이나 패배의 고배를 마시는 것도 모두 운에 달려 있는 것같이 생각되었다. 인생이 점점 말할 수 없이 복잡한 혼돈처럼 느껴졌다. 사람은 다만 무엇인가 모르는 어떤 힘에 의해 갈팡질팡하고 있는 데 불과했다. 누구 한 사람도 그 목적을 아는 사람이 없었다. 그냥 악착같이 살기 위해 악착같이 발버둥치는 데 불과한 것 같았다. 이튿날 아침 업존은 조그마한 월계관 하나를 가지고 왔다. 죽은 시인의 머리에 씌워준다는 자기 생각에 완전히 도취되어 있었던 것이다. 필립이 침묵으로써 반대 의사를 표시했는데도 불구하고 그는 억지로 죽은 사람의 머리에 그 월계관을 씌웠다. 그러나 그 모습은 뭐라 말할 수 없이 괴이할 뿐이었다. 마치 극장의 저속한 희극 배우들이 쓰는 모자의 테두리 같았다.

"그럼, 가슴 위에 얹을까요?"

"거긴 또 밥주머니 위가 아녜요?"

필립이 말하자 그는 빙긋 엷은 웃음을 띠며 말했다.

"시인의 심장의 위치를 아는 사람은 오직 시인뿐이라는 말이 있죠."

두 사람은 다시 거실로 돌아와 필립은 자기가 정해놓은 장례 절차를 얘기했다.

"설마 비용을 아끼려고 하진 않았겠죠. 내 생각으로는 영구차 바로 뒤를 빈 마차가 따르도록 하고 말에다가는 좋은 깃털 장식을 달아서 바람에 휘날리게 한단 말이오. 그리고 상여꾼을 많이 보내오도록 부탁을 해야겠소. 그 사람들 모자에다가 기를 달고 간단 말이오. 뒤에 따르는 빈 마차를 난 정말 좋아하지."

"그런데 사실은 장례 비용이 이럭저럭 내 부담이 되고 말 것 같은데 당장 내 호주머니 사정이 그리 풍부하지 못한 터라 되도록 돈이 많이 안 드는 방향으로 부탁해놓았어요."

"그럴 바에야 차라리 거지 장례식으로 하지 그랬소. 거기엔 그래도 그것대로 시적인 데가 있단 말이오. 댁의 평범한 감각만은 틀림없이 훌륭하구면."

필립은 얼굴이 붉어졌으나 그 말에 대답은 하지 않았다. 그리고 이튿날 두 사람은 필립이 미리 부탁해두었던 마차 한 대에 몸을 싣고 영구차 뒤를 따랐다. 로슨은 참석하지 못한다고 하면서 화환을 하나 보내왔다. 필립은 영구차가 너무 쓸쓸해 보일까봐 화환 둘을 더 샀다. 돌아오는 길에는 마부가 함부로 말을 몰아 필립은 완전히 녹초가 되어 이내 잠에 곯아 떨어지고 말았다. 이튿날 아침 그는 업존의 목소리에 잠이 깼다.

"시집이 아직 나오지 않아 다행이오. 잠시 보류해두었다가 내가 서문을 쓸 작정이오. 묘지로 가는 도중에 문득 생각난 건데 〈새터데이〉 지에 우선 하나 써볼 생각이오."

필립은 대답하지 않았다. 잠시 침묵이 흐른 후에 또다시 업존이 입을 열었다.

"애써 쓴 것을 없애기도 무엇하고 하니까 아무 곳에라도 우선 잡지에 기고해볼까 생각해요. 그런 다음 그것을 또 서문으로 써도 좋고."

필립은 월간지를 주의해보았는데, 과연 몇 주일이 지나자 활자화되어 나왔다. 논문은 제법 평판이 좋았다. 발췌문이 여러 신문에 게재되었다. 꽤 잘된 평론이었다. 젊은 시절의 크론쇼는 아무도 아는 사람이 없기 때문에 전기로서는 부족한 점이 없지 않았으나 전체적으로 부드럽고 화려하면서도 진정에 넘쳐 있었다. 그는 복잡한 스타일로 시를 쓰고 예술을 논한 라틴 지역 시절의 크론쇼의 모습을 아름답게 묘사하였다. 그의 논문 속에서 크론쇼는 그림같이 아름다운 인간으로 묘사되었고 영국의 베르렌이라고까지 했다. 묻혀 살던 만년의 소호 시절, 그 더러운 작은 방을 묘사한 부분 같은 곳은 광채에 넘친 그의 문체가 가느다란 전율에 가까운 위엄과 우수를 띤 채 장중함을 유감없이 발휘하고 있었다. 그리고 동시에 그가 어떻게든 이 병든 시인을 어딘가 꽃이 만발한 과수원 그늘, 인동꽃 덩굴로 덮인 전원의 작은 오두막으로 옮기려고 애썼다는 대목에 가서는 노골적 표현을 회피한 만큼 더욱 깊은 우정이 느껴져 뭐라 말할 수 없이 아름다웠다. 그리고 현실은 그렇게 못 했으니 이 시인을 장소도 가리지 않고, 그 속된 위선의 시궁창이나 다름없는 케닝튼으로 납치해 가다시피 한 것은 호의로 볼 수는 있겠으나 얼마나 재치없는 짓이었던가! 그는 나아가서 토머스 브라운 경의 애제자로 자처하는 그로서는 백 번 당연한 일이겠으나 케닝튼의 분위기를 억설로 가득 찬 유머로 유감없이 묘사해놓았다. 시인이 운명하기 몇 주일 전, 스스로 간호의 임무를 맡아보겠다고 나선 한 젊은 의학생의 선의가 있었는데 서투르기 짝이 없는 간호를 그는 얼마나 끈기있게 참아왔던가. 그리고 이 신과도 같은 방랑자의 혼이 무참한 부르주아적 환경 속에서 살지 않을 수 없었던 사실을 예리한 풍자로 묘사해놓았다. '잿속에서 태어난 미'라고 그는 이사야 서에 있는 말을 인용해오기도 했다. 의지할 곳 없던 그 시인이 하필이면 속된 위선의 허식에 싸여 죽지 않으면 안 된 것은 어떻게된 아이러니인가——그것은 마치 바리새인들 속의 예수를 생각케 하는 것이라고까지 쓰고 있었다. 그리고 그 예문과 비슷한, 말하자면 가장 감동적인 일절을 옮겨 썼다. 즉, 한 친구가——그러면서도 그 친구가 누구였는지는 그의 세련된 취향으로 막연히 암시만 했을 뿐 결코 그 이상 밝히지 않았지만——싸늘해진 시인의 심장 위에 한 개의 월계관을 장식한 사실과 그 아름다운 시인의 양 손은 예술의 향기가 그윽한 아폴로 신의 잎사귀 위에, 햇볕에 그을린 거무스레한 선원들이 다채롭고 불가사의한 중국에서 실어온다는 비취보다도 더 푸른 잎사귀 위에 취한 것처럼 놓여 있었다고 했다. 마치 훌륭한 대조라도 되는 듯한 전문의 결말은 당연히 왕후처럼 장사를 지내야 할 시인의 장례식이 너무나도 평범하고 산문적이었다는 서술로 끝을 맺고 있었다. 이것이야말로 예술과 미와 일체의 정신적인 것에 대한 속물 취미의 종국적인 승리요 최후의 일격이라고 씌어 있었다.

레오날드 업존의 논문으로서는 최상 최대의 것이었다. 그것은 기적이라 해도 무방하리 만큼 매혹과 우아와 연민이 뒤섞인 것이었다. 그는 크론쇼의 시 중에서도 가작이 될 만한 것을 모조리 인용해버렸기 때문에 막상 시집이 나왔을 때는 그 효과가 반으로 줄어버렸다. 그 반면에 업존의 문단에서의 지위는 현저하게 올라갔다. 그 이론은 비평가로서 일가견을 이루기에 충분했다. 지금까지의 그는 다소 냉담하다는 인상을 받기 일쑤였는데 이 논문은 따뜻한 인간미가 넘쳐흐르고 그것이 또한 형용할 수 없을 만큼 매력적인 것이 되어 있었다.

86

봄이 되자 필립은 외래계 수술 조수의 임기가 끝나 입원환자 담당의 의무원이 되었다. 그것은 육 개월 동안 계속되었다. 의무원의 근무라는 것은 매일 오전 중에 상주 의사와 함께 먼저 남자 병동을 돌고 다음은 여자 병동을 차례로 도는 것이었다. 일은 주로 카르테를 기입한다든지 실험을 하는 것이었고 남은 시간은 간호사와 잡담을 하며 보냈다. 매주 이틀씩은 오후에 주임 의사가 몇 명의 학생을 데리고 환자를 회진하고 다녔고 그때마다 필요한 지식을 얻었다. 외래부에서 근무할 때처럼 흥미나 변화나 현실과의 깊은 접촉은 없었지만 그는 여러 모로 많은 지식을 얻게 되었다. 환자들과의 접촉은 좋았으며 환자들이 그의 담당이 되고 싶어하는 것을 볼 때는 기분이 좋았다. 그들의 병에 대해 특히 깊은 동정이 있는 건 아니었지만 환자에게는 모두 호의가 갔다. 또 그는 거드름을 피우지 않는다는 점에서도 다른 의무원보다 평판이 좋았다. 그는 환자들에게 언제나 명랑하고 친절하고, 격려하는 태도로 대했다. 병원 근무를 해본 사람이면 누구나 수긍할 일인데 그도 또한 남자 환자가 여자 편보다 훨씬 다루기 쉽다는 사실을 깨달았다. 여자 환자는 사소한 일에도 불평을 내세우기가 일쑤였고 곧잘 화를 내었다. 환자 편에서는 당연한 권리처럼 생각하고 있는 것이겠지만 환자를 잘 보지 않는다고 간호사들에게 지독히 잔소리를 했다. 고마워할 줄은 모르고 다만 시끄럽게 떠들 뿐이었다.

다행하게도 필립은 얼마 안 가서 친구 한 사람을 사귀게 되었다. 어느 날 아침 의무 주임이 새 환자 남자 한 사람을 할당해주었다. 침대 옆에 앉아서 카르테에 여러 가지 필요 사항을 기입하다 보니까 그의 직업이 저널리스트라는 것을 알았다. 이름은 도프 아델니. 자선 병원에는 드문 환자였다. 나이는 마흔여덟, 급성황달에 걸려 있었는데 당분간 주의를 요한다고만 하는 원인 불명의 증세가 나타나 입원해 있었다. 직업상 필립이 묻는 여러 가지 질문에 대해서 그는 쾌활하고 점잖은 목소리로 대답해주었다. 누워 있기 때문에 키는 잘 알 수 없었으나, 머리가 작고 손이 작은 것으로 보아 작은 남자인 것같이 생각되었다. 필립은 남의 손을 잘 보는 버릇이 있었는데 아델니의 손은 정말 그를 놀라게 했다. 아주 작은데다 손가락 끝이 길쭉하고 손톱이 장미색처럼 고왔다. 피부는 매우 매끈하게 고왔으며 황달병만 없었던들 더 희고 고왔을 것이라고 생각되었다. 환자는 양손을 이불 밖에 내어놓고 한쪽 손의 둘째 손가락과 셋째 손가락을 약간 벌리는 듯이 하고 필립의 말에 대답하고 있었는데, 줄곧 흡족한 듯 자기 손을 바라보고 있었다. 필립은 빛나는 눈으로 환자의 얼굴을 바라보았다. 비록 황달로 누르스름하긴 했으나 미남이었다. 파란 눈과 두드러지게 튀어나온 매부리코가 매우 인상적이었으나 결코 어색하지는 않았다. 코 밑에는 끝이 뾰족한 회색 빛깔의 수염, 대머리에 가까우나 젊었을 때는 볼품이 있었을 성싶은 아름다운 고수머리를 지금도 길게 늘어뜨리고 있었다.

"저널리스트시군요. 어느 신문사에 기사를 쓰고 계십니까?"

"꼭 정해놓고 쓰는 건 아닙니다. 어떤 신문이고 제 글이 실리지 않은 덴 없으니까요."

침대 옆에 신문이 한 장이 놓여 있었는데 그는 손을 뻗어 그 신문을 뜯더니 광고란을 가리켰다. 필립 자신도 잘 아는 상점의 이름, 런던 리젠트 가의 린 앤드 세들리 상회가 커다란 활자로 나와 있었다. 그리고 바로 그 아래에는 약간 작기는 하나 그래도 큼직한 활자로, '주저는 시간의 적'이라는 상당히 독단적인 문구가 실려 있었다. 그리고 그 다음에는 너무 당연해서 놀랄 만한 '오늘 즉시 주문하기를!'이라는 문구가 나와 있었다. 그리고 마치 살인범의 가슴에 양심의 철퇴라도 가하듯 '지금 즉시'라는 작지 않은 활자가 계속되어 있었다. 그 다음은 대담 무쌍하다고나 할까, '전 세계 유수의 시장에서 직수입한 물품, 장갑 수천 켤레, 경이적인 염가로 준비 중. 세계 제일의 신용을 자랑하는 업자들로부터 납품해온 양말 수천 켤레 결사적 할인가로 입하 중.'이라는 문구가 있었고, 맨 끝은 앞과 똑같이 '지금, 즉시!'라는 문구가 반복되었는데, 다만 이번에는 마치 결투장에서 도전할 때 장갑을 던지는 것 같은 맹렬한 기세가 있었다.

"다시 말해서 린 앤드 세들리 상회의 신문 광고 담당입니다." 하고 그 아름다운 손을 가볍게 흔들더니 "하지만 워낙 부끄러운 직업이라서요."

필립은 판에 박은 질문을 계속했다. 어떤 질문은 앞뒤가 뻔한 상투적인 것이었지만 어떤 것은 상대방이 감추려고 하는 일을 교묘하게 캐내는 질문도 있었다.

"외국에 가본 일이 있습니까?"

"스페인에 십일 년간 있었습니다."

"뭘 하고 계셨습니까?"

"톨레도에 있는 영국인이 경영하는 수도 회사에서 비서로 근무했습니다.”
　그러자 클러튼이 톨레도에서 몇 달 동안 살았다는 얘기가 생각났다. 그래서 환자의 대답을 듣자 그는 한층 더 흥미를 느끼고 상대의 얼굴을 바라보았다. 그러나 이런 경우 그는 그런 내색을 해서는 안 된다는 것을 알았다. 환자와 의사 간에는 언제나 일정한 간격을 두어야 하는 것이다. 진찰을 마치자 그는 딴 환자 쪽으로 옮겨갔다.
　도프 아델니의 병은 크게 걱정할 정도는 아니었다. 얼굴이 약간 검었지만 그것도 금세 좋아졌다. 다만 담당 의사가 어떤 정상적인 반응이 되돌아올 때까진 관찰해볼 필요가 있기 때문에 계속 병석에 누워 있는 데 불과했다. 어느 날 병원에 들어가보니까 아델니는 한 손에 연필을 들고 책을 읽고 있었다. 필립이 가까이 가자 그는 읽던 책을 내려놓았다.
　“좀 보여주십시오. 무슨 책을 읽고 계셨습니까?”
　책이라면 그냥 지나치지 않고는 못 견디는 필립의 성미였다.
　펼쳐보니까 스페인 어로 된 것으로 상 푸안 드 라 크루스의 시집이었다.
　책을 펼치자 속에서 종이 한 장이 떨어졌다. 집어보니까 시 같은 게 적혀 있었다.
　“아무리 심심풀이라 해도 설마 시를 쓰고 계신 건 아니겠죠. 더구나 환자에게는 절대로 안 되는 일입니다.”
　“아뇨, 잠깐 번역을 해본 거예요. 선생님은 스페인 어를 아십니까?”
　“아니 몰라요.”
　“상 푸안 드 라 크루스는 아실 테지요?”
　“전혀 몰라요.”
　“스페인의 신비주의자 중의 한 사람입니다. 고금을 통틀어 스페인에선 제일급의 시인으로 치죠. 잠깐 영어로 번역해보고 싶어서.”
　“좀 봐도 괜찮을까요?”
　“아직 손질을 안 했습니다만.”
　하면서 그는 재빨리 내주었다. 말은 그랬지만 내심으로는 읽어주기를 바라고 있는 것 같았다.
　연필로 깨끗이 씌어 있긴 했지만 독특한 글씨여서 읽는 데 퍽 힘이 들었다. 마치 고딕 활자 같았다.

"이렇게 쓰려면 꽤 시간이 걸리겠죠? 아주 훌륭합니다."

"손으로 이렇게 썼다 해서 아름답지 말라는 법은 없으니까요."

필립은 첫 구절을 읽어보았다.

어두운 밤에
불타는 연정 가슴에 품고
오 행복하여라!
고요히 잠든 내 집
아무도 몰래 빠져나왔네……

필립은 이상한 듯 아델니의 얼굴을 바라보았다. 그에 대해 다소 위축되어 있는 건지 아니면 매혹되어 있는 건지 종잡을 수가 없었다. 다만 확실한 것은 그의 태도를 보고 은연중 그를 어린애 취급하는 것 같은 점이 있었다. 어쩌면 자기의 모습이 상대방에게 우스꽝스러운 꼴로 비칠지도 모른다고 생각하자 그는 얼굴이 빨개졌다. 그러나 어쨌든 말을 계속해야 했기 때문에 그는 할 수 없이 다시 입을 열었다.

"선생님 이름이 아주 특이하군요."

"요크셔에서 퍽 오래된 집안입니다. 한때는 영지 안을 한 바퀴 도는 데 꼬박 하루가 걸렸답니다. 지금은 완전히 망망 대해의 고도처럼 되어버리긴 했지만."

그는 심한 근시였다. 따라서 말을 할 때도 일종 독특한 눈초리로 상대방을 지그시 쏘아보았다. 다시 시집을 들면서 말했다.

"선생님도 스페인 어를 공부해보세요. 정말 훌륭한 언어입니다. 하기야 이탈리아 어처럼 부드러운 맛은 없지요. 이탈리아 말은 테너 가수나 오르간 연주자의 말이니까요. 하지만 스페인 어에는 장엄한 데가 있습니다. 정원을 흐르는 시내와 같은 속삭임은 없어도 도도하게 흘러내리는 대하와 같은 격정이 있어요."

유창한 그의 웅변은 재미가 있었다. 그러나 필립은 오히려 그가 말하는 수사(修辭)의 묘에 더욱 흥미를 느꼈다. 그가 그림같이 화려한 말과 불타

오르는 정열로 운문으로 읽는 《돈키호테》의 더없는 환희며, 매혹적인 칼
데론의 음악미, 낭만적이고 맑으면서도 정열에 넘치는 선율에 대해서 얘
기할 때 필립은 넋을 잃고 귀를 기울였다.

"하던 일이 아직 남아서."

한참 후에 그는 겨우 말했다.

"아, 이거 미안합니다. 잊고 있었군요. 집사람한테 말해서 톨레도의 사
진을 가져오라고 하겠습니다. 시간이 있으시거든 또 놀러와주십시오. 저
는 언제든지 환영입니다."

그 후로부터 틈이 있는 대로 그에게 가서 말을 하고 지내는 동안 그와
의 친교는 더욱 두터워졌다. 아델니는 정말 훌륭한 이야기꾼이었다. 유별
나게 재미있는 말을 하는 것은 아니었으나 상상력을 북돋울 수 있는 생생
한 정열로 거침없이 이야기를 이어나갔다. 거의 허구의 세계에서만 살아
온 필립에게는 그의 머리가 쉴새없이 새로운 영상으로 가득 차는 것 같
았다. 아델니는 또 무척 예의바른 남자이기도 했다. 세상에 대해서도 서
적에 대해서도 필립보다 훨씬 아는 것이 많았다. 나이도 그가 훨씬 위인
데다가 풍부한 화제는 그에게 일종의 우월감을 느끼게 했다. 그래도 역시
그는 병원에서는 치료받는 환자로 엄격한 규칙에 복종해야 했다. 그러나
그는 이 두 가지 입장을 잘 병행해 유머까지 지니고 생활해 나갔다. 한 번
은 왜 하필 이런 병원에 입원했느냐고 물은 일이 있었다.

"딴 이유는 아닙니다. 내 생활 원리는 사회가 베풀어주는 모든 이익을
뭐든 빠뜨리지 않고 이용하자는 겁니다. 살아 있는 동안은 이 시대를 되
도록 이용하자, 병이 들면 자선 병원에서 치료를 받자, 이런 거죠. 그
렇다고 뭐 어리석은 수치심 같은 건 느끼지 않습니다. 아이들도 모두 공
립 학교에서 교육을 받고 있죠."

"허어, 그래요."

"그편이 교육도 훨씬 훌륭하죠. 난 윈체스터 출신입니다만 그곳 교육
보다도 월등히 낫습니다. 그렇지 않고서야 우리네가 어린것들을 어떻게
교육시킵니까? 아무튼 합해서 아홉이나 되니까요. 퇴원하거든 꼭 한 번
구경와주십시오, 선생."

"네, 꼭 한 번 들르겠습니다."

87

도프 아델니는 열흘 후에는 퇴원할 만큼 빠르게 회복되었다. 그는 필립에게 자기의 주소를 알려주고 다음 일요일 한시에 그의 집에서 오찬을 같이 하자고 약속했다. 언젠가 아델니는 자기는 현재 이니고 존스가 지은 집에 살고 있다고 했다. 그는 무엇이든 열심히 얘기하는 버릇이 있었는데 이 집의 오래된 떡갈나무 난간에 대해서도 황홀할 만큼 자세히 이야기했다. 그날도 현관 문을 열고 들어서기가 무섭게 머리 위 인방에 새긴 우아한 조각을 가리키며 열심히 필립의 동의를 구했다. 집은 챌서리 레인과 홀본 중간에 있는 작은 뒷골목에 있었다. 보잘것없는 집으로 무엇보다 먼저 페인트 칠을 다시 해야 할 필요가 있는 집이긴 했지만 시대적 품위 같은 것이 은근히 풍기고 있었다. 주위는 한때 주택지였는데 지금은 영세민들이 살고 있는 곳이나 다름없이 되었다. 좀더 깨끗한 거리를 만들기 위해 철거할 계획이라는 소문도 있었다. 그런 만큼 방세는 무척 쌌기 때문에 아델니는 자기의 수입에 알맞은 집세로 이층과 삼층을 빌리고 있었다. 필립은 그가 선 모습을 한 번도 본 적이 없었기 때문에 그의 키를 보고 너무 작은 데 깜짝 놀랐다. 키는 고작해야 오 피트 오 인치가 될까말까 했다. 기묘한 옷차림을 하고 있었는데, 프랑스 노동자들이 잘 입는 청색 리넨 바지에 낡아 빠진 빛깔의 빌로드 상의를 입고 있었다. 붉은색 장식띠를 두른 나직한 칼라에 넥타이는 〈펀치〉 잡지에 나오는 만화 속의 프랑스 사람처럼 나비 넥타이를 축 늘어뜨리고 있었다. 그는 필립을 반갑게 맞이하면서 그를 보자마자 집에 대한 애기를 꺼내고 마치 애무하듯 난간을 어루만졌다.

"선생, 이것 좀 보십시오. 만져보지 않으면 몰라요. 꼭 비단결 같죠. 이런 우아함이 또 어디 있겠어요. 그런데 이걸 오 년 후에는 전부 헐어 장작으로 팔아버리겠다니."

그는 이층에 있는 방도 꼭 보라고 권했다. 가보니까 마침 셔츠 차림의 남자와 뚱뚱하고 얼굴이 불그스레한 여자와 아이 셋이 앉아 점심을 먹고 있었다.

"잠깐 천장을 좀 구경시켜드리려고 모셔왔습니다. 자, 어떻습니까? 이렇게 훌륭한 것을 보신 일이 있습니까? 아, 호즈슨 부인, 안녕하세요. 이분은 케어리 선생으로 제가 입원한 동안에 신세를 많이 진 분입니다."

"어서 들어오십시오. 아델니 씨의 친구라면 누구한테나 이 천장을 보여주려고 하니까요. 우리야 뭘 하고 있든 아랑곳하지 않습니다. 잠을 자거나 목욕을 하거나 덮어놓고 들어와요."

이 집에서는 아델니라고 하면 기이한 인간으로 인정하고 있는 것이 분명했다. 그렇다고 귀찮아 하는 존재는 아닌 모양 같았다. 그가 바로 그 맹렬한 열변으로 칠 세기 풍의 천장의 미를 설명하고 있는 동안 그들은 입을 멍하니 벌리고 듣고 있었다.

"이걸 허문다는 건 정말 벌을 받을 일입니다. 안 그래요, 호즈슨 씨? 당신은 그래도 제법 영향력이 큰 분인데, 왜 신문에 항의하지 않으시죠?"

셔츠 차림의 사나이는 껄껄 웃고 나서 필립에게 말했다.

"아델니 씨는 참 쓸데없는 농담도 잘하셔. 이런 집은 위생에 나빠요. 그러니까 여기 사는 것부터가 안전하지 못해요."

"히, 무슨 놈의 위생이오. 난 예술이면 그만이오." 아델니는 큰소리로 외쳤다. "난 자식이 아홉이나 돼요. 하수구가 나쁘다곤 하지만 하나도 병을 앓은 애가 없소. 천만에, 난 절대로 위험한 짓을 하고 싶지 않단 말이오. 당신 같은 신식은 나에겐 어울리지 않아요. 하기야 나도 다음에 이사 갈 때는 하수구 사정이 어떤가 먼저 알아가지고 갈 테지만."

바로 그때 노크 소리가 나고 금발의 귀여운 소녀가 얼굴을 들이밀었다.

"아빠, 엄마가 이제 얘기는 그만하시구 빨리 식사나 드시래요."

"얘가, 내 셋째 딸이오." 아델니는 몸을 돌려 딸을 가리키며 말했다. "이름은 마리아 델 피랄이라고 하는데 제인이라고 불러야 대답을 잘합니다. 제인, 코를 풀어야지."

"아빠, 손수건이 있어야죠."

"얘가 왜 이래." 그는 빛이 바랜 커다란 손수건을 꺼내며, "그래 그 손가락은 하느님이 왜 주셨니?"

그들은 계단을 올라가 필립은 벽에 검은 참나무 판자를 댄 방으로 안내

되었다. 방 한가운데는 스페인에서 '메사 드 히에라해'라고 부르는, 받침대에 두 개의 철봉으로 지탱되어 있는 길쭉한 티크로 만든 테이블이 놓여 있었다. 그것이 아마 식탁인 모양이었다. 자리를 마련해놓았는데 폭이 넓은 떡갈나무 팔걸이에 등과 좌석이 가죽으로 된 커다란 팔걸의 의자가 두 개 놓여 있었기 때문이었다. 아치는 있으나 앉는 기분은 과히 좋은 편이 못 되었다. 그 밖에 가구라고는 금색 쇠세공품으로 매우 정교한 장식을 한, 어딘지 종교적 냄새가 풍기는 '바르게뇨의 책상'이 하나 있을 뿐이었다. 그 위에는 상당히 망가지긴 했지만 아직 채색이 선명한 접시가 서너 개 놓여 있었다. 벽에는 낡은 스페인파 화가의 몇 개의 작품이 아름답기는 하나 다 부서진 틀 속에 넣어 걸려 있었다. 화제(畵題)도 어두웠고, 오랜 세월과 허술한 보존으로 몹시 상한데다 그림 자체도 극히 평범하긴 했으나, 어딘가 정열의 번뜩임이 있었다. 방 안에는 값어치있는 물건이라고는 거의 없었으나 전체적 분위기는 매우 좋았다. 당당한 점도 있었고 엄숙한 데도 있었다. 이것이 바로 스페인 정신일까 하고 필립은 생각했다. 아델니가 아름다운 장식과 비밀 서랍이 달린 바르게뇨 책상 속을 열어 보이고 있을 때였다. 아름다운 갈색 머리를 두 갈래로 땋아 내린 키가 큰 소녀가 방으로 들어왔다.

"어머니가 식사 준비가 다 됐대요. 자리에 앉으시면 제가 곧 들여오겠어요."

"샐리, 들어와서 선생님께 인사해라." 이렇게 말하면서 이번엔 필립을 향해 "어때요, 꽤 성숙하죠? 제 큰 딸입니다. 네가 몇 살이지, 샐리?"

"열다섯 살이에요, 아버지. 오는 유월로."

"전 애한테는 마리아 델 솔이란 이름을 붙여주었습니다. 첫 아이였기 때문이죠. 카스테리아의 더할 나위 없이 밝은 태양에 바친다는 그런 뜻입니다. 한데 집사람은 샐리 샐리, 하고 부르고, 동생 놈은 푸딩 도깨비라고 부르지 뭡니까."

소녀는 부끄러운 듯 웃으며 얼굴을 붉혔다. 쪽 고른 새하얀 이빨이 말할 수 없이 빨갛고 고왔다. 회색빛 눈, 널찍한 이마, 나이에 비해 훤칠한 키, 몸매가 좋은 소녀였다. 뺨이 능금처럼 고왔다.

"어머니한테 가서 손님이 자리에 앉으시기 전에 잠깐 와서 인사를 드리라구."

"어머닌 식사가 끝나면 오시겠대요. 아직 몸도 씻지 못하셨다구요."

"그럼 이쪽에서 가서 만날까. 유명한 요크셔 푸딩을 만든 사람에게 인사도 없이 먼저 손댈 수야 있나."

필립은 주인을 따라 주방으로 갔다. 좁은데다 복잡하기 이를 데 없었다. 그가 들어가자 이야기 소리가 그쳤다. 한가운데에 커다란 테이블이 놓여 있고 그 둘레에 아이들이 기다림에 지친 얼굴로 앉아 있었다. 한 여인이 오븐 앞에 서서 구운 감자를 하나씩 꺼내고 있었다.

"베티, 케어리 선생님이야."

아델니가 말했다.

"어머, 당신도. 이런 데로 모시고 오면 손님이 어떻게 생각하시겠어요."

그녀는 더러운 앞치마를 두르고 무명 윗옷의 소매를 팔꿈치 위까지 걷어붙이고 있었다. 머리엔 핀이 잔뜩 꽂혀 있었다. 아델니 부인은 남편보다 족히 삼 인치는 더 키가 큰 풍만한 여인이었다. 원래는 미인인 것 같았으나 흐르는 세월과 다산으로 이젠 뚱뚱해지고 싱싱한 기운이 없어 보였다. 푸른 눈은 색깔이 바래고, 피부는 거칠어져서 벌겋고, 머리에는 윤기가 없었다. 그녀는 자세를 바로 하자 앞치마에 손을 닦고 그 손을 내밀었다.

"잘 오셨습니다." 필립에게는 어딘지 귀에 익은 사투리로, 아주 천천히 그녀는 인사를 했다. "남편한테서 들었습니다. 병원에선 남편이 정말 폐를 많이 끼쳤다고 하더군요."

"자, 다음은 우리 집 꼬마들 차례입니다." 하고 아델니는 고수 머리를 한 토실토실한 소년을 가리키며, "이 애가 도프, 우리집 장남이죠. 이 집안의 모든 칭호, 재산, 책임 할 것 없이 모조리 물려받을 후계자입니다. 저쪽부터 차례로 아델스탄, 해럴드, 에드워드입니다." 하고 그는 퍽 건강해 보이는 얼굴이 발그레한 소년들을 차례로 가리켰다. 필립의 웃는 얼굴이 자기들을 향해 있는 것을 알자 그들은 수줍은 듯 얼굴을 숙이고 앞에 놓인 접시만을 바라보고 있었다. "다음은 계집애들인데, 에에 또, 마리아 델 로스……."

"푸딩 도깨비예요."

사내애 하나가 소리쳤다.

"이놈이, 네 유머는 돼먹지 않았어. 마리아 델 로스 메르세데스, 마리아 델 피랄, 마리아 델 라 코셉션, 마리아 델 로자리오."

"아니에요, 전 그냥 샐리, 몰리, 코니, 로지, 제인, 부르고 있어요." 미시즈 아델니가 남편의 말을 수정했다. "자, 이제 방으로 들어가시죠. 곧 식사를 시작할 테니까요. 애들은 목욕을 시킨 다음 올려보내겠어요. 잠깐이면 돼요."

"아아, 시끄러워, 내가 당신한테 별명을 하나 지어준다면 비누 거품이라고나 할까. 하여튼 당신이란 사람은 애들에게 너무 거품 고문을 시켜."

"선생님, 제발 먼저 올라가세요. 그렇지 않으면 언제 식사하게 될지 몰라요."

아델니와 필립은 한때 수도원에서 사용했을 것 같은 커다란 의자에 앉았다. 샐리가 쇠고기와 요크셔 푸딩과 구운 감자와 양배추를 섞은 요리를 두 접시 들고 들어왔다. 아델니는 육 펜스짜리 은화 한 개를 호주머니에서 꺼내 그녀에게 주며 맥주를 사오라고 일렀다.

"저를 위해 일부러 식사를 마련하셨습니까?" 필립이 말했다. "아이들과 같이 들어도 좋을 텐데요."

"아뇨, 전 언제든지 혼자서 먹어요. 이런 오랜 습관은 아주 좋습니다. 남자들 식탁에 여자가 동석하는 것부터가 전 마음에 들지 않아요. 첫째, 화제가 엉망이 되고 말 뿐더러 그들에게도 미안한 일이 되고 마니까요. 또 함께 있노라면 여러 모로 생각을 많이 하게 되는데 그런 생각을 여자들은 좋아하지 않더군요."

필립은 마음껏 식사를 즐겼다.

"어떠세요, 이런 요크셔 푸딩은 잡숴본 일이 없으시죠? 이건 우리 집 사람의 전매 특허나 다름없습니다. 이것도 다 숙녀를 부인으로 삼지 않은 덕분이죠. 보셔서 아시겠지만 결코 숙녀는 못 됩니다. 그렇지요?"

"그런 생각은 미처 못 했는데요."

자기가 생각하기에도 서투른 대답을 했다.

아델니는 큰소리로 웃었다. 독특하고 유쾌한 웃음이었다.

"절대 숙녀는 못 되는 사람이죠. 근처에도 못 간 사람이에요. 친정 아버지는 농부였죠. 이 세상에 태어나서 아직 H자 발음으로 고생한 일은 한 번도 없었으니까요. 애는 열둘을 낳았는데 아홉만 살아 남았어요. 이젠 그만둘 때도 됐다고 저는 늘 입버릇처럼 말하죠. 제 처는 완고한 데가 있어서 그것이 버릇처럼 되어버리고 말았나봐요. 스물을 채울 때까지는 직성이 풀리지 않는다는 거예요."

바로 그때 샐리가 맥주를 사가지고 돌아왔다. 먼저 필립의 컵에 한 잔 따르고 테이블 반대편으로 가서 아버지 잔을 채웠다. 그는 딸의 허리를 안으면서 말했다.

"이렇게 성숙하고 예쁜 애를 보셨습니까, 선생님? 이제 겨우 열다섯 살이에요. 그런데 누구든지 스무 살로 보지 뭡니까. 이 뺨을 좀 보세요. 병이라곤 태어나서 한 번도 앓아본 일이 없어요. 이 애의 남편이 될 사람은 정말 행복할 거예요. 샐리, 안 그러냐?"

샐리는 빙그레 웃으며 가만히 듣고 있었다. 그러나 그렇게 난처해하는 것 같지도 않았다. 아버지의 이런 말에는 이미 익숙해 있었기 때문이다. 아주 자연스럽게 얌전히 듣고 있는 모습이 뭐라 말할 수 없이 귀여웠다.

"아버지, 음식이 다 식어요. 푸딩 드실 때가 되면 불러주세요." 그녀는 아버지의 팔에서 빠져나가며 말했다.

그들은 다시 둘만 남았다. 아델니는 백랍으로 만든 큰 술잔을 입으로 가져갔다. 그리고 단숨에 들이켰다.

"사실 말이지 영국 맥주만큼 맛있는 술은 없다고 봐요. 난 말이죠, 선생, 로스트 비프와 라이스 푸딩, 왕성한 식욕과 맥주, 이런 사소한 인생의 즐거움을 생각하면 정말 하느님께 감사를 드리고 싶어요. 저도 전에는 숙녀 같은 마누라를 두어본 적이 있습니다. 하지만 숙녀 같은 마누라는 둘 게 못 되더군요."

필립은 웃었다. 뭐라 말할 수 없이 즐거운 광경이었다. 이상한 옷을 입은 조그만 남자, 벽에 판자를 붙인 방, 스페인 풍의 가구, 영국식 식사, 모든 것이 말할 수 없이 유쾌한 모순투성이였다.

"선생은 웃으시는군요. 자기보다 낮은 신분의 여자를 마누라로 맞아들이는 기분을 선생은 아직 모르실 거요. 선생은 역시 자기에 못지않은 여자를 부인으로 삼고 싶으시겠죠. 선생의 머릿속엔 부부를 친구에 비기는 그런 생각이 가득 차 있어요. 그건 안 됩니다. 선생, 누가 정치 얘기 하고 싶어서 마누라를 얻는답디까. 그러니까 우리 집사람이 미분학에 대해 어떻게 생각하고 있건 그런 건 나하고는 하등 관계가 없어요. 남자에게 필요한 건 요리를 잘하는 여자, 어린애 뒷바라지를 잘하는 여자, 그것으로 충분합니다. 난 양쪽을 다 경험해봐서 잘 알아요. 자, 푸딩을 가져오라고 합시다.”

그가 손뼉을 치자 곧 샐리가 들어왔다. 그녀가 접시를 치우기 시작했기 때문에 필립이 일어나 도우려고 하자 아델니가 말렸다.

“내버려두세요. 선생이 도와주시지 않아도 돼요. 시중을 드는 동안 가만히 앉아 계신다고 해서 선생을 예절이 없는 분이라고는 생각하지 않아요. 그 따위 기사도가 뭡니까, 그렇지, 샐리?”

“네.”

“샐리, 내가 하는 말 알아듣겠니?”

“네, 하지만 어머니는 그런 상소리를 하시면 싫다고 하셨죠?”

아델니는 껄껄 커다란 소리로 웃어댔다. 샐리가 크림을 듬뿍 친, 맛 좋은 라이스 푸딩을 접시에 가득 담아가지고 들어왔다. 아델니는 입맛을 다셨다.

“우리 집의 원칙 중의 하나는, 일요일의 점심만은 절대 변함이 없다는 것이오. 말하자면 하나의 의식이나 다름없지요. 일 년에 일요일이 쉰두 번. 로스트 비프에 라이스 푸딩으로 정해져 있지요. 그리고 부활제의 일요일에는 새끼 염소와 푸른 완두콩, 미카엘 제에는 로스트 오리와 애플 소스라는 식으로 말이에요. 이렇게 해서 우리 집의 전통을 지켜 나가고 있습니다. 샐리도 결혼하면 내가 가르친 이런 것들은 대개 잊어버리겠지만 꼭 한 가지 잊지 않기를 바라는 게 있어요. 그것은 인간이 행복해지려면 일요일에는 로스트 비프와 라이스 푸딩쯤은 먹어야 한다는 사실이에요.”

“치즈를 잡수실 때 또 알려주세요, 아버지.”

“선생은 저 물총새의 전설을 아십니까?”

아델니의 이야기는 계속되었다. 이 화제에서 저 화제로 옮겨가는 그의 화법에 필립도 어느 정도 익숙해 있었다.

"그 물총새라는 새는 바다 위를 날다가 지쳐버리면 어떻게 하는지 아세요, 선생? 암놈이 수놈 밑으로 들어가서 등에 업고 난단 말입니다. 그러니까 남자가 바라는 것은 바로 그 물총새의 암컷 같은 여자죠. 난 전처하고는 삼 년을 같이 살았죠. 숙녀였어요. 그 여잔, 연수입이 천오백 파운드가 넘었습니다. 켄싱튼에 있는 조그마한 붉은 벽돌집에서 살았는데 곧잘 만찬회 같은 것도 열었죠. 좋은 여자였어요. 손님으로 초대한 변호사 부부도, 그리고 문학을 애호한다는 증권업자도, 풋내기 정치가들까지도 다 나와 동갑이었어요. 확실히 좋은 여자였습니다. 내가 교회에 갈 때는 꼭 실크해 모자에다 프록코트를 입혀줬구요. 고전 음악 연주회에도 날 데리고 갔습니다. 그리고 일요일 오후에 있는 강연을 퍽 좋아했죠. 아침은 여덟시 반이면 식탁에 앉았습니다. 그래서 조금만 늦잠을 자도 찬밥 신세를 졌죠. 책도 좋은 책만 읽었어요. 그리고 그림이나 음악도 고상한 것만을 좋아했구요. 그런데도 싫증이 나는 걸 어떡합니까. 선생, 그러나 지금도 그 여잔 훌륭한 여자입니다. 여전히 켄싱튼의 붉은 벽돌집에서 살고 있지요. 벽에는 모리스 벽지니, 휘슬러의 에칭이니 하는 것들을 붙여놓고는 역시 같은 식의 조촐한 만찬회를 열고 있어요. 전과 다름없이 건터에서 송아지 크림과 아이스크림 같은 것을 이십 년 전과 다름없이 주문해다 먹죠."

어떻게 해서 이 부부가 갈라졌는지 필립은 그 이유를 물어보지 않았으나 아델니 쪽에서 먼저 말을 꺼냈다.

"베티는 내 정식 처가 아닙니다. 본처가 이혼은 절대 안 된다는 겁니다. 따라서 애들은 모조리 사생아나 다름없죠. 그렇다고 뭐 나쁠 게 있습니까? 베티는 켄싱튼의 작은 벽돌집에서 살 때 일하던 가정부였어요. 사오 년 전에 난 꽤 일에 쪼들렸을 뿐 아니라 아이가 일곱이나 있었지 뭡니까. 그래서 본처에게 가서 좀 도와달라고 했죠. 돈은 보내주겠는데 한 가지 조건이 있다고 하더군요. 다시 말해서 내가 베티를 버리고 외국에라도 가야 한다는 거예요. 어떻게 베티를 버립니까? 그 일 때문에 우린 한동안 굶다시피 하였지요. 마누라 말을 빌릴 것 같으면, 나는 밑바닥 생활을 좋아한다는 거예요. 하기야 신세가 처량하긴 했죠. 포목상의 신문 광고계를 맡아서 한 주일에 삼 파운드를 받아 살고 있으니까 말예요. 하지만 난 매일같이 하느님께 감사를 드리고 있습니다. 그 지긋지긋한 조그마한 붉은 벽돌집을 벗어난 것만 해도 고맙기 한량없다구요.”

샐리가 세다 치즈를 가지고 들어왔다. 아델니의 얘기는 여전히 계속되었다.

“그런데 선생, 처자를 먹여 살리는 데 돈이 많이 든다고들 하는데 그런 엉터리 같은 거짓말은 없다고 생각해요. 그야 물론 신사 숙녀로 기르자면 돈이 들게 마련이지요. 그러나 난 아이들이 신사 숙녀가 되기를 원하지 않습니다. 샐리도 앞으로 일 년만 더 있으면 돈벌이를 나가게 되죠. 양장점의 견습 직공으로 가기로 되어 있어요. 그렇지, 샐리? 그리고 사내 녀석들은 모조리 조국에 봉사시킬 작정입니다. 해군에 들여보내려고 해요. 거긴 즐겁고 건강한 생활이죠. 음식 좋겠다, 급료 좋겠다, 늙으면 연금까지 타고, 얼마나 좋습니까.”

필립은 파이프에 불을 붙였다. 아델니도 아바나 담배를 손수 말아 피웠다. 샐리가 상을 치우기 시작했다. 필립은 별로 말을 하지 않았다. 이러한 신상 이야기를 듣는 것부터가 필립으로서는 어리둥절할 뿐이었다. 왜소한 체구에 어울리지 않는 힘찬 목소리, 그리고 호언 장담하는 성격, 외국인다운 용모, 과장벽──그러나 아무튼 아델니는 놀라운 사람이었다. 그러고 보면 크론쇼와 일맥 상통하는 점이 있었다. 거리낌없는 사고 방식도 같았고 방탕성과 무모성도 같았다. 다만 아델니 쪽이 훨씬 양성적이었다. 그러나 아델니에게는 크론쇼가 회화를 한없이 매력적으로 이끌어가는 그 추상적인 사색에 대한 관심은 전혀 없었다. 그는 자기 고향의 가문을 크게 자랑으로 내세웠다. 엘리자베스 풍의 대저택 사진을 필립에게 보이며 말했다.

“선생, 아델니 집안은 벌써 칠 세기 동안이나 여기서 살고 있습니다. 아아, 굴뚝, 그리고 그 천장을 선생에게 꼭 보여주고 싶군요.”

벽에 붙임장이 있었는데, 그는 거기에서 족보를 끄집어 내었다. 그리고 어린애처럼 의기양양해져서 그것을 필립에게 보여주었다. 과연 훌륭한 것이었다.

“이보시요, 선생. 집 이름이 이렇게 많이 나오지 않습니까──도프,

아델스탄, 해럴드, 에드워드. 난 말이죠, 이것들을 모조리 사내애들 이름에 붙여주었습니다. 그 대신 계집애들한테는 모두 스페인 식 이름을 붙여주었구요."

필립은 약간 불안해졌다. 어쩌면 처음부터 끝까지 모두 교묘한 거짓말일지도 모른다는 생각이 들었다. 물론 악의에서 나온 것은 아니고, 오직 사람을 놀라게 하고 감명을 주기 위해서인진 몰라도 언젠가 아델니가 어렸을 때 윈체스터의 학교에 다녔다고 하던 말이 생각났다. 사람의 태도에는 남달리 민감한 필립의 눈으로 볼 때는 유명한 퍼블릭 스쿨에서 교육을 받은 사람으로는 여겨지지 않았다. 더욱이 그가 선조들이 맺은 훌륭한 인척 관계에 대하여 거침없이 족보의 설명을 늘어놓을 때는 필립은 문득 다음과 같은 생각을 했다. 혹시 이 남자는 윈체스터 근처의 어떤 상인, 아니면 경매인이나 혹시 석탄 가게의 아들이 아니었을까. 그리고 가명(家名)이 유사하다는 것만이 지금 자랑하고 있는 저 명가와의 유일한 연관이 아닐까? ──이런 생각을 하자 필립은 재미가 있었다.

88

문에 노크 소리가 나고 한 떼의 아이들이 줄줄이 들어왔다. 모두 깨끗해지고 얼굴은 비누로 문질러 반들반들했으며 머리도 말끔히 빗어붙였다. 샐리가 그들을 데리고 주일 학교에 가는 길이었다. 아델니는 또 그들을 상대로 거침없이 농담을 했다. 아이들을 좋아하는 것을 한눈에 알 수 있었다. 아이들의 건강과 외모를 자랑하는 모습은 가슴을 뭉클하게 하는 무엇이 있었다. 아이들은 필립이 있기 때문에 다소 부끄러워하는 것 같았다. 아버지가 "자, 다녀와!" 하자 살았다는 듯 밖으로 뛰어나갔다. 이윽고 아델니 부인도 나타났다. 핀은 모두 뽑아버리고 매우 공늘여 앞머리를 내렸다. 무늬없는 검은 옷에 값싼 조화를 단 모자, 그리고 부엌 일로 새빨갛게 거칠어진 손을 가죽 장갑 속에 억지로 밀어 넣고 있었다.

"저어, 교회에 다녀오겠어요. 부탁하실 일 없으세요?"

"기도나 하시오."

"아무리 기도해봤자 당신에겐 효험이 없어요. 당신은 이미 기도 같은 게 소용 없을 정도로 타락했는걸요." 아델니 부인은 가볍게 웃었다. 그러고는 다시 필립 쪽을 향해 약간 애교있는 목소리로, "아무리 말해도 이분은 교회에 나가시지 않아요. 글쎄, 무신론자라고나 할까요."

"어때요, 선생. 루벤스의 후처 같은 데가 있지 않소? 십칠 세기의 의상을 입혀놓으면 얼마나 훌륭하겠소, 선생. 역시 마누라란 이런 사람이라야 해요. 잘 봐두세요."

"원, 당신도. 당신이 떠드시면 정말 아무도 못 막겠군요."

그녀는 조용히 말했다.

그녀는 겨우 장갑의 단추를 채우고, 나가기 전에 다시 한 번 그를 쳐다보며 빙그레 어색한 웃음을 띠었다.

"차 마실 시간까지 좀 계셔주세요. 이분 이야기 상대가 없어서 그래요. 게다가 막상 말을 하려해도 어디 쉬워야지요."

"물론 계셔주시겠지." 아델니가 얼른 받아 대답했다. 그리고 부인이 나가자 "난 애들을 주일 학교에 보냅니다. 베티가 교회에 잘 나가는 것도 마음이 흐뭇하구요. 역시 여자란 신앙이 있어야 하는 법이죠. 난 믿지는 않지만 여자나 아이는 믿는 것이 좋아요."

필립이라는 남자는 원래 진리라는 문제에는 무척 까다로운 남자인 만큼 이런 태평스러운 사고 방식에 약간 놀랐다.

"그렇다면 자제분들은 선생이 진리가 아니라고 생각하는 것을 배우고 있다는 것이 되는데도 아무 소리 않고 보고만 있을 수 있습니까?"

"뭐 아무것이나 아름답기만 하면 되죠. 거짓말이건 참말이건 대개 이상과 심미감 양편으로 똑같이 호소해오는 일이란 그리 쉬운 일이 아니에요. 난 베티가 카톨릭에 귀의하기를 원했어요. 아까 보신 조화 달린 모자를 쓰고 개종의 축복을 받는 것이 보고 싶었어요. 그런데도 집사람은 완강하게 신교를 신봉하지 뭡니까. 더구나 신앙이란 천성적인 것이기도 합니다. 선천적으로 신앙을 가진 사람이라면 몰라도 안 가진 사람들은 대개 아무리 설교를 들어도 결국 빠져나가고 말아요. 그러니까 종교라는 것은 수신 과목으로서는 제일 좋다고 해도 과언이 아닙니다. 왜 우리가 내복약으로 잘 쓰는 약이 있죠. 딴 약을 물약으로 만들 때만 쓰는 약 말예요. 다시 말해서 그것만으로는 아무 효과도 없지만 다른 어떤 약이 흡수되기 위해서는 꼭 필요한 것, 바로 그것과 같은 거죠. 누구든지 종교와 함께라면 도덕도 복용하게 마련이에요. 종교를 떼어놓아보세요. 도덕은 곧 뒤떨어지고 말걸요. 인간이란 허버트 스펜서를 읽고 배우기보다는 하느님을 통해서 수신을 배우는 게 가장 착한 사람이 되는 첩경이에요.”

　이것은 필립의 생각과는 정반대였다. 그는 지금도 기독교라는 것은 어떻게든 떼어버려야 하는 노예의 굴레라고 믿고 있었다. 잠재 의식적으로는 켄터베리 대교회에서 드린 음울한 예배, 블랙스테이블의 낡은 교회에서 겪은 길고 지루한 시간들이 깊이 관련되어 있었다. 따라서 지금 아델니가 말하는 도덕이라는 것은, 그에게는 단순히 종교의 일부분——즉 도덕을 합리화시키 위한 유일한 기만이라고 할 수 있는 신앙 그 자체는 이미 예지에 파헤쳐져버려진 지 오래이면서도 단순히 미숙하기 때문에 버리지 못하고 있는 종교의 일부분에 불과했다. 그러나 필립의 대답을 기다릴 겨를도 없이 토론보다는 곧잘 자신의 화술에 도취되는 아델니는 벌써 화제의 방향을 카톨릭 교회 예찬으로 돌려놓고 있었다. 그의 설에 의하면 카톨릭은 스페인의 본질이요 스페인은 그에게는 말하자면 생명이나 다름없었다. 그가 결혼생활 중 그토록 권태를 느낀 인습과 상습에서 빠져나간 곳이 바로 그 스페인이었다. 언제나 그는 그의 발언을 두드러지게 하는 거창한 제스처와 과장된 어조로 필립에게 광대하고 어두운 공간을 차지하던 스페인의 대사원과 금빛 찬란한 제단 뒤의 거대한 장식, 그 화려한 금속 세공품, 향연이 가득한 성당 안의 공기, 차분한 침묵 등을 설명해주었다. 짧은 비단 법의를 입은 사제와 빨간 법의를 입은 보좌 신부들이 성기실에서 성가대석 쪽으로 조용히 걸음을 옮겨놓는 광경이 눈에 선히 보이는 듯했으며 단조로운 저녁미사의 합창 소리가 은은히 귓전에 울리는 것 같았다. 아델니가 일러주는 아빌라, 타라고나, 사라고싸, 세고비아, 코르도바 같은 지명들은 마치 나팔 소리처럼 그의 가슴을 울려주었다. 바람 소리도 드높은 황량한 황토의 자연을 배경으로 하여 회색빛으로 우뚝 솟은 거대한 화강암의 더미가 눈 앞에 그대로 나타나는 것 같았다.

“저도 세빌랴엔 꼭 한 번 가보고 싶습니다만.”

필립은 자기도 모르게 말했다.

그러나 그 순간 아델니는 그가 잘하는 연극조로 한 손을 번쩍 쳐든 채 말을 막았다.

"세빌랴요? 거긴 안 돼요. 안 돼." 세빌랴라고 하면, 제일 먼저 떠오르는 게 저 구아달퀴비르 강가 정원에서 캐스터네츠를 울리며 춤추는 아가씨들이죠. 그 다음이 투우, 만발한 오렌지 꽃, 베일, 마닐라 삼 숄 같은 것들이에요. 희가극의 스페인, 다시 말해 몽마르트라고나 할까요. 그러한 값싼 매혹에 질리지도 않고 오래 즐거워하는 사람은 틀림없이 천박한 사람들이죠. 세빌랴의 좋은 곳은 테오필 고티에가 모두 묘사해버렸어요. 그 다음에 오는 사람은 그 작가의 찌꺼기를 빠는 것밖에 안 돼요. 그는 평범한 정경을 살려서 훌륭하게 예술화시켰습니다. 다만 평범이 있을 뿐이에요. 손가락이 안 닿은 곳 없이 닳아빠지고 말았죠. 뮤리오라는 화가야말로 그곳 화가죠."

아델니는 의자에서 일어나더니 스페인 찬장 쪽으로 걸어가 커다란 금빛 고리와 멋진 자물쇠가 달린 앞문을 내리고 그 속에 있는 작은 서랍을 열고 사진 한 묶음을 꺼냈다.

"선생은 엘 그레코를 아십니까."

"아아, 생각납니다. 파리에 있는 한 친구가 몹시 감탄을 하더군요."

"엘 그레코는 톨레도의 화가입니다. 섭섭하게도 보여드릴까 생각했던 사진을 집사람이 영 찾아내질 못해서요. 이것이 바로 엘 그레코가 심취했던 톨레도의 시가지를 그린 그림입니다. 사진보다 월등히 사실적인 데가 있죠. 이리 와서 앉으세요."

필립은 의자를 앞으로 바싹 끌어당겼다. 아델니가 사진을 그의 앞에 놓았다. 오랫동안 그는 묵묵히 그 사진을 들여다보았다. 이윽고 손을 뻗쳐 다른 사진을 집으려고 하자 아델니가 얼른 집어주었다. 이 불가사의한 화가의 그림을 보는 것은 이번이 처음이었다. 그러나 제멋대로인 그 화풍을 보자 필립은 의외로 당황스러웠다. 인물은 터무니없이 길게 그려져 있었다. 머리는 형편없이 작고, 모습도 지독히 과장되어 있었다. 확실히 사실주의 화풍은 아니었다. 그러나 그것대로 무엇인가 오뇌에 찬 현실 같은 것을 느끼게 해주었다. 아델니는 여전히 그 강렬한 어휘로 설명을 계속해 나갔다. 그러나 필립은 그냥 정신 나간 사람처럼 멍 하니 듣고 있을 뿐이었다. 필립은 너무나 어리둥절했다. 정말 이상한 감동이었다. 그것들은 뭔가 많은 뜻을 내포하고 있는 것 같았지만 그 뜻을 확실히는 알 수 없었다. 인물화가 있었다. 우수에 잠긴 커다란 눈이 뭔가 호소하고 있는 것 같았다. 엄청나게 키가 큰 수도사의 상(像)도 있었다. 프란체스코 파의 복장을 한 것이 있는가 하면 도미닉 파의 것도 있었다. 모두가 수심에 찬 얼굴을 하고 무엇인가 알 수 없는 제스처들을 하고 있었다. 성모 승천의 그림도 있었고, 십자가에 못박힌 예수의 그림도 있었다. 더구나 후자의 경우는 마법과 같은 감정의 작용이라고나 할까, 작가는 예수의 죽은 육신이 단순히 인간의 육체일 뿐만 아니라 동시에 신의 육체라는 것을 확실히 연상하게끔 묘사해놓았다. 예수 승천의 그림도 있었고 십자가에 못박힌 예수의 그림도 있었다. 더구나 후자의 경우는 마법과 같은 감정의 작용이라고나 할까, 작가는 예수의 죽은 육신이 단순히 인간의 육체일 뿐만 아니라, 동시에 신의 육체라는 것을 확실히 연상하게끔 묘사해놓았다. 예수 승천의 그림도 있었다. 이 그림은 또 예수의 몸이 멀리 허공에 떠 있는 동시에 흡사 대지 위에 버티고 서 있는 것처럼 보였다. 높이 쳐든 사도들의 팔, 그들이 입은 의복의 곡선, 황홀, 무아의 자태, 이러한 것들은 그대로 법열과 환희를 느끼게 했다. 거의 모든 그림의 배경은 밤하늘――말하자면 어두운 영혼의 밤이었고 기이한 지옥의 바람에 날리며, 불안한 달빛에 무시무시하게 비친 황량한 구름.

"이런 하늘을 전 톨레도에서 정말 자주 보았습니다. 그래서 내 생각엔, 처음 엘 그레코가 톨레도에 왔을 때 본 밤하늘이 바로 이런 것이 아니었나 생각합니다. 너무나 강한 인상을 받았기 때문에 그것에서 벗어날 수 없는 게 아닐까요."

필립은 언젠가 클러튼이 이 해괴한 거장에 대해 퍽 감동하던 것을 생각해냈으나 그 작품을 보는 건 이번이 처음이었다. 클러튼은 필립이 파리에서 사귄 친구 중에서도 제일 흥미있는 인물이었다. 그의 냉소적인 태도, 도전적일 만큼 초연한 태도 때문에 그를 알기가 힘들었다. 그러나 지금 와서 생각하면 그에게는 뭔가 비극적인 힘이 있어 그것이 헛되이 그림 속에서 자기를 표현하려고 갈구하고 있었던 것이 틀림없었다. 특이한 존재라면 특이한 존재라고 할 수 있었다. 신비적인 경향이라곤 전혀 없는 시대에 살았으나 그는 어디까지나 신비주의자였다. 마음 깊이 일어난 충동이 암시하는 것, 그것을 확실히 표현할 수 없기 때문에 그는 그토록 인생을 못 견뎌했던 것이다. 그의 지성은 그의 정신을 설명할 수 있게 되어 있지 않았다. 그러니까 영혼의 동경을 표현하기 위해 새로운 기법을 터득한 이 그리스 인에게 그가 깊은 공명을 느낀 것도 결코 이상할 것이 없었다. 주름잡힌 칼라에 삼각형으로 기른 수염, 수수한 검은 옷을 입고 어둠침침한 공간을 배경으로 우울하게 서 있는 그 인물들의 얼굴들을 필립은 다시 한 번 바라보았다. 엘 그레코는 영혼의 화가였던 것이다. 끝없이 쫓기는 마음을 안고 피로보다는 억압 때문에 오히려 창백하게 질린 이 사람들은 마치 이 세상의 미가 무엇인지 전혀 모르고 거닐고 있는 것 같았다. 그들의 눈은 오직 그들의 내부만을 들여다보고 있었고 이른바 보이지 않는 광채에 현혹되어 있었다. 현세가 그대로 가상의 세계라는 것을 이토록 거침없이 묘사한 화가도 없었다. 그가 묘사한 사람들의 혼은 그들의 감관은 음향, 후각, 색조에 대해서가 아니라 영혼 그 자체의 미묘한 감동에 대해서만 놀랄 만큼 민감하게 움직였다. 귀족이 마치 수도사와도 같은 심정을 안고 거닐고 있었다. 그리고 그의 눈은 성자가 수도원에서 보는 것 같은 환영을 보고 있었다. 그러나 그러면서도 조금도 놀라는 기색은 없었다. 그의 입술은 웃음을 잊고 있었다.

필립은 묵묵히 다시 한 번 톨레도의 사진을 들여다보았다. 모든 것 중에서도 가장 이상한 그림 같았다. 그는 그 그림에서 눈을 뗄 수가 없었다. 마치 뭔가 인생의 새로운 발견의 문턱에라도 선 것 같은 기분이었다. 그의 마음은 묘한 모험감에 떨렸다. 문득 지난날의 마음을 그토록 불태웠던 연애사건이 생각났다. 그러나 지금 그의 가슴속에 끓어오른 흥분에 비하면 그것은 정말 하잘것 없는 것으로밖에 생각되지 않았다. 지금 보고 있는 그림은 길이가 긴 것으로, 언덕 위에 작은 집들이 옹기종기 모여 있었다. 한쪽 구석에는 커다란 지도를 쥔 소년이 하나 그려져 있고, 또 한 구석에는 타구스 강을 나타내는 고전풍의 인물, 그리고 하늘에는 천사에 둘러싸인 성모의 모습이 그려져 있었다. 필립의 관념으로 볼 때 그건 정말 이상한 풍경이었다. 왜냐하면 그는 다만 정확한 사실만을 존중하는 유파 속에 끼어 있었기 때문이었다. 그러나 그 그림은 또 이상하게도 그가 그토록 겸허한 마음으로 따르고 있던 화가들이 그린 어떤 진실보다도 훨씬 위대한 진실이 묘사되어 있다는 사실을 깨닫지 않을 수가 없었다. 아델니는 이 그림은 정확하기 이를 데 없고, 만일 이것을 톨레도 시민들에게 보여준다면 시민들은 일일이 자기네 집을 알아볼 수 있을 정도라고 말했다. 작가는 본 그대로를 그렸을 뿐이었다. 그러나 마음의 눈으로 보았던 것이다. 엷은 회색 속에 잠겨 있는 그 시가지에는, 무언지 이 세상 같지 않은 것이 있었다. 밤의 빛도 낮의 빛도 아닌, 어둠침침한 빛에 싸인 영혼의 도시였다. 그 도시는 녹색의 언덕에 서 있었다. 그러나 그것은 이 세상의 녹색이 아니었다. 그리고 성벽에 둘러싸여 인간이 발명한 기계나 병기로는 도저히 막을 수 없고 단지 기도와 단식, 회개의 탄식과 육체의 고행만으로 뚫어질 그런 것이었다. 말하자면 신의 보루 바로 그것이었다. 저 잿빛 집들은 결코 이승의 석공이 다듬은 돌로 만들어진 것이 아니었다. 그것은 뭔가 보는 이로 하여금 공포를 갖게 하는 것이 숨어 있었지만 그 속에 무엇이 살고 있는지 전혀 알 수 없었다. 가령 그 거리를 거닌다고 하자. 문득 정신을 차려보니까 집 안이 텅 비어 사람의 그림자 하나 찾아볼 수 없다. 그러면서도 빈 집은 아닌 것이다. 그러나 놀라는 사람은 한 사람도 없다. 왜냐하면 비록 눈에는 보이지 않으나 내적인 감관은 분명히 그 속에 어떤 존재가 있다는 것을 깨닫기 때문이다. 그곳은 신비한 도시였다. 그곳에는 광선 속에서 갑자기 암흑 속으로 들어간 사람처럼 한참 동안 사람의 상상을 멈칫하게 하는 무엇이 있었다. 알 수 없는 것을 인식하고, 절대자의 경험――그것은 심원한 것임에도 불구하고 다만 말로만 표현하기 어려울 뿐, 이상하게도 분명히 의식되는 전라의 혼이 배회하고 있는 것이다. 그리고 짙푸른 하늘――마치 지옥에 있는 영혼의 흐느낌과 탄식을 연상시키는 가벼운 구름이 이상한 바람에 쫓기며 날리고 있는 푸른 하늘, 육신의 눈이 아니라 깊은 영혼의 소리만이 인정하는 진실성을 가지고 역력히 존재하는 새파란 하늘, 서기에 붉은 옷이나 푸른 옷을 입은 성모 마리아의 모습이 천사들에게 둘러싸여 있다고 해서 이상할 것은 하나도 없는 것이다. 설사 그 도시 사람들이 이 환영을 본다 해도 조금도 놀라는 기색없이 다만 감사와 경건한 마음으로 그들의 생활을 계속할 게 틀림없었다.

아델니는 스페인 문인 중의 신비주의자인 테레사 데 아빌라, 상 푸안 데 라 크루스, 프라 디에고데 레온 등에 대하여서도 말해주었다. 그들의 공통점은 마치 필립이 바로 그 엘 그레코의 그림을 보았을 때와 같은, 말하자면 눈에 안 띄는 것에 대한 정열이었다. 그들은 형태없는 것에 접하고 보이지 않는 것에 대한 어떤 힘을 지니고 있는 것같이 보였다. 그들은 전부가 동시대의 스페인 사람들이었다. 그들 가슴에는 위대한 스페인 국민의 위대한 업적의 표시가 그대로 약동하고 있었고 그들의 머리는 신세계인 아메리카, 나아가서는 카리브 해의 초록이 우거진 섬의 찬란함으로 빛나고 있었다. 그리고 그들의 혈관 속에는 수세기에 걸쳐 무어 족과 투쟁해온 힘이 생생하게 흘러넘치고 있었다. 세계의 패자였던 그들에게는 긍지가 있었다. 광막한 카스테리아의 전망, 황토 벌판, 눈 덮인 준령들, 안달루시아의 햇빛, 높푸른 하늘, 꽃이 만발한 들판, 그러한 것들을 모두 절실히 느끼고 있었다. 인생 그 자체가 정열적이었고 다채로웠으며 그것이 주는 것이 풍족하면 할수록 그들은 그 이상의 무엇을 끊임없이 기대하였던 것이다. 인간인 이상 거기에는 당연히 불평도 있었다. 그 격렬한 정력을 고스란히 신비한 것에 대한 탐구에 쏟았던 것이다. 아델니는 심심풀이로 해본 번역을 읽어줄 상대가 생겨 무척 기분이 좋았다. 듣기 좋은 목소리로 약간 떨며 그는 영혼과 그 애인 그리스도에 대한 찬가 〈어두운 밤을〉로 시작되는 아름다운 서정시, 프라루이스 데 레온의 〈고요한 밤〉 등을 낭송했다. 그의 번역은 대단히 단순하고 소박했지만 서투르지는 않았다. 원문의 소박한 멋을 방불케 하는 어휘를 제대로 다 골라놓았다. 그리고 엘 그레코의 그림은 그 해설이며, 시는 그의 그림의 해설이 되기도 했다.

생각해보면 필립의 머리에는 이상주의라는 것에 대해 일종의 경멸감이 형성되어 있었다. 그에게는 인생에 대한 끊임없는 정열이 있었다. 그가 지금까지 직면한 이상주의라는 것은 대부분 인생에서의 비겁한 도피같이 느껴졌다. 이상주의자는 현실에서 몸을 도사린다. 왜냐하면 이 인간 세계의 투쟁에서 견디어낼 수가 없기 때문이고 싸워나갈 기력이 없어 싸움을 속되다고 부르기 때문이다. 그들은 일종의 허영이 심한 사람들이고 동료들이 그를 자기 평가대로 받아들여주지 않는다고 해서 반대로 그들을 경멸함으로써 자기 위안을 하는 사람들이었다. 필립에게 말하라고 하면 가장 전형적인 인물은 헤이워드였다. 미모에다 나태, 지금은 살이 너무 찌고 머리도 벗어지기는 하였지만, 그래도 지난날의 미모의 흔적을 지닌 채 불확실한 미래에 대한 꿈을 안고, 무엇인가 색다른 일을 해보겠다고 허튼 소리를 늘어놓지만 그 뒤에 있는 것은 다만 위스키와 뒷골목에서의 천한 정사뿐이었다. 그러한 헤이워드를 대표하는 것에 대한 반동으로 필립은 있는 그대로의 인생을 부르짖어왔다. 불결에도 악에도 추함에도 그는 항상 태연했다. 벌거숭이 인간 그대로의 모습을 보고 싶다고 그는 공언해왔다. 비열, 냉혹, 이기주의, 나아가서는 정욕의 실례를 눈앞에 보았을 때 그는 매우 만족해했다. 바로 그것이 진실이었기 때문이다. 그는 파리에 있는 동안 인생에는 미도 추도 없고, 있는 것은 다만 진실뿐이라는 것을 배웠다. 미의 탐구라는 것 자체가 감상이었다. 문자 그대로 미의 전제에서 해탈해보겠다고 일부러 풍경화 속에 므니에 초콜릿 광고판을 그려 넣기까지 한 그가 아니었던가?

　그러나 이제 그는 뭔가 새로운 것을 잡은 느낌이 들었다. 이미 오래 전부터 주저해가며 접근해온 것에 이제 확실히 부딪친 느낌이었다. 말하자면 발견의 일보 직전에 서 있는 것 같은 느낌이었다. 막연하긴 하지만 지금까지 쏠려 있던 사실주의보다 훨씬 좋은 것이 거기 있는 것 같았다. 그렇다고 해서 그것은 약하기 때문에 인생을 회피하는 냉혈하고 비정한 비정의 이상주의와는 또 다른 것이었다. 지나칠 정도로 억센 남성적인 것, 인생을 움직이는 모든 면에서 아름다움과 추함, 비속함과 고매함, 이러한 모든 것을 함께 포용하는 것이었다. 사실주의인 것만은 사실이었다. 그러나 그것은 좀더 말해서 있는 그대로의 사실이며 그것을 보는 한층 선명한 빛에 의해 변모된 그러한 리얼리즘이었다. 그는 과거의 카스테리아 귀족들이 가졌던 엄숙한 눈을 통해 사물을 한층 깊이 본 듯한 느낌이 들었다. 그리고 처음에는 기묘하게 왜곡되게 보였던 성자들의 모습이 이제는 뭔가 신비한 의미를 가진 것같이 생각되었다. 그러나 그의 미가 무엇인지 그것까지는 아직 몰랐다. 이를테면 하나의 계시인데, 그것의 중대성은 알았지만 가장 중요한 말이 뭔지는 그는 아직 잘 몰랐다. 끊임없이 인생의 의미를 탐색해온 것의 해답이 이제 비로소 얻어졌다는 느낌도 들었다. 그러나 슬프게도 그것은 아직 막연하고 몽롱한 것이었다. 그는 심각하게 탐색해갔다. 뭔가 진리 같은 것이 마치 폭풍우 치는 밤, 번개 불빛에 순간적으로 비친 산맥처럼 힐끗 보여진 듯한 느낌이 들었다. 사람이 인생을 다만 우연의 손에만 맡길 수 없는 뭔가 의지의 힘 같은 것을 본 것 같았다. 극기라는 것이 미혹(迷惑)에 뒤떨어지지 않게 적극적이며 정열적인 정신이라는 것, 그리고 또 인간의 내면 생활이 여러 나라를 정복하고 미지의 세계를 탐험하는 사람들의 그것과 조금도 다름 없이 다양하고 다채롭고 풍부한 경험이라는 것을 드디어 깨달은 것 같았다.

89

필립과 아델니가 말을 주고받는 동안에 계단을 뛰어올라오는 발자국 소리가 요란하게 들려왔다. 아델니가 문을 여니까 주일 학교에서 돌아오는 아이들이 웃고 소리치며 밀려들어왔다. 오늘은 무엇을 배웠느냐고 그가 웃으며 물었다. 샐리가 잠깐 얼굴을 내밀고 어머니가 차 준비를 하는 동안 아버지는 애들을 좀 봐줬으면 좋겠다는 말을 했다. 그는 안데르센의 동화 하나를 이야기하기 시작했다. 모두 낯을 가리지 않는 아이들이어서 필립은 이내 다정한 아저씨가 되고 말았다. 제인이 옆에서 있었는데 어느새 그의 무릎 위에 올라앉아 있었다. 쓸쓸했던 그의 생애에서 단란한 가정 분위기에 젖어보기는 이번이 처음이었다. 동화에 귀를 기울이는 예쁜 아이들의 모습을 보자 그의 눈에는 자기도 모르는 새 미소가 떠올랐다. 처음 볼 때는 다소 이상하게도 보였지만 지금 와서 보니 이 새로운 친구의 생활은 오히려 인정미에 가득 차 있는 것같이 생각되었다. 다시 한 번 샐리가 들어와 말했다.

"너희들 이제 차가 다 됐어."

제인은 필립의 무릎에서 미끄러져내리고 모두 다시 줄줄이 부엌으로 갔다. 샐리가 또 그 길쭉한 스페인식 테이블에 식탁보를 펴면서 말했다.

"어머니께서 함께 차를 드셔도 좋겠느냐고 하셔요. 동생들은 제가 돌보면 돼요."

"네 어머니한테 가서 일러라. 여기로 오면 무한한 영광으로 알겠다고."

필립은 마음속으로, 이 친구는 거창한 연설조가 아니면 말을 못 하는 모양이라고 생각했다.

"그럼 제가 준비하겠어요."

곧 다시 그녀는 코테지 로프와 버터 조각과 딸기 잼 통을 얹은 쟁반을 들고 돌아왔다. 그리고 그것들을 테이블 위에 늘어놓는 동안 아버지는 다시 딸을 놀려댔다. 이제는 그럭저럭 남자 친구가 생길 만한 나이도 됐는데 워낙 콧대가 높은 편이라 주일 학교에서 돌아올 같은 때 보면 두 사람씩이나 문간에서 지키고 있는데도 거들떠보지도 않는다고 그는 필립에게 말했다.

"아이, 아버진 정말 주책이셔."

"양복점의 조수 하나가 있었는데, 이 친구가 아무리 해도 이 애한테 '안녕하세요.'란 말을 들어보지 못해 홧김에 군대에 입대하고 말았어요. 그리고 또 전기 기사가 있었는데 이 친군 교회에서 찬송가 책을 같이 보지 못하게 했다구 홧김에 술을 마시게 됐다나요. 애가 머리라도 제대로 올려 빗는 날이면 어떻게 될지 난 벌써부터 등이 오싹해져요."

"차는 어머니가 직접 가지고 오신대요."

"이 애는 언제든지 내 말은 이렇게 건성으로 듣는답니다." 그리고는 큰 소리로 웃으면서도 눈은 연방 귀엽고 자랑스러워 견딜 수 없다는 듯, "아무튼 선생, 이 애는 전쟁이 나든지, 혁명이 나든지, 아니 천지 개벽이 일어나도 아랑곳없이 자기 맡은 일만 할 아이입니다. 상대만 괜찮으면 틀림없이 좋은 색시감이 될 텐데."

바로 그때 아델니 부인이 차를 가지고 들어왔다. 그녀는 앉아서 버터 바른 빵을 먹기 좋은 크기로 잘라주었다. 모자는 벗었으나 거북해 보이는 나들이옷 때문인지 그녀의 모습은 마치 필립이 어렸을 때 곧잘 백부와 함께 방문했던 어느 농부의 아내와 똑같았다. 그러고 보면 그녀의 말소리가 귀에 익은 듯한 이유도 알았다. 블랙스테이블 근처의 사람과 똑같은 말투를 썼기 때문이었다.

"고향이 어디십니까?"

필립이 물어보았다.

"켄트예요. 나기는 펀에서 태어났구요."

"그런 줄 알았습니다. 저의 백부가 바로 블랙스테이블에서 목사로 계세요."

"아, 그래요. 그거 정말 신기하군요. 저도 아까 교회에서, 혹 케어리 씨와 연고가 있는 분이 아닌가 생각했어요. 케어리 씨 같으면 자주 만나뵙지요. 저의 사촌 동생이 바로 그 블랙스테이블 교회 건너편, 록스레이 농장의 바커 씨에게로 시집갔어요. 그래서 저도 처녀 때 곧잘 가서 자고 오곤 했지요. 정말 신기한 일이네요."

그녀는 다시 흥미를 가지고 그를 살펴보았다. 무딘 그녀의 눈에 밝은 빛이 떠올랐다. 그녀는 그에게 편을 아느냐고 물었다. 그곳은 블랙스테이블에서 십 마일쯤 떨어진 깨끗한 촌락으로, 그곳 목사가 가끔 추수 감사절 같은 때 블랙스테이블로 나오는 적이 있었다. 그녀는 그곳 농부 이름을 몇 명 댔다. 그녀는 처녀 시절을 보낸 그곳 이야기를 다시 하는 것이 퍽 즐거운 모양이었다. 이러한 종류의 여자들이 흔히 그렇듯 언제까지나 강하게 기억에 남는 정경, 그리고 정든 사람을 하나하나 되새겨보는 것이 무척 즐거운 일이었다. 그리고 그것은 또 필립에게도 상당한 감동을 주었다. 전원의 바람이 런던의 한복판 있는 벽에 판자를 붙인 이 방까지 들어온 느낌이었다. 우람한 느릅나무가 들어찬 켄트의 전원이 눈에 보이는 듯했다. 향기 가득한 맑은 공기를 상상하자 그의 코가 저도 모르게 벌름거려졌다. 북해의 소금 향기를 머금은 바람 때문인지 그것은 찌르는 듯 강렬했다.

필립은 열시가 되어서야 자리에서 일어났다. 애들은 모두 여덟시에 밤인사를 하러 왔는데 극히 자연스럽게 고개를 들고 필립에게 키스를 요구했다. 필립은 자기도 모르게 그들에게 애정이 가는 것을 느꼈다. 샐리는 가볍게 손만 내밀었다.

"앤, 남자한텐 두 번째로 만날 때까진 절대로 키스를 안 해요."

아버지의 설명이었다.

"그렇다면 꼭 다시 한 번 초대해주십시오."

"아버지가 하시는 말씀을 곧이 듣지 마세요."

"허, 그 보세요. 얼마나 냉정한 앤가."

아버지가 끼어들었다.

아델니 부인이 아이들을 재우는 동안 두 사람은 빵과 치즈와 맥주로 저녁 식사를 했다. 마침내 필립이 작별 인사를 하러 부엌으로 가니까 그녀는 의자에 앉아 주보를 읽고 있다가 그에게 꼭 다시 한 번 찾아와달라고 간곡히 부탁했다.

"남편이 실직이라도 하지 않는 한 일요일에는 반드시 저녁을 듭니다. 오셔서 이야기 상대를 해주시면 무척 고맙겠어요."

다음 토요일, 필립은 아델니에게서 엽서를 받았는데 내일 점심을 꼭 함께 들자는 내용이었다. 그러나 그의 수입을 생각할 때, 그리 빈번하게 초대에 응할 수 없을 것 같아 그는 회답을 내어 차 시간에만 가겠다고 전했다. 그리고 상대방에게 조금도 폐가 되지 않기 위해 커다란 건포도 케이크를 사가지고 갔다. 가보았더니 아이들은 그를 환영할 뿐 아니라 사들고 간 케이크가 고스란히 그들의 마음을 사로잡고 말았다. 그는 모두 같이 주방에서 차를 마시자고 제안했다. 따라서 차 시간은 그야말로 왁자지껄하고 화기애애한 것이 되었다.

어느새 필립은 일요일마다 아델니의 가정을 찾는 것이 습관이 되고 말았다. 어린애들에게 인기가 제일 좋았다. 왜냐하면 그도 애들이 정말 좋았고 그 자신도 어른 티를 내지 않았기 때문이다. 필립이 현관 초인종을 누르면, 그 소리를 듣기가 무섭게 누군가가 먼저 고개를 내밀고 그가 온 것을 확인한다. 그러면 집안 식구가 온통 벌집을 쑤신 듯 소란을 피우며 이층에서 몰려내려와 그를 맞아들인다. 그리고 일제히 그의 팔 속으로 뛰어든다. 차 시간에는 그의 옆자리를 차지하려고 한바탕 소란을 피우곤 했다. 이윽고 그는 필립 아저씨로 통하게 되었다.

아델니는 뭐든지 숨김없이 말하는 성격이어서 그의 전력도 차츰 알게 되었다. 꽤 많은 직업에 종사한 모양이었지만 필립이 본 인상으로서는 그가 했던 일마다 실패였던 것 같았다. 실론의 차 재배장에서 일한 적도 있었고 이탈리아 산 포도주 판매도 맡아한 것 같았다. 톨레도의 수도 회사에서 비서 생활을 한 것이 그로서는 가장 오래 있었던 직업인 모양이었고, 그 다음에 기자가 되고, 한참 동안은 어떤 석간 신문사의 경찰, 재판소 출입 기자 노릇도 하고, 그 후 중부 지방에 있는 어느 신문사의 부주간, 리비에라에 있는 어느 신문사의 주간까지 했다고 했다. 그리고 그 직업들의 잡다한 경험에서 얻은 재미있는 이야기만을 모아 그것을 떠벌림으로 써 사람들을 즐겁게 해주는 자신의 능력이 기뻐 못 견디겠다는 듯 모두 말해주곤 하였다. 독서도 상당히 많이 한 것처럼 보였는데 특히 좋아하는 것은 소위 말하는 기서류(奇書類) 따위였다. 있는 대로의 지식을 다 떠벌 리고는 듣는 사람이 좋아하는 것을 어린애같이 기뻐하곤 했다. 삼사 년 전에 가세가 기울어 할 수 없이 큰 섬유회사의 광고계원이 되었다는 것인 데 스스로 내세우는 그의 재능에 비하면 대단히 불만스러운 것이었으나, 다만 부인의 강경한 의견과 집안 사정에 의해 부득이하게 근무를 계속하 고 있다는 것이었다.

90

아델니의 집에서 나오자 필립은 챈서리 레인을 빠져나와 스트랜드를 거쳐 의사당 거리를 벗어나서 버스를 타곤 했다. 그들을 알고 나서 육 주 일쯤 지났을 무렵이었다. 어느 일요일, 여느때와 마찬가지로 이 길로 왔 으나 그날 따라 공교롭게도 케닝튼행이 만원이었다. 유월이었으나 하루 종일 비가 와서 밤이 되자 몹시 추웠다. 그는 좌석에 앉아가려고 피카딜 리 서커스까지 걸어갔다. 분수 있는 곳이 정류장이었는데, 여기서는 이 삼 명 이상의 손님이 타고 있는 일은 드물었다. 다만 십오분마다 운행하 기 때문에 그는 한동안 기다려야 했다. 필립은 멍하니 사람들의 무리를 바라보고 있었다. 마침 술집들이 문을 닫는 시간이어서 사람의 왕래가 오 히려 많았다. 그의 머리는 아델니가 이야기해준 여러 가지 즐거운 화제로 가득 차 있었다.

그러다가 그는 갑자기 놀라서 심장의 고동이 멈추는 것 같았다. 밀드레 드를 본 것이다. 이미 몇 주일 동안이나 그녀의 일 따위는 생각한 일도 없 었다. 그녀는 샤프츠베리 애비뉴의 모퉁이에서 한길을 가로건너려는 것 처럼 안전 지대에 서서 마차의 열이 지나가는 것을 기다리고 있었다. 건 너가는 것에 마음을 쏟고 있었기 때문에 다른 것은 아무것도 보이지 않는 것 같았다. 장식이 가득 달린 커다란 검은 밀짚 모자를 쓰고, 검은 비단 옷을 걸치고 있었다. 그 무렵엔 여자들은 옷자락을 길게 끄는 것이 유행이었다. 그 순간 차들이 지나가는 것이 끊겼다. 밀드레드는 스커트 자락을 끌면서 가로건너더니 피카딜리 쪽으로 걷기 시작했다. 필립은 가슴을 두근거리면서 뒤를 쫓았다. 말을 걸어볼 생각 같은 것은 없었다. 그러나 이런 시간에 어딜 갈 작정일까? 얼굴을 한 번 보아두고 싶었다. 그녀는 천천히 에어 가를 지나서 리젠트 가로 나왔다. 그리고 다시 서커스 쪽으로 걷기 시작했다. 순간 필립은 망설였다. 도대체 무엇을 하고 있는지 그는 알 수가 없었다. 아마 누군가를 기다리는 것이겠지. 그러자 누구를 기다리는 것인지 확인해보고 싶어졌다. 이윽고 그녀는 같은 방향으로 천천히 걷고 있는 중절모를 쓴 작달막한 남자에게 달라붙었다. 그러고는 지나치면서 슬쩍 곁눈질을 보냈다. 열 걸음쯤 가면 스완 앤드 에드거 앞이 나온다. 그러자 그녀는 그 앞에 멈춰서서 한길을 향해 가만히 기다리고 있었다. 이윽고 그 남자가 다가오자 그녀는 방긋 웃었다. 남자는 힐끔 쳐다보았으나 그대로 외면을 하고 느린 걸음으로 걸어가버렸다. 모든 것을 알 수 있었다.

필립은 너무나 한심해서 마음이 뒤집히는 것 같았다. 한동안은 다리가 덜덜 떨려서 거의 서 있을 수가 없을 지경이었다. 그러나 곧 다급하게 따라가서 그녀의 팔을 잡고 외쳤다.

"밀드레드!"

그녀는 깜짝 놀라서 뛰어오르는 것처럼 뒤돌아보았다. 얼굴이 빨개진 것 같았으나 어두워서 자세히는 보이지 않았다. 한참 동안은 서로 마주 바라본 채 목소리도 나오지 않았다. 결국 그녀 쪽에서 먼저 입을 열었다.

"어머, 당신을 만나다니!"

그는 어떻게 대답해야 좋을지 알지 못했다. 뭐라고 한다고 해도 심한 쇼크였다. 잇따라 말이 떠오르기는 했으나 이것도 저것도 진심이라고는 생각할 수 없을 만큼 연극적인 것뿐이었다.

"어쩌면 이렇게 한심하지!"

그는 거의 중얼거리듯이 한탄했다.

그녀도 그 이상은 아무 말도 하지 않았다. 그에게서 얼굴을 돌리고 가만히 발 밑을 내려다볼 뿐이었다. 그는 자기의 얼굴이 괴로움으로 심하게 일그러지는 것을 느꼈다.

“근처에 이야기라도 좀 할 곳이 없을까?”

“난 이야기 같은 거 하고 싶지 않아요.” 그녀는 무뚝뚝하게 대답했다. “내버려둬주세요.”

또 돈이 몹시 필요해서 이런 시간에는 집으로 돌아갈 수 없는 것이 아닐까? 그는 문득 그런 것을 생각했다.

“만약 돈이 필요하다면 내게 금화 두 닢쯤은 있어.”

그는 무심코 말해버리고 말았다.

“무슨 말씀인지 알 수가 없군요. 도대체 무슨 뜻이죠? 난 하숙집으로 돌아가려고 하던 길이었어요. 같은 직장의 아가씨하고 만날 약속이 있기 때문에.”

“이봐, 정말 거짓말을 하는 건 그만두라구.”

그러나 그렇게 말하고 힐끗 보니 여자가 울고 있는 것이 아닌가. 그는 같은 질문을 되풀이했다.

“이봐, 어디 잠깐 들어가서 이야기할 수 없을까? 당신 집으로 가면 안 되겠소?”

“안 돼요, 그건 안 돼요, 정말 안 돼요.” 그녀는 울면서 말했다. “남자를 데리고 가면 안 돼요. 내일이면 괜찮을 거예요.”

어차피 약속 따위는 지키지 않을 것이 뻔했다. 아무튼 이대로 돌려보내서는 안 된다고 생각했다.

“안 돼. 무슨 일이 있더라도 지금 어디로든지 함께 가자구.”

“그래요? 그럼 제가 아는 방이 하나 있어요. 그렇지만 육 실링이나 줘야 해요.”

“좋아, 그곳이 어디야?”

그녀에게서 주소를 듣자 그는 마차를 불렀다. 그레이즈인 로드 근처의 대영 박물관을 지난 너절한 거리까지 가자 그녀는 마차를 세웠다.

“문 앞까지 마차를 댈 순 없어요.”

마차에 올라타탄 이후 두 사람이 나눈 첫 번째 말이었다. 겨우 몇 걸음 가서 어떤 집의 현관문을 밀드레드가 세게 세 번 노크했다. 보니까 문턱 위 틀창으로 새어나온 불빛에, 마분지로 ‘방 빌려줌’이라고 써붙인 글자가 눈에 띄었다. 조용히 문이 열리더니 키가 크고 제법 나이가 든 여자가 그들을 맞아들였다. 물끄러미 필립의 모습을 바라보다가 이내 밀드레드에게 나직한 귀엣말로 무엇인가 말했다. 밀드레드가 앞선 채 복도를 지나 안쪽 방으로 안내했다. 캄캄했다. 그녀가 그에게서 성냥을 빌려 가스등에 불을 붙였다. 등피도 씌워 있지 않아서 가스가 슉슉 소리를 내면서 탔다. 둘레를 살펴보니 몹시 더럽고 조그만 방인데, 표면만 송판처럼 칠해져 있고 그 방에는 어울리지도 않게 커다란 가구가 한 벌 놓여 있었다. 레이스 커튼도 매우 더럽고 난로 아궁이는 커다란 종이 부채로 가려져 있었다. 밀드레드는 벽난로 옆의 의자에 몸을 묻었다. 필립은 침대 끝에 걸터앉았다. 어쩐지 부끄러운 생각이 들었다. 자세히 보니 그녀는 뺨에 너무 짙게 화장을 했고 눈썹도 시커멓게 칠하고 있었다. 그러면서도 병자처럼 몹시 여위어서 짙은 분연지가 한층 더 창백한 피부를 두드러지게 했다. 그녀는 멍 하니 종이 부채를 들여다보고 있었다. 필립은 무어라고 말해야 좋을지 알 수가 없었다. 목이 콱 막혀서 울음이 터질 것 같았다. 자기도 모르게 두 손으로 눈을 가렸다.

"아아, 이렇게 한심할 수가 없어!"

그는 신음하듯 말했다.

"별로 떠들 것도 없잖아요. 난 당신이 고소하다고 생각하겠지, 했었는걸요."

필립은 대답하지 않았다. 그러자 그녀 쪽에서 흐느껴 울기 시작하였다.

"이런 짓을 좋아서 하는 거라고는 생각하지 말아주세요. 네?"

"아아, 그렇게 생각하지 않아. 당신도 불쌍한, 참으로 불쌍한 여자군."

그가 외쳤다.

"호, 참 고마우신 말씀이군요. 아무 짝에도 쓸모는 없지만 말예요."

그는 또다시 할 말이 없었다. 무슨 말을 해도 여자 쪽에서는 비난하든가 아니면 냉소해버릴 것이 뻔했기 때문이다. 그것을 생각하면 견딜 수가 없었다. 그래도 하는 수 없이 입을 열었다.

"아이는 어디 있소?"

"지금 런던에 함께 있어요. 브라이튼에 두자니 돈이 되어야죠. 그래서 하는 수 없이 데려왔어요. 지금은 하이베리 근처에 방을 하나 빌리고 있어요. 주인에게는 무대에 나간다고 해두었죠. 매일 웨스트 엔드까지 다니는 일도 무척 큰 일이지만 여자에게 선뜻 방을 빌려주는 그런 집을 찾는 것도 무척 힘드는 일이니까요?"

"먼저 있던 찻집엔 이젠 못 나가오?"

"어림도 없어요. 어디에 가나 할 만한 일은 없어요. 일자리를 구하느라고 나는 발이 닳도록 돌아다녔지요. 그야 한 번은 용케 찾아냈던 일도 있기는 했죠. 하지만 공교롭게 몸이 편치 못해서 일 주일쯤 쉬었어요. 그리고 나가보니까 이젠 필요없다는 거예요. 하기야 저편도 나쁘다고 할 수는 없다고 생각해요. 안 그래요? 몸이 약한 여자를 두려고는 않을 게 아니겠어요?"

"어쩐지 몸도 좋지 않은 것 같군."

"오늘도 실은 나가면 안 되는 터였어요. 하지만 하는 수 없잖아요. 돈이 없는걸. 난 에밀에게 편지를 해서 생활이 곤란하다고 말을 해버렸어요. 그런데 한 번도 답장을 안 보내주잖아요."

"내게만 말했더라면 좋았을걸."

"하지만 역시 싫더군요. 그런 일이 있은 뒤인걸요. 당신에겐 어렵다는 것조차 알리고 싶지 않았어요. 당신이 설사 저를 보고 자승자박이다, 고소하다, 하신다고 해도 전 조금도 놀라지 않을 작정이었어요."

"아직 내 마음을 모르는군."

한순간, 그는 이 여자 때문에 받은 여러 가지 고통을 되새겨보았다. 지난 날의 그 고통을 생각하면 가슴이 아팠다. 그러나 지금에 와서는 그것도 한낱 추억에 지나지 않았다. 이 여자를 다시 보았을 때 이미 그녀를 사랑하고 있지 않다는 것을 잘 알 수 있었다. 불쌍하다고는 생각되었지만 용케 빠져나왔다고 생각하니 오히려 기뻤다.

그는 차분히 그녀를 바라보면서 자기가 어떻게 이런 여자에게 그토록 반해버렸었는지 이상스러워져서 견딜 수가 없었다.

"당신은 어느 모로 보나 역시 참다운 신사예요. 당신뿐이에요. 딴 사람은 몰라요." 하면서 잠깐 주저하는 것 같더니 얼굴을 약간 붉히면서 "저어 필립, 이런 말은 참으로 하기 어렵지만 돈을 조금만 빌려주실 수 없을까요?"

"마침 잘 됐군, 조금이라면 있어. 이 파운드 정도밖에 안 될지도 모르지만.”

그렇게 말하고 그는 금화 두 개를 주었다.

“돌려드리겠어요, 반드시.”

“괜찮아, 염려할 것 없어.”

곰곰이 생각해보니 자기가 하고 싶었던 말은 한 마디도 하지 못했다. 서로가 모든 것이 극히 당연한 것 같은 태도로 애기하였다. 그녀는 벌써 돌아가고 싶은——다시 그 무서운 생활로 말이다——눈치였으나, 그것에 대해서 그로서는 어떻게도 할 수가 없었다. 그녀는 일어서면서 돈을 집어넣었다. 두 사람은 마주 섰다.

“제가 붙든 것이 아닐까요? 돌아가고 싶죠?”

“아냐, 그렇게 서두를 필요는 없어.”

“아아, 잘됐다. 그럼 잠깐만 쉬었다 가요.”

이 말, 그리고 그것이 암시하는 모든 의미는 그의 가슴을 무참히 찢어놓을 만큼 아팠다. 그녀는 그렇게 말하면서 허물어지는 것처럼 주저앉았으나 그 모습에는 오히려 바로 쳐다보기 어려운 점이 있었다. 언제까지나 침묵이 흘렀다. 드디어 필립은 할 일 없이 심심해져서 담배에 불을 붙였다.

“전 정말 당신의 은혜를 잊지 못하겠어요. 당신에게서 싫은 소리를 듣지 않았다는 것 말이에요. 무슨 말을 듣더라도 하는 수 없다고 생각했던 만큼 말예요.”

또다시 여자는 울고 있었다. 그러고 보니 언젠가 에밀 밀러에게 버림을 받았을 때에도 역시 이렇게 그를 찾아와서 울었었다. 그녀의 고통, 그리고 또 그 자신의 부끄러움, 그 추억이 한층 더 지금의 딱하고 가엾은 마음을 더해주는 것처럼 생각되었다.

“아아! 어떻게 이런 데서 발을 끊을 수가 없을까?” 그녀는 신음하는 듯이 말했다. “정말, 이젠 지긋지긋해서 못 견디겠어요, 전 이런 장사를 할 여자가 못 돼요. 그런 여자가 아니에요. 이런 데서 빠져나갈 수만 있다면 어떤 짓이라도 하겠어요. 식모살이라도 하겠어요. 아아! 차라리 죽어버리고 싶어!”

자기 자신이 한없이 가엾어졌다고 생각하는지 여자는 정신없이 울어버리고 말았다. 히스테리와도 같은 흐느낌이 계속되고 바싹 마른 온몸이 부들부들 떨렸다.

"아아, 어떤 짓인지 당신 같은 사람들은 알지 못해요. 해본 사람 아니고는 도저히 알 수 없는 일이란 말예요."

필립은 더 이상 울고 있는 것을 보고 있을 수 없었다. 지금 이 여자가 처해 있는 무서운 처지를 생각하면 무서워서 가슴이 죄어드는 것 같았다.

"불행한 여자, 불쌍한 여자지, 당신도."

그는 소곤거리는 것처럼 말했다.

마음속 깊이 감동되는 바가 있었다. 그러자 바로 그때, 갑자기 묘안이 떠올랐다. 그의 마음은 하늘에라도 오르는 것 같은 행복감으로 가득 찼다.

"이봐, 알겠어? 당신이 정말로 이런 생활에서 발을 끊고 싶다면 좋은 생각이 있는데. 나도 요즘엔 퍽 궁색해져서 될 수 있는 대로 절약을 하지 않으면 안 돼. 하지만 지금 내가 빌려 쓰고 있는 케닝튼의 조그만 아파트 비슷한 집에 마침 빈 방이 하나 있어. 당신만 괜찮다면 어린애와 함께 와도 좋아. 그런데 내가 우리 방 청소하구 간단한 요리를 부탁하는데, 일주일에 삼 실링 반을 주고 여자를 쓰고 있거든. 그러니까 그것을 당신이 해 주면 돼. 당신네 두 사람의 식비는 그 여자에게 주고 있는 돈에 조금만 더 얹으면 될 테니까. 한 사람이 먹든 두 사람이 먹든 그렇게 큰 차이는 없을 거야. 어린것은 먹는 게 뻔하니까."

그녀는 울음을 멈추고 필립의 얼굴을 빤히 보았다.

"그럼 이런 일이 있었는데도 절 받아주시겠단 말인가요?"

필립도 이 대답에는 약간 난처해져서 주저했으나 이내 말을 꺼냈다.

"오해하면 못 써요. 난 그저 내 주머니의 돈도 별로 들지 않을 방과 당신들에게 먹을 것을 제공하겠다는 단지 그것뿐이란 말야. 내가 당신에게 기대하는 것은 현재 있는 그 여자가 하는 일을 그대로 해 주기만 하면 돼. 그것뿐인 거야. 그이상은 아무것도 바라는 게 없어. 당신도 그 정도의 요리쯤은 할 수 있을 것 아니오?"

그녀는 벌떡 일어나더니 그가 있는 쪽으로 걸어오려고 했다.

"참 좋은 분이에요, 필립. 정말 고마워요."

"아냐, 거기에 그대로 있어도 좋아."

하고 그는 허둥거리며 말하고는 떠밀어버리는 것처럼 한 손을 앞으로 내밀었다.

왜 그런 행동을 했는지 자기로서도 알 수 없었다. 그러나 아무튼 그녀가 몸에 손을 댄다는 것은 생각만 해도 견딜 수가 없었다.

"난 친구 이상으론 되고 싶지 않아."

"고마워요, 참으로 좋은 분이에요."

"그럼, 결국 오겠다는 말이로군."

"네, 가겠어요. 지금 이 생활에서 발을 끊을 수만 있다면 전 무슨 일이라도 하겠어요. 저어 필립, 절대로 당신이 후회할 짓은 하지 않겠어요. 정말이에요, 절대로. 언제 가면 되죠?"

"내일이라도 좋아."

여자는 또다시 울음을 터뜨렸다.

"왜 그래? 왜 우는 거야?"

"전, 너무나 기뻐서 그래요. 정말 고마워요. 어떻게 하면 이 은혜를 갚을 수가 있을지 모르겠어요."

"괜찮아. 자, 그만 돌아가는 게 좋겠어."

그는 주소를 적어주고 다섯시 반에 오면 기다리고 있겠다고 일러주었다. 이미 밤이 이슥해져서 걸어갈 수밖에 없었으나 과히 먼 것 같지는 않았다. 왜냐하면 마음이 완전히 흡족해서 마치 하늘을 날고 있는 것 같았기 때문이다.

91

이튿날 필립은 일찍 일어나 밀드레드를 위해서 방 준비를 했다. 지금까지 일해오던 여자에게는 이젠 필요없다고 말해두었다. 여섯시쯤 밀드레드가 도착했다. 창으로 내다보고 있던 필립은 곧 내려가서 맞아들이고 이층으로 짐을 나르는 것을 도와주었다. 짐이라고 해야 누런 하드론 지에 싼 커다란 보따리 세 개뿐이었다. 절대로 없어서는 안 될 것 외에는 모조리 팔아버렸기 때문이었다. 옷은 어젯밤에 입었던 검은 명주옷이었고, 비록 볼연지는 바르지 않았지만 눈가에는 아침에 씻은 것만으로는 지워지지 않는 눈썹 자국이 아직도 뚜렷하게 남아 있었고, 그것 때문인지 한층 더 건강해 보이지 않았다. 어린애를 팔에 안고 마차에서 내려 서 있는 모습은 어쩐지 몹시 애처로움을 느끼게 했다. 그녀 편에서는 그래도 미안해하는 태도가 있는 것 같아 그저 평범한 인사말밖에는 하지 않았다.

"쉽게 찾아왔군."

"전 이 근처에 오는 건 처음이에요."

우선 필립은 방을 보여주었다. 크론쇼가 죽은 방이었다. 자기 자신도 우스운 생각이 들었으나 그래도 그는 좀처럼 이 방에 되돌아올 마음이 생기지 않았던 것이다. 그리고 크론쇼가 죽고 나서도 여전히 조그만 방(애초에는 크론쇼가 마음 쓰지 않게 하기 위해서 옮긴 것이었지만)에서 기거하고, 밤에도 조립식 침대에서 잤다. 어린애는 곤히 잠자고 있었다.

"아마 애를 몰라보실 거예요."

"하기야 브라이튼으로 데리고 간 후로는 한 번도 보지 못했으니까."

"어디다 뉠까요? 애 말예요. 참 무거워요. 도저히 오래 안고 있을 수가 없는걸요."

"글쎄, 여기엔 요람 같은 것은 있을 리가 없고."

하고 필립은 조금 난처한 듯이 웃었다.

"괜찮아요, 제가 데리고 자죠. 늘 그렇게 해왔어요."

밀드레드는 아이를 안락의자에 뉘고 방 안을 둘러보았다. 전에 필립의 하숙집에서 본 일이 있던 물건이 거의 다 그대로 있었다. 다만 한 가지 새로운 것은 작년 여름이 끝날 무렵, 로슨이 그려준 필립의 상반신 초상화뿐이었다. 벽난로 위에 걸려 있었는데 밀드레드는 그 그림을 가만히 보면서 말했다.

"잘된 곳도 있지만 잘 못된 곳도 있군요. 물론 당신은 저것보다 훨씬 잘 생겼어요."

"값이 올랐군그래." 하고 필립이 웃었다. "전에도 한 번도 날 보고 잘 생겼다는 말을 한 적이 없었으니까."

"나는 남자의 얼굴 같은 것은 관심이 없어요. 잘 생긴 남자 따위는 질색이에요. 아주 잘난 체해서 질색이에요."

그녀의 눈은 본능적으로 거울의 위치를 찾고 있었다. 그러나 그것은 공교롭게도 없었다. 그녀는 한 손을 올려서 앞 머리를 가볍게 두드렸다.

"제가 여기 있는 것을 다른 사람들이 무어라고 할까요?"

"뭘, 이 집엔 주인 부부가 있을 뿐이야. 남편은 종일 집에 없고 부인도 토요일마다 방세를 치를 때밖에는 만난 적이 없어. 완전히 따로 사는 것 같아. 나도 여기 와서부터 지금까지 별로 말을 해본 일도 없는걸."

밀드레드는 짐을 풀어서 챙기기 위해서 침실로 들어갔다. 필립은 책을 읽으려 했으나 왜 그런지 몹시 흥분되어서 읽을 수가 없었다. 그는 의자에 등을 기대 담배를 붙여 물고 웃으면서 잠든 어린애를 바라보았다. 필립은 참으로 행복했다. 이미 밀드레드에 대한 사랑은 완전히 사라졌다. 그것만은 틀림없다. 지난날의 감정이 이렇게도 깨끗이 사라져버린 것에 그도 놀랐다. 오히려 그녀에게 대해서는 희미하게나마 육체적인 혐오감까지도 느끼고 있었다. 만약 그녀가 몸에 손을 대기라도 한다면 틀림없이 온몸에 소름이 끼칠 것 같았다. 그것은 자기 자신도 이해할 수 없는 감정이었다. 이윽고 문을 두드리는 소리가 나고 밀드레드가 들어왔다.

"노크는 안 해도 괜찮아. 어때, 고대 광 실을 한 바퀴 돌아보았소?"

"무척 비좁은 부엌이군요. 그런 부엌은 본 일이 없어요."

"그러나 우리 집에서의 산해 진미를 요리하기에는 충분할 텐데."
하고 필립은 가볍게 대꾸했다.

"게다가 아무것도 없던걸요. 나가서 무얼 좀 사가지고 와야 하지 않겠어요?"

"그러지. 그런데 꼭 한 가지 당신의 주의를 환기시켜야 할 일은 앞으로 최대한 절약해주어야겠어."

"그럼 저녁 식사는 무엇으로 하시겠어요?"

"아무거나 당신이 요리할 수 있는 것으로 사오면 되겠지."

그는 웃으면서 말했다.

밀드레드는 돈을 받아가지고 나갔다. 약 삼십분 후에 돌아와서 사온 것을 식탁 위에 늘어놓았다. 계단을 올라온 탓인지 가쁘게 숨을 헐떡이고 있었다.

"그건 빈혈증이 있다는 증거야. 약이라도 먹어야겠는걸."

"가게를 찾느라고 혼났어요. 소간을 사왔는데 맛이 없을까요? 그러나 많이 먹을 수는 없으니까 고기를 사는 것보다 훨씬 경제적이에요."

부엌에는 가스 난로가 있었다. 거기에 간을 얹어놓고 밀드레드는 거실로 들어와서 식탁 준비를 했다.

"왜 한 사람 분만 차리는 거지? 당신은 안 먹을 거요?"

밀드레드는 놀라서 얼굴을 붉혔다.

"저하고 함께 먹는 걸 싫어하실 것 같아서요."

"천만에."

"하지만 저는 가정부인걸요, 그렇잖아요?"

"바보 같은 소리는 하지 말아. 왜 그런 쓸데없는 소리를 하지?"

그는 웃었으나 이렇게 자기를 낮추려는 그녀의 모습을 보자 가슴이 뭉클해지는 것 같았다. 불쌍하게도 그 여자와 처음 알게 되었을 무렵의 일이 생각났다. 그는 잠시 주저하였다.

"이것 봐, 나는 당신에게 은혜를 베푼다고는 생각지 않아. 이것은 단순한 고용 관계에 불과한 거야. 나는 당신의 노동에 대해서 먹는 것과 잠 잘 곳을 제공하는 것뿐이라구. 따라서 내가 신세지고 있는 것은 조금도 없어. 그러니 자신을 낮출 필요는 조금도 없단 말야."

밀드레드는 이 말에 대답하지 않았으나 눈물이 뺨 위를 흘러내렸다. 대체로 이러한 여자들은 자칫하면 남을 위하여 일하는 것을 매우 천한 것처럼 생각하는 버릇이 있다. 필립은 병원에 있을 때의 경험으로 그것을 잘 알고 있었다. 그렇게 생각하자 조금 귀찮아졌다. 그러나 결국은 자신을 나무라며 그녀는 확실히 피곤해 있고 몸의 상태가 좋지 못해서 그런 것이라고 생각을 고쳐먹었다. 그는 일어나서 한 사람의 자리를 더 만드는 것을 도와주었다. 그때 잠자던 어린애도 깨어났다. 밀드레드는 어린애에게 먹일 멜린즈 푸드를 준비하고 있었다. 간과 베이컨 요리가 다 되자 그들은 마주 앉았다. 요즘 필립은 절약하기 위해서 식사때에 물 이외의 딴 음료는 마시지 않았으나 아직 집에는 위스키가 반 병쯤 남아 있었다. 밀드레드를 위해서는 조금쯤은 괜찮은 것이 아닐까 하고 생각했다. 그는 식사하는 동안은 될 수 있는 대로 즐거운 분위기가 되도록 노력했으나 밀드레드는 완전히 지쳐 있었다. 식사가 끝나자 그녀는 어린애를 재우려고 일어났다.

"당신도 일찍 자는 게 좋겠소. 몹시 피곤해 보이는걸."

"네, 그릇을 씻고 나서 곧 자겠어요."

필립은 파이프에 불을 붙이고 책을 읽기 시작했다. 옆방에 누군가가 있다는 것은 역시 즐거운 일이었다. 사실 어떤 때에는 적적해서 견딜 수 없었던 때도 있었기 때문이다. 밀드레드가 들어와서 식탁을 치웠다. 조금 후에 그릇을 씻는 모양인지 접시 닦는 소리가 들렸다. 검은 명주옷을 입은 채 무슨 일이든지 한다는 것은 밀드레드다운 일이라고 생각되어서 저도 모르게 빙그레 웃음이 나왔다. 그러나 필립에게는 해야 할 공부가 있었다. 책을 가지고 책상 쪽으로 갔다. 오슬러의 《내과학》을 읽고 있었다. 오랫동안 가장 많이 쓰고 있던 테일러의 교과서 대신 최근에는 이것이 대부분의 학생들에게 인기가 높았다. 조금 후에 밀드레드가 걷어올렸던 소매를 내리면서 들어왔다. 필립은 흘끗 눈길을 보냈으나 일어나지는 않았다. 참으로 묘하게 그가 오히려 허둥지둥했다. 무언가 이상한 짓이라도 하려고 혹시 밀드레드 쪽에서 생각한 것은 아닐까 하고 그것이 근심스러웠다. 그렇다고 해서 마음을 놓게 하기 위해서는 좀더 심한 말을 하는 수밖에는 도리가 없었다. 그는 조금 당황했다.

"그런데 내일 아침 아홉시에 강의가 있어. 그러니까 아침 식사는 여덟시 십오분에 먹도록 해주어야겠어? 되겠어?"

"그럼요, 할 수 있어요. 의사당 거리에서 살 때에는 매일 아침 헌 힐에서 여덟시 이십분에 기차를 타고 다녔었는걸요."

"방은 그만하면 괜찮겠지. 오늘 밤만 푹 자고 나면 내일은 한결 기운이 날 거야."

"당신은 늦도록 공부하세요?"

"대개 열한시나 열한시 반까지는."

"그럼 안녕히 주무세요."

"잘 자요."

두 사람 사이에는 테이블이 가로놓여 있었다. 필립은 악수하려고 손을 내밀지 않았다. 밀드레드는 조용히 문을 닫았다. 잠시 동안 침실을 걸어다니는 소리가 들렸으나 이윽고 침대에 들어가는지 침대가 삐걱거리는 소리가 들려왔을 뿐이었다.

92

다음 날은 화요일이었다. 필립은 황급히 아침을 먹고 아홉시 강의에 늦지 않도록 뛰어나갔다. 밀드레드와는 겨우 두서너 마디밖에 나누지 못했다. 저녁때 돌아와보니 그녀는 창가에 앉아서 그의 양말을 깁고 있었다.

"꽤 부지런한데." 그는 가볍게 웃고 말했다. "오늘 하루 종일 무얼 하고 지냈지?"

"방을 전부 청소하고 어린애 데리고 잠깐 산책하고 왔어요."

밀드레드는 낡은 검은 옷을 입고 있었다. 찻집에서 일하던 무렵에 제복으로 입었던 그 옷이다. 꽤 많이 낡기는 했어도 어제 입었던 검은 명주 옷보다는 잘 어울렸다. 어린애는 마룻바닥에 앉아 있었다. 이상스러운 듯 커다란 눈을 둥그렇게 뜨고 필립을 올려다보았으나 그가 곁에 앉아서 벗은 발가락을 만져주자 커다랗게 소리내어 웃기 시작했다.

오후의 햇빛이 창문으로 스며들어와서 부드러운 빛을 던지고 있었다.

"집에 돌아왔을 때에 집 안에 사람이 있다는 것이 기분 좋군. 여자와 어린애는 집안에 활기를 주게 되거든."

그는 병원의 약국에서 블로드 정제를 한 병 얻어가지고 왔다. 그것을 밀드레드에게 주면서 식후마다 먹으라고 했다. 이것은 그녀가 전부터 먹어오던 약이었는데 열여섯 살 때부터 계속 몇 번이나 먹었다 말았다 했던 것이었다.

"로슨이었다면 당신의 그 창백한 살갗이 무척 좋다고 했을 테지. 훌륭한 그림이 되겠다고 말이야. 그러나 지금의 나는 당신의 안색이 마치 우유 짜는 여자처럼 발그스름하지 않으면 기분이 좋지 않거든."

"그래도 퍽 건강해졌다고 생각하는데요."

검소한 저녁 식사가 끝나자 필립은 담뱃갑에 담배를 넣고 모자를 썼다. 화요일 밤에는 대개 비크 거리에 있는 술집에 가곤 했는데, 밀드레드가 오고 나서 이렇게도 빨리 그날이 온 것이 그에게는 말할 수 없이 기뻤다.

왜냐하면 이 기회에 밀드레드와의 관계를 명백하게 해두고 싶다고 생각
했기 때문이다.

　"외출하세요?"

　"그렇소, 화요일 밤은 나에게는 휴식일이지. 그럼 내일 다시 만나요.
잘 자요."

　필립에게는 이 술집을 찾는 일이 일종의 기쁨이었다. 철학자 같은 증권
중개인 마갈리스터가 언제나 와 있어서 둘은 세상의 여러 가지 문제에 대
해서 신나게 토론을 하는 것이었다. 헤이워드도 런던에 있기만 하면 늘
참석하는 사람이었다. 헤이워드와 마칼리스터는 속으로는 서로 반발하고
있었지만 그것은 일종의 습관에 지나지 않았기 때문에 지금도 일 주일에
한번씩은 만나고 있었다. 마칼리스터의 말에 의하면 헤이워드라는 사람
은 참으로 불쌍한 인간이라며 그의 섬세한 감정 따위는 거의 무시하고 있
었다. 곧장 빈정거리는 말투로 그의 작품에 대해서 여러 가지를 묻다가
그가 머지않은 장래에 걸작을 쓴다는 등의 애매한 말이라도 하는 날에는
대번 냉소를 퍼부었다. 가끔 두 사람의 논쟁이 격렬해질 때가 있다. 그러
나 어쨌든 펀치 술은 좋은 술이었고 또 양쪽 모두 술을 좋아했기 때문에
대개 밤이 이슥해질 무렵에는 의견의 차이 따윈 없어져버리고 아주 친한
친구가 되어버리는 것이었다. 그날 저녁에도 가보니까 두 사람뿐만 아니
라 로슨까지 와 있었다. 이즈음 그는 런던에도 많은 친구들이 생겨서 자
연히 만찬회에 초대받는 날도 많았기 때문에 여기에 모습을 보이는 것은
드문 일이었다. 그들은 사이가 매우 좋았다. 왜냐하면 최근에 마칼리스터
가 증권 거래소의 좋은 정보를 알려준 덕택으로 둘다 오십 파운드 가량
벌었기 때문이었다. 낭비벽이 심한 로슨에게는 정말 큰 벌이였던 것이다.
요즈음 그는 비평가들에게도 상당히 인정받게 되어서 몇몇 상류 계급의
귀부인들이 무료였지만 기꺼이 초상화를 그리게 해주어서 이른바 초상화
가들의 출세가도——즉 그것은 양편 모두 광고가 될 뿐 아니라 부인들로
서는 예술가의 후견인인 체할 수 있었기 때문이었다——에 간신히 오른
셈이었지만 아직 아내의 초상화를 그리게 하고 돈을 많이 주겠다는 돈 많
은 속물을 붙잡을 단계까지는 이르지 못했다. 그런 만큼 로슨은 증권 같
은 의외의 돈벌이에 아주 만족하고 있었다.

"돈 버는 방법으로서는 내가 아는 한 이것이 으뜸이란 말일세." 그는 큰소리로 말했다. "왜냐하면 이쪽은 현금을 한푼도 낼 필요가 없으니까."

"자네는 지난 화요일에 여기에 오지 않았기 때문에 좀 손해를 보았을걸세."

마칼리스터는 필립을 쳐다보고 말했다.

"아니, 그럼 왜 편지를 해주지 않았나? 지금 내게 백 파운드란 돈이 들어오면 얼마나 큰 도움이 될지 자네는 모르네."

"하지만 그때 자네가 없었으니 할 수 없지. 마침 지난 화요일에 좋은 소식을 들었거든. 그래서난 이 친구들에게 한판하지 않겠느냐고 물었지. 그래서 수요일 아침 이 친구들 돈으로 증권 천 장을 사주었거든. 그런데 오후에 껑충 오르지 않았겠나. 그래서 당장 팔아버렸더니 이 두 사람은 오십 파운드씩, 나는 이백 파운드나 쉽게 벌었다네."

필립은 무척 부러웠다. 그는 최근 얼마 남지 않은 재산을 투자했었던 마지막 저당 잡힌 사채를 팔아버렸을 뿐 아니라 지금은 총재산이 겨우 육백 파운드밖에 남지 않았다. 장래 일을 생각하면 무척 걱정스러울 때가 있다. 의사의 자격을 얻을 때까지는 아직도 이 년이나 남았기 때문에 그때까지는 어떻게 해서든 살아나가야만 했고, 지금 계획으로는 자격을 얻은 후에도 얼마 동안은 병원 근무를 할 작정이었다. 따라서 적어도 아직 삼 년 동안은 단 한푼도 벌지 못할 것이었다. 그러므로 아무리 절약을 한다 하더라도 삼 년 후에는 기껏해야 백 파운드를 넘지 않을 것이다. 이를테면 병으로 돈벌이를 못 하게 된다든가 혹은 실직이라도 하는 경우에는 더욱 큰일이었다. 여기서 한판 잘 걸리기만 한다면 형편은 완전히 달라질 것이다.

"뭘 그 정도는 별것 아니야." 하고 마칼리스터는 말해주었다. "이제 곧 값이 올라갈 게 뻔하거든. 최근에 남 아프리카에 또 갑작스러운 붐이 일어나게 되어 있단 말일세. 그러니까 그렇게 되면 내가 또 잘해주지."

마칼리스터는 남아프리카 광산 주식 시장에 있는 사람들이 한두 해 전에 큰 붐을 타고 벼락부자가 되었다는 이야기를 곧잘 하곤 했다.

"그러니 다음 번에는 빠지지 말게."

그들은 늦게까지 앉아서 이야기했으므로 집이 가장 먼 필립이 자연히 먼저 일어났다. 마지막 전차를 놓치면 걸어갈 수밖에 없었고 그렇게 되면 아주 늦어질 것이었다. 다행히 전차를 타기는 했지만 그래도 집에 도착한 것은 열두시 반 가까워서였다. 이층에 올라가보니 놀랍게도 밀드레드가 아직 자지 않고 그의 방 팔걸이의자에 앉아 있었다.

"아니 왜 아직 자지 않았지 ?"

하고 그는 큰소리로 물었다.

"아직 졸립지 않아요."

"그렇지만 누워서 쉬어야 해. 몸이 편안해질 테니까 말야."

밀드레드는 의자에서 일어나지 않았다. 자세히 보니 어느 틈엔가 그 검은 명주 옷으로 갈아입고 있었다.

"무슨 심부름이라도 있을지 모르기 때문에 자지 않는 게 좋을 거라구 생각했어요."

이렇게 말하고 밀드레드는 그의 얼굴을 바라보았다. 그림자같이 어두운 미소가 핏기가 없어진 파리한 입술에 떠 있었다. 그는 그것이 무엇을 의미하는 것인지 알 것도 같고 모를 것 같기도 한 매우 이상한 것이었다. 조금 당황하기는 했으나 곧 아무렇지도 않은 것 같은 태도로 그는 말했다.

"그야 고맙기는 하지만 그럴 필요까지는 없어. 자, 빨리 자리에 들라구. 그렇지 않으면 내일 아침에 일찍 일어나지 못할 테니까."

"그렇지만 자고 싶지 않은걸요."

"참 바보로군."

그러자 그녀는 조금 화가 난 듯이 일어서더니 침실로 갔다. 커다란 소리를 내면서 방문을 잠그는 소리가 들리자 필립은 조용히 웃었다.

그리고 난 후 며칠 동안은 아무런 일도 없었다. 밀드레드도 새로운 환경에 적응되어가고 있는 것 같았다. 아침 식사를 끝내고 필립이 병원에 간 뒤 그녀는 오전 중엔 집안 일을 돌보았다. 식구가 적었지만 밀드레드는 얼마 되지 않는 필수품을 사는 데도 꽤 많은 시간을 보내는 것을 좋아했다. 그리고 혼자 먹는 점심을 마련하는 것쯤은 별로 힘들지 않을 텐데도 코코아와 버터 바른 빵만으로 때우곤 했다. 그리고는 어린애를 유모차에 태우고 산책을 나섰다. 돌아오면 오후 내내 아무것도 하지 않고 멍청하게 지내곤 했다. 확실히 지쳐 있기 때문에 아무것도 하지 않는 편이 좋았다. 그리고 밀드레드는 필립과는 아직 친숙해지지 않은 집 주인 여자와 곧 친해졌다. 필립이 그녀에게 방세를 치르라고 시킨 것이 계기가 되어 친해진 것이다. 이렇게 해서 한 주일도 안 되어서 필립이 일 년 동안 있으면서도 모르던 근처 사람들의 일까지 이야기해주게 되었다.

"아주 좋은 분이에요. 퍽 훌륭한 부인이더군요. 그리고 우리들은 부부라고 해뒀어요."

"그런 말을 할 필요가 뭐 있지?"

"그렇지만 내 존재도 알려야 하지 않겠어요? 게다가 제가 이러고 있는데 부부가 아니라면 꽤 우습지 않아요? 남들이야 어떻게 생각하고 있었는지 모르겠지만."

"누가 당신이 하는 말을 믿기나 하겠어?"

"믿구말구요. 단연코 믿죠. 벌써 결혼 한 지 이 년이나 된다구——어린애가 있기 때문에 어쩔 수 없잖아요?——다만 당신이 학생이기 때문에(그녀는 학상이라고 발음했다) 당신 집에서 도저히 허락을 안 해주시기에 하는 수 없이 이렇게 살고 있지만 시간이 지나면 부모님께서도 허락하시게 될 것이고 그렇게 되면 이번 여름엔 모두 당신 집으로 가게 될 거라고 말했어요."

"하여튼 당신이란 여자는 엉터리 이야기를 꾸미는 데는 천재군그래."

그는 여전히 이 여자의 거짓말하는 버릇이 고쳐지지 않은 것을 생각하자 말할 수 없이 불쾌했다. 이 년 동안에 무엇 하나 달라진 것이라고는 아무것도 없었다. 그러나 그는 어깨를 움츠리고는 하기야 똑똑해질 수 있는 기회가 없었을 것이라고 생각했다.

맑고 따뜻한 밤이었다. 남부 런던의 시민들이 모두 한꺼번에 거리로 쏟아져나온 것같이 많은 사람들이 나와서 물결을 이루었다. 기후가 바뀔 때면 런던 시민들은 문 밖으로 쏟아져 나와 어수선한 분위기를 만들었다. 저녁 설거지를 마치고 창가에 가서 섰다. 거리의 잡음——서로가 불러대는 목소리, 마차와 말소리, 멀리서 들려오는 휴대용 풍금 소리 등이 그대로 그들이 있는 곳까지 전해져왔다.

"필립, 오늘 밤도 역시 공부하시나요?"

그녀는 슬픈 듯한 얼굴로 물었다.

"물론이지. 하지만 꼭 해야 할 필요는 없어. 왜 무슨 다른 좋은 일이 있나?"

"그저 좀 같이 나가보고 싶어서요. 저 전차 이층 좌석에 앉아서 시내를 한 바퀴 돌고 오지 않을래요?"

"그러지. 꼭 그러고 싶다면."

"그럼, 잠깐. 가서 모자를 쓰고 오겠어요."

그녀는 기쁜 듯이 말했다.

사실 필립도 집 안에 틀어박혀 있지 못할 것 같은 그런 밤이었다. 어린애는 잠들었으므로 두고 나가도 괜찮을 것 같았다. 그 전에도 그녀는 외출할 때엔 언제나 혼자 나가곤 했었다. 절대로 깨는 일은 없다고 했다. 모자를 쓰고 왔을 때에는 그녀는 매우 기분이 좋아 보였다. 잠깐 틈을 내어 엷게 볼연지까지 바르고 있었다. 필립은 순간 그녀가 너무나 흥분해서 핏기없는 뺨에 엷게 홍조를 띤 것인가 생각했을 정도였다. 어린아이처럼 좋아하는 것을 보자 그도 미안한 마음이 들고 지금까지 엄하게 다루어온 것이 무슨 나쁜 짓이기라도 한 것처럼 여겨졌다. 밖으로 나오자 그녀는 웃기 시작했다. 맨 처음에 온 전차가 웨스트민스터 다리로 가는 것이었기 때문에 두 사람은 그것에 올라탔다. 필립은 파이프를 피우면서 거리의 혼잡을 바라보고 있었다. 모든 가게는 밝게 불을 켜고 문을 활짝 열어 젖혔으며 사람들은 다음 날을 위한 물건들을 사들이고 있었다. 마침 캔터베리라는 뮤직 홀 앞을 지났을 때 갑자기 밀드레드가 큰 소리를 질렀다.

"이봐요, 필립. 안 들어갈래요? 전 벌써 몇 달 동안 구경하지 못했어요."

"그렇지만 이미 일등석은 없을 거야."

"괜찮아요. 꼭대기 좌석이면 어때요."

전차에서 내려서 백 야드 가량 되돌아와 극장으로 들어갔다. 육 펜스로 좋은 자리를 잡을 수 있었다. 꽤 높은 곳이기는 했지만 꼭대기는 아니었다. 너무나 아름다운 밤이었기 때문에 빈 자리가 얼마든지 있었다. 밀드레드의 눈이 빛났다. 매우 흡족한 것 같았다. 이 여자에게는 필립의 마음을 감동시키는 어린아이 같은 단순함이 있었다. 아무튼 알 수 없는 여자였다. 그녀 속의 어떤 성격은 지금도 싫지는 않았다. 확실히 매우 좋은 점도 적지 않게 가지고 있었다. 다만 환경이 나빴고 생활 또한 괴로웠던 것이었다. 생각해보면 그녀 자신으로서는 어떻게도 할 수 없는 일만으로 그녀를 괴롭혀온 것이 된다. 그녀 자신으로서는 도저히 어떻게 처신할 수도 없는 미덕을 그녀에게 요구하려는 것은 확실히 그의 잘못이었다. 여러 가지 사정만 달랐더라면 그 여자도 뜻밖에 사랑받을 만한 여자가 되었을 지도 알 수 없는 일이었다. 아무튼 이런 인생의 싸움에는 적합하지 못한 여자였다. 입을 조금 벌리고, 뺨에는 희미하게나마 홍조를 띠고 있는 여자의 옆 얼굴을 바라보고 있으려니 이상하게 처녀답게 보이기조차 했다. 그러자 그는 견딜 수 없을 만큼 불쌍하게 생각되었다. 그리고 이 여자로부터 받은 많은 고통을 진심으로 용서할 마음이 생겼다. 자욱한 담배 연기 때문에 그는 눈이 아팠다. 그래서 돌아가자고 하자 그녀는 애원하는 것 같은 표정으로 끝까지 있어달라고 졸랐다. 그는 웃으면서 승낙했다. 그녀는 그의 손을 잡은 채 연극이 끝날 때까지 놓지 않았다. 관객들과 함께 혼잡한 거리로 밀려나왔으나 그녀는 아직도 돌아가겠다고는 하지 않았다. 사람들의 물결을 바라보면서 천천히 웨스트민스터 거리를 걸었다.

"아, 몇 달 동안 제겐 이렇게 오늘처럼 즐거운 밤은 없었어요."

필립은 가슴이 뜨끈해지는 것을 느꼈다. 밀드레드와 아이를 자기 아파트로 옮기려고 한 갑작스러운 충동을 곧바로 실행에 옮긴 것도 지금은 잘했다고 생각했다. 감사에 넘쳐 있는 그녀를 보는 것은 매우 즐거웠다. 마침내 그녀가 지쳤다기에 다시 전차를 타고 돌아왔다. 이미 늦었다. 전차에서 내려서 아파트가 있는 거리로 접어들자 사람의 그림자는 하나도 없었다. 밀드레드는 살며시 그의 팔에 자기 팔을 끼었다.

"옛날과 똑같군요, 필."

그녀는 여태껏 한 번도 그를 필이라고 부른 적이 없었다. 그리피스는 그렇게 불렀지만 그녀는 그렇게 부르지 않았다. 그렇게 생각하자 그는 기묘한 아픔을 느꼈다. 회상해보면 그 당시에는 정말 죽고 싶었다. 너무나 괴로워서 자살까지 생각했었다. 지금은 모두 아득한 옛날 일처럼 느껴진다. 그는 자신과 자신의 과거에 대하여 기분 좋게 웃었다. 지금은 밀드레드에 대해서 무한한 연민만을 느낄 뿐이었다. 이윽고 집에 도착했다.

방에 들어가자 필립이 가스등에 불을 붙였다.
　"어린앤 괜찮아?"
　"잠깐 가보고 오겠어요."
　그리고 되돌아와서 하는 말이, 그 동안 한 번도 돌아눕지도 않았다는
것이었다. 참으로 신통한 아이였다. 필립은 그녀에게 손을 내밀었다.
　"그럼 안녕."
　"벌써 주무시려고요?"
　"벌써라니? 한시가 다 되어가는걸. 요즘은 늦게 자는 버릇을 고쳐서
말야."
　밀드레드는 필립의 손을 잡았다. 그리고 가볍게 미소지으면서 가만히
그의 얼굴을 들여다보았다.
　"필립! 지난 번 그 방에서 당신이 이 아파트로 오라고 해주셨을 때 당
신은 저에게 요리와 청소 정도의 일 이외의 일은 아무것도 할 필요가
없다고 하셨지요. 하지만 당신은 그때 제가 한 대답을 진정이라고 생각하
셨는진 몰라도 사실은 그렇지 않았어요."
　"허어, 딴은 그렇군." 하고 필립은 잡힌 손을 뺐다. "그러나 나는 진심
이었어."
　"하지만 그런 어리석은 짓을 그만두지 않겠어요?"
　그는 머리를 가로저었다.
　"나는 그 말 그대로 진정이었어. 그렇지 않았더라면 당신을 여기로 오
라고 하지 않았을걸."
　"왜요?"
　"하여튼 그런 말을 할 필요가 없었어. 글쎄 뭐라고 설명은 할 수 없지
만, 아무튼 그렇게 되면 옛날처럼 모든 것이 엉망신창이 되이버리고 말
아."
　그녀는 어깨를 흠칫 움츠렸다.
　"아아 그래요, 좋아요. 그럼 좋도록 하세요. 저도 서투른 포수는 아니
니까 이런 일로 무릎을 꿇고 하찮은 동정을 바랄 만큼 어리석은 여자는
아니에요."
　그녀는 문을 쾅 닫고 나가버렸다.

93

다음 날 아침 밀드레드는 언짢은 낯빛으로 말도 하지 않았다. 점심때가 되었는데도 자기 방에 틀어박혀 있었다. 그녀는 요리 솜씨가 매우 서툴러서 참이나 스테이크 정도를 만드는 것이 고작이었고 게다가 쓰다 남은 것들은 도무지 이용할 줄 몰랐기 때문에 필립으로서는 예상 외로 돈이 많이 들었다. 식사 준비가 되자 그녀는 마주 앉았을 뿐 아무것도 먹으려 하지 않았다. 어쩐 일이냐고 묻자 두통이 몹시 심해서 전혀 식욕이 없다는 것이었다. 다행히 그는 그날 갈 데가 있었다. 아델니 집안 사람들은 모두가 명랑하고 친절했으며, 특히 뜻밖이기도 하고 기쁘기도 했던 것은 그가 오기를 온 집안식구 모두가 진심으로 기다리고 있었다는 사실이었다. 그가 집에 돌아왔을 때에는 밀드레드는 자고 있었지만 이튿날이 되어도 말을 하지 않았다. 저녁 식사 때에는 묘하게 건방진 태도로 식탁에 앉아서 화난 사람처럼 미간을 잔뜩 찌푸리고 있었다. 필립도 참을 수가 없었다. 그러나 역시 다시 부드럽게 대해주어야 한다, 너그럽게 돌보아줄 필요가 있다고 생각했다.

"왜 그렇게 입을 꾹 다물고 있지?"

그는 되도록 밝게 웃으면서 말했다.

"저는 요리와 청소를 하기 위해서 고용되어 있는 거 아니겠어요? 말상대까지 해드려야 한다는 것은 몰랐군요."

매우 버릇 없는 대답이라고 생각했지만 한 지붕 밑에서 살자면 역시 될 수 있는 대로 원만하게 하는 도리밖에 없었다.

"엊그저께 밤 일로 화가 단단히 난 모양이구려."

말을 시작하기 거북한 일이기는 했지만 역시 문제삼지 않을 수도 없는 일이었다.

"모르겠는데요. 당신이 하시는 말 뜻을 말예요."

"자꾸 그렇게 화만 내지 말아. 만약 내가 친구 이상의 관계를 생각하고 있었다면 애당초 당신더러 여기에 오라곤 절대로 하지 않았을 거요. 그렇게 말한 것은 다만 그 당시 당신은 집이 없어서 대단히 곤란한 처지인 것 같았고 여기 있노라면 무슨 일자리라도 찾을 기회가 있지 않을까, 하고 생각했었기 때문이었단 말이오.”

“어머, 오해하시지 마세요. 그런 걸 생각할 거라구 생각하지 마세요.”

“그런 생각할 리가 있나.” 그는 다급하게 자신의 말을 취소했다. “하지만 내가 당신의 호의를 무시하고 있는 것처럼 생각하면 안 돼. 그야 나를 위해서 그렇게 말해주었으리라는 것은 알아. 문제는 단지 내 기분인 거야. 이것만은 어쩔 수가 없단 말이오. 결국 그렇게 되면 이것도 저것도 모조리 더러워져버린단 말요.”

“정말 이상한 분이군요.” 하면서 그녀는 뚫어지게 그의 얼굴을 들여다보았다. “당신이라는 분은 정말 알다가도 모르겠어요.”

그녀는 이미 화가 나 있지는 않았다. 다만 이해되지 않는 듯한 표정을 짓고 있을 뿐이다. 결국 그녀는 그가 말하는 의미를 전혀 알지 못하는 듯했으며 결국엔 체념한 모양이었다. 확실히 그의 태도는 훌륭하고 역시 감탄하지 않으면 안 될 것이라고 느끼는 것 같았다. 그러나 그와 동시에 필립은 무언가 좀 비웃어주고 싶은, 아니 더 나아가서는 다소 경멸에 가까운 것 같은 느낌을 가진 것도 사실이었다.

‘아무튼 좀 색다른 사나이야.’

그녀는 이렇게 생각했다.

그런 뒤로는 모든 것이 순조로웠다. 필립은 낮에는 하루 종일 병원에서 지내고 밤에는 아델니를 찾아가기도 하고, 비크 거리의 술집에 가거나 할 때를 제외하고는 오로지 집에서 공부했다. 한 번은 그가 조수로 일하고 있는 의사로부터 정식으로 만찬에 초대받았었고, 또 두서너 번은 동료학생들이 연 파티에 간 일도 있었다. 밀드레드는 단조로운 생활을 완전히 체념하고 참아내고 있는 것 같았다. 이따금 밤에 필립이 그녀를 혼자 두고 외출하는 것도 언짢게 생각했을지도 모르지만 겉으로 말하지는 않았다. 때로는 그녀를 극장에 데리고 갈 때도 있었다. 그러나 두 사람 사이의 관계라는 것은 단지 먹는 것과 자는 것만이었고 그것도, 그녀가 집안 일을 도와주고 그는 그녀의 침식을 돌봐준다는 애당초의 취지를 그대로 실행하고 있는 데 불과한 것이었다. 그녀도 이번 여름엔 일자리를 얻기 힘들겠다고 체념하고 있었다. 그래서 필립의 승낙을 얻어서 가을까지

이대로 눌러 있기로 했다. 가을이라도 되면 쉽게 일자리가 생길 것이라
생각했다.

"나는 당신만 좋다면 취직하고도 여기에 있어도 괜찮아. 빈 방도 있고
전에 와 있던 그 여자에게 다시 부탁해서 어린 아이시중을 들게 할 수도
있을 테니까."

필립은 밀드레드의 어린애가 무척 귀여워졌다. 원래 인정이 많은 사나
이였는데 단지 지금까지는 마음껏 발휘해볼 기회가 없었던 것이다. 밀드
레드도 어린애에게는 다정했다. 아이를 잘 돌보았고 언젠가 심한 감기에
걸렸을 때에는 밤잠도 제대로 자지 않고 간호를 했다. 그러나 그러면서도
가끔 어린아이가 귀찮은 듯 무척 심하게 나무랄 때도 있었다. 어린애가
귀엽기는 해도 자신을 잊어버릴 만큼 애틋한 모성애는 없는 것이었다. 도
대체 밀드레드라는 여자는 감정을 노골적으로 나타내 보이지 않는 여자
여서 노골적인 애정 표현 같은 것은 아주 우습게 알았다. 필립이 어린아
이를 무릎 위에 얼러주거나 키스하는 것을 보면 그녀는 웃으면서 말했다.

"아이 아버지라도 그렇게 야단스럽지는 않을 거예요. 당신은 정말 어린
애를 정신 못 차릴 만큼 좋아하시는군요."

필립은 얼굴이 새빨개졌다. 남에게 놀림을 받는 것은 참을 수 없는 일
이었다. 따지고 보면 남의 아이를 그렇게 귀여워하는 것은 무척 우스운
일이었고 이렇게까지 애정을 쏟는다는 것은 부끄러운 일이라면 부끄럽기
도 했다. 그러나 어린아이는 그의 애정을 잘 알고 있기 때문에 자꾸만 자
기의 얼굴을 비벼대기도 하고 기분 좋은 듯이 그의 팔에 안겨들기도
했다.

"그야 당신에게는 즐거운 일뿐이겠지만." 밀드레드가 말했다. "당신은
그 아이의 귀찮은 점은 조금도 모르잖아요. 한밤중에 이 아가씨께서 안
자겠노라고 보챌 때 한 시간만이라도 좋으니까 일어나 계셔보세요."

필립은 까마득히 잊고 있었던 자신의 어린 시절을 생각해냈다. 어린아
이의 발가락을 하나하나 손으로 만지면서 말했다.

"요 작은 돼지는 장에 가구요, 또 요 작은 돼지는 집에 남구요."

저녁때 집에 돌아와서 거실에 들어서면 제일 먼저 눈에 띄는 것은 마룻
바닥에서 뒹굴고 있는 어린아이였다. 그리고 어린아이가 그를 알아보고

기쁜 듯이 소리를 지르는 것을 들으면 일종의 희열까지 느꼈다. 밀드레드는 어린아이에게 필립을 '파파'라고 부르도록 가르쳐놓았다. 그러고는 처음으로 어린아이가 필립을 그렇게 불렀을 때, 그녀는 배를 잡고 웃고 나서 물었다.

"그런데 얘가 제 아이니까 그렇게 귀여워하시나요? 아니면 누구의 아이라도 다 마찬가진가요?"

"하지만 난 아는 아이라고는 이 애밖엔 없지 않소? 그러니까 그것은 뭐라고도 할 수가 없겠는걸."

입원 환자 병동의 조수로서 이 학기가 끝나갈 무렵 필립은 행운을 만나게 되었다. 칠월 중순경이었다. 어느 화요일 밤, 그 비크 거리의 술집에 갔더니 마칼리스터가 혼자 앉아 있었다. 그들은 마주 앉아서 그날 나타나지 않은 친구의 이야기 등을 했는데 조금 있다가 마칼리스터가 말을 꺼냈다.

"참! 이야기는 좀 다르지만 오늘 좋은 뉴스를 들었는데 말야. 클라인 폰타인의 새 주 말일세. 이것은 로데시아의 금광인데 자네만 한판 해볼 마음이 있다면 해보게. 조금은 벌이가 될 거야."

필립은 이러한 기회를 항상 기다리고 있었지만 막상 닥치고 보니 조금 망설여졌다. 손해를 보게 되는 것이 무엇보다도 두려웠기 때문이었다. 아무래도 그에게는 도박꾼 근성이라는 것이 없었던 모양이다.

"하고는 싶지만, 글쎄. 그럴 용기가 있을까? 만약 잘못되면 얼마나 손해를 보게 되지?"

"그럼 이야기하지 말걸 그랬군. 다만 자네가 무척 돈에 집착하는 것 같았기에 말했는데."

마칼리스터가 냉정하게 대꾸했다.

필립은 마칼리스터에게 무시당한 것처럼 느껴졌다.

"그야 하고 싶긴 무척 하고 싶단 말일세."

"하지만 돈을 걸지 않는다면 돈을 벌 수가 없다네."

마칼리스터는 그렇게 말하고 다른 이야기를 하기 시작했다. 필립은 이야기에 맞장구를 치면서도 속으로는 계속 생각하고 있었다. 만약 용케 맞았다고 하면 어떨까? 그렇게 되면 마칼리스터란 녀석, 이 다음에 만났을 때에는 몹시 나를 놀려댈 것이다. 어쨌든 입이 험한 사나이니까.

"자네만 좋다고 한다면 그럼 한 번 해보지."

하고 그는 근심스러운 듯이 말했다.

"좋아 알았네. 그러면 이백오십 주 사두겠네. 그랬다가 반 크라운만 올라가면 곧 팔아버리겠네."

그렇게 되면 얼마나 버는 것인지 필립은 재빠르게 속셈을 해보았다. 군침이 흘렀다. 삼십 파운드라는 돈이 굴러들어오는 것이다. 이건 정말 행운이로구나, 하고 그는 생각했다. 이튿날 아침 식사를 하면서 밀드레드에게 곧 그 이야기를 했다. 그러나 그녀는 아예 상대하려고도 하지 않는 것 같았다.

"여태껏 나는 증권으로 돈을 벌었다는 사람은 아직 들어본 일이 없어요. 언제나 에밀이 말하던걸요. 증권 따위로는 절대로 돈을 벌 수가 없는 거라구요."

필립은 병원에서 돌아오는 길에 석간 신문을 사서 증권 시세란을 살펴보았다. 증권에 관해서는 아무것도 알지 못했기 때문에 마칼리스터가 말한 그 주가 어디에 나와 있는지조차도 금방 알 수가 없었다. 그러나 자세히 보자 그 주가 사분의 일 파운드 가량 올라 있었다. 가슴이 두근거렸다. 그러나 만약 마칼리스터가 잊어버리고 있는 것은 아닐까도 걱정이 되었다. 마칼리스터는 팔면 전보를 쳐주겠다고 말했었다. 필립은 전차를 기다리는 것도 초조해서 느닷없이 마차를 잡아탔다. 여느때는 하지 않던 낭비였다.

"전보 안 왔나?"

그가 방으로 뛰어들면서 물었다.

"아뇨."

실망했다. 너무나 실망해서 맥이 탁 풀렸다. 그는 힘없이 의자에 몸을 묻어버렸다.

"그리고 보니 결국 내 것은 사주지 않았구나, 망할 자식!" 그는 몹시 욕을 해주고 나서 말했다. "아니, 역시 운이 없는 거야. 어떻게 쓸까 하고 하루 종일 생각했었는데 말야."

"그럼 그 돈을 도대체 어떻게 쓰려고 하셨어요?"

"그까짓 것 지금 생각하면 무슨 소용이 있어? 아! 욕심이 났었는데 말야. 그 돈이……."

그러자 그녀는 한바탕 큰소리로 웃고 나서 전보를 내밀었다.

"잠깐 농담을 했어요. 제가 먼저 뜯어보았어요."

그는 낚아채듯이 전보를 받아들었다. 과연 마칼리스터는 이백오십 주를 사서 그가 말한 대로 반 크라운씩 남기고 팔아버렸던 것이다. 매매 계산서는 내일 보내겠다고 씌어 있었다. 그녀의 심한 장난에 처음에는 약간 화가 치밀었으나 금세 기쁨이 가슴속에 가득 찼다.

"이젠 됐어. 얼마나 요긴했던지." 그는 외쳤다. "당신에게도 새 옷 한 벌 선사하지."

"네, 무척 갖고 싶었어요."

"그리고 또 있어. 오는 칠월에 수술을 받아볼까 해."

"네? 어디가 나쁘세요?" 그 순간 그녀는 자기도 모르는 병이 필립에게 있는지도 모른고 생각했다. 그것만 들으면 이토록 그를 이해할 수 없는 인간으로 만들어놓은 그 원인도 틀림없이 알게 될 것이라고 생각했다. 그러나 그는 새빨개졌다. 그는 자신의 불구에 대해서 말하기가 그만큼 싫었던 것이다.

"사실 내 다리를 어떻게 고칠 수 있을 것 같다고 하더군. 지금까진 시간을 낼 수가 없었거든. 하지만 이제 그런 것은 대수롭지 않아. 다음 달부터 붕대 조수를 시작할 작정이었지만 시월까지 연기해달래지 뭐. 이삼 주일만 입원하면 여름이 끝날 때쯤에는 바닷가에 갈 수가 있어. 당신이나 어린아이에게도 좋을 거야."

"그럼 브라이튼으로 가기로 해요, 필립. 브라이튼이 제일이에요, 거기엔 상당한 가문의 사람들이 많이 모이거든요."

필립은 막연하지만 콘월 근처의 조그마한 어촌을 생각하고 있었다. 그러나 그녀의 말을 듣고 보니 그런 곳은 밀드레드가 지루해서 견디지 못할 것이라고 생각했다.

"아니, 어디든지 나는 괜찮아. 바닷가이기만 하면 되니까."

웬일인지 그는 견딜 수 없을 만큼 바다에의 유혹을 느끼고 있었다. 물속에 뛰어들고 싶었다. 그리고 물방울을 튀기면서 헤엄쳐 다닐 것을 생각하면 기쁨이 솟구쳤다. 필립은 수영의 명수였다. 거센 바다만큼 마음을 들뜨게 하는 것도 없었다.

"재미있겠지 ?"

그는 큰소리로 외쳤다.

"마치 신혼 여행 같잖아요? 그런데 필립! 새 옷 장만하는 데 얼마 주시겠어요?"

94

필립은 그가 조수로 있는 외과 부주임 제이콥스에게 수술을 부탁했다. 그는 쾌히 승낙해주었다. 왜냐하면 그 무렵 기형 다리에 대해서 흥미를 가지고 재료를 수집하고 있었기 때문이었다. 그는 성한 쪽 다리와 똑같게는 될 수 없겠지만 상당히 좋아질 것이며 절름발이는 한평생 낫지 않겠지만 지금 신고 있는 구두보다는 훨씬 맵시있는 구두를 신을 수가 있게 될 것이라고 말했다. 필립은 그 옛날, 믿음이 강한 자는 산이라도 옮겨놓을 수 있다고 믿고 신에게 정성껏 빌었던 일을 생각해내고 쓸쓸하게 웃었다.

"전 조금도 기적을 바라는 게 아닙니다."

"자네는 영리해. 내게 할 수 있다는 걸 알고 있군. 개업을 해보게나. 역시 절름발이라는 것은 약점이 될 수밖에. 세상 사람들이란 매우 변덕스러워서 의사에게 어떠한 결함이 있으면 아무래도 잘 달려들지 않아."

필립은 독방에 입원했다. 그곳은 각 병동의 바깥쪽 층계참에 있었고 특별 환자를 입원시키는 방이었다. 여기에 한 달 가량 있었다. 걸을 수 있을 때까지는 제이콥스 씨가 절대로 바깥 출입을 시켜주지 않았기 때문이었다. 수술의 경과도 좋았기 때문에 매우 즐거웠다. 로슨과 아델니가 병문안을 왔었다. 하루는 아델니가 어린아이를 둘씩이나 데리고 왔다. 안면이 있는 학생들도 몇 명 가끔 몰려와서 이야기를 하다가 갔다. 밀드레드는 일 주일에 두 번씩 면회를 왔다. 주위 사람들 모두가 친절했다. 필립은 언제나 남의 신세를 지는 것이 부담스러웠으나 이번엔 감동했다. 번잡스런 일에서 벗어난 것도 기뻤다. 여기에 있기만 하면 장래에 대한 걱정을 할 필요도 없었다. 돈이 지속될 수 있을까 하는 것도, 최종 시험에 합격할 수 있을까 하는 것도 모두 염두에 없었다. 독서도 마음 내키는 대로 할 수 있었으나 최근에는 독서도 그다지 할 수가 없었다. 왜냐하면 밀드레드가 방해를 하기 때문이었다. 필립이 가까스로 주의력을 집중시켜보려고 하면 으레 밀드레드가 쓸데없는 질문을 해오곤 했다. 그리고 대꾸를 해주지 않으면 만족해하지 않는 것이었다. 겨우 마음을 가라앉혀서 책을 읽기 시작하면 반드시 무슨 일거리를 가지고 왔다. 이를테면 병마개가 안 빠진다고도 하고, 못을 박아달라고 망치를 가지고 오는 것이었다.

팔월에는 브라이튼으로 가기로 했다. 필립은 방을 하나 빌리고 싶었으나 밀드레드는 그러면 또 가사를 맡아보아야 하기 때문에 식사를 제공해주는 하숙집에 묵어야만 쉴 수 있지 않겠느냐고 우겼다.

"집에 있으면 늘 음식 걱정만 해야잖아요. 생각만 해도 지겨울 지경이에요. 완전히 환경을 바꿔보고 싶어요."

필립이 지고 말았다. 밀드레드는 마침 캠프 타운에서 하숙하는 집을 알고 있었는데 한 사람 분을 일 주일에 이십오 실링 이상은 받지 않을 것이라고 했다. 그 뒷일은 자기가 편지를 내서 교섭하겠다고 했으나 막상 그가 돌아와보니 아무것도 하지 않았다. 필립은 화가 나지 않을 수 없었다.

"그렇게 바빴으리라고는 생각되지 않는데."

"하지만 이것저것 다 생각할 순 없어요. 깜박 잊어버렸다고 해서 제가 나쁜 것은 아니잖아요."

필립은 어쨌든 바다에 가고 싶어서 견딜 수가 없었기 때문에 이제 새삼스럽게 하숙집 여주인과 교섭하는 것을 기다릴 수가 없었다.

"그럼 이렇게 하면 어때? 짐은 정거장에 맡겨두기로 하고 직접 그 집에 가서 방이 있는가 물어보도록 하지. 방이 정해지면 짐꾼을 시켜서 가져오게 하면 되잖아."

"당신 좋을 대로 하시면 되겠죠."

그녀의 대답이 몹시 퉁명스러웠다.

아무튼 그는 무슨 말을 듣는 것이 싫었다. 그녀는 토라져서 입을 다물어버리고는 필립이 부지런히 떠날 채비를 하는 동안에도 그저 물끄러미 바라보고 있을 뿐이었다. 조그마한 아파트는 팔월의 찌는 듯한 더위로 숨이 막힐 것 같았고 바깥에서는 고약한 냄새를 머금은 무더위가 사정없이 올라왔다. 빨간 수성도료(水性塗料)를 칠한 벽에 둘러싸인 조그마한 방에 누워 있으면 가끔씩 신선한 대기와 앞가슴에 부딪치는 바닷물의 물방울이 견딜 수 없이 그리워지곤 했다. 이제는 하룻밤이라도 더 런던에 있다가는 정신이 돌아버릴 것 같았다. 밀드레드도 피서 나온 사람들이 혼잡을 이루는 브라이튼 거리를 보자 겨우 기분이 좋아져서 두 사람은 밝은 마음으로 캠프 타운으로 마차를 몰았다. 필립은 어린아이의 볼을 어루만지면서 말했다.

"이삼 일만 지나보면 이 낯빛부터 달라질 거야."

그들은 하숙집에 도착해서 마차를 돌려보냈다. 단정하지 못한 하녀가 나와, 필립이 방이 있느냐고 묻자 주인에게 물어보고 오겠다고 하고는 사라졌다. 이윽고 튼튼하게 생긴, 직업이 몸에 밴 몸짓의 중년 여인이 내려와서 두 사람을 훑어보고 난 후에 어떤 방이 필요하냐고 물었다.

"독방이 둘, 그리고 될 수 있으면 어린이용 침대가 하나 있으면 좋겠는데요."

"미안하지만 그런 방은 없습니다. 커다란 이인용 방이 하나 있습니다. 지금 브라이튼은 초만원이어서요. 원하시는 대로 방을 구하실 수 있을지 모르겠군요."

"이삼 일이라면 어떻게 참을 수 있지 않겠어요. 필립?"

"하지만 역시 독방이 좋겠는데. 그러면 딴 데라도 혹시 하숙할 만한 곳을 가르쳐주실 수 없을까요?"

"그야 가르쳐드릴 수 있죠만, 역시 저의 집과 마찬가지일 거예요."

"아무튼 장소만이라도 가르쳐주십시오."

가르쳐준 집은 바로 이웃이었다. 두 사람은 그쪽으로 걷기 시작했다. 아직 지팡이에 의지해야 했고 몸도 매우 쇠약했지만 걸음만은 잘 걸었다. 어린아이는 밀드레드가 안고 있었다. 한참 동안을 말없이 걷고 있다가 문득 쳐다보니 그녀는 울고 있지 않은가? 난처하다고 생각했지만 일부러 모르는 체했다. 그러자 여자 편에서 먼저 말을 걸어왔다.

"손수건 좀 빌려주세요. 어린애를 안고 있기 때문에 제 것은 꺼낼 수가 없어요."

그녀는 얼굴을 외면한 채 흐느끼면서 짜부러진 것 같은 목소리로 말했다.

그는 손수건을 주고 잠자코 있었다. 그녀는 눈물을 닦은 후 여전히 그가 아무 말도 하지 않으니까 다시 말을 걸었다.

"저어 제가 그렇게도 싫은 여자예요?"

"길거리에서는 그런 싸움을 하는 게 아냐."

"그토록 끈질기게 독방, 독방, 하시는 게 아주 이상해요. 남들이 우릴 무어라고 생각할지 모르잖아요."

"사정을 알게 되면 품행이 단정한 데 놀랄 거요."

그녀는 힐끔 곁눈질을 하고서 얼른 다그쳤다.

"그렇지만 설마 우리는 부부가 아니라고 하실 작정은 아니겠죠?"

"그런 말은 안 해."

"그러면 어째서 부부처럼 함께 있을 수가 없는 거죠?"

"글쎄, 그건 좀 설명할 수가 없군. 당신에게 별로 창피를 줄 생각은 없지만 말야. 그건 아무래도 좀 무리야. 그야, 어리석고 무리한 이야기인 줄은 알지만 뭐라고 해야 할까. 나 스스로도 어떻게 할 수가 없는 거야. 어떤 강한 기분인걸. 나는 진심으로 당신을 사랑했기 때문에 더욱……." 하고 거기서 그는 잠깐 말을 끊었으나 곧 이었다. "요컨대 이런 문제를 설명하는 것은 처음부터 무리야."

"절 끔찍이도 사랑해주셨군요."

그녀는 고함을 지르듯이 말했다.

일러준 하숙집 여주인은 교활하게 보이는 눈을 가진 몹시 말이 많고 매우 소란스러운 노처녀였다. 이인용 방이면 매주 이십오 실링이고 어린애용 침대는 오 실링이면 빌려줄 수 있지만 독방을 따로 쓴다면 매주 일 파운드를 더 내야 한다는 것이다. 그리고 변명이라도 하는 듯한 어조로 말했다.

"그만큼 더 받는 것은 여차하면 독방이라도 침대를 하나 더 넣을 수가 있기 때문에 그러는 거예요."

"그걸로 파산할 리는 없고, 밀드레드, 어떻게 하지?"

"전 괜찮아요. 상관없어요, 전."

그녀가 토라져서 아무렇게나 내던지는 대답을 필립은 웃어 넘겼다. 그리고 짐은 여주인에게 부탁해서 가져다달라고 하고 두 사람은 자리에 앉아서 쉬었다. 필립은 다리가 조금 아팠다. 의자에 다리를 뻗을 수 있는 것이 고마웠다.

"이렇게 쉬기만 하면 한 방에 함께 있어도 괜찮겠죠?"

밀드레드는 적잖이 싸움조였다.

"싸움은 그만두자구."

그는 점잖게 말했다.

"전 또 당신이 한 주일에 일 파운드씩이나 낭비할 만큼 부자인 줄은 몰랐군요."

"자아, 그렇게 화내는 게 아니야. 함께 지내려면 이렇게라도 하는 수밖에 별다른 도리가 없지 않소."

"흥, 저를 경멸하시는군요. 그렇죠?"

"천만에. 누가 경멸한댔나?"

"그렇지만 너무 부자연스럽지 않아요?"

"그럴까? 하지만 당신은 나를 사랑하는 것도 아니잖아?"

"제가요? 도대체 저를 누구라고 생각하시는 거죠?"

"그렇지만 당신은 그다지 연애 같은 것을 할 만한 여자가 아니잖아? 어쩐지 그런 여자가 아닌 것 같아."

"흥, 제법 사람을 바보 취급 하시는군요."

"아아, 나 같으면 이런 걸 가지구 이렇게 시끄럽게 하지는 않을 텐데 말야."

하숙집에는 열 명 가량의 손님이 있었다. 기다랗고 어두운 방에 있는 긴 테이블에서 모두 함께 식사를 하기로 되어 있었다. 맨 윗자리에는 이 집의 여주인이 앉아서 고기 같은 것을 썰어주었다. 식사는 형편없는 것들이었다. 주인은 프랑스 요리라고 하지만 그것은 재료가 빈약한 것을 소스로 슬쩍 얼버무린 것이었다. 즉 가자미를 넙치로 속이고 뉴질랜드산 양고기를 어린 양고기로 속이는 것이었다. 부엌은 좁고 불편하기 때문에 요리는 제대로 완성된 것이 없었다. 손님들도 또한 중년이 다 되어버린 노처녀를 데리고 있는 노파라든가, 멋없이 거드름을 피우는 것같이 말을 하는 이상한 성품의 늙은 독신자라든가, 출가한 딸의 이야기나 또는 식민지에서 제법 잘 지낸다는 아들의 이야기만 노상 하는 안색이 좋지 않은 중년의 회사원 부부라든가, 요컨대 묘하게 젠 체하는 따분한 사람들뿐이었다. 식사때에는 미스 고렐리의 최근작이 곧잘 화제가 되었다. 또 알마 타데마보다는 레이튼 경이 좋다는 사람이 있는가 하면 반대로 레이튼 경보다는 알마 타데마가 낫다는 사람도 있었다. 밀드레드는 과연 얼마 안 가서 필립과 굉장히 낭만적인 결혼을 했다는 이야기를 여자들에게 떠들어댔다. 그리고 필립은 아직 학생일 때 결혼했기 때문에 그 지방의 명문인 자기 집안으로부터 겨우 일 실링의 돈을 받고 의절당해버렸다는 거짓말을 해서 흥미의 대상이 되어 있다는 것을 알았다. 또한 밀드레드의 아버지도 대번서 지방의 대지주였는데 그녀가 필립하고 결혼했다고 해서 지금까지 자기를 상대해주지 않는다고 했다.

그렇기 때문에 이런 하숙에 와서 아이 보는 사람도 없이 지내지만, 그래도 방을 두 개 쓰는 것은 두 사람 다 편안하게 살던 버릇으로 도무지 불편한 것은 참을 수 없기 때문이라고 해두었다. 물론 그들뿐만이 아니라 다른 손님들에게도 제각기 이곳에 온 이유는 충분히 있었다. 늙은 독신 남자는 대개 휴가 때에는 메트로폴로 가는데 그런 고급 호텔에서는 도무지 유쾌한 말동무를 구하기 힘들기 때문이라는 것이었다. 또 중년 딸을 데리고 온 노부인은 지금 마침 런던에 있는 아름다운 저택이 수리 중이기 때문에 딸에게 올 휴가는 간단히 지내자고 타일러서 여기로 왔다는 것이고 이런 곳은 난생 처음이라고 했다. 그래서 밀드레드는 이런 손님들이 모두 매우 훌륭한 사람들이라고 했다. 아무튼 거친 서민층 사람들은 매우 싫고, 역시 신사는 어디로 보나 신사다워야 한다는 것이 그녀의 주장이었다.

"진정한 신사 숙녀라면 외적으로도 역시 신사 숙녀다워야 하지 않겠어요?"

지금 한 이 한 마디는 필립에게 있어서는 전혀 이해할 수 없는 말이었으나 다만 그것을 몇 번씩이나 다른 사람들에게 말하는 것을 듣고, 더욱이 그것이 모두들에게서 진정으로 공감을 얻고 있는 기미를 보자 이해하지 못하는 사람은 오히려 자기뿐인지도 모르겠다고 생각하게 되었다. 필립과 밀드레드가 하루 종일 함께 지낸다는 것은 이번이 처음이었다. 우선 런던에서는 낮에는 얼굴을 볼 겨를이 없었다. 돌아오면 집안 일이나 어린아이 이야기나, 이웃 사람들의 소문 같은 것들이 자연히 화제가 되기도 하지만 그 뒤로는 공부하는 데 대부분의 시간을 썼다. 그런데 지금은 아침부터 밤까지 얼굴을 맞대고 있어야 하는 것이다. 아침 식사가 끝나면 바닷가로 나갔다. 오전 중엔 수영이나 산책으로 보내고 밤에는 어린아이를 재워놓고 부두에 나가 시간을 보냈다. 이것이 또한 좋았다. 왜냐하면 음악도 들을 수 있었고 끊임없이 흘러가는 인파를 바라볼 수 있었기 때문이었다. 필립은 그러한 사람들이 모두 어떤 인간일까 하고 상상하기도 하고 각각 제나름대로의 이야기들을 공상하고 있으면 무척 즐거웠다. 밀드레드가 말을 걸어오더라도 자신의 생각은 흐트러뜨리지 않고 다만 가볍게 입으로만 받아 넘기곤 하는 버릇을 어느 틈엔가 몸에 익히고 있었다. 시간이 길어서 지루하고 싫증이 나는 것은 오후였다. 그때는 둘이서 바닷가에 앉아 이야기를 했다. 밀드레드는 되도록 브라이튼에서 체재하는 동안 많은 소득을 얻어야 한다면서 책이라도 읽고 싶어하는 필립에게 여러 가지 이야기들을 끄집어내어 마음대로 책을 읽지 못하게 했다. 게다가 그녀는 필립이 자기 말을 듣고 있지 않는 것을 알게 되면 잔소리를 늘어놓았다.

"이런 쓸데없는 책은 집어 치우면 어때요? 언제나 책만 보면 몸에 해롭단 말이에요. 오히려 멍텅구리가 될 거예요. 그래요. 틀림없이 그럴 거예요."

"귀찮군그래."

"그리고 무엇보다도 제게 대한 실례예요."

그녀는 자기가 하는 말에도 주의력을 집중하지 못했다. 이를테면 별안간 개가 눈앞을 지나가거나 누가 큰소리로 외치며 지나가기만 해도 반드시 한 마디 했다. 그러고 나서 다음 순간에는 무슨 말을 지껄였는지를 잊어버리고 말았다. 사람의 이름 같은 것은 정말로 외지 못했다. 그러면서도 그것이 얼른 생각나지 않으면 몹시 초조해져서 이야기를 하던 도중이라도 멋대로 중단하고 머리를 쥐어뜯으면서 분해하는 것이었다. 그러나 그래도 끝내 생각이 나지 않아 체념할 수밖에 없을 때도 있었다. 그러면서도 뒤늦게 나중에 생각이 나면 이번에는 또 필립이 무슨 말을 하는 중이든 아랑곳없이 말을 가로막곤 했다.

"아, 생각났어요. 클린스예요. 언제고 나중에 생각날 줄은 알았지만 클린스, 그래요. 바로 생각나지 않던 그 이름 말이에요."

아무튼 그의 말 따위는 전혀 듣고 있지 않았던 것이 분명했다. 그런 만큼 필립으로서는 견딜 수 없었다. 그러면서도 그가 침묵을 지키게 되면 실례라며 한바탕 잔소리를 늘어놓았다. 그 여자의 두뇌는 원래가 추상적인 일에 관해서는 오분 동안도 생각할 수 없는 머리였다. 그래서 필립이 대충 추려서 말하는 버릇을 발휘하기 시작하면 대번에 노골적으로 싫증을 드러내 보였다. 그녀는 곧잘 꿈을 꾸는데 놀랍게도 꿈만은 자세하게 기억했다가 매일 장황하게 늘어놓곤 했다.

어느 날 아침 도프 아델니에게서 긴 편지가 왔다. 그에 의하면 집안 사람들이 모두 멋진 휴가를 즐기는 것 같았는데 그런 데서도 그의 독특하고 건강한 양식이 엿보였다. 과거 십 년간을 매년 빠짐없이 실천해온다는 것인데, 온 가족이 함께 아델니 부인의 친정 가까운 캔트에 있는 어떤 홉 농장에 와 있으며 여기서 삼 주일간 홉 따기를 하며 지낸다는 것이었다. 덕분에 일광욕을 충분히 할 수 있을 뿐만 아니라 돈도 벌 수 있고 아델니 부인은 매우 좋아하고, 대지와의 접촉도 새로이 할 수 있다는 것에 아델리 부인은 매우 좋아한다는 것이었다. 아델니가 특히 강조하는 것은 마지막 것이었다. 한동안 전원 생활을 한다는 것은 그들에게 그만큼 새로운 힘을 불어 넣어주는 셈이 된다는 것이다. 그것은 마치 마법의 제전 같았다. 그들은 그런 방법으로 청춘과 체력과 정신의 상쾌함을 새롭게 할 수 있다는 것이다. 필립은 전에도 아델니가 그 일에 대해서 엉뚱한 꿈과 같은 이야기를 하는 것을 들은 적이 있었다. 그런데 그 아델니가 부디 한 번 놀러오라는 것이다. 그는 요즘 셰익스피어와 뮤지컬 글라시스에 대해서 새로이 생각한 것을 들려주고 싶고 아이들도 모두 필립 아저씨를 무척 보고 싶어한다는 것이다. 필립은 오후에 밀드레드와 함께 바닷가에 앉아 있을 때에 그 편지를 다시 한 번 읽어보았다. 그는 먼저 아델니 부인에 대한 많은 것들을 생각했다. 아이들의 명랑한 어머니로서 언제나 상냥했고 참으로 기분 좋게 맞아주는 그녀. 그리고 다음은 샐리였다. 나이에 어울리지 않게 침착하며 어딘지 함부로 하기 어려운 어머니 같은 데가 있다. 길게 땋은 금발머리에 넓고 큰 이마를 한 머리. 그리고 모두 명랑하고 숨김이 없고 건강하고 귀여운 아이들을 생각했다. 그의 마음은 알지도 못하는 사이에 그들에게로 끌리는 것을 느꼈다. 그들에게는 필립이 일찍이 다른 어떤 사람들에게서도 볼 수 없었던 아름다운 점이 있었다. 바로 착한 마음씨라는 것이었다. 생각해보면 그의 마음을 그토록 끌리게 하는 것은 분명히 그들의 선의의 아름다움이었다. 이론적으로는 그는 선의 따위는 믿지 않았다. 가령 도덕이라는 것이 단순히 형편이 좋다는 것에 지나지 않는다고 한다면 선에도 악에도 아무런 의미가 없는 것이다. 그는 논리에 어긋나는 일은 싫었다. 그러나 여기에 있는 것은 어린애 같은 소박한 선량함, 극히 자연스럽고 조금도 꾸밈이 없는 선량함이었다. 그는 그것을 더할 수 없이 아름답다고 생각했다. 그는 깊은 사색에 잠긴 채 천천히 그 편지를 찢어버렸다. 아무리 그렇다 해도 밀드레드를 두고 갈 수는 없었다. 그렇다고 함께 갈 마음은 도저히 생기지 않았다.

구름 한 점 없는 무더운 날씨였다. 하는 수 없이 그들은 그늘에서 더위를 피하고 있었다. 어린아이는 바닷가의 조약돌을 쥐고 열심히 놀다가 이따금 필립에게로 기어와서는 돌 하나를 그에게 쥐어주었다가 다시 받아들고 소중한 것처럼 밑에 내려놓는 것이었다. 말하자면 그것은 아이에게만 이해되는 극히 복잡하고 신비로운 놀이였다. 밀드레드는 잠자코 있었다. 목을 뒤로 젖히고 입을 조금 벌리고 두 다리를 쭉 뻗은 페티코트 밑에서 그녀의 구두가 모양 사납게 튀어나와 있었다. 지금까지 그는 그냥 멍하니 바라보고만 있었으나 지금에야 비로소 일종의 특별한 기분으로 가만히 살펴보았다. 그러고 보면 지난날 미친 것처럼 이 여자를 사랑했던 일도 있었는데 어째서 지금은 이렇게 흥이 깨져버린 것일까? 그 변화를 생각하면, 그는 무언가 무거운 고통에 사로잡혔다. 그가 전에 겪었던 모든 고통이 모조리 헛일이었던 것 같은 마음까지 들었다. 그녀의 손에 닿기만 해도 황홀한 기분에 도취되었고, 나아가서는 그녀의 영혼 속에까지 비집고 들어가서 그녀의 모든 사상, 모든 감정을 함께 하고 싶다고 소원했던 일마저 있었다. 두 사람 사이에 계속 침묵이 흘렀을 때에는, 그녀의 말은 두 사람의 생각이 얼마나 멀리 떨어져 있는가를 증명하는 것처럼 생각되어 무척 애태우며 고민했었다. 그리고 마음과 마음을 떨어지게 하는 것 같은 넘기 어려운 장벽에 대하여 그는 얼마나 힘겹게 저항해서 싸웠던 가? 일찍이 그토록 그녀를 사랑했으면서도 지금은 조금의 연정도 느끼지 못한다는 것은 무언가 이상야릇한 비극적인 일 같았다. 때로는 그녀가 밉살스럽게 생각될 때도 있었다. 조금도 배우려고 하지 않는 여자, 그리고 인생의 모든 경험도 그 여자에겐 아무것도 가르쳐주지 않은 것이다. 변함없이 버릇없는 여자였다. 이곳 하숙집에서도 시커멓게 되어 일하는 가정부에 대한 그녀의 건방진 말씨와 태도를 듣고 있기만 해도 화가 치밀었다.

그러는 동안에 그는 장래의 계획에 대해서도 생각하기 시작했다. 사학년 끝에는 산파학의 시험을 치르고 다시 일 년만 더 하면 개업 의사의 자격도 얻게 될 터였다. 그렇게 되면 어떻게 해서라도 스페인에 가는 것이다. 단지 사진을 통해서만 알고 있는 바로 그 진짜 실물이 보고 싶었다. 그는 아무래도 엘 그레코라는 화가가 자기에 대한 어떤 중대한 비밀을 쥐고 있는 것처럼 생각되었다. 그는 톨레도에 가기만 하면 틀림없이 그 비밀은 알게 될 것이라고 그렇게 공상했다. 애당초 사치를 부릴 작정은 아니었으니까 백 파운드쯤만 가져도 스페인에서 반 년은 지낼 수가 있겠지. 그리고 만약 마칼리스터가 또 한 번 돈벌이를 시켜주기라도 한다면 그만한 돈은 쉽게 생길 터이다. 아름다운 고도의 여러 가지 정경들과 카스틸리아 황토의 대평원을 생각하면 그의 마음은 달아올랐다. 틀림없이 현재 그가 알고 있는 것보다도 훨씬 풍부한 인생을 볼 수 있을 것이다. 스페인에서라면 좀더 충실한 생활도 할 수 있을 것 같았다. 형편이 괜찮다면 괜찮은 곳에서 개업을 할 수도 있을는지 모르는 일이다. 여행 중이거나 일시 체류 중인 외국인들이 어디에고 상당히 있을 테니까 생활비쯤이야 무난히 벌 수 있겠지. 그러나 이런 계획은 아직 나중의 일이었고 우선 한두 군데 병원 근무를 마쳐야 한다. 그것이 경험이 되고 나중에 일자리를 얻는 데 큰 도움이 될 것이다. 그가 가장 소망하는 것은 기항하는 항구에서 천천히 그 지방을 구경할 수 있는, 커다란 부정기 화물선의 배려로 배를 타는 일이었다. 그는 동양에 가보고 싶었다. 그의 공상은 방콕이나 상하이, 나아가서는 일본의 여러 항구의 풍경으로 꽉 차 있었다. 해변의 야자나무며 뜨겁고 높푸른 하늘이며, 검은 살갗의 원주민들, 그리고 파고다의 영상들을 혼자 마음속에 그리고 있었다. 동양의 향기가 그의 코를 취하게 하고, 그의 가슴은 세계의 아름다움과 진기함을 상상하고 심한 동경에 가슴이 뛰었다. 그때 밀드레드가 그의 공상을 깨뜨렸다.

"어머, 깜박 잠이 들었었나 보군요. 어쩜, 이 장난꾸러기 공주님은 어쩔 수가 없구나. 뭘 하고 놀았어? 어제 깨끗하게 세탁한 때때옷이 이렇게 못 쓰게 됐잖아. 이것 좀 보세요, 필립."

95

필립은 런던으로 돌아오자 외과 병동에 배속되어서 수술 조수의 실습을 시작했다. 그의 흥미는 외과보다는 내과 쪽에 있었다. 내과 쪽이 보다 더 경험적인 학문인 만큼 그의 상상을 자극시킬 범위가 넓었기 때문이었다. 외과의 작업은 내과보다 다소 어려웠다. 매일 아침 아홉시에서 열시까지 강의가 있고 그것이 끝나면 곧장 병동으로 갔다. 상처의 붕대를 풀고 실을 뽑고 또 새 붕대를 감아주는 것이다. 붕대감는 솜씨는 제법 자신이 있어서 곧잘 간호사들에게 자랑을 하고는 우쭐하곤 했다. 매주 며칠인가는 오후에 수술이 정해져 있다. 그는 새하얀 가운을 입고 계단 교실 밑바닥에 서서 집도의가 요구하는 수술 도구를 잽싸게 집어주기도 하고 수술하는 것이 잘 보이도록 끊임없이 해면으로 피를 닦기도 했다. 간혹 진귀한 수술이 있을 때에는 교실 안이 꽉 찼지만 그렇지 않을 때는 출석하는 학생은 대개 대여섯 정도밖에 되지 않기 때문에 수술은 기분 좋게 진행되었고 그도 즐거웠다. 그때만 해도 맹장염이라는 것이 세상 사람들의 주목을 대단히 끌고 있었던 때인 만큼 이 병으로 수술실로 운반되어오는 환자가 상당히 있었다. 필립이 따르고 있던 외과 의사는 어떻게 하면 좀더 빠르게, 그리고 좀더 조그맣게 맹장을 자르고 끊어내는가 하는 문제로 어떤 동료와 크게 솜씨를 겨루고 있었다.

그러고 필립은 이번에는 응급 처치부로 옮겨갔다. 조수들은 교대로 근무하게 되어 있어서 근무하는 사흘간은 병원에 묵으면서 식사도 모두 함께 대기실에서 해야 했다. 그 대기실은 응급환자 수용실에 가까운 지하실에 있었으며 침대가 하나 있을 뿐이었는데 그것도 낮에는 벽장에 집어 넣어두곤 했다. 당번 조수는 언제 어느 때 운반되어올지도 모르는 환자에 대비해서 언제라도 응급 처치를 할 수 있는 만반의 준비를 갖추고 있어야 했다. 밤중에도 대개 한두 시간마다 머리맡의 벨소리가 울리곤 한다. 그러면 본능적으로 일어나야만 하는 것이다. 특히 토요일 밤, 그것도 주점이 닫힐 무렵이 제일 바빴다. 곤드레만드레로 취한 친구가 경찰관에게 운반되어 들어온다. 그러면 우선 위 세척을 해야 했다. 여자 주정뱅이는 한층 더 다루기가 나빴는데 취한데다가 남편에게 두들겨 맞았다면서 머리에 상처를 입거나 코피를 흘리면서 찾아오곤 한다. 이젠 무슨 일이 있더라도 남편을 상대로 소송하겠다고 화를 내는 여자도 있는가 하면 또 매우 부끄럽게 생각하고 대수롭지 않은 상처일 뿐이며 자신의 과오였다고 우겨대는 여자도 있다. 조수의 손으로 될 수 있는 데까지는 직접 치료하지만 만약 처리가 어려운 중환자일 경우에는 숙직 중인 전문 외과 의사를 부르러 보낸다. 그러나 이런 때만은 매우 신중히 해야 한다. 왜냐하면 외과 의사로서는 대수롭지도 않은 일로 오층씩이나 계단을 내려오는 것을 결코 달가워하지 않기 때문이다. 환자라고 하더라도 겨우 손가락을 한 개 자른 사람부터 목을 쨘 사람까지 실로 여럿이었다. 기계에 팔목이 말려들었다는 소년, 마차에 치였다는 사나이, 놀다가 팔다리가 부러진 아이, 때로는 자살 미수자까지 경찰관이 운반해왔다. 한 번은 필립은 한쪽 귀에서 다른 쪽 귀까지 예리한 칼로 크게 찢어진 사나이가 무시무시하게 충혈된 눈으로 운반되어온 것을 본 적이 있다. 그는 그 후 몇 주일 동안 경관의 감시를 받으면서 혼자 병실에 있었는데, 죽지 못한 것이 불만이어서 기분 나빠하며 말도 하지 않을 뿐더러 퇴원을 하기만 하면 다시 자살하겠다고 떠들어댔다. 병동은 언제나 만원이었다. 경찰서에서 환자가 운반되어올 때마다 외과 의사는 딜레마에 직면하게 된다. 왜냐하면 만약 환자가 경찰서에서 이곳으로 운반되어와서 죽었다고 하면, 반드시 불미스러운 기사가 신문에 실리게 되기 때문이었는데 과연 환자가 사실상 빈사 상태였는지 아니면 단순한 주정뱅이에 지나지 않았는지를 쉽게 말할 수 없을 때가 사실은 가끔 있었기 때문이었다. 필립은 완전히 지쳐버릴 때까지는 잠자리에 들지 않았다. 왜냐하면 잠이 들었다가 한 시간도 못 되어서 다시 일어나야 하는 것은 매우 괴로웠기 때문이었다. 일하는 사이 사이에는 그대로 응급실에 남아서 야근하는 간호사와 잡담을 하면서 지내기로 했다. 그 간호사는 이 응급실에서만도 이십 년 동안이나 일해왔다는, 그야말로 남자 같은 성격의 백발 여자였다. 제대로 독립해서 살림을 꾸려나가는데다가 별로 귀찮게 할 동생도 없었기 때문에 일만이 전부라는 것이다. 동작은 좀 둔했지만 기술이 매우 놀라워서 아무리 위급한 경우라도 절대로 실수하는 일이 없었다. 아직 서툴거나 무서워서 벌벌 떠는 조수들은 그녀를 바라보고는 마음속으로부터 믿음직스러움을 느꼈다. 지금까지 그녀는 몇천 명이라는 조수들을 알고 있을 텐데도 그녀에게 있어서는 별 소용이 없었던 모양이었다. 누구나가 한결같이 그녀에게는 '미스터 브라운'이었다. 항의를 하고는 진짜 이름을 말해보았자 그녀는 고개만 약간 끄덕여 보일 뿐 여전히 그 뒤에도 미스터 브라운으로 부를 뿐이었다. 바스 직으로 싼 긴 의자가 두 개 있을 뿐인 텅 빈 대기소에서 번쩍이는 가스등의 불빛을 받아가면서 그녀의 이야기를 듣는 것은 재미있었다. 운반되어오는 환자 따위는 이미 그녀에겐 인간이 아니었다. 그것들은 다만 주정뱅이, 부러진 팔, 그리고 잘린 인후라는 물건에 지나지 않았다. 이 세상의 모든 악도 불행도 참혹함도 그녀에게는 당연한 일에 지나지 않았다. 모든 인간이 하는 것은 칭찬할 일도 없거니와 책망할 일도 없었다. 있는 그대로를 받아들이는 그것뿐이었다. 오히려 그녀에게는 일종의 기분 나쁜 유머마저 있었다.

"그래 그래, 기억하고 있지. 한 번은 템즈 강에 몸을 던졌다는 사람이 왔었지."

하고 필립에게 말한 적이 있었다.

"어떻게 구조돼서 우리 병원에 데려왔었는데 그 사람이 글쎄 열흘쯤 지나니까 그때 마신 템즈 강물에 오염되어 티푸스에 걸려버렸더군요."

"그래서 죽었나요?"

"물론 죽어버렸죠. 난 지금도 그것을 잘 알 수가 없지만 자살이라고 할 수 있지 않을까? 아무튼 자살이라는 것은 모두 사연이 있는 것이기도 해서 말이죠, 또 한 번은 이런 경우도 있었지. 실직을 한데다가 상처까지 한 사람이었는데 있는 옷가지를 잡혀서 권총을 샀다는군. 그리고 그것으로 엄청난 실수를 저질렀는데 한쪽 눈만 상하고 깨끗이 나아버렸지 뭐요.

그런데 그런 일을 당해 얼굴 한쪽이 날아가버리고 한쪽 눈도 없어졌지만 그래도 이 세상이 그다지 나쁘지 않다는 것을 깨달은 모양인지 그 후부터는 매우 행복하게 잘 살고 있다고 하더군요. 언제나 내가 깨닫는 것은 세상 사람들이 생각하는 것처럼 인간은 결코 연애 따위로 자살하지는 않는다는 거예요. 그런 일은 전부 소설가라는 사람들이 마음대로 꾸며내는 상상일 거예요. 결국 자살하는 것은 돈이 없기 때문일 거예요. 안 그럴까?"

"역시 연애보다는 돈이 더 중요한 것일까요?"

필립이 슬쩍 자기의 의견을 말했다.

왜냐하면 그 무렵엔 필립도 돈 때문에 골치를 앓고 있었기 때문이다. 한 사람이건 두 사람이건 생활비는 별 차이가 없을 거라고 말했지만 이제는 그것이 거짓말에 가깝다는 것을 그도 겨우 알았다. 그리고 드디어 그의 생활비가 두통거리가 되어가기 시작하고 있었다. 밀드레드는 결코 좋은 살림꾼은 아니었다. 마치 매일 식당에서 밥을 사먹는 것만큼이나 돈이 들었다. 어린 아이에게는 옷을 사줘야 했고 밀드레드에게는 신발과 우산, 그 밖에 그 여자의 말에 의하면 없어서는 안 된다는 여러 가지 사소한 물건들을 사야만 했다. 브라이튼에서 그녀도 일자리를 찾을 작정이라고 했으나 별로 이렇다 할 노력을 하는 것 같지 않았다. 게다가 감기가 들어서 약 두 주일 동안이나 누워 있다가 나은 다음에도 사람 구하는 광고에 한두 군데 응모하기도 하는 것 같았으나 결과는 허사였다.

너무 늦게 가서 그 자리는 다른 사람으로 정해져버리거나 일이 그 여자의 건강 상태로는 도저히 해낼 수 없는 무거운 노동이라는 것이었다. 한번은 일자리가 생겼으나 급료가 한 주일에 겨우 십사 실링밖에 안 된다고 그녀 쪽에서 사람을 우습게 본다며 가지 않았다.

"남이 태워주는 비행기를 타는 것도 안 좋지만, 그렇다고 너무 발 밑만 내려다보는 것도 어리석지요." 하고 그녀는 말했다. "너무 싸게 굴면 오히려 바보 취급을 받아요."

"십사 실링이라면 그다지 나쁘지도 않군그래."

필립은 무뚝뚝하게 대답했다. 그는 만약 그것만이라도 있으면 생활비에 상당히 도움이 될 것이라고 생각했다. 그러나 밀드레드는 면접할 때

입고 갈 깨끗한 옷도 없기 때문에 될 이야기도 안 된다고 했다. 그래서 필립은 하는 수 없이 새 옷을 한 벌 사주었다. 그래서 또 몇 군데 찾아다닐 모양이었지만 이제는 필립도 그녀가 취직할 마음이 없다는 것을 알았다. 일하기가 싫은 것이었다. 결국 필립이 할 수 있는 돈벌이라고는 증권 매매밖에 없었다. 그는 지난 여름과 같은 행운을 다시 한 번 얻고 싶어서 견딜 수가 없었지만 남아프리카에서는 트란스발과의 전쟁이 일어나서 남아프리카 시장 상황은 불 꺼진 뒤와 같은 상태였다. 마칼리스터의 말에 의하면 한 달만 지나면 레드버즈 불러가 플레토리아에 입성하게 될 것이고, 그렇게 되면 호경기가 다시 올 것이 틀림없다고 했다. 그저 참을성있게 기다리기만 하면 된다는 것이다. 오히려 그들이 바란 것은 영국군의 형세가 불리해져서 주가가 떨어지는 것이었고, 그렇게 되면 바로 그때 사들인다는 것이었다. 그 후부터 필립은 애독지의 '재계잡화(財界雜話)'란을 눈을 크게 뜨고 읽기 시작했다. 그는 초조하면 초조할수록 마음이 조급했다. 그래서 그는 본의는 아니었지만 밀드레드에게 심한 말을 한 적이 몇 번인가 있었다. 그런데 그녀는 성격이 상냥하지도 않거니와 참을성도 없는 여자였기 때문에 대번에 화가 치밀어 달려들었기 때문에 이내 싸움이 벌어지곤 했다. 필립은 늘 자기가 심한 말을 한 뒤에는 잘못했다고 사과했지만 밀드레드는 남을 용서한다는 것을 알지 못했다. 그래서 한 이틀 동안은 부어 있곤 했기 때문에 그녀가 하는 모든 것이 필립의 마음에 거슬렸다. 음식을 먹는 태도에서부터 벗은 옷을 여기 저기 방 안에 흐트러 놓는 것에 이르기까지 모두 그랬다. 필립의 머릿속에는 전쟁에 관한 일로 가득 찼기 때문에 아침 저녁으로 정신없이 신문을 읽곤 했는데, 여자 쪽은 그런 일에는 신경쓰지 않았다. 그 무렵에 그녀는 같은 동네에 사는 두서너 명과 친숙하게 지냈는데, 그 중의 한 사람인 부목사가 심방을 한 번 오겠다고 했다.

그러자 그 여자는 대뜸 결혼 반지를 끼고 태연하게 커머리 부인의 행세를 했다. 필립이 거처하는 방의 벽에는 그가 파리에서 그린 두 세 폭의 그림이 걸려 있었다. 모두 누드로, 두 폭은 여자이고 한 폭은 미구엘 아프리아가 주먹을 불끈 쥐고 양 다리를 꽉 버티고 서 있는 그런 그림이었다. 어쨌든 필립의 작품으로서 가장 잘된 것이었고 행복했던 시절의 추억이라는 의미도 있어서 걸어놓았는데 그 그림들이 밀드레드의 마음에 들지 않았던 모양이었다.

"이봐요, 필립. 저 그림 좀 떼버렸으면 좋겠네요." 마침내 그녀는 말을 끄집어냈다. "어제 오후에도 십삼 번지에 사는 포만 부인이 오셨는데 전 눈 둘 곳을 몰라서 혼났어요. 그분이 어이없는 얼굴을 하고 가만히 보고 있지 않겠어요."

"어떻게 됐다는 거야, 저 그림이?"

"꼴 사납잖아요? 저런 나체화를 걸어두다니, 생각만 해도 소름이 끼쳐요. 정말이에요. 게다가 아이에게도 안 좋다고 생각해요. 그 애도 이젠 여러 가지를 알게 되는걸요."

"어째서 당신은 그렇게 저속하기만 할까?"

"저속하다구요? 이건 교양 문제라는 거예요. 제가 이제껏 아무 말도 하지 않고 지내왔지만 아침부터 밤까지 벌거벗은 그림만 보고 있는 걸 좋아한다고라도 생각하시나요."

"밀드레드, 당신이라는 여자는 전혀 유머를 모르는 여자군그래?"

필립은 쌀쌀하게 물었다.

"글쎄요. 나는 이 문제와 유머가 어떤 관계가 있는 건지 모르지만 제 손으로 내려놓겠어요. 저 그림에 대한 저의 감상이 듣고 싶나요? 전 아주 싫어요. 소름이 끼쳐요."

"당신의 감상 따위는 듣고 싶지도 않아. 다만 손을 대는 것만은 절대로 용서하지 않겠어."

밀드레드는 그에 대해서 화가 나면 으레 어린애에게 화풀이를 했다. 필립은 이 어린아이가 무척 좋았고 또 이 아이도 그를 무척 따라서 아침마다 그의 방으로 기어들어와서는 그의 잠자리 속에 들어오는 것을 매우 좋아했다. (아이는 벌써 두 살이 되어가고 곧잘 걷기도 했다) 그런 모습을 질투하듯 밀드레드가 필립의 방에 못 들어가게 하면 크게 울음을 터뜨리곤 하는 것이었다. 더욱이 필립이 아이에게 심하게 군다고 그 여자를 나무라면 그녀는 지지 않고 대꾸했다.

"버릇이 되면 곤란하니까요." 그래도 필립이 무어라고 더 말을 하면, "제 자식을 제가 어떻게 하건 당신에겐 상관없잖아요. 당신이 말하는 것을 들으면 마치 이 애 아버지 같군요. 전 이 애의 어머니란 말예요. 어떻게 하는 것이 이 애에게 좋은 건지는 잘 알고 있어요. 안 그래요?"
이 여자의 우둔함에는 그도 그만 지쳐버렸다.
그러나 요즈음에는 오히려 그녀에 대해 될 대로 되라는 마음이 들었기 때문에 화를 내는 일은 별로 없었다. 동거 생활도 그럭저럭 익숙해져 갔다. 크리스마스가 다가왔다. 필립은 이틀간의 휴가를 얻을 수가 있었다. 그래서 필립은 조그마한 크리스마스 트리를 사다가 방을 장식하고 크리스마스 당일에는 밀드레드와 아이에게 각각 조그마한 선물도 했다. 단 두 사람뿐이었기 때문에 큰 칠면조를 사지 않는 대신 밀드레드가 영계를 굽고 근처의 식료품 가게에서 크리스마스 푸딩을 사다가 먹기도 했다. 큰 마음 먹고 포도주도 한 병 샀다. 식사를 끝내자 필립은 벽 난로가의 큰 팔걸이의자에 앉아서 파이프 담배를 피우고 있었으나 마실 줄 모르는 술을 마신 탓인지 돈 걱정도 잠시 동안 잊어버리고 있었다. 그는 행복하고 좋은 기분이었다. 이윽고 밀드레드가 들어와서 아이가 잠들기 전에 굿 나잇 키스를 해달고 조르고 있다고 했다. 그는 벙글벙글 웃으면서 밀드레드의 침실로 들어갔다. 아이에게 키스해주고 가스 등을 끄고는 어린애가 깨어나 울 경우를 생각해서 문을 열어놓은 채 다시 거실로 돌아왔다.
"당신은 어디에 앉지?"
밀드레드에게 물었다.
"당신은 의자에 앉으시는 게 좋겠군요. 전 마루에 앉겠어요."
필립이 의자에 앉자 그녀는 난로 앞에 앉아서 필립의 무릎에 기대었다. 그러고 보니 복스홀 브리지 거리에 있던 그녀의 하숙집에서 단둘이 앉아 있던 것과 똑같은 자세였다. 달라진 것은 두 사람의 위치가 반대라는 것뿐이었다. 즉 그때에는 필립이 마룻바닥에 앉아서 그녀의 무릎에 머리를 기대고 앉았었던 것이다. 아아, 그 무렵에는 얼마나 열렬한 정열로 그녀를 사랑했던가! 그런 생각이 들자 그는 이 여자에 대해서 잊어버렸던 애틋한 마음이 다시 솟아나는 것처럼 느껴졌다. 그는 또 어린아이같이 부드럽고 조그마한 그녀의 손이 아직도 자기의 목덜미에 감겨있는 것같이 느끼기까지 했다.
"어때? 기분이 좋아?"

그녀는 얼굴을 들어 그를 올려다보고 가볍게 웃으면서 고개를 끄덕였다. 둘다 말없이 꿈꾸는 것처럼 벽난로의 불꽃을 바라보고 있었는데 그녀가 돌아 앉으면서 필립을 이상스럽다는 듯이 가만히 바라보다가 느닷없이 물었다.

"제가 이리로 옮겨온 후로 당신은 한 번도 내게 키스해주지 않으셨죠?"

"해주기를 바라나?"

"하지만 그렇게는 나를 생각하지 않겠지요? 그렇죠?"

"아냐, 퍽 좋아하는걸."

"하지만 아이가 더 좋으시죠?"

필립은 대답하지 않았다. 밀드레드는 필립의 손에 자기의 뺨을 살며시 대었다. 그리고 조금 있다가 시선을 아래로 떨어뜨린 채 말했다.

"그럼 지금은 나를 미워하지 않나요?"

"도대체 뭘 미워하지?"

"아! 나는 지금처럼 당신이 좋은 적은 없었어요. 나도 여러 가지 고생을 하고서야 비로소 당신을 사랑한다는 것을 알았어요."

밀드레드가 항상 즐겨 읽는 대중 소설 가운데에 나오는 그러한 구절이 지금 이렇게 이용되고 보니 그는 저도 모르게 한기 비슷한 것을 느꼈다. 그리고 다음 순간 도대체 지금 한 말이 그녀에게는 무슨 의미가 있는 것일까 하고 그것이 오히려 이상스럽게 여겨졌다. 아마도 그녀는 〈패밀리 헤럴드〉 등에나 나오는 그러한 호들갑스러운 말 이외에는 자기의 진정한 감정을 나타내는 방법을 모르는 것 같았다.

"어떻든 아주 이상해요. 우리 둘이 이렇게 함께 살다니."

필립은 한동안 대답하지 않았다. 또다시 침묵이 계속됐다. 그러나 끝내 필립이 입을 열었다. 오랜 동안의 침묵 같은 것은 없었던 것처럼.

"화내지 마. 이럴 수밖에 없으니까. 지금 생각나지만 나는 곧잘 이랬다 저랬다 한다고 해서 당신을 나쁜 여자다, 지독한 여자다 하고 생각했던 일이 있어. 그러나 지금 생각해보면 내가 바보였어. 당신은 조금도 나를 사랑하지 않았던걸. 그런 걸 나무란다는 것은 참 어리석은 짓이었소. 나는 또 나의 힘으로 당신이 나를 사랑하게 만들 수 있다고 장담했었는데 말이지. 지금 생각하면 그런 것은 애초부터 무리한 일이었다는 것을 잘 알았어. 당신의 어디가 좋아서 모두들 당신을 사랑하게 되는지 알 수가 없구려. 그러나 그것이 무엇이건 간에 문제는 바로 그것이란 말이오. 그것이 없으면 친절이라든가 기분이 좋다든가 그런 것을 아무리 보여주었댔자 억지로 생겨나는 것은 아니니까 말이오."

"하지만 전 당신이 그때 진정으로 저를 사랑했더라면 지금이라 할지라도 틀림없이 사랑해줄 것이라고 생각했었어요."

"그렇게 말한다면, 사실 나도 그렇게 생각했었소. 사랑이야말로 영구히 계속되는 것이라고 스스로 생각했었지. 당신을 잃게 되는 것이라면 차라리 죽어버리는 편이 낫다고까지 생각했었거든. 그리고 곧잘 이렇게도 생각했었어. 당신이 빨리 할머니가 되어주었으면 좋겠다, 그래서 아무도 당신 따위는 거들떠보는 사람이 없을 때에야말로 당신을 완전히 독차지해 버려야겠다고 말이지. 그럴 때를 간절히 소망했던 일도 있었어."

밀드레드는 대답하지 않았으나, 이윽고 일어났다고 생각하자 벌써 자겠다고 했다. 그리고 꺼져버릴 듯한 미소를 띠면서 말했다.

"저어 필립? 크리스마스잖아요. 굿 나잇 키스 안 해주시겠어요?"

필립은 소리를 내어 웃었다. 그리고 약간 얼굴을 붉히면서 키스했다. 그녀는 침실로 갔다. 필립은 책을 읽기 시작했다.

96

위기의 절정은 이삼 주일 뒤에 왔다. 밀드레드는 필립의 태도로 말미암아 몹시 이상한 흥분 상태에 빠져 있었다. 그녀의 마음속엔 여러 가지의 감정이 물결치고 있었고 고양이의 눈처럼 마음이 변했다. 대개는 혼자 집에 있으면서 자기의 처지를 곰곰이 생각해보곤 했다. 밀드레드는 자기의 감정을 모조리 말로 표현해서 나타내지 않았다. 아니 오히려 자기의 감정을 자신도 알 수가 없는 것이었다. 다만 그렇기는 해도 어떤 종류에 대해서만은 확실히 떠올라서 그것만을 언제까지나 몇 번이고 되풀이하여 생각했다. 그녀에게는 아직 필립이란 인간이 전혀 이해되지 않았고 그가 그다지 좋은 것도 아니었다. 필립이라면 틀림없이 신사일 것이라고 믿고

있는 것만으로 그와 동거 생활을 해오고 있는 것이었다. 필립의 선친이
의사였고 백부가 목사라는 사실도 그녀로서는 대단한 일처럼 생각된 것
같았다. 일찍이 그를 마음대로 농락하기도 했던 그녀인 이상 필립에 대해
서는 오히려 가벼운 경멸감마저 품고 있었다. 그러나 그러면서도 그의 앞
에서는 묘하게 동정심이 가곤 했다. 자기 마음대로 아무렇게나 행동할 수
가 없었고, 필립이 언제나 자기의 행동을 비판하고 있는 것같이 느껴
졌다.

처음 이 케닝튼의 작은 하숙집으로 옮겨왔을 때에는 생활에 시달려 아
주 지쳐버렸었고 부끄러운 생각도 있었다. 어쨌든 혼자 있게 되는 것이
기뻤다. 방세도 낼 필요가 없었고 비가 오나 눈이 오나 돈을 벌러 나갈 필
요도 없었다. 마음이 불편하면 가만히 집에 누워 있으면 된다고 생각하면
마음이 흐뭇했다. 지금까지의 자기의 생활은 생각만 해도 지긋지긋했다.
비굴한 마음으로 애교있는 말이라도 한 마디해야 한다는 것이 무척 비참
했다. 지금도 문득 그런 것이 떠오르면 그녀는 뭇사나이들의 난폭함과 짐
승 같은 말씨 등을 생각해내고는 자기 자신이 가엾어서 울 때도 있었다.
그러나 그것도 지금은 거의 없어졌다. 필립이 자기를 구해준 일에 대해서
는 확실히 고맙게 생각하고 있었다. 필립이 얼마나 진심으로 사랑했었는
지, 더욱이 자기는 그에게 얼마나 지독한 행동을 했던가를 생각하면 아플
만큼 후회를 느꼈다. 보상을 하는 것은 아무것도 아니었다. 그녀에게 있
어서는 그것이야말로 아무것도 아닌 일이라고 생각했다. 그런 만큼 그것
을 말했다가 거절을 당한 것은 뜻밖이었다. 그러나 그녀는 어깨를 움찔하
고 다시 한 번 다짐했다. 그렇게 비싸게 굴려거든 얼마든지 비싸게 굴도
록 내버려두는 게 좋다. 멋대로 해보라지, 그러면 그쪽에서 흥분해서 날
뛸 것이 뻔한걸. 그때야말로 내가 한 마디로 걷어차버릴 것이다. 고작 요
걸 가지고 나를 골탕 먹인 줄로 알았다간 그야말로 큰 잘못일걸. 그를 마
음대로 조종하는 것쯤이라면 자신이 있어. 보통 사람과는 조금 다른 사나
이이기는 하지만 그의 생각을 환히 아는 한 걱정되지 않았다. 전에도 곧
잘 싸움을 할 적마다 그는 다시는 오나보라고 땅땅거려놓고는 얼마 안 가
서 또 찾아와서는 언제나 무릎을 꿇고 빌지 않았던가? 그녀 앞에서 조그
맣게 웅크리고 앉았던 그의 모습을 생각하면 기뻐서 견딜 수가 없었다.

그는 오히려 땅에 누워서 그녀가 마구 밟아주기를 바랐을는지도 모른다. 커다란 소리를 내어 우는 것을 본 적도 있었다. 그라는 사나이를 다루는 방법이라면 완전히 알고 있었다. 모르는 체하고 그가 화난 것쯤 아예 상대도 하지 않는 거다. 참혹할 만큼 내버려두면 머지않아 그 자신이 기어 들어올 것이 뻔하다. 밀드레드는 필립이 참을 수 없을 만한 심한 굴욕도 참아내고 견디는 모습을 생각하면 스스로 흐뭇해져서 자기도 모르게 혼자 웃었다. 그녀로서는 하고 싶은 것은 이미 다 해본 셈이었다. 남자라는 것의 정체를 이미 알아버렸고 새삼스럽게 지금 남자와 교섭도 갖고 싶지 않았다. 지금 필립과 살림을 차리는 것에는 아무런 불만도 없었다. 게다가 누가 뭐라 하더라도 그는 조금의 틈도 없는 신사이다. 그렇다 하더라도 그렇게 바삐 서두를 것은 없다. 적어도 그녀 편에서 먼저 손을 쓸 생각은 털끝만큼도 없었다. 그가 점점 아이에게 애정을 느끼기 시작한 것 같은 것도 그렇게 언짢지는 않았다. 그러나 그렇다고 해도 남의 어린아이를 이렇게까지 귀여워한다는 것은 우스운 일이었다. 아무튼 필립이 보통 사람과는 좀 다른 사람이라는 것은 틀림없는 일이었다.

그렇다 하더라도 한두 가지 의외의 사실은 있었다. 이를테면 전 같았으면 그의 비굴함에 그녀도 진저리가 나 있었다. 덮어놓고 복종했고 자기를 위해서라면 무엇이든지 기뻐서 해주었었다. 그리고 그녀가 토라져 보이면 대번에 풀이 죽어버렸고 반대로 애정 어린 말이라도 한 마디 해주면 당장에 좋아서 어쩔 줄을 몰라 했는데 지금은 그렇지가 않았다. 지난 일 년 동안에 필립이 조금도 더 좋게 달라지지 않았다고 생각한 것은 오로지 그녀 혼자의 생각에 지나지 않았던 것이다. 그의 마음에는 확실히 변화가 있었다는 것 따위는 그녀가 전혀 깨닫지 못했던 것이었고, 그가 그녀의 기분이 나쁜 것 따위를 문제시하지 않는 것을 보아도 단지 연극이라고밖에는 취급하지 않았다. 이따금 필립이 책을 읽고 싶으면 자기에게 이야기를 하지 말라고 할 때가 있다. 그때는 그녀로서 화를 내야 옳을지, 그냥 있어야 옳을지 알 수가 없어 결국 난처해서 어쩌지도 못하고 마는 때가 있다. 그런가 하면 필립은 앞으로 두 사람의 관계는 육체적인 것이 아니라 단지 정신적인 우정 관계만을 계속하자고 말했던 것이었다. 그런데 밀드레드의 생각으로는 자기의 과거를 생각해내고 틀림없이 이것은 그녀의 임신을 두려워해서 한 말일 것이라고 그렇게 생각해버렸다. 그래서 그녀는 그런 걱정은 필요없다고 말했지만 결과는 조금도 달라지지 않았다. 원래 밀드레드라는 여자는 자신의 성적인 면에 강한 편견을 가졌기 때문에 남자들도 모두 자기가 생각하는 것처럼 이성과의 교제라면 으레 성관계라고만 믿어버리고 있었다. 그녀 자신의 남자 관계가 모두 그랬던 탓인지 남자에게는 그 이외의 흥미가 있다는 것 따위는 전혀 이해가 되지 않는 것이었다. 결국 그녀는 틀림없이 그에게 딴 여자가 있는 것이라고 생각했다. 병원 간호사를 비롯해서 그가 밖에서 만나는 모든 여성들을 일단 의심하고 경계했다. 그러나 여러 가지로 질문을 해본 결과로는 아무래도 아델니 집안에는 해당 인물이 없다는 결론이 내려졌다. 또한 간호사들도 대부분 다른 의학생들과 마찬가지여서 그저 직무상 함께 일한다는 것뿐이고, 필립은 성에 관해서는 거의 무관심하다고 단언할 수밖에 없었다. 그녀는 그가 간호사란 단지 옥도폴름의 희미한 냄새와 관련해서밖에는 생각되지 않는 존재라고 여긴다고 단정지었다. 필립에게 오는 편지도 거의 없었고 그의 소지품 가운데도 여자 사진은 찾아볼 수 없었다. 만약 이러고서도 필립이 사랑하는 여자가 있다면 필립은 속이는 특기를 가졌다고 할 수밖엔 없었다. 더구나 밀드레드의 여러 가지 질문에 대해서도 그의 대답은 아주 솔직했고 그녀의 질문 속에 노리는 것이 있다는 것조차 전혀 깨닫지 못하는 것 같았다.

'좋아하는 다른 여자가 있다고는 생각할 수 없어.'
하고 밀드레드는 그렇게 생각하지 않을 수 없었다.

확실히 이것은 마음이 놓이는 일이었다. 왜냐하면 만약 다른 여자를 사랑하고 있는 것이 아니라면 아직은 자기를 사랑하고 있을 것이라 생각했다. 그러나 그렇다고 하기에는 필립의 태도가 전혀 이해되지 않았다. 왜 이 집으로 옮겨오라고 했을까? 아무래도 부자연스러웠다. 밀드레드는 사람을 불쌍히 여긴다든가 친절을 베푼다든가 하는 그러한 것을 이해하지 못하는 여자였다. 결국 밀드레드가 내린 결론은 필립은 좀 이상한 사람이라는 것이다. 그가 이러한 태도로 나오는 것은 소위 기사도 정신인지도 모르는 일이라고 생각해보았다. 아무튼 그녀의 머리는 값싼 대중 소설의 과장으로 가득 차 있었기 때문에 필립의 자상한 마음 하나에 대해서도 여러 가지 낭만적인 해석을 붙여서 자기 멋대로 생각했다. 말하자면 끊임없는 오해, 불에 의한 정화(淨化), 그리고 눈처럼 깨끗한 마음이 되어서 크리스마스 날 밤 눈보라치고 살을 에는 듯한 추위 속에서 고요히 죽어간다는 식의, 아무튼 그러한 공상으로 가득 찬 것이었다. 그녀로서는 둘이서 브라이튼에 갔을 때를 끝으로 이렇게 어이없는 생활은 깨끗이 끝장을 내리라고 결심했었다. 브라이튼에만 가면 싫더라도 두 사람만 있게 된다. 누구라도 부부라고 할 것이 뻔했고 부두의 밴드 같은 좋은 분위기가 있었다. 그런데 필립은 절대로 그녀와 같은 방을 쓰지 않겠다고 우겼고, 더욱이 그때 말을 하는 그의 어조가 여태까지의 그하고는 거리가 먼 것같이 느껴졌을 때에야 비로소 그녀도 필립이 이제는 자기에게 사랑이 없다는 것을 깨닫지 않을 수가 없었다. 밀드레드는 놀라지 않을 수 없었다. 필립이 여태까지 자기에게 하던 여러 가지 말, 그리고 얼마나 열심히 그녀를 사랑했는가를 생각하니 굴욕감 때문에 울화가 치밀어올랐다. 그러나 밀드레드라는 여자는 일종의 타고난 능청스러움으로 꾹 참고 견디어 나갈 수 있었다. 그를 사랑한다고 생각할 필요는 없다. 현재 그녀는 전혀 그를 사랑하지 않는 것이다. 때로는 필립이 한없이 싫어질 때도 있어서 무슨 방법으로든지 실컷 창피를 주고 싶을 때도 있었다. 그러나 이상하게도 그것이 잘 되지 않았다. 도대체 그를 어떻게 다루어야 하는지 알 수가 없어졌기 때문에 그에 대하여 다소 신경이 날카로워질 때가 있었다. 한두 번은 그의 앞에서 울어도 보았다. 또 한두 번은 더 부드럽게 달래본 적도 있었다. 그러나 밤에 함께 바닷가를 거닐다가 필립의 팔을 슬며시 잡으면 필립은 그야말로 그녀가 자기 몸에 닿는 것조차도 불쾌하게 느끼는 것처럼 무슨 구실이라도 붙여서 슬쩍 팔을 빼버리는 것이었다. 도무지 이해할 수가 없었다. 단 한 가지 그녀가 움켜쥐고 있는 것은 아이를 미끼로 한다는 것뿐이었다. 필립은 날이 갈수록 아이만을 점점 더 귀여워하는 것 같았다. 밀드레드가 아이를 때리거나 쥐어박거나 하면 필립은 대번에 얼굴이 새파래져서 화를 냈다. 그리고 다정한 미소가 그의 눈에 돌아오는 것은 그녀가 아이를 안고 서 있을 때뿐이었다. 그녀가 그러한 사실을 알게 된 것은 예전에 바닷가에서 그러한 포즈로 누구에겐가 사진을 찍어달라고 했을 때였다. 그리고 그 후로는 그저 그에게 보여주고 싶다는 생각으로 일부러 곧잘 그런 포즈로 서 있게 되었다.

밀드레드는 런던으로 돌아오자 또 일자리를 찾기 시작했다. 그녀의 말에 의하면 그까짓 것은 아무것도 아니라는 것이었다. 그녀는 어떻게 해서라도 필립에게서 독립하고 싶었다. 그녀는 자기도 하숙을 정했으니까 아이를 데리고 가겠다고 그에게 분명히 이야기할 작정이다. 그것을 공상하면 참으로 흐뭇했다. 그러나 그러면서도 막상 취직이라는 것을 생각하면 묘하게 기가 죽었다. 첫째, 오랜 근무 시간은 도저히 견딜 수 있을 것 같지 않았고 여자 지배인에게 턱으로 부림을 받는 것도 견딜 수가 없었다. 제복이라는 것을 다시 입는다는 것도 자존심이 허락하지 않았다. 더욱이 이웃 사람들에게는 생활에 옹색하지 않다고 떠벌려놓은 일도 있어서 만약 자기가 일자리를 구해야만 하는 것을 알게 되면 그들을 볼 낯이 없을 것이다. 거기에다 그녀는 타고나게 게을렀다. 필립과 헤어지기도 싫었다. 그가 먹여주고 입혀주는 한은 자기 쪽에서 먼저 나갈 이유는 없었다. 하기야 낭비는 못 하지만 어쨌든 생활하는 데는 어떻게 되는 것이다. 게다가 어쩌면 필립에게는 재산이 들어올 가능이 있었다. 그의 백부라는 사람은 나이가 많을 것이 뻔했고 머지않아 죽지 않는다고 할 수 없는 일이었다. 그렇게 되면 필립에게도 얼마간의 유산이 넘어올 것이고, 또 그렇게는 되지 않는다 할지라도 겨우 일 주일에 몇 실링을 벌기 위해서 아침부터 저녁까지 노예처럼 일을 하는 것보다는 훨씬 낫다고 생각했다. 그런 생각으로 일자리를 찾는 것엔 자연히 게을러지고 말았다. 매일 신문의 광고란을 훑어보는 것은 계속했으나 그것은 다만 일자리를 구하고 있다고 필립에게 알리려는 구실에 지나지 않았다. 그런데 이번에는 혹시 필립이 더 이상 자기를 돌보아주는 것이 싫어졌다고 하지 않을까, 그것이 걱정되었다. 지금으로서는 조금도 그의 마음을 끌 것이라곤 없었다. 지금까지 자기를 두는 것은 오직 아이와 헤어지기 싫다는 이유에 지나지 않을지도 모른다. 이런 생각들을 하니 그녀는 마구 울화가 치밀어올라서 언젠가는 복수를 하리라고 생각했다. 필립이 이제는 자기를 사랑하지 않는다는 것은 아무리 생각해도 납득이 가지 않았다. 꼭 자기를 사랑하게 만들어보아야지. 화가 무척 났지만 그것이 때로는 필립에 대한 욕정으로 나타나기도 했다. 필립의 태도가 완전히 차가워져서 그녀를 초조하게 했다. 지금은 그에 대하여 생각한다고 해도 모든 것이 이런 상태였다. 그렇다고는 해도 그의 처사는 좀 지나쳤다. 이러한 대접을 받아야 할 만한 까닭이 있는 것 같지 않았다. 그들이 이러한 생활을 더 이상 계속한다는 것은 무리였다. 그녀는 그런 일만을 늘 생각해왔으면서도 한편으로는 상황이 변해 만약 그녀에게 필립의 어린아이라도 생기게 된다면 제아무리 뽐내는 필립이라도 틀림없이 자기와 결혼해줄 것이라는 생각까지 했다. 좀 색다른 사람이긴 하지만 그가 틀림없는 신사인 것은 사실이다. 이러한 이유로 마침내 이것은 밀드레드의 고정 관념이 되어버렸다. 그래서 어떻게 무리를 해서라도 필립과의 관계를 바꾸어버리자고 결심했다. 이제는 키스도 해주지 않지만 어떻게 해서든지 한 번 더 키스하게 만들고 싶었다. 예전에는 필립이 얼마나 뜨거운 키스를 해주었는가를 생각하면 마음이 묘하게 떨렸다. 그래서 그녀는 종종 필립의 입술을 유심히 바라보곤 했던 것이다.

이월 초순의 어느 날 저녁이었다. 필립은 그날 로슨 집에서 저녁을 먹고 오겠다고 말했다. 마침 그날은 로슨의 생일이어서 그의 아틀리에에서 파티가 열리게 되었기 때문에 늦어서야 돌아올 것이라고 했다.

로슨은 비크 거리의 술집에서 모두가 좋아하는 펀치 술을 두 병 사서 그날 밤 즐겁게 지내자고 했었다. 밀드레드는 여자 손님도 오느냐고 물어보았다. 필립은 초대받은 사람은 남자뿐이고, 그저 이야기를 하거나 담배를 피우는 정도일 거라고 대답했다. 그녀는 시시하다는 표정을 지었다. 만약 내가 화가라면 적어도 여자 모델 대여섯 명은 초대했을 거라고 말했다. 그녀는 침대에 올라가 누웠으나 잠이 오지 않았다. 그러는 동안 문득 어떠한 생각이 하나 떠올랐다. 그녀는 일어나서 필립이 들어올 수 없도록 층계참의 현관 문을 잠궈버렸다. 필립이 돌아온 것은 새벽 한시경이었으나 문고리가 걸려 있는 걸을 알자 무어라고 투덜대는 소리가 들렸다. 밀드레드는 일어나서 문을 열어주었다.

"왜 문을 걸어놓은 거야? 자는 사람을 깨워서 미안하게는 됐지만."

"열어놓은 줄 알았는데 어째서 걸렸는지 모르겠군요."

"자, 빨리 가서 자구려. 우물쭈물하면 감기 걸리겠소."

그는 자기 방에 들어가서 가스 등에 불을 붙였다. 그러자 밀드레드도 따라 들어가서 벽난로 곁에 다가갔다.

"발을 좀 녹여야겠어요. 얼음장 같아요."

필립은 앉아서 구두 끈을 풀기 시작했다. 그의 눈은 빛나고 두 뺨은 빨갛게 상기되어 있었다. 술을 마시고 왔다는 것을 알 수 있었다.

"재미있었어요?"

밀드레드가 웃으면서 물었다.

"응, 유쾌했어."

필립은 조금도 취해 있지 않았다. 그저 지금까지 이야기하고 왔기 때문에 아직도 그 흥분이 깨어 있지 않을 뿐이었다. 이러한 밤의 모임은 당연히 파리에서의 생활을 생각나게 하였다. 그는 아주 기분이 좋았다. 호주머니에서 파이프를 꺼내 담배를 채웠다.

"아직 안 주무시겠어요?"

"난 좀더 있다가 자겠어. 조금도 안 졸린걸. 로슨이란 녀석의 기분이 몹시 좋아서 내가 갔다가 돌아올 때까지 끊임없이 지껄이더군."

"무슨 얘길 그렇게 했어요?"

"무슨 얘기라니, 이 세상의 삼라 만상(森羅萬象)을 통틀어서 이야기 안 한 게 없지. 그 광경을 보여주고 싶더군. 우리는 모두 목청껏 떠들어댔거든. 그러면서도 누구 한 사람 제대로 들어주는 사람은 없었어."

필립은 그때의 광경을 다시 생각해내고 즐거운 듯이 크게 웃었다. 밀드레드는 분명히 필립이 조금 지나치게 술을 마셨다고 생각했다. 그녀로서는 은근히 기다리던 바였다. 사나이의 심리를 잘 알고 있는 밀드레드였다.

"좀 앉아도 돼요?"

대답을 기다릴 것도 없이 밀드레드는 그의 무릎 위에 올라앉았다.

"안 자려면 가운이라도 입고 오는 게 좋겠어."

"난 괜찮아요, 이대로도."

하고 말하며 그녀는 두 팔로 필립의 목을 껴안자마자 와락 얼굴을 눌러댔지만 그는 몸을 움찔했다.

"필립, 왜 그렇게 쌀쌀하죠?"

필립은 일어서려고 했으나 그녀는 강하게 잡아당기면서 말했다.

"사랑해요, 필립."

"쓸데없는 소린 그만둬요."

"쓸데없는 소리가 아니에요. 진정이에요. 당신없이는 살 수 없어요. 네? 어떻게 해줘요."

그러나 그는 여자의 팔을 떨쳐버렸다.

"자, 부탁이야. 비켜줘. 바보 같은 짓은 하지 마. 나까지도 어쩐지 바보가 된 것 같잖아?"

"정말 사랑하는걸요. 필립, 지금까지 잘못한 걸 모두 갚아드리고 싶어요. 이대로는 참을 수 없어요. 너무 불편해요."

필립은 빠져나가는 것처럼 의자에서 일어섰다.

"자, 안됐지만 너무 늦었소?"

밀드레드는 가슴을 찢는 것처럼 흐느껴 울었다.

"도대체 왜 그러는 거예요? 어쩌면 이다지도 심하게 굴죠?"

"아마 예전에 당신을 지나치게 사랑했기 때문이 아닐까? 정열이 바닥이 나버렸다고 할까, 그런 일을 생각하기만 해도 견딜 수가 없는걸. 지금도 당신 얼굴을 보면 에밀이나 그리피스의 얼굴이 떠오르거든. 이것만은 어찌할 수가 없단 말야. 나의 신경 탓이라고 생각은 하지만."

밀드레드는 필립의 손을 잡고 마구 키스를 했다.

"그만두라니까, 안 돼."

하고 그는 버럭 소리를 질렀다.

밀드레드는 다시 의자에 펄썩 주저앉았다.

"이대로는 못 살겠어요, 당신이 사랑해주지 않는다면 차라리 어디로 가버리겠어요."

"글쎄, 그런 어리석은 소리는 그만두라니까. 갈 데가 없잖아? 있고 싶으면 언제까지라도 있어도 괜찮단 말이오. 하지만 한 가지만은 분명히 말해두겠는데 우리 둘은 그저 친구 관계라는 것, 그 이상은 절대로 아니라는 것, 이것만은 잘 알아주어야겠어."

그러자 갑자기 밀드레드는 지금까지의 격렬한 흥분에서 이번에는 상냥하고 아양을 떠는 것같이 웃는 얼굴을 했다. 그리고 필립에게로 몸을 바싹 대고자 그의 허리를 꼭 껴안았다. 그리고 나직하고 달콤한 소리로 속삭였다.

"정말 그런 어리석은 이야기를 하면 싫어요. 당신은 어떻게 되신 거예요. 제가 얼마나 상냥한 여자인지 아직 모르시는 거예요."

이렇게 말하면서 밀드레드는 얼굴을 필립의 뺨에 갖다대고 비벼댔다. 그러나 필립에게는 그녀의 웃는 얼굴부터가 견딜 수 없는 교태로 보였다. 그리고 무엇인가를 암시하는 듯한 빛나는 그녀의 눈은 보기만 해도 오싹했다. 그는 본능적으로 뒤로 물러섰다.

"싫다니까! 난."

그러나 밀드레드는 놓으려 하지 않았다. 그녀의 입술이 필립의 입술을 강렬히 요구했다. 필립은 그녀의 손을 잡아서 매정하게 떨쳐버리고 그대로 밀어버렸다.

"당신 따윈 질색이라니까."

"질색이라구요?"

밀드레드는 넘어지려다가 벽난로 가를 한 팔로 잡고 몸을 지탱했다. 그리고 필립을 뚫어지게 노려보다가 느닷없이 두 볼이 상기되더니 성난 듯이 소리쳤다.

"나도 질색이에요. 당신 같은 사내는!"

그리고 잠깐 사이를 두었다가 날카롭게 숨을 들이마시고 대뜸 무서운 욕지거리를 퍼붓기 시작했다. 목청껏 목소리를 쥐어 짜내서 떠들어댔다. 심한 욕설이 자꾸자꾸 쏟아져나왔다. 너무나도 더러운 말에 필립이 오히려 놀라버렸다. 평소의 그녀는 항상 점잖은 체하고 조금만 거친 말을 해도 치를 떨면서 싫어하던 그녀였던 만큼 설마 그러한 말을 알고 있으리라곤 꿈에도 생각지 못했다. 밀드레드는 필립 곁에 다가와서 얼굴을 내밀고 떠들어댔으나 그 얼굴이 노여움에 일그러지고 욕설을 퍼붓는 입가에는 침이 허옇게 괴어 있었다. 그리고 입을 놀릴 때마다 침이 마구 튀어나왔다.

"그럼요. 난 한 번도 당신을 좋아한 적이 없단 말예요. 당신 같은 사람은 처음부터 바보 취급을 했단 말예요. 그렇게 싫증나는 남자는 견딜 수가 없었단 말야. 정말 아주 질색이었다니까. 나는 말예요. 돈 문제만 아니었다면 당신 같은 사나이에게 손가락 하나라도 대게 했을 줄 알아요? 하는 수 없이 키스했을 때 얼마나 구역질이 났는지 토할 것 같았단 말예요. 그리피스 씨하구 둘이서 당신을 얼마나 비웃었다구요. 너무나 당신이 얼간이였기 때문이에요. 멍텅구리! 얼간아."

그러고는 다시 지독한 욕지거리를 퍼붓는 것이었다. 아무튼 필립의 결점이란 결점은 모조리 들추어냈다. 인색한 구두쇠라고 했다 얼빠진 놈이라고도 했고, 겉치레만 하는 이기주의자라고도 했다. 어쨌든 필립이 가장 상처받을 만한 모든 약점에 대해서 신랄한 독설을 퍼부었다. 그리고 가까스로 일어나 나가려다가 다시 히스테리 같은 심한 기세로 욕을 해댔다. 그러고는 문을 확 열어젖히고 다시 돌아서서 그야말로 필립이 가장 아프게 생각하고 있는 최후의 말을 던졌다. 있는 대로의 독을, 그리고 있는 그대로의 증오를 모조리 포함한 한 마디였다. 마치 동댕이치는 것처럼 내뱉었다.

"에이, 절름발이!"

<h2 style="text-align:center">97</h2>

이튿날 아침 필립은 몹시 늦잠을 잔 것 같아서 깜짝 놀라 일어났다. 시계를 보니 아홉시였다. 침대에서 뛰어내려와서 면도를 하려고 더운 물을 가지러 부엌으로 갔다. 밀드레드의 모습은 보이지 않았고, 어젯저녁에 그녀가 식사한 그릇도 씻지 않은 채 설거지통에 그냥 팽개쳐져 있었다. 그는 그녀의 방문을 노크해보았다.

"밀드레드, 일어나라구. 부탁이야. 너무 늦겠는걸."

또 한 번 더 세게 두들겨보았으나 아무 대답이 없다. 화가 나서 말을 안 듣는다고 생각했으나 시간이 없었기 때문에 그 이상 마음을 쓰고 있을 수가 없었다. 우선 물통을 화로에 얹어놓고 목욕탕으로 뛰어들어갔다. 너무 차지 않게 하기 위하여 전날 물을 채워놓곤 했다. 그의 짐작으로는 자기가 목욕을 하고 옷을 갈아입는 동안에 밀드레드가 일어나 식사 준비를 해서 거실로 갖다놓을 것이라 생각했다. 여태까지 두서너 번 화를 냈을 때에도 그것만은 제대로 해주었기 때문이었다. 그런데 오늘 아침에는 도무지 그녀가 일어나는 낌새가 없었다. 그래서 오늘 아침에는 무얼 좀 먹고 나가려면 손수 만들어 먹을 수밖에 없다고 생각했다. 그가 늦잠을 자버린 아침에 하필 이런 심술을 부린다는 것이 아무래도 어처구니 없었다. 그가 출근할 준비가 다 되었는데도 그녀는 나타나지 않는다. 그러면서도 방에서는 움직이는 낌새가 들리는 것이다. 틀림없이 일어나 있는 모양이었다. 필립은 손수 차를 끓이고 버터 바른 빵을 두 장 만들어 먹으면서 신을 신고 계단을 뛰어내려가서 큰길에서 전차에 올라탔다. 무슨 전황 뉴스라도 나와 있지 않나 하고 신문 판매점을 쳐다보다가 문득 어젯밤 일이 생각났다. 일단 하룻밤 자고 난 지금에 와서 생각하니 망측한 일이랄 수밖에 무어라고 할 말이 없었다. 분명히 그 자신도 이상했지만, 아무리 그렇더라도 인간인 이상 그렇게 감정을 간단히 억제할 수는 없는 일이었다. 특히 그때에는 완전히 흥분했었던 것도 사실이었다. 오히려 그를 그러한 궁지로 몰아넣은 밀드레드야말로 괘씸했다. 그리고 새삼스럽게 놀란 것은 그녀의 그 돌연한 폭발, 그리고 그녀가 입에 담은 몹시 더러운 욕설들을 생각했을 때였다. 특히 마지막 조롱을 생각하면 저도 모르게 피가 곤두서는 것 같았다. 그러나 그는 경멸을 담아서 어깨를 한 번 으쓱했다. 동료들도 자기에 대해서 감정이 상할 때면 으레 그의 불구를 놀려대곤 했다. 그것은 이미 새삼스러운 일이 아니었다. 병원의 동료들은 학교 시절 친구들과는 달라서 그의 눈앞에서는 차마 그러지 않지만, 보지 않는 데서 그의 걸음걸이를 흉내내는 것을 본 적이 있었다. 그러나 지금은 그것도 별로 악의로 하는 행동이 아니고 단지 사람이란 흉내내기를 좋아해서 쉽게 사람들을 웃길 수 있는 방법을 알기 때문에 그러는 것이라는 것도 잘 알고 있었다. 그러나 물론 그런 것을 알고 있다고 해서 태연한 척 할 수 없는 일이었다.

일에 열중할 수 있다는 것은 기쁜 일이었다. 병동 그 자체가 즐겁고 절친하게 맞아주는 것 같았다. 간호부장이 얼른 사무적인 미소를 보이면서 인사했다.

"오늘은 상당히 늦으셨군요, 케어리 씨."

"네, 엊저녁에 좀 흥에 겨워 도가 지나쳤거든요."

"얼굴에 그렇다고 다 씌어 있어요."

"그래요? 이것 참 황송한데요."

필립은 웃으면서 회진을 시작했다. 맨 처음 환자는 결핵성 궤양을 앓고 있는 소년이었는데 먼저 붕대를 풀어주었다. 소년은 기쁜 듯이 그를 맞이했고 그도 새로운 붕대로 갈아주면서 재미있는 농담으로 소년을 놀려주었다. 필립은 환자들에게는 인기가 있었다. 언제나 친절하게 대해주었고 치료할 때에도 되도록 아프지 않게 주의했기 때문이다. 같은 수술 조수라 해도 무척 난폭하고 아무렇게나 하는 사람도 있었다. 점심은 동료들과 함께 클럽에서 먹곤 했는데 버터를 바른 스콘 빵과 코코아 한 잔의 매우 간단한 식사였지만 여럿이 함께 먹으면서 전쟁 이야기를 했다. 출정하는 의사도 있었지만 군당국은 상당히 까다로워서, 병원 근무 경험이 없는 사람은 절대로 받지 않는다고 했다. 어쨌든 전쟁이 오래 계속되는 동안에는 자격이 있는 사람이면 누구라도 받아들일 때가 올 것이라고 말하는 사람도 있었으나 오히려 일반적인 의견으로는 기껏해야 한 달이면 전쟁이 끝날 것 같다고 했다. 로버트가 참전했으니만큼 전쟁도 곧 끝날 게 뻔하다는 것이었다. 그것은 또 마칼리스터의 의견이기도 했다. 이때에 기회를 잘 노렸다가 전쟁이 끝나기 직전에 얼른 주식을 사두어야 한다고 했다. 평화가 오기만 하면 반드시 경기가 좋아질 것이니까, 잘만 하면 틀림없이 꽤 벌 수가 있으리라는 것이었다. 필립은 언제든지 좋은 기회가 오면 달도록 그에게 부탁했다. 지난 여름에 삼십 파운드를 번 일이 있은 후 필립의 욕심은 상당히 커졌으므로 이번에는 이백 파운드 정도 벌고 싶었다.

근무를 마치자 그는 전차를 타고 케닝튼으로 돌아왔다. 밀드레드가 오늘 밤엔 어떠한 태도로 나올 것인지 몹시 궁금했다. 아마 약이 잔뜩 올라서 말대답도 하지 않을 것이라고 생각하자 지긋지긋했다. 겨울치고는 제법 따스한 밤이어서 남 런던의 잿빛 거리에도 벌써 이월의 노곤한 기분이 감돌고 있었다. 길고 긴 겨울이 지나고 자연이 겨우 움직이기 시작했고 온갖 생물은 서서히 잠에서 깨어나고 있었다. 대지에 봄의 소식이 오자 생명의 태동이 느껴지기 시작했고 그 영원한 활동을 다시 시작하려는 듯했다.

필립은 그냥 그대로 전차에 있고 싶었다. 지금 그 하숙집으로 돌아가는 것이 어쩐지 싫었다. 그리고 신선한 공기가 마시고 싶어졌다. 그러나 갑자기 아이의 얼굴을 보고 싶다는 충동이 치밀어오르고 그 어린아이가 기쁨의 소리를 지르면서 아장아장 걸어오는 모습을 머릿속에 그려보면서 부지중에 웃었다. 그러나 집 앞까지 와서 무심코 창문을 올려다보니 창마다 불이 꺼져 있는 데에 놀랐다. 이층에 뛰어올라가서 문을 두드려보았으나 대답이 없었다. 밀드레드는 언제든지 외출할 때면 열쇠를 침대 밑에 감추어두었으므로 그곳을 찾아보니 열쇠가 있었다. 우선 거실 쪽으로 가면서 성냥 불을 켰다. 갑자기여서 잘 알 수는 없었으나 뭔가 이상했다. 가스전을 틀어서 불을 붙였다. 방 안이 환해지자 그는 천천히 둘러보았다. 자신도 모르게 숨을 삼켰다. 온 방 안이 폐허 같았다. 방 안에 있던 모든 것들은 고의적으로 파괴되어 있었다. 필립은 화가 머리 끝까지 치밀어올라서 밀드레드의 방으로 뛰어갔다. 그런데 이곳도 또한 컴컴하고 텅 비어 있었다. 불을 켜보니까 그녀는 자기의 것과 아이의 것을 몽땅 가져가버렸다. 그제서야 들어올 때 늘 놓여 있던 층계참에 유모차가 없던 것이 생각났는데 그것은 아마 밀드레드가 어린애를 태우고 잠깐 밖으로 나간 것이려니 하고 생각했던 것이다. 그리고 세면대 위에 있던 물건들은 모조리 부서져 있었고 의자는 둘 다 앉는 자리가 칼로 열십자로 그어져 있었고 베개도 그어져 있었고 덧이불에도 시트에도 무참하게 칼자국이 나 있었다. 거울은 망치나 무언가로 때려 깬 모양이었다. 필립은 당황해서 어찌할 바를 몰랐다. 다음에는 자기 방으로 돌아와보았다. 여기에도 파괴만이 있었다. 세숫대야도 물병도 엉망으로 부서져 있었고, 거울은 산산조각이 나 있었으며 이부자리는 갈기갈기 찢겨 있었다. 베개는 밀드레드의 손 하나가 넉넉하게 들어갈 만큼 구멍을 뚫려 있고 베개 속의 털은 온 방에 하나 가득 널려 있었다. 담요도 역시 칼로 찌른 자리가 있었다. 화장대 위에는 필립의 어머니 사진이 놓여 있었는데, 그것도 사진틀이 찌그러지고 유리도 산산이 깨져 있었다. 부엌에도 들어가보았다. 그러나 여기도 마찬가지로 푸딩 접시, 쟁반 할 것 없이 깨질 수 있는 것은 모조리 깨져 있었다.

필립은 어이가 없었다. 밀드레드는 편지 한 장도 남겨놓지 않았다. 다만 파괴만이 그녀의 분노를 나타내고 있었다. 필립은 그녀가 이것저것 닥치는 대로 때려부술 때에 지었을 거친 표정이 보이는 것 같았다. 다시 자기 방으로 돌아와서 주위를 돌아보았으나 그저 어이가 없을 뿐 이젠 화도 나지 않았다. 그는 테이블 위에 있는 부엌칼과 석탄 부수는 망치를 새삼스럽게 신기한 듯 바라보았다. 그리고 부서진 난로 속에 던져진 고기 자르는 칼을 발견했다. 이만큼이나 때려부수는 데는 시간이 상당히 걸렸을 것이다. 로슨이 그려준 필립의 초상화도 보기 좋게 열십자로 찢겨서 입을 쩍 벌리고 있었고, 그가 그린 그림도 물론 조각조각이 나 있었고, 마네의 〈올림피아〉, 앵그르의〈오달리스크〉, 〈필립 4세〉 등의 사진들도 석탄 망치로 힘껏 때려부순 모양이었다. 테이블 클로스에도, 커튼에도, 둘밖에 없는 팔걸이의자에도 가는 곳마다 상처 자국이 있었다. 아무튼 훌륭한 파괴 솜씨였다. 필립이 자주 사용하는 책상 정면 벽에는 크론쇼가 주었던 그 페르시아의 융단조각이 걸려 있었는데 이것 또한 평소에 늘 밀드레드의 증오의 대상이 되어왔었다.

"융단이면 제대로 마루에나 깔아야 할 거 아니에요. 이렇게 더럽고 냄새란 또 말할 수도 없고, 고작 그것뿐이잖아요."

그녀는 필립이 그 속에는 커다란 수수께끼에 대한 답이 들어 있다고 말한 것이 기분 나빴던 것이다. 틀림없이 놀림을 받고 있다고 생각한 모양이었다. 무척 힘이 들었으리라고 생각되는데 세 군데나 칼로 찢어놓았다. 이제는 넝마처럼 되어서 축 늘어져 있었다. 필립은 두서너 개의 푸른색과 하얀색의 접시를 가지고 있었는데, 별로 값 나가는 것은 아니었지만 푼돈을 모아서 한 개씩 사모은 것이라서 여러 가지 추억도 담겨 있기 때문에 아껴왔던 것이었다. 그러나 그 접시도 산산이 부서져서 마룻바닥에 흩어져 있었다. 책 뒷면에도 하나하나 칼로 그은 자리가 있었으며 제본되어 있지 않은 프랑스 원서들은 일부러 한 장씩 뜯겨져 있었다. 벽난로 위에 놓여 있었던 장식품들도 역시 모조리 깨져서 난로 위에 팽개쳐 있었다. 아무튼 칼과 망치로 찢고 부술 수 있는 것은 하나도 남기지 않고 깡그리 부순 것이다.

물론 필립의 소지품이라야 전체를 팔아도 삼십 파운드도 못 되었을 것이지만 대부분은 그에게 있어서 오랜 친구처럼 정이 담긴 것이었고, 그는 워낙 가정적인 성격의 인간이었던 탓인지 그러한 형편없는 물건에 대해서조차 자기의 소유물이란 이유만으로도 묘하게 애착을 느끼고 있었다. 그런 까닭에서 그는 자기가 살고 있는 이 조그마한 집도 자랑스럽게 느껴왔다. 많지 않은 돈에서 짜내어서 조촐하고 독특한 아름다움을 만들고 있었던 것이다. 그런 만큼 그는 절망으로 완전히 맥이 풀려버렸다. 그렇다고는 하더라도 어째서 이렇게 심한 짓을 했을까? 그러다가 갑자기 생각난 듯 일어나서 양복장이 놓여 있는 복도로 나가보았다. 그러나 열어보고나서 저도 모르게 안도의 한숨을 내쉬었다. 이 양복장만은 잊어버린 모양으로 손 하나 대지 않고 남아 있었다.

다시 자기 방에 들어와서 주위를 둘러보았으나, 어떻게 하면 좋을지 알 수가 없었다. 이것들을 치울 마음도 생겨나지 않았다. 더구나 집 안에 먹을 것이라곤 아무것도 남아 있지 않았다. 그는 몹시 시장했기 때문에 어쨌든 밖에 나가서 식사부터 했다. 돌아왔을 때에는 마음이 조금 가라앉아 있었다. 아이의 일을 생각하자 마음이 아팠다. 그리고 밀드레드가 데리고 간 어린아이도 처음에는 필립이 없는 것을 쓸쓸해할지는 모르겠지만 아마 한 주일 지나면 잊어버릴 것이 뻔했다. 밀드레드가 없어진 것은 오히려 고마운 일이었다. 이런 것은 생각해도 별로 화나지 않았으나 다만 더 이상 견딜 수 없는 마음이 들었다.

"아이구, 제발 두 번 다시 보고 싶지 않아."
하고 그는 소리내어 중얼거렸다.

이제는 이 집을 나갈 수밖에 없었다. 내일 아침에 그 말을 집주인에게 하리라 생각했다. 그에게는 이 파손된 물건들을 변상할 만한 돈은 없었고 저축한 돈도 얼마 남아 있지 않았기 때문에 이번에는 좀더 값싼 하숙으로 옮기는 수밖에 없었다. 이 집으로부터 나가는 것은 오히려 기쁜 일이었다. 이 집에 그대로 있게 된다면 그 경비도 걱정되었거니와 밀드레드에 대한 기억이 언제까지나 붙어다닐 것이었다. 아무튼 견딜 수 없었다. 어떻게 해서라도 이사를 할 때까지는 도무지 마음이 진정될 것 같지 않았다. 그래서 다음 날 오후 고물 장사를 불러서 보였더니 부서진 것이나, 부서지지 않은 것들을 모조리 합해서 삼 파운드면 가져가겠다고 했다. 이틀 후에 그는 병원 바로 앞에 있는 하숙집으로 방을 옮겼는데, 그 방은 그가 처음 의학생이 되었을 무렵 하숙하던 바로 그 집이었다. 이 하숙집 주인은 상당히 점잖은 여자였다. 필립은 위층 방을 요구했는데 한 주일에 육 실링으로 빌려주었다. 그 방은 좁고 누추했으며 뒷집의 뜰이 내려다보이는 방이었으나 지금은 세간이라고는 양복과 책장 한 개밖에는 아무것도 없는 형편이었기 때문에 퍽 싸게 부르는 것만이 고마웠다.

98

자기 자신 이외에는 아무런 의미도 없는 막연한 존재였던 필립 케어리의 운명 역시 조국이 겪고 있는 운명에 의해서 그대로 영향을 받게 된 어떤 사태가 일어났다. 결국 역사가 만들어졌던 것이다. 더욱이 그 과정은 너무나도 중대했던 만큼 필립과 같은 미미한 존재인 일개 의학생의 생활에까지 영향을 미쳤다고 생각하는 것은 오히려 어이없어 보일지도 모르나 아무튼 사실이 그랬다. 남 아프리카의 마거스폰테인, 콜렌소, 소피온 등 전쟁은 자꾸 이튼 학교의 운동장에서 패배했고 그것은 영국 국민의 긍지를 손상시킨 것뿐만 아니라 영국 귀족과 신사 계급의 위신에 대해서도 치명적인 타격을 주었다. 왜냐하면 여태까지 그들은 통치 본능을 호언장담해왔기 때문이었고, 또 한 사람도 이것을 반박할 수 있는 사람은 없었기 때문이었다. 그러나 지금이야말로 낡은 질서는 허물어져가고 문자 그대로 새 역사가 창조되고 있었다. 그러나 다시 거인은 그의 힘을 보이기 시작했다. 몇 번인가 넘어질 것 같다가도 마지막에는 다시 승리에 당도하곤 했다. 크론즈는 파르데베르크에서 항복했고, 레이디 스미스는 구출되었다. 그리고 삼월 초순에는 로버트 장군이 블롬폰테인에 입성하였다.

이 소식이 런던에 전해진 지 이삼 일 후였다. 마칼리스터가 비크 거리의 술집에 나타나서 증권 거래소의 경기가 조금 활기를 띠기 시작했다고 기쁜 듯이 말했다. 종전은 눈앞에 다가왔고 로버트 장군은 이제 이삼 주일만 지나면 플레토리아에 입성할 것이고 모든 증권은 벌써 오르기 시작했으므로 머지않아 호경기가 올 것이 틀림없다고 하는 것이었다.

"자, 지금이 바로 사들일 때일세." 하고 그는 필립에게 말했다. "세상 사람들이 다 알게 될 때까지 우물쭈물 기다려서는 안 되네. 사려거든 지금 사야 해."

그는 이른바 비밀 소식을 알고 있었다. 남 아프리카 어느 금광 지배인이라는 자가 마칼리스터의 거래소 사장에게 전보를 쳐왔는데, 조금도 시설이 파괴되지 않았기 때문에 되도록 빨리 작업을 다시 시작하겠다는 통

보였다. 마칼리스터는 이것은 이미 투기가 아니라 투자라는 것이었다. 그는 사장 자신도 무척 좋은 기회라고 생각하는 것 같은데 그 증거로는 두 여동생을 위해서 각각 오백 주씩이나 사주었다고 말하는 것이었다. 더구나 그 사장은 영국 은행 주 같은 절대 안전한 것이 아니면 결코 돈을 내지 않는 사람이라는 것이었다.

"나도 이번에는 있는 돈을 모조리 털어서 살 작정일세."

하고 마칼리스터가 말했다.

증권 가격은 이 파운드 팔분의 일로부터 사분의 일 사이를 오르락내리락 하는 것이었다. 마칼리스터는 필립에게 너무 욕심을 내면 안 되니까 한 장에 십 실링만 오르면 만족해야 한다고 했다. 자기는 삼백 주를 살 작정인데 필립에게도 그렇게 하지 않겠느냐고 했다. 증권은 그가 보관하고 있다가 좋은 때를 노려서 팔아주겠다고 하는 것이었다. 필립은 전적으로 그를 믿고 있었다. 첫째는 그가 스코틀랜드 사람이기 때문에 나면서부터 조심성있는 사람일 것이라고 생각한 까닭도 있었고, 또 한 가지는 뭐니 뭐니 해도 지난 번의 예상이 어김없이 들어맞았다는 실적이 있었기 때문이다. 필립은 선뜻 동의했다.

"아마 결산 전에 팔아버리게 될 것일세. 만약 그렇게 되지 않으면 증권은 자네에게 보내줌세."

하고 마칼리스터는 말했다.

필립도 그것은 참 좋은 생각이라고 생각했다. 이익 배당금이 들어올 때까지 기다리기만 하면 되었고, 게다가 한푼도 돈을 낼 필요는 없다는 것이었다. 그는 다시 신문의 증권 시세란을 새로운 흥미를 가지고 매일 읽기 시작했다. 이튿날은 일제히 조금씩 올라서 마칼리스터로부터는 한 장에 이 파운드 사분의 일씩 샀다는 보고가 왔다. 시장 상태는 극히 견실하다고도 했다. 그런데 이삼 일 후에는 기세가 갑자기 꺾였다. 남 아프리카로부터의 전황이 그다지 좋지 않다고 하면서 필립의 증권도 한 장에 이 파운드까지 내려갔는데 아무래도 좀 걱정이 되었다. 그러나 마칼리스터는 이러한 것에도 낙관적이어서, 그렇게 언제까지나 항전이 계속될 리가 없다, 사월 중순까지는 로버트 장군이 요하네스버그에 입성할 것이 틀림없으니까 내기를 걸어도 좋다고 말했다. 그러나 결국 결산 때에 필립은 사십 파운드 가량을 더 들고 나가지 않으면 안 되었다. 이것은 상당한 타격이었지만 어쩔 수 없이 그대로 갖고 있는 도리밖에 없었다. 그러나 필립과 같은 경우는 가만히 참고 있기에 손해가 조금 컸다. 그 후 이삼 주일은 아무 일도 없었다. 보어 사람들은 자기네들이 이미 싸움에 졌으므로 항복하는 것 외에는 별 도리가 없다는 것을 이해하지 못하는 모양이었다. 그뿐만 아니라 회수는 적었지만, 가끔 가다가 이기는 일도 있었기 때문에 필립의 증권은 덕분에 또 반 크라운이나 떨어졌다. 아직도 전쟁이 계속되리라는 것이 분명했다. 시장에는 팔려는 사람이 모여들었다. 그도 매우 낙심하고 있었다.

"이럴 때는 손해를 최소한으로 적게 하는 것이 최선의 방법이 아닐까 하고 생각하지만 지불액으로서는 벌써 한도까지 와버린 것 같으니까 곤란해지게 되었네."

필립은 이 일이 근심되어 견딜 수가 없었다. 밤에는 잠도 오지 않았고 아침 식사도 홍차와 버터 바른 빵만으로 절약했었는데 그날 아침엔 되는 대로 먹고 나왔다. 빨리 클럽의 독서실로 가서 신문을 보고 싶었기 때문이었다. 때로는 전쟁의 뉴스가 좋지 않을 때도 있었고 아무것도 나와 있지 않을 때도 있었다. 그러나 증권 시세는 동요가 있기만 하면 모조리 하락하는 것뿐이었다. 그는 어찌해야 좋을지 알 수가 없었다. 이대로 팔아버리면 약 삼백오십 파운드 가량 손해를 보게 되고 그렇게 되면 손에 남는 것이라고는 겨우 팔십 파운드밖에 남지 않을 것이다. 그는 쓸데없이 증권 거래에 손을 대는 어리석은 짓은 하지 않았어야 했다고 진심으로 후회했다. 그러나 결국 이대로 가지고 있을 수밖에 없다. 언제 어떠한 결정적인 사태가 벌어져서 다시 값이 올라갈지도 모르는 일이다. 이제는 이익 따위는 바라지도 않았다. 다만 어떻게든지 해서 손해만은 메우고 싶었다. 그것만이 병원에서의 실습과정을 마칠 수 있는 유일한 가능성이었기 때문이다. 오월부터 여름 학기가 시작되고 그것이 끝나면 산과학의 시험을 칠 작정이었다. 그러고 나면 이제 일 년이 남는 것이다. 자세하게 계산해 본 결과 수업료며 모든 것을 합해서 백오십 파운드 가량만 있으면 그럭저럭 해나갈 수 있다는 것을 알았다. 그러나 이것은 이미 최저로 바싹 줄인 선이었다.

사월 초순에 그는 마칼리스터와 만나고 싶어져서 비크 가의 그 술집으로 갔다. 마칼리스터와 함께 증권 시장의 정세라도 이야기하면 마음이 어느 정도 편해지고 또 자기 이외에도 손해를 본 숱한 사람들이 있다는 것을 알면, 그 자신의 고민도 조금은 참을 수 있을 것같이 여겨졌기 때문이었다. 그러나 그 술집에 들어가보니 헤이워드 혼자만 앉아 있었다. 필립이 앉자마자 헤이워드가 말하기 시작했다.

"나도 드디어 이번 일요일에는 남 아프리카의 케이프 전선으로 나가게 됐네."

"자네가?"

하고 필립은 큰소리를 질렀다.

헤이워드는 전혀 이런 일을 할 것 같지 않은 인간이었다. 딴은 요즘 병원에서도 많은 사람이 군대에 나가고 있었다. 정부에서는 이미 자격만 가진 사람이면 누구든지 채용했다. 그리고 보통 기병으로 나갔던 사람들도 그들이 의학생 출신이란 것을 알게 되기만 하면, 큰 야전 병원으로 돌려진다는 소문도 있었다. 애국심이라는 물결이 전국을 휩쓸어서 사회의 여러 계층에서 지원병이 쏟아져나왔다.

"그래 자네 병과는 무언가?"

"도셋 기병대야. 보통 기병으로 나가는 거야."

헤이워드와 알게 된 지 팔 년이 된다. 문학과 예술을 이야기할 수 있는 사람이라는 점으로 필립의 열렬한 찬양심에서 일어났던 젊은 날의 친밀감은 사라진 지 이미 오래였다. 그러나 이른바 타성이라는 것이 있어서 헤이워드가 런던에 있는 한 일 주일에 한두 번씩은 꼭 만나고 있었다. 지금도 헤이워드는 아직 책에 관한 이야기라면 상당히 섬세한 이해력을 갖고 있었다. 필립은 아직도 너그러운 심경이 되지 못했기 때문에 때때로 헤이워드의 이야기가 몹시 그를 초조하게 만들 때가 있었다. 지금 필립에게는 인생에 있어서 의미가 있는 것이란 예술뿐이다라는 따위의 망상은 전혀 믿어지지 않았다. 오히려 행동이나 성공에 대한 그의 경멸에 반발까지 느끼고 있었다. 펀치 술을 휘저으면서 그는 옛날의 우정과 헤이워드라면 반드시 어떠한 일을 해낼 것이라고 생각하고 잔을 기울였던 일을 회상하고 있었다. 그러나 그런 환상은 벌써 옛날에 사라졌고 지금은 단지 그가 여전히 말만 지껄일 뿐, 아무 능력도 없다는 것을 알고 있었다. 헤이워드의 연 수입 삼백 파운드도 젊었을 때와는 달라서 삼십오 세가 된 그에게 있어서는 아무래도 모자라는 것 같았다. 양복만은 여전히 일류 양복점에서 지어 입는 것 같았으나 옛날의 그로서는 상상도 못 했을 만큼 오래 입는 것이었다. 지금은 너무 살이 쪄서, 아무리 맵시있게 금발머리를 매만져보아야 그의 대머리를 감출 재주는 없었다. 그의 푸른 눈도 빛을 잃고 희미해졌으며 조금만 지나치게 술을 마셔도 한눈에 알 수 있었다.

“그런데 어떻게 케이프로 가려는 생각을 했나?”

“글쎄, 뭐라고 해야 좋을까? 아무튼 마땅히 가야 한다고 느꼈기 때문이라고나 할까?”

필립은 더 이상 아무 말도 하지 않았다. 어쩐지 어리석은 것 같은 생각도 들었다. 요컨대 헤이워드는 자기 자신도 확실히 알 수 없는 어떠한 불안한 마음에 쫓기고 있는 것이다. 그의 마음 한 구석에 숨어 있는 어떤 힘이 그로 하여금 조국을 위하여 싸우지 않으면 안 될 것 같은 마음으로 만들고 있는 것이다. 애국심이란 일종의 편견에 불과한 것이라는 스스로의 세계주의에 도취했다고나 할까? 조국인 영국 따위는 결국 유배된 당에 불과한 것이라고 장담하던 그였던 만큼 이것은 더욱 기묘한 일이다. 대중으로서의 동포 따위는 섬세한 그의 신경을 건드릴 뿐이었다. 필립은 생각했다. 인간이라는 것은 곧잘 그 인생관과 정반대가 되는 일들을 하는 일이 있는데 그것은 무슨 이유일까? 헤이워드의 경우 단지 방관자로서 야만인들이 서로 죽여대는 전쟁을 비웃으면서 방관하는 거라면 또한 알 만한 이야기였다. 그렇게 생각하니 아무리 인간이라 할지라도 결국은 미지의 힘으로 조종되는 꼭두각시에 지나지 않는 것 같았다. 단지 어떤 큰 힘이 그들을 조종해서 이런 저런 행위를 시키고 있는 데 불과한 것이다. 이성이라는 것을 들고 나와서 자기들의 행위에 이유를 붙이기도 하지만, 그것이 불가능할 경우에는 이성 따위는 아예 무시해버리고 곧 행동으로 나가버리는 것이다.

“사람이란 참 묘한 것이군그래.” 필립이 말했다. “자네가 기병이 되어서 싸움터에 나가리라고는 꿈에도 생각할 수 없었는데.”

헤이워드는 약간 부끄러운 듯이 웃기만 하고 아무 말도 하지 않았다.

그러나 이윽고 겨우 입을 열었다.

"어제 신체 검사를 받았는데 완전한 건강체질인가 어떤가를 알기 위해서 고문을 받아보는 것도 그리 나쁜 일은 아닌 것 같더군."

영어로도 얼마든지 할 수 있는 말을 아니꼽게 프랑스 어를 섞어가며 이야기는 취미만큼은 아직 고쳐지지 않았다. 그때 마침 마칼리스터가 들어왔다.

"캐어리 군, 마침 잘 만났네, 꼭 한 번 만나려구 하던 참일세. 증권 거래소에서는 더 이상 자네 증권을 쥐고 있을 수가 없게 됐다네. 아무튼 시장도 극도로 경기가 나빠져서 자네의 것도 전부 가져가라고 하더군."

필립은 맥이 탁 풀렸다. 불가능하다는 것은 알고 있었다. 이제 손해는 어쩔 수 없는 것이다. 체념이다. 그러나 그는 자존심도 있고 해서 조용히 대답했다.

"내가 도로 가져와봐야 무슨 소용이 있겠나? 그보다는 차라리 전부 팔아주게나."

"이봐, 입으로 그렇게 말하는 것은 무척 간단하지만 과연 그게 팔릴까? 아무튼 시장은 심한 불경기여서 아무도 사려는 사람이 없단 말일세."

"하지만 일 파운드의 팔분의 일이라는 시세가 나와 있지 않은가?"

"응, 그야 그렇지. 하지만 실제로는 아무 소용도 없다네. 절대로 그런 높은 값으로는 팔리지 않을 테니까."

필립은 잠시 동안 말을 할 수가 없었다. 마음을 진정시키려고 애를 썼다.

"그럼 종이조각에 불과하다는 말인가?"

"아니, 그렇다는 것은 아니지. 그야 물론 값이야 있지. 하지만 현재는 살 사람이 없다는 말일세."

"그럼 얼마라도 좋으니 팔아치워주게나."

마칼리스터는 필립의 얼굴을 뚫어지게 보았다. 이번에는 적지않게 타격이 큰 모양이라고 생각했다.

"참으로 미안하다고는 생각하네만, 결국 우리는 모두 같은 배를 타고 있는 운명이 아닌가. 전쟁이 이렇게 오래 끌게 되리라고는 아무도 상상하지 못했다구. 그야 내가 권해서 사게 된 셈이지만 나 자신도 샀단 말일세."

"그런 것은 아무래도 상관없네. 인간은 어디에든 걸게 마련인걸."

필립은 마칼리스터와 이야기하느라고 서 있다가 다시 앉았던 자리로 돌아왔다. 그는 완전히 정신을 차리지 못하는 상태였다. 갑자기 머리가 무섭게 아프기 시작했지만 이런 때일수록 겁쟁이라는 말만은 듣고 싶지 않았다. 그래서 그 자리에 한 시간 가량 그대로 앉아 있었다. 남들이 하는 이야기에 특히 더 큰소리를 내서 웃다가 이내 가려고 했다.

"참으로 침착하게 들어주었군그래."

마칼리스터가 악수를 하면서 말했다.

"어떤 사람이고 삼사 백 파운드의 손해를 보게 되면 사실 좀 낙심하게 마련인데 말이야."

필립은 그의 쓸쓸한 하숙방으로 들어오자 갑자기 절망에 휩쓸려서 침대에 몸을 던져버렸다. 자신의 어리석은 행동이 아플 만큼 후회되었다. 한 번 저지른 이상 어쩔 수는 없는 일이어서 새삼스럽게 후회한다는 것은 어리석은 일이라고 생각을 해보았지만 이것 또한 어쩔 수 없었다. 참으로 비참한 마음이었다. 잠을 잘 수가 없었다. 지난 이삼 년 동안 쓸데없이 돈을 낭비했던 일이 자꾸만 생각나서 견딜 수 없을 만큼 골치가 아팠다.

그 이튿날 밤 마지막 배달편으로 청산표가 왔다. 예금 통장을 보고 전부 청산해버린다면 겨우 칠 파운드가 남는다는 것을 알았다. 칠 파운드! 그러나 그는 청산할 수 있다는 것만해도 고마웠다. 만약 마칼리스터에게 실은 돈이 없어서 청산할 수 없다고 말할 수밖에 없었다면 얼마나 창피하고 괴로웠겠는가? 여름 학기에 필립은 안과 조수로 실습을 하고 있었는데 마침 한 학생이 검안경을 한 대 팔겠다고 하기에 그는 그것을 샀다. 아직 돈은 치르지 않았지만 지금에 와서 안 사겠다고 말할 용기는 나지 않았다. 그 밖에도 아직 책을 몇 권 사야 했다. 그렇게 되면 나중에 손에 남는 것이라고는 오 파운드 가량밖에 없을 것이다. 그것으로 어떻게 꾸려 나가는 수밖에 없었다. 우선 앞으로 여섯 주일 동안은 먹을 수 있었다. 마침내 그는 자기의 눈에도 매우 사무적으로 보이는 편지를 백부에게 썼다. 내용은 전쟁 때문에 큰 손해를 보았는데 이번에 백부가 원조를 해주지 않는다면 학업을 계속할 수가 없는 입장에 처해 있으니 백오십 파운드만 빌리고 싶다, 물론 그 돈에는 이자를 지불할 것이며 원금도 자기가 돈을 벌기 시작하면 조금씩 갚아나갈 작정이다. 늦어도 일 년 반 뒤에는 자격을 얻을 수 있고 그렇게 되면 매주 삼 파운드 받는 의무원이 될 것이 확실하다고 썼다. 그러나 백부로부터의 회답은 자신으로서는 아무것도 해주지 못하겠다는 것이었다. 지금 세상이 이렇게 불경기인데 물건을 팔아서라도 돈을 만들어 보내라는 것은 매우 괘씸한 일이고, 게다가 다소의 재산이 없는 것은 아니지만 그것은 만약 자기가 병이라도 들었을 때를 염려해두는 것이 자신에 대한 충실한 의무라고 생각하기 때문이라는 것이었다. 그리고 그 편지 끝 부분에는 설교가 한바탕 씌어 있었다. 너에게는 이미 몇 번이고 경고하고 주의를 했던 터였다. 그러나 너는 내 말을 거의 귀담아 듣지도 않았다. 솔직하게 말하면 나는 편지를 읽고 의외라고 생각지는 않았다. 지난날의 너의 방종하고 무턱대고 아무렇게나 생활한 말로가 이렇게 될 것이라고는 미리 짐작했던 바라는 것이었다. 필립은 편지를 읽어보고 얼굴이 화끈해졌다 싸늘해졌다가 했다. 설마 백부가 이렇게 거절하리라고는 생각지도 않았다. 그런 만큼 분노가 머리 끝까지 치밀었다. 그러나 그것도 곧 완전한 허탈 상태에 빠지고 말았다. 백부로부터의 원조가 없는 한 도저히 병원 근무는 계속할 수가 없다. 이것을 생각하니 완전히 황당스러웠다. 창피도 체면도 잊어버리고 다시 한 번 백부에게 편지를 썼다. 한층 더 절박한 사정을 호소했다. 그러나 역시 설명이 부족했음인지 백부는 필립의 절망적인 진상이 납득이 가지 않는 모양이었다. 백부의 회답은 자신의 결심엔 변함이 없다, 너도 이제 스물다섯이라면 생활비쯤은 제 힘으로 벌어야 할 것이 아니냐고 했다. 물론 내가 죽으면 너에게 약간의 유산은 있을 테지만 그때까지는 한푼도 줄 수 없다고 했다. 필립은 편지를 읽어보고 생각했다. 오랜 동안 그의 살아가는 태도를 반대만 해오던 사나이가 이제야 자신의 생각이 옳았다는 것을 알고 만족해 있을 모습이 바로 이것일 것이라고.

99

필립은 드디어 자기 옷을 전당포에 잡히기 시작했다. 그리고 식사도 아침밥 이외에는 하루에 한 끼만 먹기로 하고 생활비를 줄이기 시작했다. 그 한 끼도 오후 네시에 버터 바른 빵과 코코아 한 잔이라는 형편없는 것으로 다음 날 아침까지 견디어야 했다. 밤 아홉시경에는 배고픔을 잊기 위해 잠을 잘 수밖에 없었다. 로슨에게 돈을 빌려볼까도 했으나 거절당할지도 모른다고 생각하고 그만두었다. 결국은 오 파운드를 꾸어달라고 했더니 로슨은 쾌히 꾸어주는 대신 이렇게 말했다.

"일 주일 후엔 돌려줄 수 있겠지? 사진틀 장사에게 치러주어야 할 것이 있어서 말야. 요즘은 나도 아주 불경기여서……."

필립이 일 주일 후에 그 돈을 돌려주지 못할 것은 뻔했다. 그러나 그렇게 되면 로슨이 어떻게 생각할까? 그것이 창피스러워서 이틀쯤 지난 후에 그 돈을 그대로 도로 갖다주려고 그곳에 갔다. 로슨은 막 점심을 먹으러 나가려던 참이었으므로 함께 안 가겠느냐고 권했다. 그러나 음식은 좀처럼 먹히지가 않았다. 모처럼 이런 음식다운 음식을 먹게 된 것만 해도 너무나 기뻤기 때문이었다. 일요일에는 아델니 집에만 찾아가면 푸짐히 대접을 받을 수 있을 것은 틀림없었다. 차마 이번 사건에 관해서 아델니 식구들에게 이야기할 용기는 나지 않았다. 아델니의 가족 전부가, 필립은 웬만큼 살고 있는 것으로 생각하고 있기 때문에 만약 여기에서 빈털터리라는 것을 알게 된다면 만나길 꺼려하지 않을까 하는 것이 두려웠다.

어린 시절부터 늘 부유하지는 못했지만 그래도 설마 끼니까지 걱정을 하게 되리라고는 생각한 적이 없었다. 또 이런 일만은 그의 주위 사람들에게도 없었던 일인 만큼 마치 명예롭지 못한 질병에라도 걸린 것처럼 창피스러웠다. 그가 지금 처해 있는 입장은 완전히 경험 밖이었다. 그는 이번 일에는 단지 허둥지둥할 뿐이었고 병원에 나가는 것 외에는 아무런 방도도 알지 못했다. 어떻게 되겠지 하는 막연한 희망이 있을 뿐이고 지금 현재 일어나고 있는 사태마저도 어쩐지 오히려 꿈만 같이 느껴졌다. 돌이켜보면 맨 처음 학교에 들어갔을 때도 곧잘 현실의 생활은 한낱 꿈에 지나지 않고 그 꿈에서 언젠가 문득 깨어나면 집으로 돌아가 있게 되는 것은 아닌가 하고 생각한 기억이 난다. 그러나 얼마 되지 않아 약 한 주일쯤 지나면 한푼도 없는 빈털터리가 된다는 것을 알았다. 무슨 수를 쓰더라도 곧 돈벌이를 생각하지 않으면 안 되었다. 군의의 수요가 급증하고 있는 이때 자격만 갖추었다면 비록 절름발이라 할지라도 당장 남 아프리카의 케이프 행이 결정되었으련만. 아니 불구자만 아니었더라면 요즈음 자꾸 나가는 의용 기병대에라도 입대할 수가 있을 터였다. 그는 의학교의 서무실로 찾아가서 열등생의 가정교사 자리는 없겠는가 하고 물어보았다. 그러나 과장의 대답은 냉랭하기만 했다. 필립은 의약 신문의 광고란을 보고 푸램 거리에서 병원을 경영한다는 사람이 면허없는 조수를 구한다고 하는 것을 알고 응모해보았다. 면접을 하러 갔더니 의사는 필립의 저는 발을 힐끗 보았다. 그리고 필립이 아직 병원의 실습 사학년생이라고 하자 그것만으로는 경험이 부족하다고 했다. 필립은 다만 구실이라는 것을 알 수 있었다. 의사가 말하는 대로 민첩하게 움직일 수 없는 조수 따위는 거절하는 것이 당연한 일인지도 모른다. 필립은 다른 돈벌이를 궁리하기 시작했다. 그는 다행히 프랑스 어와 독일어를 알기 때문에 혹 상용 문서를 정리하는 일이라도 없을까 하고 궁리해보았다. 울어버리고 싶은 심정이었지만 이를 악물고 견디었다. 다른 일은 아무것도 할 줄 아는 것이 없었기 때문이다. 직접 면접을 한다는 광고에는 용기가 나지 않아 응하지 못했지만 서면으로 끝나는 곳은 모두 응모해보았다. 그러나 막상 그렇게 되자 그는 이력서에 쓸 만한 경력도 없거니와 추천서도 없었다. 게다가 그가 할 수 있는 프랑스 어나 독일어 는 상업 용어가 아니라는 것도 알고 있었다. 상용문의 전문적인 용어 따위는 전혀 알지 못했고 속기도 할 수 없었고 타이프도 치지 못했다. 스스로 생각해보아도 절망을 느끼지 않을 수가 없었다. 부친의 유산 집행인이었던 변호사에게 편지를 보내볼까도 생각해보았으나, 끝내 마음이 내키지 않았다.

그것은 필립의 돈을 투자해주었던 담보부 사채(擔保付社債)를 간곡히 말했음에도 불구하고 팔아버린 일이 있었기 때문이었다. 그는 백부를 통해서 닉슨 씨가 필립의 처사에 대해서 몹시 불만을 품고 있더라는 말을 들은 일이 있다. 닉슨 씨는 회계사 사무소에서의 일 년 동안에 필립이 매

256

우 게으르고 무능하다는 것을 알게 되었던 것이다.

"차라리 굶어 죽는 편이 낫겠다."

필립은 혼자 중얼거렸다.

사실 두어 번 자살이라도 해버릴까 하는 생각을 한 적도 있었다. 병원 약국에서 약품을 들고 나오는 것은 힘드는 일이 아니었다. 최악의 경우엔 조용히 아무 고통도 없이 생명을 끊을 수 있는 방법이 있다고 생각하자 그렇게 나쁘지 않았다. 그러나 그것은 별로 진지하게 생각한 것은 아니었다. 언젠가 밀드레드가 그를 버리고 그리피스와 달아나버렸을 때에도 그는 너무나 괴로워서 고통을 잊기 위하여 죽음을 생각한 적이 있었다. 그러나 이번에는 기분이 달랐다. 그는 응급 병실 담당 간호부장이 실연보다도 오히려 가난한 것이 원인이 되어서 자살하는 편이 훨씬 많다고 하던 말을 생각해냈다. 그러자 자기는 예외일 것이라고 생각하고 저도 모르게 혼자서 씩 웃었다. 이 괴로움을 누구에게라도 털어놓고 이야기해보고 싶은 생각은 있었지만 그렇다고 해서 선뜻 용기가 나지 않았다. 부끄러웠기 때문이다. 그래서 결국은 계속 일자리를 찾아다녔다. 방세는 여주인에게 월말에는 돈이 생길 테니까 미안하지만 삼 주일 동안만 기다려달라고 했다. 여주인은 아무 말도 하지 않았지만 입술을 삐죽 내밀고 언짢은 표정을 지어 보였다. 월말이 되어서 방세를 지불해줄 수 있겠느냐고 독촉을 받았을 때 지불할 수 없다고 대답하는 것이 무척 고통스러웠다. 그래서 그는 여주인에게 어쨌든 백부에게 편지를 보냈으므로 다음 토요일에는 틀림없이 지불하겠다고 약속했다.

"그럼 부디 부탁해요. 저도 역시 당신한테 방세를 받아서 집세를 지불해야 하니까 그렇게 오래도록 기다릴 수가 없답니다."

여주인은 별로 화를 내며 하는 말은 아니었으나 분명하게 말하는 그 어조가 오히려 무서웠다. 그녀는 잠깐 말을 끊었다가 다시 이었다.

"그럼 다음 토요일에도 지불해주시지 못하면 부득이 병원의 사무처에 말씀을 드리는 수밖엔 없겠군요."

"네, 알았어요. 염려 마십시오."

그녀는 필립을 한 번 쳐다보고 새삼스럽게 텅 비어 있는 방을 둘러보았다. 그리고 특히 힘을 주어 말하는 것도 아니고 극히 당연한 말을 하고 있는 것 같은 어조로 말했다.

"오늘은 고기가 아주 맛있게 구워졌어요. 부엌으로 내려오시면 기꺼이 대접하겠어요."

필립은 발바닥 밑까지 빨개지는 것 같은 기분이었다. 뜨거운 것이 목구 멍으로 치밀어올라왔다.

"아주머니, 매우 고맙습니다. 그렇지만 전 지금 배가 부른걸요."

"아, 그래요."

그녀가 내려가버리자 필립은 침대에 몸을 던졌다. 그리고 울지 않으려 고 양 주먹을 꽉 움켜쥐고 있었다.

100

토요일. 방세를 지불하겠다고 약속한 날이다. 한 주일 동안 어떻게 되 지 않을까 하고 기다렸으나 도무지 취직이 되지 않았다. 여태까지 이렇게 진짜로 곤란해본 적이 없었기 때문에 완전히 침착성을 잃어버리고 무엇 을 어떻게 해야 할지 알 수가 없었다. 게다가 항상 마음 한 구석에는 무언 가 모두 터무니 없는 속임수가 아닌가 하는 생각조차 들었다. 이제 남은 것이라고는 동전 몇 닢뿐이었다. 당장 없어도 될 양복은 모조리 팔아버 렸다. 그 밖에 책 몇 권과 기껏해야 일 실링이나 이 실링 정도로 잡힐 물 건은 몇 가지가 남아 있었으나 주인 아주머니는 필립의 출입을 엄중히 감 시하고 있었으므로 무엇 하나 가지고 나가다가는 여주인한테 붙들릴 것 은 정한 이치였다. 다만 남은 길이라고는 솔직하게 방세를 지불할 수 없 노라고 말해버리는 수밖에 없었지만 그에게는 그럴 만한 용기도 없었다. 때는 유월 중순이었다. 밤하늘에 별이 총총하고 따뜻했다. 그래서 오늘 밤은 돌아가지 않기로 결심했다. 템즈 강이 잔잔하고 고요했기 때문에 첼 시 강변을 천천히 거닐다가 피곤해지자 벤치에 앉아서 졸았다. 그러다가 무엇에 깜짝 놀라 잠을 깨었다. 얼마나 잤는지 알 수가 없었으나 꿈 속에 서 경찰관이 자기를 흔들며 일어나 집으로 가라고 한 것 같았다. 그러니 깨어보니 아무도 없었다. 목표도 없이 또 걷기 시작했다. 무작정 걷기 시 작해서 치즈윅까지 가서 거기서 또 잤다. 그리고 얼마 후에 벤치가 너무

딱딱했기 때문에 다시 잠이 깼다. 밤이 굉장히 지루하고 길게 느껴졌다. 그의 몸이 부르르 떨렸다. 자신의 비참한 꼴이 뼈아프게 느껴졌으나 도대체 어떻게 해야 할 것인지는 아직도 알 수가 없었다. 강가에서 노숙했다는 것이 부끄러웠으므로 형용할 수 없는 굴욕감에 사로잡혀 어둠 속에서도 저도 모르게 얼굴이 빨개졌다. 필립은 이런 데서 잠을 자는 사람들의 이야기를 들은 일이 있었다. 그 사람들 중에는 관리나 성직자나 대학 출신들도 섞여 있다는 것이다. 필립은 자기도 그 중의 한 사람이 되어 어떤 자선 단체에서 주는 죽을 얻어 먹으려고 줄지어 서서 기다리게 되지는 않을까 하고 생각했다. 그렇게 된다면 차라리 죽어버리는 편이 나을지도 모른다. 도저히 이렇게 비참하게 살아갈 자신은 없다고 생각했다. 이 어려운 입장을 로슨에게 이야기하면 틀림없이 도와줄 것이다. 쓸데없는 자존심 때문에 도움을 청하지 않는다는 것은 어리석은 일 같았다. 어쨌든 왜 이렇게 실수만 저지른단 말인가? 생각해보면 항상 가장 좋다고 생각하는 일만 해온 것 같은데도 하는 일마다 나쁜 결과만 가져왔다. 그는 그 자신이 남보다 더 이기적이었다고는 생각되지 않았고 가능한 한 불우한 사람을 돕기도 했는데, 그런 자기만이 어째서 이렇게까지 궁지에 몰려야만 하는지를 생각하면 참으로 억울했다.

그러나 그런 생각을 해봤자 아무 소용이 없었다. 그는 다시 걷기 시작했다. 날이 환히 밝아왔다. 강은 아름답고 잔잔했으며 이른 아침의 대기는 어딘지 약간의 신비로운 느낌마저 있었다. 오늘도 날씨가 좋을 모양이었다. 먼동이 트는 새벽녘의 깨끗한 하늘에는 구름 한 점 없었다. 지칠 대로 지쳐서 굶주림이 창자를 물어뜯는 것 같았고 그대로 거기에 가만히 앉아 있을 수도 없었다. 경관이 누구냐고 묻지나 않을까 하는 것만이 걱정이었다. 그때의 굴욕감을 생각하면 견딜 수가 없었다. 온몸이 몹시 더러워진 것같이 느껴져서 씻고 싶어졌다. 다시 정신을 차려보니 어느새 헴프튼 코트까지 와 있었다. 이제는 어떻게든 주린 배를 채울 것이 없으면 큰소리로 울어버릴 수밖에 없다고 생각했다. 그는 싸구려 식당을 골라서 들어갔다. 무엇인지 구수한 음식 냄새가 풍겨오자 도리어 가벼운 메스꺼움을 느끼게 했다. 오늘 하루를 지탱할 수 있을 것 같은 영양 많은 음식을 먹을 작정이었는데, 음식을 보자 도리어 식욕이 떨어졌다. 결국 홍차 한 잔과 버터 바른 빵을 먹었을 뿐이었다. 그러나 그때 문득 생각해낸 것은 바로 그날이 일요일이라는 것이었다. 그렇다면 아델니의 집에 갈 수 있다. 그는 아델니 집안 식구들의 식탁에 나올 로스트 비프와 요크셔 푸딩을 생각했다. 그러나 오늘은 워낙 지쳐서 그토록 행복하고 떠들썩한 사람들과 얼굴을 맞댈 만한 기운이 없었다. 마음이 꺾이는 비참한 상태였다. 혼자 있고만 싶었다. 그래서 헴프튼 코트의 정원에 가서 누워 있으려고 마음먹었다. 뼈의 마디마디가 몹시 쑤셨다. 거기에는 펌프가 있을 테니까 얼굴과 손을 씻고 물도 먹어야겠다. 목이 몹시 말랐다. 배가 고픈 것은 이미 느끼지 않게 되었다. 꽃과 잔디밭과 초록빛 나뭇잎이 우거진 수목들을 생각하자 기분이 좋아졌다. 그곳에 가면 또 무슨 좋은 방법이 생각날지도 모른다는 막연한 생각이 들었다. 그는 나무 그늘 밑의 풀밭에 누워서 파이프에 불을 붙였다. 절약하기 위해서 오래 전부터 담배는 하루에 두 대 이상 피우지 않기로 했었다. 다행히 아직 담배 쌈지는 가득 차 있었다. 인간이 돈이 떨어졌을 때는 어떻게 해야 하는 것인지 그는 아직 몰랐다. 이윽고 잠이 들어버렸다. 잠을 깨어보니 벌써 오정때가 가까웠다. 그는 어서 런던으로 돌아가야겠다고 생각했다. 아침 일찍 도착해서 가망이 있을 것 같은 구인광고에 응모하지 않으면 안 되었기 때문이다. 백부의 일도 생각했다. 넉넉한 재산은 아니지만 죽으면 남겨주겠다고 씌어 있었다.

 그 유산이 도대체 얼마나 되는지는 그는 전혀 알 수 없다. 기껏해야 이삼 백 파운드일 테지만 혹시 그 상속권을 담보로 해서 돈을 꿀 수는 없을까 하고 생각해보았다. 물론 그것은 백부의 동의를 얻어야 할 일이었지만 그리 어려운 일은 아니었다.

 "결국, 이젠 백부가 죽을 때까지 이럭저럭 어떻게 견디어나가는 수밖에 없군."

 필립은 백부의 나이를 꼽아보았다. 백부는 이미 칠십이 훨씬 넘은 나이였다. 만성 기관지염이 있는데 그런 병을 앓으면서도 오래 사는 노인은 많이 있다. 하여튼 어떻게라도 하지 않으면 안 되었다. 아무리 생각해도 자기의 경우는 쉽지 않다는 생각이 들어서 견딜 수가 없었다. 현재 필립과 같은 처지가 되어도 대부분의 사람은 절대로 굶지는 않을 것이다. 그가 절망에 빠져버리지 않는 것은 이 경험이 현실이라고는 믿어지지 않고 오히려 악몽이라도 꾸고 있는 것같이 생각하고 있었기 때문이었다. 아무튼 그는 로슨에게서 십 실링을 빌리기로 했다. 결국 그날은 하루 종일 정원에서 보내고 심한 시장기가 날 때면 담배를 피웠다. 런던으로 걷기 시작할 때까지는 아무것도 먹지 않을 작정이었다. 갈길이 멀기 때문에 체력을 충분히 여축할 필요가 있었다. 날씨가 선선해지기 시작했을 무렵 그는 걷기 시작했다. 그러다가 지치면 벤치에서 잤다. 방해하는 사람이라고는 아무도 없었다. 이튿날 아침 일어나 얼굴을 씻고 양치질을 하고 빅토리아에서 면도를 하고 버터 바른 빵과 홍차를 마셨다. 그리고 그것을 먹으면서 조간 신문의 광고란을 읽었다. 그러다가 어떤 유명한 백화점의 가구용 포목부에서 판매원을 구하고 있는 것을 보았다. 이것은 야간 망설여졌다. 왜냐하면 중류 계급의 편견으로서는 상점의 고용원이 된다는 것은 몹시 열등감이 생기는 일이었다. 그러나 지금 이 처지에 그런 것이 다 무어란 말인가? 그는 어깨를 한 번 으쓱 치켜올렸다. 어쨌든 부딪쳐보기로 작정했다. 모든 굴욕이여, 올 테면 오라. 오히려 그것에 대결함으로써 운명에 도전하고 있다는 묘한 만족감이 솟아났다. 몹시 겁을 먹었지만 용기를 내어 아홉시에 백화점에 나가보니 이미 수많은 선착자가 차례대로 줄지어 있었다. 십육 세의 소년부터 사십 세의 중년에 이르기까지 여러 연령 층의 사나이들이 있었다. 그 중에는 낮은 목소리로 이야기하고 있는 사람도 있었으나, 대개는 입을 꾹 다문 채 말이 없었다. 그가 그 속에 들어가자 일제히 적의를 품은 시선을 보냈다. 그때 어떤 사람이 말하는 것이 들렸다.

"내가 원하는 것은 거절을 할 바에는 빨리 말해달라는 거죠. 그래야 딴 데라도 다시 가봐야 할 거 아니요."

그 남자는 필립의 곁에 서 있었는데, 그를 힐끔 바라보더니 물었다.

"조금이라도 경험이 있으신가요?"

"아뇨, 전혀."

하고 필립은 대답했다.

그는 잠시 말을 주춤거리다가 다시 말을 이었다.

"여기보다 훨씬 작은 가게에서도 특별한 약속이 없으면, 점심 이후엔 만나주지 않아요.”

필립은 점원들의 모습을 바라보고 있었다. 사라사나 서양목 등을 정리하고 있는 사람도 있고(곁의 사나이가 가르쳐준 바에 의하면) 지방으로부터 온 주문품을 정리하는 사람도 있었다. 아홉시 십오분쯤 구매부 주임이 출근했다. 기다리던 사람 중의 한 사람이 그에게 기본즈 씨라고 말하는 것을 들었다. 작은 키에 뚱뚱하게 살이 찐 중년 남자로, 검은 수염에 윤기있는 검은 머리를 지니고 있었다. 동작이 민첩하고 약삭빠른 것 같은 얼굴을 하고 있었다. 실크 모자에 프록코트의 차림으로 코트의 깃에는 잎사귀에 둘러싸인 흰 제라늄 꽃을 꽂고 있었다. 그는 문을 열어놓은 채 사무실로 들어갔다. 조그만 방인데 가구라고는 한 구석에 밀어놓은 미국식 회전 책상, 그리고 책장, 찬장, 단지 그것뿐이었다. 상점 밖의 사람들은 그가 옷깃에서 제라늄꽃을 뽑아서 물을 담은 잉크병에 꽂는 것을 바라보고 있었다. 집무 중에 꽃을 꽂고 있는 것은 근무 규칙의 위반이었기 때문이다.

잽싸게 이 중역의 비위를 맞추려는 점원들은 하루 종일 이 꽃을 칭찬하는 것이었다.

“이렇게 좋은 꽃은 처음 보는데요. 설마 손수 가꾸신 것은 아니겠지요?”

“아냐, 내가 가꾼 거야.”

그는 빙그레 웃고 자랑스러운 듯한 눈빛을 띠었다.

그는 모자를 벗고 윗옷을 갈아입고는, 먼저 우편물 뭉치들을 훑어보고 나서 겨우 기다리고 있는 구직자들에게 눈길을 돌렸다. 그가 손가락을 들어서 가볍게 신호를 하자 맨 앞의 사나이가 안으로 들어갔다. 한 사람 한 사람 그의 앞에 나가서 질문에 대답하는 것이었다. 질문하는 태도가 활발했고 묻는 동안에도 줄곧 구직자들의 얼굴을 빤히 들여다보았다.

“나이는? 경험은? 무슨 이유로 먼저 번 직장을 그만두게 되었지요?”

그는 얼굴빛 하나 변하지 않고 대답을 듣고 있는 것이다. 드디어 필립의 차례가 되자 어쩐지 기본즈가 의아스러운 눈길로 그를 보고 있는 것 같아서 견딜 수가 없었다. 그러고 보면 필립은 옷차림도 말쑥했고 학력도 좋았고 혹은 다른 사람들과는 달라 보였는지도 몰랐다.

“경험은?”

“실은 별로 없습니다만.”

“그럼 안 되겠소.”

필립은 사무실을 뛰쳐나왔다. 면접이 생각했던 것보다 훨씬 간단히 끝났기 때문에 특별히 실망을 느끼지는 않았다. 그렇게 갑자기 응모해서 일자리를 붙든다는 것은 뻔뻔스러운 일이라고 생각했다. 아직 신문을 손에 쥐고 있었기 때문에 다시 한 번 광고란을 살펴보았다. 홀본의 어떤 상점에서도 판매원을 구하고 있었다. 필립은 거기에도 가보았다. 그러나 그때에는 이미 딴 사람이 결정된 뒤였다. 오늘 아무것이라도 음식을 먹어야 한다면 로슨이 점심을 먹으러 나가버리기 전에 그의 아틀리에로 찾아가지 않으면 안 되어갔다. 그래서 그는 부룸튼 거리를 지나서 요먼즈 로 쪽으로 걸었다.

“여보게, 난 월말까지는 파산한 거나 마찬가지로 빈털터리 신세라구.”

필립은 기회를 붙잡아 불쑥 이야기를 끄집어내었다.

“십 실링 정도 빌려줄 수 없겠나?”

돈 얘기를 한다는 것은 예상했던 이상으로 어려웠다. 병원 사람들이 처음부터 돌려줄 생각은 전혀 없으면서 마치 은혜라도 베푸는 것 같은 표정을 하고 그에게서도 돈을 빌려가고 하던 그 뻔뻔스러운 태도를 그는 생각해냈다.

“좋구말구, 그게 뭐 어렵겠나?”

로슨이 말했다. 그러나 막상 호주머니를 뒤지자 그 자신도 팔 실링밖에는 갖고 있지 않은 것을 알았다. 필립은 실망했다.

“그럼 하는 수 없지. 오 실링만 빌려주게나.”

필립은 아무렇지도 않은 것처럼 가볍게 말했다.

“그럼 이거라도.”

필립은 우선 웨스트민스터의 공동 목욕탕에 가서 육 펜스를 지불하고 목욕을 했다. 다음에는 아무 생각 없이 식사를 했다. 그러나 이제부터 오후엔 무엇을 해야 좋을지 알 수가 없었다. 누가 무슨 말이라도 물어올지 모른다고 생각되자 병원에는 돌아가고 싶지 않았고, 이제는 그곳에도 그가 할 일은 없었다. 그가 근무하던 두세 곳에서는 어째서 그가 오지 않는지 궁금도 하겠지만 무어라고 생각하든 상관없었다. 멋대로 생각하라지. 그가 아무 말도 하지 않고 그만두어버린 첫 번째 학생도 아닐 터였다. 그는 공중 도서관에 가서 지칠 때까지 신문을 읽었다. 그리고 스티븐슨의 《신(新) 아라비안 나이트》를 빌려보았으나 아무래도 제대로 읽혀지지 않았다. 문장이 모조리 그냥 지나쳐버릴 뿐 생각하고 있는 것은 여전히 자신의 비참한 처지뿐이었다. 결국 한 가지 생각만을 줄곧 하고 있었기 때문인지 자꾸 머리가 아팠다. 끝내는 신선한 공기를 마시고 싶어져서 그릴 공원으로 가서 잔디밭에 드러누웠다. 저는 발을 생각하면 우울했다. 그 때문에 전쟁에도 나가지 못하는 것이다. 꾸벅꾸벅 조는 동안, 그는 별안간 다리가 완전히 나아서 의용 기병대에 입대하여 케이프에 가 있는 꿈을 꾸었다. 그림이 들어 있는 신문에서 흔히 본 그림들이 그러한 꿈의 재료가 되었던 모양이었다. 군복을 입고 벨드 강 기슭에서 전우들과 함께 모닥불을 둘러싸고 있는 자신의 모습을 보았다. 눈을 떴을 때는 아직 주위가 환했고, 얼마 후 빅 벤이 일곱시를 치는 것이 들렸다. 앞으로 열두 시간을 아무것도 할 일 없이 보내야만 했다. 길고 끝이 없을 것 같은 밤이 두려웠다. 하늘에는 구름이 낮게 드리워져 있고 금방이라도 비가 내릴 것 같았다. 침대가 있는 싸구려 하숙집에라도 가는 수밖에 없었다. 쾌적한 침대에 숙박료는 육 펜스. 이러한 싸구려 하숙의 광고는 램버스 근방의 간판 등에서 자주 본 일이 있었다. 그러나 들어가본 일은 한 번도 없었고 게다가 메스꺼운 냄새와 빈대 따위도 두려웠다. 될 수 있으면 차라리 집 밖에서 잠을 자고 싶다고 생각했다. 폐문이 될 때까지 공원에 있다가 다시 걷기 시작했다. 몹시 지쳐 있었다. 차라리 사고라도 생기면 다행일 것 같았다. 병원에 실려가면 우선 두세 주일 동안은 깨끗한 침대 위에서 잘 수가 있을 터이니까 말이다. 한밤중이 되자 어찌나 시장기가 드는지 먹지 않고는 조금도 움직일 수가 없었다. 그래서 하이드 파크 코너의 커피 숍으로 가서 감자 두 개와 커피 한 잔을 마셨다. 그리고 또다시 걷기 시작했다. 불안한 기분이 되어서 잠을 잘 수가 없었다. 경관에게 끌려갈까봐 잠시도 마음이 놓이지를 않았다. 이제는 경관을 보는 눈이 좀 달라지기 시작한 것을 깨달았다. 밖에서 잠을 자는 것이 이것으로 벌써 사흘째였다. 이따금 피카딜리의 벤치에서 쉬다가 새벽녘에는 템즈 강변으로 나갔다. 십오분마다 울리는 빅벤의 소리에 귀를 기울이면서 중심지가 잠이 깨어나려면 시간이 얼마나 남았는지 계산해보았다. 날이 새자 그는 우선 동전 두서너 닢을 들여서 채비를 갖추고는 광고를 보기 위해서 신문을 사고 또다시 일자리를 찾아나섰다.

  그날부터 며칠 동안은 이렇게 하면서 살아갔다. 식사라고는 거의 하지 못했기 때문에 기력도 점점 없어져갔고 어차피 가망조차 없어 보이는 취직을 하려고 다니는 것을 바라고 종일 상점의 뒷문에서 오래오래 기다리는 일에도, 또 단 한 마디로 거절당하는 일에도 제법 익숙해졌다. 광고를 보고는 온 런던을 두루 돌아다녔고 지금은 자기처럼 헛되이 직업을 구하려고 다니는 사람들 중에 낯익은 사람까지 생기게 되었다. 그 중에는 친숙한 것처럼 말을 걸어오는 사람도 있었다. 그러나 필립은 너무 피곤하고 지쳐서 그러한 호의를 받아들일 만한 마음의 여유 따위는 전혀 없었다. 로슨에게는 그 후 오 실링의 빚이 있다는 것을 생각하면 찾아갈 수가 없었다. 의식까지 흐려져서 분명하게 사물을 생각할 힘도 없어지고 까짓것 이제는 무엇이라도 오려거든 오너라 하는 것 같은 자포자기에 빠져버렸다. 울기도 많이 울었다. 운다는 것은 처음엔 화가 나고 스스로 생각해도 창피스러웠으나 우는 것이 일종의 위안이 되어 어쩐지 배고픈 것까지 잊게 해주는 것같이 느껴지기 시작했다. 새벽에는 상당히 추워서 괴로움을 당했다. 어느 날 밤 속옷을 갈아입으려고 자기 하숙방으로 돌아간 일이 있었다. 모두 잠들어 있을 세시경에 살며시 기어들어가서 다섯시에 다시 나왔다. 그 사이 잠깐 침대에 올라가 누워보았더니 그 보드라움이 마치 꿈 속 같았다. 온몸의 뼈마디마다 아프고 쑤셨으나 그래도 누워 있는 동안만은 그 쾌감에 취한 것 같았다. 너무나 기분이 좋아서 잠을 자버리기가 아까웠다. 이젠 굶는 것에도 습관이 되어서 배고픈 것도 그다지 느끼지 않았다. 다만 온몸이 힘이 없고 무거울 뿐이었다. 항상 마음 한 구석에는 자살에의 유혹이 느껴졌으나 그는 기를 쓰고 그런 생각만은 하지 않으려고 했다. 그것은 죽음의 유혹에 사로잡혀서 자기 자신도 어떻게 막아볼 수 없게끔 되어버릴까봐 무서웠다. 필립은 늘 자신에게 자살이란 어리석은 일이라고 타이르고 곧 어떻게 될 것이 틀림없다고 생각했다. 도대체 지금의 자기의 궁한 처지라는 것이 너무나 어처구니가 없었다. 도저히 제 정신으로는 믿어지지 않았고, 마치 어떠한 질병과 같이 괴롭기는 괴롭지만 꾹 참기만 하면 틀림없이 낫게 될 것이라고 확신하게 되는 그러한 관념이 사라지지 않았다. 또다시 이런 밤을 견딜 수 없다고, 아침에 일어나면 백부에게나 변호사인 닉슨 씨나 그보다는 로슨에게 편지를 써야겠다고 일단 결심을 했으나 아침이 되면 언제나 결심이 흐려지곤 했다. 차마 이렇게까지 완전히 실패한 꼴을 그들에게 고백할 마음이 되어 있지 않았다. 로슨이 어떻게 생각할 것인지 그것을 몰랐다. 더구나 로슨과의 교우 관계에 있어서 그는 덜렁거리고 가벼웠지만 필립 자신은 원래 상식을 자랑해왔다. 로슨에겐 싫어도 자기의 어리석은 행위를 모두 털어놓고 이야기할 수밖에 없을 것이다. 로슨이란 놈은 도와주기는 한다 하더라도 그 뒤에는 차갑게 멸시를 하지 않을까 하는, 그것이 걱정스러웠다. 그래서 물론 백부나 변호사는 그를 조금은 도와주겠지만 그들의 잔소리가 듣기 싫었다. 필립은 누구에게서든지 비난이나 꾸지람은 듣고 싶지 않았다. 그는 이를 악물고 다시 한 번 생각했다. 저지른 일은 이미 지나가버린 일, 어떻게도 할 수 없는 일이다. 따라서 후회하는 것은 어리석은 일이라고 되풀이해서 생각했다.

매일이 무척 길었다. 로슨에게서 빌린 오 실링이 그렇게 오래 있을 리 없었다. 일요일을 기다렸다. 일요일이 되면 아델니네 집에 찾아갈 수 있기 때문이었다. 그리고 왜 조금 더 일찍 아델니를 찾아갈 생각이 들지 않았을까 하고 이상스럽게 생각했다. 물론 필립은 어떻게 해서든지 자기 힘으로 이 궁지를 개척해 나가려고 했던 까닭에 그를 좀더 일찍 찾아가지는 않았지만 아델니야말로 필립과 같은 절망적인 곤경에 빠져본 일이 있는 사람이었기 때문에 그에게 힘이 되어줄 수 있는 유일한 사람이라고 생각했다. 식사가 끝난 뒤에 현재의 어려운 처지를 호소할 기회는 있을 것이라고 생각했다. 그때에 뭐라고 말할 것인가를 몇 번이나 생각하였다. 다만 걱정스러운 것은 아델니가 그를 따돌리지나 않을까 하는 것이었다. 그것만은 도저히 견딜 수 없는 일이었기 때문에 자연히 마주치는 기회를 될 수 있는 대로 미루고 싶었다. 즉 필립은 친구들에게 대한 신뢰감까지도 송두리째 잃고 말았던 것이었다.

토요일 밤은 상당히 추웠다. 필립에게는 참으로 심하게 느껴졌다. 토요일 점심때부터 무거운 다리를 질질 끌고 아델니네 집에 도착할 때까지 그는 아무것도 먹지 못했다. 마지막 이 펜스도 일요일 아침 체어링 크로스의 유료 화장실에 들어가서 세수하고 머리를 고치는 데 다 써버렸기 때문이었다.

101

필립이 초인종을 누르자 조그마한 얼굴이 유리창 문에 나타나더니 곧이어 그를 맞아들이기 위하여 아이들이 퉁탕거리고 계단을 뛰어내려오는 발소리가 들렸다. 그는 그들의 키스를 받기 위해서 여위고 창백하고 근심에 싸인 얼굴을 하고 무릎을 구부린 채 내밀었다. 그들이 표시한 진정에 넘친 애정에 필립은 그만 가슴이 뭉클해져서 흘러내리는 눈물을 감추기 위하여 무언가 구실을 꾸며 계단에서 한숨을 돌려야만 했다. 그의 심정은 요즘 너무 예민해져서 사소한 일에도 걸핏하면 눈물이 나는 것이었다.
"웬일로 지난 일요일에는 오지 않았어요?"
한 아이가 물었다.
"아파서."
필립이 힘없이 대답하자 다른 아이가 또 물었다.
"그럼 무슨 병이죠?"
필립은 아이들을 웃기기 위하여 일부러 아주 이상한 병명을 댔다. 그것은 희랍 어와 라틴 어가 뒤섞인 말로 그야말로 이상한 이름이었다.(사실 의학 용어에는 그런 이름이 수두룩했다.) 과연 그들은 이 병명을 듣고 마구 웃었다. 그리고 필립을 거실로 데리고 가서 그 병명을 아버지에게도 말해주어야 한다면서 한 번 더 되풀이하게 했다. 아델니는 필립을 보고 막수를 하고는 그를 빤히 바라보았다. 둥글고 커다랗고 조금 튀어나온 탓으로 항상 빤히 보는 것처럼 보이는 그의 눈에 필립은 오늘 어째서 이렇게 마음이 쓰이는지 알 수 없었다.
"지난 일요일엔 오시지 않아서 참으로 유감이었소."
아델니가 말했다.
필립은 거짓말을 하지 못하는 사람이었다. 그래서 오지 못한 이유를 말하면서 그는 얼굴이 새빨개졌다. 마침 그때 아델니 부인도 들어와서 악수를 했다.

"그럼, 이젠 좀 괜찮으세요, 케어리 씨?"

어떻게 그가 아프다는 걸 알았는지 이상했다. 그가 아이들과 함께 들어왔을 때엔 부엌 문은 닫혀 있었고 그 후도 방에서 나간 아이들이 없었기 때문에 알지 못했을 텐데 말이다.

"십분쯤 있어야 식사가 되겠는데요."

켄트는 독특하고 느릿한 어조로 말했다.

"기다리고 계시는 동안 달걀 우유라도 한 컵 드릴까요?"

그렇게 말하는 부인의 얼굴에는 무언가 우울한 빛이 보였다. 필립은 그것이 마음에 걸렸다. 그는 억지로 웃어 보이면서 조금도 배고프지 않다고 대답했다. 샐리가 식사 준비를 하려고 들어왔다. 필립은 전처럼 샐리를 놀려주기 시작했다. 머지않아 샐리는 엘리자베스 아주머니처럼 되겠구나 하는 것이 그가 이 집에서 곧잘 하는 농담이었다. 엘리자베스 아주머니는 아델니 부인의 숙모인데 아이들은 한 번도 그분을 직접 만나본 일은 없었지만 아무튼 보기 싫을 정도로 뚱뚱한 여자의 모습으로 통하고 있었다.

"샐리, 그 동안 무슨 일이 있었니?"

필립은 농담을 하기 시작했다.

"별일 없었는데요."

"조금 더 체중이 는 것 같은데."

"아저씨는 분명히 살이 빠진 것 같아요. 마치 해골 같은걸요."

필립은 얼굴이 새빨개졌다.

"샐리, 또 그런 말버릇을!"

아델니가 큰소리로 말했다.

"벌로 너의 금발머리를 몇 가닥 잘라야겠구나. 제인! 가서 가위 좀 가져온."

"그렇지만 아버지, 아저씨는 진짜로 마르셨잖아요? 가죽하고 뼈밖에 남지 않은걸요."

"그런 건 아무래도 괜찮아. 아저씨는 아무리 말라도 괜찮지만 너의 뚱뚱한 꼴이란 도무지 볼 수가 없구나."

아델니는 그렇게 말하면서 자랑스러운 듯이 샐리를 안고 감탄하는 눈으로 딸을 바라보았다.

"아빠, 식사 준비를 해야겠는데요. 그리고 내가 이렇게 태평한 건 내가 뚱뚱해도 아무 상관 없다는 사람이 있어서 그래요."

"아, 요것이!" 아델니는 좀 과장되게 팔을 휘두르면서 말했다. "녀석이 어느새 애비에게 말대답을 다하고, 홀본에서 보석상을 하는 레비의 아들 조셉이란 녀석이 청혼을 해왔거든요. 그러나 어림도 없지."

"그래서 샐리는 허락했니?"

하고 필립이 물었다.

"어머나, 우리 아버지가 어떤 분인지 아직도 모르시나봐. 그 말은 새빨간 거짓말이에요."

"허어 그게 청혼한 것이 아니라구? 좋아, 나는 성(聖) 조지와 메리 잉글랜드를 걸고라도 맹세하겠다. 조셉이란 놈의 코를 잡고 말이야. 도대체 어떤 속셈인지 당장 대답하도록 하겠다."

"그만 앉으세요. 식사 준비가 다 됐어요." 그때 부인이 얼굴을 내밀고 말했다. "자, 너희들은 가서 손들을 깨끗이 씻고 오너라. 꾀를 부려도 소용없어요. 내가 일일이 검사하고서야 먹게 할 테니까. 자, 꾸물거리지 말고."

필립은 식사 전에는 틀림없이 자기가 마구 게걸스럽게 먹을 것이라고 생각했었으나, 막상 먹기 시작하니까 속에서 받아들이지 않아 거의 먹을 수가 없었다. 머리도 멍해져서 아델니가 다른 날과 달리 오늘따라 말이 없는 것조차 눈치채지 못할 정도였다. 이렇게 즐거운 가정에 편안히 앉아 있는 것은 확실히 구원을 받은 것임에 틀림없었지만 때때로 창 밖을 내다보고 날씨 걱정을 하지 않을 수가 없었다. 밖은 폭풍우가 휘몰아치고 있었다. 좋던 날씨가 갑자기 나빠져서 추워지고 차가운 바람이 불었다. 이따금 거센 빗발이 유리창을 때렸다. 필립은 오늘 밤은 어떻게 할 것인가 하고 망설였다. 이 집 사람들은 일찍 자기 때문에 열시가 지나면 여기 있을 수가 없는 것이다. 비바람이 치는 어둠 속으로 나가야 하는 것인가, 하고 생각하자 마음은 우울해질 뿐이었다.

밖에 혼자 있을 때에는 그렇지도 않았는데 이렇게 따뜻한 사람들에게 둘러싸여 있으니까 두렵게 생각되었다. 이런 밤에도 밖에서 잠을 자는 사람들은 얼마든지 있을 것이라고 스스로 위로를 했다. 그러나 이야기를 하다가도 유리창을 심하게 때리는 비바람 소리를 들으면 저도 모르게 깜짝 놀라는 것이었다.

"마치 삼월의 날씨 같군." 아델니가 말했다. "이런 날 영국해협을 건너자고 하다니 좀 참아주었으면 좋겠는걸."

이윽고 식사가 끝나자 샐리가 들어와서 식탁을 치웠다.

"값싼 것이지만 시가나 한 대 피우게."

하고 아델니가 시가를 권했다.

필립은 그것을 한 대 받아서 깊게 빨아들였다. 마음이 풀리는 것 같았다. 샐리가 식탁을 다 치우고 나가려 하자 아델니는 문을 꼭 닫고 가라고 일렀다.

"자아, 이제는 방해할 사람도 없소." 그는 필립 쪽을 향해서 말했다. "부를 때까지 아이들을 들여보내지 말라고 베티에게 말했으니까요."

필립은 깜짝 놀라서 그의 얼굴을 바라보았다. 그러나 그는 필립이 자기의 말 뜻을 생각하고 있는 동안 늘 하는 버릇대로 안경을 콧등에 걸면서 말을 이었다.

"실은 지난 일요일 난 당신에게 편지를 냈었소. 무슨 일이 있었는가 하고 말이오. 그런데 도무지 답장이 없기에 수요일 날 당신의 하숙으로 찾아갔었소."

필립은 얼굴을 외면한 채 아무 말도 하지 않았다. 심장이 심하게 고동치기 시작했다. 아델니도 잠시 동안 아무 말이 없었기에 필립은 그 침묵이 견딜 수 없어졌다. 그러면서도 무어라고 말해야 할지 몰랐다.

"그랬더니 하숙집 여주인이 말하기를 지난 토요일 밤부터 들어오지 않는다고 하면서 지난 달 방세도 아직 받지 못했다고 하더군요. 도대체 한 주일 동안 어디서 잤소?"

필립은 대답하기가 참으로 괴로웠다. 그저 창 밖을 가만히 내다보고 있다가 말했다.

"별 데도 아닙니다."

"찾으려고 무척 애를 썼소."

 "그건 또 왜요?"

 "베티와 나도 한때는 무척 가난했던 일이 있었소. 단지 당신의 입장과 다른 것은 우리에게는 그대로 놔둘 수 없는 어린것들이 달려 있었소. 왜 곧 우리 집으로 와주지 않았소?"

 "차마 올 수가 있었어야지요."

 필립은 하마터면 울음이 나올 뻔하였다. 힘도 모조리 빠져버렸다. 스스로 감정을 누르려는 것처럼 눈을 지그시 감고 눈썹을 찌푸렸다. 그는 쓸데없는 참견처럼 생각되어서 갑자기 화가 치밀기도 했으나 화를 낼 기력도 없었다. 이윽고 흥분하지 않도록 눈을 감은 채 지난 몇 주일 동안 일어난 일에 대해서 이야기를 하기 시작했다. 그는 이야기를 하면서도 생각할수록 어이없는 일인 만큼 한층 더 이야기하기 어려웠다. 아델니도 자기를 무척 바보 같은 놈이라고 생각할 것이 틀림없다고 생각했다. 이야기를 끝내자 아델니는 천천히 말했다.

 "그럼 일자리가 생길 때까지 우리 집에 머물도록 해요."

 필립은 자기고 모르게 또다시 얼굴이 붉어졌다.

 "대단히 감사합니다만, 그럴 수는 없을 것 같습니다."

 "그건 또 왜죠?"

 필립은 대답하지 않았다. 불편을 끼칠 수 없다고 본능적으로 거절했던 것이었다. 게다가 그에게는 남의 호의를 얼른 받아들이지 못하는 소심한 성격이 있었다. 또 다른 이유로는 아델니네 집안도 그리 넉넉하지 못했고 식구도 많았기 때문에 도저히 손님까지 받아들일 만한 방도 없다는 것을 너무나도 잘 알고 있었기 때문이었다.

 "아니, 꼭 우리와 함께 있도록 해요. 도프를 제 동생과 함께 자라고 하고 당신이 그 침대를 쓰면 되니까요. 식구가 하나 늘었다고 돈이 더 들 정도는 아닐 테니까 말이오."

 필립은 무어라고 대답해야 할지 몰랐다. 아델니는 문 쪽으로 가서 아내를 부른 후 그녀에게 말했다.

 "여보, 케어리 씨가 우리 집에 와 계시게 되었소."

 "참 잘 됐군요. 그럼 내가 가서 침대를 준비하겠어요."

 부인은 모조리 다 알고 있다는 듯한 표정을 지었다. 필립은 마음속 깊이 감격했다. 그는 지금까지 남의 친절 따위는 기대하지 않았다. 그런 만큼 이렇게 아델니 부처에게서 친절한 대접을 받고 너무나 감격하지 않을 수 없었다. 눈물이 뺨 위로 흘러내리는 것을 어찌할 수가 없었다. 필립이 완전히 지쳐 있었기 때문에 아델니 부부가 모든 준비를 의논해주었으나 그가 얼마나 형편없이 몰락했는지는 잘 알지 못하는 것 같았다.

아델니 부인이 방을 나가자 필립은 의자에 앉은 채 창 밖으로 눈길을 보내면서 가볍게 웃었다.

"아무튼 이런 날씨는 밖에서 자기에는 그다지 맞지 않겠군요."

<h2 style="text-align:center">102</h2>

아델니는 필립에게 일자리 쉽게 얻을 수 있을 것이라고 했다. 그가 일하고 있는 커다란 옷감 상회에도 일이 있을 것이라고 했다. '린 앤드 세들리' 상회에서도 몇 사람의 사원이 전쟁터로 갔는데 상회에서는 애국적 차원에서 입대한 사원들의 자리를 그대로 비워두겠다고 약속했던 것이다. 그래서 입대한 사람들이 하던 일은 당연히 남은 사람들에게 지워졌으나 그렇다고 그들의 월급을 올려주는 것도 아니었으므로 결국 애국심 발휘와 경비 절약이라는 명목으로 상회는 이른바 일석 이조의 이익을 얻는 격이었다. 그런데 전쟁이 오래 가고 있고 경기가 호전되고 있는데 마침 휴가 시즌이 다가와 몇 사람씩 자리를 비우게 되었으므로 사람을 보충해야만 할 것이다. 그러나 필립은 지금까지 겪은 쓰라린 경험이 있는 상황인데 자신을 써줄 것인지 그다지 자신이 없었다. 그러나 아델니는 그곳에서 웬만큼 대접받고 있었으므로 자기 말이라면 거절하지 못할 것이라고 했다. 특히 필립의 경우는 파리에서 미술 공부를 한 것이 크게 도움될 것이라고 했다. 다만 다소 기다려야 하는데 의상 디자인 도안이나 포스터를 그리는 좋은 일자리가 틀림없이 있을 것이라고 했다. 그래서 필립이 하기 매출용 포스터를 그려주었더니 아델니가 그것을 가지고 상회로 갔다. 그런데 이틀 후에 아델니는 포스터를 다시 가지고 와서, 지배인은 포스터를 보고 매우 칭찬했는데 현재 도안과에는 빈 자리가 없다고 대단히 섭섭해하더라고 했다. 필립은 그럼 다른 일은 없겠느냐고 그에게 물어

보았다.

"글쎄요, 아마 없을 거요."

"정말 그럴까요?"

"사실은 내일 상회에서 판매장 안내인을 한 사람 모집하는 광고를 낸다고 하더군."

아델니는 안경 너머로 필립을 바라보았다.

"저라도 써줄까요?"

아델니는 조금 난처했다. 왜냐하면 훨씬 더 좋은 자리를 얻어줄 것을 필립에게 약속했으나 언제까지나 식객으로 묵게 할 여유가 없었기 때문이다.

"그럼 좀더 좋은 자리가 생길 때까지 그거라도 해보겠소? 아무거라도 취직하고 보면 나중엔 그만큼 유리한 조건이 될 테니까 말요."

"저는 이제 자존심 따위는 생각하지 않습니다."

필립은 웃으면서 말했다.

"그렇다면 내일 아침 아홉시 반까지 상회로 가면 될 거요."

전시 중이라 취직난은 상당히 심한 모양이었다. 왜냐하면 필립이 이튿날 상회에 도착했을 때에는 벌써 많은 사람들이 기다리고 있었다. 그들 중에는 여태까지 일자리를 구하러 다니면서 낯이 익었던 사람들도 몇 사람 있었다. 어떤 공원에서 누워 있었던 사람도 보았다. 그도 필립처럼 집도 없고 밤에는 밖에서 밤을 새우는 사람일 것이다. 모여 있는 사람들 속에는 젊은이도 있고 늙은이도 있었다. 키 큰 사람도 있었고, 작은 사람도 있었다. 그야말로 여러 부류의 인간이 모여 있었다. 그 사람들은 면접 때문인지 모두 머리를 깨끗이 빗어넘기고 단정한 옷차림을 하고 있었다. 그 후에 안 일이었지만 그들이 기다리던 곳은 식당과 작업실로 통하는 복도였다. 복도는 몇 야드마다 대여섯 단의 계단으로 구분되어 있었고, 상점 쪽에는 전등이 있었으나 여기에는 조심스러워서인지 가는 철사망으로 씌운 가스 등만이 시끄럽게 소리를 내며 타고 있었다. 필립은 정각에 도착했으나 정작 사무실로 불려간 것은 거의 열시 가까워서였다. 그 사무실은 치즈를 잘라서 옆으로 뉘어놓은 것 같은 세모꼴이었다. 벽에는 코르셋을 입은 여자의 그림이나 포스터 견본이 두 장 걸려 있었는데 하나는 녹색과 백색의 굵은 줄이 나 있는 파자마를 입은 남자의 포스터였고 다른 한 장은 돛을 내린 배가 짙푸른 바다에 있었는데 돛에는 커다란 글자로 '하기 대매출'이라고 인쇄되어 있었다. 그 방의 제일 넓은 쪽은 진열장을 꾸미는 중인지 면접하는 동안에도 점원이 줄곧 창문으로 들어갔다 나왔다 하고 있었다. 지배인은 편지를 읽고 있었다. 그는 아마빛 머리와 수염이 있는, 혈색이 퍽 좋은 사나이였다. 시계줄의 중간쯤에 대여섯 개의 축구공 모양의 메달이 매달려 있었다. 그는 셔츠 바람으로 전화기가 놓인 커다란 책상에 앉아 있었다. 그의 앞에는 아델니가 쓴 것 같은 그날의 광고와 신문을 오려낸 것이 놓여 있었다. 그는 필립이 들어오는 것을 한 번 힐끔 쳐다보았을 뿐 아무 말도 하지 않았다. 구석에 놓인 작은 탁자 앞에 앉은 여자 타이피스트에게 우선 편지를 한 장 받아쓰게 하고 나서 비로소 필립 쪽을 보고 이름과 나이 그리고 전에 무슨 경력을 가졌었는지를 물어보았다. 지배인은 억센 런던 사투리의 쨍쨍 울리는 드높은 쇳소리를 냈는데 그 목소리는 자신도 억제할 수 없는 것 같았다. 큰 윗니에다 뻐드렁니였는데 흔들리는 것 같아서 세게 잡아당기기만 하면 그대로 빠져버릴 것 같았다.

"아델니 씨로부터 저의 이야기를 들으셨을 줄 압니다만."

"아, 자네로군. 그 포스터를 그린 젊은 사람이 말이지."

"네, 그렇습니다."

"이 상회에는 맞지 않더군. 못 쓰겠던걸."

그는 말하면서 필립을 위아래로 훑어보았다. 지금까지 면접한 사람들과는 어딘지 좀 달라 보인다는 표정이었다.

"프록코트 한 벌쯤은 사야겠군그래. 아직 없는 모양이군. 보아하니 자네는 훌륭한 청년인걸. 어때? 그림 따위로는 밥벌이가 안 되겠지? 응?"

도대체 그의 태도는 필립을 채용한다는 것인지, 아닌지 짐작을 할 수가 없게 만들었다. 싸우는 상대에게 말하는 것 같은 말투였다.

"집은 어딘가?"

"저의 양친은 모두 제가 어릴 때 돌아가셨습니다."

"나는 자네 같은 젊은 사람들을 도와주기를 좋아하지. 내가 도와준 많은 사람들은 지금은 어엿한 과장들이 된 사람이 많아. 내 입으로 말하기는 좀 쑥스럽지만, 그들은 모두 내게 감사하고 있다구. 그들은 내가 자기들을 위해 얼마나 수고를 했는가를 알고 있어. 우선 사다리의 맨 밑에서부터 시작해야 돼. 이렇게 하는 것이 장사를 익히는 유일한 비결이야. 이것만 착실하게 잘 지키면 장차의 성공, 출세는 막힐 것이 없지. 자네만 똑똑히 한다면 장차 나 같은 자리에 앉을 수도 있지. 잊으면 안 돼."

"최선을 다하겠습니다, 지배인님."

그는 될 수 있는 대로 존칭어를 많이 써야 한다는 것을 알고 있었으나 어쩐지 이상하게 들려서 자칫하면 지나치지 않을까 걱정이었다. 지배인은 말하기를 무척 좋아하는 것 같았다. 말만 하고 있으면 자연히 자기 지위가 의식되어서 대단히 마음이 흡족한 모양이었으나, 덕분에 필립은 싫증이 나도록 잔소리를 들은 뒤에야 채용 결정을 들을 수가 있었다.

"그럼 일을 하도록 하게."

가까스로 위엄있는 분부가 떨어졌다.

"아무튼 써보도록 하지."

"참으로 감사합니다."

"그러면 곧 일을 시작해도 좋아. 봉급은 한 주일에 육 실링이고 식사, 의복, 숙소는 일체 여기서 제공하네. 그러니까 그 육 실링은 용돈이라고 생각하면 되네. 그것을 가지고 어떻게 쓰건 자네 마음대로일세. 그리고 지불은 한 달에 한 번씩 모았다가 하지. 월요일부터 와주게나. 아무 불만은 없겠지?"

"네, 없습니다, 지배인님."

"해링튼 거리 알겠지? 샤프츠베리 애비뉴 십 번지일세. 거기가 자네의 숙소야. 알겠지? 일요일 밤부터 가서 자도 괜찮으니 자네 좋을 대로 하게나. 아니면 일요일에 짐을 옮겨도 좋고 그럼, 자 실례하네."

103

아델니 부인이 짐을 찾아올 수 있도록 돈을 빌려주어서 밀린 방세를 지불할 수가 있었다. 그리고 오 실링과 양복 한 벌의 전당표를 주고 역시 전당포에서 찾아가지 않은 프록 코트를 한 벌 샀다. 옷은 의외로 몸에 잘 맞았다. 그 밖의 옷가지들도 다시 찾았다. 거기서 짐은 먼저 짐꾼 패터슨에게 부탁해서 해링튼 거리로 보내고 자신은 월요일 아침 아델니와 함께 상회로 출근했다. 아델니는 필립을 의상부(衣裳部)의 구입 계장에게 소개하고는 곧 가버렸다. 구입 계장은 샘슨이라고 했는데 키가 작고 상냥하기는 했으며 말이 많고 쾌활한 사람으로 나이는 삼십 세 가량 되어 보였다. 필립과 악수를 하고 나서 그는 대뜸 자기의 교양을 자랑하려는 셈인지 필립에게 프랑스 어를 할 줄 아느냐고 물었다. 그러나 필립이 할 줄 안다고 대답하자 그는 매우 놀라는 눈치였다. 그리고 다시 말했다.

“그럼 다른 말은?”

“독일어도 약간 합니다.”

“아 그래? 그것 참! 나도 가끔 파리에 가지. 프랑스 말을 할 줄 안다고? 맥심 요릿집에 가보았나?”

필립은 의상부의 계단 맨 꼭대기에 자리를 잡았다. 그가 하는 일이란 손님들에게 여러 매장의 위치를 가르쳐주는 것이었다. 샘슨이 수다를 떨며 말하는 것에 의하면 상당히 많은 매장이 있는 모양이었다. 그러다가 갑자기 필립의 다리가 눈에 들어왔다.

“다리가 왜 그렇지?”

“네, 한쪽 발이 짧습니다. 그러나 걷거나 일하거나 하는 데는 조금도 불편을 느끼지 않습니다.”

샘슨이 잠시 이상스럽다는 듯이 필립의 발을 보고 있었다. 필립은 지배인이 어째서 이런 사람을 고용했을까 하고 그가 생각하고 있는 것은 아닌지 불안해졌다. 지배인은 그의 다리가 한쪽이 짧다는 것을 발견하지 못했을 것이다.

“첫날부터 모두 정확하게 외우지는 못할 거야. 그러니 모르는 것이 있으면 아무 여점원에게라도 물어보라구.”

그리고 샘슨은 저편으로 가버렸다. 필립은 여러 부(部)의 이름을 외우면서 안내를 청하는 손님이 없는가 하고 주위를 두리번거렸다. 한시에는 점심 식사를 하러 올라갔다. 식당으로 쓰이는 방은 이 건물의 맨 위층에 있는 크고 긴 방이었다. 채광은 잘 되어 있었지만 먼지를 막느라고 창문을 닫아놓았기 때문에 음식 냄새가 방 안에 가득했다. 좁고 기다란 식탁은 모두 흰 천으로 덮여 있었고 일정한 사이를 두고 커다란 유리 물병이 놓여 있었다. 한가운데에는 소금 그릇과 식초병이 놓여 있다. 점원들이 야단스럽게 떠들며 들어와서는 열두시 반에 식사를 한 사람들의 체온이 채 가시지도 않은 의자에 앉았다.

"피클이 없군그래."

하고 필립 옆에 앉은 친구가 투덜거렸다.

매부리코에 안색이 창백하고 키가 큰 사나이였다. 길쭉해 보이는 머리행은 군데군데 눌려 짜부라진 것처럼 울퉁불퉁하여 기묘하게 보였다. 그리고 앞 이마와 목덜미에는 빨갛게 부풀어 오른 커다란 여드름이 가득 나 있다. 이름은 해리스라고 했다. 며칠 후에야 안 사실이지만 어떤 날에는 여러 가지 피클을 섞어 담은 커다란 접시가 나오기도 했다. 모두가 이런 피클을 좋아하는 모양이었다. 식탁에는 나이프와 포크도 놓여 있지 않았다. 곧 흰 셔츠를 입은 뚱보 소년이 양손에 나이프와 포크를 가득 들고 와서 테이블 한가운데다가 요란한 소리를 내면서 내려놨다. 그러자 모두들 각자가 갖고 싶은 것을 골랐다. 그것들은 더러운 물에 방금 씻은 것인지 이상하게 미지근하고 기름기로 미끈거렸다. 형편없는 고기 요리가 역시 흰 셔츠의 보이들이 날라왔는데 날쌘 동작으로 내동댕이쳤기 때문에 고기 국물이 튀어서 식탁보를 모두 적셔놓았다. 다음에는 양배추와 감자를 잔뜩 담은 커다란 접시가 나왔다. 필립은 보기만 해도 식욕을 잃어버렸다. 모두들 마구 초를 쳐대고 있다. 너무 소란했다. 지껄이며 웃고, 그 중에는 고함까지 지르는 친구도 있었다. 나이프와 포크가 맞닿는 소리며 음식을 씹어대는 소리 등 가지각색이었다. 필립은 지정된 자기 자리에 돌아와서야 비로소 숨을 내쉬었다. 이제는 판매장의 위치도 알게 되었으므로 누가 묻든지 다른 점원들에게 다시 물어볼 필요는 거의 없었다.

"오른쪽으로 가시다가 왼쪽으로 돌면 바로 거기 있습니다."

일이 웬만큼 한가할 때면 말을 걸어오는 여자들도 한둘 생겼다. 어쩐지 시험을 받고 있는 것 같았다. 한시에는 점심 먹으러, 그리고 다섯시에는 또 차를 마시러 식당으로 올라갔다. 웬일인지 식당에 가서 자리에 앉는 것이 무척 기뻤다. 버터를 잔뜩 바른 커다란 빵이 나왔다. 잼 항아리에 자기 이름을 써붙여서 간직해두곤 하는 사람도 많았다.

여섯시 반에 근무가 끝나면 필립은 기진맥진해 있었다. 점심 시간 때 필립 옆에 앉았던 해리스가 해링튼의 숙소를 안내해주겠다고 했다. 그의 말에 의하면 자기의 방에 빈 침대가 하나 있는데 다른 방들은 모두 만원이므로 그곳이 필립의 차지가 될 것이라고 했다. 해링튼 거리의 숙소는 예전에 구두 상점이었던 방을 침실로 개조했는데 방 안은 위에서 사분의 일에 걸친 창문을 제외하고 나머지는 모두 판자로 막아버렸기 때문에 매우 어두웠다. 더구나 그 창문은 열 수가 없는 것이어서 통풍이 되는 곳이라고는 끝에 있는 조그만 창문뿐이었다. 안에는 곰팡이 냄새가 확 풍겼다. 이런 방에서 자지 않아도 되는 것이 천만 다행이었다. 해리스는 이 층에 있는 자기 방으로 필립을 데려갔다. 그곳에는 마치 벌레먹은 충치가 한 줄로 놓인 것같이 낡은 건반의 피아노가 한 대 놓여 있었다. 책상 위의 뚜껑 없는 담배 상자에는 도미노 골패가 가득 들어 있었고, 그 옆에는 스트랜드 매거진이나 그래픽 같은 헌 잡지가 너저분하게 흩어져 있었다. 그 외의 방은 모두 침실로 되어 있었다. 필립의 침실은 그 집의 맨 꼭대기에 있었다. 방 안에는 여섯 개의 침대가 놓여 있었고 그 옆에는 트렁크 아니면 궤짝이 놓여 있었다. 가구라고는 서랍달린 장이 하나 있을 뿐이었다. 거기에는 네 개의 큰 서랍과 두 개의 작은 서랍이 있었는데 필립은 신참자인 만큼 작은 서랍을 사용하게 되었다. 각기 자물쇠가 달려 있었으나 모두 똑같은 것이었기 때문에 별로 소용될 것 같지 않았다. 중요한 물건은 트렁크 속에 넣어두는 게 좋다고 해리스가 충고해주었다. 벽난로 위에는 거울이 붙어 있었다. 해리스는 세면대로 안내해주었는데, 그곳은 제법 큰 방으로 여덟 개의 세면대가 한 줄로 놓여 있었고 여기서 그들은 모두 세수도 하고 빨래도 하게 되어 있었다. 그 옆에도 방이 하나 있었는데 그곳은 이미 변색되고 나무 부분에 때가 묻어 있는 목욕통이 두 개 있을 뿐이었다. 그리고 목욕통 안쪽에는 목욕하는 사람에 따라 정해진 물을 사용하도록 간격을 두고 검은 선이 몇 줄인가 그어져 있었다.

해리스와 함께 침실로 돌아오자 키가 큰 사나이가 옷을 갈아입고 있었고 그 밖에 또 십오륙 세쯤 되어 보이는 소년이 크게 휘파람을 불면서 머리를 빗고 있었다. 그러나 일이 분이 지나자, 그 키 큰 사나이는 한 마디 말도 없이 나가버렸다. 해리스가 소년에게 윙크를 보내자 그 소년도 휘파람을 불면서 윙크를 보내왔다. 지금 막 나간 사나이는 프라이어라는 사나이라고 해리스가 가르쳐주었다. 전에는 군대에 있었던 모양이었으나 지금은 견물부에 근무한다는 것이었다. 딴 사람과는 거의 접촉이 없고 매일 밤 저렇게 말 한 마디 없이 여자를 만나러 나가는 모양이라는 것이었다. 해리스도 곧 나가버리고 난 뒤 방 안에는 소년만이 남아서 필립이 짐을 푸는 것을 신기한 듯이 바라보고 있었다. 벨이라는 그 소년은 잡화부에서 무보수로 일하고 있다는 것이었다. 이 소년의 눈에는 필립의 프록 코트가 자못 신기하게 보이는 모양이었다. 한방에 살고 있는 다른 사람들에 대해서 여러 가지 이야기를 들려주었는데, 필립의 일에 대해서도 꼬치꼬치 캐물었다. 매우 명랑한 그 소년은 이야기 사이사이에 뮤직 홀에서 부르는 노래 한 구절을 쉰 듯한 목소리로 흥얼거리곤 했다. 필립도 옷을 갈아입고 밖으로 나가 산책하면서 군중들을 구경했다. 때로는 레스토랑 앞에서 발걸음을 멈추고는 들어가는 사람들을 바라보기도 했다. 배가 고팠기 때문에 과자와 빵을 사먹으며 걸었다. 밤 열한시 십오분이 되면 가스등을 끄는 일을 맡아보는 숙사 감독 때문에 미리 방문 열쇠를 받았지만 어쩐지 못 들어오게 문을 잠궈버릴까봐 걱정이 되어서 일찌감치 돌아와버렸다. 일종의 벌금 제도 같은 것이 있다는 말을 들었기 때문이었다. 즉 열한시를 넘으면 일 실링의 벌금, 열한시 십오분이 넘어서 들어오면 반 크라운의 벌금을 내야 하는데다가 상부에 보고까지 하게 된다. 더욱이 그것이 세 번 거듭되면 면직된다는 것이었다.

필립이 돌아왔을 때에는 프라이어를 제외하고는 모두 돌아와 있었고 두 사람은 이미 잠들고 있었다. 들어서자 모두가 환성을 지르며 필립을 환영했다.

"오오, 클레어렌스! 이 장난꾸러기!"

힐끔 보니, 벨이 긴 베개에다 필립의 프록 코트를 입혀놓은 것이다. 그는 이러한 장난을 좋아하는 모양이었다.

"이봐, 클레어렌스, 친목회에는 이것을 입고 가야 한단 말이야."

"정신을 바짝 차리지 않으면 린의 미인을 빼앗기고 말 테니까."

이미 필립도 친목회에 대한 말은 들어서 알고 있었다. 왜냐하면 그 친

목회 때문에 주급 중에서 얼마간 떼내는 것이 직원들의 불평거리의 하나
였기 때문이었다. 한 달에 이 실링인데 이것은 주로 의료비와 헌 소설류
이긴 하지만 도서실의 열람료에 충당되었고 그 밖에도 세탁비라는 명목
으로 사 실링씩을 떼내게 되기 때문에 생각해보면 주급 육 실링 중 사분
의 일이 수중에 안 들어오는 셈이 된다.

자세히 보니 종업원의 대부분은 롤 빵을 반으로 잘라 그 사이에 베이컨
을 두텁게 썰어 끼운 것을 먹고 있었다. 하급 점원들의 밤참이 되는 이러
한 샌드위치는 바로 두서너 집 떨어져 있는 조그마한 빵집에서 한 개에
이 펜스씩에 팔았다. 이윽고 프라이어가 돌아왔다. 그는 여전히 한 마디
도 하지 않고 옷을 훌훌 벗어버리고는 그 자리에 쓰러져서 곧 잠이 들어
버렸다. 열한시 십분이 되니까 가스등에 별안간 더 환해지더니 다시 오분
후에는 꺼져버렸다. 프라이어는 잠이 들어버렸지만 다른 친구들은 잠옷
이나 셔츠 바람으로 커다란 창문 둘레에 모여서 아래를 지나가는 여인들
에게 먹다 남은 샌드위치를 던지면서 커다란 소리로 수작을 부렸다. 바로
맞은편의 육층 건물은 유태인 양복점들의 공장인데 열한시가 되면 일을
끝낸다. 방마다 밝은 등불이 켜져 있고 창에는 덧문이 하나도 없었다. 그
날의 일이 끝나면 주인 영감의 딸——가족이라야 양친과 조그마한 사내
아이가 둘에 스무 살 된 이 딸뿐이었다——이 등불을 끄려고 집 안을 돌
아다니는데 때로는 고용인 재봉사들한테서 넌지시 연정을 고백받기도
했다. 필립의 방 점원들은 재봉사들 중의 어느 누가 꾀를 써가며 끝까지
남아보려고 애쓰는 꼴을 보는 것이 하나의 큰 즐거움이었으며 끝내는 어
느 누가 용케 성공하는가를 돈을 걸고 내기까지 했다. 열두시가 지나면
변두리에 있는 해링튼 숲에서 사람들이 모두 쫓겨난다. 그 뒤 곧 사람들
은 모두 자버리지만 문에서 제일 가까운 곳에서 자는 벨만은 침대 위로
성큼성큼 건너뛰어서 자기 침대로 가서 재잘거리기를 그만두지 않았다.
이윽고 방 안이 조용해지면 프라이어의 코고는 소리만이 요란하게 들릴
뿐이었다. 필립도 곧 잠이 들어버렸다.

아침 일곱시에는 기상 벨소리에 따라 깬다. 그리고 여덟시 십오분 전까
지는 모든 준비를 마치고 아래층으로 뛰어내려가서 구두를 신는다.

그들은 아침 식사에 늦지 않기 위해서 옥스퍼드 거리에 있는 상회까지

뛰어가면서 구두끈을 맸다. 만약 여덟시에서 일분이라도 늦으면 아침밥은 없었고 또 일단 상회 안으로 들어가버리면 두 번 다시 식사를 하기 위해서는 나올 수가 없었다. 그들은 가끔 여덟시에 늦어질 것 같으면 근처에 있는 조그마한 상점에서 과자 빵을 두어 개 사가지고 들어갔다. 그러나 그러자면 돈이 들었다. 따라서 그들은 대부분 점심때까지 먹지 않고 참았다. 필립은 버터 바른 빵 몇 조각과 차 한 잔을 마시고 여덟시 반에 다시 일을 시작했다.

"오른쪽으로 돌아서 왼쪽으로 두 번째입니다."

얼마 안 가서 필립도 대답을 거의 기계적으로 할 수 있게 되었다. 그가 하는 일이란 매우 단조롭고 피곤하기만 했다. 며칠 지나자 다리가 아파서 서 있을 수가 없을 정도였다. 두텁고 부드러운 융단도 소용없었고 오히려 발이 화끈거릴 뿐이어서 돌아오면 양말을 벗는 것도 아파서 견딜 수가 없었다. 누구나가 호소하는 고통이었다. 같은 안내 계원들에게서 들은 바에 의하면 항상 찌는 것같이 덥기 때문에 구두나 양말이 자주 상해버린다는 것이었다. 방 안의 다른 사람들도 모두 그것 때문에 골치를 앓고 있었다. 조금이라도 아픔을 덜려고 잘 때에는 모두 발을 이불 밖으로 내밀고 잤다. 필립도 처음에는 전혀 걸을 수가 없었기 때문에 며칠은 링튼 거리의 그 방에서 발을 냉수에 담그고 있을 수밖에 없었다. 그럴 때 언제나 이야기 상대가 되어주는 것은 벨이었는데 그는 대개 방에 남아서 수집함 우표를 정리하고 있었다. 자그마한 종이에 한 장 한 장 붙이면서 언제나 변함없이 휘파람을 불고 있었다.

104

친목회는 한 주일 건너 월요일마다 열렸다. 필립이 린 상회에 취직한 다음 주에도 상회에서 친목회가 열렸다. 그는 같은 직장의 여자 한 사람과 함께 가기로 약속했다.

"저처럼 그 사람들과 너무 친하지 않는 게 좋아요."

하고 그녀가 말했다.

그녀는 호지스 부인이라고 부르며 마흔다섯 살이라는데 묘한 색깔로 머리를 물들인 자그마한 여자였다. 황달병에라도 걸린 사람처럼 누런 얼굴에 붉은 모세혈관이 얼굴에 그물코처럼 나타나 있고 연푸른 눈은 흰자위가 누르스름하게 흐려 있었다. 필립에게 마음이 있는 모양으로 그가 근무한 지 아직 일 주일이 채 못 됐는데 그를 친근하게 크리스천 네임으로 불렀다.

"우리 두 사람 다 인생의 사양(斜陽)이라는 것을 경험한 셈이군요."
그녀의 말이었다.

또 그녀는 본명이 호지스가 아니라고도 하면서도 입버릇처럼 '우리 집 주인 호지스가 말이죠.' 하고 꺼내곤 했다. 그 주인이란 변호사인 모양인데 그녀는 그에게 단단히 혼이 난 모양이었다. 그래서 '차라리 여자 혼자서 독립하는 편이 좋겠다고 집을 뛰쳐나왔지만 역시 여자 혼자 힘으로 벌어먹는다 것은 힘드는 일이더군요. 뼈저리게 느꼈어요. 당신'——그녀는 아무에게나 예사롭게 당신 취급을 하는 것이었다——하고 말했다. 그리고 두 사람 다 늘 밤늦게 돌아와 집에서 식사를 했다. 그녀는 커다란 은으로 만든 브로치의 핀으로 이를 쑤시는 버릇이 있었다. 브로치는 채찍과 수렵용 말채찍을 엇갈리게 놓고 한복판에 두 개의 박차를 곁들인 디자인으로 되어 있었다. 필립은 새로운 환경에 아무래도 마음이 안정되지 않았다. 여점원들은 그를 '새침데기'라고 평했다. 한 번은 어떤 여자가 '필'이라고 부르는 것이 자기를 부르는 것인 줄을 미처 깨닫지 못해 대답을 하지 않았더니 그 여자는 머리를 뒤로 휙 젖히면서, "꽤나 뽐내는군요." 하고 매몰스럽게 쏘아붙였다. 그리고 그 다음, 다시 말을 건넬 때에는 빈정거리는 어투로 "케어리 씨!"라고 불렀다. 즈웰이라는 여자인데 어떤 의사와 약혼했다지만 여자들은 아직 아무도 그 사나이를 만나본 일이 없다고 한다. 다만 그토록 훌륭한 선물을 보내오는 것으로 미루어보면 틀림없는 신사일 것이라는 것이 그녀들의 평이었다.

"저런 사람들이 무슨 말을 하든 상관할 것 없어요. 그렇죠, 당신?" 하고 호지스 부인이 말했다. "저도 당신과 똑같은 일을 겪어왔는걸요. 저런 사람들은 아무것도 아는 게 없어요. 당신도 나처럼 끝까지 버티는 거예요. 그러면 저편에서 먼저 당신을 좋아하게 될 거예요. 정말이에요. 절대로 거짓말은 안 한다니까요."

친목회는 지하실에 있는 레스토랑에서 열렸다. 춤 출 장소를 마련하기 위하여 책상은 모두 한쪽으로 치워놓았고, 한편에는 휘스트 놀이를 할 좀 더 작은 탁자가 따로 준비되어 있었다.

"모두 빨리 그 일을 생각해야 할 텐데."

하고 호지스 부인이 말했다.

그녀는 베네트라는 여자를 소개해주었다. 린 상회의 으뜸가는 여인이라는 그 여자는 부인용 속옷 사입부(仕入部)에 근무하고 있었는데, 필립이 들어갔을 때에는 남자용 메리야스 제조부의 사입 계원하고 이야기를 하고 있었다. 그녀는 남달리 체격이 컸는데 벌겋고 큰 얼굴에 짙은 화장을 하고 있었으며 아마빛의 머리를 매우 공들여 빗어올리고 있었다. 지나칠 만큼 화려한 의상이었으나 취미는 그다지 나쁜 것 같지 않았다. 그녀는 칼라를 세운 검은 옷, 손에는 윤이 나는 검은 장갑을 낀 채로 트럼프 놀이를 하고 있었다. 목에는 어머어마한 금빛 줄을 몇 줄인가 걸고, 팔목엔 팔찌, 그리고 가슴에는 사진을 넣은 둥근 로켓을 늘어뜨리고 있었다. 그 중의 하나는 알렉산드리아 여왕의 사진이었다. 검은 새틴 손가방을 들고 쉴새없이 '쌘쌘'을 씹고 있었다.

"잘 오셨어요. 케어리 씨." 하고 그녀는 말했다. "친목회엔 처음 나오셨지요? 사양하실 필요는 조금도 없어요. 정말이에요."

그녀는 좌중의 어느 누구를 막론하고 마음 편하게 해주려고 온갖 애를 다 쓰고 있었다. 사람들의 등을 두드리고는 재미있다는 듯이 깔깔거리고 웃었다.

"저, 무척 장난꾸러기죠?" 하고 필립을 돌아다보며 소리질렀다. "저를 어떻게 생각하실지 모르겠군요. 하지만 하는 수 없어요."

그러는 동안에 친목회에 참석할 사람들이 자꾸 들어왔다. 대개는 젊은 층으로 아직 애인이 없는 청년 사원이라든가 산책할 상대도 찾아내지 못한 여점원들이 대부분이었다. 청년 사원들 가운데는 신사복을 입고 흰 야회용 넥타이에 붉은 비단 손수건을 자랑하는 사람도 있었다. 모두 무언가 재주를 나타내볼 작정인지 묘하게 마음이 들떠 있는 것 같은 모양이었다. 자신이 넘쳐 보이는 사람도 있었지만 대개는 신경질적이고 초조한 눈초리로 사람들을 바라보고 있다. 조금 뒤에 머리숱이 많은 한 처녀가 피아노 앞에 앉아서 야단스럽게 건반을 누르기 시작했다. 얼마 후 모두들 자리에 앉자 그녀는 한 바퀴 쭉 둘러보고 나서는 앞으로 연주할 곡목을 말했다.

"러시아 여행."

한바탕 박수 소리가 요란스럽게 나는 동안 그녀는 재빨리 손목에 방울을 달았다. 그러고는 방긋 웃자 이내 우렁찬 선율이 폭발하듯 흘러나왔다. 그 곡이 끝나자 다시 요란한 박수가 터져나왔다. 그것이 멈추자 그녀는 다시 앙코르 곡으로, 무언가 바다의 소리를 묘사한 것 같은 곡을 한 곡 더 쳤다. 밀려오는 파도 소리를 나타낸 것으로 생각되는 급한 떨림음이 계속 되는가 하면 이번에는 페달을 힘차게 밟아서, 마치 폭풍을 생각하게 하는 굉굉(轟轟)한 화음이 계속되기도 했다. 그 곡이 끝난 다음에는 남자 점원이 〈그러면 안녕히〉라는 가곡을 독창했고 다시 앙코르 곡목으로 〈노랫소리에 잠들게 해주오〉라는 것을 불렀다. 듣는 사람들은 손뼉 한 번 치는데도 아주 세심한 주의를 기울여서 어떤 사람이라도 앙코르에 응할 때까지는 끈질긴 박수를 받았다. 누구나 다 만족하도록 아주 공평한 박수 갈채가 나왔다. 베네트가 살며시 필립에게 다가왔다.

"당신도 피아노를 치든지 노래를 부를 수 있겠죠?" 매우 솜씨 좋게 능청을 떨며 말을 꺼내왔다. "당신 얼굴에 다 씌어 있는걸요."

"그런데 사실은 그렇지가 못해요."

"그럼 낭독도 못 하세요?"

"저에겐 정말 그런 재주가 전혀 없어요."

그녀와 이야기하던 남자용 메리야스 제조부의 사입 계원은 널리 알려진 낭송의 명수였다. 부하 점원들이 모두 일제히 큰소리로 청하자 그는 곧 벌떡 일어나서 비극조의 긴 시를 한 수 낭독했다. 눈을 부릅뜨고 손을 가슴에 얹고 마치 자신이 극심한 고민에 시달리는 것처럼 열연했다. 그런데 그것은, 어젯밤에 오이를 먹었기 때문에 그렇다는 웃기는 말이 나오게 되어 모두들 와 하고 웃음을 터뜨렸다. 듣는 사람들이 전부터 다 알고 있는 익살인 모양이었다. 베네트는 노래도 연기도 시 낭독도 아무것도 하지 않았다.

"가만히 있는 베네트의 수단이에요."

하고 호지스 부인이 말했다.

" 놀리지 마세요. 하지만 손금이나 점치는 일은 소질이 조금 있어요."

"어머, 그럼 좀 봐줘요."

비위를 맞추려는 생각도 없지 않은 듯 그녀와 같은 부에 있는 아가씨들이 모두 소리를 질렀다.

"그렇지만 사실 손금 보는 건 싫어요. 왜냐하면 여러 가지 언짢은 소리를 해야 되잖아요? 그렇지만 그게 또 묘하게 맞거든요. 그래서 공연히 욕만 먹게 되고요."

"그럼 베네트 양 오늘만이에요."

어느 틈에 몇 명의 아가씨들이 그녀를 둘러싸버렸고 어쩔 수 없이 그녀들의 손금을 봐주게 된 베네트는 당황스런 말이나 빨갛게 상기된 얼굴이 되는가 하면 놀라고 감탄하는 처녀들 속에서 금발의 미남이라든가 흑발의 호남이라든가 돈 이야기, 여행 이야기 등 손금에 나타난 것을 신비스럽게 만들어서 이야기를 하느라고 짙게 화장한 얼굴이 땀투성이가 되어버렸다.

"이것 보세요. 땀에 젖어서 물에 빠진 것 같잖아요?"

저녁 식사는 아홉시였다. 과자며 빵이며 샌드위치며 홍차에 커피까지는 모두 무료였지만 소다수가 마시고 싶을 때에는 따로 자기가 돈을 내야 했다. 젊은 남자들은 호기롭게 아가씨들에게 진저에일을 권하곤 했으나, 아가씨들은 삼가하는 듯이 모두 사양했다. 다만 베네트만은 그런 대접을 받는 것이 좋은지 하룻밤에 두 병, 때로는 세 병까지 받아 마셨다. 그러고는 한사코 자기가 그 돈을 지불하겠다고 우겼으나 그것이 또한 남자들의 인기를 얻는 모양이었다.

"이상한 여자야, 저 여자는."

하고 남자들은 말했다.

"하지만 결코 나쁜 여자는 아니야. 다른 여자들과는 좀 틀린 데가 있단 말이야."

저녁 식사가 끝나자 모두 휘스트 놀이를 시작했다. 이것 또한 말할 수 없이 수선스러웠다. 패를 새로 짜가지고 이 탁자에서 저 탁자로 옮길 때에는 웃고 떠들고 그야말로 난장판이었다. 베네트의 홍분은 점점 더해졌다.

"절 좀 보세요. 땀에 흠뻑 젖었어요."

그러는 동안 젊은 남자 중의 활발한 사람이 춤을 추기 시작하는 게 어떠냐고 했다. 그러자 맨 처음에 반주를 하던 여자가 피아노 앞으로 가서 힘주어 페달을 밟았다. 꿈 속을 헤매는 듯한 왈츠 곡이 시작되었다. 베이스에서 박자를 맞추면서 오른손은 옥타브의 고저를 교대로 오르내렸다. 그리고 때로는 변화의 묘를 내려는 속셈인지 좌우의 손을 교차시켜서 베이스에서 선율을 치기도 했다.

"저 애, 정말 잘하죠?" 하고 호지스 부인이 필립에게 말했다. "그런데 저앤 여태 레슨이라곤 한 번도 받아본 일이 없대요. 모두 그저 들은 풍월로 하는 거라는군요."

베네트는 댄스와 시를 좋아하는 것 같았다. 또 하기도 잘했다. 춤도 아주 천천히 췄는데 두 눈은 마치 아득한 추억을 더듬는 듯이 꿈꾸는 것 같았다. 그리고 그녀는 거의 숨도 쉬지 않고 댄스 홀의 바닥이라든가, 실내의 더위며, 저녁 식사 등에 관한 이야기를 늘어놓았다. 그녀의 말에 의하면, 포트맨 룸즈의 마루바닥이 런던에서는 가장 으뜸이고 거기서 춤추는 것이 제일 좋다는 것이었다. 또한 거기 드나드는 사람은 극히 한정되어 있다고 했다. 그녀는 처음 보는 남자와 춤을 춘다는 것은 생각만 해도 견딜 수 없다는 것이다. 누구네 집 자손인지도 모르는 남자에게 몸을 내보이는 것 같지 않느냐 하고 말하는 것이었다. 점원들은 대부분이 춤을 잘 추었고 모두들 매우 기분이 좋았다. 얼굴에는 땀이 줄줄 흐르고 남자들의 높은 칼라도 땀 때문에 어느새 쭈글쭈글해졌다.

이 광경을 바라보면서 필립은 한동안 잊고 있었던 억울한 생각이 별안간 엄습했다. 견딜 수 없을 만큼 고독했다. 먼저 자리를 뜨지 않은 것은, 다만 건방지다는 말을 듣기가 싫어서였을 뿐이고 여자들과 이야기하며 웃고 있는 동안에도 그의 마음은 참으로 비참했다. 여자 친구는 없느냐고 베네트가 물었다.

"없어요."

그는 싱긋 웃으며 대답했다.

"오늘 밤 여기에 얼마든지 있잖아요. 이 중에는 좋은 가문의 아가씨도 있어요. 빨리 여자 친구를 만들어야죠.”

그녀는 무척 짓궂게 그의 얼굴을 바라보며 말하는 것이었다.

“하지만 너무 깊이 사귀진 마세요.” 하고 호지스 부인이 말했다. “그것만은 미리 말해두겠어요.”

그럭저럭 열한시가 되었다. 드디어 파티는 끝났다. 필립은 좀처럼 잠을 이룰 수가 없었다. 다른 사람들처럼 그도 쑤시는 발을 이불 밖으로 내놓고 있었다. 될 수 있는 대로 현재의 자기 생활에 대해서는 생각하지 않기로 했다. 프라이어의 가벼운 코고는 소리가 들려오고 있었다.

<h2 style="text-align:center">105</h2>

급료는 매달 한 번씩 시장 비서가 지불했다. 월급날이 되면 점원들은 각각 조를 지어 차를 마시고 내려와서 바로 복도에 나가서 조용히 기다렸다. 그리고 그들은 한 사람씩 사무실 안으로 들어간다. 사장 비서는 탁자를 향하여 앉았고 탁자 위에는 돈을 올려놓은 커다란 나무 쟁반이 여러 개 놓여 있었고 비서는 우선 사원의 이름을 묻고는 의심스러운 눈으로 한 번 힐끔 보고는 금액을 큰소리로 말하면서 쟁반에서 돈을 집어 손바닥에 놓아주는 것이었다.

“맞지요? 그 다음 분.”

“감사합니다.”

봉급을 받은 점원은 다음에는 차석 비서에게로 가서 먼저 세탁비 사 실링, 친목회비 이 실링, 그리고 만약 벌금이라도 있으면 그것도 함께 지불하고 간다. 그리고 잔액을 받아들고 자기 담당 부서로 돌아가 퇴근 시간만을 기다렸다. 필립과 같은 방에 있는 점원들은 대개 밤참으로 먹는 샌드위치를 파는 아주머니에게 빚이 있었다. 살이 찌고 불그레한 커다란 얼굴을 한 유쾌한 여자였다. 검은 머리를 앞 이마의 좌우에서 곱게 빗어 넘겼다. 꼭 빅토리아 여왕의 젊은 시절의 모습을 사진에서 보는 듯한 스타일이었다. 언제나 검고 조그만 모자를 쓰고 흰 앞치마를 두르고 있었다. 소매를 팔꿈치까지 걷어올리고 지저분하고 커다라며 기름 낀 손으로 샌드위치를 만들어주곤 했다. 윗옷에도 앞치마에도 스커트에도 기름 얼룩

이 묻어 있었다. 본명은 플레치라고 하지만 모두들 그녀를 '마(아주머니)'하고 부른다. 점원들이 진심으로 마음에 든다면서 모두들을 내 아들이라고 말했다. 그녀는 월말이 가까우면 기꺼이 월말까지 외상을 놓아주고, 곤란할 때는 오륙 실링 정도의 돈을 꾸어 주기도 했다. 친절하고 좋은 여자였다. 점원들이 휴가로 돌아가거나 또 돌아올 때면 으레 그 복스러운 불그레한 뺨에 키스했다. 면직이 되어서 일자리를 얻기 힘들 때에는 가까스로 목숨을 이을 정도의 것이기는 했지만 그곳에서 무료로 얻어먹은 사람도 몇 사람 있다는 것이다. 점원들도 그녀의 상냥한 마음씨를 잘 알고 있어서 언제나 진심으로 친근하게 대했다. 점원들의 입에 자주 오르내리는 이야기가 하나 있는데 그에 따르면 브레포드에서 크게 성공하여 가게를 다섯 채나 가지고 있다는 남자가 십오 년만에 찾아와서 플레처 아주머니에게 멋진 금시계를 선사했다는 것이었다.

필립은 월급 중에서 이것저것 제하고 십팔 실링밖에 남지 않았다. 난생 처음 자기 손으로 번 돈이었다. 그러나 예상했던 것처럼 그렇게 자랑스러운 마음은 도무지 생기지 않고 오히려 실망뿐이었다. 얼마 안 남은 봉급이 지금의 처지를 처량하게 하여 허전함을 느꼈다. 십팔 실링 중에서 십오 실링을 꺼내서 아델니 부인의 빚의 일부를 갚으려고 했으나 그녀는 십 실링 이상은 절대로 받지 않았다.

"하지만 그렇게 되면 여덟 달이나 걸려야 다 갚아드리게 됩니다."

"괜찮아요. 남편이 벌어주시는 한 얼마든지 기다릴 수 있어요. 게다가 승진도 되겠죠."

아델니는 기회있는 대로 지배인에게 필립의 재능을 썩히는 일은 무의미하다는 말을 해주겠다고 입버릇처럼 말했지만 그러면서도 사실은 아무 것도 하지 않았다. 그래서 얼마 되지 않아서 필립은 어떠한 결론에 도달하게 되었다. 즉, 그 지배인에게 있어서는 신문계 같은 것은 결코 본인이 생각하는 것 같은 요직은 아니라는 것이었다. 아델니의 모습은 가끔 가게 안에서 볼 수 있었지만 전과 같은 의기양양함은 전혀 없고 단정하기는 해도 보잘것없는 옷차림으로 마치 남의 눈에 띄는 것을 두려워하는 것처럼 가게 안을 총총히 돌아다니고 있었다. 기 죽은 조그만 남자의 모습이었다.

"나도 그런 곳에서 내 생명을 닳게 하고 있다고 생각하면 사표라도 내던질까 할 때도 있소." 집에 돌아오면 그는 이렇게 말하곤 했다. "나 같은 사람이 일할 곳이 못 된단 말이야. 생활도 제대로 못 해 먹겠고, 이젠 지겨워졌소."

아멜니 부인은 남편의 그런 불평은 들은 체도 하지 않고 열심히 바느질을 하고 있었다. 입 언저리를 야무지게 움직이면서.

"하지만 요즈음엔 일자리를 얻는다는 것이 큰 문제거든요. 거긴 정해진 급료를 받을 수 있고 파면을 당할 것 같지도 않다면서요. 그러니까 저편에서 안 된다고 할 때까지는 그대로 계시는 편이 좋다고 생각돼요."

물론 아멜니가 그만두지 않을 것은 확실했다. 어쨌든 별로 교육도 받지 못하고 더욱이 법률상의 부부도 아닌 이 여자가 쾌활하지만 변덕스러운 남자를 어느 틈엔가 보기 좋게 눌러버리고 만 것은 보기만 해도 참으로 재미있는 일이었다.

필립의 환경이 변한 것을 보자 그녀는 마치 어머니와도 같은 살뜰한 마음으로 그를 돌보아주었다. 되도록 영양 많은 음식을 먹이려고 애쓰는 것을 볼 때는 필립도 진심으로 감사했다. 매주 일요일, 온정어린 이 가정을 방문할 수 있다는 것은 참으로 즐거운 일이었다. (나중에 익숙해지고 난 뒤에는 오히려 그 단조로움에 짜증이 난 적도 있었지만.) 그는 위풍당당한 스페인 식 의자에 앉아서 아멜니와 여러 가지 일을 토론하는 것도 분명히 즐거웠다. 생각하면 희망도 아무것도 없는 그런 생활이었지만 그래도 이 집을 나와 해링튼 거리로 돌아갈 때만은 언제나 가슴이 기쁨으로 뛰곤 했다. 처음에는 그도 학교에서 배운 것만큼은 잊어버리지 않으려고 시간이 있는 대로 의학 서적을 읽곤 했으나 생각해보니 헛된 일이었다. 하루의 고된 근무를 마치고 지쳐버린 뒤에는 도저히 주의력을 집중시킬 수가 없었다. 그리고 또 언제 병원으로 갈 날이 있을는지도 모른다는 것을 생각하면 공부를 계속해야겠지만 결국 아무 소용도 없는 일이었다. 잠결에도 그는 자기가 아직껏 병원에 근무하는 꿈을 자주 꾸었다. 그런 꿈에서 깨어나는 것은 괴로웠다. 이렇게 여러 사람이 한 방에서 잠을 잔다는 것을 생각하면 도무지 견딜 수가 없었다. 고독이 습관이 되어버렸으므로 아침부터 밤까지 남과 함께 있고 혼자서 지낼 수 있는 시간을 조금도 가질 수 없다는 것은 견딜 수 없는 일이었다. 절망에 빠지기 쉬운 것은 언제나 그런 때였다.

"바로 그곳을 오른쪽으로 돌아서 가시다가 왼편으로 두 번째입니다, 부인."

이러한 생활이 언제까지라도 계속되면서도 파면당하지 않는 것만도 감사하게 생각하지 않으면 안 된다는 자기의 현실 생활이 그에겐 절망적으로 느껴졌다. 전쟁에 나간 사람들도 얼마 안 있으면 돌아올 것이고 회사 측에서는 그들의 복직을 보증했으므로 필연적으로 현직의 점원 누군가가 해고당할 것은 당연하다. 필립으로서는 이 보잘것없는 일자리라도 이것을 지키기 위해서는 정신을 바짝 차리고 일하지 않으면 안 되었다.

이 곤경에서 빠져나가 자유롭게 되는 길은 하나뿐이다. 그것은 백부의 죽음이다. 그렇게 되면 그의 유산 가운데 사오백 파운드는 받을 수 있을 것이고 그 돈만 있으면 그럭저럭 병원 근무 과정을 마칠 수도 있다. 필립은 진심으로 백부가 죽기를 바라기 시작했다. 도대체 백부가 얼마나 더 살 수 있겠는가 하고 계산해보았다. 이미 일흔 살은 훨씬 넘었을 것이다. 정확한 나이는 모르지만 적어도 일흔다섯 살은 되었을 것이다. 만성 기관지염을 앓고 있어서 해마다 겨울엔 심한 기침으로 괴로워했다. 대개는 암기하고 있었지만 분명히 해두기 위해서 내과 교과서를 꺼내서 노인 만성 기관지염의 해설을 몇 번이고 되풀이해서 읽어보았다. 만약 심한 추위라도 닥치면 노인이니만큼 그 이상 견딜 수도 없을 것이다. 필립은 마음속으로 비와 추위를 고대했다. 잠시도 그 생각이 머리에서 떠나지 않았기 때문에 나중에는 편집광(偏執狂)처럼 되어버렸다. 백부의 병은 너무 더워도 견디기 어려웠다. 팔월은 삼 주일 가량 무지무지한 더위가 계속되었다. 필립은 지금에라도 백부가 갑자기 죽었다는 전보를 받아보고 밀할 수 없는 기쁨에 날뛰는 자기 자신의 모습을 상상해보았다. 계단 맨 꼭대기에 서서 손님의 질문을 받고 판매장으로 안내하는 동안에도 마음은 항상 그 돈을 받으면 어디에다 쓸 것인가만을 생각하고 있었다. 확실히 얼마나 될지는 알 수 없었다. 기껏해야 오백 파운드 정도일지도 모른다. 그러나 그것도 좋았다. 손에 들어오기만 한다면 그것만으로도 충분하다. 나간다는 예고도 할 필요가 없을 것 같았다. 당장 이곳을 그만두리라. 짐만

꾸리고 아무에게도 알리지 않고 뛰쳐나가는 것이다. 그리고 그 길로 곧 병원으로 돌아가리라. 그것이 가장 급하다. 그 동안 대부분 잊어버렸을까? 하지만 반 년만 있으면 기억을 되찾을 수 있을 게 틀림없다. 그렇게 되면 우선 산파학, 다음에는 내과, 그리고 마지막엔 외과를 될 수 있는 대로 빨리 남은 시험을 쳐버려야지. 그러나 갑자기 근심이 된 것은 만약 백부가 자기와의 약속에도 불구하고 유산을 전부 교구나 교회에 기부해 버리는 것은 아닌가 하는 것이었다. 그것을 생각하면 안정할 수가 없었다. 그러나 설마 백부가 그렇게 심한 짓은 하지 않겠지. 그러나 가령 그렇게 되었을 경우 어떻게 할 것인가 하는 결심은 이미 서 있었다. 누구나 이런 생활을 참고 견디는 것은 다만 무언가 장래에 희망이 있기 때문일 것이다. 희망이 없다고 하면 불안할 것이 아무것도 없다. 그때는 차차리 깨끗이 자살해버리면 된다. 이 문제는 이미 다 생각해두었기 때문에 고통을 없게 하려면 어떤 약을 쓸 것인가, 또 어떻게 그것을 구할 것인가 하는 것까지 자세하게 마련해두었다. 가령 어떻게 견딜 수 없게 된다 하더라도 탈출의 길은 있다는 것을 생각하면 그는 용기가 솟았다.

"두 번째를 오른쪽으로 돌아가셔서 계단을 내려가십시오, 부인! 왼편으로 계속 가십시오. 손님, 앞으로 곧장 가십시오."

한 달에 한 번씩 한 주일 동안 당번이라는 것이 있었다. 아침 일곱시에 판매장으로 나가서 청소원의 감독을 해야 하는 일이었다. 청소가 끝나면 상품 케이스며 모델에 덮어놓은 시트를 벗긴다. 그리고 저녁때 점원들이 모두 가버리면 또 그 전대로 상품 케이스나 모델의 시트를 덮고 나서 청소원을 감독하는 것이다. 먼지가 많이 나고 지저분한 일이었다. 독서를 하는 것도 글을 쓰는 것도 담배를 피우는 것까지도 허용되지 않는다. 다만 돌아다니기만 하는 것이었으나 그 시간은 매우 지루하고 길었다. 겨우 밤 아홉시 반에 끝이 나는데 그때에 밤참을 주었다. 단지 이것만이 그래도 위안을 받는 것이었다. 다섯시에 마신 차만으로는 배가 고파서 상회에서 주는 치즈 넣은 빵과 마음껏 마실 수 있는 코코아는 정말 다행한 일이었다.

린 상회에 근무하기 시작해서 삼 개월 쯤 되었을까? 사입계의 샘슨 씨가 매우 화가 나서 판매장으로 들어왔다. 그날 아침, 지배인 가게에 들어오자마자 의상부의 진열장을 보고는 사입계의 샘슨 씨를 불렀다. 그리고 색깔의 배합에 대해서 한 바탕 빈정거리며 잔소리를 늘어놓았다는 것이었다. 윗사람의 빈정거림이고 보면 잠자코 들을 수밖에 없었지만 샘슨 씨는 그 화를 당장 점원들에게 터뜨린 것이었다. 가엾게도 진열장의 장식계원은 심한 꾸중을 들었다.

"무엇이건 제대로 잘 해보려면 직접 자기가 해야 하는 법이야." 그는 대단히 화가 나서 말했다. "언제나 입이 닳도록 말했잖아. 앞으로도 마찬가지야. 어디 이래서야 무엇 하나 자네들 손에 맡기겠느냔 말야. 이래 가지고도 배웠다고 할 수 있겠어? 응? 그래도 배웠다고 하겠냐고? 흥!"

그는 바로 그 말을 마치 점원들을 꾸짖는 가장 아픈 급소라도 되는 것처럼 마구 퍼부었다.

"그래 그것도 몰라? 창에다 푸른 전깃불을 켜놓으면 다른 푸른색이 전부 죽는다는 건 빤한 거 아니야!"

그는 험악한 기세로 판매장 안을 쭉 돌아보다가 문득 필립에게 시선이 멈췄다.

"케어리, 다음 주 금요일엔 자네가 한 번 해보게. 솜씨를 좀 보여달란 말일세."

그는 화난 소리로 투덜거리면서 사무실로 돌아가버렸다. 필립은 맥이 탁 풀리고 말았다. 금요일 아침이 되자 그는 부끄러움을 느끼면서 진열장 안으로 들어갔다. 낯이 화끈 달아오르고 자기의 모습을 이렇게 내어놓아야 하는지를 생각하면 어찌할 바를 몰랐다. 그렇게 생각을 하는 자체부터가 부질없는 일이라고 자신에게 일러보기도 했지만 역시 한길 쪽으로 등을 돌려버렸다. 이런 시간에 병원에 근무하는 학생들이 옥스퍼드 거리를 걷고 있으리라고는 생각할 수 없었고 그들 외에는 런던에 아는 사람이라곤 거의 없었다. 그런데도 일을 하는 동안 무언가 가슴이 콱 막히는 것이 있다. 문득 돌아다보면 누군가 아는 사람의 눈과 마주 치는 것 같아서 가슴이 떨렸다. 그는 되도록 빠르게 모든 일을 해치웠다. 다만 붉은색과 잘 어울린다는 것, 또 진열품의 가격을 보통보다도 약간씩 넓게 떼어놓는 데 착안하여 참으로 훌륭한 효과를 나타냈다. 장식 결과를 보러 온 샘슨이 한길로 나가서 보았다. 그는 퍽 만족한 표정이었다.

 "진열장은 자네에게 부탁하면 아마 실수없을 것이라고 생각했는데 내 예상이 맞았군. 결국 자네와 나만이 신사란 말일세. 알겠나? 물론 판매장에선 이런 말을 하지 않겠지만, 아무튼 신사는 자네와 나뿐이야. 그야 누가 보아도 당장 알 테지. 모른다고 한대도 소용없는 짓이란 말일세. 나는 다 알고 있으니까."

 그 후부터는 필립은 맡아놓고 그 일을 하게 되었다. 그러나 사람들 앞에 모습을 나타내야 하는 일은 아무래도 익숙해지지 않았다. 매주 장식을 바꾸는 금요일 아침은 그에게 골칫거리였다. 너무나 불안해서 새벽 다섯 시면 잠이 깼다. 그리고 불안해서 자리 속에서 괴로워하는 것이었다. 판매부의 여점원들도 필립이 매우 수줍어하는 것을 알아차리고, 얼마 안 가서 길 쪽으로 등을 돌리는 그의 버릇까지 알아버렸다. 모두들 필립을 보고 놀려대면서 무척 심한 새침데기라면서 웃어댔다.

 "아마 아주머니가 지나가다가 보시고 유서에서 이름을 빼버리지나 않을까 그게 걱정이 되는가 보죠? 틀림없이 그럴 거예요."

 그러나 대개 여자들과의 관계는 잘 해내가는 편이었다. 좀 이상한 사람이라고 생각하는 것 같았는데 그것은 그가 다리가 불구라는 것 때문에 다른 남자들이 할 수 있는 일을 못 한다고 생각했기 때문에 그런다고 생각하는 모양이었다. 그러는 동안에 그가 성품이 좋은 사람이라는 것도 차차 알게 된 것 같았다. 남을 돕는 일엔 참으로 열성적이었고 친절하며, 극히 온화한 사람이라는 말을 듣게 되었다.

 "그는 신사야."

 모두들 입을 모아 말했다.

 "게다가 무척 겸손한 분이잖아요?"

 필립이 언제나 잠자코 연극 이야기를 들어주곤 하는 한 여인이 말했다.

 그녀들은 대개 남자 친구가 있었고, 없는 사람도 남자들이 자기를 상대해주지 않는다고 생각하는 것보다는 입으로만이라도 있는 것같이 말하곤 했다. 현재도 한두 여자는 되도록 필립을 상대하고 싶다는 눈치를 보이기까지 했다. 필립은 그런 여자들이 어떻게 사람을 홀리는가 하고 큰 홍미를 갖고 지켜보고 있었다. 그는 이제 더 이상 연애에도 홍미가 없었다. 그에게는 힘든 일과 배가 고픈 것이 더 큰 문제였다.

106

　필립은 행복했던 시절에 잘 다니던 곳은 될 수 있는 대로 피해 다녔다. 비크 거리의 그 술집에서 있었던 작은 모임은 어느새 없어져버리고 말았다. 마칼리스터는 친구들을 배신한 일도 있어서 다시는 여기에 오지 않았고 헤이워드는 케이프로 가버렸고, 남은 것은 로슨뿐이었으나 그 로슨과도 이제는 아무런 공통된 관심이 없다고 생각하니 별로 만나보고 싶지도 않았다. 그러던 어느 토요일 오후였다. 식사를 끝내고 세인트 마틴 골목길에 있는 공동 도서관에라도 가서 남은 시간이나 보낼까 하고 옷을 갈아입고 리젠트 거리를 거닐다가 우연히 로슨과 마주쳤다. 처음 순간엔 차라리 그대로 지나쳐버릴까 하고 생각했으나 로슨이 먼저 말을 걸었다.

　"아니, 누구야! 요즘 도대체 어디에 있었나?"

　"나 말인가?"

　"내가 자네에게 편지를 내서 한 턱 낼 테니 아틀리에로 와달라고 했는데도 통 회답이 있어야지."

　"그런 편지는 보지도 못했는걸."

　"그래서 난 일부러 병원까지 찾아갔었지. 그런데 그 편지가 편지꽂이에서 그대로 잠자더란 말야. 그래 의사노릇은 이제 그만두었나?"

　필립은 잠깐 망설였다. 사실을 털어놓은 것은 부끄러웠으나 그대로 지니고 있는 상태 자체 역시 그에게는 짜증스러웠다. 그래서 마음을 다잡고 말해버렸다. 그러나 얼굴이 화끈 달아오르는 것만은 어찌 할 수가 없었다.

　"내가 가졌던 얼마 안 되는 그 돈을 몽땅 잃어버렸거든. 그래서 병원도 계속 못 하게 된 거야."

　"흠 그거 안됐군. 그럼 지금은 뭘 하고 있나?"

　"판매장 안내원 노릇을 하지, 백화점의."

　그 순간 자신도 모르게 말이 필립의 목을 콱 메워버렸다. 그러나 사실을 회피하지 않기로 작정했다. 빤히 로슨의 얼굴을 지켜보았다. 오히려 상대방이 난처한 모양이었다. 필립은 일부러 웃으면서 말했다.

"바로 린 앤드 세들리 상점에 와서 부인 기성복부에 들러보게나. 내가 의젓하게 프록 코트를 입고 서서 침착한 태도로 돌아다니면서 부인들에게 내복이나 양말 판매장을 안내하고 있을 테니까. 바로 거기서 오른편으로 구부러져 왼편으로 두 번째입니다, 마담, 하는 식으로 말일세."

그러나 로슨은 그가 농담을 하고 있는 것이라고 생각한 모양인지 그저 어색하게 웃기만 했다. 무어라고 해야 좋을는지를 몰랐기 때문이다. 필립이 말하는 대로라면 참으로 가엾은 이야기였으나 그렇다고 해서 섣불리 위로를 한다는 것도 어쩐지 조심스러웠다.

"자네도 꽤 변했군그래."

스스로 생각해도 우스운 소리를 한 것을 알고 있었다. 말해버린 순간 말하지 말걸 그랬다고 생각했다. 필립은 약간 무뚝뚝해져서 얼굴을 붉혔다.

"그렇겠지. 다소는 그럴 거야. 그런데 자네에게 오 실링 빌려 쓴 것이 있었지?"

필립은 이렇게 말하면서 호주머니 속에서 은화를 끄집어냈다.

"괜찮아. 그런 건 아무래도 좋아. 난 잊고 있었는걸."

"아냐, 받아둬."

로슨은 잠자코 돈을 받았다. 두 사람 모두 보도의 한복판에서 있었기 때문에 많은 사람들이 지나가고 있었다. 그것이 로슨에게는 매우 거북했다. 몹시 지친 것 같다고 말하고 싶었으나 도무지 입술이 떨어지지가 않았다. 로슨은 어떻게라도 도와주고 싶다는 생각만은 간절했으나 막상 어떻게 해야 좋은가는 알지 못했다.

"자네, 내 아틀리에로 한 번 놀러 오지 않겠나?"

"그만두겠어."

"어째선가?"

"할 이야기가 없는걸."

필립은 순간 로슨의 눈에 괴로운 빛이 번쩍이는 것을 보았다. 미안하다고는 생각했지만 하는 수 없었다. 내 자신의 일부터 먼저 생각하지 않으면 안 되는 것이다. 지금에 와서 현재의 자신의 처지를 이야기한다는 것은 생각만 해도 견딜 수가 없었다. 모두 생각하지 않는다는 것만으로 가까스로 견뎌내고 있는 것이다. 만약 여기에서 마음을 풀어놓기라도 한다면 어떻게 되어버릴 것인지 자신의 마음이 약한 것이 두렵기만 하였다. 게다가 비참한 자신의 상태를 드러낸 장소라고 생각하자 그것만으로도 견딜 수가 없었다. 로슨의 아틀리에에서 쪼르륵 소리를 내면서 한 끼의 음식을 바랐던 비참한 마음, 그리고 마지막으로 오 실링을 빌리던 때의 광경들이 단번에 되살아났다. 실은 로슨의 얼굴을 보는 것까지도 싫었다. 지난날의 그 굴욕스러웠던 기억이 아무리 안간힘을 써도 되살아나기 때문이었다.

"그럼 한번 저녁 식사라도 같이 하세. 언제라도 자네가 편리한 때."

필립은 그의 친절에 마음이 뿌듯해졌다. 어째서 사람들은 모두 자기에게 이토록 친절을 베푸는 것일까?

"정말 자네의 호의는 고맙네만 사양하겠네." 하고 그는 손을 내밀면서 말했다. "그럼 실례하네."

도대체 이해가 안 가는 듯한 그의 태도에 로슨은 완전히 당황한 채 손을 잡았다. 필립은 절룩거리며 걷기 시작했다. 그의 마음은 우울해질 뿐이었다. 그리고 여느때와 마찬가지로 지금 자신이 취한 행동에 대해서 심한 자책을 느끼기 시작했다. 모처럼의 우정을 그토록 고집스럽게 거절해 버리다니 얼마나 어리석은 자존심이란 말인가? 자기 자신도 알 수 없었다. 그러나 바로 그때 누군가 등 뒤에서 뛰어오는 듯한 인기척이 나더니 이윽고 로슨이 부르는 소리가 들렸다. 그는 발걸음을 멈추었다. 그러자 별안간 또다시 적의가 묘하게 솟아올랐다. 필립은 차갑게 굳은 표정으로 휙 돌아섰다.

"뭔가?"

"자네 헤이워드 소식은 들었겠지?"

"남아프리카에 간 것 말인가?"

"그래. 그런데 상륙하자마자 죽어버렸다는군."

순간 필립은 말문이 막혀버렸다. 자기의 귀를 의심했다.

"어떻게 해서?"

"장티푸스라더군. 운이 나빴던 모양야. 혹시 자네는 아직 모르는 것 아닌가 해서 말일세. 나도 처음 들었을 땐 무척 놀랐어."

　로슨은 얼른 고개를 끄덕하고는 그대로 가버렸다. 필립은 순간 온몸에 오한이 엄습하는 것을 느꼈다. 같은 나이 또래의 친구의 죽음은 이번이 처음이었다. 같은 죽음이라도 크론쇼의 경우는 선배의 경우였던 만큼 어딘지 당연한 일같이 느껴지기도 했다. 그런데 이번 소식만은 충격적이었다. 그것은 조만간 닥쳐올 그 자신의 죽음을 연상케 했다. 왜냐하면 누구나가 다 마찬가지로 필립도, 또한 인간은 언젠가는 죽는 것이라고는 알면서도 그것을 자기 자신과 결부시켜서 생각하는 절실한 마음까지는 실감하지 못하던 것이다. 그 점에서 헤이워드의 죽음은 비록 훨씬 전에 이미 우정이 식었다고는 해도 뭐라 형용할 수 없는 충격이었다. 그와 함께 이야기했던 수많은 화제, 그것들이 한꺼번에 되살아나서 이제는 두 번 다시 서로 이야기를 나눌 기회는 없을 것이라고 생각하자 견딜 수가 없었다. 처음 하이델베르크에서 만났을 때의 일이며, 그로부터 함께 지낸 몇 개월간의 즐거웠던 일들이 꼬리를 물고 되살아났다. 잃어버린 세월을 생각하면 가슴이 아팠다. 그는 정처없이 걷고 있었으나 문득 정신을 차려보니 헤이마케트 쪽으로 꺾어져가는 대신에 어느새 샤프츠베리 거리를 걷고 있음을 알았다. 이제 와서 되돌아가는 것고 귀찮았고 헤이워드의 죽음을 듣고 난 지금은 책을 잃을 마음도 나지 않았다. 혼자서 생각하고 싶었다. 그래서 대영 박물관에 가기로 했다. 지금의 그에게는 고독만이 고마운 것이었다. 린 상회에 근무하게 된 뒤부터는 필립은 곧잘 박물관에 가서 파르테논 군상 앞에 조용히 앉아 있을 때가 있었다. 특히 무엇을 골똘히 생각하는 것이 아니라 그저 조용히 신들의 조상을 바라보며 흐트러진 마음을 진정시키는 것이었다. 그러나 오늘은 그 군상들도 아무 말도 건네주지 않는다. 이삼 분이 지나자 그는 더 이상 견디지 못하고 방을 나오고 말았다. 시골에서 올라온 무리들이나 아니면 안내서만 열심히 들여다보는 외국인들, 너무나도 사람이 많았다. 이러한 군중들의 어리석은 태도가 영원한 걸작을 더럽히고 그들의 어수선한 태도가 신들의 휴식을 교란시키는 것이다. 그는 다른 방으로 갔다. 여기서 관람객이 아무도 없었다. 필립은 피로해서 의자에 걸터앉았다. 가만히 앉아 있으려 해도 그럴 수 없는 것 같은 기분이었다. 아무래도 군중이라는 것에 구애되지 않을 수가 없었다. 린 상회에서도 이따금 이런 기분이 되는 때가 있었다.

그는 자기 앞을 지나가는 사람의 무리를 소름이 끼치는 듯한 마음으로 바라보고 있었다. 너무나 추했다. 천해 보이는 그 얼굴, 생각만 해도 견딜 수가 없었다. 얼굴은 비열한 욕망으로 일그러지고 아름다움 같은 것은 전혀 찾아볼 수도 없었다. 훔쳐보는 것 같은 눈매, 맥없이 늘어진 턱, 불량배라고는 할 수 없었지만 한결같이 쓸모없고 저속한 사람들뿐이다. 형편없이 저속한 광대에 불과했다.

바라보고 있노라면 이따금 도대체 저 얼굴은 어떤 동물을 닮았을까? 하고 생각할 때도 있다.(그런 것은 될 수 있는 대로 생각하지 않기로 했다. 생각하기 시작하면 이내 일종의 강박 관념이 되어버리기 때문이다.) 그렇게 생각해보면, 인간이라는 것은 모두 양이고, 말이고, 여우고, 산양이었다. 이제는 완전히 인간 자체가 싫어졌다.

그러나 그러는 동안 가까스로 주위의 분위기가 마음에 젖어들어왔다. 한결 조용한 마음이 되었다. 그는 주위의 벽에 끼워져 있는 묘석들을 멍하니 바라다보기 시작했다. 그것들은 모두가 기원전 사오 세기 무렵의 아테네의 석공들이 새긴 것들로서 모두 참으로 단순하고 그다지 대단한 기교를 누린 것은 아니었지만, 정묘한 아테네의 정신이 깃들어 있다. 게다가 시대적 묘미가 대리석이 피부를 순화시켜서 마치 히메투스의 벌꿀을 연상케 하는 벌꿀색이 되어 그 윤곽을 보기 좋고 부드럽게 만들고 있는 것이었다. 벤치에 앉은 나신상도 있고, 사랑하는 사람들에게 둘러싸여서 지금 막 이승과 이별을 고하려는 사람도 있다. 죽어가는 사람과 남는 사람이 서로 손을 꽉 맞잡고 있는 것도 있다. 그리고 어느 보석이나 다만 '이별'이라는 슬픈 한 마디 말만이 새겨져 있었다. 그 간결함이 한없이 마음에 감동을 준다. 친구와 헤어지는 친구, 어머니와 헤어지는 아들, 그 억제된 감정이 한층 더 보는 사람의 마음을 슬프게 한다. 너무나도 아득한 옛 일이었다. 그리고 그 뒤 이천 년이란 세월이 차례차례 불행 위로 흘러갔는데 그 긴 세월 동안에는 운 사람도 울게 한 사람도 모두 다 흙으로 돌아가버린 것이다. 그러면서도 그 얼룩만은 면면히 살아서 필립의 가슴을 메우고 자신도 모르게 가련함을 불러일으키게 하는 것이었다. 얼마나 가련하고 덧없는 인생인가? 그는 혼자 중얼거렸다.

곰곰이 생각하면 입을 벌리고 바라보고 있는 저 관람객들도, 한 손에 안내서를 들고 있는 외국인들도, 나아가서는 그의 가게에 모여드는 야비한 욕망과 비속한 번뇌에 쫓기는 사람들도 모두 하나같이 죽어야 할 인간인 것이다. 그들도 역시 사람을 사랑한다. 그러나 사랑하는 사람들하고도 얼마 가지 않아서 헤어져야 하는 것이다. 아들은 어머니에게서, 처는 남편들에게서 헤어지지 않으면 안 되는 것이다. 더욱이 그들의 생활은 추하고 더럽고 이 세상에 미라고는 조금도 보태줄 줄을 모른다. 그런 만큼 비극은 한층 더 심각한 것이다. 단 하나 매우 아름다운 묘석이 있었다. 두 사람의 청년이 서로 손을 꽉 움켜잡고 있는 얇게 판 조각인데 그 선과 과묵함과 단순함이 이것을 조각한 조각가의 성실한 감정을 느끼게 했다. 이른바 그것은 이 인생이 주는 극히 소중한 보물 다음 가는 귀중한 보물, 즉 다시없는 우정에의 기념, 바로 그것이었다. 보고 있는 동안 필립은 눈물이 나오는 것을 느꼈다. 그는 헤이워드를 처음으로 만났을 무렵에 그에게 매우 열렬한 찬미를 바쳤던 것을 생각해냈다. 다만 그것이 잠시 후에 환멸이 되고 다시 무관심으로 변하고, 끝내는 단순한 타성과 추억만이 간신히 두 사람을 묶어두고 있었던 것이었다. 생각해보면 이것도 인생의 불가사의한 것 중의 하나였다——이를 테면 어떤 사람과 몇 달 동안 매일같이 얼굴을 맞대고 한때는 그가 없는 인생이란 생각할 수도 없을 만큼 친숙해진다. 그런데 이윽고 이별이 온다. 그러나 모든 것은 아무런 아픔도 없이 진행된다. 그리고 바로 어제까지만 해도 없어서는 안 되었던 친구가 오늘에는 필요없는 인간이 되어버리고 만다. 남은 사람의 생활은 여전히 계속되고 그가 없다는 것 따위는 생각하지도 않는 것이다. 필립은 새삼스럽게 생각했다. 일찍이 하이델베르크 시절의 젊은 날의 친분——생각하면, 그 당시는 헤이워드도 크나큰 가능성을 안고 미래에의 정열에 불타 있었다. 그러나 그 후에는 아무것도 하는 일 없이 뻔히 알면서도 실패속으로 전락해갔던 것이다. 그 헤이워드도 죽어버리고 말았다. 그의 삶과 마찬가지로 그의 죽음 또한 공허당한 것이었다. 부질없는 병마로 죽는 것은 면목없다고 할 수밖에 없었다. 최후까지 허망한 개죽음을 한 것이 된다. 차라리 태어나지 않았던 것과 무엇이 다르겠는가?

인생의 의의란 무엇인가? 필립은 절망스런 마음으로 자문해보았다. 그야말로 공허하고 꿈과 같이 생각되었다. 역시 크론쇼의 경우도 그러했다. 그가 이 세상에 존재했다는 사실부터가 전혀 무의미했다. 그 사람은 이미 죽어버렸고 잊혀지고 그의 시집만이 팔다 남은 덤핑 책이 되어서 헌 책방에 나와 있다. 그의 일생은 다만 뻔뻔스러운 저널리스트에게 한 줄의 서평을 쓰게 하기 위해서 산 것 같았다고 해도 좋았다. 필립은 마음 속으로 외쳤다.

'아아, 무엇 때문에 사는 인생이란 말인가?'

기울이는 노력에 비하여 얼마나 보잘것없는 결과란 말인가? 밝은 청춘의 희망에 대한 보답은 그토록 고통스러운 환멸, 단지 그것만이란 말인가? 그렇다고 하더라도 고통과 질병과 불행의 비중이 너무나도 지나치게 무겁다. 그것은 도대체 어떻다는 것인가?

필립은 그 자신의 반생을 돌이켜보았다. 인생에의 새 출발을 했던 무렵의 찬란하기만 했던 희망, 그의 육체가 강요했던 여러 가지의 제약, 친구 없이 고독했던 환경, 그리고 그의 청춘을 감싸고 있던 애정의 메마름, 그렇지만 그 자신으로서는 언제나 가장 좋다고 생각되는 일만을 해왔다고 생각하는 것이다. 그러나 이렇게 비참하게 실패했다는 것은 어쩐 일인가! 자기와 같은 좋지 못한 조건으로 훌륭하게 성공하고 있는 사람도 있는가 하면 그보다 훨씬 유리한 조건을 갖추고 있으면서도 실패한 인간이 있다. 모든 것은 오로지 기회인가 보다. 비는 올바른 사람에게나 그렇지 않는 사람에게도 한결같이 내리는데 인생에서는 왜니 어째서니 하는 것은 일체 있을 수가 없는 것이다.

크론쇼를 생각하면서 필립은 문득 그가 주었던 페르시아 융단에 관한 것을 생각해냈다. 인생의 의미란 무엇인가 하고 물은 필립의 질문에 대해서 그는 그것이 답이라고 말하며 그 융단을 내밀었었다. 필립은 갑자기 그 회답을 깨달았다. 그는 픽 하고 웃었다. 알고 보니 그것은 수수께끼 놀이와 같은 것이었다. 무척 고생을 한 후에 막상 깨닫고 보면 어째서 요것밖에 안 되는 것을 몰랐던가 하고 자기 스스로도 이상한 생각이 드는, 바로 그것이었다. 해답은 너무나도 명백했다. 인생에 의미 따위가 있을 게 무엇인가. 공간을 끊임없이 돌고 있는 한 개의 태양계 위성에 불과한 이 지구상에서, 그것도 그 유성의 역사의 극히 일부분인 일정한 조건의 결과로서 우연히 생물이라는 것이 발생한 것이다. 따라서 그렇게 해서 비롯된 생명은 또한 언제 다른 조건 아래 종말을 고할는지도 모르는 것이다. 그 의의에 있어서 인간도 역시 다른 형태의 생물과 조금도 변함이 없는 이상 그것은 창조의 극치로서 생겨난 것은 아니고, 단순히 환경에 대한 일종의 물리적 반응으로서 발생한 것에 불과하다. 필립은 예의 〈동방의 왕자〉라는 옛 이야기를 생각해냈다. 왕은 인간의 역사를 알고 싶어서 어떤 현명한 사람에게서 오백 권의 책을 받았다, 왕은 국사가 매우 바쁘다는 이유로 그것을 좀더 요약해오라고 분부를 내렸더니 십 년 후에 그 현자가 다시 왔을 때는 역사는 겨우 오십 권으로 줄여져 있었다. 그러나 왕은 이미 나이가 들었으므로 도저히 광대한 분량의 책을 읽어낼 시간이 없었다. 그래서 재차 그것을 요약하도록 명령했다. 또 이십 년이 지났다. 그리고 지금은 그 자신도 나이가 들어서 백발이 되어버린 현자가 이번에야말로 국왕의 소망대로 지식을 단 한 권의 책으로 만들어서 갖고 왔다. 그러나 그때 왕은 이미 병상에 누워 있어서 그 한 권의 책마저 읽을 시간이 없었다. 결국 현자는 인간의 역사를 단 한 줄로 줄여서 국왕에게 사뢰었다. 이러한 것이었다. '인간은 태어나고, 괴로워하고, 그리고 죽습니다.'라고. 인생의 의미 따위는 아무것도 없는 것이다. 그리고 인간의 일생 또한 무익한 것이다. 인간이 태어나건 태어나지 않건, 살건 죽건, 그러한 것은 아무런 의미도 없다. 결국 죽음도 무의미하고 삶도 무의미한 것이다. 필립은 일찍이 소년 시절에 신에 대한 신앙이라는 무거운 짐이 어깨에서 제거되었을 때, 그야말로 마음속으로부터 기쁨을 맛보았는데, 지금도 또한 그러한 기쁨을 취했다. 지금에야 책임의 마지막 무거운 짐이 제거된 것 같은 마음이 들었기 때문이었다. 그리고 비로소 완전한 자유를 맛보았다. 그는 존재의 무의미함이 오히려 일종의 힘이 되었다. 그리고 지금까지 박해만 받아온 것처럼 느끼고 있던 냉혹한 운명과 지금이야말로 대등한 입장에 맞선 것 같은 생각이었다. 왜냐하면 한 번 인생이 무의미하다고 결정된 바에는, 세계는 가시가 뽑힌 것과 마찬가지였기 때문이다. 그가 무엇을 했고 무엇을 하지 않았는지 그러한 것은 이미 문제가 안 되었다. 그 자신은 극히 짧은 순간에 지상을 차지하고 있는 대단치 않은 인간 군상 속에 파묻혀 사는 가장 하찮은 하나의 미물에 불과한 것이다. 그러면서도 혼돈 속에서 일체의 허무의 비밀을 파헤쳐낸 점에 있어서는 전능자라고 해도 좋았다. 열띤 그의 상상 속에서 여러 가지 상념이 자꾸 솟아났다. 그는 희열과 만족에 찬 긴 한숨을 내쉬었다. 벌떡 일어나서 노래라도 부르고 싶은 심정이었다. 지난 몇 개월 동안 이러한 행복감을 맛본 적은 없었다.

"오오, 인생이여!" 그는 마음속으로 외쳤다. "그대의 가시는 어디에 있는가?"

왜냐하면 마치 수학의 증명과도 흡사한 힘을 가지고 있는 인생은 무의미하다는 진리를 그에게 깨닫게 해준 그 상상의 용솟음은 동시에 또 하나의 사상을 가져오게 했기 때문이다. 그리고 그 이상이야말로 바로 크론쇼가 그 페르시아의 융단을 보내준 이유인 것처럼 생각되었다. 마치 옷감 짜는 직공이 정교한 무늬를 짜나갈 때의 목적이 다만 그 심미감을 만족시키는 데에만 그친다면 인간도 또한 그 일생을 그것과 같도록 살아서 나쁠 것이 없을 것이고 또 그의 모든 행동이 전적으로 그 자신의 선택 밖의 것이라고 생각할 수밖에 없다면, 여기서도 사람은 그 인생을 다만 한 조각의 무늬를 만드는 것으로 볼 수가 있는 것이다. 이를테면 행위를 반드시 그렇게 하지 않으면 안 될 필요도 없고 또한 했다고 해도 별다른 이익도 없는 것이다. 다만 자기 자신의 기쁨을 위해서 무엇인가를 했다는 데 지나지 않는 것이다. 사람의 일생에 일어나는 갖가지 사건, 그의 행위, 그의 감정, 그의 사상, 그러한 것들로부터 정연한 의장(意匠), 혹은 정교하고도 복잡한 의장, 또는 아름다운 의장으로 제각기 짜낼 수가 있다는 것뿐인 것이다. 인간에게 어떠한 선택 능력이라도 있는 것처럼 생각되는 것은 결국 단순한 환각인지도 모른다. 즉 현상과 공상이 교묘하게 잘 섞여서 짜여진 어처구니없는 속임수에 지나지 않는 것인지도 알 수 없으나 그래도 상관없는 일이다. 그렇게 보는 이상 그로서는 이쩔 수 없는 일이니까. 인생의 무의미, 따라서 아무 말도 할 가치조차 없다는 생각을 배경으로 하여 만약 이 인생이라는 광대한 날실을 생각할 때 이른바 그것은 어디선지도 알 수 없는 샘으로부터 흐르기 시작해서 어디로 가는지도 알 수 없는 바다로 끊임없이 흐르는 큰 강인 것이다. 인간은 그 개인적 만족에 의해서 마음에 드는 날실을 골라잡아 어떠한 무늬를 짜내든 그것이 곧 그 개인의 만족인 것이다. 다만 그 속에 가장 명백하고, 가장 완전하고, 더욱이 가장 아름다운 무늬가 단 하나가 있다면 그것은 즉 인간이 태어나고, 성장하고, 결혼하고, 자식을 낳고 빵을 얻기 위해서 일하고 그리고 죽어간다는 무늬가 바로 그것이다. 그러나 물론 그 밖에 좀더 다른 무늬도 있을 수 있다. 행복 같은 것은 문제도 아니고 성공도 또한 문제되지 않는다는, 보기에 복잡하고 미묘한 무늬인 것이다. 그것은 오히려 더한층 비통한 아름다움을 띠고 있다. 예를 들면 헤이워드의 일생으로 설명할 수 있는 것이 그것이며, 운이라는 맹목적이고 비정한 손길이 그 의장 도안도 채 완성되기 전에 실을 잘라버리고 만 것이다. 따라서 결국 그런 것이 문제가 아니라고 하는 것만이 그나마 위안이 되는 것이다. 그러나 그 반면 크론쇼의 일생의 경우는 참으로 이해하기 어려운 그림 무늬가 된다. 그러한 일생도 또한 그것으로 좋았다고 하기에는 먼저 사물을 보는 관점 그 자체를 일변함과 동시에 낡은 기준은 깡그리 바꾸어야 하는 것이다. 필립은 생각했다. 행복에의 소망을 저버리는 것으로써 이른바 그는 마지막 미망(迷妄)을 떨쳐버렸다. 행복이라는 척도로 책정하는 한 그의 일생은 생각은 생각만 해도 견딜 수 없는 것이다. 그러나 지금이야말로 인간의 일생은 좀더 다른 척도로 책정할 수도 있다는 것을 알게 되자 그의 용기는 백 배로 솟는 것 같았다. 행복이라든가 고통이라든가 그러한 것은 이미 문제가 아니었다. 그러한 것들은 그의 일생에 일어나는 다른 여러 가지 일들과 함께 다만 의자 도안을 복잡 정교하게 하기 위해서 끼어드는 것이고, 일순간 그는 그의 생활에서 일어나는 모든 우연 위에 초연히 서 있는 기분이 들었다. 이제는 지금까지처럼 그러한 것들에 의하여 좌우되는 일은 다시는 없을 것이다. 설혹 어떠한 일이 일어난다고 하더라도 그것은 다만 그림 무늬에 복잡성을 좀더 늘게 하려는 동기가 더하여진 것밖에는 안 되는 셈이다. 그리고 일의 종말이 가까이 다가왔을 때 비로소 무늬의 완성을 기뻐하는 것이다. 말하자면 한 개의 예술품이라고나 할까? 그리고 그 존재를 아는 사람이라고는 자기 자신뿐이며, 설혹 죽음과 더불어 불시에 그것을 잃어버리고 만다 할지라도, 그 아름다움에는 조금도 변함이 없는 것이다.

필립은 행복했다.

107

　사입계의 샘슨 씨는 필립을 무척 마음에 들어했다. 그는 대단한 멋쟁이여서 판매장의 여점원들은 틀림없이 부유한 고객 중의 누군가 하고 결혼하게 될 것이라고 소문들을 내고 있었다. 그는 교외에 살고 있었는데 곧잘 사무실까지 야회복을 입고 들어와서 사람들을 놀라게 하곤 했다. 또한 때로는 그 이튿날 아침까지 그대로 정장을 하고 나와서, 일하고 있는 청소원들 앞에 나타나기도 했다. 그들이 무언가 내막이 있는 것 같은 눈짓을 하는 사이에 그는 곧장 사무실로 들어가서 프록 코트로 갈아입었다. 그런 뒤엔 으레 헐레벌떡 아침 식사를 하러 뛰어가기 마련인데, 돌아오는 길에는 계단을 올라가면서 필립에게 가볍게 눈으로 인사를 하고, 두 손을 비비면서 말하는 것이다.

　"아, 간밤엔 참으로 유쾌했어 ! 참 재미있었어."

　그는 필립에게 입버릇처럼 우리 상회에선 자기만이 신사이고, 또 인생이 무엇인가를 아는 사람은 자네와 나 두 사람뿐이라는 말을 하였다. 그리고 그 말을 마치고는 갑자기 태도를 바꾸고 필립을 '자네' 대신에 일부러 의젓한 태도로 '케어리 씨'라고 부르면서 제법 사입계다운 위엄을 갖추고 나서 그를 안내계의 담당 장소로 돌려보내는 것이었다.

　린 앤드 세들리 상회에서는 파리에서 매주 한 번씩 나오는 유행 신문을 구독해서 거기에 실려 있는 의상의 그림을 여기에서 찾는 손님의 기호에 따라 수정하는 것이었다. 이 상회의 고객들 중 중요한 상객은 중소공업 도시의 여자들이었다. 그녀들은 멋부리는 것을 즐겼는데 그 지방에서 만들어내는 의복은 마음에 들지 않았으나 그렇다고 해서 그들이 살 수 있는 범위에서 솜씨 좋은 재단사를 찾아낼 만큼 런던의 사정에 익숙해 있지 못했기 때문에 그곳을 자주 찾았다. 그리고 그 밖에 우스운 이야기지만 뮤직 홀에 나가는 여성 연예인들 중에 고객들이 많았다. 이 방면은 주로 샘슨 씨 자신이 개척한 것으로 크게 자랑하고 있었다. 처음에는 전적으로 무대 의상의 주문을 받았으나 차차 입담 좋은 그의 권유로 다른 옷가지를 사들이는 사람도 많아졌다.

"파캉과 똑같은 물건을 반 값으로 살 수 있으니까요."
하고 그는 말한다.

아무튼 입담 좋고 설득하기 잘하는 남자였기 때문에 이러한 종류의 고객들에게는 매우 효과가 컸다. 그녀들은 곧잘 서로 말을 주고받았다.

"공연히 쓸데없는 돈을 쓸 것 없잖아? 린에서 산 코트나 스커트가 파리에서 만든 것이 아니라는 걸 아는 사람은 아무도 없는걸."

샘슨 씨는 자신이 의복을 재단해준 여배우들과 사귀는 것을 크게 자랑하고 있었다. 일요일 날 오후 두시에 빅토리아 버고 양의 초대를 받고 털즈 힐에 있는 그녀의 아름다운 집에 점심 먹으러 갔던 날은, 하나도 빼놓지 않고 아주 자세하게 이야기해서 온 판매장 안을 떠들썩하게 했다.

"우리 집에서 만든 바로 그 등꽃 보랏빛 옷 말이야. 그것을 입고 있으면서도 우리 가게에서 만들었다는 말은 절대로 안 하더란 말야. 그래서 견디다 못 해 하는 수없이 내가 먼저 그 말을 했지 뭐요. 이 디자인은 사실 제가 손수 한 것이 아니라면 아무리 보아도 파리제라고밖에는 말씀드리지 못하겠군요 하고 말했지."

필립은 의복에 대해서는 그다지 흥미가 없었다. 그러나 그러는 동안에 점점 재미가 생겨나서 자연히 전문적 흥미가 솟기 시작했다. 빛깔 자체에 대해서는 판매장의 누구보다도 많은 훈련을 받은 눈이 있는 터이고 선에 대한 지식도 파리에서의 회화과 학생시절부터 어느 정도 공부했던 터였다. 샘슨이라는 사람은 전혀 지식이랄 것이 없는 사람이었지만 다만 자신의 무능력함을 남달리 잘 알고 있어서 대단히 빈틈없이 남의 착상 같은 것을 곧잘 종합했다. 따라서 새로운 디자인을 만들어낼 때에는 반드시 부내의 전체 의견을 들어보았다. 그리고 그에 의하여 필립의 비평이 제일 참고가 된다는 것을 곧 알아차린 것이있다. 그러면서도 매우 질투심이 강한 사람이어서 어떤 일이 있더라도 남의 충고에 따랐다고는 절대로 인정하려들지 않았다. 가령 필립의 의견에 따라서 웬만큼 도안을 수정했을 때에는 마지막에 하는 말은 언제나 정해져 있었다.

"결국엔 내가 생각한 대로 되어버리는구먼."

필립이 회사에 들어온 지 오 개월쯤 지난 어느 날이었다. 유명한 희극가수인 앨리스 앤토니아가 상회에 와서 샘슨 씨를 만나고 싶다고 했다.

아마빛 머리를 한 몸집이 큰 여자였는데, 짙은 화장, 금속성 목소리, 그리고 시골 뮤직 홀의 특별석에 모이는 청년 따위와 친숙한 관계를 맺고 있을 듯한 매우 소탈한 여배우였다. 이번에 새로운 노래가 생겼기 때문에 그때 입을 의상 디자인을 샘슨 씨에게 부탁하고 싶다는 것이었다.

"남들이 깜짝 놀랄 만한 것을 입고 싶어요. 여태까지 입던 것 같은 케케묵은 것은 질색이거든요. 남들과는 전혀 다른 것으로 부탁해요."

상냥하고 친숙한 샘슨 씨인지라 '잘 알겠습니다. 마음에 꼭 드실 것으로 해올리도록 하죠.' 하고 매우 간단하게 주문을 받아놓은 것이다. 그리고 몇 가지 스케치까지 보내었다.

"물론 이 중에는 맘에 드시는 것이 없으리라는 것을 잘 알고 있습니다만, 그저 이런 식의 것으로 했으면 어떠실까 하는 의미에서 보시라고."

그러나 그녀 쪽에서는 한 번 힐끔 쳐다보자마자 조급해서 견딜 수 없다는 듯한 어조로 말했다.

"안 돼요, 이런 것들은 전혀 틀렸어요. 내가 바라는 것은 보기만 해도 황홀해서 아찔할 만한 거라야만 해요."

"아, 잘 알겠습니다." 하고 샘슨 씨는 얼떨결에 상냥스러운 웃음을 띠기는 했으나 그의 눈은 오히려 어이없다는 표정이었다.

"역시 파리에 갔다 왔야겠지요?"

"아니죠. 우리 집에서 틀림없이 흡족하실 만한 것으로 만들어드리겠습니다. 파리에서 만들 수 있는 물건을 우리 집에서 못 만들다니요."

그러나 막상 그녀가 한 바탕 떠들고 돌아가버리자 샘슨 씨도 조금씩 걱정이 되어서 우선 호지스에게 달려가서 의논했다.

"무척 까다로운 모양이군요. 틀림없이 그럴 거예요."

호지스가 말했다.

"아, 앨리스여, 그대 지금 어디에?"

그는 화가 나는 듯이 말하면서 이것으로 우선 그녀에게 분풀이한 것 같은 기분이 되었다.

원래 그의 뮤직 홀 의상에 대한 관념의 범위는 고작해야 짧은 스커트에 주름잡힌 레이스, 번쩍번쩍 빛나는 보석 장식 등의 테두리에서 벗어나지 못한 것이었다. 그러나 그 점에 대한 앤토니아의 태도는 참으로 분명했다.

"어머, 겨우 그런 걸로요?"

보석 장식이라니 생각만 해도 속이 언짢다고 차마 거기까지는 입에 꺼내지 않았지만, 하여튼 진부한 것은 질색이라는 낌새는 확실히 말투에 나타났다. 샘슨 씨는 한두 가지 생각나는 것을 말해보았다. 그러나 호지스는 그런 것으로는 어림도 없다고 전혀 문제시하지도 않는 것이다. 그러므로 결국 이 문제는 그녀를 통해서 필립에게로 가져가게 되었다.

"필, 그림 그리시지 않아요, 당신? 어째서 한 번 해보지 않죠? 솜씨를 보일 때예요."

필립은 값싼 수채화구를 한 통 사들였다. 그리고 그날 밤 열여섯 살 난 벨이 줄곧 휘파람을 불면서 우표를 정리하고 있는 동안에, 스케치를 한두 장 그려보았다. 전에 파리에서 보았던 의상을 몇 개 생각해내고 그 중 하나를 조금 고쳐서 보통 같으면 잘 쓰지 않는 강렬한 색깔을 배합시켜서 일종의 독특한 효과를 나타내보았다. 결과는 자기 생각에도 재미있는 것이었다. 다음 날 아침 호지스에게 보였더니 그녀도 조금 놀란 것 같았으나 그대로 샘슨 씨에게로 가지고 갔다.

"확실히 색다른 점이 있긴 하군. 그것만은 틀림없어."

사실은 그도 판단하기가 난처한 모양이었다. 그러나 장사에 밝은 안목이라고나 할까 아무튼 멋진 물건이 될 것 같다는 점만은 이내 알아차린 것 같았다. 자기의 체면도 있어서 일단 수정할 곳도 말했지만 눈치빠른 호지스가 좀더 영리해서 그러는 것보다는 그대로 앤토니아에게 보여주는 게 어떠냐고 주장했다.

"잘되고 안 되고는 운에 맡기고 한 번 해보는 거예요. 의외로 마음에 들지도 몰라요."

"아마 마음에 들 것도 같아." 하고 샘슨 씨는 그녀의 하얗게 드러난 어깨를 바라보면서 말했다. "저 친구 제법 잘 그리는군그래, 그런데 지금까지 비밀로 해두었다니."

앤토니아가 찾아왔다는 소식을 듣자 샘슨은 그 디자인을 책상 위에, 그것도 들어서는 순간 바로 눈에 뜨일 만한 위치에 놓았다. 과연 그녀는 달려드는 것처럼 그것을 집어들었다.

"이건 뭐예요? 제것으로 할 수 없을까요?"

"물론 손님을 위해서 일부러 생각한 것입니다. 마음에 드셨나요?"

"무슨 말이에요? 됐어요. 자 축배를 들어야겠어요. 진을 조금 섞어서 말예요."

"아, 그러시면 이젠 파리에 가실 필요는 없지요. 필요하신 것을 말씀만 하시면 척척 해드릴 수 있단 말씀입니다."

그리하여 이 디자인으로 곧 재단을 하기 시작했다. 그 옷이 완성되자 필립은 무척 기뻤다. 공적은 고스란히 샘슨과 호지스가 차지하고 만 모양이었지만 그런 것은 문제도 아니었다. 두 사람과 함께 티볼리 극장으로 앤토니아가 그 옷을 처음 입은 것을 구경하러 갔을 때는 필립은 의기양양해서 어쩔 줄을 몰랐다. 호지스가 묻는 대로 그림 공부를 했다는 말도 털어놓았더니 이 사실을 그녀가 샘슨에게 전해주었다. (지금까지는 다른 동료들로부터 잘난 체한다는 말을 듣기가 싫어서 조심하느라고 과거의 경력에 대해서는 전혀 감추고 있었던 터이다.) 그 일에 대해서 샘슨은 직접 아무 말도 하지 않았지만, 여태까지보다는 조금 더 경의를 나타내게 되었고 얼마 안 가서 지방 고객의 주문이라면서 두 가지 디자인을 그에게 다시 맡겨주었다. 그런데 그것들도 고객들이 매우 만족해했으므로 그 후부터 샘슨은 고객들에게 일일이 여기서 일하는 청년인데 파리에서 그림 공부를 한 미술 학도였기 때문에 솜씨가 아주 좋습니다, 이런 식으로 떠들어대게 되었다. 그리고 얼마 안 가서 필립은 아침부터 밤까지 칸막이 뒤에서 셔츠 바람으로 그림만 그리는 직책을 맡았다. 때로는 매우 일이 바쁜 때도 있어서 제때에 식사를 못 한 동료들과 함께 세시에야 간신히 점심 식사를 한 적도 있었다. 그러나 그는 그편이 더 좋았다. 왜냐하면 거의 사람들도 없었고, 있다 해도 모두 일에 지쳐서 말도 할 수 없는 정도였고 음식도 사업계의 테이블에서 남은 것이 돌아오기 때문인지 훨씬 좋았다. 필립이 안내계에서 의상 도안부로 승진되었다는 소식은, 부내 전체에 커다란 충격을 주었다. 그는 곧 자기가 선망과 질시의 대상이 되어 있는 것을 알았다. 필립이 맨 처음 이 상회에서 만났을 때, 기묘한 머리형을 하고 그에게 호의까지 베풀어주었던 점원 해리스까지도 지금은 적의를 감추지 않았다.

　"참으로 세상엔 운 좋은 사람이 있어요. 당신도 이제 얼마 안 가서 사입계가 될 거요. 그땐 우린 모두 당신에게 굽실굽실 해야 한단 말이오."
　그는 또 필립에게 봉급 인상을 요구하라고도 했다. 왜냐하면 현재 그가 하고 있는 일이 힘드는 일인데도 불구하고 여전히 처음 취직했을 때와 같이 주급 육 실링을 받는 데 불과했기 때문이었다. 그렇다고는 해도 봉급 인상을 요구한다는 것은 아무래도 낯간지러운 일이었다. 더욱이 그러한 요구에 대해서 지배인은 꽤 빈정거리는 태도로 대한다는 것을 알고 있었다.
　"딴은 그렇군. 자네 생각엔 당연히 더 받아도 좋겠다는 거겠지. 그럼 도대체 얼마나 더 받으면 충분하겠나?"
　점원이 오히려 놀란 표정으로 이 실링만이라도 더 받았으면 좋겠습니다라고 말한다.
　"하긴 그래. 자네에게 그만한 가치라도 있다고 생각한다면 그것도 좋겠지." 하고 여기서 말을 잠깐 끊고 강철같이 차가운 눈을 치켜들면서 이렇게 말하는 일조차 있다. "그럼, 그 대신 해고 통지도 함께 해주겠네."
　일이 이렇게 되면 요구를 철회한다 해도 때는 이미 늦을 것이다. 나가는 도리밖에 없는 것이다. 지배인의 생각으로는 자주 불평을 일삼는 점원치고 제대로 근무하는 사람은 절대로 없는 법이니까 승급될 가치가 없다고 보면 차라리 당장에라도 해고하는 편이 낫다는 결론이었다. 그런 까닭으로 그만둘 것을 각오한 자가 아니고는 아무도 승급을 요구하는 사람은 없었다. 필립은 망설였다. 같은 방의 동료들은 이미 샘슨 씨는 자네없이는 해나가지 못할 테니까 해봐도 괜찮을 것이라고 말하기는 하지만, 필립은 적지않이 염려가 되었다. 그것은 그들은 모두 좋은 사람임에는 틀림없었지만 유머 따위도 전혀 이해하지 못하고 거칠고 비천한 사람들이기 때문에 필립에게 교묘하게 승급 문제를 들고 나서게 해서 만약 그가 파면이라도 되는 날이면 손뼉을 치면서 좋아할 것이 아닌가 하고 생각했기 때문이었다. 취직 자리를 구하러 다니던 시절의 괴로움을 잊을 수가 없었다. 그것만은 두 번 다시 하고 싶지가 않았다. 그리고 자기만큼 그림을 그릴 사람은 얼마든지 있는 것이니까 다시 다른 곳에 도안계의 일자리가 구해지리라고는 생각할 수 없었다. 그렇기는 했지만 돈만은 몹시 필요했다.

양복도 헐었고 구두나 양말도 두꺼운 양탄자 때문에 못 쓰게 되어버렸다. 어지간하면 한 번 입을 떼어볼까 하는 생각을 했었는데, 어느 날 아침 지하실의 식당에서 아침 식사를 마치고 지배인실을 지나는 복도로 올라가다가 광고를 보고 응모해온 구직자들이 긴 행렬을 짓고 기다리고 있는 것을 보았다. 넉넉히 백 명은 될 것 같았다. 그 중에 누가 채용된다고 하더라도 그와 마찬가지의 생활비와 주급 육 실링의 급료는 정해져 있다. 그 중에는 다만 일자리를 가졌다는 것만으로도 몹시 부러운 것처럼 필립의 얼굴을 바라보는 사람도 있었다. 그것을 보자 필립은 등골이 오싹했다. 승급 얘기 같은 것은 도저히 꺼낼 용기가 나지 않았다.

108

겨울이 지났다. 이따금 필립은 밤이 이슥해서 안면있는 사람은 만나지 않을 듯한 시간을 노려서 병원으로 살짝 들어가곤 했다. 그의 앞으로 편지가 오지 않았는가를 알아보기 위해서였다. 부활제에 그는 백부로부터 편지를 받았다. 꽤나 놀랐다. 왜냐하면 블랙스테이블의 백부로부터 편지를 받은 것은 태어난 이래 지금까지 여섯 통을 넘지 못하였기 때문이었다. 내용은 극히 사무적인 것이었다.

필립 받아보아라.
휴가를 얻을 수 있거든 꼭 한 번 내려오도록 하여라. 의논할 일이 있다. 나는 이번 겨울에 심한 기관지염으로 무척 고생했다. 위그램 선생 같은 분도 도저히 회복은 어려울 것으로 보신 모양이더라. 다만 내 체질이 원래 튼튼한 탓인지 기적적으로 회복된 것은 매우 고마운 일이라고 생각한다.

윌리엄 케어리

다 읽고 난 필립은 울화가 치밀었다. 도대체 백부는 조카가 지금 어떻게 해서 끼니를 잇고 있다고 생각하는 것일까? 한 마디쯤은 물어보아도 좋을 텐데. 늙은이가 어떻게 생각하고 있는지는 모르지만 이쪽은 자칫 잘

못했더라면 굶어 죽었을지도 모르는 것이다. 그러나 돌아오는 길에 한 가지 생각나는 일이 있었다. 그는 가로등 밑에 서서 편지를 다시 읽어보았다. 백부의 필적도 이제는 옛날처럼 독특하다고도 할 수 있었던 사무적인 견실한 것이 못 되었다. 글씨 획이 지나치게 크고 떨린 흔적이 보였다. 아마도 백부의 병세가, 그가 써보낸 이상으로 훨씬 노쇠한 몸을 괴롭히고 있는 모양이었다. 그리고 이 형식적인 편지 속에서나마 세상에 단 하나밖에 없는 혈육을 만나보겠다는 그의 간절한 마음을 담으려고 했는지도 모른다. 필립은 회답을 내어서 칠월이 되면 두 주일쯤 휴가를 얻어 내려갈 수 있다고 써보냈다. 백부에게서 초대를 받는 것은 무척 다행스런 일이었다. 사실은 짧은 휴가를 어떻게 보내면 좋을지 망설이고 있었기 때문이었다. 구월이 되면 아델니 일가는 총동원해서 홉따기를 가게 되어 있었는데 마침 그때는 가을 모델의 준비 등으로 도저히 그는 틈을 낼 수가 없다. 린 상회의 규약으로는 필요가 있고 없고간에 반드시 일 년에 두 주일씩은 누구나 휴가를 가져야 한다는 것이고, 만약 그때도 갈 곳이 없으면 숙사에서 자는 것은 상관없지만 식사는 제공하지 않는다. 사실 런던에서 상당한 거리였기 때문에 친구가 한 사람도 없는 사람도 몇 명 있어서 그들에겐 휴가가 오히려 걱정거리가 되기도 했다. 식비는 내야 하고 자기 자신은 하루 종일 있으면서도 재미있게 지낼 일이라고는 아무것도 없는 것이다. 필립도 이미 이 년 전의 일이지만 밀드레드와 함께 브라이튼에 갔던 이후로는 런던을 떠나본 일이 없었다. 그런 만큼 그는 어떻게든지 해서 신선한 공기와 바다의 침묵에 접하고 싶었다. 오월에서 유월에 걸친 두 달 동안 그는 거의 안절부절 못 하면서 그것만을 생각했으나, 막상 떠날 때가 닥쳐오고 보니 도리어 귀찮아졌다.

떠나기 전날 밤의 일이었다. 부탁하고 갈 한두 가지 일에 대해서 샘슨과 이야기를 하고 있을 때 별안간 샘슨 씨가 말을 꺼냈다.

"자네 지금 얼마 받고 있지?"

"육 실링이죠."

"그건 너무 적군. 돌아오면 십이 실링으로 올려주라고 말해두지."

"고맙습니다. 저도 사실은 새 옷도 한 벌 해 입고 싶었던 참이니까요."

필립은 웃으면서 말하였다.

"자네가 일에 충실해서 말일세. 남들처럼 여자 꽁무니를 따라다니거나 하지 않는다면야. 내가 자네 뒤를 돌보아주지, 알겠나? 아직 배울 일이 얼마든지 있어. 아무튼 자넨 장래가 유망한 사람이야. 그것만은 말해두지. 참으로 유망해. 그러니까 일만 착실히 하면 곧 주급 일 파운드쯤은 받도록 해주지."

그러나 필립은 생각했다. 그렇게 되자면 도대체 언제까지 기다리면 된다는 것인가? 이 년간?

필립은 형편없이 변해버린 백부의 모습에 매우 놀랐다. 전번에 보았을 때만 하더라도 아직 자세가 곧고 건강한 체격에 둥글고 수염이 없는, 오히려 육감적인 인상마저 주던 얼굴이었는데 지금은 놀라울 만큼 여위어 있었다. 피부는 누렇게 뜨고, 눈 아래는 축 처지고, 완전히 늙은 티가 났으며 허리까지 굽었다. 이번에 앓는 동안 수염이 마구 자란 모양이었고 걸음걸이도 매우 느려졌다.

"아무래도 건강이 그다지 좋지 않은 것 같구나." 필립이 막 도착하여 함께 식당에서 이야기할 때 백부가 말했다. "더위를 이겨내기가 힘들어."

필립은 교구의 여러 가지 이야기를 들으면서 막상 백부를 바라보자 도대체 언제까지 더 지탱할 것인가 싶었다. 더위에 지쳐서 세상을 떠나지는 않을까? 손이 너무나 수척해 있었다. 게다가 떨리기까지 했다. 필립으로서는 결코 남의 일이 아니었다. 만약 이번 여름에라도 백부가 세상을 떠나게 되면 그는 겨울 학기부터라도 병원에 되돌아갈 수 있을 것이다. 두 번 다시 린 상회에는 가지 않아도 좋다는 생각만 하여도 가슴이 뛰었다. 점심때 백부는 등을 동그랗게 하고 의자에 앉아 있었고, 백모가 돌아가신 이후 줄곧 백부를 돌보아오던 가정부가 말했다.

"저어 목사님 어떠세요, 필립 씨에게 그 고기를 잘라달라 하시면?"

자신의 약점을 보이기 싫은 탓인지 자기 손수 잘라보려고 하던 백부는 그 말을 듣자 기쁜 모양이었다.

"하지만 식욕은 퍽 좋으신 편 아닙니까?"

"식욕은 언제나 좋은 편이야. 그러나 네가 지난 번 왔을 때보다는 훨씬 말랐지? 마르는 편이 훨씬 나아. 뚱뚱해지는 것은 질색이야. 위그램 의사도 마르니까 전보다 훨씬 좋아졌다는 것 같더라."

식사가 끝나자 가정부가 어떤 약을 가지고 들어왔다.

"처방전을 필립에게 보여줘요." 백부가 말했다. "그래도 의사니까 그것으로 좋은지 네게도 의견을 물어보고 싶구나. 난 위그램 선생에게 네가 의학 공부를 하고 있으니까 진찰료를 조금 감해주어야 한다고 말했지, 진찰료가 어찌나 비싼지 어이가 없구나. 두 달 동안 매일 왕진을 와주었는데 한 번에 진찰료가 오 실링이나 되니 말이다. 굉장한 돈이구나. 지금도 한 주일에 두 번씩 왕진을 와주는데 이젠 필요없다. 일이 있을 때 부르겠다고 말할 참이야."

필립이 처방전을 읽고 있을 동안 백부는 그를 빤히 바라보고 있었다. 처방은 마취제였다. 두 종류가 있었는데, 백부의 설명에 의하면 한쪽은 신경통이 견디기 힘들 때만 복용한다는 것이었다.

"무척 조심은 하고 있다. 아편 중독자가 되고 싶지는 않으니까 말이다."

백부는 필립의 문제는 도무지 화제에 올리지도 않았다. 필립은 생각했다. 백부가 자신의 경비를 자꾸 입에 담는 것은 필시 돈을 달라고 할 경우를 생각한 예방책에 틀림없다고. 이를테면 의사에게 얼마, 약국에 얼마가 들었으며, 또 앓는 동안은 매일같이 침실에 스토브를 피워야 했고, 요즘에는 일요일 날 교회에 나가는데 아침 저녁으로 마차를 타야 한다는 것들이다. 필립은 울화가 치밀어올라서 숫제 '걱정하실 것 없습니다. 큰아버지에게 돈을 빌릴 작정은 아니니까요.' 하고 말해주고 싶었으나 가까스로 그것만은 참았다. 이미 이 노인에게는 음식에 대한 즐거움과 금전에 대한 집착, 그 두 가지 외에는 음식에 대한 즐거움과 금전에 대한 집착, 그 두 가지 외에는 아무것도 없는 것 같았다. 늙은이의 놀라운 추함이었다.

오후에 위그램이 왕진을 왔다. 진찰이 끝난 후 필립은 정문까지 배웅을 했다.

"선생님의 의견은 어떻습니까?"

위그램은 올바르게 처리하기보다는 어떻게든지 잘못을 저지르지 않으려고 애쓰는 그런 사나이였다. 따라서 확실한 의견 같은 위험스러운 말은 될 수 있는 대로 하지 않았다. 그는 현재까지 삼십오 년이라는 긴 세월 동안 블랙스테이블에서 개업하고 있으나 매우 완전한 의사라는 정평이 있다. 그리고 사실, 그가 맡아보는 환자들의 대부분은 의사는 잘 보기보다는 안전한 편이 낫다고들 생각하고 있다. 블랙스테이블에는 새로 개업한 의사가 또 한 사람 있었는데 꽤 실력이 좋다는 평이었다. (여기에서 개업한 지 벌써 십 년이나 되었는데도 그는 아직 무허가 의사처럼 보이는 것이다.) 그러나 이 도시의 상류 계급 층에는 그다지 고객들이 없는 실정이다. 그 의사의 정체를 아는 사람이 아직 없기 때문이라는 것이다.

"아, 괜찮을걸세."

필립의 질문에는 이렇게 대답했다.

"특별히 나쁜 데라도 있나요?"

"그야 물론, 필립도 알다시피 백부님은 이미 젊은 청년은 아니시니까."

의사는 조심스러운 웃음을 띠면서 말했다. 그 말은 결국 백부가 아직 노인은 아니라는 말이기도 했다.

"하지만, 백부님은 심장이 몹시 나쁘다고 생각하시는 것 같던데요."

"하기는 심장이 그다지 좋지 않아." 가까스로 결심하고 하는 대답인 모양이었다. "웬만큼 조심하시지 않으면 안 되지 그럼, 조심해야지."

그렇다면 앞으로 얼마나 더 살 수가 있을까요, 하는 질문이 필립의 입에서 나올 뻔했으나 그것은 너무 노골적인 것 같아서 그만두었다.

이런 일에 대해서는 사회의 통념상 완곡한 표현이 요구되는 것이다. 그러나 대신 다른 질문을 한 순간 그는 문득 생각했다. 의사는 병자의 죽음을 기대하는 근친들의 속셈쯤엔 이미 익숙해 있는 것이 아닐까? 따라서 근친들이 말하는 슬픈 말 따위에서 빤히 본심을 들여다보고 있을 것이 틀림없다. 필립은 그 자신의 위선을 생각하며 엷은 쓴 웃음을 띠면서 눈을 내리깔았다.

"그렇다면 당장에 위험은 없다는 말씀이시군요?"

위그램은 무엇보다도 이런 질문을 싫어했다. 만약 앞으로 한 달도 못 갈 것이라고 말해주면 가족들은 틀림없이 사별의 준비를 하게 될 것이고, 만약 그 환자가 죽지 않으면 공연히 쓸데없는 걱정을 시켰다는 원망이 의사에게 돌아오게 마련이다. 그러나 반대로 앞으로 일 년은 염려 없을 거라고 말했는데 한 주일도 못 되어 맥없이 죽게 되면 대번에 그 의사는 엉

314

터리라고 하게 된다. 그렇게 빨리 죽을 줄 알았더라면 있는 대로의 애정을 쏟아주었을 것을 그랬다는 아쉬움이 앞서는 것이다. 위그램은 마치 손이라도 씻듯 손을 비비면서 결심하듯 말했다.

"글쎄, 지금 상태대로라면 그다지 큰 위험은 없으리라고 생각하지만, 그러한 한 가지 잊어서는 안 될 일은 말이지, 그분은 아무튼 젊은 사람이 아니거든. 기관도 꽤 낡았구. 이번 여름만 이럭저럭 넘기게 되면 올 겨울까지는 이 상태로 어떻게든 용케 견딜 수 있겠어. 그리고 겨울도 무사히 지내고 나면, 별일이 없지 않겠어?"

필립은 식당으로 되돌아왔다. 백부는 아직 앉아 있었다. 두건 같은 모자를 쓰고 크로셰 뜨기를 한 숄을 어깨에 덮고 있었는데 정말 보기 흉한 모습이었다. 가만히 아래만 보고 있다가 필립이 들어오자 그의 얼굴로 눈길을 돌렸다. 필립이 오는 것을 몹시 기다리고 있었던 것을 대번에 알았다.

"위그램 선생이 뭐라고 하시더냐?"

필립은 이 노인이 죽음을 두려워하고 있다는 것을 순간적으로 생각했다. 그는 좀 언짢아져서 저도 모르게 외면을 했다. 그는 항상 인정에 약하므로 괴로움을 당하곤 했다.

"퍽 좋아지신 것 같다고 하더군요."

희미하게 기쁜 빛이 노인의 눈에 감돌았다.

"하기야, 난 몸은 무척 단단하거든. 그리고 그 밖에 어떤 말을 하더냐?"

필립은 빙그레 웃었다.

"몸조리만 잘 하시면 백 살까지 염려없으시겠다더군요."

"그렇게야 살겠느냐만 적어도 팔십까지는 못 살 것도 없겠지. 어머니께서도 팔십사 세에 돌아가셨으니까 말이다."

백부의 의자 옆에는 조그마한 책상이 놓여 있었고 그 위에는 지금까지 몇십 년 동안 가족들에게 읽어주던 성서와 커다란 기도서가 놓여 있었다. 떨리는 손을 뻗어서 그 성서를 집어 들었다.

"태고 시절의 족장들은 모두가 무척 장수한 모양이더구나. 그렇지?"

야릇하게 웃는 얼굴을 보이면서 그는 말했다. 조심스럽게 무엇인가를 호소하는 것처럼 느껴졌다. 노인은 달라붙는 것처럼 생에 집착하고 있다. 그러면서도 그의 신앙이 가르치는 모든 사항은 맹목적으로 믿는 것이다. 그는 영혼의 불멸에 대해서는 추호도 의심하지 않는다. 그리고 그의 능력이 미치는 한은, 틀림없이 천당에 갈 수 있도록 온갖 힘을 다해서 올바른 생활을 해왔다고 생각하는 것이다. 오랜 목사 생활 동안에는 숱하게 죽어가는 사람에게 신앙의 위안을 베풀어주었다. 그것은 마치 자기 자신의 처방에서는 전혀 아무런 효험도 얻을 수 없다는 의사의 일생과도 흡사했다. 굳이 살고 싶다는 이 생에의 집착에는 필립도 당혹스럽고 놀라기도 했다. 이 노인의 마음속 깊은 곳에는 과연 어떠한 알 수 없는 공포가 있을까? 그는 이상하게 생각했다. 될 수 있다면 백부가 지니고 있는 영혼의 비밀을 캐내보고 싶었다. 그렇게 하면 그도 은근히 의심하고 있는 그 어떤 알 수 없는 것의 무서움이 모습 그대로 보일는지도 모르는 것이다.

  두 주일 간의 휴가는 눈깜짝할 사이에 지나고 필립은 다시 런던으로 돌아왔다. 팔월의 맹렬한 더위에 셔츠 차림으로 그림을 그리면서 지냈다. 점원들은 차례차례로 휴가를 얻어 나갔다. 밤이 되면 필립은 대개 하이드 파크에 나가서 음악을 들었다. 일에는 익숙해져서 피로도 한결 덜해졌고 마음은 오랜 동안의 정체에서 회복되어 무엇인가 새로운 활동을 찾고 있었다. 이제야말로 희망은 전적으로 백부의 죽음에 걸려 있었다. 그는 끊임없이 똑같은 꿈만을 꾸었다. 어느 날 아침 일찍 전보를 받아보니 백부가 죽었다는 통지다. 드디어 자유는 내 것이다! 그러나 잠에서 깨어 꿈에 지나지 않다는 것을 알았을 때 그의 마음은 암담한 노여움으로 꽉 차는 것이다. 그러나 이제는 언제 일어날지 모르는 일이라고 생각하자 필립은 열심히 장래의 계획을 빈틈없이 세웠다. 더욱이 그 계획에서는 언제나 면허를 딸 때까지의 일 년이란 세월은 단숨에 날아가버리고, 오랜 숙원이었던 스페인 여행에 대한 것만을 노상 생각하고 있었다. 스페인에 관한 책은 몇 권씩이나 공중 도서관에서 빌려다보았다. 뿐만 아니라 사진첩 등을 보고 어느 도시가 어떻게 생겼는가 하는 것까지 모두 외워버렸다. 코르도바 시를 방항하고 과달키비르 강에 놓여 있는 다리 위에서 있는 그 자신의 모습을 상상해볼 때도 있었고 또 그 톨레도의 꾸불꾸불한 거리를 지나서 수많은 교회를 차례차례로 방문하여 신비적 화가 엘 그레코가 마치 필립 자신을 위해서 마련해두었던 것같이 생각되는 그러한 비밀을 직접 그의 입으로 들을 때도 있었다. 마침내는 아델니까지 끼어들어서 필립이 소중한 것은 하나도 빠뜨리지 않도록, 일요일 오후 같은 때 곧 잘 둘이서 성심껏 유람 안내도를 만들곤 했었다. 초조한 마음을 억누르기 위해서 필립은 스페인 어를 혼자 공부하기 시작했다. 아무도 없는 해링튼 거리의 숙사 담화실에서 매일 밤 한 시간씩 연습을 하기도 했고, 《돈 키호테》의 멋진 문장은 영역을 대조해가면서 읽어보기도 했다. 한 주일에 한 번씩은 아델니가 레슨을 맡아주었다. 필립은 여행시에 도움이 될까 해서 몇 개의 문장을 암송하기까지 했는데, 그것을 보고 아델니 부인은 곧잘 웃곤 했다.

"두 분이 왜 그렇게 스페인 어에 열을 올리세요? 왜 좀더 유용한 일은 하시지 않죠?"

그러나 샐리(이제는 제법 커서 크리스마스에는 마침내 머리를 올릴 작정이라 한다)는 이따금 옆에 서서 아버지와 필립이 그녀에게는 전혀 통하지도 않는 외국어로 무언가 말을 주고받는 광경을 가만히 진지한 표정으로 듣고 있었다. 그녀에게는 그야말로 이 세상에서 가장 훌륭한 아버지였다. 따라서 그녀는 필립에 대해서도 모두 아버지의 칭찬만을 듣고 이야기했고 아래 동생들에게도 이렇게 말했다.

"아버지께선 필립 아저씨를 굉장히 훌륭하신 분이라고 늘 말씀하셨단다."

장남 도프는 이제는 퍽 커서 순양함 아래두사 호를 타기로 되어 있었다. 아델니는 장남 도프가 휴가를 얻어서 군복을 입고 돌아오면 얼마나 볼 만하겠느냐고 그 특유의 과장된 어조로 가족들을 기쁘게 했다. 샐리는 열일곱 살이 되면 재봉사의 견습생이 될 예정이었다. 아델니는 또다시 그 수사적인 언사를 써가는데 바야흐로 새끼 새들은 충분히 날개가 자라서 어미 새의 품안을 떠나버리는 것이라는 등 하다가는 눈물까지 흘리면서 언제든지 돌아오고 싶을 때엔 보금자리는 여기에 있다, 잠자리와 먹을 것은 항상 너희들의 것이며 아버지의 가슴은 아이들의 걱정 때문에 결코 닫히지지 않을 것이라는 말을 늘어놓는 것이었다.

"참 말도 많으시군요." 아델니 부인이 말했다. "그 애들만 착실하면 걱정이고 시중이고 그런 것이 없을 것 아니에요? 그리고 당신도 정직하고, 일하는 것을 싫어하지만 않는다면 해고당할 리는 없을 거라고 전 그렇게 생각해요. 그래요, 이 말만은 해둬도 괜찮으리라고 생각하는데요. 막내 아이가 자기 손으로 벌이를 하게 되면 전 조금도 슬프다고 생각하지 않을 거예요.”

해산과 과로와 끊임없는 걱정으로 인한 영향이 차츰 아델니 부인에게도 나타나기 시작했다. 이따금 밤이 되면 등이 쑤시고 아플 때가 있어서 할 수 없이 쉬지 않으면 안 될 때가 있다. 그녀가 꿈꾸는 행복의 이상은 하녀가 한 명 있어 힘든 일은 도와줄 것, 따라서 일곱시 전에 일어나지 않아도 된다는 것, 다만 그것뿐이었다. 그랬더니 아델니는 예쁘장한 하얀 손을 흔들면서 말하는 것이었다.

“아 베티, 우린 국가에서 표창을 받을 만하단 말이오. 튼튼한 자식을 아홉씩이나 길러냈구, 더욱이 사내 자식들은 군대에 나가서 국왕에게 봉사하겠다고 하고 계집 아이들은 또 그들대로 요리도 하고 바느질도 하고 그리고 때가 되면 또 튼튼한 아이들을 낳을 테니까 말요.” 하면서 그는 샐리를 보았으나 문득 자기 애기가 너무 용두사미격이 되어버렸다고 생각했는지 사뭇 그녀를 위로하는 듯한 표정과 과장된 어조로 되돌아와서 “아냐, 그냥 서서 기다리는 것만 하여도 봉사하는 일에 틀림없으니까 말요.” 하고 덧붙였다.

요즘에 와서는 아델니는 열심히 믿고 있으면서도 서로 모순투성이인 여러 가지 이론 속에 다시 사회주의까지 하나 더 첨가했다. 그리고 이제는 이런 말도 했다.

“만약 사회주의라도 되어보라지. 그러면 베티, 당신도 나도 굉장한 연금을 타게 될 테니까.”

“이센 세발 그 사회주의 이야긴 그만두어달라고 하잖아요. 난 질색이에요. 그건 게으른 놈들이 노동자를 미끼 삼아서 맛있는 국물을 짜먹는 것뿐이잖아요. 저의 신조는 지나친 간섭은 딱 질색이에요. 누구에게든 이러쿵저러쿵 말 듣기 싫은걸요. 난 어떤 괴로운 일이라도 어떻게 해서든지 거뜬히 해치울 작정이니까요. 남이야 어떻게 되든 알게 뭐예요!”

“그럼 당신은 사는 것이 고생이란 말이지?” 아델니가 말했다. “천만의 말씀! 그야 우리 생활에도 몇 번 고비야 있었지. 괴로운 일도 물론 있었어. 언제나 구차했지. 하지만 그래도 살아온 것은 참으로 잘했지 뭐요. 그렇구말구, 이 애들을 좀 보라구. 고생의 몇백 배나 되는 보답을 받고 있지 않소."

"말은 잘하시는군요, 당신은." 그녀는 화는 나 있지는 않았지만 약간 가벼운 경멸을 보였다. 조용한 눈길을 남편에게 돌리면서 말했다. "그야 당신은 아이들의 즐거운 면만 보시니까 그러시는 거예요. 그런데 저는 저 아이들을 낳고 모든 고생도 꾹 참아왔단 말예요. 저렇게 모두 훌륭하게 자라고 보면 절대루 싫다고는 하지 않아요. 그렇지만 전 만약 다시 이 세상에 태어날 수만 있다면 두 번 다시 결혼 따위는 하지 않겠어요. 암요, 만약 혼자라면 지금쯤은 자그마한 가게라도 하나 가지고 사오백 파운드 쯤은 은행에 예금을 할 거예요. 고된 일은 계집 아이라도 두고 시키면 될 테구요. 아아, 하지만 역시 다시 태어나긴 싫어요. 무슨 일이라도 할 수 있다 해도 절대로 싫어요."

필립은 생각했다. ──딴은 생각해보면 그야말로 몇 백만이라는 무수한 인간에게 있어서 산다는 것은 단지 끝없는 고생의 연속인지도 모른다. 아름답지도 않거니와 보기 싫지도 않은, 마치 계절의 변화를 조용히 보내고 맞이하는 것과 같은 마음으로 잠자코 체념하고 있는 것뿐인지도 모르는 것이다. 모든 것이 허무한 것이라고 생각하자 그는 심한 분노가 솟는 걸 느꼈다. 인생은 무의미하다는 신념은 그로서도 그다지 마음이 움직일 일은 못 되었다. 그럼에도 불구하고 사실 그가 보는 모든 것 또 그가 사색하는 모든 건 헛되이 이 확신을 강하게 해줄 뿐이었다. 분노에는 틀림없었지만 오히려 기분 좋은 분노였다. 무의미하다고 정해버리면 그 다음엔 인생도 그렇게 두렵지는 않다. 마침내 필립은 기묘한 확신을 가지고 인생을 대했다.

109

가을이 지나고 겨울이 되었다. 필립은 백부의 가정부인 포스터 부인에게 무슨 일이 생기면 연락해달라고 자기의 주소를 알려주기는 했으나, 그

래도 혹시 병원으로 편지가 와 있지나 않을까 하고 한 주일에 한 번은 반
드시 병원에 가보곤 했다. 그러던 어느 날 밤이었다. 그가 문득 보니까
두 번 다시 보고 싶지 않은 필적으로 그에게 보낸 편지가 한 통 꽂혀 있
었다. 야릇한 기분이 되었다. 잠시 동안은 집어들고 싶은 마음도 없었다.
불쾌한 기억이 되살아났다. 그러나 결국 초조한 기분이 들어 겉봉을 뜯
었다.

피스로이 스퀘어 구 윌리엄 가 칠 번지

　친애하는 필립
　잠깐 동안이라도 좋으니까 될 수 있는 대로 빨리 나를 좀 만나주실
수 없어요? 무척 난처한, 어떻게 했으면 좋을지 모를 일이 생겼어요.
돈 문제는 아녜요.

당신의 밀드레드

그는 편지를 갈기갈기 찢어서 한길로 나가 어둠 속에 뿌려버렸다.
“흥, 죽어버리라지.”
그는 중얼거렸다. 다시 그 여자의 얼굴을 볼 생각만 해도 참을 수 없는
혐오가 치밀어올랐다. 어떤 비참한 고통 속에 빠졌대도 내가 알게 뭐란
말인가? 그것은 자승 자박이라는 것이다. 증오만이 솟아서 한때라도 그
녀를 사랑했다는 것이 더욱더 불쾌했다. 속이 뒤집힐 것 같은 추억뿐이
었다. 필립은 템즈 강을 건너면서 거의 본능적으로 밀드레드의 추억에서
도망치려고 했다. 그러나 침대에 누워 있어도 도무지 잠이 오질 않았다.
그러나 도대체 무슨 일이 생긴 것일까? 혹시 병이라도 들어서 굶게 된
것은 아닐까? 그런 걱정이 아무리 애를 써도 머릿속에서 사라지지 않
았다. 어지간히 절망한 것이 아니면 그런 편지를 보냈을 보냈을 리가 없
을 것이다. 필립은 또다시 그런 생각을 안 할 수 없는 자신의 약한 마음에
화가 났지만, 이렇게 된 이상 한 번 만나보지 않고서는 마음이 진정되지
않는다는 것도 알고 있었다. 이튿날 아침 그는 엽서 한 장을 써서 상회로
나가는 길에 우체통에 넣었다. 될 수 있는 대로 태연한 투로 단지 걱정거
리가 있다니 안됐다고 하며 적어보낸 주소로 오늘 저녁 일곱시에 찾아가

겠노라고만 썼다.

　더러운 거리에 있는 지저분한 하숙집이었다. 그녀와 다시 만날 것을 생각하면 견딜 수 없었으나 아무튼 밀드레드가 집에 있는가를 물어보았다. 그러면서도 속으로는 제발 딴 곳으로 이사라도 해버렸으면 좋겠다고 얼마나 생각했는지 모른다. 얼른 보아도 사람들의 출입이 많은 것 같은 집이었다. 필립은 편지의 날짜를 보는 것을 잊었지만 생각해보니 언제부터 그 병원 편지함에 꽂혀 있었는지도 알 수 없는 일이었다. 초인종 소리에 나온 여자는 필립의 물음에는 대답도 하지 않고 아무말 없이 복도를 앞장서서 안내했다. 그리고 안쪽으로 깊숙한 한 방의 문을 노크했다.
　"밀러 부인, 손님이에요."
　문이 조금 열리고 겁먹은 얼굴로 밀드레드가 내다보았다.
　"어쩜, 당신이군요. 들어오세요."
　그가 들어가지 밀드레드는 문을 닫았다. 매우 작은 침실이었다. 그녀가 살던 방은 언제나 그러했지만 이 방 역시 말할 수도 없이 더러웠다. 마룻바닥에는 닦지도 않는 구두가 여기저기 한 짝씩 벗어던져져 있었고 작은 장롱 위에는 모자가 얹혀 있었고 그 옆에는 가발이 놓여 있었다. 탁상 위에는 블라우스가 있었다. 필립은 어디 모자라도 걸 곳이 없는지 찾아보았다. 문 뒤에 박혀 있는 못에는 스커트가 너절하게 걸려 있었는데 그 치맛자락은 진흙투성이였다.
　"좀 앉으세요, 네?" 하고 말하면서 밀드레드는 억지로 지은 듯한 웃음을 한 번 보이고 말했다. "내 편지를 받고 놀라셨지요?"
　"목소리가 몹시 쉰 것 같은데, 목이 아픈가요?"
　"네, 얼마 전부터 그래요."
　필립은 아무 말도 하지 않았다. 어째서 그녀가 만나고 싶어하는지 설명하기를 기다리고 있는 것이다. 방 안의 모양으로 봐서 모처럼 건져준 그 타락한 생활로 다시 돌아가 있는 것이 분명했다. 그런데 어린아이는 어떻게 되었을까? 벽난로 위에 어린아이의 사진이 놓여 있었으나 방 안에 어린아이가 살고 있는 것 같은 낌새는 전혀 없다. 밀드레드는 손수건을 들고 조그맣게 뭉쳐서 두 손으로 장난하고 있었다. 무척 흥분해서 어쩔 줄

을 모르는 모양 같았다. 가만히 벽 난로의 불을 보고 있기 때문에 필립 쪽
에서는 그녀와 용케 시선을 마주치지 않고도 그녀를 똑똑히 볼 수가 있
었다. 그녀는 언젠가 그를 버리고 나가버렸을 때보다 눈에 뜨이게 여위어
있었다. 누렇고 꺼칠꺼칠한 피부가 광대뼈를 덮고 있다. 전에는 머리를
물들였었는데 지금은 아마빛이 되어 있었다. 그녀는 무척 많이 변해서 전
보다 더 부드러워져 있었다.

"정말이에요. 당신의 답장 보고 겨우 마음을 놓았어요." 드디어 그녀가
먼저 말을 꺼냈다. "아마도 이제는 병원에 계시지 않으리라고 생각은 했
지만요."

필립은 대답하지 않았다.

"이젠 자격을 얻으셨겠지요?"

"아뇨."

"왜요?"

"나는 병원에 있지 않아요. 일 년 반쯤 전에 그만두었소."

"당신은 참 줏대가 없으시군요. 무엇 하나 차분히 붙어 있지 못하시는
가 보죠?"

필립은 잠깐 입을 다물었다. 그리고 그 뒤에 입을 열었을 때에는 얼음
처럼 싸늘한 말투였다.

"난 서투르게 증권을 샀다가 그나마 없던 돈도 몽땅 잃어버렸단 말요.
그래서 의학 공부도 계속할 수가 없게 되었지. 어떻게든지 해서 먹고 살
돈을 벌어야 했거든."

"그럼 지금은 무얼 하세요?"

"상점에 나가지."

"상점에!"

밀드레드는 얼른 그의 얼굴을 보았으나 곧 다시 눈을 돌렸다. 그렇게
생각한 탓인지 얼굴이 붉어진 것 같았다. 마음이 가라앉지 못하는 것처럼
줄곧 손수건으로 손바닥을 두드리고 있었다.

"그래도 의학 공부하신 것은 잊어버리진 않으셨겠지요?" 하고 그녀는
이상하게 한 마디씩 던지듯이 말했다.

"글쎄, 조금은 기억하고 있을까?"

 "만나고 싶었던 것은 그것 때문이었어요." 알아들을 수 없을 만큼 쉰 목소리가 되었다. "어디가 어떻게 나쁜 건지 도무지 알 수가 없어서 말예요."
 "어째서 병원에 안 가는 거지?"
 "병원엔 가기 싫은걸요. 학생들이 흘끔흘끔 볼 것 아녜요. 게다가 입원이라도 하라고 하지 않을까 하구."
 "어디가 아픈데?"
 마치 외래 환자실에서 환자에게 물었을 때와 같은 틀에 박힌 건조한 말투였다.
 "두툴두툴한 것이 생겼어요. 그런데 도무지 낫지가 않아요."
 순간 필립은 등골이 오싹했다. 이마에 식은 땀이 뱄다.
 "어디 목 안을 좀 보여봐요."
 그는 밀드레드를 창가로 데리고 가서 되도록 자세하게 보았다. 갑자기 그녀와 시선이 마주쳤다. 그녀의 눈은 무서울 만큼 공포에 싸여 있었다. 보기에도 견딜 수 없을 지경이었다. 완전히 겁을 먹고 있는 것이다.
 염려없다는 말을 한 마디 듣고 싶은 모양이었다. 호소하는 것처럼 그의 얼굴을 보았다. 지금 새삼 위로의 말을 요구할 용기는 없었지만 온 신경을 긴장시키고 그것을 기다리고 있었다. 그러나 필립은 그런 말을 할 수는 없었다.
 "꽤 나쁘군그래."
 "무슨 병일까요. 도대체?"
 병명을 일러주자 그녀는 얼굴이 새파랗게 질렀다. 입술도 빛을 잃어 노랗게 되어버렸다. 처음에는 소리도 내지 않고 울더니, 끝내는 목이 막히는 것처럼 흐느낌으로 변하자 하염없이 울기 시작했다.
 "참 안됐다고는 생각하지만 역시 말해줄 수밖에 없어."
 드디어 그가 말했다.
 "숫제 이대로 죽어버리는 게 낫겠죠."
 그러나 필립은 이제는 그런 협박에는 끄떡도 하지 않았다.
 "돈은 있나?"
 "육칠 파운드쯤이라면."

"아무튼 이런 생활은 그만둬야 해. 알겠어? 좀더 다른 일도 있을 텐데 말야. 내게는 이미 도와줄 수 있는 힘이 없군. 한 주일에 고작 십이 실링 벌이밖엔 못 하니까."

"그럼 도대체 어떻게 하면 좋아요?"

"바보군. 어떻게라도 해야 하잖아."

그는 우선 그녀 자신에게 위험하다는 것과 다음에는 다른 사람에게 미치는 위험성에 대해서 다시 한 번 엄숙하게 말해주었다. 밀드레드는 불쾌한 듯이 듣고 있었다.

그도 일단은 위로해주었다. 결국 그가 충고한 대로 하겠다는 대답을 억지로 하게 했다. 그는 처방전을 써주고 이웃에 있는 약국에 맡겨둘 테니 약은 반드시 시간을 지켜서 꼬박꼬박 먹도록 다짐을 했다. 그리고 일어나서 손을 내밀어주었다.

"그렇게 실망할 건 없어. 목은 곧 나을 테니까." 그러나 그가 가려고 하자 그녀의 얼굴이 갑자기 경련하듯 일그러지더니 그의 윗도리를 꼭 붙잡았다.

"아! 저를 버리시면 싫어요." 목쉰 소리로 외치기 시작했다. "저는 무서워요. 제발 저 혼자 버려두고 가지 마세요. 부탁이에요. 누구하고 의논할 사람도 없고 친구라고는 당신뿐이에요."

그에게는 그녀의 혼의 공포가 느껴지는 것 같았다. 그것은 백부가 역시 죽음의 겁을 먹고 있었을 때에 눈에 나타냈던 공포와 이상하리만큼 똑같았다. 필립은 그녀를 보던 시선을 내리깔았다. 생각해보면 여자는 두 번씩이나 자기의 생활에 끼어들어와서 자기를 불행하게 만들었다. 지금 와서는 자기에게 아무것도 요구할 자격이 없는 여자다. 그러면서도 필립은 무엇인지는 모르지만 가슴 한 구석에 이상하게 꺼림칙한 것이 있었다. 밀드레드의 편지를 받았을 때 그녀가 말한 대로 여기까지 오지 않으면 아무래도 마음의 안정을 얻을 수 없었던 것도 역시 그러한 것이었다.

'나는 언제까지나 이 여자를 떼어버릴 수는 없는 것 같군.' 하고 그는 마음속으로 생각했다.

다만 난처한 것은 그녀에 대해 일종의 알 수 없는 육체적인 혐오감이 앞서서 그것 때문에 그녀 곁에 있기만 해도 고통스러웠다.

"그럼 날더러 어떻게 하란 말이오?"

"같이 나가서 식사나 해요. 제가 살 테니까요."

그는 잠깐 망설였다. 완전히 손이 끊겼다고 생각했던 그녀가 지금 다시 그의 생활 속으로 기어들어오려는 것같이 느껴졌다. 그녀는 기분이 나빠질 만큼 불안스러운 눈길로 필립을 지켜보고 있는 것이었다.

"그야 당신에게 말할 수 없이 잔혹한 행동을 한 것은 잘 알고 있어요. 하지만 오늘만은 나를 버리고 가지 마세요. 당신은 이미 내게 톡톡히 복수를 한 셈 아니에요? 지금 당신이 나를 버리고 가면 나를 정말 어떤 짓을 할지 모르겠어요."

"아, 알았어. 신경 쓰지 않아. 하지만 이번엔 아주 값싼 것으로 해야 해. 나도 요즘은 막 써버릴 돈이라곤 한 푼도 없으니까."

밀드레드는 앉아서 신을 신었다. 그리고 스커트를 갈아입고 모자를 썼다. 그들은 나란히 걸어서 토텐함 코트 거리에 있는 레스토랑에 들어갔다. 필립은 이런 시간에 식사하는 습관은 이미 사라졌고 밀드레드도 목이 아파서 삼킬 수가 없었다. 두 사람은 찬 햄을 조금 먹고 필립은 맥주를 한 잔 마셨다. 전에는 매일같이 그랬었지만 둘은 마주 앉아 있었다. 필립은 여자도 역시 그때를 생각하고 있을까 하고 생각했다. 두 사람 다 할 이야기는 없었다. 만약 필립이 억지로라도 화제를 찾아내지 않는다면 아마도 그들은 말이 없는 채 끝났을지도 모른다. 레스토랑의 밝은 조명, 그리고 그 끝없이 계속해서 모습을 비춰볼 수 있는 값싼 거울벽에 둘러싸여서 그녀는 한층 더 늙고 해쓱해 보였다. 필립은 어린아이의 일이 궁금했지만 그렇다고 해서 물을 만한 용기도 없었다. 그러나 마침내 밀드레드가 말을 꺼냈다.

"저어, 아시겠죠? 어린애가 지난 여름에 죽었다는걸."

"뭐라구?"

"불쌍하다고 한 마디쯤 하셔도 좋잖아요?"

"아니, 차라리 잘 되었지, 그편이."

그녀는 그를 흘끔 보았다. 그가 말하는 의미를 알아차리자 얼른 외면했다.

"하지만 당신은 한때 그 애를 무척 귀여워하지 않았나요. 난 어쩌면 남의 자식을 그렇게 사랑할 수 있을까 하고 당신은 참 우스운 분이라고 노상 생각했었어요."

식사를 마치자 집으로 돌아오는 길에 그들은 약방에 들러서 필립이 아까 부탁해두었던 약을 가지고 왔다. 그 더러운 하숙방으로 돌아온 후 그녀에게 우선 일회분을 먹게 했다. 그러고는 필립이 해링튼으로 돌아갈 시간이 될 때까지 함께 앉아서 이야기를 했다. 무어라고 할 수도 없을 만큼 지루했다. 그로부터 필립은 매일 밀드레드를 만나러 갔다. 그녀는 필립이 처방한 약을 먹고 그가 시키는 대로 잘 지켰다. 그 효과는 즉각 나타나서 그녀도 필립의 기술을 단단히 믿게 되었다. 병이 나아짐에 따라서 점점 기운도 생겼다. 이야기도 곧잘 하게 되었다.

"이젠 일자리만 구하면 돼요. 나에게는 이번 일이 참 좋은 경험이었어요. 절대로 헛되지 않게 할 작정이에요. 정말이에요. 당신을 위해서도 두 번 다시 그런 바보 같은 생활은 않겠어요."

필립은 그녀와 만날 때마다 일자리를 찾았느냐고 물어보았다. 그녀는 그다지 허둥지둥할 것은 없다, 언제든지 찾으려고만 하면 얼마든지 할 수 있고, 게다가 돈도 아직도 조금 남아 있으니까 한두 주일 동안은 아무것도 안 해도 괜찮을 것이라고 하는 것이었다. 그래서 그 두 주일이 지난 후 이번에는 좀더 적극적으로 독촉해보았다. 그러나 밀드레드는 필립의 말을 웃어넘길 뿐이었다. 그녀는 이젠 제법 쾌활해졌고 필립에게 무척 귀찮게 구는 사람이라고 말하기도 했다. 그녀는 식당에라도 나가고 싶은 모양이었는지 지금까지 몇 사람의 음식점 마담들과 만나서 둘은 이야기를 길게 늘어놓기도 했다. 확실한 것은 아직 아무것도 결정되지 않았지만 다음 주초에는 어떻게 결정될 것이라고 했다. 서둘러보았자 소용도 없고 자기에게 맞지 않는 일을 맡게 되면 결국 골치 아픈 일이 될 것 아니냐고 반문했다.

"그런 말을 하면 어떡하지?" 필립은 다소 화를 내며 말했다. "아무 일이라도 잡히는 대로 해야 돼. 내게는 도와줄 힘이 없고 당신 돈도 언제까지나 남아 있을 게 아니잖아?"

"그래요, 하지만 되든 안 되든 한 번 해보는 거죠. 아직 조금은 남아 있으니까요."

그는 밀드레드를 날카로운 눈으로 노려보았다. 자기가 여기에 찾아온 지 벌써 삼 주일이 지났다. 그때 그녀는 칠 파운드도 갖고 있지 않았을 것이다. 그렇다면 매우 의심스러워진다. 그는 그녀가 말한 몇 가지 이야기를 다시 생각해보았다. 그리고 그것들을 연결시켜 생각해보니 과연 그녀가 진심으로 일자리를 찾고 있는지조차 의심쩍었다. 아마 처음부터 거짓말만 해온 것일 것이다. 아무리 생각해보아도 그녀가 가진 돈이 이렇게 오래 갈 리는 없었다.

"방세는 얼마요?"

"그건 말이죠, 이 집 주인 아주머니는 다른 아주머니들과 달라서 참 진철한 사람이에요. 방세는 언제든지 형편 좋을 때 내도 좋다고 아주 인심 좋게 봐주는걸요."

그는 아무 말도 하지 않았다. 문득 짐작되는 점이 있었으나 너무 잔혹인 일이었기 때문에 입 밖에 낼 수가 없었다. 또 설사 물어보았대야 헛일이었을 것이다. 그런 일은 없다고 할 것이 뻔했다. 확인하려고 하면 그가 직접 알아보는 수밖에 없었다. 매일 밤 여덟시에는 돌아가기로 했기 때문에 그는 그날도 시계가 여덟시를 치자 일어났다. 그러나 그는 바로 해링튼의 숙사로 돌아가는 대신 피스로이 광장의 한 모퉁이에 섰다. 거기에 서 있기만 하면 윌리엄 거리로 걸어오는 사람은 모두 볼 수 있었다. 그는 오랜 시간 동안 기다렸다. 역시 자기의 추측이 틀렸었나 보다, 하고 막 돌아가려는 순간이었다. 칠 번지의 문이 열리며 밀드레드의 모습이 나타났다. 필립은 어둠 속에 숨어서 그녀가 가까이 다가오는 것을 기다리고 있었다. 그녀는 그 방 안에서 본 엄청나게 많은 깃털 장식이 달린 모자를 쓰고, 그가 본 일이 있는 이런 거리에서는 너무 화려하고 전혀 계절에도 어울리지 않는 드레스를 입고 있었다. 그는 천천히 그녀의 뒤를 밟아서 토텐함 코트 거리까지 왔다. 거기까지 오자 밀드레드는 갑자기 걸음을 늦추었다. 그리고 옥스퍼드 가의 모퉁이에 오자 잠깐 걸음을 멈추고 사방을 둘러본 다음, 뮤직 홀 쪽으로 길을 건너갔다. 그는 얼른 뒤쫓아가서 그녀의 팔을 잡았다. 그녀는 볼연지를 바르고 입술을 새빨갛게 칠하고 있었다.

"어디로 가지, 밀드레드?"

 그의 목소리를 듣고 그녀는 놀랐으나 순간 언제나 거짓말을 하다가 들키면 하는 버릇대로 얼굴을 붉혔다. 그리고 다음 순간에는 언제나 보아왔던 것처럼 그녀의 두 눈에는 삽시간에 분노의 빛이 떠올랐다. 상대방을 욕하는 것으로 자신을 방위하려는 본능적인 그녀의 수단이었다. 그러나 그녀도 혀 끝까지 나온 말을 차마 입 밖에 낼 수는 없었던 것 같았다.

 "어머, 잠깐 극장에 가서 쇼라도 볼까 했던 거예요. 매일 밤 혼자 있으면 정말 우울해서 견딜 수가 없는걸요."

 그는 이제는 속지 않았다.

 "안 돼! 그만큼 위험하다고 말해주었잖아. 이런 짓은 당장 그만두어야 해."

 "왜 이렇게 귀찮게 굴죠? 내가 어떤 방법으로 살아가든 당신 따위가 무슨 상관이에요!"

 그는 여자의 팔을 움켜잡고 거의 무의식적으로 질질 끌고 돌아가려 했다.

 "제발 이리 오란 말야. 내가 집까지 데려다주지. 당신은 자기가 어떤 행동을 하고 있는지 모르고 있단 말야. 죄가 되는 거야. 형법상의."

 "그런 걸 누가 알아요! 위험한 건 그 사람들이죠. 남자들이 내게 얼마나 친절하게 해주었다는 거죠? 그런 사람들의 일을 누가 생각해준단 말예요!"

 밀드레드는 필립을 밀쳐버리고 입장권 판매소로 걸어가서 돈을 밀어넣었다. 필립의 주머니 속에는 겨우 삼 펜스밖에 없었다. 이 이상 더 그녀를 따라갈 수 없었다. 그는 발길을 돌려 옥스퍼드 가로 천천히 걸어갔다.

 "이 이상 내게는 아무런 힘이 없어." 하고 그는 혼자 중얼거렸다.

 이것이 마지막이었다. 그 후 필립은 다시는 밀드레드의 모습을 본 일이 없었다.

110

 그 해의 크리스마스는 마침 목요일이었기 때문에 가게도 나흘 동안 쉬게 되었다. 필립은 백부에게 편지를 써서 크리스마스 휴가 중 목사관으로 돌아가는 편이 좋겠느냐고 물어보았다. 포스터에게서 회답이 왔는데 백부는 이제 손수 편지를 쓸 수 없지만 만나고 싶으니 부디 돌아올 수 있다면 참으로 고맙겠다고 하신다고 씌어 있었다. 돌아갔을 때 그녀가 현관에서 맞아주면서 말했다.

"지난 번에 오셨을 때보다는 훨씬 약해지셨어요. 그렇지만 그런 것은 조금은 모르는 체해주세요. 자신의 몸에 대해서 너무 지나치게 신경을 쓰시니까요."

필립은 고개를 끄떡여 보였다. 그리고 그녀는 식당으로 안내해주었다.

"목사님! 필립 조카님이 오셨습니다."

백부는 이미 빈사 상태의 병자였다. 움푹 들어간 뺨, 시들어빠진 몸을 보아도 이젠 틀림없었다. 그는 팔걸이의자에 웅크리고 앉아서 묘하게 자리를 뒤로 젖히고 어깨에는 숄을 걸치고 있었다. 지금은 이미 지팡이 없이는 걷지도 못하고 손도 떨려서 식사나 겨우 할 정도였다.

'이젠 아무래도 머지않았구나.'

백부를 바라보면서 필립은 그런 생각을 했다.

"그래 어떠냐? 내 모습이 전번에 왔을 때보다 많이 달라졌겠지?"

"여름보다는 한결 좋아지셨습니다."

"더위 때문이었을 거야. 난 더위만은 질색이어서 말이다."

지난 몇 달 동안의 필립의 생활이라고 하면 침실에서 보낸 몇 주일과 아래층에서 보낸 몇 주일, 단지 그것뿐이었다. 그는 자기 곁에 준비해놓은 조그만 종 하나를 말하면서 흔들어 바로 옆방에서 대기하고 있는 포스터를 불러내서는 처음 자기가 거실을 나온 게 언제였는지를 물어보는 것이었다.

"십일월 칠일이었습니다. 목사님."

이 말을 필립이 어떻게 받아들일지 살피는 것처럼 백부는 필립의 얼굴을 보았다.

"그렇지만 내 식욕은 아직 괜찮지, 포스터?"

"그렇구말구요. 얼마나 잘 잡수신다구요."

"그런데도 도무지 살이 안 찌는 것 같아."

벌써 그에게는 건강 이외에는 아무런 관심도 없는 것 같았다. 단 한 가지 일만을 끈덕지게 생각하고 있었다. 그것은 바로 산다는 것이었다. 생각하면 단조롭기 그지없는 생활이며 몰핀의 힘을 빌리지 않으면 잠을 이룰 수 없는 끊임없는 통증, 그럼에도 불구하고 그저 살아 있고 싶은 것이다.

"병원에 내는 돈이 엄청나게 많아서 말이다." 하면서 또 종을 흔들었다. "포스터, 필립에게 약구의 청구서를 보여주시오."

그녀는 잠자코 벽장에서 그 청구서를 끄집어내어 필립에게 주었다.

"그게 글쎄 일부뿐인 게 그렇다. 그래서 실은 너는 의사니까 좀더 싸게 구해줄 수가 없을까 생각하고 있던 참이다. 직접 백화점에서 사올까도 생각했지만 그렇게 하려면 우표값이 적잖이 들게 될 것 같아서 말이다."

필립의 일 같은 것은 관심도 없는 것 같았다. 지금은 어떻게 하고 있는가 하고 단 한 마디도 묻지 않았다. 그러나 필립이 돌아온 것만은 그래도 기쁜지 언제까지 있을 수 있느냐고 물었다. 화요일 아침에는 떠나야 한다고 하니까 좀더 오래 있을 수 없느냐고 물었다. 그리고 자기의 증상을 소상하게 말해주었으며 의사가 한 말을 하나도 빠뜨리지 않고 되뇌곤 했다. 그리고 또 갑자기 말을 멈추고는 종을 흔들었다. 포스터가 들어오자 말했다.

"아니, 혹시 있는지 그저 확인해보고 싶었을 뿐이오."

그녀가 나가버리자 백부는 필립에게 자기의 심정을 설명해주고 그녀가 바로 옆에 없으면 도무지 불안해서 견딜 수가 없다고 했다. 어떤 일이 일어나더라도 그녀는 모든 처리를 잘 알고 있기 때문이라고 했다. 필립은 그녀가 몹시 지쳐 있고 눈은 수면 부족 탓인지 몹시 졸린 듯한 것을 보고 조금 과로한 것이 아니냐고 물어보았다.

"천만에!" 하고 백부는 대답했다. "그 여자는 말처럼 튼튼한 여자인 걸." 그리고 얼마 안 있다가 그녀가 약을 먹이기 위해서 들어오자, "필립이 당신의 일이 좀 과하지 않느냐고 말하는데 어떻소, 당신은 내 병구완을 하는 것이 마음에 들겠지, 그렇지?"

"그럼요, 그렇구말구요. 전 아무렇지도 않습니다. 제가 할 수 있는 일은 무엇이고 기꺼이 해드리겠습니다."

이윽고 약의 효력이 나타나서 백부는 잠이 들어버렸다. 필립은 부엌으로 가서 정말 견뎌낼 수 있겠는가 어떤가를 물어보았다. 사실 지난 몇 달 동안은 쉴 겨를도 없었다는 것을 알고 있었기 때문이다.

"하지만 어쩔 수 없는 일이 아니겠어요?" 그녀는 대답했다. "목사님께서는 절 무척 의지하고 계신걸요. 때로는 터무니없이 무리한 말씀을 하실 때도 있지만 사실은 저는 목사님께서 세상을 떠나시기라도 하는 날이면 어떻게 해야 좋을지 모르겠어요."

이 여인은 진정으로 백부가 좋은 것이다. 몸을 닦아주고, 의복을 입혀주며, 음식까지 먹여주고, 게다가 밤에는 또 틀림없이 대여섯 번은 일어나야 한다. 왜냐하면 그녀는 백부의 바로 옆 방에서 자는데 백부는 눈을 뜨면 반드시 그녀가 올 때까지 줄곧 종을 흔들곤 했기 때문이다. 백부는 내일 죽을지, 또는 몇 개월 가량 더 견뎌낼지 모르는 사람이었다. 남을 이토록 참을성있게 살뜰하게 돌본다는 것은 참으로 이상하다면 이상했다. 그러나 한편 백부의 시중을 돌보아줄 사람이 여자 외에 아무도 없다는 사실은 참으로 비극적인 일이었다.

이렇게 되고 보면 백부가 한평생 설교해온 종교라는 것도 결국 형식적인 것에 불과한 것 같다. 딴은 일요일마다 부목사가 와서 그를 위해서 성찬식(聖餐式)을 집행해주고, 또 백부 자신도 가끔 성서를 읽었지만 그가 죽음을 두려워하고 있는 것만은 분명했다. 죽음이 영원한 삶에의 문이라는 것은 믿고 있었지만, 백부는 그 삶에 뛰어드는 것을 싫어했다. 끊임없이 격동에 시달리고 있는 몸은 의자에 못박힌 것이나 마찬가지여서 이미 문 밖에 나갈 희망이라고는 전혀 없어지고 말았다. 간신히 고용된 여자의 손으로 마치 어린 아이처럼 다뤄지고 있는 형편이지만 그래도 더욱 필사적으로 이 삶에 달라붙고 있는 것이다.

필립에게는 한 가지의 의문이 있었다. 어차피 물어보았댔자 백부의 입에서는 평범하고 진부한 대답밖에는 듣지 못할 것을 알고 있었기 때문에 아예 물어볼 생각조차 하지 않았다. 즉 그 의문이라는 것은 이제야말로 육체라는 그의 기계가 가련할 만큼 소모되고 있는 셈인데, 그런데도 아직 마지막까지 혼의 불멸을 믿고 있는 것일까 하는 것이었다. 아마도 영혼의 밑바닥에는 신 같은 그런 것은 존재하지 않는다, 죽은 뒤에는 다만 허무에 지나지 않는다는 것을, 차마 입 밖에 내서 말할 수 없을 뿐이지 사실은 생각하고 있는 것이 아닐까 하는 것이었다.

　박싱 데이의 밤, 필립은 백부를 시중 들며 식당에 앉아 있었다. 다음날 아침 아홉시까지 근무처에 닿을 수 있도록 일찍 떠나야 했기 때문에 밤 동안에 인사를 해둘 셈이었다. 백부는 꾸벅꾸벅 졸고 있었다. 필립은 창 가에 있는 안락의자에 누운 채 읽던 책을 무릎 위에 놓고 멍청하니 방 안을 돌아보았다. 이 방 안에 있는 세간을 팔면 얼마나 될까? 그는 집 안을 한 바퀴 돌아다니면서 어린 시절부터 낯익은 물건들을 이미 대충 조사해 놓았다. 사기그릇 종류가 다소 있었다. 이것만은 웬만큼 값이 나갈 것도 같았다. 런던으로 가지고 가는 편이 좋을지도 모른다고도 생각했다. 그러 나 세간은 마호가니 제의 빅토리아 왕조 풍이고 견고하기는 했지만, 모두 모양없는 것들뿐이어서 경매에 붙여보아도 몇 푼 될 것 같지 않았다. 책 은 삼사천 권은 족히 되지만 하나도 팔리지 않을 책뿐이라는 것은 한 번 만 보아도 분명했다. 모두 백 파운드도 안 될 것이다. 백부로부터의 유산 이 얼마나 될 것인지 필립으로선 도저히 알 도리가 없었다. 학교의 전 과 정을 마치고 자격을 얻고 그 뒤 자기가 일하고 싶다고 생각한 병원 근무 를 하는 동안에 먹고 살자면 최저 얼마간의 비용이 들 것인가. 이것도 벌 써 수십 번 계산해보았으나, 오늘 밤 다시 그것을 해보았다. 그는 뒤치락 거리면서 얕은 잠을 자고 있는 백부의 모습을 물끄러미 바라보았다. 시들 어서 쭈그러진 얼굴에는 이미 인간 비슷한 것은 무엇 하나 남아 있지 않다. 무언가 기묘한 동물의 얼굴이다. 필립은 생각했다. 이제는 아무런 소용도 없는 이 생명을 끊는 것쯤은 그야말로 대수로운 일이 아니다. 포 스터가 매일 밤 백부의 잠자는 약을 만들곤 했는데, 그럴 때 그는 몇 번씩 그것을 생각했는지 모른다. 약병이 두 개 있었다. 한쪽은 매일 정해놓고 먹는 약이고, 또 하나는 통증이 심해서 견딜 수 없을 때에 먹는 아편제 였다. 포스터는 이 약의 일회분을 따라서 백부의 베개 머리에 놓아두는 것이다. 대개 새벽 세시나 네시경에 그 약을 마시는 모양이었다. 이 분량 을 두 배로 늘여놓는 것쯤 아무것도 아니다. 그렇게 하면 백부는 밤 사이 에 죽어 있고 수상하다고 생각하는 사람은 한 사람도 없을 것이다. 사실 위그램 의사도 백부는 마지막에는 그렇게 죽을 게 뻔하다고 말하고 있었다. 그러면 고통도 아무것도 없을 것이다. 필립은 몹시 탐이 나는 이 유산을 생각하면 자기도 모르게 두 주먹을 움켜쥐었다. 이 노인에게 있어서 앞으로 몇 개월의 비참한 생명 같은 것이 어떻게 되든 괜찮을 것이었다. 그러나 마찬가지의 그 몇 개월이 필립에게는 죽느냐 사느냐의 갈림길에까지 이르는 것이었다. 내일부터 다시 가게의 일을 해야 한다는 것을 하면 그는 몸서리가 쳐졌다. 지금은 응어리처럼 뭉쳐 있던 바로 그 생각이 또다시 머리에 떠올라와서 가슴이 심하게 뛰었다. 아무리 떨어버리려고 해도 떨어지지 않는 것이다. 문제도 안 되는 일이다. 참으로 쉬운 일인 것이다. 백부에 대해서 친밀감 같은 것은 물론 없었다. 좋아했던 일은 한 번도 없었다. 한평생 동안 참으로 이기적인 사나이였다. 그를 존경해 마지않았던 부인에게 대해서도 제멋대로였고 자기가 맡았던 아이에 대한 것은 전혀 돌보지 않았다. 별로 냉혹한 인간이라고까지는 할 수 없지만 그저 바보이고 완고한데다가 지저분한 관능적인 허욕도 없지는 않았다. 아아, 해치우려면 문제없는 일이다. 참으로 쉬운 일인 것이다. 그러나 역시 용기가 없었다. 후회가 두려웠다. 만약 일생을 내내 후회만을 되풀이하면서 살아야 한다면 돈 같은 것이 생긴들 무슨 소용이 있단 말인가? 후회 따위는 아무 소용도 없는 일이라고 아무리 자기 자신에게 타일러보아도 또다시 마음 깊숙한 데서 무엇인가가 머리를 쳐드는 것이 있어서 그를 괴롭히는 것이었다. 그러한 양심의 가책은 싫었다.

이윽고 백부가 눈을 떴다. 필립은 안도의 숨을 몰아쉬었다. 왜냐하면 이번에는 백부의 얼굴에서 다소 인간다운 면을 보았기 때문이었다. 몇 차례인가 그의 머리에 떠올랐던 그 계획을 생각하자 저도 모르게 몸이 오싹해졌다. 그는 분명히 살인을 꾀하고 있었던 것이다. 딴 사람도 그와 같은 일을 생각할까? 아니면 자기만이 그런 생각을 품을 수 있는 악인일까? 막상 마지막 순간이 되면 실행하지 못할 것이란 것은 알고 있다. 그러나 그러면서도 생각만은 또 떠올라온다. 선뜻 손을 대지 못하는 것은 다만 두렵기 때문이다. 백부가 입을 열었다.

"필립, 넌 설마 내가 죽는 것을 기다리고 있는 것은 아니겠지?"

필립은 순간 심장이 커다란 소리를 내며 뛰는 것을 느꼈다.

"원, 천만에요."

"그것 참 고맙구나. 그렇게만은 생각하지 말아주었으면 싶구나. 하기야 내가 죽으면 얼마간의 돈이 네 손에 들어가겠지만, 그런 걸 기다리면 못 쓴다. 그런 생각은 네 신상에도 좋지 않아."

그는 나직한 목소리로 중얼거리는 것처럼 말했다. 그러나 그 어조에는 어딘가 야릇한 불안감마저 깃들어 있었다. 필립은 심한 통증을 가슴에 느꼈다. 어떠한 이상스러운 직감이 이 노인에게 그의 마음속의 기괴한 소망을 억측하게 만든 것일까?

"아직 앞으로 이십 년쯤은 더 사실 겁니다."

"허어, 그렇게 오래야 가겠느냐. 하지만 몸조리만 잘 하면 삼사 년은 더 살아도 나쁠 것은 없겠지."

그리고 그는 잠깐 말을 끊었다. 필립은 무어라고 대답해야 좋을지 알 수 없었다. 그러자 또 노인은 아까부터 줄곧 생각하고 있었던 것처럼 말했다.

"인간은 누구나 살 수 있는 데까지는 살 권리가 있다는 것이겠지."

필립은 백부의 마음을 다른 곳으로 돌려보려고 했다.

"다른 말씀이지만, 윌킨슨에게서 혹 편지가 없었나요?"

"왜? 있었지. 올해도 언젠가 한 번 편지가 왔었지. 그 애도 결혼을 했다더구나."

"정말인가요?"

"그렇다니까. 후처 자리로 갔다는구나. 제법 재미있게 사나보더라."

111

다음날부터 필립은 다시 일하러 나갔다. 한편 고대하던 백부의 별세는 몇 주일이 지나도 닥쳐오지 않았다. 주가 달이 되고 겨울도 지나가고 공원의 수목들은 또다시 새싹이 움텄다. 필립에게는 심한 허탈 상태가 계속되었다. 무거운 발걸음이었기는 했지만 시간은 용서없이 흘러간다. 아아, 벌써 청춘도 사라져간다. 이제 곧 모든 것을 완전히 잃어버리게 되고 무엇 하나 해놓은 것은 없다는 것이 되어버리는 걸까? 그만두어야겠다고 생각하고부터는 가게의 일이 점점 더 하찮게 생각된다. 의상 도안가로서의 기술은 제법 숙달되어서 독창성은 없어도 프랑스의 유행을 영국 시장에 맞춰 변형하는 것에는 제법 훌륭한 요령을 터득하고 있었다. 때로는 자기 자신으로서도 감탄할 만한 그림도 그릴 수 없는 것은 아니었지만, 다만 반드시라고 해도 좋을 만큼 제작 과정에서 못 쓰게 되곤 한다. 모처럼의 자신의 구상이 제대로 버젓한 물건이 되지 않는 경우, 그 역시 몹시 화가 나는 것을 깨달았을 때 제가 생각해도 우스웠다. 물건을 내놓는 데는 매우 마음을 써야 했다. 필립이 어떠한 독창적인 생각을 제안하면 샘슨 씨는 덮어놓고 물리쳐버리고 만다. 그의 말로는 이곳의 고객들은 일체 색다른 것을 좋아하지 않는다는 것이다. 모두가 매우 평범한 상인 계급의 사람들뿐이기 때문에 그러한 종류의 손님들과 연줄이 닿아 있는 이상 그들의 기호에 반대되는 것은 받아들일 수 없다는 것이다. 그는 한두 번 샘슨 씨에게 심하게 야단 맞은 일도 있었다. 때로는 필립의 구상이 자기의 생각과 일치되지 않을 때에는 풋내기가 우쭐대고 있구나 하고 생각되는 모양이었다.

"젊은 친구, 조심하는게 좋을걸. 그렇지 않으면 모가지 잘리지 않는다고는 할 수 없단 말이야."

필립은 코빼기를 보기 좋게 한 대 때려줄까 생각하다가 역시 그만두었다. 여하튼 여기에 있는 것도 그다지 오래지는 않을 것이다. 그렇게 되면 이 사람들하고는 작별하는 것이다. 그러면서도 그는 때때로 절망한 나머지 놀란 것처럼 외쳐댈 때가 있다. 어떻게 생겨먹은 몸이냐! 백부의 몸은 틀림없이 무쇠로 만들어졌을 것이다. 그의 질병으로 말하면 보통 사람이면 이미 일 년도 전에 죽었을 게 틀림없다. 그래서 정작 위독하다는 통지를 받았을 때에는 딴 일에 정신이 팔려 있던 필립은 오히려 의외인 것 같아서 놀랐을 정도였다. 그때는 벌써 칠월이고 두 주일 가량만 지나면 휴가를 얻어서 찾아갈 작정이었던 것이다. 그런데 포스터에게서 편지가 와서 의사의 이야기로는 이제는 오래 가지 못한다는 것이며 만나고 싶거든 지금 곧 오도록 하라는 것이었다. 필립은 사입계의 샘슨 씨에게로 가서 그만두어야겠다고 말했다. 샘슨도 아주 막힌 사람은 아닌지라, 자세한 사정 이야기를 듣자 더 이상 이러니저러니 하지 않았다. 필립은 동료 사원들에게 작별 인사를 했다. 그가 퇴직하는 이유는 이미 부대 사람들

사이에 제법 과장된 형태로 소문이 퍼져 있어서 아주 어마어마한 돈이라도 굴러들어온 것처럼 생각하고 있었다. 호지스는 눈물을 글썽거리면서 그의 손을 잡았다.

"그럼 좀처럼 뵙기 어렵겠네요?"

"그렇지만, 저는 여길 그만두는 것이 여간 기쁘지가 않습니다."

그러나 이상한 것은 지금까지 그토록 싫기만 하던 이 사람들도 막상 이별하게 되자 솔직하게 말해서 매우 슬펐다. 해링튼 거리의 숙사를 떠나올 때에는 오히려 마음이 무거웠다. 그리고 이러한 경우에 그가 느낄 감정을 오래 전부터 미리 생각했었던 만큼 지금에 와서는 도리어 아무렇지도 않았다. 마치 짧은 휴가라도 얻어서 떠나는 것 같은 오히려 가벼운 마음이었다.

'하여튼 나라는 사람이 싫어.' 그는 속으로 생각했다. '언제나 그렇다. 목을 길게 빼고 기다렸으면서도 막상 그때가 되면 항상 실망하고 말거든.'

그는 한낮이 지나서 블랙스테이블에 도착했다. 포스터가 현관까지 나와서 맞아주었으나 그녀의 얼굴에서 아직 백부가 살아 있다는 것을 알 수 있었다.

"오늘은 좀 좋아지신 것 같아요. 아무튼 참 이상스러운 체질이세요."

그녀는 필립을 곧바로 침실로 아내했다. 백부는 반듯하게 누워 있었는데 필립을 보자 엷은 웃음을 띠었다. 마치 적을 다시 한 번 보기 좋게 속여 넘겼다는 듯한 만족감에 찬 미소였다.

"나도 이젠 아무래도 틀렸구나 생각했지." 완전히 쇠잔한 목소리였다. "주위 사람들도 모두 체념했었더랬지, 포스터?"

"아녜요. 목사님은 정말 튼튼한 몸을 갖고 계십니다. 이것만은 절대로 틀림없습니다."

"늙어빠진 것이 좀처럼 뻗질 않는구나, 그런 건가?"

포스터는 피로해질 테니까 아무 말도 하지 말라고 말했다. 마치 어린아이를 다루듯이 말은 부드러웠지만 모든 것이 명령조였다. 그러고 보면 사실 너희들의 기대를 보기 좋게 떨쳐버렸단 말이다, 하는 것 같은 만족스러운 모습에도 어린아이와 똑같은 천진함이 있었다. 필립을 불러온 것도 곧 알아차린 모양이었다. 쓸데없는 헛걸음을 하게 한 것을 무척 재미있어 했다. 이번에도 심장의 발작만 견디어내면 앞으로 한두 주일 지나서 또 회복될 게 틀림없다. 지금까지도 심장의 발작을 이미 여러 차례 겪어왔었고 언제나 이번에야말로 정말 틀렸다고 생각했었지만 결코 죽지는 않았다. 그의 몸에 대해서는 모두들 곧잘 화제로 삼았으나 어느만큼 튼튼한지는 아무도 끝내 알지 못했다.

"한 이틀 있을 작정이냐?" 하고 백부는 일부러 필립이 휴가라도 온 것 같은 질문을 했다.

"네, 그럴 작정입니다."

"시원한 바닷바람이라도 쐬는 게 좋겠다."

한참 후에 의사 위그램이 와서 진찰을 끝내자 필립과 이야기를 하였다. 제법 의사다운 태도로 말했다.

"이번에는 아마도 안 될 것 같아. 필립, 우리들로서는 대단히 큰 손실이라고 하겠지만 어쨌든 나로서도 목사님과 삼십오 년 동안의 친분이 있고."

"하지만, 꽤 좋아 보이지 않습니까?"

"아니, 단지 약으로 유지하고 있는 셈이지. 그렇게 오래 가지는 못해. 지난 이틀 동안 정말 혼났었지. 정말 혼났어. 대여섯 번은 이젠 틀렸다고 생각했으니까."

의사는 잠깐 말을 끊은 다음 문까지 오자 갑자기 필립에게 말했다.

"포스터에게 무슨 말 못 들었나?"

"어떤 말인가요?"

"아니, 이 고장 사람들은 퍽 미신을 믿지. 그 할머니가 하는 말을 들으면 케어리 씨는 무언가 마음에 걸리는 일이 있는 모양인데 그것을 깨끗이 버리지 않는 한 죽으려고 해도 죽을 수가 없는 거라고 그렇게 생각하는 모양이더군. 더욱이 목사님께서는 아무래도 그것을 참회할 마음이 생기지 않는가 보다고 말이야." 필립은 대답하지 않았다. 위그램은 말을 계속했다. "물론 그런 것은 엉터리겠지만. 목사님은 훌륭한 한평생을 보내셨어. 자기의 의무를 훌륭하게 완수하셨고 교구 목사로서도 참으로 좋은 분이셨지. 돌아가시면 모두들 슬퍼할 거야. 양심의 가책 같은 것은 있을 리

가 없어. 후임으로 어떤 목사님이 오실지 모르지만 적어도 케어리 씨 반
만큼의 적임자를 볼 수 있을는지 의문이야.”

그 후 며칠 동안 케어리 씨의 용태에는 별다른 변화가 일어나지 않
았다. 그렇게도 왕성하던 식욕도 없어지고 거의 아무것도 먹지 않게 되
었다. 위그램도 이제는 병자를 괴롭히는 신경통의 심한 통증에 자꾸자꾸
진통제를 주사하게 되었으나 그것이 또 끊임없이 덮쳐오는 마비된 손발
이 경련과 더불어 점점 더 쇠약해지게 했다. 그러나 의식만은 분명했다.
필립과 포스터가 번갈아가며 병구완을 했으며 포스터는 지난 몇 개월 동
안을 혼자서 맡아왔기 때문에 지칠 대로 지쳐 있었다. 하다 못 해 밤에나
마 쉴 수 있도록 필립은 자진해서 병자에게 붙어 있었다. 잠이 들어버리
지 않도록 필립은 긴 밤에도 팔걸이의자에 앉은 채 지냈고 흐린 촛불 아
래서 《아라비안 나이트》를 읽기 시작했다. 어렸을 때 읽은 이후로 처음이
었는데 읽어나가는 동안에 완전히 어린 시절의 기억이 되살아났다. 이따
금 그저 가만히 앉아서 밤의 침묵에 귀를 기울이기도 했다. 한편 병자는
아편의 효력이 없어지면 잠을 못 이루어 끊임없이 심부름을 시키는 것이
었다.

드디어 어느 날 새벽 작은 새들이 나무 사이에서 시끄럽게 재잘거릴 무
렵이었다. 필립은 문득 자기 이름을 부르는 소리를 들었다. 침대 곁으로
가보았다. 병자는 반듯하게 누워서 천장을 가만히 바라다본 채 필립 쪽은
돌아다보지도 않았다. 이마에 땀이 배어나 있었다. 그는 타월을 집어들고
얼굴을 닦아주었다.

“아, 필립이구나.”
하고 병자가 말했다.

목소리가 갑자기 변해 있는 데에 적이 놀랐다. 목이 쉰 나직한 목소리,
그것은 공포에 떠는 인간의 목소리였다.

“그렇습니다. 무슨 일이신가요?”

한동안 대답이 없었다. 보이지 않는 눈은 여전히 천장을 노려보고
있다. 그때 갑자기 안면에 경련이 일었다.

“이젠 나도 틀린 것 같다.”

“공연한 말씀 마세요!” 필립은 큰소리로 말했다. “아직 몇 해는 끄떡

338

없으세요.”

노인의 눈에서 커다란 눈물이 두 방울 흘러내렸다. 필립의 마음은 몹시 감동했다. 어떠한 일에도 감정을 나타낸 일은 절대로 없었던 백부였다. 그런 만큼 지금 그의 눈물을 본다는 것은 무서웠다. 분명히 그것은 말로는 표현할 수 없는 공포를 나타내고 있었기 때문이었다.

“시몬즈 씨를 불러주었으면 좋겠다. 성찬을 받고 싶구나.”

시몬즈 씨는 부목사였다.

“지금 말입니까?”

“그렇지, 당장 가야 한다. 그렇지 않으면 늦어.”

필립은 포스터를 깨우러 갔는데 시간은 그가 생각한 것보다 훨씬 늦어서 그녀는 이미 일어나 있었다. 필립은 그녀에게 빨리 정원사를 심부름 보내도록 부탁하고 자신은 다시 방으로 돌아왔다.

“시몬즈 씨를 부르러 보냈겠지?”

“네, 사람을 보냈습니다.”

침묵이 흘렀다. 필립은 침대 머리맡에 앉아서 이따금 이마의 땀을 닦아주었다.

“필립. 손 좀 빌려주렴.”

드디어 노인이 말했다.

필립이 손을 내밀자, 그는 운명이 다가온 때의 위안이 되기라도 하는 듯이 마치 생명에라도 매어달리는 것처럼 그의 손을 꽉 움켜쥐었다. 아마 평생을 통하여 누구 한 사람도 진심으로 사랑한 일이 없었던 것은 아니었는가. 그것이 지금에야말로 본능적으로 인간의 마음을 찾고 있는 것이다. 축축하고 차디찬 손이었다. 약하디약한 힘이었으나 필사적으로 필립의 손을 잡고 있다. 죽음의 공포와 싸우고 있는 것이다. 인간은 누구나 한 번은 이 공포를 경험하지 않으면 안 되는 것이다라고 필립은 생각했다. 아아, 이 얼마나 무서운 일이란 말인가? 더욱이 이 잔혹한 고통을 주고 있는 신을 사람들은 믿는 것이다. 필립은 지금까지 단 한 번도 백부를 사랑해본 적이 없었다. 그뿐만 아니라 지난 이 년 동안은 백부의 죽음을 매일 기다려왔었다고 하여도 좋을 만했다. 그런데 지금에 와서는 역시 동정심이 솟아오르는 것을 막을 수가 없었다. 그렇다 하더라도 인간은 짐승이 아니라는 이유만으로 그 얼마나 큰 대가를 지불해야만 한단 말인가! 두 사람 다 잠자코 있었다. 그러나 다시 한 번 노인이 나직한 소리로 물었다.

"시몬즈 씨는 아직 안 왔느냐?"

그제야 포스터가 살그머니 들어와서 시몬즈 씨가 오셨다고 말했다. 그는 법의와 두건이 든 가방을 들고 있었다. 포스터가 성찬용 접시를 가져왔다. 시몬즈 씨는 말없이 필립의 손을 잡아 어디까지나 목사다운 위엄있는 표정으로 병자의 베갯머리로 다가섰다. 포스터와 필립은 방에서 나갔다.

필립은 상쾌한 아침 이슬에 흠뻑 젖으면서 정원 안을 거닐었다. 뭇새들은 즐겁게 지저귀고 있다. 하늘은 새파랬으나 소금기를 머금은 공기는 냉랭하고 상쾌했다. 마침 장미꽃이 한창이었고 나무들도 잔디밭도 눈에 뜨이도록 초록빛이 선명했다. 필립은 어슬렁어슬렁 돌아다녔다. 그리고 걸으면서 지금 현재 침실에서 행해여지고 있는 성찬례에 대해서 생각했다. 형용하기 어려운 이상야릇한 감정이 솟았다. 조금 후에 포스터가 백부가 만나보고 싶어한다고 했다. 부목사가 법의며 두건을 검은 가방 속에 챙겨 넣고 있던 참이었다. 병자는 필립 쪽으로 얼굴을 조금 돌리더니 빙그레 웃으면서 그를 맞아주었다. 필립은 깜짝 놀랐다. 왜냐하면 놀랍도록 큰 변화가 있었기 때문이었다. 병자의 눈은 이미 예의 그 공포에 떨던 그런 것은 아니었다. 얼굴의 경련도 완전히 사라져 있었다. 참으로 해맑은 행복스러운 표정이었다.

"이젠 나도 마음의 준비가 되 되었구나." 목소리까지도 완전히 변해 있다. "이제는 그저 하느님의 부르심만 있으면 언제라도 기꺼이 내 혼을 맡길 작정이다."

필립은 대답하지 않았다. 백부의 말에 꾸밈없고 진실됨이 넘쳐흐르는 것만은 잘 알 수 있었다. 우선 기적이라고 해도 좋았다. 구주 예수의 피와 살을 나누어 받고, 그리고 그것이 힘을 준 것이다. 이미 그 피하기 어려운 죽음의 어두운 여행도 결코 두려워하지 않는다. 이미 죽은 때를 깨달았고 조용히 모든 것을 맡겨버리고 있는 것이다. 그가 그 뒤에 입에 담은 것은 다만 한 마디뿐이었다.

340

“죽은 내 아내 곁으로 가는 거다.”

필립은 이 말에도 놀라지 않을 수 없었다. 그는 백모에 대해서 얼마나 냉담하고 이기적인 남편이었던가. 또 그 공손하고 충실한 백모에게 얼마나 둔감했던가를 잘 알고 있었기 때문이다. 부목사도 깊은 감동을 받고 돌아갔다. 포스터가 울면서 그를 문까지 배웅했다. 백부는 긴장에 지쳐버렸는지 잠에 빠졌다. 필립은 머리맡에 앉아서 백부의 운명을 기다렸다. 정오 가까이 되어서 병자의 호흡은 코고는 소리와 함께 나왔다. 의사가 와서 이제는 정말 안 되겠다고 했다. 이미 병자는 혼수상태였으나 다만 이따금 입으로 시트를 물어뜯는 것 같은 흉내를 냈다. 잠을 이루지 못해서 자꾸만 소리를 질렀다. 위그램 의사가 피하 주사를 놓았다.

“이제 아무 약도 소용이 없게 됐어. 운명의 시간이 가까워진 것 같군.”

의사는 시계를 보고 다시 병자를 보았다. 한시쯤인 것 같았다. 위그램 의사는 점심 생각을 하고 있는 모양이었다.

“기다리고 계셔도 어쩔 도리가 없는 것 아니겠어요 ?”

“그렇긴 해. 나로선 할 만한 일은 다 했으니까.”

의사가 돌아가자 포스터가 필립에게 목수의 집——장의사를 겸하고 있었다——에 가서 입관하기 전에 시체를 씻길 여자를 한 사람 보내달라는 부탁을 해달라고 했다.

“도련님도 잠시 밖의 맑은 공기를 쐬시는 편이 좋겠어요.”

장의사가 있는 곳까지 가려면 약 반 마일은 가야 했다. 필립이 용건을 전하자 그가 말했다.

“그것 참 안됐습니다. 언제 돌아가셨습니까 ?”

필립은 망설였다. 생각해보니 아직 백부는 살아 있는 것이다. 그런데 염습을 할 여자를 부른다는 것은 아무래도 좀 지나친 일같이 느껴졌다. 그렇다 치고, 포스터는 어째서 자기에게 이런 일을 부탁한 것일까 ? 세상 사람들에게는 백부가 조금이라도 빨리 죽어버리는 것을 자기가 기다리고 있기라도 하는 것처럼 보일는지도 모른다. 그래서인지 장의사 주인이 이상한 표정으로 바라보는 것 같기도 했다. 장의사 주인은 다시 한 번 질문을 했다. 필립은 조바심이 나기 시작했다. 자기와는 아무런 상관이 없을 텐데.

"그래 목사님이 언제 세상을 떠나셨냐구요?"

필립은 처음에는 차라리 지금 막 돌아가셨다고 해버릴까도 생각했으나 만약 병자가 이대로 대여섯 시간 더 견디어나가기라도 하면 어쩔 것인가. 그렇게 되면 설명할 방법이 없는 것같이 생각되기도 했다. 그는 얼굴이 빨개져서 서투른 대답을 해버렸다.

"아직 돌아가신 것은 아닙니다만."

장의사 주인은 의심스러운 듯한 얼굴로 필립을 보았다. 필립은 허둥지둥 설명했다.

"사실은 집에는 포스터 할머니 혼자뿐이라서 누구든지 여자 일손이 한 사람 더 있었으면 하는 거예요. 알아들으시겠지요? 지금쯤은 운명하셨을지도 모르지만 말이오."

그제서야 장의사 주인은 고개를 끄덕끄덕했다.

"딴은 그렇겠군요. 알았습니다. 곧 사람을 보내드리기로 하겠습니다."

목사관에 돌아오자 필립은 그 길로 곧 침실로 들어갔다. 포스터가 베갯머리의 의자에서 일어섰다.

"아까 도련님이 나가셨을 때와 조금도 다름이 없으십니다."

그녀는 식사하러 아래층으로 내려갔다. 필립은 가만히 죽음의 진행을 신기한 듯이 지켜보고 있었다. 아직도 죽음과 맞서서 희미하게 싸우고 있다고는 하지만 혼수 상태를 계속하고 있는 병자에게는 이미 인간다운 것은 아무것도 없었다. 이따금 헤 벌어진 입 사이로 중얼거리는 것 같은 짧은 외침이 새어나올 뿐이었다. 구름 한 점 없는 하늘에서는 햇빛이 강렬하게 내리쬐고 있었으나 정원의 수목들은 서늘하고 상쾌하게 보였다. 아름답게 갠 날이었다. 청파리가 한 마리 유리창에 부딪쳐서 날개 소리를 자꾸만 내고 있었다. 갑자기 고르륵고르륵 하는 목구멍 소리가 들리기 시작했다. 필립은 펄쩍 뛰다시피 놀랐다. 저도 모르게 등골이 오싹해졌다. 그리고 갑자기 병자의 손발이 경련하는가 했더니 어느새 죽어 있었다. 기계가 서버린 것이다. 청파리가 유리창에 부딪치면서 언제까지나 시끄럽게 날개 소리를 내고 있었다.

112

　장례는 조사이어 그레이브스가 모든 것을 다 알고 있는 듯한 솜씨로 비용이 얼마 들지 않으면서도 초라하지 않은 형식으로 잘 치러주었다. 그리고 식이 끝나자 필립과 함께 목사관으로 되돌아왔다. 유언장을 그가 맡고 있었기 때문에 그레이브스는 일반적인 습관대로 차를 마시면서 우선 필립에게 읽어주었다. 한 장의 종이에 반 가량 씌어 있었는데 물론 유산은 모조리 조카인 케어리에게 준다고 되어 있었다. 내용을 훑어보면 우선 세간이 얼마간 있었고, 다음에는 은행 예금이 팔십 파운드 가량, ABC회사의 주권이 이십 주, 그 밖에 올솝 양조 회사, 옥스퍼드 뮤직 홀, 그리고 런던에 있는 어떤 레스토랑의 주권 등이 약간씩 있었다. 이러한 것들은 모두 그레이브스 씨의 지시로 산 것들인데 그런 만큼 그는 자못 만족스럽다는 듯이 말했다.

　"이것 봐요, 필립, 인간이란 것은 역시 먹고 살아야 하거든. 그리고 술도 마셔야 하고 구경도 하고 싶은 거야. 그러니까 돈이란 것은 소위 필수품이라는 것에 투자해두기만 하면 절대 틀림없다네."

　그의 이 말은 대중의 속되고 나쁨──그는 그것을 한탄하면서도 인정하고 있는 것이다──과 이른바 선택된 사람들의 고상한 취미 사이의 실로 미묘한 차이를 잘 나타내고 있다고 해도 좋았다. 그렇게 해서 결국 투자 형식으로 된 것을 합해서 오백 파운드 정도, 그리고 예금 잔고와 세간을 매각 처분하여 들어오리라 예상되는 금액을 가산한 것이 필립의 전 재산이 되는 것이다. 기쁘다고 할 수는 없지만 말로는 다할 수 없을 만큼 마음이 놓였다. 그레이브스 씨가 되도록 이른 시일 내에 경매를 붙이고 싶다는 의견이었으므로 일단 그렇게 하기로 정하고 돌아갔다. 그러나 남은 필립은 혼자 앉아서 백부의 서류를 정리하기 시작했다. 윌리엄 케어리 씨는 무엇이든지 절대로 찢어버리지 않는 습관이 있었다. 따라서 편지 같은 것도 오십 년 전 것까지 참으려 굉장한 수량이 보존되어 있었고 서류는 서류대로 깨끗하게 부전(附箋)을 달아서 몇십 뭉치나 남아 있었다. 그리고 그는 받은 편지뿐만 아니라 보낸 편지까지도 복사해서 남겨놓았다.

1844년대 그가 아직 옥스퍼드의 학생이었던 무렵 도이치로 오랜 기간 휴양 여행을 갔는데 그때 자기 아버지 앞으로 써보낸 것 같은 편지 뭉치가 누렇게 바래서 남아 있었다. 필립은 아무런 생각 없이 읽어내려갔다. 과연 그가 알고 있던 윌리엄 케어리하고는 전혀 딴판인 윌리엄 케어리가 그곳에 있었다. 그러나 사물을 꿰뚫어볼 수 있는 관찰자라면 역시 그 속에서 후년의 그의 모습을 찾아냈을 것이 틀림없었다. 전적으로 틀에 박힌 형식적인 것뿐이었고 묘하게 과장된 것 같은 말투도 보였다. 보아야 할 것은 모조리 다 보고 말겠다고 하는 것같이 노력한 자국을 과시했는가 하면 라인 강변의 옛 성터에서는 지나칠 만큼 정열을 태우기도 했다. 샤파우젠 폭포를 보고는 그는 '이토록 경탄해마지않는 천연의 미를 창조하신 전능한 창조주에 대하여 진정에서 우러나는 존경과 감사를 느끼고', 그리고 또 신성한 '조물주의 기묘한 창조물을 직접 목격하는 사람은 반드시 너무나도 감동해서 속세에 물들지 않는 순결, 고덕한 생애를 보낼 것을 깊이 결의해야 한다. '는 생각을 아니할 수는 없었던 것이다. 또 어떤 서류 속에는 드디어 그가 성직자가 되고 얼마 되지 않은 무렵이라고 생각되던 때의 조그마한 초상화도 한 장 섞여 있었다. 후리후리한 청년 부목사의 긴 머리가 자연스런 컬을 이루어서 이마까지 늘어져 있었고 마치 꿈꾸는 것 같은 커다란 검은 눈을 한 창백하리만큼 금욕적인 얼굴이 그려져 있었다. 그러고 보니 필립은 생각이 났다. 백부를 숭배하던 여자들이 슬리퍼를 몇 켤레씩 만들어서 보내왔더라는 이야기를 하면서 그럴 때마다 빙긋이 사뭇 기쁜 듯한 웃음을 머금던 일이었다.

 그날 오후와 밤 내내 필립은 줄곧 헤아릴 수 없는 편지의 정리로 시간을 보냈다. 먼저 주소를 보고 이름을 조사하고 나서 둘로 찢어져 곁에 놓인 휴지통에 던져 넣었다. 갑자기 헬렌이라고 서명한 편지 한 통을 보게 되었다. 가늘고 모난 고풍스런 필적이었는데 전혀 눈에 익지 않은 것이었다. 윌리엄 시숙 전으로 시작해서 계수 올림이라는 말로 끝나 있었다. 그는 문득 생각나는 것이 있었다. 이것은 돌아가신 자기 자신의 어머니로부터의 편지에 틀림없을 것이다. 여태까지 어머니의 편지는 한 통도 본 적이 없었고, 물론 필적도 전혀 알지 못했으나 사연은 필립에 관한 것이었다.

윌리엄 시숙님 전상서

어린것이 태어난 데 대하여 일부러 축하해주시는 고마운 말씀을 받고, 또 저에 대하여도 여러 가지로 과분하신 친절한 말씀을 듣고 참으로 감사합니다. 감사하다는 인사 말씀은 주인이 말씀드렸을 줄 압니다. 다행히 모자가 다 건강해서 모두가 거룩하신 하느님의 은총으로 알고 깊이깊이 감사하고 있습니다. 이제 경우 펜을 손에 들 수 있게 되었기 때문에 무엇보다도 먼저 시숙님과 루이자 형님께서 저희들이 결혼한 이래 오늘날까지 변함없이 베풀어주신 친절에 대하여 저희들은 진심으로 감사하고 있다는 말씀을 드리고 싶습니다. 그리고 한 가지 간곡하게 부탁올릴 말씀이 있습니다. 이것은 저희들 내외의 일치된 소원입니다만, 부디 시숙님께서 저희 아이의 대부가 되어주십사 하는 것입니다. 아무쪼록 승낙해주십시오. 귀찮은 부탁 말씀인 줄은 잘 알고 있습니다. 틀림없이 시숙님께선 대부가 되시는 데 대한 책임을 진지하게 생각하실 분으로 생각되오나 시숙님께옵서는 어린 것의 백부님이시고 다행스럽게도 목사님이시기도 하오니 굽어살피시와 승낙하여 주시기를 바랍니다. 그리고 아무쪼록 이 아이가 정직하고 선량한 예수 그리스도의 종이 되도록 밤낮으로 기도드리고 있습니다.

아무쪼록 시숙님께서 지도를 해주셔서 훌륭한 그리스도의 가르치심의 전사가 되어주기를, 그리고 또한 평생토록 신을 두려워하며, 겸손하고 경건한 인간으로 지낼 수 있도록 성심으로 소원하고 있습니다.

계수 헬렌 올림

필립은 편지를 밀어버리고 책상에 기대서 턱을 괴었다. 깊은 감동과 동시에 뜻밖의 놀라움을 느꼈다. 무엇보다도 그 경건한 투와 그렇다고 해서 연약하지도 않을 뿐더러 감상적인 것도 아닌 그 어조에 놀랐다. 지금은 이미 세상을 떠난 지 이십 년이나 되는 어머니, 다만 아름다웠다는 사실 외에는 아무런 기억도 없다. 그런데 지금 이토록 소박하고 경건한 여자였었다는 것을 알게 되니 참으로 기묘한 마음이었다. 어머니와 그러한 면을 생각한 일은 아직 한 번도 없다. 그는 자신에 대한 일이 씌어진 편지의 문구에서 어머니가 자기에게 대해 무엇을 소망했고 무엇을 생각하고 있었는가를 다시 한 번 읽어보았다. 지금의 자기는 이렇게 어머니의 기대를 뒤집어놓은 상태가 아닌가. 그는 순간 자기 자신을 반성해보았다. 어머니로서는 세상을 떠나버리신 편이 도리어 좋았는지도 모를 일이다. 갑자기 그는 자기도 모르는 사이에 편지를 찢어버리고 말았다. 어머니가 지닌 이 다정한 마음, 소박한 마음은 다만 그만의 것이고 결코 남에게 보여주어서는 안 되는 것같이 생각되었기 때문이었다. 어머니의 그러한 부드러운 마음이 나타난 편지를 부지중에 읽어버린 것이, 무언가 나쁜 일이라도 한 것처럼 마음 송구스러웠다. 그리고 필립은 다시 무미 건조한 백부의 편지를 정리하기 시작했다.

그리고 며칠 후에 그는 런던으로 돌아왔다. 그리고는 이 년만에 처음으로 낮에 성 누가 병원으로 들어갔다. 먼저 그는 부속 의학교의 사무 주임을 만나러 갔다. 상대방은 깜짝 놀라면서 도대체 무엇을 하고 지냈느냐고 신기한 듯이 물었다. 필립도 여러 가지 경험을 거쳐서 이제는 자기 자신에 대해 자신이 생겨서 여러 가지 세상 일도 전과는 다른 관점으로 볼 수 있게 되어 있었다. 지금의 질문 같은 것도 그전 같으면 자못 당황했을지도 모를 일이었겠지만, 지금은 극히 냉정하게 그 이상의 질문은 나오지 못하도록 일부러 모호한 대답을 했다. 즉, 일신상의 사정으로 학업을 중단하지 않을 수 없었으나 이번에는 되도록 빨리 자격을 따고 싶어졌기 때문에 돌아온 것이라고 대답했다. 맨 먼저 시험을 치를 수 있는 것은 산과와 부인과였다. 그는 부인과 전문 병동의 조수 희망으로 등록을 했는데, 다행히 휴가 중이었기 때문에 산과 쪽에 자리가 곧 났다. 그래서 팔월의 마지막 주와 구월의 첫 두 주일간을 그쪽에서 근무하기로 했다. 면접이 끝나자 필립은 여름 학기말 시험이 끝나서 텅 빈 의학교의 구내를 거닐어보았다. 강가의 테라스를 따라 걸음을 옮기고 있었으나 그의 마음은 감개무량했다. 드디어 새로운 생활이 시작되는 것이다. 과거의 일은, 잘못이나 어리석은 짓이나, 그리고 불행이거나, 이번 기회에 모두 잊어버리자. 강물이 흐르는 것을 바라보고 있는 동안에 일체는 이미 과거인 것이다. 모든 것은 끊임없이 흐르고 있다. 그런 것은 이제는 아무래도 상관없다는 생각이 몸에 스미는 것 같았다. 앞날에는 다만 무한한 가능성을 잉태한 미래만이 가로놓여 있다.

　그는 블랙스테이블로 돌아가서 백부의 재산 처분 때문에 뛰어다녔다. 경매는 팔월 중순으로 정했다. 때마침 여름 휴가로 묵고 있는 손님이 붐벼서 비싼 값으로 팔릴지도 모른다는 것이었다. 목록을 작성해서 터켄베리, 메이드스톤, 에쉬포드 등지의 헌 책방으로 보냈다.

　어느 날 오후, 필립은 문득 터켄베리의 국민 학교를 찾아보고 싶어졌다. 언젠가, 이미 한 사람 몫의 인간이 된 것처럼 상쾌한 마음으로 교문을 떠난 이후로는 한 번도 찾아가본 적이 없었던 것이다. 오랫동안 낯익었던 터켄베리의 좁은 거리를 다시 걷게 됐다고 생각하니 감개 무량했다. 옛날 그대로의 장소이고 옛날과 다름없는 물건을 팔고 있는 오랜 상점들도 몇 집인가 눈에 띄었다. 교과서, 종교 서적, 그리고 최근의 소설 등을 한쪽 진열장에 늘어놓고 다른 쪽에는 대교회나 도시의 사진을 장식한 책방. 크리켓의 배트며, 낚시용품이며, 테니스의 라켓이며, 축구공 등을 팔고 있는 운동구점. 재학 시절에 줄곧 옷잘 맞춰 입던 양복점. 백부가 터켄베리에 올 적마다 언제나 생선을 사곤 하던 생선 가게 등이 늘어서 있는 지저분한 거리를 그는 돌아다녀보았다. 높은 담 너머로 예과 교사로 되어 있는 붉은 벽돌 건물이 보였다. 더 나아가자 킹스스쿨의 교문이 있었다. 그는 사방이 여러 건물로 둘러싸인 학교 안 운동장에 서보았다. 때마침 네시여서 학생들이 우루루 뛰어나왔다. 그는 또 네모난 모자에 가운을 입은 선생들의 모습도 보았는데 모두가 참으로 이상한 느낌이었다. 여기를 나간 후로 이미 십 년 이상이 되는데 그 사이에 무척 여러 가지 변화가 많았다. 교장의 모습도 보았다. 육학년생인 것 같은 커다란 아이들과 이야기하면서 학교를 나가서 천천히 자택 쪽으로 걸어갔다. 그 옛날과 거의 변함이 없다. 여전히 키가 크고 시체처럼 창백하고 어딘가 낭만적인 느낌의 사나이, 미칠 듯한 정열을 생각하게 하는 눈동자, 모든 것이 필립의 기억에 남아 있는 옛날대로의 교장이었으나, 다만 새카맣던 수염도 희끗희끗해졌고, 검고 창백한 얼굴에는 주름살이 한결 더 늘어 있었다. 앞으로 다가가서 이야기를 건네볼까도 생각했으나 아마 그편에서는 자기를 이미 잊어버렸을 것 같아 그만두었다. 새삼 자기 소개를 하는 것은 싫었다.

　학생들은 무엇인가 서로 이야기하면서 남아 있었는데, 이내 옷을 갈아입으러 갔던 몇 아이들이 뛰어나와서 파이브 경기를 시작했다. 그런가 하면 또 둘세씩 떼를 지어서 천천히 교문을 나서는 아이들도 있다. 그렇다. 크리켓장으로 가는 것임에 틀림없을 것이다. 또 그 중에는 다시 학교 구내로 되돌아와서 연습장에서 공을 찾는 아이도 있었다. 그들 사이에 있는 필립은 문자 그대로 생판 남이었다. 아무런 생각 없이 그를 보고 가는 학생도 한두 사람 있었으나 그 학교의 명물인 '노르만 식 계단'을 구경하러 오는 구경꾼도 적지 않은 탓인지 별로 주의를 끈 것 같은 낌새는 없었다. 필립은 신기한 듯이 학생들을 바라보았다. 아주 동떨어져버린 그들과의 거리를 생각하니 무언가 슬펐다. 그 자신 얼마나 많은 것을 결심했고 더욱이 그 성과가 얼마나 빈약한 것인가, 그것을 생각하면 가슴이 아팠다. 이제 다시 돌이켜볼 방법도 없다. 지나가버린 세월, 생각하면 모든 것은 오로지 허사였던 것 같았다. 더욱이 지금도 또 때묻지 않은 쾌활한 소년들이 그와 똑같은 길을 밟고 있는 것이다. 그가 학교를 떠난 지 아직 하루도 지나지 않은 것 같은 마음마저 들었다. 그럼에도 불구하고 일찍이 적어도 이름쯤은 모두 알고 있었을 것 같은 이 고장에, 지금은 한 사람도 아는 사람이 없는 것이다. 그러나 그것도 또 앞으로 몇 년이 지나면 또다시 완전히 사람이 바뀌어서 그때는 이 소년들이 바로 지금의 그 자신처럼 생판 낯선 남이 되어 있을 것이다. 그러나 그런 생각을 해보아도 조금도 위안이 되어주지 않았다. 다만 인생의 공허함을 새삼 강하게 느끼게 될 뿐이었다. 자꾸 세대가 공허한 순환을 되풀이하는 데 불과한 것이다. 그건 그렇다 하더라도 그 무렵의 동급생들은 어떻게 되었을까? 이제는 모두 서른 살이 가까울 것이다. 그 중에는 죽은 사람도 있을 것이고 결혼해서 이미 아버지가 된 사람도 있을 것이다. 군인도 있을 것이고, 목사도, 의사도, 변호사도 있어서 모두가 착실한 인생으로 들어가서 차츰 청춘과도 작별을 고하려고 하고 있을 것이다. 그러나 자신처럼 반생을 보람없이 만들어버린 사람은 한 사람도 없을 것이다. 그는 문득 그 무렵 정신없이 존경했던 어떤 학생 한 사람이 생각났다. 그러면서도 이상하게 이름만은 아무래도 생각나지 않았다. 얼굴 모습은 아직도 분명하게 기억하고 있다. 더욱이 가장 친하게 지내던 사이였다. 그런데 이름이 아무래도 머리에 떠오르지 않는다. 이 학생 때문에 괴로워했던 질투의 감정까지 흥미롭게 생각나는 것이었으나 그러면서 이름만이 머리에 떠오르지 않는다는 것은 아무래도 화가 나는 일이다. 그는 지금 운동장 가운데를 걸어가는 아이들처럼 그도 다시 한 번 소년 시절로 돌아가고 싶었다. 그렇게 되기만 하면 이번에야말로 과오를 저지르지 않고 다시 한 번 해볼 텐데. 그리고 무엇인가 좀더 실속 많은 일생을 보낼 수 있을 텐데. 그는 견딜 수 없는 고독감에 싸였다. 과거 이 년간에 걸친 그 빈곤이 오히려 후회될 뿐이었다. 왜냐하면 다만 목숨을 연명하기 위해서만 살아왔던 그 필사적인 고투가 오히려 삶에 대한 고통을 완전히 마비시켜버렸기 때문이다. 이마에 땀을 흘려야 그날의 끼니를 얻을 수 있다라는 그 말은 결코 인간에 대한 저주가 아니라 오히려 조용하게 체념으로 인도하는 향유이기조차 한 것이었다.

그러나 필립은 자기 자신에 대하여 참을 수가 없었다. 그는 문득 그 인생의 그림 무늬 이야기를 생각해냈다. 그것에는 그가 겪는 불행 같은 것도 필경은 몹시 공이 든 섬세하고 아름다운 장식의 일부분이 될지도 모른다. 흥분도, 권태도, 쾌락도, 고통도 모두 다 밝은 마음으로 받아들이지 않으면 안 된다. 즉, 그렇게 한 것만이 디자인의 풍부함을 더하는 것이라고 애써 생각하기도 했다. 그는 의식적으로 아름다운 것을 구해왔다. 그러고 보면 어린 시절부터 이미 구내에서 본 고딕 식 교회의 아름다움에 깊은 기쁨을 느끼고 있었다. 그는 다시 한 번 가서 구름이 잔뜩 낀 하늘에 거무스름하게 우뚝 솟아 있는 거대한 건물과, 유달리 신에게 바치는 사람들의 찬미의 노래와도 흡사하게 하늘 높이 솟은 중앙의 뾰족탑을 우러러보았다. 그러나 학생들은 여전히 네트를 향해서 공치기를 하고 있었다. 모두가 민첩하고 기운이 넘쳐 있다. 싫어도 그들의 고함 소리와 웃음소리가 귓전에 닿는다. 집요하게 쫓아오는 청춘의 외침. 눈앞의 아름다운 광경도 다만 망각 위를 지나갈 뿐이었다.

113

팔월 마지막 주부터 필립은 지방부(地方部)의 왕진계에 배속되었다. 하루에도 평균 세 건 정도의 분만이 있었기 때문에, 거기에 일일이 입회하는 것은 여간 힘이 드는 것이 아니었다. 환자는 미리 병원에서 카르테를 받아두었다가 드디어 산기가 있게 되면 대개의 경우 심부름하는 여자 아이가 그것을 가지고 수위에게로 오게 되어 있다. 그러면 수위는 다시 건너편 필립이 기거하는 병동으로 찾아가라고 가르쳐주게 되어 있었다. 그러나 밤에는 열쇠를 맡고 있는 수위가 와서 필립을 깨우는 때도 있다. 캄캄한 밤에 일어나서 인적이 끊긴 강 남쪽의 거리로 나가는 것은 묘하게 신비적인 느낌이 들었다. 그런때 카르테를 가지고 오는 사람은 대부분 산모의 남편이었다. 이미 자식이 많은 남편이면 대개의 경우 매우 무뚝뚝하고 흥미도 아무것도 없는 것 같았으나 신혼의 경우는 다르다. 남편이 흥분해버리고, 때로는 특히 술에 취해서 불안함을 가라앉히려고 하는 사람도 있다. 일 마일, 혹은 그 이상을 걷지 않으면 안 되는 경우도 드물지 않다. 그 동안 필립은 곧잘 심부름 온 남편과 노동 조건이며 생활비에 관한 것 등을 이야기하면서 갈 때가 있다. 덕분에 강남 지구의 많은 상거래에 대해서도 여러 가지 지식을 얻은 바가 많았다. 그는 접하는 모든 사람들에게 신뢰감을 갖게 하는 것처럼 보여서, 침울한 방 안에서 오랫동안 기다리고 있는 동안에도, 방을 반이나 차지하고 있는 커다란 침대에 누워 있는 당사자인 임산부나 그녀의 어머니, 그리고 산파들은 자기들끼리 이야기하는 것 같은 친근감으로 매우 자연스럽게 그에게 말을 건네곤 하였다. 지난 이 년간 그 자신이 겪어온 빈곤이 자연히 빈곤한 사람들의 생활에 관한 지식을 가르쳐주었던 것이다. 그리고 그들도 또 그러한 것을 알자 모두 매우 좋아했다. 특히 그가 그들의 속임수 따위에는 절대로 넘어가지 않는다는 것, 이것이 또한 매우 놀라운 일인 것 같았다. 그는 친절하고 부드러운 데다가 결코 짜증을 내는 일이 없었다. 특히 그가 기꺼이 그들과 함께 차 한 잔 마시는 것이 매우 기쁜 모양이었다. 새벽이 되어도 아직 태어나지 않을 경우에는 그들은 곧잘 고기 국물을 바른 빵을 한 조각 대접했다. 그도 까다롭게 굴지 않고 대개의 경우는 선뜻 달게 먹어주었다. 왕진을 가는 수많은 환자들 중에는, 지저분한 한길에서 들어간 불결한 막다른 골목 안, 그야말로 채광도 통풍도 제대로 안 되고 다닥다닥 붙어 있는 문자 그대로 누추하기만 한 집도 있는 반면에 마루는 벌레가 먹고 지붕은 비가 새고 형편없이 헐어빠진 집이기는 하지만 의외로 당당한 풍모를 지닌 집도 훌륭한 조각이 붙은 참나무 난간이 있는가 하면 지금껏 판벽(板壁)이 그대로 남아 있기도 했다. 그러나 그러한 집일수록 대부분 많은 사람이 살아서 방마다 한 가구씩 살고 있는 형편이었다. 낮에는 골목길에서 뛰어노는 아이들의 소란스러운 소리가 온종일 그치지를 않는다. 낡은 벽은 벼룩과 빈대 등의 서식처였고, 공기는 혼탁해서 참을성 있는 필립까지도 마침내는 속이 메스꺼워져서, 파이프에 불을 붙여 물지 않으면 있을 수가 없을 정도였다. 주변에 사는 사람들은 문자 그대로 '하루살이'들이었다. 갓난아기는 모두 귀찮은 존재들이었다. 태어나는 자식을 아버지는 퉁명스러운 노여움으로 맞이했고, 어머니는 절망감으로 맞았다. 식구가 하나 더 느는 셈이지만 원래 있는 사람들이 먹을 것조차 모자라는 것이었다. 필립은 이런 것에도 가끔 부딪쳤다. 요컨대 사산하거나, 아니면 낳자마자 죽든가 둘 중 어느 편을 진심으로 바라고 있는 것이었다. 한 번은 쌍둥이를 낳은 여인이 있었는데, 소탈하고 웃기 좋아하는 사람이라면 오히려 웃고 말 일을, 산모는 자기가 쌍둥이를 낳았다는 말을 듣자 왁 울음을 터뜨리고 말았다. 그리고 또렷한 목소리로 다음과 같이 말했다.

"어떻게 먹여 살려야 할까요? 난 정말 모르겠군요."

그 말에 장단이나 맞추듯 산파까지도 대꾸했다.

"뭘요, 하느님께서 틀림없이 맡아주실 거예요."

조그마한 두 아기가 나란히 자고 있는 모습을 가만히 바라보고 있던 아버지의 표정을 필립은 놓치지 않았다. 몹시 못마땅한 듯한 언짢은 그 표정에는 필립이 오히려 놀랐을 정도였다.

말하자면 쓸데없는 군식구로 태어난 두 개의 살덩이에 대한 격렬한 증오가 모여 있는 가족들의 얼굴에서 느껴졌다. 만약 이럴 때 한 마디 분명히 해 두지 않으면 틀림없이 무슨 사고가 일어나지 않을까 하는 예감이 들 정도였다. 사실 사고가 일어나는 것도 드문 일은 아니었다. 이를테면 누워 있는 어머니가 잘못해서 아기를 질식시키는 일도 있었고, 또 음식을 잘못 먹은 일도 있는데 반드시 부주의한 결과라고만 할 수 없는 것이었다.

"매일 와보기로 하죠." 그는 말했다. "미리 말해두지만 만약의 경우에는 반드시 검시를 받아야 되는 것이니까 알아두십시오."

아기 아버지는 한 마디도 말을 안 하고 다만 무서운 눈으로 필립을 쏘아보았다. 이미 그의 마음속에서는 살인을 범하고 있는 것이었다.

"기쁜 일인걸요." 하고 할머니 되는 사람이 말했다. "무슨 일이 일어날 리 있나요?"

또 한 가지 곤란한 것은 산모에게 십 일간의 안정을 취하게 하는 일이었다. 병원의 실습에서는 최소한 그 정도의 기간은 두어야 했지만 그러면 우선 집안 일을 돌볼 수가 없다. 돈도 받지 않고, 아이를 보아줄 사람은 물론 없을 터이고 남편은 남편대로 일에 지쳐서 허기진 배를 움켜쥐고 돌아와서는 제대로 차 한 잔도 마실 수 없다고 잔소리를 시작한다. 살림이 빈곤할수록 서로 도와가며 산다는 말을 들었지만 그렇지도 않았다. 사실 그가 만난 여자들은 한결같이 호소하는 것이었다. 돈을 제대로 주지 않으면 청소는 물론 어린아이 뒷바라지 같은 것을 해줄 사람을 구할 수 없을 뿐더러, 그러한 돈은 자기들 처지로서는 도저히 지불할 능력이 없다는 것이었다. 직접으로는 여자들이 하는 이야기에서, 간접으로는 지나가는 말 끝에는 분명히 말 속에 숨어 있는 뜻을 알아들을 수 있었으나 그것들에 의하면 소위 인민 계급과 그 이상의 계급 사이에는 아무런 공통점도 발견할 수 없다는 것을 알 수 있었다. 이미 그들에게는 상층 계급을 부러워할 마음 같은 것은 없었다. 너무나도 생활이 달랐기 때문이다. 그들에게는 각각 제 나름의 행복감을 가지고 있었고 그 점으로 미루어보면 중류 계급의 생활 따위는 형식적이고 답답하다는 것이다. 더욱이 그들은 중류 계급에 속하는 사람들이 유약하고 육체 노동을 하지 않는 것에 대하여도 일종의 경멸감마저 갖고 있었다. 자부심이 강한 사람들은 고독을 좋아하고 다른 사람과의 관계를 꺼리지만 대부분의 사람들은 오히려 유복한 사람을 될 수 있는 대로 이용할 사람이라고 생각하는 것이다. 자선가들에게서 받은 은혜에 대해서는 용케 그것을 끌어낼 만한 약삭빠른 말을 하고 있었고 그렇게 해서 얻는 성과에 대해서는 오히려 사회의 유명한 사람들의 어리석은 행위나 또는 그들 자신의 빈틈없는 행위에 의해서 얻어진 당연한 권리로 알고 있었다. 또한 부목사만은 경멸을 섞은 무관심한 태도로 참아줬으나 지방 순회원은 굉장히 싫어하고 있었다. 이를테면 갑자기 남의 집으로 들어와서 미안하다든가 실례한다는 말 한 마디도 없이 창문을 열었다고 하자. 그러면 대번에 "난 기관지염이 있단 말이에요. 이건 마치 감기라도 들어서 죽어버리라는 것과 마찬가지가 아니에요?" 하고 욕설이 튀어나오게 마련이다. 혹은 방 구석까지 살펴보고 만약 더럽다는 말이라도 한 마디 한다면 어떻게 될 것인가.

"그야 하인을 몇 사람씩이나 두고 살 수 있는 마님 같은 처지라면 좋겠지만 나처럼 아이가 넷씩이나 딸린데다 요리도 내 손으로 해야 하죠, 바느질, 빨래까지도 해야 하니 어떡하겠어요. 얼마나 깨끗이 하실 수 있으실지 보여달라고 하고 싶군요."

이렇게 말하는 것이다.

그런데 필립이 이 사람들에게서 배운 것은, 여기에 사는 사람들에게 있어서 인생 최대의 비극이란 이별도 아니고 죽음도 아니었다. 그런 것은 모든 자연스러운 일이었고, 따라서 그 슬픔도 눈물만 흘리면 위로를 받을 수가 있는 것이다. 결국 비극은 실업이라는 것이었다. 필립 자신이 직접 목격한 한 가지 예만 보더라도, 어떤 남자가 아내가 해산하고 사흘째 되는 날 오후에 집에 돌아와서 면직이 되었다는 이야기를 했다. 건축업자였는데 그때는 마침 심한 불경기였었던 것이다. 사실을 말하고 그는 차를 마시려고 자리에 앉았다.

"여보."

하고 아내가 목멘 소리로 말했다.

남자는 그저 잠자코 자기를 위해 준비해두었던 냄비 속의 무슨 요리인가를 먹고 있었다. 그리고 물끄러미 접시 속을 들여다보고 있었다. 아내는 적이 놀란 것 같은 눈길로 남편을 두서너 번 바라보다가 이윽고 소리도 없이 훌쩍훌쩍 흐느끼기 시작했다. 그 남자는 햇빛에 검게 그을은 얼굴에 이마에는 허옇고 커다란 흉터까지 있는, 몹시 무뚝뚝하고 작달막한 사나이였는데, 커다랗고 털이 잔뜩 난 양팔만이 묘하게 두드러져 보였다. 이윽고 그도 억지로 먹는 것은 그만두겠다는 것처럼 접시를 한편으로 밀어놓고 창 밖을 물끄러미 내다보기 시작했다. 방은 맨 위층, 더욱이 뒤쪽이었기 때문에 바라본다고 해야 암담한 구름밖에는 아무것도 없었다. 절망에 짓눌린 것 같은 침묵이었다. 필립은 그 이상은 더 할 말이 없었다.

이제는 돌아갈 수밖에 없다는 생각이 들었다. 거의 밤을 새우다시피 한 뒤인 만큼 그도 무척 지쳐서 집으로 돌아왔으나 마음은 노여움으로 가득 하였다. 이 얼마나 냉혹한 사회란 말인가 ! 일자리를 찾는 부질없음도, 또 굶주림보다도 더 괴로운 비참함도 그는 너무나 잘 알고 있었다. 다만 고마웠던 것은 이미 신 같은 것을 믿지 않는다는 것뿐이었다. 왜냐하면 만약 그가 신 따위를 믿었다면 도저히 이러한 것은 참을 수 없었을 것이 었기 때문이다. 인생은 무의미하다고 생각함으로써 비로소 삶을 조용히 체념할 수가 있는 것이다.

필립은 생각했다. 곧잘 일생을 빈민 계급을 구제에 바치고 있는 사람들 이 있지만 유감스럽게도 다음과 같은 점에서 잘못을 범하고 있는 것은 아 닐까? 즉, 만약에 그들 자신도 마찬가지로 그러한 처지에 놓이게 되면 자못 감내하기 어려울 것이라고 생각하기 때문에 구제에 힘을 쓰는 것 같 았지만 실은 그런 빈곤에도 익숙해진 사람들은 오히려 조금도 괴롭다고 생각하지 않는다는 사실을 조금도 알려고 하지 않는 것이다. 빈곤한 사람 들은 절대로 통풍이 좋은 커다란 방 같은 것은 부럽다고 생각하지 않 는다. 영양은 나쁘고, 혈액 순환도 나쁘기 때문에 추위가 가장 괴로운 것 이었다. 연료는 되도록 쓰고 싶지 않았기 때문에 커다란 방은 썰렁할 따 름이었다. 한 방에 여러 식구가 함께 자는 것쯤은 조금도 괴로운 일이 아 니었을 뿐만 아니라 오히려 그러는 편이 더 좋았다. 이 세상에 태어나서 죽을 때까지 달랑 혼자가 되는 일은 절대로 없다. 혼자 있는 편이 오히려 견디기 어렵고, 뒤범벅이 되어서 여럿이 함께 사는 것이야말로 더 즐거운 것이다. 그칠 새 없는 주위의 소음도 그들에게는 아랑곳없다. 자주 몸을 씻을 필요 따위는 물론 느끼지 않고 입원할 때 억지로 몸을 씻어주면 도 리어 화를 내는 것을 들은 적도 있다. 단순히 모욕이라는 것뿐만 아니라 사실 기분이 나쁜 것이다. 무엇보다도 내비려둬주었으면 하는 것이다. 그 러면서도 남편에게 일정한 일자리만 있으면 만사는 그만이며 인생의 즐 거움도 느낄 수 있다는 것이다. 잡담할 시간은 얼마든지 있고 하루의 일 이 끝난 뒤에는 맥주라도 한 잔 들이켜면 기막히게 잘 먹은 것이다. 한길 로 한 걸음 나가기만 하면 아침부터 밤까지 재미있는 일은 얼마든지 있다. 무엇이라도 읽으려고만 하면 《레이놀즈》가 있고 〈세계 뉴스〉도 있다.

"그런데 선생님, 여기 있으면 시간은 그야말로 눈 깜짝할 사이에 지나
가요. 그야 처녀 시절에는 몹시 책을 좋아한다는 말을 들은 사람도 있겠
죠만, 지금은 선생님, 이거다 저거다 하다 보면 신문 같은 걸 읽을 겨를
이 어디 있어야죠."

보통의 경우는 해산한 뒤에도 세 차례는 왕진을 가기로 되어 있었다.
어느 일요일이었는데 필립이 마침 점심때에 어떤 환자를 보러가니까, 오
늘부터 일어났다는 것이었다.

"선생님, 전 이 이상은 도저히 더 누워 있을 수가 없어요. 정말 못 누워
있겠어요. 전 게으름을 피우고 있지 못하는 성질이어서 말예요. 그렇게
하루 종일 아무것도 안 하고 빈둥대면 몸이 근질근질하거든요. 지금도 주
인에게 식사 준비를 해드리겠다고 말하던 참이었어요."

남편 어브는 이미 나이프와 포크를 들고 테이블에 마주 앉아 있었다.
푸른 눈에 명랑해 보이는 얼굴의 젊은 남자였다. 수입도 꽤 있어 보이고
살림도 매우 윤택해 보였다. 결혼해서 겨우 몇 개월밖에 되지 않았는데
벌써 장미빛 어린아기가 침대 발치에 있는 요람에 누워 있는 것이다. 두
사람 다 무척 즐거운 것 같았다. 방 안에는 맛있어 보이는 비프 스테이크
냄새가 풍기고 있었다. 필립의 시선은 저절로 요리 난로 위로 옮겨갔다.

"이제 곧 요리가 다 될 텐데요."
하고 산모가 말했다.

"어서들 드세요. 난 댁의 아기 진찰만 끝나면 곧 물러갈 테니까요."
젊은 부부는 필립의 말이 재미있다면서 소리내어 웃었다. 어브는 자리
에서 일어나서 필립과 함께 요람 곁으로 가서 자못 자랑스럽다는 표정으
로 아기를 바라다보고 있었다.

"아긴 별로 나쁜 데는 없습니다."
그리고 모자를 집어들었으나 마침 그때 아내는 비프 스테이크를 접시
에 담고 또 푸른 완두콩을 담은 접시를 테이블 위에 늘어놓았다.

"굉장히 훌륭한 성찬인데요 ?"
필립이 웃으면서 말했다.

"하지만 주인이 집에 있는 것은 일요일뿐이거든요. 그래서 하다 못 해

무슨 대접이라도 해드려야겠다고 생각했어요. 그래야 일하러 나가 있어도 집이 참 좋구나 하고 생각할 게 아니겠어요?”
 “선생님, 저희들과 함께 식사해주실 수 없겠지요?”
 갑자기 어브가 말을 꺼냈다.
 “여보, 무슨 그런, 실례예요!” 하고 폴리가 깜짝 놀란 표정으로 말한다.
 “아뇨, 괜찮으시다면 대접을 받아도 좋죠.”
 필립은 붙임성있는 미소를 띠면서 대답했다.
 “그것 참 고맙군요. 그래야 친구처럼 사귀는 것 같지요. 미리 알아차렸거든. 절대로 노여워하실 선생님이 아니라는 걸 말이야. 자, 폴리, 어서 접시 하나 더 준비하구려.”
 폴리는 허둥지둥했다. 언제 무슨 소리를 끄집어낼지 모른다. 참으로 이상한 남자라고는 생각했지만 아무튼 새 접시를 내다가 재빨리 앞치마로 닦기도 하고 또 나들이옷하고 함께 넣어둔 손님용 나이프와 포크를 꺼내오기도 하고, 식탁 위에는 조끼에 든 흑맥주까지 곁들여졌다. 어브가 필립에게도 한 잔 따랐다. 비프 스테이크도 그에게 가장 큰 것을 집으라고 한사코 권했으나 필립 쪽에서 그것만은 공평하게 하자고 우겼다. 두개의 창문이 마루 위에서 바로 이어지게 되어 있어서 햇빛이 잘 드는 밝은 방이었다.
 전에는 상류라고까지는 할 수 없었지만 제법 규모있는 집안의 거실이었음에 틀림없었다. 오십 년쯤 전에는 유복한 상인이거나 퇴역 군인의 집이었을 것 같았다. 어브는 결혼 전에 축구 선수였는지 벽에는 여러 팀의 사진이 붙어 있었다. 의기 양양하게 우승 컵을 안은 주장을 한가운데 두고 모두 머리를 깔끔하게 손질하고 몹시 의젓하게 찍혀 있었다. 그 밖에도 살림이 넉넉해 보이는 낌새는 얼마든지 엿보인다. 나들이옷으로 단장한 부부 양가의 친척들의 사진도 있었고 벽난로 위에는 조개 껍질을 박아놓은 조그마한 바위 형태를 한 훌륭한 장식품도 놓여 있었다. 그리고 양편에는 부두와 산책길의 경치를 부각해서 ‘증정 사우스엔드에서’라는 고딕 문체로 아로새긴 술잔이 두 개 나란히 얹혀 있었다. 어브는 성격이 남다른 데가 있는 사람인 모양이다. 그는 노동 조합에도 들어 있지 않고 조합이 그를 강제적으로 가입시키려고 하는 것을 분연한 어조로 이야기한 일이 있다. 조합 같은 데에 아무런 볼 일은 없다. 일 같은 것은 언제라도 찾아낼 수 있고, 머리가 좋아서 무슨 일이라도 기쁘게 할 각오만 있다면 많은 급료는 틀림없이 받을 수 있을 것이라는 것이었다. 그러나 폴리는 매우 소심한 편이었다.

"물론 이 사람 같으면 틀림없이 조합에도 들었을 겁니다. 지난 번에 스트라이크가 있었을 때만 하더라도 내가 외출할 때마다 이번에야말로 구급차로 돌아올 것이라면서 벌벌 떨고 있었으니까요." 하는 것이었다. 그녀는 필립 쪽을 바라보면서, "이 양반은 그야말로 옹고집이어서 어떻게 할 수가 없어요."

"내가 말하는 것은 이 나라는 자유의 나라라는 것이오. 아무튼 난 위에서 명령하는 것은 딱 질색이란 말이오."

"자유의 나라니 뭐니 해봤자 아무 소용 없어요. 급할 경우에는 두들겨 맞기는 역시 마찬가지 아니에요."

식사가 끝나자 필립은 어브에게 담배를 권하고 둘이서 파이프 담배를 피웠으나, 이윽고 자리에서 일어나자 또 다른 왕진이 기다리는지도 모른다고 생각하고 작별의 악수를 나누었다. 함께 식사를 했다는 것이 이 젊은 부부에게는 무척 기뻤던 모양이었고 더욱이 필립에게도 매우 즐거운 식사였다는 것을 상대방도 알아차리고 있었다.

"그럼 실례하겠습니다." 하고 어브가 말했다. "요 다음에 또 이 사람이 이런 일이 생길 때엔 꼭 선생님처럼 좋은 분을 만나면 좋겠습니다."

"어머나, 그런 바보 같은 이야기는 웬만큼 해두세요. 요다음에 또 이런 일이 생기다니, 어떻게 그런 걸 안 단 말예요."

114

삼 주일 동안의 병원 실습도 거의 끝나갔다. 육십이 명의 환자를 맡아보았기 때문에 몸은 지칠 대로 지쳐 있었다. 마지막 날 밤에는 열시쯤 병원으로 돌아왔는데 이제 이 이상은 불러내주지 말았으면 하는 마음이 간절했다. 지난 열흘 동안 제대로 잔 밤은 하루도 없었다. 지금 바로 끝마치고 온 환자의 경우도 거의 눈을 가려버리고 싶을 만큼 비참했다. 보기에는 튼튼해 보이는 몸집 큰 사나이로 공교롭게도 술에 취한 남자가 데리러 와서 따라갔었는데, 고약한 냄새가 코를 찌르는 막다른 골목에 있는 방으로, 더럽다 해도 아직 그렇게 불결한 방은 본 일이 없었다. 조그마한 다락방, 그것도 공간의 대부분은 너저분한 붉은 커튼이 드리워져 있는 나무 침대가 차지하고 있었다. 매우 낮은 천장은 필립이 손을 뻗치면 닿을 정도였다. 그는 우선 방 안에 하나밖에 없는 촛대를 잡자 천장을 면밀히 살피면서 기어다니는 빈대를 한 마리 한 마리 불로 태워 죽였다. 환자는 몹시 단정치 못한 중년 여인으로 과거에도 이미 몇 차례인지 사산한 경험이 있는 여자였다. 필립에게는 조금도 신기한 이야기가 아니었다. 남편이라는 사람은 인도에서 군대 생활을 하던 남자였다. 영국 사회의 짐짓 점잖은 체하는 위선적인 현지의 법률이 도리어 무서운 병독의 만연에, 말하자면 절호의 자유를 주고 있었으므로 결국 해를 입는 것은 아무런 죄도 없는 사람들이었다.

필립은 하품하면서도 옷을 벗고 목욕을 했다. 그리고 옷을 물 위에서 털어보니 빈대가 꿈틀거리면서 후두둑 떨어졌다. 간신히 침대에 들어가려고 하자 또다시 노크 소리가 나고 수위가 카르테를 가지고 들어왔다.

"원 참, 오늘 밤은 더 이상 자네하고는 만나고 싶지 않았는데, 또 왔군요. 누구요, 가져온 사람은?"

"남편 되는 사람 같은데요. 선생님, 기다리게 할까요?"

필립이 주소를 보니 다행히 잘 알고 있는 거리였으므로 거기라면 혼자서도 갈 수 있다고 대답했다. 다시 옷을 입고 오분도 채 못 되어서 벌써 그는 검은 가방을 끼고 거리로 뛰어나갔다. 어둠 속이어서 알아볼 수 없었으나 한 사람이 다가서면서 자기가 남편이라고 했다.

"역시 기다리는 편이 좋을 것이라고 생각했습니다. 워낙 뒤숭숭한 곳이어서 아무도 선생님을 알아보시는 사람도 없고 해서요."

필립은 웃었다.

"괜찮아요. 의사란 누구라도 대번에 알아볼 터이고, 게다가 난 웨이브 거리보다도 더 소란스러운 곳에도 가본 일이 있어요."

과연 그대로였다. 그의 검은 가방은 경찰관조차도 혼자서는 들어갈 수 없는 그런 지독한 골목길이나 악취가 코를 찌르는 막다른 골목이라도 훌륭한 통행증 구실을 했다. 한두 번 험상궂은 사나이들이 그가 지나가는 것을 뚫어지게 신기한 듯이 바라보았다. 그러나 무엇인가 쑤군쑤군하더니 한 사람이 말하는 소리가 들렸다.

"병원의 의사 선생이란 말야."

사실 그가 지나쳐가자 한두 사람이 인사를 하는 경우도 있었다.

"선생님, 그다지 힘드시지 않으면 좀 빨히 갔으면 싶은데요." 함께 온 남편이라는 사람이 말했다. "조금이라도 빨리 모셔오라고 하던걸요."

"그렇게 급한 환자를 어째서 내버려뒀단 말이오?"

필립이 걸음을 빨리하면서 물었다.

가로등 밑을 지날 때에 그 남자를 힐끔 보고 필립은 말했다.

"당신은 아직 무척 젊은 것 같군요."

"이제 겨우 열여덟입니다."

얼굴 빛이 희고 매끈해서 아무리 보아도 어린아이로밖에는 생각되지 않은 젊은이였다. 작달만한 키에 뚱뚱했다.

"무척 결혼을 일찍 했군그래."

"할 수 없었어요."

"그래 수입은?"

"십육 실링입니다."

주급 십육 실링으로는 도저히 처자를 부양하기 어렵다. 두 사람이 거처하는 방을 보아도 이내 그들의 심한 가난을 알아볼 수가 있었다. 방은 상당히 컸으나 세간이라고 할 만한 것은 거의 없었기 때문에 굉장히 널찍해 보였다. 마루에는 깔개도 없고 벽에는 그림 한 장 걸려 있지 않았다. 어느 집에나 걸쳐 있는, 그림이 실린 크리스마스 때의 신문 같은 것에서 오려낸 사진이나 부록쯤은 값싼 틀에 넣어서 걸어두었으나 그것조차도 없었다. 환자는 값싸고 조그마한 침대 위에 누워 있었는데 그녀 또한 너무나도 젊은 데 놀랐다.

"이런, 아직 열여섯도 채 못 된 것 같잖아."

그는 마침 아이를 받으러 와 있는 산파에게 물어보았다.

카르테에는 열여덟으로 되어 있었으나 대개 나이가 지나치게 어릴 때에는 한두 살 올리는 경우가 흔히 있었다. 제법 미인이었다. 영양가 없는 식사, 나쁜 공기, 비위생적인 거처 때문에 몸이 쇠약해져 있는 여자의 외모로서는 오히려 신기했다. 화사한 얼굴 생김새, 푸르고 커다란 눈, 그리고 행상하는 처녀들이 곧잘 하는 것처럼 검은 머리는 정성들여 곱게 매만져져 있었다. 두 사람 다 몹시 흥분하고 있었다.

"자넨 밖에서 기다리는 편이 좋겠네. 일이 있으면 즉시 부르도록 하겠네."

이렇게 말하면서 자세히 보았으나 그 남편이라는 사람이 너무나도 어려서 또 한 번 놀랐다. 마음을 조마조마하게 졸이면서 아기가 태어나기를 기다리는 것보다는 오히려 한길에서 다른 아이들과 장난하고 있는 편이 더 어울릴 것같이 생각되었다. 시간은 한참 흘렀다. 드디어 해산한 것은 그럭저럭 두시경이었다. 경과는 극히 순조로운 것 같았다. 남편을 불러들였다. 수줍은 듯이 우물쭈물하면서 아내에게 키스하는 광경은 오히려 귀엽기까지 했다. 필립은 기구를 챙기고 일어서면서 돌아가기 전에 다시 한 번 맥을 짚어보았다.

"앗!"

하고 그는 크게 외쳤다.

그리고 황급히 산모를 검진했다. 무엇인가 급변을 일으키고 있었다. 위급한 경우에는 산과의 주임 의사가 오기로 되어 있었다. 그는 물론 자격 있는 의사이고 이 지구가 담당이기도 했다. 필립은 우선 메모를 해서 그 남편을 급히 병원으로 보냈다. 중태니까 급히 서둘러야 한다고 다짐을 했다. 그는 뛰어나갔고 필립은 초조한 마음으로 기다리고 있었다. 심한 출혈 때문에 빈사 상태에 빠진 것이 분명했다. 만약 주임이 당도하기 전에 죽는 것은 아닌가 하는 것만이 걱정이었다. 할 수 있는 데까지의 조치는 끝냈다. 주임이 딴 곳으로 왕진이라도 가지 않아주었으면 하고 진심으로 빌 뿐이었다. 끝도 없이 긴 시간처럼 생각되었다.

겨우 주임이 와주었다. 진찰을 하면서 작은 소리로 필립에게 상황을 물었다. 그러나 얼굴 빛을 보기만 해도 중태라는 것은 의심할 여지가 없었다. 주임은 챈들러라고 하는, 여윈 얼굴에 코는 긴 편이고 나이에 비해서 주름살이 많고 키가 큰 몹시 과묵한 사나이였다. 그는 머리를 가로 저으면서 말했다.

"처음부터 희망이 없었군그래. 남편은 어디 갔소?"

"계단에서 기다리고 있으라고 했는데요."

"그럼 불러오시오."

문을 열고 필립은 그를 불렀다. 위층으로 통하는 계단 맨 아랫단의 어둠 속에서 그는 가만히 기다리고 앉아 있었다. 그는 침대 옆까지 와서 물었다.

"어떻게 됐나요?"

"내출혈이 심해서 도무지 멈추지 않는군." 거기서 주임은 잠깐 말을 끊었으나, 그 뒤는 말하기 거북한 말인 만큼 일부러 무뚝뚝한 어조로 말했다. "이젠 틀렸어요."

사나이는 말이 없었다. 핏기를 잃고 혼수 상태로 누워 있는 아내의 모습을 보면서 말뚝처럼 서 있었다. 산파가 말 참견을 했다.

"이봐요." 여자가 말했다. "선생님들께선 하실 수 있는 일을 다 하셨단 말예요. 애리, 나는 처음부터 알았었는걸."

"잠자코 있어요." 챈들러가 핀잔을 주었다. 창문에는 커튼도 하나 없었다. 부옇게 먼동이 트려고 하고 있었다. 아직 아침이라고는 할 수 없었으나 이제 곧 아침이 된다. 챈들러는 가능한 모든 조치를 다해가며 죽음을 미루어가고 있었으나 생명의 실오라기는 시시각각 가늘어져가서 갑자기 눈 깜짝할 사이에 끊어지고 말았다. 어린아이와 같은 그 남편은 침대 발치에서 난간을 움켜쥔 채 그냥 서 있었다. 한 마디도 하지 않았다. 그러나 그의 얼굴은 새파래지고 입술은 잿빛이었다. 혹시나 이대로 실신해 버리지나 않을까 하고 챈들러는 한두 번 걱정스러운 듯이 그를 돌아다보았다. 산파가 커다란 소리로 훌쩍거렸다. 그러나 그 소년은 그런 것은 아랑곳하지 않고 가만히 자기 아내의 주검만을 뚫어지게 바라보고 있었다. 갈피를 못 잡는 인간의 표정이었다. 자신이 무엇을 잘못했는지도 모르면서 매를 맞고 있는, 어딘가 개의 표정같이 보이기까지 했다. 챈들러와 필립이 기구를 챙기고 나자 챈들러가 소년에게 말했다.

"자네도 좀 자는 게 좋겠네. 혼이 단단히 났을 테니까."

"하지만 잘 데가 없습니다, 선생님."

그의 목소리에는 처량할 만큼 약해진 마음이 나타나 있었다.

"임시라도 좋으니 어디 잠깐 눈 붙이게 해줄 만한 사람도 없단 말인가?"

"없습니다."

"이 사람들은 이사온 지 겨우 일 주일밖에 안 되었거든요." 하고 산파가 사이에 끼어들었다. "그래서 아직 아는 사람이 없답니다."

챈들러는 조금 난처한 듯 망설였으나 이윽고 그에게로 가서 말했다.

"이렇게 되어버려서 정말 안됐네."

그러면서 손을 내밀었다. 그 소년은 본능적이라고나 할까? 자기 손이 깨끗한가를 잠깐 보고 나서 비로소 내민 손을 잡았다.

"감사합니다, 선생님."

필립도 그의 손을 잡았다. 챈들러는 다시 산파에게 날이 밝거든 사망 진단서를 가지러 오도록 일러두었다. 두 사람은 그 집을 나와서 그저 묵묵히 걷기 시작했다.

"어때? 처음엔 좀 허둥지둥했겠지?"

드디어 챈들러가 입을 뗐다.

"네, 조금은."

"무엇하면 오늘 밤엔 자네에게 카르테를 가지고 가지 말라고 수위에게 일러둘까?"

"어차피 내일 아침 여덟시면 끝나는 거니까요."

"그래, 몇 사람이나 다루었나?"

"예순세 명이나 받았습니다."

"그거 잘했군. 그만하면 면허를 받겠군그래."

이윽고 두 사람은 병원에 도착했다. 주임은 또 누가 데리러 와 있지나 않는지 알아보러 들어갔다. 필립은 그대로 걸어갔다. 그 전날은 종일 무척 더운 날씨였으나 오늘 아침은 아직 한 줄기 상쾌함이 감돌고 있었다. 거리는 정적 그대로였다. 도무지 잘 마음이 나지 않았다. 드디어 근무는 끝난 셈이었다. 서두를 필요는 없다. 상쾌한 아침 공기와 정적을 마음껏 즐기면서 천천히 걸었다. 다리까지 나가서 강에서의 여명을 바라보기로 할까? 거리 모퉁이에서 경관이 아침 인사를 건네왔다. 그가 들고 있는 검은 가방을 보고 누구인가를 알아본 모양이었다.

"간밤엔 퍽 늦게까지 수고하신 모양이시군요."

필립은 고개를 끄덕여 인사를 대신하고 지나쳤다. 난간에 기대서서 아침 하늘을 바라다보았다. 이 시각에는 대도시도 죽음의 도시 같았다. 하늘에는 구름 한 점 없었고 간신히 부옇게 동이 트기 시작한 여명의 빛 속에서 별빛은 엷어져 있었다. 강변에는 엷은 안개가 끼여서 북쪽 낭떠러지에 있는 큰 건물은 마법의 섬의 궁전처럼 희미하게 보였다. 강 중류에는 나룻배가 몇 척 매어져 있다. 하늘도 땅도 왠지 답답할 정도로 장엄한, 이 세상 같지 않은 보랏빛 일색이었다. 그러나 그것들도 점점 모든 것이 차갑고 희끄무레하게 빛이 바랬다고 생각하자, 그 순간 황금빛이 하늘을 흐르고 그 하늘을 무지개빛으로 물들이면서 태양이 솟았다. 필립은 창백한 안색으로 죽음의 침대에 누워 있던 소녀와 그 침대 끝에 마치 상처 입은 동물처럼 우두커니 서 있던 그 소년의 환상이 아무리 털어버리려 해도 지워지지가 않았다. 그 휑한 더러운 방의 느낌이 한층 더 측은한 인상을 주었다. 얼마나 참혹한 일인가? 이제 겨우 인생의 출발점에 서 있는데 가혹한 운명은 그 여자의 생명 그 자체를 끊어버리고 만 것이다. 그러나 그렇게 생각한 즉시 필립은 다시 생각했다. 그 여자의 앞길에 기다리고 있었던 것은 과연 무엇이었을까? 자꾸자꾸 태어나는 아기들, 재미도 없는 빈곤과의 투쟁, 과로에 무참히도 좀 먹혀가는 청춘, 비참하게 영락해 버린 중년 여인, 그 아름답던 얼굴은 여위어서 창백하고, 머리카락은 빠져버리고, 아름답던 손은 노동으로 거칠어져서 마치 늙은 짐승의 발톱처럼 되어버리는 광경이 그대로 눈앞에 보이는 것 같았다. 더욱이 남자는 어떨 것인가? 겨우 한창 나이인 그에게 오는 것은 으레 취직난이요, 값싼 임금, 그리고 최후에는 비참한 가난뿐이다. 한편 여자 쪽은 근면하고 정말로 건강한 일꾼이었는지도 모른다. 그러나 그것만으로 어떻게 된다는 것인가, 끝내는 양로원의 신세를 지거나, 아니면 자식들이 보태주는 생활비로 간신히 목숨을 이어나가는 것이 고작일 것이 뻔하다. 사실 앞날의 희망도 생각할 수 없을 때에 죽어버렸다고 해서 누가 가엾다느니 말할 것인가? 결국 인연이란 것 따위가 무엇이겠는가? 필립은 생각했다. 그들이 요구하는 것은 연민이 아니다. 그들은 자신을 불쌍하다고는 생각하지 않는다. 다만 운명을 운명으로서 체념하고 있을 뿐인 것이다. 모든 것은 자연의 법칙일 뿐이다. 그렇다, 만약 그렇지 않다면 아마 그들은 대번에 강을 건너서 당당한 건물들이 즐비한 근처를 태워버리고, 약탈하고, 갖은 행패를 부렸을 것이 틀림없었다. 그러나 바야흐로 평원한 날은 부옇게 밝아오고 얄팍하게 끼어 있는 안개 속 깊은 곳에는 모든 것들이 부드러운 햇볕 속에 떠 있다. 템즈 강은 시시 각각으로 엷은 먹빛, 장미빛, 그리고 녹색으로 빛나고 있었다. 그 엷은 먹빛은 진주모(眞珠母)와 흡사하고 녹색은 노란 장미꽃의 꽃술을 연상케 했다. 서리 사이드의 부두며 창고 건물은 잡다하게 뭉쳐져서 이것 또한 아름답게 빛나고 있었다.

자기도 모르게 마음 설레는 것 같은 무어라고 형용할 수 없는 아침 풍경이었다. 필립은 이 세상의 아름다움에 완전히 압도되었다. 이것만 있으면 그 밖의 것은 어떻게 되든 상관없을 것 같다고 문득 그는 그렇게 생각했다.

115

필립은 겨울 학기가 시작되기까지의 삼사 주일 동안을 외래환자부에서 실습을 계속했으나, 시월이 되자 다시 정규 학과를 시작하였다. 필립은 너무나 오랫동안 학교를 떠나 있었기 때문에 동료들은 모두 낯선 얼굴뿐이었다. 학년이 다르면 서로 거의 접촉이 없었고 필립의 동기생들은 대부분 이미 자격을 받아서 지방 병원이나 진료소의 조수로 가기로 하고 개중에는 그대로 성 누가 병원에 봉직하고 있는 사람도 있었다. 지난 이 년 동안 쉬었던 것이 도리어 그에겐 정신적인 휴양이 되어서 힘을 주었으므로 필립은 이번에는 공부에도 몹시 열을 올렸다.

아델니 일가는 필립의 운이 트인 것을 대단히 기뻐해주었다. 필립은 백부의 재산을 팔 때에 몇 가지를 골라내두었던 것들을 그들에게 선물했다. 샐리에게는 백모의 유품인 금목걸이를 주었다. 그녀도 이제 완전히 어른이 되어서 양장점에 견습생으로 다니고 있었다. 매일 아침 여덟시에는 집을 나가서 온종일 리젠트 거리에 있는 가게에서 일했다. 밝고 푸른 눈, 넓은 앞 이마, 그리고 숱이 많은 머리가 윤기있게 빛났다. 큼직한 엉덩이, 풍만한 가슴, 제법 건강해 보이는 여자였다. 그녀의 자태를 화제에 올리는 것이 아델니의 취미였는데 뚱뚱해지지 말라는 말을 되풀이해서 충고했다. 동물처럼 건강하면서도 여성다운 것이 샐리의 매력이었다. 그녀를 따르는 남자들도 꽤 많은 것 같았으나 그녀는 모르는 체하고 끄떡도 하지 않았다. 연애 따위는 부질없다고 생각하는 것은 아닌가 하고 생각케 했다. 그러므로 젊은 남자들의 눈으로 보면 무척 접근하기 힘든 여자였는지도 모른다. 그녀는 나이에 비해서 너무나 어른스러웠다. 어머니를 도와서 가사와 어린 동생들의 시중을 들어왔기 때문인지 주부다운 데가 있었다. 그래서 어머니는 샐리가 아무래도 너무 고집이 세서 곤란하다고 불만을 하곤 했다. 원래 말이 적은 여자였으나 나이가 들어감에 따라서 일종의 조용한 유머라고나 할까, 그런 것이 생겨서 때로는 겉보기에 냉담한 것과는 달리, 가슴속 깊은 곳에 동료들에 대한 흥미가 조용히 눈뜨기 시작한 것 같은 말을 입에 담기도 했다. 필립은 아직까지도 샐리하고는 아무리 해도 이 집의 다른 식구들처럼 터놓고 친절하게 지낼 수가 없었다. 때때로 그는 샐리의 냉담함이 조금은 기분에 걸릴 때도 있었다. 어딘지 수수께끼 같은 데가 있는 소녀였다.

필립이 셀리에게 목걸이를 선물로 주었을 때 아델니는 언제나처럼 바보스러운 어조로 필립에게 감사하다는 인사로 키스해야 한다고 했다. 그녀는 새빨개져서 뒤로 물러섰다.

"싫어요, 그런 거."

"저런, 은혜를 모르는구나. 어째서 싫지?"

"하지만 전 남자에게 키스받는 게 싫은걸요."

몹시 당황하는 그녀를 보고 필립은 우습기도 했으나 얼른 화제를 바꾸어서 아델니의 주의를 딴 데로 돌렸다. 그렇게 하는 것은 결코 어려운 일은 아니었다. 그러나 그 뒤에 또 어머니도 같은 말을 꺼냈던 모양이었다. 왜냐하면 다음에 필립을 만났을 때 극히 짧은 시간이었으나 필립과 단둘이 되자 샐리는 얼른 그 이야기를 꺼냈기 때문이다.

"지난 번에 키스 같은 거 싫다고 했죠? 기분 나쁘게 생각하지 않으셨죠?"

"아아니, 조금도."

필립은 웃으며 대답했다.

"그 목걸이가 고맙지 않아서가 아네요." 약간 얼굴을 붉히면서 미리 준비해두었던 것 같은 틀에 박힌 인사말을 했다. "주신 목걸이는 그야말로 소중하게 갖겠어요. 정말 기쁜걸요."

언제나 이야기 상대로서는 어쩐지 어려웠다. 모든 것을 잘해주기는 하면서도 별로 이야기 같은 것은 할 필요가 없다고 생각하는 모양이다. 그렇다고 해서 사교를 싫어하는 것은 아니었다. 어느 일요일 오후였는데 아델니 부부는 외출하고 없었다. 한 가족처럼 지내오는 사이였기 때문에 거실로 들어가서 책을 읽고 있었다.

그러자 샐리가 들어와서 창가에 앉아서 바느질을 시작했다. 계집애들의 옷은 모두 집에서 만들었기 때문에 샐리는 일요일이라고 해도 게으름을 필 수가 없었다. 필립은 샐리가 자기와 이야기를 하려고 온 것이라고 생각하고 책을 놓았다.

"책을 읽으세요." 그녀는 말했다. "혼자 계시는 것 같아서 온 것뿐이에요."

"어떻든 샐리처럼 말이 없는 사람도 드물어."

"우리 집에선 아버지 한 분만 해도 충분해요."

별로 비꼬는 것 같은 말투는 아니었다. 다만 사실을 말하고 있을 뿐이었으나, 그렇기는 해도 그 말을 통하여 그녀가 이미 아버지의 인간성을 훤히 헤아리고 있다는 것은 거의 확실했다. 그렇다. 이제 소녀 시절에 보였던 영웅 같았던 아버지는 사라지고 그녀의 마음속에는 아버지의 유쾌한 말과, 한편으로는 가끔 생계에 곤란을 초래하는 그의 낭비 버릇이 하나의 비판의 대상으로 비쳐 있었던 것이다. 아버지의 능숙한 말솜씨와 어머니의 실제적인 상식을 냉정하게 비교해본다. 아버지의 쾌활함도 재미있지만 때로는 솔직히 견딜 수 없을 때도 있었을 것이다. 필립은 몸을 굽히고 열심히 바늘을 놀리고 있는 샐리를 지켜보고 있었다. 샐리는 보기만 해도 건강하고 튼튼해 보여서 진짜 처녀 같았다. 납작한 가슴과 빈혈증에 걸린 핏기없는 얼굴을 한 다른 처녀들과 함께 가게에서 일하고 있는 모습은 참으로 기묘한 광경임에 틀림없다. 그러고 보니 밀드레드도 역시 빈혈증이었다.

얼마 후 샐리에게도 구혼자가 나타난 모양이었다. 샐리도 가게에서 사귄 동무들과 함께 종종 외출을 하는 일이 있었는데 우연히 어떤 전기 기사와 서로 알게 되었던 것이다.

장사에도 상당히 성공한 사람이었는데 그만하면 더할 나위 없는 좋은 청년이었다. 어느 날 샐리는 어머니에게 그 청년으로부터 구혼받은 이야기를 했다.

"그래서 너는 무어라고 했니?"

"당분간은 아무하고도 결혼할 생각이 없다고 했죠." 하고 언제나 하는 버릇으로 잠깐 말을 끊었다. "하지만 그 사람이 너무나 슬픈 표정을 짓기에 그럼 한 번 일요일에 차 마시러 오라고 했어요."

아델니로서는 기다리던 참이었다. 아버지로서 어떠한 위엄을 보이고 그 청년을 교육할 것인가 하고, 그는 오후 내내 연습을 되풀이해서 아이들에게까지 웃음을 살 정도였다. 마침 청년이 찾아오기 바로 전에 아델니는 어디서인지 토르코 모자까지 끄집어내다가 아무리 말려도 그것을 쓰겠다고 우기고 듣지 않았다.

"어이없는 짓은 웬만큼 해두세요." 부인이 말했다. 그렇게 말하는 그녀도 검은 빌로드 나들이옷을 입고 있었으나, 해마다 살이 찌기 때문에 몹시 꼭 끼여서 답답해 보이기조차 했다. "당신은 모처럼의 샐리의 기회를 망쳐버리고 말겠군요."

그녀는 억지로라도 모자를 벗기려고 했으나 아델니는 재빨리 뒤로 물러서면서 말했다.

"아니, 손을 내밀다니! 난 무슨 일이 있어도 모자는 벗지 않을 테니까 그렇게 알라구. 오늘 오는 젊은 친구에게 이 집은 보통 집과는 다르다는 것을 처음부터 인식시켜줘야 해."

"어머니! 아버지께서 그냥 쓰고 계셔도 괜찮지 않아요?"

마치 남의 일이기나 한 것 같은 어조로 샐리가 말했다.

"도널드슨이 만약 그것을 이상하게 생각한다면 가버리고라고 하면 되잖겠어요. 그러는 편이 오히려 시원할 거예요."

필립도 그 젊은이에겐 이것이 상당한 시련이 될 것이라고 생각했다. 그것은 갈색 빌로드 윗옷과 커다랗게 늘어뜨린 보헤미안 넥타이, 붉은 토르코 모자 등 이런 아델니의 옷차림은 아무것도 모르는 젊은 전기 기사에게는 틀림없이 놀라운 광경일 것이라고 생각되었기 때문이었다. 드디어 그가 찾아오자 우선 아델니는 스페인의 귀족이 하는 것 같은 과장된 예의로 맞아들였다. 그와 반대로 아델니 부인으로부터는 실로 자연스럽고 수수한 환영을 받았다. 그리고 모두 헌 다리미질용 테이블을 둘러싸고 높은 등판이 달린 승원용 의자에 앉았다. 아델리 부인은 잘 닦은 사기 주전자에서 차를 따라주었는데 이것은 또한 이 자리에 형용할 수 없는 영국의 전원풍 취미를 더해주었다. 테이블 위에는 부인이 손수 만든 과자가 놓여 있었다. 잼도 손수 만든 것이었고 차도 시골차였다. 이러한 모든 것이 필립에게는 십칠 세기 식의 이 집과 잘 어울려 더욱 변화가 있어서 기뻤다. 아델니는 또 무슨 바람이 불었는지, 옛 비잔틴 역사 이야기를 장황하게 늘어놓기 시작했다. 마침 최근에 《로마 쇠망사》의 끝 부분을 조금 읽었을 뿐이었다는데, 아무튼 배우처럼 집게손가락을 내밀면서 어리둥절해 있는 그 청년에게 데오도라와 이레네의 극히 난잡한 이야기를 자꾸만 말하는 것이었다. 아델니는 언제나처럼 허풍을 떨면서 거침없는 기세로 직접 전기 기사에게 퍼붓듯이 말했다. 그 청년도 별수없이 입을 다물고 부끄러운 듯이 아래만 보고 있었으나 흥미있게 듣고 있다는 듯이 보이려는 것처럼 이따금 고개를 끄덕거리고 있었다. 물론 부인은 아델니의 이야기 같은 것은 전혀 듣고 있지도 않았다. 다만 이따금 좀더 차를 드시죠, 라든가 또 과자며 잼을 권하기 위하여 옆에서 말참견을 할 뿐이었다. 필립은 샐리를 가만히 관찰하고 있었다. 샐리는 그저 눈을 아래로 내리깔고 있을 뿐이었으나 주의만은 조금도 게을리하지 않고 있었다. 샐리의 긴 속눈썹이 볼 위에 아름다운 그림자를 던지고 있었다. 아무리 보아도 그녀가 오늘 이 자리를 즐기고 있는 것인지, 또는 이 젊은 기사가 마음에 든 것인지 그것조차도 도무지 알 수가 없었다. 참으로 이해하기 어려운 여자였다. 그러나 그는 한 가지만은 확실히 알았다. 그것은 그 젊은 기사가 참으로 호감이 가는 미남이라는 것이었다. 보기에도 밝고, 잘 정돈된 눈, 코, 그리고 정직해 보이는 얼굴과 금발, 수염없는 미남이었다. 키도 후리후리하고 전체적인 균형도 잘 잡혀 있었다. 필립도 그가 샐리에게 참으로 잘 어울리는 배필이 될 것이라고 생각하지 않을 수 없었다. 그런 만큼 또 젊은 두 사람의 앞날에 기다리고 있을 행복을 생각하면 역시 가슴이 아플 만큼 부러웠다. 얼마 후 청년은 시간이 되었으니 돌아가겠다고 했다. 샐리는 말없이 일어나서 그를 현관까지 바래다주었다. 돌아오자 대번에 큰 소리로 아버지가 외쳤다.

"샐리, 참 좋은 청년이더라. 우리는 기꺼이 그 사람을 맞아들이자꾸나. 곧 교회에 알려야겠다. 나는 축가를 지어야겠고."

샐리는 테이블 위의 그릇을 치우기 시작했다. 아버지의 말에는 아무 대답도 하지 않다가 갑자기 힐끔 필립을 보자 느닷없이 말을 꺼냈다.

"케어리 씨는 그를 어떻게 생각하세요?"

그녀는 어쩐지 동생들이 부르는 것처럼 필립 아저씨라고 부르는 것을 싫다고 했고, 그렇다고 해서 그냥 이름만을 부르지도 않았다.

"참 훌륭한 배필이 될 것이라고 생각해."

그러나 샐리는 다시 한 번 재빠르게 필립을 보고는 약간 얼굴을 붉힌 채 다시 뒷걸음질을 계속했다.

"말하는 걸 한 마디 들어도 참으로 다정한 좋은 청년이라고 생각해. 그런 사람이라면 어떤 처녀라도 행복하게 될 거야."

하고 이번에는 부인도 맞장구를 쳤다. 샐리는 이 말을 듣고도 잠시 동안은 대답하지 않았다. 필립은 이상스러운 듯이 샐리의 얼굴을 바라보았다. 지금 어머니가 한 말을 다시 곰곰이 생각하는 것일까? 혹은 다른 공상의 애인이라도 생각하고 있는 것일까?

"어째서 아무 말도 하지 않는 거지? 사람이 말을 하고 있는데?"

어머니는 조금 화가 난 것처럼 말했다.

"하지만, 저는요, 시원찮은 남자처럼 생각되는걸요."

"그럼 그와 결혼을 안 하겠단 말이냐?"

"네, 그래요."

"그럼, 너는 어떤 사람을 바란단 말이냐?" 아델니 부인은 확실히 화가 난 모양이었다. "참으로 단정하고 좋은 사람이고, 살림도 훌륭하게 해나가리라고 생각하는데. 집에는 네 뒤에도 다 큰 동생들이 얼마든지 있지 않니? 이런 좋은 기회를 놓치다니 그야말로 벌 받을 거다. 그리고 힘드는 일은 가정부를 두고 시킬 수도 있고 말이다."

　필립은 아델니 부인이 아내로서의 괴로움을 이렇게도 노골적으로 입에
담아서 말하는 것을 들은 것은 처음이었다. 아이들 하나하나를 키워내는
일이 얼마나 큰 일인지는 필립도 잘 알고 있다.
　"어머니, 그러니까 이 혼담은 아무리 진행시키셔도 소용없어요. 전 절
대로 결혼 같은 건 하지 않을 테니까요."
　"계집애가 어쩌면 이렇게 고집이 세고 제멋대로일까?"
　"그럼 제 자신이 벌어서 먹으라는 말씀이시겠죠. 그렇다면 전 언제든지
일하러 나가겠어요."
　"바보 같은 소리 하는 것 아니다. 그런 걸 너의 아버지가 허락하실 것
같으냐?"
　필립은 문득 샐리의 시선과 마주쳤다. 그 순간 필립은 그녀가 무언가
재미있어 하는 것 같은 눈빛을 본 것 같았다. 아까부터 하던 말 속의 무엇
이 그녀의 유머 감각을 자극한 것일까? 참으로 색다른 처녀였다.

<h2 style="text-align:center">116</h2>

　성 누가 병원에서의 마지막 일 년은 필립도 전력을 다해 공부하지 않으
면 안 되었다. 생활에는 부족함이 없었다. 걱정도 없었고 생활비도 쓸 만
큼 있다는 것은 즐거운 일이 아닐 수 없었다. 곧잘 금전을 경멸하는 말을
하는 사람들이 있는데 과연 그 사람이 돈 없는 생활을 해본 적 있는지 의
심스럽게 생각됐다.
　빈곤으로 사람은 좀스럽고 치사하고 인색하고 탐욕스러운 인간이 되고
그 때문에 성격마저도 변하여 천한 각도에서 세상을 바라보게 되는 것
이다. 한푼 한푼에 신경을 쓰지 않으면 금전이라는 의미가 괴상하리만큼
커지게 된다. 역시 인간은 금전 그 자체를 올바르게 평가하려면 어느 정
도의 재산이 필요한 것이다. 아델니 일가를 만나는 일 외에는 별로 접촉
하는 사람도 없어서 고독한 생활임에는 틀림없었으나 필립은 조금도 쓸
쓸하지 않았다. 언제나 장래에 대한 계획에 골몰했으나 때로는 지나간 일
들을 회상해보는 일도 있었다. 이따금 옛 동무들의 일도 회상할 때가 있
었지만 그들을 만나보겠다는 생각은 전혀 하지 않았다. 다만 노라 네스비

트만은 그 뒤 어떻게 되었는지 알 수만 있으면 확인하고 싶은 마음이 없지도 않았다. 다른 이름이 되어 있을 터이지만 공교롭게도 결혼 상대였던 남자의 이름을 까맣게 잊어버리고 말았다. 노라를 알게 된 것만은 좋았다고 생각하고 있다. 좋은 사람이었고 용기도 있었다. 어느 날 밤 필립은 열한시 좀 지난 시간에 피카딜리에서 우연히 로슨의 모습을 본 일이 있었다. 야회복을 입은 것을 보니 연극을 보고 돌아가는 길이었던 것 같았다. 그러나 그 순간, 필립은 마음이 변하여 다급하게 골목길로 들어서고 말았다. 이럭저럭 이 년 동안을 만나지 못했다. 일단 끊어져버린 우정이 지금 새삼 원 위치로 돌아가리라고는 생각되지 않았기 때문이다. 이제 서로 이야기할 말은 아무것도 없다. 필립의 마음은 이젠 그림 같은 것에 흥미없었다. 미를 즐긴다는 것만이라면 어린 시절보다도 도리어 강렬해진 것 같기도 한데, 그림 그 자체는 이미 대수로운 문제는 아니었다. 그의 관심은 전적으로 인생이라는 이 풍부한 혼돈 속에서 무언가 하나 그림무늬를 짜내는 데 있었다. 그리고 지금 생각하고 소재를 위해서 그림 물감이나 언어에의 선입견 같은 것에 구애받을 만한 것이 못 된다고 생각되었다. 로슨의 역할은 이미 끝난 셈이다. 그와의 우정도 확실히 지금 필립이 짜기 시작한 무늬 가운데의 한 가지 모티브였었던 것은 틀림없다. 그러나 로슨 개인에 대해서는 이미 그 이상의 관심은 아무것도 없었다. 그 사실까지 무시해버리려는 것은 단순한 감상에 지나지 않는다.

이따금 밀드레드의 일을 생각해내는 일도 있었다. 그 여자와 만날 것 같은 곳은 일부러 피해 다녔는데도 어떤 때는 호기심에서라고나 할까, 혹은 또 자기 자신도 알 수 없는 좀더 깊은 동기에서 비롯되는 것인지 자기도 모르게 피카딜리나 리젠트 거리를, 더욱이 그녀가 나돌 만한 시각에 걸을 때도 있었다. 그때마다 곧잘 생각해보는 일이지만, 도대체 만나고 싶은 것인지, 만나는 것이 두려운 것인지 자기 스스로도 알 수가 없었다. 한 번은 그 여자와 비슷한 뒷모습을 본 적도 있었다. 순간 그 여자라고 알아차렸을 때 실로 기묘한 심정이 되었다. 이상야릇하게 마음이 아팠는데 생각해볼 때 그것은 불안이기도 했고 또 불쾌한 놀라움이기도 했다. 그리고 급한 걸음으로 다가가 다른 사람이었다는 것을 알았을 때에는 마음을 놓은 건지 실망한 것인지 도무지 스스로도 분간을 할 수 없었다.

  팔월 초에 필립은 마지막 시험인 외과 시험에도 통과하여 드디어 졸업장을 받았다. 그것은 성 누가 병원 부속 학교에 입학한 지 칠 년 만이었다. 나이는 이미 서른에 가까웠다. 그는 개업 자격의 면허증을 손에 들고 왕립 외과 의학교 사무실의 계단을 내려오면서 그의 가슴은 만족감으로 크게 뛰었다. 그는 생각했다.
  '드디어 이제부터가 나의 진짜 인생이다.'
  다음 날은 사무실에 나가서 병원 근무를 희망한다는 등록을 하고 왔다. 사무장이라는 사람은 검은 수염을 기른 유쾌하고 몸이 작은 사람으로서 필립에게는 언제나 친절하게 대해주었다. 그는 필립의 졸업을 축하하고 나서 이렇게 말했다.
  "그런데 자네, 겨우 한 달 동안이지만 남해안 지방에 가서 임시 조수로 일해볼 생각은 없나? 식사와 방을 제공하고 한 주일에 삼 기니라는데 말일세."
  "좋습니다."
  "장소는 도시셔 주에 있는 판리라는 곳인데, 닥터 사우드라는 사람을 도와주는걸세. 당장에라도 떠나야겠어. 원래 있던 조수가 유행성 이하선염에 걸렸다는군. 무척 살기 좋은 곳 같던걸."
  그러나 사무장의 태도에는 무언가 조금 알 수 없는 데가 있었다. 어딘지 수상쩍었다.
  "무언가 난처한 일이라도 있습니까?"
  사무장을 조금 대답하기가 난처한 것 같았으나 마치 달래기라도 하는 것처럼 웃으며 대답했다.
  "아니, 사실은 그 의사가 퍽 까다로운 사람인가 보더군. 그래서 결국 아무데서도 그에게 사람을 소개해주지 않는다더군. 마음먹은 것은 무엇이든 함부로 말해버리기 때문에 모두들 싫어한다는 거야."
  "그런 사람이 저처럼 이제 갓 졸업한 풋내기에 만족할까요? 아무튼 전 경험이라곤 아무것도 없는걸요."
  "천만에. 그럴 리야 없지. 자네가 가주는 것만으로도 응당 기뻐해야 할 것일세."

하고 아주 사교적인 투로 말했다.

필립은 잠시 생각했다. 앞으로 이삼 주일 동안은 아무 할 일이 없었다. 조금이라도 돈을 벌 기회가 생겼다니 고마운 셈이다. 이곳 성 누가 병원이나 그것이 안 되면 다른 병원에 근무하고 계약 기간이 끝나면 무슨 일이 있어도 스페인으로 휴가 여행을 하고 싶다는 것이 희망이었는데 그때의 비용으로 모아두어도 좋을 것이다.

"좋습니다. 제가 가겠습니다."

"단, 한 가지 조건은 오늘 오후에 당장 떠나주어야겠는데. 그래도 괜찮겠나? 좋다면 지금 곧 전보를 치겠네."

필립으로서는 될 수만 있다면 이삼 일간의 여유를 갖고 싶었지만, 아델니 집 사람들과는 어젯밤에 만났었기 때문에(졸업한다는 기쁜 소식을 곧바로 알리러 갔던 것이다) 당장 떠나서 안 될 이유란 없었다. 짐이라곤 거의 없다. 그래서 그날 밤 일곱시가 지나서 판리 역에 도착해 마차를 타고 닥터 사우드를 찾아갔다. 병원은 나지막한 모르타르로 세워진 건물이었으며 버지니아 담쟁이가 집을 온통 뒤덮고 있었다. 하녀가 나와서 필립을 진찰실로 안내했다. 진찰실에서 노의사는 책상에 기대앉아서 무엇인가 열심히 쓰고 있었다. 안내를 받아 들어가자 그는 얼굴을 들었으나, 일어서는 것도 아니고 말도 하지 않고 다만 빤히 필립을 노려보고 있을 뿐이었다. 이러는 데는 필립도 놀랐다.

"벌써 기다리고 계셨으리라고생각합니다만, 오늘 아침 성 누가 병원의 사무장으로부터 전보를 안 받으셨습니까?"

"그래서 저녁 식사를 삼십분이나 늦추고 있는걸세. 자네, 얼굴과 손을 씻어야겠네."

"네."

아무튼 닥터 사우드가 좀 색다른 사람이라 필립은 오히려 유쾌했다. 그때 비로소 그가 일어나는 것을 보니, 중키에 바싹 여윈 사나이로 백발이 된 머리를 짧게 깎고, 커다란 입을 마치 입술도 보이지 않을 만큼 단단히 꽉 다물고 있다. 깨끗이 면도를 하여 하얀 구레나룻을 조금만 남겼을 뿐 수염은 없다. 그런 탓인지 위엄있게 보이는 턱과 함께 얼굴이 더한층 네모나게 보였다. 그는 갈색 트위드 양복에 하얀 칼라를 달고 있었으나 너

무 커서 매우 헐렁했다. 아무리 보아도 십구 세기 중엽의 유복한 농부를
연상케 했다. 그가 문을 열고 말했다.

"저 방이 식당일세." 하고 정면의 문을 가리켰다. "그리고 자네 침실은
저 이층 층계 참으로 나가서 제일 첫 방일세. 준비가 다 되면 아래층으로
내려오게."

저녁 식사를 하는 동안 필립은 닥터 사우드가 줄곧 자기를 살펴보고 있
는 것을 잘 알았으나 말은 거의 하지 않았다. 그 의사는 자기 조수의 이야
기 따위는 듣고 싶지도 않은 것처럼 보였다.

"언제 자격을 땄지?"

"어제입니다."

"대학에도 다녔겠지?"

"아닙니다."

"그렇지, 작년입니다. 조수가 휴가를 가야겠다기에 부탁을 했더니 대학
을 나왔다는 사람을 보냈더군. 나는 제발 두 번 다시는 받지 않는다고 사
양했네. 나는 그런 신사 따윈 딱 질색이거든."

그리고 또 잠자코 있었다. 저녁 식사는 간단했으나 상당히 좋았다. 필
립은 겉으로는 평온한 체했으나 속으로는 흥분해서 떨고 있었다. 조수라
고 하더라도 일자리가 생겼다는 것은 매우 기분이 좋았다. 갑자기 어른이
라도 된 것 같은 기분에 웃음이 터질 것 같아 견딜 수가 없었다. 의사의
권위라는 것을 생각하면 생각할수록 더욱더 웃음이 터질 것만 같았다.

이런 생각에 잠겨 있을 때 갑자기 닥터 사우드가 끼어들었다.

"지금 몇 살이지?"

"서른 살이 다 되었습니다."

"그런데 어제 졸업했다는 건 어찌 된 일인가?"

"그건 스물세 살이나 되어서 처음 공부를 시작한데다가 중도에 이 년
동안 중단해야 했던 사정이 생겼었거든요."

"어째서인가?"

"돈이 없었습니다."

닥터 사우드는 이상하다는 표정으로 그의 얼굴을 보았으나 다시금 입
을 다물어버렸다. 식사가 끝나자 식탁에서 일어서면서 그는 물었다.

"그런데 자네는 여기서 하는 일이 무엇인지 아나?"

"아뇨, 아무것도."

"우리 병원을 찾아오는 환자는 거의 전부가 어부와 그들의 가족들뿐일세. 나는 결국 어민 조합의 병원을 하고 있는 셈일세. 예전에는 여기엔 내 병원 하나뿐이었지. 그런데 이 고장을 상류 계급의 해수욕장으로 만들기 시작하자, 또 한 사람이 저 언덕 위에 개업을 하게 되었지. 그래서 돈 있는 사람들은 모두 그 병원으로 가고 치료비도 제대로 낼 수 없는 사람들만 나를 찾아오게 되었다네."

그 병원과의 경쟁이 이 노인에게는 가장 괴로운 일인 것 같았다.

"그런데 저는 아직 경험이라곤 전혀 없습니다만……."

"경험이 있건 없건 자네들은 모두 아무것도 모르지."

그는 그 이상 아무 말도 하지 않고 방을 나가버렸다. 필립은 혼자 남았다. 잠시 후 설거지를 하려고 들어온 가정부에게 물어보니, 닥터 사우드의 진찰 시간은 아침 여섯시부터 저녁 일곱시까지라고 했다. 그날 밤의 진료는 이미 끝난 셈이었다. 필립은 자기 방에서 책을 가져다가 파이프 담배를 피우며 읽기 시작했다. 지금까지 몇 개월 동안 의학 서적 이외에는 아무것도 읽지 않았기 때문에 말할 수 없이 즐거웠다. 열시가 되자 닥터 사우드가 들어와서 그를 보았다. 필립은 다리를 높이 쳐들고 책보기를 좋아했는데 그러기 위해서 의자를 하나 발판으로 하여 붙여놓고 있었다.

"홍, 자네 꽤 편안하게 앉는 방법을 아는 것 같군."

닥터 사우드는 조금 험한 표정으로 말했다. 만약 지금처럼 기분 좋은 때가 아니었더라면 필립도 틀림없이 당황했을 것이었다. 그러나 필립은 즐거운 듯이 눈을 빛내며 대답했다.

"못쓰나요, 이렇게 하면?"

닥터 사우드는 그를 힐끗 바라보았으나 아무런 대답도 하지 않았다.

"뭔가, 읽고 있는 게?"

"《페리그린 피클》, 스몰레트의 작품입니다."

나도 스몰레트가 《페리그린 피클》을 썼다는 것 정도는 알고 있네."

"실례의 말씀입니다만, 의사님들은 문학에 별로 홍미가 없는 것 같던데요?"

닥터 사우드는 필립이 테이블 위에 놓은 책을 집어들었다. 그 책은 바로 블렉스테이블의 백부가 가졌던 판본 중의 한 권이었다. 첫 머리에 동판으로 인쇄된 그림이 있었고 퇴색된 모로코 가죽으로 꾸며진 얇은 책이었다. 책 안의 종이는 이미 낡아서 곰팡이 냄새가 나고 곰팡이 핀 자리도 많았다. 닥터 사우드가 책을 손에 잡았을 때 필립은 자기도 모르게 거의 본능적으로 두어 걸음 다가갔다. 희미한 미소가 그의 눈가에 나타났다. 그러나 노의사도 빈틈없는 사람이어서 그것을 놓치지 않았다.

"내가 하는 일이 어째 우스운가."

"책을 매우 좋아하시는 것 같군요. 책을 다루시는 것만 보아도 대개 알 수 있죠."

닥터 사우드는 책을 내려놓고 말했다.

"아침 식사는 여덟시 반일세. 알겠지?"

하고 그대로 방을 나가버렸다.

'정말 재미있는 괴짜인걸!'

하고 필립은 속으로 생각했다.

그러나 얼마 가지 않아서 어째서 조수들이 붙어나지 않는 건지 그 이유를 알 수 있게 되었다. 우선 첫째로, 그는 최근 삼십 년간 발견된 여러 신약에 대해서는 단호하게 반대했다. 대번에 유행이 되어서 굉장한 효험이 있다는 평판이 자자하다고 생각하면 몇 해 못 가서 사람들에게서 잊혀지고 마는, 그러한 약에 대해서는 그는 도저히 참을 수가 없다는 것이었다. 그도 역시 성 누가 병원 출신이었는데, 자기가 학생 시절부터 써왔던 판에 박은 듯이 정해놓은 몇 종류의 조제만을 줄곧 사용해온 것이다. 그의 말에 의하면 그 후 유행했던 어떤 약보다도 이것이 잘 듣는다는 것이다. 필립은 닥터 사우드의 무균법(無菌法)에 대한 불신감에는 놀라지 않을 수가 없었다. 일반적인 사회 여론에 대해서 경의를 표하고 일단 승인은 했지만, 필립이 병원에서 귀가 아프도록 줄곧 들어온 예방 조치 같은 것은 전혀 관심도 없었다. 마치 그는 아이들을 상대로 병정놀이를 하는 사나이처럼 태연하다고 하면 태연했지만 좀 심했다.

"옛날에 방부제(防腐劑)라는 것이 생겨서 그것만 있으면 다른 것은 아무것도 필요하지 않은 것처럼 생각한 일이 있지. 그런데 이번엔 또 무균

법이라는군. 참으로 어이없는 노릇이지."

이 병원으로 보내지는 젊은 의사들은 병원에서의 실습밖에 모르면서 아마 병원에서 주워들어서 그렇겠지만 일반 개업의에 대해서는 노골적인 경멸감마저 가지고 오게 된다. 그러나 실제 그들이 알고 있는 것이라고는 병원에서 접하는 여러 가지 합병증의 환자뿐이다. 이를테면 매우 알기 힘든 부신의 질병에 대한 치료법은 알고 있어도 단순한 코감기는 전혀 모른다는 것이었다. 요컨대 그들의 지식은 단순한 이론에 한정되어 있고 그 것에 대해서는 무한한 자신을 갖고 있었다. 닥터 사우드는 그러한 젊은 의사들을 잠자코 관찰했기 때문에 그들이 얼마나 무지하며 얼마나 허망한 자만심을 가졌는가를 밝혀내는 데에 심술궂을 만큼의 기쁨을 느끼고 있는 것이다. 환자라곤 대부분이 어부들뿐이었기 때문에 병원은 몹시 불경기였다. 그의 처방은 모두 독특한 처방법이었고, 조수에게 곧잘 잔소리하는 것은 단지 복통으로 병원에 온 어부를 상대로 값비싼 약을 대여섯 가지나 섞어서 조제한 약을 주면 도대체 수지 계산이 어떻게 되느냐는 것이었다. 그리고 또 젊은 의사들의 교양이 없는 것도 불만거리였다. 그들이 읽은 것이라고는 단지 〈스포츠 시보〉라든가 〈영국 의학〉 잡지 정도가 고작이고, 글씨도 서투르게 써서 읽을 수가 없을 뿐 아니라 철자법도 오자투성이인 형편이다. 이삼 일 동안 닥터 사우드는 필립의 행동을 엄밀히 관찰하고 있었다. 기회만 생기면 가장 신랄한 핀잔을 주려고 노리는 것이었다. 그러나 필립도 이것을 눈치채고 오히려 가벼운 흥미를 느끼면서 진료에 임하고 있었다. 아무튼 일이 바뀌어서 무엇보다 좋았다. 그리고 독립심과 그것에 따르는 책임감을 느낄 수 있는 것이 기뻤다. 진찰실에는 별의별 종류의 인간들이 다 나타났다. 필립은 환자들에게 자신을 가지고 지시할 수 있다고 생각하니 즐거워졌다. 그리고 병이 나아가는 경과 하나만 해도, 병원에서는 며칠만에 한 번씩 간신히 보는 데 반하여 여기서는 끊임없이 관찰할 수 있는 것도 기뻤다. 몹시 지붕이 얕은 어부의 집을 왕진하고 다니는데, 그들의 집에는 고기잡는 도구며, 돛이며 그리고 원양 항해의 기념품, 이를테면 일본에서 가져온 칠기, 멜라네시아의 창이며 각종 노, 그리고 스탬불의 시장에서 사온 단검들이 늘어놓여 있었다. 조그맣고 좀 답답한 방이었지만 거기에는 무언가 낭만적인 향기가 감돌았고 소금 냄새를 풍기는 바닷바람은 일종의 신선함마저 주었다. 필립은 어부들과 즐겨 이야기했다. 그네들도 필립이 조금도 거만하지 않은 사나이라는 것을 알자 곧잘 그들의 젊은 시절의 원양 항해 등에 대해서 긴 추억담을 이야기해주었다.

필립은 한두 번 진단을 잘못한 일도 있었다. 이를테면 지금까지 한 번도 홍역 환자를 진찰한 일이 없었기 때문에 처음 그 발진을 보았을 때 원인 불명의 피부병으로 오진해버렸던 것이다. 또 한 번은 닥터 사우드와 어떤 병의 치료법에 대하여 의견이 상반된 때도 있었다. 맨 처음 의견 충돌이 일어났을 때에는 닥터 사우드로부터 맹렬한 핀잔을 들었으나 필립은 오히려 웃으면서 넘겼다. 필립은 그 자리에서 당장 받아내는 말재주라면 자신이 있었으므로 대뜸 한두 마디 대꾸를 해주었더니 닥터 사우드는 갑자기 입을 다물고는 매우 이상한 것처럼 필립의 얼굴을 보는 것이었다. 그야말로 필립의 얼굴은 심각했지만 눈은 웃고 있었다. 늙은 의사는 아무래도 자신이 놀림을 당하고 있다고 생각한 모양이었다.

여태까지의 조수들 모두가 자기를 싫어하거나 두려워했던 만큼 이것은 전혀 새로운 경험이었다. 그는 당장 분통이 터져서 이대로 다음 열차편으로 쫓아보내버릴까 하고도 생각했다. 여태까지대로라면 그렇게 했을 터이지만 이번에는 무언가 걱정이 되었다. 그렇게 되면 그야말로 필립이 비웃을 것 같은 생각이 들었기 때문이다. 그렇게 생각하자 갑자기 우스워졌다. 자신도 모르게 무의식 중에 웃음이 나오려고 해서 그도 하는 수 없이 얼굴을 돌렸다. 그리고 조금 후에 필립이란 놈이 계획적으로 자기를 성나게 하고는 혼자서 좋아하는 것이라고 깨달았다. 처음에는 조금 당황했으나 생각해보니 그것도 유쾌했다.

"그놈 꽤 배짱 좋은 놈이군." 그는 혼자서 재미있는 것처럼 웃었다. "배짱 대단한 놈인걸!"

117

필립은 아델니에게 편지로 도시셔에서 임시 의사로 근무하고 있다는 소식을 알렸더니 곧 그에게서 회답이 왔다. 보석이라도 뿌려놓은 페르시아의 왕관처럼 허풍스러운 형용사를 잔뜩 늘어놓은 듯이 판에 박은 듯한 문장, 그리고 흑체문자(黑體文字)를 흉내낸 알아보기도 어려운 아름다운 필적으로 씌어 있었다. 그는 매년 집안 식구가 함께 가게 되는 켄트 주의 홉 농장으로 올해도 가니까 필립에게도 오지 않겠느냐고 했다. 더욱이 그를 설득하고 싶은 마음에서였겠지만, 필립의 영혼에 관해서, 혹은 또 홉의 덩굴에 대해서, 더없이 아름답고 정성들이 문귀로 늘어놓았다. 필립은 계약 기간만 끝나면 그날로 출발하겠다는 회답을 보냈다. 비록 자신이 태어난 고장은 아니었지만 타네트 섬에 대해서는 특별한 친밀감마저 가지고 있었다. 직접 대지와 접촉하며 푸른 하늘까지 보게 되면 그야말로 말로만 듣던 낙원의 올리브 나무 숲도 이럴 것인가 하고 생각될 것 같은 목가적인 자연 속에서 이 주일 동안 지낼 수 있게 된다고 생각하면 가슴이 기쁨으로 뛰었다.

　판리에서의 계약 기간인 사 주일은 눈 깜박할 사이에 지나갔다. 벼랑 위에는 골프 링크를 둘러싸고 붉은 벽돌로 지은 별장 건물이 들어서 새로운 마을이 갑자기 생겨나고 있었다. 최근에는 여름철의 체류객을 위하여 커다란 호텔 건물까지 세워졌다. 그러나 필립의 발걸음은 좀처럼 그쪽으로 옮겨지지 않았다. 그 밑의 항구 주변에는 전 세기부터 내려오는 조그마한 석조가옥들이 옹기종기 밀집해 있어서 가파르고 좁고 긴 공상을 불러일으킬 것 같은 고풍적인 아치를 남기고 있었다. 그리고 해변 가에는 손질이 잘 된 조그만 정원이 있는 말쑥한 집들이 들어차 있었는데 그런 집에는 대개 그만둔 선장들이나 바다에서 살아온 사나이들이 어머니나 과부들이 살고 있었다. 조금 색달랐지만 참으로 평화로운 풍경이었다. 조그마한 항구에는 스페인이나 근동에서 소형의 부정기선이 곧잘 왔고 때로는 돛단배가 낭만의 바람에 불리어서 올 때도 있었다. 필립은 석탄배가 많이 떠 있던 너저분한 블랙스테이블의 항구를 회상해보았다. 지금에 와서는 일종의 고정 관념이 되어버린 동방의 나라들이며, 밝은 햇빛이 내리쬐는 열대 지방의 섬들에 대한 동경심을 불어넣어준 것도 바로 그 항구였다. 그러나 지금 이 항구를 바라보고 있자면 언제나 거북한 것 같았던 북해의 해안과는 달리 깊고 넓은 대양이 한층 더 몸 가까이 느껴졌다. 여기서는 그도 넓고 끝이 없는 바다를 바라보면서 숨을 깊숙이 들이쉴 수가 있었다. 정든 영국의 해풍, 서풍이 그의 가슴을 부풀게 하는 것과 동시에 또한 조용한 휴식 속으로 빠져들게도 하는 것이었다.

드디어 계약 기간이 끝나는 마지막 주일의 어느 날 밤이었다. 닥터 사우드와 함께 조제하고 있을 때 한 어린아이가 외과 입구에 서 있었다. 발은 맨발이고 얼굴은 땟물이 줄줄 흐르는 초라한 소녀였다. 필립이 얼굴을 내밀었다.

"선생님, 아이비 레인에 있는 플레처 부인 댁에서 왔는데요. 지금 곧 와주실 수 없을까요?"

"무슨 일인데?"

하고 닥터 사우드가 버럭 소리를 질렀다.

그러나 소녀는 늙은 의사가 하는 말에는 상관도 하지 않고 또다시 필립 쪽을 보고 말을 되풀이했다.

"저, 플레처 부인댁의 작은 아드님이 다쳤어요. 제발 곧 좀 와주세요."

"부인에게 내가 곧 간다고 해라."

하고 닥터 사우드는 큰소리로 대답했다.

소녀는 무언가 망설이는 것처럼 머뭇거리면서 더러운 손가락을 입에 문 채 여전히 필립의 얼굴을 쳐다보고 있었다.

"왜 그러지?"

필립이 웃으면서 물었다.

"플레처 아주머니께서요, 새로 오신 선생님더러 와 달라시던걸요."

조제실에서 무언가 소리가 났다고 생각하자마자 닥터 사우드가 복도로 나왔다.

"뭐라고? 플레처 부인이 내가 가면 싫다고 했단 말이냐?" 무서운 기세였다. "그 여자는 내가 그야말로 태어났을 때부터 돌봐주었는데 어째서 그 더러운 자식 놈을 보러가는데 내가 가면 안 된다는 거야? 응?"

소녀는 금방 울음이 터질 것 같은 표정이 되었다. 그러나 곧 마음을 돌렸는지 일부러 혀를 내밀고는 어이없어하는 닥터 사우드의 기세가 좀 꺾인 틈에 갑자기 바람처럼 달아나버렸다. 노인은 분명히 불만인 것 같았다.

"무척 피곤하신 것 같군요. 게다가 아이비 레인이라면 꽤 먼 길인데요.”

필립은 말했다. 구태여 닥터 사우드 자신이 갈 것까지는 없지 않느냐고 구실을 만들어주기 위해서 말한 것이었다.

그러나 늙은 의사는 낮은 소리로 한 번 신음하고 나서 말했다.

“웬걸, 다리가 하나밖에 없는 사람이라면 모르지만 난 두 다리가 멀쩡하게 있는데 조금만 뛰어가면 되지.”

필립은 얼굴이 새빨개졌다. 그리고 잠시 잠자코 서 있다가 드디어 얼음장처럼 냉랭하게 내질렀다.

“저더러 가라시는 겁니까? 선생님께서 가시고 싶으신 겁니까?”

“내가 가서 무얼 하겠나? 자네더러 오라고 하지 않나?”

필립은 모자를 집어들고 왕진을 나섰다. 돌아온 것은 여덟시가 다 되어서였다. 닥터 사우드는 식당이 난로에 등을 쬐면서 서 있었다.

“퍽 오래 걸렸군.”

“죄송합니다. 왜 먼저 식사하시지 않으셨습니까?”

“응, 기다리려구 했던걸세. 여태껏 플레처 부인의 집에 있었나?”

“아니오, 그렇지 않습니다. 돌아오는 길에 해가 지는 것을 구경하느라고 그만 시간 가는 것을 잊어버렸습니다.”

늙은 의사는 대답하지 않았다. 그때 하녀가 구운 생선을 가지고 들어왔다. 필립은 그것을 매우 맛있게 먹었다. 갑자기 닥터 사우드가 물었다.

“어째서 해지는 것을 바라보았나?”

필립은 입 속에 음식을 가득 담은 채 대답했다.

“왜 그런지 무척 마음이 편했기 때문이에요.”

늙은 의사는 이해하기 어려운 듯이 필립을 바라보고 있었으나 문득 희미한 미소가 그의 지친 늙은 얼굴에 나타났다. 그리고는 그들은 묵묵히 식사를 했는데 식사가 끝나고 가정부가 폴트주를 놓고 나가자 갑자기 노인은 의자의 등에 기대 앉아 구멍이 뚫릴 정도로 필립을 보았다.

“오늘 내가 자네의 발에 대해 이야기해서 조금 화났지?”

“보통입니다. 사람들은 누구라도 제게 화만 나면 직접으로든 간접으로든 반드시 그것을 끄집어내는 것이 보통이니까요.”

“결국 그것이 자네의 약점이라는 것을 아니까 그렇겠지.”

필립은 노인을 지그시 쳐다보았다.

"그래서 선생님께서도 이것을 알아내셔서 매우 기쁘시다는 건가요?"

늙은 의사는 아무 대답도 하지 않았으나 잔인하게 기뻐하는 듯한 소리 없는 웃음을 보였다. 그들은 얼마 동안 말없이 서로 노려보면서 앉아 있었다. 이때 별안간 닥터 사우드는 필립이 깜짝 놀란 만한 말을 하기 시작했다.

"어째서 여기에 계속 머물러주지 않지? 지금 이하선염에 걸려 있는 사람은 그만두게 해도 괜찮은데 말일세."

"대단히 감사합니다만, 실은 가을부터 저는 평생 근무를 지망하고 있습니다. 장래를 위해서도 그러는 편이 좋다고 생각해서요."

"아니 나는 공동으로 경영할 것을 생각하는걸세."

노인은 불쾌한 듯 말했다.

"네? 그것 또 어째서지요?"

"이 고장에서 자네는 무척 인기가 있는 모양이니까 말일세."

"하지만 그것이 선생님으로서는 못마땅하신 게 아니었던가요?"

"나도 개업한 지 이미 사십 년이나 되네. 새삼스럽게 조수의 인기가 나보다 좋다고 해서 그런 것에 신경 쓸 나라고 생각하나? 절대로 그렇지는 않네. 나와 환자 사이에는 감정 같은 것은 요만큼도 없네. 치료비만 받으면 그만일세. 어떤가, 자네 생각은?"

필립은 다시 한 번 생각해본다기보다는, 어이가 없다는 듯이 대답을 하지 않았다. 의사 면허를 갓 받은 데 불과한 사람을 상대로 공동 경영을 제안한다는 것은 누가 생각해도 확실히 이례적이었다. 내놓고 이야기하지는 않았지만, 아무래도 그가 마음에 든 모양이었다. 속으로 적잖이 놀랐다. 돌아가서 싱 누가 병원의 시무장에게 이야기를 하면 얼마나 재미있어할까 하고 생각했다.

"그래도 이 병원은 일 년에 약 칠백 파운드쯤은 벌 수가 있다네. 따라서 자네의 출자를 어느 정도의 하느냐 하는 것은 계산해보면 곧 알 수 있을 것이고, 자네가 지불해야 하는 것은 조금씩 편리한 대로 해주어도 상관없네. 게다가 내가 죽으면 물론 이 병원은 자네에게 물려줌세. 스스로 개업할 수 있을 때까지 의무원 노릇을 하는 것보다는 이편이 훨씬 나을 텐데.”

  대개의 동업자라면 당장 반가이 뛰어들만한 이야기였다. 근래에는 의사가 너무 많아서 이 정도의 제안이 확실한 것이라면 그가 아는 동료들의 대부분은 기쁘게 받아들일 것이다. 그러나 그는 차분한 목소리로 말했다.

  “모처럼의 호의입니다만 제가 오랫동안 생각했었던 나름대로의 목적이 수포로 돌아가기 때문에 아무래도 하락하기가 힘듭니다. 저도 여러 가지로 고생을 무척 많이 해왔습니다. 그러나 그 고생 속에서도 한 가지의 희망만은 계속 갖고 있었습니다. 지금도 아침에 잠이 깨면 저는 먼 길을 떠나고 싶어서 온몸이 근질근질해집니다. 특별히 어디라고 정해진 것은 아닙니다만, 아무튼 어딘가로, 그것도 아직 가본 적이 없는 곳으로 가보고 싶은 겁니다.”

  실상 그 목표도 이제는 바로 목전에 가까워진 것 같았다. 내년 유월쯤까지는 성 누가 병원에서의 의무 기간도 끝날 것이다. 그렇게 되면 우선 스페인으로 떠날 작정이었다. 그에게 있어서는 로맨스의 대명사라고 할 수 있는 그 나라를 오륙 개월 동안 돌아다닐 수 있는 것이다. 스페인 여행을 마치면 다음에는 배를 타고 동양으로 갈 예정이다.

  가는 곳마다 희망찬 인생이 있고 시간 같은 것도 문제가 아니다. 또 형편에 따라서는 몇 해 동안이라도 사람들이 그다지 잘 방문하지 않는, 생활이나 풍습도 이상스러운 먼 나라들을 방랑하면서 돌아다닐 수도 있는 것이다. 무엇을 찾는 여행인지 그러한 여행에서 어떠한 수확이 있을지 그 자신도 알 수 없는 일이었다. 그러나 아무튼 무엇인가는 새로운 것을 얻을 수가 있을 것이 틀림없었다. 그리고 모처럼 그가 해결을 찾아냈는데도 결과는 더욱더 알 수 없는 것이 있을 것같이 생각되었다. 아니 설사 아무런 수확도 없이 끝난다 하더라도 오랫동안 가슴을 졸여오던 불안만큼은 덜 수 있을 것이 틀림없다. 그러나 그렇다고는 해도 닥터 사우드의 그에 대한 최대의 호의는 인정하지 않을 수 없었다. 그것을 적당한 이유도 없이 거절한다는 것은 아무래도 마음이 내키지 않았다. 그렇기 때문에 필립은 되도록 사무적이면서도 그만의 독특한 겸손의 말투로 오랫동안 생각해온 계획의 실행이 얼마나 중요한 일인가를 설명해보았다.

  닥터 사우드는 조용히 필립의 이야기를 듣고 있었다. 날카로운 노인의 눈에 온화한 표정이 떠올랐다. 그가 자기의 제안을 너무 고집스럽게 말하지 않는 것도 또 하나 고마운 호의처럼 생각되었다. 종종 호의는 자칫하면 명령적으로 되기 쉬운 것이지만 이 노인의 경우는 필립이 말한 이유를 그럴 듯하다고 생각하는 것 같았다.

그래서 그 이야기는 그것으로 끝내고 이번에는 자기의 젊은 시절의 추억을 이야기하기 시작했다. 영국 해군에 근무한 모양이었는데 역시 바다와의 인연으로 제대 후 이 판리에 자리를 잡았다는 것이다. 옛날 태평양의 이야기며 중국에서 겪은 여러 가지 모험담도 들려주었다. 보르네오의 수수족(首狩族) 토벌에 참가했던 일도 있었고, 사모아가 아직 독립국가였던 시절에 대해서도 알고 있었다. 산호 도에도 곧잘 기항했었다고 했다. 필립은 황홀한 기분으로 열심히 들었다. 그리고 노의사는 조금씩 자신의 신상 이야기를 하기 시작했다. 지금은 홀아비 신세이며 부인과는 삼십 년 전에 사별했다는 것이다. 딸이 하나 있었는데, 로데시아의 농가로 출가했으며 사위는 말다툼을 한 번 하고 나서는 십 년이 되도록 한 번도 오지 않는다는 것이었다. 따라서 처도 자식도 없었던거나 마찬가지로 고독했다. 그가 무뚝뚝한 것도 사실은 완전한 이 환멸을 감추기 위한 허세에 지나지 않았던 것이다. 더욱이 그러한 그가 죽음을 싫어하고 늙음을 증오하는 것은 참으로 비극이었다. 제한되어 있는 수명을 편안하게 생각할 수도 없으면서도 한편으로는 죽음만이 고뇌에 찬 일생의 유일한 해결이라는 것을 느끼고 있는 것 같았다.

바로 그러한 때에 우연히 필립을 만나게 된 것이다. 딸과의 오랜 이별──말다툼할 때에 그녀가 남편의 역성을 들었기 때문이고 손자들은 아직 한 번도 만나본 일이 없다──때문에 아득히 잊고 있었던 육친의 정이 우연히 필립에게 쏠리게 된 것이다. 처음 한동안은 스스로 생각해도 울화가 치밀었다. 늙은 탓이라고밖에는 생각되지 않았기 때문이다. 그러나 필립이라는 인간에게는 무언가 그의 마음을 끄는 것이 있었다. 그는 왠지 필립의 얼굴을 보면 벙글벙글 웃어버렸다. 첫째 이 사나이는 절대로 그를 심심하게 하지 않는다. 한두 번 필립이 노인의 어깨에 손을 얹은 일이 있었다. 그 손길은 딸이 영국을 떠난 이후 그가 받은 가장 정다운 손길로 느껴졌다.

드디어 필립이 떠나는 날 노인은 정거장까지 배웅을 나왔다. 마음이 묘하게 서글퍼져서 견딜 수가 없었다.

"그간 참으로 즐거웠습니다. 게다가 선생님께서 너무나 친절하게 해주셔서."

"하지만 돌아가는 것이 더 기쁘겠지."

"여기서도 무척 유쾌했습니다."

"그러나 역시 넓은 세상으로 나가고 싶겠지. 아무렴, 자네는 아직 젊으니까 말일세." 하고 잠시 말을 끊더니 다시 말을 이었다. "그러나 이것만은 잊지 말아주게. 만약 자네의 마음이 변하거든 언제든지 돌아오게. 나의 제안은 언제까지나 변치 않을 테니까 말일세."

필립은 객차의 유리창 밖으로 손을 내밀어 늙은 의사와 악수했다. 차가 움직이기 시작했다. 필립은 이제 홉 농장에서 지낼 두 주일 동안의 일을 생각했다. 친한 그들과 다시 만날 것을 생각하니 행복했다. 날씨가 좋은 것도 기뻤다. 그러나 그때 닥터 사우드는 무거운 걸음으로 텅 빈 집으로 돌아가고 있었다. 고독과 늙음이 뼈에 사무치게 느껴졌다.

118

필립이 펀에 도착한 것은 꽤 늦은 오후였다. 그곳은 아델니 부인의 고향이었고 홉을 따는 것은 어렸을 적부터 익숙해 있었다. 따라서 지금도 해마다 남편과 아이들을 데리고 이 농장을 찾아오는 것이었다. 다른 켄트 사람들이 그러한 것처럼 그녀의 집안도 해마다 시기를 정해놓고 있었는데 그것은 약간의 돈을 벌 수 있다는 것도 한 가지 이유이기는 했지만, 오히려 그것보다도 일 년에 한 번씩 즐거운 가족 여행을 한다는 의미에서 이미 몇 달 전부터 첫째가는 기쁨으로 기다려지는 것이었다. 여기서 하는 일은 조금도 힘들지 않았다. 야외에서 하는 공동 작업이었고 특히 아이들에게는 길고 즐거운 피크닉이었다. 젊은 청년들이 처녀들을 알게 되는 것도 여기서였고 그날의 일이 끝난 긴 밤에는 사랑을 속삭이면서 언제까지나 오솔길을 돌아다녔다. 따라서 대개 홉 따기의 계절이 끝나면 결혼식의 계절이 되곤 했다. 그들은 침대, 항아리, 냄비, 의자, 식탁 등을 수레에 싣고 가는 것이다. 그러니까 홉 따기가 계속되는 동안 편 마을은 텅텅 비게 된다. 이 지방 사람들은 매우 배타적이어서 이국 사람(런던에서 온 사람들을 그렇게 불렀다)들이 들어오는 것을 몹시 싫어했다. 이 이국 사람들을 경멸하기도 하는 반면에 또 두려워하기도 했던 것이다. 모두가 인격이 나쁜 사람들뿐이어서 시골에서도 웬만한 집안의 사람들은 결코 그들과 접촉하지 않았다.

전에는 홉 따기를 하는 사람들은 모두 헛간에서 잤는데 약 십 년 전부터는 농장에 딸린 목장 연변에 오두막집이 세워져서 아델니네 가족들도 다른 사람들과 마찬가지로 매해 정해놓은 오두막집에 머무르게 되어 있었다. 아델니는 필립을 위하여 졸리 세일러라는 여관에 방을 하나 구해놓았고 그 집에서 마차를 빌려 정거장까지 마중을 나와주었다. 여관은 홉 농장에서 조금 떨어져 있으나 그들은 필립의 방에 가방을 두고 오두막집이 있는 목장까지 걸어갔다. 오두막집이라고 해도 얕고 긴 판잣집을 십이 평방 피트씩으로 칸을 막은 것이었다. 한 집마다 집 앞에 모닥불이 피워지고, 가족들이 모두 그것을 에워싸고 저녁 식사가 만들어지는 것을 바라보고 있었다. 아델니네 아이들도 바닷바람과 햇볕으로 얼굴이 모두 거무스름하게 탔다. 아델니 부인도 챙이 넓은 모자를 쓰니까 전혀 딴 사람처럼 보였다. 오랜 도회지 생활도 물질적으로는 조금도 그녀를 변하게 하지 않은 것을 잘 알 수 있었다. 부인은 태어난 곳이나 자란 곳도 어디까지나 순수한 시골이었고 이렇게 시골에 데려다놓으니까 마치 물로 돌아온 물고기처럼 생기가 있었다. 부인은 베이컨을 기름에 튀기면서도 한편으로는 아이들에게 신경을 쓰고 있다가 필립을 보더니 환한 미소를 보이면서 마음에서 우러나는 악수를 했다. 아델니는 전원 생활의 즐거움에 대해서 열심히 이야기하기 시작했다.

"우리들이 사는 그 도회지에서는 모두 태양과 빛에 굶주리고 있는데 그런 것은 생활이 아니오. 장기수(長期囚) 같은 것이오. 베티, 어때? 살림을 모두 정리해서 농장이라도 하나 살까? 어떻겠소?"

"당신의 전원 생활이란 지금부터도 뻔해요." 그녀는 벙글벙글 웃으면서 그를 놀려주는 것처럼 말했다. "겨울철이 되어서 진종일 비라도 한 번 와 보라지요. 그러면 당신은 당장 런던, 런던 하고 야단법석 떠실 게 뻔해요.” 그리고 필립을 보고 다시 말을 이었다. “저 양반은 여기에만 오면 언제나 이래요. 난 시골이 제일 좋다! 그러거든요. 그러면서도 무잎하고 순무잎의 구별도 못 하신단 말이에요.”

“그래요, 오늘은 아버지가 아주 게으름을 피우셨어요.” 하고 대뜸 제인이 솔직한 성격을 그대로 나타내 보이면서 말했다. “아직 한 상자도 제대로 못 채우셨는걸요.”

“아니다, 아버진 아직 연습 중이란 말이야. 그러니까 내일은 한 번 두고 보아라. 너희들 것을 모두 합친 것보다도 훨씬 많이 따 보일 테니까.”

“애들아, 저녁 식사다.” 하고 아델니 부인이 불렀다. “샐리는 어디 갔니?”

“여기 있어요, 어머니.”

그러면서 샐리는 오두막 속에서 나왔는데 그 순간 타오르는 모닥불의 불꽃이 그녀의 얼굴에 선명한 그림자를 만들었다. 최근 샐리는 양장점에 다니기 시작하면서부터 맵시있는 드레스를 자주 입고 있었는데 오늘은 처음 보는 간편하고 여유 있어 보이는 일할 때 입는 사라사 옷을 입고 있었다. 그녀의 그 모습에는 형용할 수 없는 매력이 있었다. 무늬있는 그 옷의 소매를 잔뜩 걷어올리고 포동포동하고 튼튼해 보이는 팔을 드러내 놓고 있었다. 그리고 그녀도 차양이 넓은 모자를 쓰고 있었다.

“동화에 나오는 젖 짜는 아가씨와 똑같잖아?”

필립은 샐리와 악수를 하면서 말했다.

“과연 홉 밭의 가인이로다. 그렇죠, 선생?” 하고 아델니가 외쳤다. “애 샐리야, 만약 지주 댁의 도련님이 널 보시면 당장 구혼을 할 것이 틀림없겠다.”

“어머, 아버지, 미안하지만 지주 댁엔 도련님이 안 계신다는군요.” 하고 샐리가 대답했다.

샐리도 어딘가 앉을 자리를 찾고 있었기 때문에 필립은 자기 옆에 자리를 만들어주었다. 어둠 속에서 모닥불에 비치는 그녀의 모습은 무어라고 할 수 없을 만큼 멋졌다. 마치 전원의 여신이라고나 할까? 그 옛날 시인 헤리크가 정묘한 그의 작품 속에서 찬양했던 건강하고 신선한 소녀들을 연상케 했다. 저녁 식사는 버터 바른 빵과 바삭바삭 소리가 나는 베이컨,

아이들에게는 차, 그리고 아델니와 필립에게는 맥주가 딸린 지극히 간소한 것이었다. 아델니는 허겁지겁 음식을 먹으면서 큰소리로 예찬했다. 루클루스를 비웃고 부리아싸바랑에 대해서도 마구 혹평을 퍼붓는 것이었다.

"당신에게도 꼭 한 가지 좋은 점이 있군요." 아델니 부인이 말했다. "무엇이라도 참으로 맛있게 잡수신다는 것, 정말이에요, 이것은."

"오오, 더욱이 우리 마누라 베티의 솜씨로 만든 요리를 말이렷다!"

말할 때마다 입만큼이나 움직여대는 집게손가락을 힘차게 내밀면서 말했다.

필립도 참으로 즐거웠다. 모닥불을 에워싼 사람의 무리가 계속 이어지고 그 불꽃이 선명하게 밤하늘에 비치는 것을 그는 행복에 겨운 듯이 바라보고 있었다. 목장의 변두리에는 커다란 느릅나무가 줄지어 서 있고 하늘에는 별들이 반짝이고 있었다. 아이들은 웃으며 좋아했고 아델니까지도 동심으로 돌아가 여러 가지 재미있는 이야기를 하기도 하여 모두를 웃겼다.

"저 양반 여기에 오면 상당히 인기가 좋아요." 아델니 부인이 말했다. "부리지스 부인이 말씀하시더군요. 역시 아델니 씨가 안 계시면 안 되겠대요. 조금도 가만히 있지 않고 무언가를 하고 계시더래요. 집안의 가장이라기보다는 마치 학교의 아이들 같다고요."

샐리는 잠자코 앉아 있었으나 그러면서도 필립의 시중이라면 참으로 자상하게 마음을 쓰고 있었다. 그것이 또 필립에게는 더 말할 수 없이 기뻤다. 샐리가 옆에 앉아 있기만 해도 퍽 즐거웠다. 이따금 눈을 돌려 햇볕에 그을려 건강해 보이는 그녀의 얼굴을 힐끔 바라보곤 했다. 한 번은 둘의 시선이 문득 마주치자 샐리는 조용하게 웃었다. 저녁 식사가 끝나자 제인과 아래 동생이 설거지 할 물을 길러 목장 아래 개천으로 갔다.

"자아, 너희들은 필립 아저씨에게 잠자리를 보여드려라. 그리고 너희들은 자야 하는 거다."

여러 개의 조그마한 손이 필립을 붙잡고 오두막 쪽으로 끌고 갔다. 그는 안으로 들어가서 성냥을 켰다. 가구라고는 아무것도 없었다. 옷을 넣어두는 브리키 상자 외에는 다만 침대가 세 개 각각 벽을 따라서 늘어서 있다. 아델니는 뒤따라들어와서 자랑스러운 듯이 설명했다.

"어떻소? 여기서 자는 겁니다. 스프링도 없고 백조의 깃털 이불도 없어요. 그래도 이렇게 푹 잠을 잘 수 있거든요. 선생은 제대로 이부자리에 들어가서 주무시겠죠? 갑자기 선생이 딱하게 여겨지는군요."

침대라고 해도 홉의 덩굴을 두껍게 쌓아올린 위에 짚을 엷게 깔고 다시 그 위에 담요를 깐 것뿐이었다. 홉 따기를 하는 사람들은 종일 밖에서 일한 뒤에 향기로운 이 홉의 향기에 싸여서 그야말로 망아지처럼 잠을 자는 것이었다. 아홉시쯤이 되면 목장 주위는 아주 조용해지고 겨우 한두 사람 선술집에서 가게문을 닫을 열시까지 눌러앉아 있는 외에는 모두 잠자리에 들었다. 아델니도 필립을 데리고 선술집으로 가려고 했다.

그러나 그들이 나가기 전에 아델니 부인이 필립에게 물었다.

"우리들의 아침 식사는 여섯시 십오분 전에 하는데 그렇게 일찍 일어나는 것은 싫으시겠지요? 하지만 우리는 여섯시부터 일을 시작해야 해요."

그때 아델니가 소리질렀다.

"물론 필립 군도 일찍 일어나줘야 해요. 그리고 우리들하고 똑같이 일하는 거요. 자기 식비 정도는 벌어야 하니까 말요. '일하지 않는 자는 먹지 말지어다.'이거든. 안 그래요, 선생?"

그러자 부인이 또 말하였다.

"그럼 애들이 아침 식사 전에 해수욕을 가니까 돌아오는 길에 들르게 하죠. 졸리 세일러 앞을 지나가니까요."

"해변으로 가는 길에 나를 깨워주면 나도 같이 가서 해수욕을 하겠어요."

제인과 해럴드와 에드워드는 이 말을 듣자 환성을 올렸다. 다음 날 아침에 곤히 잠들고 있었던 필립은 아이들이 방으로 뛰어들어오는 소리에 꿈에서 깨어났다. 아이들은 대번에 침대 위에까지 뛰어올라왔으므로 필립도 슬리퍼를 휘둘러서 그들을 쫓아낼 수밖에 없었다. 그는 옷을 입고 내려갔다. 아침 해가 뜨기 전이어서 기온은 꽤 쌀쌀했으나 하늘에는 구름 한 점 없고 태양은 황금빛으로 빛나고 있었다. 샐리는 코니의 손을 잡고 한 손에는 수영복과 수건을 들은 채 길 한복판에 서 있었다. 처음 본 것이었는데 그녀의 챙 넓은 모자는 등꽃 빛깔이었고 적동색으로 그을은 얼굴이 그것에 무척 잘 조화되어서 능금처럼 아름다웠다. 필립을 보자 그 아름다운 미소를 띠고 아침 인사를 했다. 그때 갑자기 필립은 샐리의 이가 무척 작고 새하얗고 또 아주 고르게 나 있어서 여간 아름답지가 않다고 생각했다. 그는 어째서 지금까지 그것을 알아차리지 못했을까 하고 이상스러워했다.

"저는 그냥 더 주무시게 해드리는 편이 좋겠다고 했는데도 이 애들이 무슨 일이 있어도 깨우겠다고 듣질 않는군요. 모시고 가는 걸 귀찮게 여기실 거라고 했는데도."

"아뇨, 기꺼이 가겠어요."

그들은 가도를 내려가서 늪지를 가로질렀다. 이렇게 일 마일쯤 가면 바다였다. 바닷물은 차고 잿빛으로 빛나고 있었다. 필립은 보기만 해도 부르르 떨렸으나 아이들은 옷을 훌훌 벗어버리고는 함성을 지르며 물 속으로 뛰어들어갔다. 샐리만이 의젓하고 점잖았기 때문에 아이들이 모두 필립을 에워싸고 물방울을 퉁길 때에야 가까스로 물 속으로 들어왔다. 필립에게 있어서 헤엄치는 것은 유일한 재주였다. 물 속에 들어가기만 하면 기분이 참으로 좋았었다. 그가 돌고래의 흉내며, 물에 빠진 사람, 또는 뚱뚱한 여자가 머리를 물에 적시지 않으려고 애쓰는 꼴을 흉내내자 아이들도 모두 그대로 흉내내기 시작했다. 한바탕 소란을 피웠다. 마침내 샐리가 무서운 얼굴을 했으므로 모두들 물에서 나왔다.

"누구보다도 선생님이 가장 나빠요." 하고 샐리가 어머니 같은 진지한 얼굴로 말했기 때문에 필립은 우습기도 하고 귀엽기도 했다. "선생님이 계시지 않을 때는 모두들 이렇게까지는 장난꾸러기들이 아니었거든요."

이윽고 모두가 함께 걸어서 돌아왔다. 샐리는 아름다운 머리를 한쪽 어깨 가득히 휘날리면서 모자를 들고 있었다. 그러나 오두막집으로 돌아와 보니 아델니 부인은 이미 농장으로 나간 뒤였다. 아델니는 커다란 차양이 달린 소프트 모자에 다 낡은 바지를 입고 있었고 틀림없이 셔츠를 안 입었으리라 짐작되도록 윗저고리의 단추를 위까지 꼭 잠그고 앉아서 나뭇가지를 태우며 생선 프라이를 만들고 있었다. 기분이 매우 좋은 듯이 천하에 두려울 게 없다는 모습이었다. 그는 돌아오는 일행을 보자 구수한 냄새가 나는 생선을 요리하면서 셰익스피어의 희곡 《맥베스》에 나오는 마녀들의 합창 한 구절을 암송하기 시작했다.

"너희들 빨리 식사하고 나가봐야지. 우물거리다간 어머니에게 혼난다."

하고 곁에 가자 샐리가 말했다.

조금 뒤에 해럴드와 제인은 버터 바른 빵을 손에 든 채 목장을 넘어서 홉밭으로 나갔다. 필립이 제일 늦게 농장에 도착하였다. 홉밭이라면 필립에게 있어서는 어린 시절부터 그리던 광경의 하나였는데 그 건조실은 켄트 주 특유의 풍물이었다. 샐리의 뒤를 따라 길게 이어지는 홉밭 고랑 사이를 걸어가는 것은 필립에게는 신기하다기보다도 오히려 고향에라도 돌아온 것같이 편안한 기분이 들었다. 태양은 이미 밝게 빛나며 짙은 그림자를 던지고 있었다. 푸른 물방울이 떨어질 것 같은 초록빛의 향연이 필립의 눈을 한껏 즐겁게 해주었다. 홉은 한창 무르익어가고 있었는데 그것은 시칠리아의 시인들이 보랏빛 짙은 포도열매에서 발견했다는 아름다움과 정열을 그대로 생각나게 하는 것 같았다. 필립은 걸으면서 사방에 넘쳐흐르는 풍성함에 완전히 압도되었다. 기름진 켄트의 땅에서는 향긋한 흙 냄새가 풍기고 들뜬 것처럼 부는 구월의 미풍은 상쾌한 홉의 향기를 가득히 감돌게 했다. 아델스탄은 본능적으로 마음이 들뜨는 것 같았다. 큰소리로 노래를 부르기 시작했다. 변성기에 접어든 열다섯 살 소년의 쉰 목소리였다. 샐리가 뒤돌아보며 말했다.

"아델스탄, 조용히 해라. 안 그러면 소나기가 올 테니까."

잠시 후, 떠들썩한 소리가 나더니 홉 따기 하는 사람들과 어울렸다. 서로 이야기를 나누면서도 모두들 일손을 재빨리 움직였다. 광주리를 옆에 놓고 각각 의자며 걸상이며 상장에 걸터앉아서 따는데 그 중에는 커다란 주머니를 곁에 놓고 딴 홉을 그대로 던져 넣는 사람도 있었다. 어린아이들도 많았고 갓난아기들도 많았다. 임시로 마련한 요람 속에 있는 아기도 있고 헌 포대기에 싸여서 갈색으로 마른 땅 위에 그대로 놓여진 아기도 있다. 어린이들이 따는 것은 극히 조금뿐이었고 대부분 뛰놀고 있었다. 뭐니 뭐니 해도 가장 일을 잘하는 것은 여자들이었다. 어릴 때부터 해온 일이어서 그런지 런던에서 온 '이방인'들보다 족히 두 배는 될 만한 능률을 올렸다. 모두가 하루에 몇 부셸 따는가 하는 것이 자랑거리였는데, 다만 옛날처럼 돈이 되어지지 않는다는 것을 곧잘 불평하고 있었다. 옛날엔 오 부셸만 따면 일 실링을 벌 수 있었던 것이, 지금은 팔 부셸이나 구 부셸을 따야만 했다. 옛날 같으면 솜씨가 좋은 사람이면 이 한철에 벌어들인 것으로 한 해 동안의 생활비가 가능했으나 지금은 전혀 도움이 되지 않는다. 다만 무료로 휴가를 즐길 수 있다는 것만이 은혜의 전부였다. 힐 부인은 홉 따기를 하여 번 돈으로 피아노 한 대를 샀다고 했다. 그러나 그녀는 워낙 유명한 구두쇠이기 때문에 아무도 그렇게 해서 피아노 따윈 사고 싶지 않다고 했다. 사실은 틀림없이 은행에서 얼마간 피아노값을 찾았을 것이라고 생각하고 있었다.

홉 따기는 어린이를 제외한 열 사람이 한 조를 이루고 각 조마다 하나씩 큰 주머니를 맡기로 되어 있다. 그런데 아델니의 자랑은 이제 틀림없이 자기 식구들만으로 한 조가 될 수 있을 때가 올 것이라는 것이었다. 각 조에 한 사람씩 주머니 담당이 있어 주머니 곁에 붙어서 끈 모양으로 된 홉을 집어넣는 것이었다. (주머니라는 것은 나무틀에 베를 씌운 것으로 높이 칠 피트 가량의 크기로 줄을 지어서 홉밭의 고랑 사이에 늘어서 있는 것이다.) 그리고 아델니의 큰 소망이라는 것은 가족들이 모두 성장해서 그들만으로 한 조가 되게 되면 그때에는 꼭 자신이 이 주머니 담당이 되겠다는 것이었다. 그러나 현재의 그의 일이란 자신이 홉 따기를 한다는 것보다는 전적으로 딴 사람들을 격려하고 다니는 일이었다. 아델니 부인은 삼십분 정도 일해서 벌써 한 바구니 분이나 주머니 속에다 넣어버렸는데 반해 아델니는 그곳으로 어정어정 다가가 담배를 입에 문 채 천천히 홉을 따기 시작한다. 엄마를 제외하고는 다른 누구에게도 오늘은 지지 않겠다고 매일처럼 장담했다. 물론 아델니 부인은 예외이다. 그리고 그는 아프로디테가 프시케에게 준 시련을 갑자기 생각해내어 프시케가 아직 보지 않은 새 신랑을 그리워했다는 이야기 등을 아이들에게 들려주었다. 이야기는 참 잘했다. 필립도 술곧 벙글벙글하면서 들었는데 생각해보면 이 정경에는 안성맞춤인 이야기였다. 하늘은 더할 수 없이 짙푸르게 개고 전해 들은 희랍의 하늘이라 할지라도 과연 이 이상으로 아름다웠을 것인가? 금발머리에 장미빛 볼, 건강하고 발랄하고 터질 것 같은 어린 아이들, 미끈하게 자란 홉, 나팔 소리처럼 사람의 마음 밑바닥까지 두근거리게 하는 수목들의 푸른빛, 한없이 이어진 차양 모자를 쓴 홉 따는 여자들, 눈으로 볼 수 있는 시야의 끝은 한 점이 되어서 사라진 푸른 오솔길의 야릇한 매혹——아마도 교수들의 저서나 박물관 따위보다도 훨씬 풍부한 그리스의 넋이 여기에 있을 것이다. 그는 영국의 아름다움을 진심으로 감사했다. 구불구불 이어진 하얀 길, 생울타리, 느릅나무가 늘어서 있는 푸른 목장, 평퍼짐하게 이어진 언덕의 곡선, 그리고 그 꼭대기에 우거진 조그마한 숲, 널따랗게 퍼진 늪지대, 북해의 어두움과 우수, 이러한 정경을 떠올려보는 것이었다. 그리고 그러한 아름다움을 알 수 있는 자신이 생각할수록 행복하게 여겨졌다. 그러나 그러는 동안에 또다시 아델니는 들뜨기 시작해서 로버트 캠프의 어머니는 얼마나 땄는지 물어보고 오겠다고 했다. 그는 밭에서 일하는 사람들은 하나도 빼놓지 않고 모두 알고 있었으며, 더욱이 그들을 모두 세례명으로 부르는 있었다. 모든 사람들의 내력에서부터 더 나아가서는 그들이 세상에 태어난 후의 일까지를 모조리 다 알고 있는 것이다. 별로 나쁜 것은 없었지만 그들 사이에서는 의젓한 신사인 체하며, 허물없이 정답게 지내면서도 대범한 체해 보이는 것이었다. 필립은 아델니와 같이 가기를 거절했다.

"전 식비를 벌 거예요."

"그렇군. 찬성이오! 일하지 않는 자는 먹지 말라고 했으니까요."

아델니는 손을 한 번 크게 흔들어 보이고는 천천히 걸어갔다.

119

필립은 자기의 바구니를 가지고 있지 않았으므로 샐리의 곁에 앉아 있었다. 제인의 말에 의하면 필립이 자기를 도와주지 않고 샐리 언니만 도와주는 것이 괘씸하다는 것이었다. 그래서 필립은 샐리의 바구니가 가득 차면 이번에는 꼭 제인을 도와주겠다는 말을 했다. 샐리는 자기 어머니에게 거의 뒤떨어지지 않는 솜씨를 가지고 있었다.

"바느질하던 부드러운 손으로 따면 아프지 않을까?"

하고 필립이 물어보았다.

"아뇨, 그렇지 않아요. 역시 손이 부드러울수록 잘 따져요. 그러니까 홉을 따는 것은 남자보다 여자가 더 잘하죠. 거친 일을 해서 손이 굳고 손가락이 딱딱해지면 도저히 이렇게는 딸 수 없을 거예요.”

필립은 그녀의 재빠른 솜씨를 보고 있는 것이 퍽 좋았다. 가끔 그녀가 어머니 같은 눈길로 가만히 그의 동작을 지켜보곤 했는데, 그것이 참으로 우습기도 하고 또 사랑스럽기도 했다. 그도 처음에는 아주 서툴러서 샐리가 웃곤 했다. 그녀가 들여다보는 것처럼 하면서 재치있게 여러 송이를 한꺼번에 따는 방법을 가르칠 때 문득 두 사람의 손이 서로 맞닿았다. 그 순간 샐리의 뺨이 빨개지는 것을 보고 필립이 오히려 놀랐다. 그는 샐리가 한 사람의 성숙한 여인이라고는 도저히 생각되지 않았다. 왜냐하면 그가 지금까지 알고 있는 한 샐리는 어디까지나 아직 소녀였고, 따라서 어린아이라고밖에 생각되지 않았기 때문이다. 그러면서도 그녀와 결혼하고 싶어하는 사람이 몇 사람 나타난 것을 보면 그녀는 이제 어린아이는 아닌 모양이었다. 그리고 이곳에 와서 며칠 되지 않았는데도 샐리의 이종 오빠 되는 사람은 아침부터 밤까지 따라다녀서 그 때문에 샐리는 많은 사람으로부터 놀림을 받고 있었다. 피터 갠이라고 하는 이 청년은 펀 근처에 사는 농부와 결혼한 아델니 부인의 언니의 아들이었다. 사람들은 어째서 그가 매일 홉밭을 어정거리는지를 모두 알고 있었다.

아침 여덟시가 되면 뿔피리 소리가 울리고 아침 식사를 하는 휴식 시간이 된다. 아델니 부인은 아직 식사할 만큼 일도 하지 않았다고 했지만 모두들 상관하지 않고 허기진 것처럼 마구 먹었다. 그리고 다시 일을 하고 열두시가 되면 또 점심 식사의 피리 소리가 울린다. 이따금 검사원이 기록을 맡아보는 서기를 데리고 찾아왔다. 이 주머니에서 저 주머니로 돌아다니면서 딴 양을 기입하는데 서기는 먼저 자기의 장부에 기입하고, 다음에 따는 사람들의 장부에 각각 써넣었다. 주머니가 가득 차면 일 부셀의 바구니로 달아서 다시 포크라고 불리는 엄청나게 큰 광주리에 집어넣는다. 그리고 이것을 저울로 다는 사람과 짐꾼이 끌고 가서 짐마차에 싣는 것이다. 이따금 아델니가 돌아와서는 이 집 부인은 얼마, 저 집 부인은 얼마 하고 각 조의 성적을 알리면서 제발 그들을 이겨달라고 가족들에게 부탁하고 다녔다. 신기록을 세우는 것이 한결같은 소망이었기 때문에, 때로는 자기도 한 시간 가량은 열을 내어 딸 때도 있었으나, 다만 그러한 경우라도 우선적인 즐거움은 어떻게든지 해서 자신의 화사한 손의 아름다움을 사람들에게 보이는 것이었다. 그의 손은 매우 아름다웠다. 사실 오랜 시간을 들여서 매니큐어까지 칠했다. 그러고 보니 필립도 들은 일이 있었다. 스페인의 귀족들은 손가락을 희게 보존하기 위하여 매일 밤 기름 먹인 장갑을 끼고 잔다고 하면서 끝이 뾰족한 자신의 손가락을 펴보이면서 자랑한다고 했다. 유럽의 목을 조른 그 무서운 손은 여자의 손보다도 더 화사하고 예쁜 손이었다는 것을 누가 알았겠느냐고 말하곤 했던 것이다.

그리고 아주 얌전하게 홉을 따면서 그는 자기 손을 한숨을 쉬어가며 바라보고 있는 것이다. 그러나 그러는 것에도 진력이 나면 담배를 피우면서 필립에게 장황하게 문학 이야기며 예술에 대한 이야기를 늘어놓기 시작한다. 오후는 날씨가 매우 무더우므로 자연히 일의 능률도 떨어지고 이야기도 자꾸 끊어지게 된다. 오전 중엔 끊임없이 지껄이던 이야기도, 지금은 이따금 생각난 것처럼 띄엄띄엄 한두 마디씩 입을 놀릴 뿐이다. 샐리의 윗입술엔 조그마한 땀방울이 맺히고 일에 열중한 때문인지 조금 입술을 벌린 채 열심히 따고 있다. 마치 터지려는 장미의 꽃봉오리와 같은 모습이었다.

작업이 끝나는 시기는 건조실의 형편에 달려 있었다. 때로는 일찌감치 가득 차버리는 날도 있고, 세시나 네시경에는 그날 밤새도록 말릴 만큼의 홉을 모두 따버릴 때도 있었다. 그런 날에는 작업은 그것으로 끝나는 것이 된다. 그러나 대개 마지막 계량이 시작되는 것은 다섯시가 되야 했다. 일하는 조마다 계량이 끝나면 모두 연장을 모으고 또다시 재잘거리면서 천천히 돌아간다. 여자들은 오두막으로 돌아오면 또 청소를 하고 저녁 식사 준비를 했다. 한편 남자들은 대부분 술집으로 간다. 종일토록 작업을 한 뒤의 맥주 한 잔처럼 즐거운 것은 없었다.

아델니네의 주머니는 제일 나중에 검사를 받았다. 검사원이 오자 아델니 부인은 마음을 놓은 것 같은 한숨과 함께 일어서서 등을 폈다. 대여섯 시간이나 같은 자세로 앉아 있었기 때문에 온몸이 완전히 굳어져 있는 것이다.

"자아, '졸리 세일러'에 가서 한 잔 하기로 할까?" 아델니가 말했다.

"역시 매일 하는 일은 제대로 해두어야 하는 거야. 게다가 이것은 가장 신성한 의무라는 것이니까."

"그럼, 여보, 조끼를 가지고 가세요. 저녁에 먹게 일 파인트 반 가량만 사다주세요."

하고 아델니 부인이 말했다.

그녀는 돈을 한 장, 한 장 세어서 그에게 주었다. 선술집은 이미 손님으로 가득 차 있었다. 바닥에는 모래가 깔려 있었으며 주위에 벤치가 놓여 있고, 벽에는 빅토리아 왕조 시대의 권투 선수들의 누렇게 바랜 사진이 걸려 있었다. 이 가게 주인은 단골 손님들의 이름을 외고 있었고 기분좋게 웃으면서 판매대에서 몸을 반쯤 내미는 것처럼 하곤 두 청년이 바닥에 세워둔 막대기에 쇠고리 던지기하는 것을 바라보고 있었다. 그들이 실패할 적마다 다른 손님들의 놀려대는 듯한 웃음소리가 한꺼번에 일어났다. 필립 일행이 새로 들어서자 재빠르게 앉을 자리를 만들어주었다. 필립의 자리는 골덴 바지를 무릎 아래에서 잡아맨 상당히 나이가 든 노동자와 애교 머리를 새빨간 앞 이마에 맵시있게 빗어넘긴 반짝반짝 빛나는 얼굴을 한 열일곱쯤 돼 보이는 소년과의 사이였다. 아델니까지도 쇠고리 던지기를 하겠다고 고집을 부리기 시작했다. 그는 맥주 반 파인트를 걸고 용케 이겼다. 진 상대에게 건배하면서 말했다.

"난 경마 따위에서 이기는 것보다는 차라리 맥주 내기에서 이기는 게 더 좋아요."

테 넓은 모자를 쓰고 뾰족한 턱에 수염을 기른 모습이 이런 시골 사람들 사이에서는 이상하게 보였다. 주위 사람들이 모두 이상하게 여기고 있는 것을 대번에 알 수 있었으나, 워낙 그의 기분이 좋은데다가 그의 열광하는 태도는 곧 다른 사람까지 그의 기분 속으로 함께 끌고들어가기 때문에 모두들 그를 싫어하기보다도 좋아하게 되었다. 좌중의 이야기는 활기를 띠어갔다. 느릿하고 뚜렷한 타네트 섬을 그대로 쏙 뺀 사투리로 농담이 오고가고 때로는 이 지방의 우스운 짓 잘하는 사람이 서투른 재담을 던지면 그때마다 웃음소리가 한꺼번에 일어났다. 더없이 즐거운 모임이었다. 그와 함께 있으면서 그래도 기분이 좋아지지 않는 사람은 어지간히 마음이 차가운 인간임에 틀림없다. 필립은 창 너머로 아직 저녁 햇살이 남아 있는 밝은 바깥을 바라보고 있었다. 창은 오두막집의 창처럼, 조그만 흰 커튼을 빨간 리본으로 매어놓았고, 창턱에는 제라늄꽃 화분이 나란히 놓여 있었다. 그러는 동안에 사람들도 한 사람씩 자리에서 일어나 저녁 식사가 준비되어 있을 목장 쪽으로 돌아가기 시작했다.

"자아, 이젠 가서 주무셔야겠군요." 아델니 부인이 필립에게 말했다. "아침 다섯시에 일어나서 하루 종일 밖에서 일해 보는 건 처음이실 거예요."

"필립 아저씨, 우리하고 내일 아침에 또 해수욕하러 가지요?" 하고 사내 아이들이 한꺼번에 외쳤다.

"암, 가고말고."

필립은 참으로 기분 좋을 만큼 피로했다. 저녁을 먹고 등 없는 의자에 앉아 용케 몸을 오두막의 벽에 기대고, 파이프를 노상 빨아대며 밤 경치를 바라보고 있었다. 샐리는 여전히 일에 바쁜 것 같았다. 몇 번씩 집 안에 들어갔다 나왔다 하면서 부지런히 움직이는 것을, 필립은 멍 하니 바라보고 있었다. 걸음걸이도 달라져 있었다. 여자답기보다는 참으로 가볍고 활발하고 자신에 차 있었다. 두 다리를 가볍게 흔드는 것처럼 걷는데, 땅을 디디는 발에도 강한 힘이 넘치는 것 같았다. 아델니는 이웃집 사람과 이야기하러 나가고 없었다. 조금 후에 아델니 부인이 누구에게 하는 것인지 혼잣말인지 커다란 소리로 외치는 소리가 들렸다.

"에그머니, 차가 떨어졌구먼. 그이에게 블랙 상점에 가서 사다달라고 부탁했었는데." 부인은 말을 거기서 잠깐 멈추었다가 조금 더 큰소리로 외쳤다. "애 샐리야, 너 얼른 블랙 상점에 뛰어갔다오련? 차 반 파운드만 사 왔으면 좋겠구나. 다 떨어졌지 뭐냐."

"그러세요, 어머니."

블랙 상점 여주인은 반 마일쯤 떨어진 곳에 우체국과 잡화상을 겸한 조그만 집을 갖고 있었다. 샐리는 걷어올렸던 옷소매를 내리면서 밖으로 나왔다.

"함께 가줄까, 샐리?"
하고 필립이 물었다.

"괜찮아요. 혼자 가도 무섭지 않아요."

"그야 무섭지는 않겠지만 말야, 나도 마침 가서 잘 시간이 되었으니 잠깐 걸어서 다리 운동이라도 할까 하던 참이니까."

샐리는 대답하지 않았다. 그러나 아무튼 둘이는 함께 나섰다. 길은 조용하고 휑했다. 아무런 소리도 들리지 않는 여름 밤이었다. 둘이 다 거의 말을 하지 않았다.

"시간이 이렇게 늦었는데도 아직 무척 더운걸."
하고 필립이 말했다.

"정말 드물게 더운 날씨예요."

두 사람 다 잠자코 있기는 해도 결코 따분하지 않았다. 이렇게 함께 나란히 걷는 것만으로도 마음이 즐거웠다. 말 따위는 필요하지 않았다. 갑자기 어느 집의 싸리 울타리 근처에서 나직이 소곤거리는 소리가 들렸다. 자세히 보니 어둠 속에서 사람의 그림자가 어렴풋하게 보였다. 그들은 울타리 밑 계단에 꼭 붙어앉아서 필립과 샐리가 지나가도 꼼짝도 하지 않았다.

"누구일까요?"
하고 샐리가 물었다.

"퍽 행복해 보이지 않아?"

"저 사람들은 틀림없이 우리들도 애인이라고 생각하지 않았을까 몰라?"

이윽고 오두막의 불빛이 보이기 시작했고, 얼마 안 가서 도착했다. 등불이 눈이 부실 정도로 밝았다.

"퍽 늦었군요." 블랙 부인이 말했다. "막 가게를 닫으려던 참이었죠."
하고 벽시계를 보더니 "벌써 아홉시가 다 됐잖아요?"
했다.

샐리는 홍차를 반 파운드 샀다. 아델니 부인은 한 번에 반 파운드 이상은 살 엄두를 내지 못했다. 그리고 그들은 다시 밖으로 나왔다. 가끔 이름 모를 밤 짐승의 울음소리가 날카롭게 어둠을 깨뜨리고 들려왔으나 도리어 밤의 고요함을 더한층 깊게 해주었다.

"가만히 서서 귀를 기울여보세요. 파도 소리가 들릴 거예요."
하고 샐리가 말했다.

그들은 걸음을 멈추고 귀를 기울였다. 그렇게 생각해서 그런지 확실히 물가를 핥는 희미한 파도 소리가 들리는 것 같았다. 그들이 다시 싸리 울타리 앞을 지날 때에도, 아까 그 연인들은 아직 거기에 있었다. 지금은 이야기도 하지 않고 서로 꽉 껴안은 채 입술과 입술이 한데 포개어져 있었다.

"한참 정신이 없는 모양이군요."

샐리가 말했다. 둘은 모퉁이를 돌았다. 그러자 일순간 따스한 바람이 그들의 얼굴을 스쳤다. 대지가 젊은 생기를 뿜어내고 있다. 진동하는 듯한 밤공기 속에는 무언가 이상한 것이 느껴지고 정체를 알 수 없는 무엇인가가 가만히 숨어서 기다리고 있는 것같이 느껴졌다. 정적, 그 자체가 갑자기 의미를 가지기 시작하고 필립의 가슴은 이상야릇하게 뛰기 시작했다. 가슴이 가득 차서 마치 그대로 녹아버릴 것 같은 기분(진부하기 짝이 없는 표현이나, 지금은 그것이 가장 정확하게, 이 이상스러운 마음을 나타내주는 것이었다), 행복과 불안과 기대로 가슴이 떨렸다. 문득 필립은 제시카와 로렌조가 서로 속삭인 더할 나위 없이 아름다운 사랑의 속삭임이 생각났다. 그 흥겨운 기지, 기발한 생각 깊숙이에는 사랑의 불꽃이 활활 타오르고 있었다. 그렇다고 하더라도 대기 속에 도대체 무엇이 깃들어 있기에 이토록 야릇하게 그의 감각을 눈뜨게 하는 것인지 그 자신도 알 수 없었다. 지금은 순수하고 잡스러움이 없는 넋이 되어서 이 대지가 갖는 향기, 음향, 맛의 모든 것을 마음껏 만끽하고 있는 것 같은 마음이었다. 이처럼 멋진 아름다움을 느끼고 겪어본 일은 없었다. 혹시 샐리가 무슨 말이든 꺼내서 모처럼의 이 마력을 깨뜨리지나 않을까 하고 생각했으나 샐리는 한 마디도 하지 않았다. 결국 그녀의 목소리가 듣고 싶어진 것은 오히려 필립이었다. 나직하고 풍부한 목소리는 마치 전원의 밤 바로 그것의 소리였다. 둘이는 홉밭의 입구까지 왔다. 오두막집으로 돌아가려면 그곳을 지나가야만 했다. 필립이 먼저 들어가서 그녀를 위해서 문을 열어주고 기다렸다.

"그럼 이젠 잘 자."

"이렇게 멀리까지 바래다주셔서 고마워요."

그녀는 손을 내밀었다.

필립은 그 손을 잡으면서 말했다.

"싫지 않다면 작별의 키스를 해주지 않겠어? 집 사람들에게 하는 것처럼."

"네, 좋아요."

필립은 절반쯤 농담으로 말했던 것이다. 그저 행복했기 때문에, 그리고 샐리가 좋은데다가 너무나도 아름다운 밤의 영향도 있어서 어쩐지 키스만이라도 해보고 싶었던 것이다.

"그럼 굿나잇."

그는 가볍게 웃으면서 샐리를 끌어당겼다. 샐리는 그에게 입술을 주었다. 부드럽고, 따뜻하고 도톰한 입술이었다. 키스는 조금 오랫동안 계속되었다. 마치 꽃과 같은 입술이었다. 그리고 다음 순간 그는 자기도 모르게 두 팔로 그녀의 몸을 안고 있었다. 그녀는 잠자코 그가 하는 대로 그에게 몸을 맡기고 있었다. 탄력있는 건강한 육체였다. 그녀의 숨소리를 그의 가슴에 확실히 느낄 수 있었다. 필립은 그대로 제 정신을 잃어버린 것 같았다. 분류처럼 관능이 그를 압도해버린 것이다. 그는 샐리를 어두운 울타리 그늘로 끌고 갔다.

120

필립은 죽은 것처럼 잠에 곯아떨어져 있었다. 깜짝 놀라 눈을 떠보니 해럴드가 깃털로 그의 얼굴을 간지럽히고 있었다. 그가 눈을 뜬 것을 본 아이들은 환성을 올렸다. 너무 오래 자서 마치 술에 취한 듯한 기분이었다.

"어서 오세요, 게으름뱅이 아저씨. 빨리 안 오시면 샐리 언니가 먼저 가겠대요."

제인이 말했다.

그제서야 어젯밤 일이 생각났다. 얼떨떨한 기분으로 반쯤 침대에서 일어났으나 곧 다시 누웠다. 어떻게 샐리와 만날 것인가, 갑자기 양심의 가책이 느껴졌다. 그리고 자기가 저지른 일을 가슴 아프게 후회했다. 아침에 만나면 그녀는 그에게 뭐라고 말할 것인가? 얼굴을 보는 것이 두려웠다. 도대체 왜 그런 바보 같은 짓을 했단 말인가? 그러나 아이들은 그에게 시간의 여유를 주지 않았다. 에드워드는 수영복과 타월을 들고 나섰고, 아델스탄은 그의 이불을 걷어젖혔다. 그리하여 삼분 후에는 모두 한 길에 나와 있었다. 샐리는 그를 보자 생긋 웃었다.

"옷 입는 데 무슨 시간이 그렇게 오래 걸리세요? 전 안 나오시는 줄 알았어요."

그녀의 태도에는 손톱만큼도 변한 데가 없었다. 그는 미묘한 변화, 아니면 아주 다른 어떤 변화가 있을 줄 알았다. 그에 대한 태도에도 부끄러움이라든가 노여움이라든가, 아니면 보다 친근한 태도라든가, 아무튼 무슨 변화가 있을 것이라고 각오하고 있었다. 그런데 아무런 변화도 없는 것이다. 지금까지와 조금도 다름이 없었다. 웃고 떠들며 그들은 모두 바다를 향해 나갔다. 샐리만은 거의 입을 열지 않았지만 그녀야 늘 그랬으므로 별로 이상하게 보이지도 않았다. 그녀는 필립에게 말을 걸지도 않았고 그렇다고 해서 피하지도 않았다. 필립은 어젯밤의 사건이 그녀에게 큰 변동을 주었으리라고 생각했던 만큼 아무런 변화가 없는 것을 보고 내심 크게 놀랐다. 그렇다면 그건 혹시 꿈이었던가? 한쪽 손엔 계집애, 다른 손엔 사내애를 붙잡고 걸어가며 겉으로는 태연하게 말을 하면서도 마음속으로는 열심히 이유를 찾고 있었다. 샐리도 어제 일을 잊어버리고 싶은 것일까? 아마 그 자신과 마찬가지로 그녀도 어젯밤엔 이성을 잃었는지도 모른다. 그러고 보면 어디까지나 그 사건을 이상한 조건 아래서 일어난 하나의 우발적인 사건으로 생각하고 모두 잊어버리기로 결정한 것일까? 그러나 그러한 해석들은 모두 그녀의 연령, 성격과 비교할 때 아무래도 무리한 사고력, 어른의 지혜를 가정해서 한 생각 같았다. 분명히 알게 된 것은 그가 샐리라는 여자를 전혀 모르고 있다는 것이었다. 하여튼 처음부터 수수께끼 같은 데가 있는 여자였다.

그들은 물 속에서 타넘기를 했다. 전날과 마찬가지로 무척 소란스러웠다. 샐리는 여전히 어머니같이 아이들을 감사히며 너무 멀리 나가면 불러들이곤 했다. 그리고 아이들이 잘 노는 동안에는 천천히 앞뒤로 헤엄쳐 다녔고 가끔 가만히 떠 있기도 했다. 얼마 후 샐리는 물에서 나와 몸을 말리기 시작했다. 그리고 약간 명령적인 어조로 동생들을 불러내었다.

그리하여 물 속에는 필립만이 남게 되었다. 이 기회에 필립은 힘차게 헤엄쳐보았다. 두 번째 아침이라 차가운 물에도 많이 익숙해서 신선한 바닷물이 말할 수 없이 상쾌했다. 팔 다리를 마음대로 놀릴 수 있는 것만도 즐거워 그는 힘차게 물을 헤치며 나갔다. 그때 샐리가 수건을 몸에 감고 물가로 내려왔다.

"빨리 나오세요, 필립 씨."

마치 조그만 어린애라도 감독하는 듯한 말투였다. 너무나 억압적인 태도에 그는 웃으며 헤엄쳐 나왔으나 나오자마자 또 꾸지람을 했다.

"그렇게 물 속에 오래 있으면 어떻게 해요. 입술이 새파랗잖아요. 떨려서 이가 마주치잖아요."

"네, 네, 나갑니다."

지금까지는 그에게 이런 태도로 말한 적이 한 번도 없었다. 어젯저녁의 사건이 그녀에게 갑자기 그런 태도를 하게 한 모양이었다. 그를 보는 그녀의 눈은 수술받으려는 어린애라도 보는 것 같았다.

잠시 후 옷을 갈아입고 그들은 모두 집으로 향했다. 샐리는 그의 손을 보고 말했다.

"거 보세요, 손이 아주 새파랗게 됐잖아요."

"아, 괜찮아. 혈액 순환 때문에 그러니까 곧 좋아질 거야."

"이리 좀 줘보세요."

그리고 그의 두 손을 잡더니 교대로 비비기 시작했다. 그러자 곧 먼저처럼 되었다. 필립은 당황하면서도 기쁨에 넘쳐 가만히 샐리를 쳐다보았다.

어린애들이 있기 때문에 직접 대놓고 말할 수도 없고 또 끝내 시선이 마주치지도 못했다. 그러나 샐리가 일부러 그의 시선을 피하려 한 것은 아니고 다만 우연히 마주치지 않은 것으로 생각되었다. 그날 종일 샐리의 태도에는 필립과의 사이에 무슨 일이 있었다는 암시를 보일 만한 것은 하나도 없었다. 다만 다른 날보다는 조금 말이 많아졌다고나 할까, 그것뿐이었다. 홉밭에서 모두 모여앉아 다시 일을 시작할 때 샐리는 필립이 말을 듣지 않고, 추워서 새파랗게 될 때까지 물에서 나오지 않았다고 어머니에게 말했다. 참으로 믿을 수 없는 일이었다. 지난 밤의 사건은 샐리에게 필립에 대한 보호 의식만을 일으킨 것 같았다. 그녀는 자기 동생에게 느끼는 것처럼 필립에게도 본능적인 모성애를 느끼는 모양이었다.

저녁때가 되어서야 그는 샐리와 다시 단둘이 있을 기회를 얻었다. 샐리는 저녁 식사 준비를 했고 필립은 모닥불 옆 풀 위에 앉아 있었다. 아델니 부인은 살 것이 있어 마을로 내려갔고 아이들은 각각 제멋대로 놀고 있었다. 필립에게는 다소 어색하기 짝이 없는 이 침묵도 그녀에게는 아무렇지 않은 모양이었다. 그는 어떻게 말을 시작해야 할지 몰랐다. 샐리는 다른 사람이 자기에게 말을 걸 때나 특별히 할 말이 있을 때가 아니면 거의 말을 하지 않는 여자였다. 결국 필립 쪽에서 참다 못 해 입을 열었다.

"샐리, 화나지 않았어?"

그녀는 조용히 눈을 들어 담담한 표정으로 그를 바라보았다.

"제가요? 왜 제가 화를 내죠?"

필립은 이 말에 어이가 없어 한 마디도 나오지 않았다. 그녀는 냄비 뚜껑을 열고 한 번 저은 다음 다시 뚜껑을 닫았다. 맛 좋은 냄새가 퍼졌다. 그녀는 다시 한 번 조용히 웃으며 그를 보았다. 입술이 약간 벌어져 있었다. 아니, 눈이 웃었다는 게 더 적당했다.

"저는 처음부터 당신이 좋았어요."

그러자 그의 심장이 무섭게 뛰고 피가 한꺼번에 뺨으로 몰리는 것을 느꼈다. 그는 억지로 웃는 얼굴을 지었다.

"난 전혀 몰랐는데."

"바보니까 그렇죠."

"왜 나를 좋아하지?"

"그건 저도 모르겠어요." 샐리는 장작을 발로 밀며 말했다. "아마 전에 당신이 밖에서 주무시고 아무것도 잡수시지 못한 채 우리 집에 오신 그날부터 좋아진 것 같아요. 그 일을 기억하세요? 그래서 저는 어머니와 함께 아버지의 침대를 내어드렸죠."

그는 이 말에 다시 얼굴을 붉혔다. 그녀가 그때의 일을 그렇게까지 자세히 기억하리라곤 생각 못 했기 때문이다. 물론 그는 참을 수 없는 치욕 때문에 이 일을 잘 기억하고 있었다.

"그래서 전 다른 남자하고는 일체 관계를 끊었어요. 당신도 기억하시죠? 언젠가 어머니가 저더러 결혼하라던 그 사람, 너무 귀찮게 굴어서 차(茶)시간에 오라곤 했지만 저는 처음부터 거절할 준비를 하고 있었어요.”

점점 의외인 그녀의 말에 필립은 어안이 벙벙했다. 정말 이상한 기분이었다. 잘 알지는 못했지만 이것이 바로 행복이라는 것일까? 그녀는 다시 한 번 냄비 속을 뒤적거렸다.

“꼬마들 빨리 돌아왔으면 좋겠는데, 어디들 갔을까? 저녁이 다 됐는데.”

“내가 가서 찾아올까?”

필립이 물었다. 이런 사무적인 말이 오히려 마음이 편했다.

“그럼 부탁드릴까요? 아, 저기 어머니가 오시네요.”

그가 일어나자 그녀는 눈도 깜박이지 않고 그를 쳐다보았다.

“애들이 다 자면 오늘 밤도 같이 산책하시지 않겠어요?”

“응.”

“그럼 그 판자문께서 기다리세요. 일이 끝나면 곧 갈 테니까.”

그는 판자문 가름대에 걸터앉아 별이 뜬 하늘을 보며 기다리고 있었다. 양편에는 익기 시작한 딸기밭으로 자연스럽게 울타리가 쳐져 있었다. 땅에서는 밤의 향기가 피어오르고 상쾌한 바람이 부는 주위는 고요했다. 그의 가슴은 미친 듯이 뛰었다. 지금의 자기의 입장을 잘 알 수 없었던 것이다. 그는 사랑이란 눈물과 격정과 광란이라고만 생각해왔다. 그러나 샐리에게서는 그런 걸 찾아볼 수가 없었다. 그러나 어쨌든 그녀가 스스로 자진해 몸을 맡긴 이상 역시 사랑이라고 생각하지 않을 수 없었다. 그러나 과연 그녀의 사랑이 그에 대한 것일까? 만일 샐리가 그녀의 사촌 오빠이며, 키 크고 늘씬하고 그을은 얼굴을 하고 의젓하게 걷는 그 호남 피터 갠을 사랑했다면 그는 당연하게 생각했을지도 모른다.

그러나 그의 어디가 좋아 사랑한단 말인가. 그가 사랑이라고 생각하는 사랑을 샐리가 하고 있는지, 그것도 알 수 없는 일이었다. 그러나 그는 샐리의 순결성만은 확신하고 있었다. 그러고 보니 자신은 의식하지 않고 있으나 그녀가 느끼고 있는 여러 가지, 즉 대기와 홉과 아름다운 밤에 의한 도취, 자연 속에 자라난 본능, 사방에 충만한 부드러운 분위기, 어머니나 누이 같은 감정, 이런 것들이 서로 얽혀서 그러한 결과를 만든 것이 아닐까? 그런 것도 막연히나마 생각되지 않는 것은 아니었다. 그리하여 샐리의 마음속에 사랑의 감정이 가득 찬 나머지 그녀가 줄 수 있는 것을 그에게 바쳐버린 것이 아닐까?

그때 문득 한길에서 발자국 소리가 들리고 어둠 속에 사람의 모습이 나타났다.

"샐리."

그는 속삭이듯 불렀다.

그녀는 걸음을 멈칫했다가 판자문 쪽으로 다가왔다. 그녀와 함께 깨끗한 전원의 향기가 풍겨왔다. 베어놓은 건초의 냄새. 잘 익은 홉의 향기, 어린 풀의 신선한 냄새, 그러한 모든 것들이 송두리째 다가오는 것 같았다. 그녀의 입술이 필립의 입술에 재빨리 닿았다. 그리고 아름답고 건강한 그녀의 몸이 필립의 가슴에 힘껏 안겨졌다.

"우유와 꿀. 당신은 정말 우유와 꿀 같은 여자야."

그는 여자의 눈을 감게 하고 한쪽씩 교대로 눈두덩에 키스했다. 그녀의 건강하고 포동포동한 팔엔 옷소매가 팔꿈치까지 걷어져 있었다. 그는 샐리의 두 팔을 애무하면서 새삼 그 아름다움에 놀랐다. 어둠 속에서도 환하게 빛나는 그녀의 팔은 마치 루벤스의 그림처럼 아름답고 투명했으며 황금빛 솜털이 엷게 깔려 있었다. 그것은 색슨족 여신의 팔이라고나 할까, 아니 신조차도 그토록 아름답고 자연스런 소박미는 가지고 있지 않을 것 같았다. 필립은 모든 남성의 가슴에만 핀다고 예부터 전해오는 정다운 꽃들인 접시꽃, 요크 랭카스터라고 불리는 희고 붉은 장미, 니겔라꽃, 왕수염 패랭이꽃, 인동 덩굴, 참제비 고깔꽃, 범의귀꽃들이 만발해 있는 오두막의 정원을 눈앞에 그려보았다.

"어째서 나를 좋아하게 됐지? 나는 절름발이이고 평범하고 하잘것없는 사람인데."

샐리는 두 손으로 그의 얼굴을 감싸고 입술에 키스했다.

"당신은 정말 바보예요, 정말 바보예요."

121

홉 따기가 끝나자 필립은 성 누가 병원 내과 상주 의사라는 채용 통지를 주머니에 넣고 아델니의 가족과 함께 런던으로 돌아왔다. 그리고 우선 웨스트민스터에 적당한 방을 하나 얻어 시월 초순부터 근무하기 시작했다. 일은 변화가 있어 재미있었다. 매일 새로운 것을 배웠고 점점 자신도 생겼다. 샐리와도 자주 만나 매일의 생활이 매우 유쾌하게 느껴졌다. 외래 환자를 담당하는 날 이외에는 매일 여섯시부터 자유로웠다. 그래서 샐리가 일하는 양장점 가까이 가서 그녀가 나오는 것을 기다렸다. 거기에는 늘 젊은 남자들이 몇 사람씩 상용 출입구라고 씌어 있는 근처나 조금 떨어진 길 모퉁이에서 서성대며 여자들을 기다리고 있었다. 그러면 양장점에서 여자들이 두세 명씩 혹은 오륙 명씩 떼를 지어 나오다가, 그 젊은 남자들을 발견하고는 서로 쿡쿡 찌르고 웃곤 했다. 샐리는 무늬없는 검은 드레스를 입고 있었는데 농장에서 그와 같이 홉을 따던 샐리와는 사뭇 딴 여자같이 보였다. 그녀는 빠른 걸음으로 나오다가 그를 보자 걸음을 멈추고 생긋 웃으며 인사했다. 둘이는 번화한 거리를 같이 걸었다. 필립은 그날 병원에서 일어난 일을 얘기했고, 샐리는 양장점에서 한 일을 얘기했다. 그는 샐리와 함께 일하는 여자들의 이름도 모두 알게 되었다. 서로 이야기 하는 동안에 필립은 샐리가 항상 숨기고 있으나 예민한 센스를 가지고 있다는 것을 발견했다. 그녀는 함께 일하는 동료나 남자 감독에 대해서도 재미있는 비평을 했고, 때로는 뜻밖의 농담을 해서 필립을 웃기기도 했다. 또 그녀는 아무리 우스운 이야기라 할지라도 하나도 우스울 것 없다는 듯이 심각하게 이야기하는 버릇이 있다. 그러나 말 속에는 상당히 예민한 관찰이 엿보여 필립은 웃음을 터뜨리기도 했다. 필립이 웃을 때에는 샐리 역시 웃음을 띠어 그의 유머를 이해하고 있다는 것을 나타내주었다. 그들은 만날 때마다 악수를 했고 헤어질 때도 악수를 했다. 한 번은 필립이 샐리에게 자기 하숙방에 가서 같이 차나 마시자고 한 일이 있었다. 그러나 샐리는 거절했다.

"아니에요, 안 가겠어요. 남 보기에 이상할 테니까요."

　그들은 지금까지 서로 사랑한다는 말을 한 적이 없었다. 샐리는 다만 이렇게 같이 걷는 것 이상의 교제를 바라지 않는 것 같았다. 그러나 그녀가 필립과 함께 있기를 좋아한다는 것은 그도 잘 알 수 있었다. 그러나 그녀의 태도와 행동에는 여전히 이해하기 어려운 점이 있었다. 그러면서도 사귀면 사귈수록 좋아지는 샐리였다. 모든 일에 유능하고 자제심이 있고 정직의 미덕을 가지고 있었다. 이 여자야말로 어떠한 어려운 환경에서도 믿을 수 있는 여자였다.

　“당신은 참 훌륭한 여자요.”

　언젠가 필립이 이렇게 불쑥 말한 적이 있었다.

　“저는 다른 여자들과 조금도 다른 점이 없다고 생각해요.”

　샐리에 대한 경우는 사랑한다는 표현이 어울리지 않는 것 같았다. 그러나 그는 그녀를 매우 좋아하고 있는 것이 사실이었고 또 그녀와 같이 있으면 무척 즐거웠다. 샐리에게는 그의 마음을 부드럽게 해주는 그 무엇이 있었다. 그는 물론 그것이 열아홉 살밖에 안 되는 일개 여점원에 대한 감정으로 쑥스러운 것이라고 생각하고 있었다. 그러나 그는 샐리를 존경하고 있었다. 신체부터가 그에게는 감탄의 대상이 되었다. 말하자면 그녀는 단 하나의 결점도 찾아볼 수 없는 놀랄 만한 존재였다. 샐리의 육체적인 완전성은 항상 그에게 일종의 두려움과 경탄을 일으키게 했으며 그녀 앞에서의 자신은 아주 하잘것없는 것처럼 느껴졌다.

　그들이 런던으로 돌아와 약 삼 주일이 되던 어느 날의 일이었다. 필립은 샐리가 오늘 따라 같이 걸으면서도 유달리 말이 없는 것을 눈치채게 되었다. 지금까지의 조용하던 표정이 양미간의 주름으로 인해 약간 달라졌으며 금방이라도 얼굴이 찌푸려질 것같이 보였다.

　“샐리, 왜 그래?”

　그녀는 앞만 똑바로 쏘아본 채 고개도 들지 않았다. 안색도 약간 어두웠다.

　“아이, 몰라요.”

　그러자 그는 곧 그 뜻을 알았다. 심장의 고동이 갑자기 빨라지더니 얼굴에서 피가 싹 가시는 것을 느꼈다.

　“무슨 일이야? 무슨 걱정이……”

그는 그 자리에 걸음을 딱 멈추었다. 계속해서 걸을 힘이 없었다. 이렇게 될 줄은 꿈에도 상상하지 못했다. 샐리를 보니 입술이 떨리고 있었다. 억지로 울음을 참고 있는 모양이었다.

"아직 확실히는 모르지만 아마 별일은 아닐 거예요."

그들은 묵묵히 걸어갔다. 문득 정신을 차려보니 어느새 챈서리 레인 모퉁이까지 와 있었다. 그들이 언제나 헤어지는 장소였다. 그녀는 손을 내밀며 빙긋 웃으며 말했다.

"너무 걱정하지 마세요. 될 수 있는 대로 좋게 생각해야죠."

샐리와 헤어진 필립은 미칠 것 같은 심정으로 걸음을 옮겨놓았다. 무슨 바보 같은 짓을 했단 말인가? 우선 머리에 떠오른 것은 그 생각이었다. 어리석고, 추잡하고, 어쩔 수 없는 바보! 너무나 화가 치밀어 몇십 번이고 되풀이해 중얼거렸다. 자기가 생각하기에도 스스로 불쌍해 견딜 수 없었다. 어쩌려고 그런 짓을 저질렀단 말인가? 그러나 그렇게 자책하는 동안에도 그의 머리는 장차 어떻게 할 것이냐는 생각으로 가득했다. (그의 생각은 주마등처럼 빙빙 돌아 마치 악몽 속에서 보는 어려운 문제처럼 어쩔 수 없는 혼란 상태이긴 했지만 그래도 아직 어떤 줄거리만은 가지고 있었기 때문이다.) 모든 것이 분명한 것 같았다. 지금까지 그렇게 오랫동안 원하고 있던 목적이 지금 겨우 손에 닿을 만큼 되자 그 자신의 어리석은 행동으로 말미암아 새로운 장애에 부딪치게 된 것이다. 그러나 한편 평화롭고 안정된 생활을 하고자 하는 그의 오랜 염원에도 불구하고 그에게는 무엇인가 큰 성격적 결함이 있어 그 결함을 이기지 못하는 것 같았다. 그 결함이란 무턱대고 미래에 살아보려는 그의 정열이었다. 그래서 병원 근무를 하게 되자마자 그는 여행의 계획을 생각하기 시작했던 것이다. 과거에는 그는 미래의 계획을 너무 구체적으로 생각지 않으려 했다. 그것은 그 자신의 현실과 비추어볼 때 너무 절망적이었기 때문이다. 그러나 지금은 미래의 목표가 눈앞에 보이고 참기 어려운 염원을 달성하기 위하여 발을 내디뎌도 실현 안 될 리가 없을 것 같았다. 그는 우선 스페인에 가보고 싶었다. 그 나라는 항상 그가 그리워하던 나라였다. 스페인의 정신, 로맨스, 색체, 역사, 영광이 그의 피와 살 속에까지 스며 있었다. 다른 나라에서는 얻을 수 없는 특별한 계시를 이 나라에서는 얻을 수 있을 것 같았다. 그느 코르도바, 톨레도, 레온, 타라고나, 버고스와 같은 옛 도시의 꾸불꾸불한 거리를 마치 어릴 적부터 걸어다닌 것처럼 잘 알고 있었다. 스페인의 위대한 화가들이 그의 영혼을 사로잡고 있었다. 다른 나라의 어떤 그림보다도 그의 고뇌에 떠는 마음에 있어 의의가 깊은 그들 걸작품들과 대면할 것을 생각한다는 것만으로도 벌써 그의 가슴은 흥분에 떨렸다. 다른 나라의 어떤 시인보다도 국민성을 잘 나타내고 있다고 생각되는 위대한 스페인의 시인들에 관해서도 그는 이미 잘 알고 있었다. 그것은 그들이 그 영감(靈感)의 원천을 세계 문학의 커다란 조류에서가 아니라 그들 자신의 나라의 향기 높은 열대 평야와 황량한 산악 지대에서 직접 얻어온 것이었기 때문이다. 불과 이 삼 개월만 있으면 영혼과 정열의 웅장한 표현에 가장 적합하다고 하는 이들 스페인 어를 매일 주위에서 얼마든지 들을 수 있는 것이다. 스페인에서도 남쪽 안달루시아는 그의 정열을 만족시키기에는 너무 부드럽고 감각적이고, 또 어느 면으로는 너무 통속적인 것같이도 느껴졌다. 그의 상상은 오히려 바람 부는 카스틸리아의 들판에, 거친 아라곤과 레온의 험한 산악 지대에 더욱 매력을 느끼는 것이었다. 이 미지의 나라와의 접촉이 그에게 무엇을 줄 것인지 그 자신도 알 수가 없었으나 그 접촉으로 말미암아 그는 더욱 먼 곳의 신비로운 환경에서 부딪치게 될 여러 가지 놀라운 사물을 이해할 수 있는 힘과 목적을 얻을 수 있으리라고 느꼈다.

그러나 이것은 첫 단계에 지나지 않았고, 필립은 이미 선의(船醫)를 싣고 다니는 많은 선박 회사와 연락해서 항로도 정확히 알고 있었고, 또 실지로 그 배에 탔던 사람들로부터 각기 항로의 유리한 점을 모두 알아놓았다. 그는 오리엔트 기선 회사와 말레이 동양 기선 회사는 대상에서 제외해놓았다. 이들 회사에서는 여간해서 좋은 자리를 얻을 수 없었고 또 객선에서는 선의의 자유 시간이 거의 없었기 때문이었다. 이들 회사 이외에도 동양으로 큰 부정기 화물선을 보내고 있는 회사가 얼마든지 있었고 그 배들은 하루 이틀, 혹은 두 주일씩이나 도중의 여러 항구에 정박했다. 그러므로 선의의 자유 시간도 많았고 때로는 내륙으로 여행할 수도 있었다. 봉급도 싸고 식사도 보통이었기 때문에 취직하려는 희망자도 별로 많지 않았고 런던에서 의사 면허를 가진 사람이라면 응모만 하면 틀림없이 취직할 수 있었다. 게다가 선객이라야 이름도 없는 항구에서 항구로 장사하러 다니는 사람이 몇 사람 있을까 말까 하였으므로 배에서의 생활은 실로 한가롭고 즐거운 것이었다. 필립은 그 배들이 출항하는 항구의 이름을 모두 외고 있었다. 그리고 그 항구의 하나 하나는 필립의 가슴에 눈부신 열대의 햇빛, 마력과 같은 색체, 신비와 정열에 넘치는 삶의 환상을 불러일으켜주는 것이었다. 인생! 그것만이 필립이 구하던 것이었다. 그런데 마침내 그 인생과 맞닥뜨릴 기회가 온 것이었다. 아마 도쿄나 상하이에서 배를 바꾸어 타고 남태평양의 섬들을 찾아다닐 수도 있을 것이었다. 의사라면 어디든지 필요했으므로 그는 또 버마의 내지에 들어가볼 기회도 있을 것이고, 수마트라나 보르네오의 무성한 정글을 찾아가는 것도 불가능한 일은 아닐 것이다. 그는 아직 젊었고 세월의 흐름이란 생각할 필요가 없었다. 영국에서는 친척도 친구도 거의 없으니, 몇 해 동안은 세계를 방랑하며 인생의 아름다움과 놀라움과 다채로움을 보고 깨달을 수 있을 것이었다.

그런데 지금 이런 일이 생기고 만 것이다. 그는 샐리가 잘못 판단했다고는 생각하지 않았다. 그것은 틀림없다고 느껴졌다. 아무튼 있을 수 있는 일이었다. 자연은 샐리를 어린애의 어머니가 되도록 만들어놓은 것이다. 그는 자기가 어떻게 해야 할 것인가는 잘 알고 있었다. 이런 사고쯤으로 그의 장래의 인생 행로를 조금이라도 그르치게 해서는 안 된다. 문득 그는 그리피스가 머리에 떠오르며 그 같으면 이러한 고백쯤은 거리낌없이 들어넘길 것이라고 생각했다. 이렇게 되면 그는 약삭빠르게 삼십육계 도망칠 궁리나 할 것이 너무나 뻔했다. 그 다음은 여자 쪽에서 적절히 최선을 다해서 처리하면 되는 것이다. 필립은 마음속으로 이번 일은 불가항력적이었으며 그가 나쁜 것도 또 샐리가 나빴던 것도 아니라고 생각했다. 그녀도 이미 세상을 알고 있고 인생의 현실을 알고 있다. 뭐든지 다 알고 있으면서 모험을 해본 게 틀림없었다. 그렇다면 이 따위 일 하나로 그의 일생의 설계를 망친다는 것은 어리석기 짝이 없는 일이었다. 그는 인생의 덧없음을 뼈저리게 느끼고 있었기 때문에 그 인생을 될수록 유익하게 쓰는 것이 얼마나 중요한 일인가를 잘 알고 있는 소수의 사람 중하나였다. 물론 샐리를 위해서는 할 수 있는 데까지는 잘 해주고 싶었다.

상당한 액수의 금액을 주는 것쯤은 쉬운 일이었다. 그러나 강한 인간은 결코 자기의 목적을 저버리지 않는다.

필립은 이 모든 것을 자신에게 일러보았으나 그로서는 차마 그렇게 할 수가 없었다. 도저히 그럴 수는 없었다. 그는 자기 자신을 너무나 잘 알고 있었다.

'아, 나는 이렇게 약한 인간이란 말인가?'

그는 절망적으로 중얼거렸다.

샐리는 그를 믿었고 또 정말 친절하게 대해주었다. 이치야 어찌 됐든 감정상 도저히 그럴 수는 없다는 것을 그는 알고 있었다. 자기가 그녀를 불행하게 만들었다는 생각이 머리에서 떠나지 않는다면 그가 멀리 여행하는 중에도 잠시도 마음이 편할 수 없으리라는 것을 잘 알고 있었다. 더욱이 샐리의 부모가 그렇게 친절히 대해주었는데 그들에게 배은 망덕으로 보답할 수는 없는 일이었다. 그러므로 유일한 해결책은 될 수 있는 대로 샐리와 빨리 결혼하는 것이었다. 그렇다면 닥터 사우드에게 편지해서 그가 결혼할 것이라는 것과 지난 번의 제안이 아직 변하지 않은 채로 있다면 응하고 싶다는 것을 알려야 할 것이었다. 가난한 마을 사람들에게 인술을 베푸는 것만이 그에게 할 수 있는 유일한 길일 것 같았다. 거기에서는 자기의 불구도 문제가 안 될 것이고 자기 아내의 소박한 모습도 웃음거리가 되지 않을 것이다. 샐리를 아내라고 생각하니 이상하게 기분이 좋았다. 신기한 생각과 다정한 마음이 끓어올랐다. 더구나 자기의 자식이라는 그 어린애를 생각하자 가슴 가득 애정이 솟아올랐다. 닥터 사우드가 그를 반갑게 맞아줄 것은 거의 의심할 여지가 없었다. 그는 그 어촌에서 샐리와 함께 사는 생활을 그려보았다. 바다가 보이는 곳에 조그만 집을 짓고 그 자신은 가보지 못한 나라로 항해해가는 큰 배들을 바라보며 살리라. 그렇다, 그게 그에게 가장 현명한 길일지도 모른다. 크론쇼는 말하지 않았는가. 공상의 힘으로 시간과 공간, 두 나라를 함께 소유할 수 있는 인간에겐 인생의 현실 같은 건 하등 문제가 안 된다고. 그 말이 옳다. 그렇다. 영원히 사랑하라. 그러면 그 여자는 영원히 아름다울 것이다!

아내에게 줄 결혼 선물은 그가 가진 가장 높은 희망으로 하리라. 자기 희생! 필립은 이 아름다움에 심취되어 그날 밤을 지새웠다. 흥분한 나머

지 책도 읽을 수가 없었다. 마치 쫓기는 듯한 심정으로 거리로 뛰쳐나
왔다. 설레는 가슴으로 버드케이지 거리를 몇 번이나 오르내렸다. 잠시도
가만히 있을 수 없는 심정이었다. 구혼할 때의 샐리의 행복스러운 얼굴이
보고 싶었다. 지금 시간이 그렇게 늦지만 않았더라도 그는 당장 그 길로
샐리에게 뛰어가고 싶었다. 그는 아늑한 방에서 샐리와 함께 지낼 긴 밤
을 눈앞에 그려보았다. 바다가 보이도록 덧문을 열어놓은 채 샐리는 고개
를 숙이고 바느질을 하고 있고 그는 책을 읽는다. 갓을 씌운 램프 불이 샐
리의 탐스러운 얼굴을 더욱 아름답게 보이게 한다. 둘은 자라나는 어린애
에 대해 이야기한다. 문득 그를 바라보는 샐리의 눈에는 사랑의 빛이 떠
오른다. 그들은 환자인 어부들과 그들의 아내들과도 아주 친한 사이가
된다. 또 그와 샐리도 어부들의 단조로운 생활의 슬픔과 기쁨을 함께 맛
보게 된다. 이런 생각을 하다가도 그는 다시금 자기와 샐리의 사랑의 결
정인 아기를 생각했다. 그는 벌써 아버지로서의 애정을 느끼고 있었으며
팔 다리가 온전한 어린것의 몸을 어루만지는 기분이었다. 그 아이는 틀림
없이 잘 생겼을 것이다. 풍부하고 다채로운 인생에 대한 내 꿈을 송두리
째 양보하리라. 길었던 과거의 편력을 되새겨보며 그는 기꺼이 그 꿈을
양보하기로 했다. 그의 반평생을 그토록 괴롭혔던 자신의 불구도 이제는
조용히 체념할 수가 있었다. 그것이 그의 성격을 해친 것도 사실이었으
나, 한편으로는 그에게 그만큼이나 기쁨을 가져다주었던 그 내성력이 바
로 그 불구의 선물이었는지도 몰랐다. 그것이 없었던들 그가 가진 미에의
감수성과 예술, 문학에 대한 애호심, 인생의 모든 일에 대한 끊임없는 흥
미 같은 것은 아예 없었을지도 모를 일이었다. 꽤 많은 조소도 받았고 경
멸도 받았다. 그러나 이것도 생각하기에 따라서는 그의 마음을 내향적으
로 만들어주어 아마도 영원히 꽃다운 향기를 잃지 않을 그 아름다운 마음
의 꽃을 피우게 해주었다고 할 수도 있을 것이다. 세상에는 정상적인 사
람이 그리 많지 않은 법이다. 모두가 심신 양면에 어떤 결함을 가지고 있
는 것이 사실이다. 그는 자기가 여태까지 사귀어온 많은 사람들을 되새겨
보았는데(과연 세계는 그대로 병원이었다. 모든 것이 모르는 것뿐이
었다.) 거기서 볼 것은 오직 길게 이어진 병자의 행렬뿐이었다. 육체에
결함이 있는 사람, 마음이 비뚤어진 사람, 심장이 약한 사람, 가슴을 앓

는 사람 등 육체의 병을 짊어지고 있는 사람도 있는가 하면, 또 무기력, 주벽 등 마음의 병을 앓는 사람들도 수없이 많다. 이제 필립은 그 모든 사람들에 대해 마음으로부터 연민의 정을 느낄 수가 있었다. 말하자면 모두가 맹목적인 운명의 장난감이 된 데에 불과한 것이다. 그리피스의 배반도, 밀드레드로부터 받은 고통도 이제는 모두 용서할 수가 있었다. 그들로서도 도저히 어쩔 수 없었던 것이다. 단 한 가지 인간이 할 수 있는 일이란 사람의 선한 점은 받아들이고 악한 점은 묵묵히 참는다는 것이었다. 죽음에 임박한 예수 그리스도의 말이 문득 머리에 떠올랐다.

'그들을 용서하라, 그들은 자기가 하는 일이 어떤 일인 줄을 모르기 때문이니라.'

122

필립은 토요일에 국립 미술관에서 샐리와 만나기로 되어 있었다. 그녀는 일이 끝나는 대로 거기에 와서 필립과 함께 점심을 먹을 작정이었다. 그들이 만난 것은 이틀 전이었지만 그의 가슴에선 기쁨이 한시도 떠나지 않았다. 그 동안 한 번도 만나지 않은 것은 그만큼 기쁨을 오래 간직하고 싶어서였다. 그녀에게 뭐라고 말을 꺼낼까? 어떻게 말을 꺼낼까? 그는 몇 번이나 되풀이해 생각했다. 그러나 이젠 아무리 해도 참고 있을 수가 없었다. 닥터 사우드에게 편지를 보냈었는데 전보로 답장이 왔다. '이하 선염 환자 파면. 언제 오겠나?' 이런 전보까지 받아놓았다. 필립은 국회 앞길을 걸어내려갔다. 일기가 매우 좋고 차가운 태양이 한길 가득 햇볕을 쏟고 있었다. 거리는 사람들로 붐볐다. 엷은 안개가 끼어서 그런지 빽빽이 들어선 건물들의 윤곽이 정묘하리만큼 부드러운 선을 그리고 있었다. 트라팔가 광장을 건너갔다. 필립은 돌연 심장이 덜컥 내려앉는 것을 느꼈다. 밀드레드 같은 여자가 자기 앞을 걷고 있는 것이 아닌가. 모습도 비슷했고 그 여자의 버릇인 다리를 약간 끄는 것까지도 똑같았다. 거의 생각할 사이도 없이 그는 가슴을 울렁거리며 발걸음을 재촉해 그 여자를 따라갔다. 나란히 섰을 때 여자가 고개를 돌렸는데 전혀 본 적이 없는 딴 여자였다. 나이도 꽤 든 모양으로 누런 살빛에 주름이 많았다. 그는 다시

발걸음을 늦추었다. 안도의 숨을 몰아쉬기는 했으나 그것은 안도감뿐만
이 아니라 일종의 실망감이기도 했다. 그는 새삼 자신의 경박함에 어이가
없어졌다. 끝내 그 치정(痴情)을 청산하지 못했단 말인가? 그토록 결심
했는데도 불구하고 그의 마음 밑바닥에는 그 천박한 여자에 대한 기묘한
갈망이 일생 붙어다녀야 한단 말인가? 그 사랑으로 말미암아 너무나도
큰 상처를 입었기 때문인지 그는 그녀의 생각에서 완전히 벗어날 수가 없
었다. 결국 죽음만이 이 감정을 청산해줄 것인가?

그러나 그는 강인하게 그 고통을 억눌렀다. 그리고 그 다정한 푸른 눈
매를 한 샐리를 생각했다. 자기도 모르는 새 입가에 미소가 떠올랐다. 그
는 국립 미술관 계단을 올라가 첫째 방에 들어가 앉았다. 샐리가 들어오
면 곧 알아보기 위해서였다. 그림에 둘러싸여 있는 것은 언제나 기분이
좋았다.

특별히 어느 한 그림을 들여다보는 것은 아니었으나 훌륭한 색체와 선
의 아름다움이 그의 영혼에 스며들었다. 그의 머리는 샐리 생각으로 가득
찼다. 이런 런던 구석에서 벗어나 그곳으로 데려간다면 얼마나 즐거울 것
인가. 그녀의 모습은 아무래도 런던과는 어울리지 않았다. 말하자면 난초
와 진달래꽃만 가득한 꽃집 앞에서 보는 한 송이의 수레국화, 그것이 바
로 그녀의 느낌이었다. 그는 켄트의 홉 농장에서 그녀를 본 이래 그녀는
결코 도회의 여자가 아니라는 것을 알았다. 저 도어셋의 부드러운 하늘
아래서 한층 아름답게 꽃피는 여자라고 믿었다. 샐리가 들어왔다. 그는
일어나서 그녀를 맞이했다. 그녀는 팔목에 흰 카프스를 단 검은 옷을 입
고 있었으며 목에는 리넨의 칼라를 달고 있었다. 그들은 악수를 했다.

"오래 기다리셨어요?"

"응, 한 십분쯤. 배고프지 않아?"

"아니, 별로."

"그럼 여기 잠깐 앉아 있어도 괜찮을까?"

"그러세요."

둘이는 아무 말 없이 나란히 앉아 있었다. 아무튼 샐리가 옆에 있으니
즐거웠다. 태양 같은 건강이 기분좋게 그의 몸을 훈훈하게 해주었다. 생
명의 빛이라고나 할까, 그러한 것이 후광처럼 그녀의 주위를 싸고 있

었다.

 "그래, 어떻게 됐어?"

 이윽고 그가 웃으며 입을 열었다.

 "아, 그거요. 아무 일도 아니었어요. 괜한 걱정했나 봐요."

 "그래?"

 "오히려 그편이 낫지 않아요?"

 그의 가슴은 이상한 감정으로 가득 찼다. 그는 샐리가 걱정한 것을 확실한 것으로 믿고 있었으며 그것이 착오일 것이라는 의심은 잠시도 해본 일이 없었다. 그러고 보니 그가 세운 모든 계획은 뒤집힌 셈이 되었다. 그처럼 공들여 만든 생활의 설계도도 결국은 실현하지 못한 일장의 꿈에 불과했던 것이다. 그는 다시금 자유의 몸이 되었다. 자유! 당초의 그의 계획을 하나도 포기할 필요가 없었고 자기 멋대로 살 수 있는 인생의 계획이 그대로 자기의 손 안에 들어 있는 것이다. 그러나 그는 조금도 기쁘지 않았고 다만 우울해질 뿐이었다. 마음은 오히려 우울해졌다. 미래가 이제는 자기 앞에 황량한 빈 터로 펼쳐 있는 것처럼 느껴졌다. 그것은 마치 그가 다년간 위험과 궁핍을 무릅쓰고 배를 타고 큰 바다를 방황하다가 마침내 아름다운 항구에 당도하여 입항하려는 순간 급작스레 역풍이 불어와 또다시 그 배에 실린 채 바다 바깥으로 밀려나간 느낌이었다. 육지의 온화한 목장과 즐거운 숲을 항상 마음에 그려왔기 때문에 다시금 물결치는 망망한 바다로 되돌아갈 것을 생각하니 그는 한없이 안타까운 생각이 들었다. 이제 와서 또다시 그 고독과 폭풍에 도전할 용기는 없었다. 샐리는 맑은 눈으로 그를 바라보고 다시 물었다.

 "기쁘시죠? 전 당신이 퍽 기뻐하실 줄 알았어요."

 그는 괴로운 듯 얼굴을 돌려 그녀를 보았다.

 "글쎄."

 "이상하네요. 다른 사람 같으면 대개 기뻐할 텐데요."

 그는 처음으로 자신을 속이고 있었다는 것을 깨달았다. 그가 결혼하기로 결정한 것은 결코 자기의 희생이 아니었던 것이다. 다만 아내와 가정과 사랑을 가지고 싶었던 것이다. 그 모두가 지금 손가락 사이로 빠져나가게 되자 그는 갑자기 절망감이 엄습해오는 것을 느꼈다. 참으로 그가 원했던 것은 바로 그것이었던 것이다. 그까짓 스페인이 그에게 무슨 상관이 있으며, 코르도바, 톨레도, 레온 따위가 무엇이란 말인가? 버마의 불탑이니 남태평양의 초호(礁湖)가 그에게 무슨 소용이 있단 말인가? 목적지는 바로 눈앞에 놓여 있는 것이다. 반평생 그는 다만 남의 말과 글로써 주입된 이념만을 추구해왔을 뿐 자신의 진실한 소원은 한 번도 추구해 본 일이 없었다. 항상 그의 인생은 어떠어떠한 일을 해야 한다는 의무감에 의해 좌우되었을 뿐 참으로 진정에서 우러나온 마음으로 일을 추구해온 일은 없었다. 이제 그는 그런 헛된 생각들을 집어던져버렸다. 지금까지 그는 다만 미래만 살아왔고, 중요한 현재는 모두 손 사이로 흘려버렸다. 그는 무의미하기 짝이 없는 무수한 인생사들을 될 수 있는 대로 복잡하게, 될 수 있는 대로 아름답게 위장하려고 한 자신의 노력을 반성해보았다. 그러나 생각해보니까 세상에서 가장 단순한 공식, 즉 사람이 태어나서 일하고, 결혼하고, 어린애를 낳고 마침내 죽는 것도 또한 하나의 완벽한 위장이 아닐까? 행복에 몸을 내맡겨버린 다는 것, 확실히 그것은 어떤 의미에서는 패배의 승인일지도 모른다. 그러나 그것은 어떤 승리보다도 가장 훌륭한 패배였다.

그는 샐리를 힐끗 보고 다시 눈길을 돌렸다. 대체 무엇을 생각하고 있는 것일까?

"나 당신에게 결혼 신청을 할 생각이었는데."

"저도 당신이 그래 주시지 않을까 생각했어요. 하지만 당신의 방해만 될 것 같아서."

"방해라니? 그럴 리가 있나."

"그럼 스페인 여행은 어떻게 하실 생각이세요?"

"그런 건 어떻게 알았어?"

"저도 조금은 알고 있었어요. 언젠가 아버지하고 정색을 하고 얘기하는 소릴 들었거든요."

"이제 그런 건 문제가 아니야." 하고 잠깐 말을 끊었다가 다시 나직하게 쉰 목소리로 "하여튼 난 당신과 같이 있고 싶어. 당신을 떠날 수가 없어."

그녀는 대답하지 않았다. 뭘 생각하는지 그는 알 수 없었다.

"샐리, 나와 결혼해주겠소?"

그녀는 여전히 꼼짝하지 않았다. 얼굴에는 감정이 조금도 나타나 있지 않았다. 잠시 후 시선을 내리깐 채 말했다.

"당신이 원하시면."

"그럼 당신은 결혼하고 싶지 않단 말인가?"

"아니죠. 저도 물론 이젠 자기 집을 갖고 싶고 또 그럴 때도 되었다고 생각하고 있어요."

필립은 빙긋 웃었다. 이제는 샐리의 성격도 어지간히 알고 있었으므로 그녀의 그러한 태도에도 별로 놀라지 않았다.

"그럼 나하고 결혼하는 게 싫단 말인가?"

"어머, 달리 결혼할 사람이 없잖아요."

"그럼, 이것으로 결정이 되었군."

"하지만, 어머니와 아버지가 들으시면 놀라실 거예요. 그렇죠?"

"아아, 난 행복해."

"저는 배가 고파요."

"아아, 샐리!"

필립은 웃으며 그녀의 손을 꼭 쥐었다. 그들은 일어나 미술관을 나왔다. 그리고 잠시 난간에 서서 트라팔가 광장을 내려다보았다. 이륜 마차, 역마차들이 빗살처럼 왕래하고 사람들이 사방으로 바쁘게 오고갔다. 태양이 찬란하게 빛나고 있었다..

■ 감상과 해설

　서머셋 몸은 1874년 파리에서 태어났다. 몸이라는 가명(家名)이 말해주 듯이 원래는 캘트 계 출신임을 알 수 있다. 그리고 이 사실은 그의 전 작 품에 짙게 나타나 있는 격렬한 미에 대한 사모를 어느 정도 설명해주고 있다.

　그는 파리에서 태어났을 뿐만 아니라 파리와는 끊을래야 끊을 수 없는 관계에 있었다.

　애초에 그의 조부가 파리에서 교육을 받은 것으로 시작하여 그 뒤 그의 아버지는 변호사였으나 특히 만년에는 주불 영국 대사관의 고문변호사로 서 30년을 파리에서 생활했고 그곳에서 죽었다.

　다음에 몸의 어머니인데 폐를 앓았던 여자는 죽을 때까지 그야말로 아 름답고 재기 발랄한 여자로서 프로스페르 메리메, 화가 귀스타브 도레 등 과는 꽤 친교가 있었던 모양이고 어쨌거나 파리 사교계에서도 화려한 존 재 중의 한 사람이었던 것 같다.

　이 어머니에 대한 아름다운 기억은 자전적 소설《인간의 굴레》의 첫 머 리에 그대로 묘사되어 있다.

　그러나 10살 때 부모와 사별하여 고아가 된 그는 파리를 떠나 남부 영 국의 켄트 주에서 목사로 있던 백부 집에 인계되었다. 백부의 집과 그곳 에서 보냈던 국민학교 생활은 최초의 불쾌했던 인생 경험이었던 모양으 로 이 백부는《인간의 굴레》를 비롯한 많은 작품에(《달과 6펜스》에도 두 번쯤 잠깐 나온다) 꽤 비뚤어진 인물로 묘사되어 있다.

　그러나 곧 그는 폐를 앓게 되어 남프랑스로 요양하러 갔고 쾌유하자 이 번에는 독일 하이델베르크로 공부하러 갔다.

　이 기간에는 꽤 자유로운 생활을 즐겼던 그는 작가로서의 자기의 본질을 발견해 그쪽으로 출세할 결심을 한 것도 이 시대였다.

그러나 마음 약하고 수줍음을 타는 19살 청년은 차마 백부에게 작가 희망을 고백하지 못하고 어쩔 수 없이 자활의 방침을 세울 목적으로 런던의 성 토마스 병원 부속 의학교에 들어갔다. 1892년의 일이다.

의학에는 별로 흥미가 없어서 태만한 학생이었지만 그가 옥스퍼드나 케임브리지로, 보통의 상류가정 자제가 걷는 코스를 택하지 않은 것은 장차 작가 되는 데 있어서 예상밖의 행복을 가져다주었다.

이 시기에 산부인과 조수로서 실제로 62명의 아기를 받았다는 유머러스한 일화도 있지만 그는 이러한 경험에 의해 "사람은 자기의 불행에 의해서보다도 타인의 불행에 의해 체념을 배우게 된다."라고 말하고 있다.

그리고 이 결과가 처녀작 《램버스의 라이자(Liza of Lambeth, 1897)》가 되어서 나타났다. 그러면서 동시에 작가로서 살아가기로 확실히 결심을 했다. 그러나 의사를 그만두게 된 데 대해서는 후년에 가서는 오히려 다양한 인생경험의 공급처를 스스로 폐쇄한 것을 후회하고 있다.

주머니 사정이 허용하는 한 그는 대륙을 여행했다. 특히 스페인의 매력과 정열은 그의 영혼을 강하게 사로잡았던 모양으로 오늘날까지도 그의 가장 뛰어난 여행기 《첫 브레세의 땅(1905)》, 《돈 페르난도(1935)》는 모두 30년을 사이에 둔 그의 스페인 여행의 기록이다.

이하 그의 작품은 특히 주목할 만한 것만을 열거하는 데 그치겠지만 1899년에는 최초의 단편집 《오리엔테이션(Orientations)》가 나왔다.

1903년 세 번째의 프랑스 생활이 시작되어 파리 몽마르트르의 아파트를 빌려 처음으로 보헤미안 생활을 알았다. 세계 각국에서 모인 화가, 조각가, 작가, 음악가 등과 날마다 예술을 논하고 인생을 토론했는데 이 시기의 생활도 또 《인간의 굴레》 속에 가장 잘 묘사되어 있다.

몸을 말할 때 반드시 한 번은 인용되는 영락한 병구(病軀)를 거리에 뉘고 있는 패잔한 유미파 시인 크론쇼의 삽화, 즉 그가 주인공 필립 케어리에게 한 장의 페르시아 융단을 가리키며 인생의 철학을 깨닫게 하는 삽화도 이 시대의 경험을 종합한 것이리라.

그러나 이 보헤미안 생활에도 그의 마음은 서른이 지나자 차츰 권태를 느끼게 되어 거기에서 멀어지게 되었다.

그러나 일변 이 무렵의 그는 소설을 써서 다소 이름은 알려졌으나 책은 팔리지 않았고 그렇다고 각본을 써도 무대협회 같은 예술극단에서는 상연되었으나 상업극단에서는 전혀 거들떠보지를 않아 돈 때문에 꽤 곤란을 겪었던 것 같다.

연애도 했다. 그러나 거기에는 돈이 들었다. 그는 돈 때문에 불완전한 작품도 곧잘 쓰곤 했다고 태연하게 말하고 있다. "돈이라는 것은 제6감 같은 것이어서 이것없이는 도저히 다른 5감의 완전한 작용을 기대할 수 없는 것이다."라고.

그러나 가까스로 돈이 생기면 정작 여자에 대한 사랑이 식어버려 그는 연애에 쓰려던 돈으로 여행을 했다고 그야말로 그다운 고백을 했다. 어쨌든 그는 이 무렵 분명히 독자에게 읽힐 필요, 그리고 그러기 위해서는 이른바 통속적인 수법도 감히 두려움 없이 사용한다는 것의 효과를 알게 된 것 같다.

그러나 1907년경부터 사정이 달라졌다. 그의 각본은 갑자기 상업극단의 환영을 받았고 그도 또 그 특유의 위트에 넘치고 냉소적인 대화를 자유자재로 구사한 풍속 희극을 연속적으로 발표했다. "나는 나 자신을 즐겁게 하기 위해서 글을 썼다. 다만 그것이 공교롭게도 사람들을 기쁘게 해줄 경우에 그 연극은 성공했다."라고 그는 쓰고 있다.

그는 노상 스스로 직업작가라는 것을 표방하고 있었다. 그 대신 그는 일변 예로부터의 산문작가 스타일을 검토하고 얼마나 교묘하게 알기 쉽게 쓰느냐 하는 것을 연구했다.

볼테르의 산문은 그가 완벽하다고 칭찬하는 것이었고 스위프트의 산문은 거의 암송하고 있어서 자유로이, 마치 스위프트 자신처럼 쓸 수가 있다고 말하고 있다. 유행작가로서 런던에 거처를 정하고 유명정치가나 실업가와 서로 알게 되고 사교계의 여성에게 둘러싸인 것도 이 시기였다.

그러나 1912년경부터 마침내 그의 가슴에는 대작 《인간의 굴레(Of Human Bondage, 1915)》의 구상이 무르익고 있었고 대전 직전에 이 방대한 양의 자전소설이 탈고됐다.

고아 필립 케어리를 주인공으로 하는 이 소설은 지금까지 써온 그의 자전과 거의 병행하는 작품이지만 이때 그는 40살로 이 작품으로써 그는 자기 정신사의 한 시기가 끝난 것이라고 했고 그의 내부에 있던 어떤 종류의 어두운 정신적 응어리를 해소하기 위해 자기 해탈의 한 기념비로서 쓴 것이라고 했다.

그러나 공교롭게도 대전의 발발은 그 자신도 예상하지 못했던 방향으로 그의 새로운 생활을 열어주었다. 어쨌거나 의사의 자격만은 갖고 있었던 그는 즉시 적십자 야전병원에 참가하여 그 자신이 직접 부상병 운반 자동차의 핸들까지 쥐고 생명을 위협당하는 위험을 체험했다.

그러나 이윽고 그의 재능은 보다 적당한 직장인 정보부의 첩보기관에 그 직책이 주어져서 스위스 제네바의 호텔을 근거로 하여 정보 수집을 위해 상당한 활약을 한 것 같다. 각국에서 뽑힌 유능한 스파이들이 모이는 이 국제도시에서 겉으로는 더욱더 작가생활의 가면을 쓰고(그의 희곡의 최고 작품일 뿐 아니라 전후 극단의 극히 적은 가작의 하나인 《윗사람들(Our Betters, 1917)》이 씌어진 것은 이 기간이다.) 끊임없는 신변의 위험을 무릅쓰고 암약하는 셜록 홈즈적 활동의 긴박감은 꽤나 그를 즐겁게 만들었던 것 같다.

그러나 매일매일 계속되는 격무 때문인지 폐병이 재발해서 부득이 직업을 떠나 1917년 미국을 여행하고(이것도 표면은 자작 상연에 입회한다는 것이었으나 사실은 정치적 의미도 다소 있었던 것 같다.) 다시 그의 후반생에 획기적인 영향을 미친 남해의 땅을 처음 밟게 된 것이었다.

그는 이 신선하고 풍부한 인상을 노트에 가득히 담고 다시 미국으로 돌아왔으나 때마침 러시아 혁명이 일어났기 때문에 그는 정부로부터 반볼셰비키, 대독전쟁 지속의 중요 사명을 띠고 러시아로 건너갔다.

그러나 가뜩이나 좋지 않았던 그의 건강은 점점 더 악화되어 체호프와 도스토예프스키의 나라로부터는 감당할 수 없는 무겁고 답답한 인상만을 가지고 영국으로 돌아와 스코틀랜드의 사나토리움에 전심, 건강회복을 도모하지 않으면 안 되게 되었다.

주지하는 바와 같이 "화가 폴 고갱의 전기에서 암시를 받았다. "고 하는 《달과 6펜스(The Moon and Six pence)》는 주로 정양 중에 씌어졌고 다음 해인 1919년에 출판된 것이다.

그 뒤 다행히 건강은 회복되었으나 그 후로는 주로 젊었을 때의 소원이었던 여행으로 세월을 보냈다. 중국과 남해를 다시 여행한 것도 이때의 일이다.

그 후의 중요한 작품을 열거하면 《비》 기타를 포함한 단편집 《나뭇잎의 흔들림(The Trembling of a leaf, 1921)》, 풍속 희극으로서 《윗사람들》과 맞먹는 가작 《순환(The Circle, 1921)》이 있고 1925년에는 영화화되기도 한 장편 《5색의 베일(The painted veil)》이 있고 1927년에는 소설 《아센덴(Ashenden)》, 희곡 《콩탕의 아내(The Contant Wife)》가 나왔다.

전자는 첩보기관 복무 중의 경험에서 취재한 것이지만 전쟁의 경험이 10년간의 발효를 기다려서 비로소 나타났다는 데에 주목해야 할 것이다.

1930년에는 아마도 그의 소설 가운데서 가장 희극적이면서도 동시에 토마스 하디에 대한 비방이라는 이유로 물의를 빚은 《과자와 맥주(Cakes and Ale)》가 씌어졌고 1933년에는 《세피(Sheppey)》를 마지막으로 극작과 인연을 끊겠다고 선언하여 센세이션을 일으켰다.

1935년에 자전적 회상 《서밍 업(The Summing Up)》이 출판되었는데 이것이 또 그의 작가적 단계에 하나의 획을 긋는 것이었다. 자전이라고는 하지만 통상적인 의미에서의 그것이 아니라 오히려 그의 일생의 인생철학, 사상, 문학론을 마음껏 토론한 것으로서 필자의 의견으로는 그의 소설, 희곡 모든 것을 통틀어 가장 흥미있는 작품일 것이라고 생각한다.

저자의 말에 의하면 〈타임즈〉 지의 사망자란에 가장 많은 나이는 60대의 인간이라고 한다. 그렇다면 60은 가장 불건강한 나이이며 그도 또 이 나이를 맞이하면서 이것만은 남기고 죽고 싶다는 또 하나의 정신적 응어리를 해소하기 위해서 쓴 작품이다.

그 뒤의 그의 여생은 오히려 인생의 덤이라고 하는 것이 좋을 것이다. 그러나 그의 창작력은 조금도 쇠퇴하지 않았고 1937년의 《극장(The Theatre)》 같은 작품은 중년 여배우의 애욕을 묘사한 것인데 인생의 쓴맛 단맛을 다 경험했고 새삼 문단적 명성을 생각할 필요도 없는 60대 작가의 담담하고 무아지경의 예술을 보여준 것이라고 생각된다.

1939년에는 또 《크리스마스 휴가(A Christmas Holiday)》를 내놓았고 2차 대전이 발발하자 자주 프랑스로 건너가 《싸우는 프랑스》를 써서 사랑하는 프랑스의 고전상을 전했다.

그는 스스로 "나는 영국을 사랑한다. 그러나 이곳에서는 왠지 내 마음은 안정되지 않는다. 나는 언제나 해협을 건넜을 때 비로소 나 자신을 발견한 것 같은 느낌이 든다."라고 말했을 만큼 프랑스를 좋아했다.

프랑스가 무너지기 직전, 한때 그의 행방불명이 전해져 생명의 안위에 대해 우려되기도 했으나 몸은 건재해서 1943년에는 미국인을 비평한 《면도날(The Razor's Edge)》을 출판했고 이어서 46년에는 역사물의 유행에 자극되어 마키아벨리를 주인공으로 한 《예나 지금이나(Then and Now)》를 발표하여 건재함을 과시했으나 48년에는 역시 역사적 풍자소설이라고도 할 수 있는 《카탈리나(Catalina)》를 발표한 뒤 끝내 소설 집필을 않겠다고 선언하고 남프랑스로 가서 유유자적하는 생활을 보냈다.

《인간의 굴레》가 처음 출판된 것은 1915년이었다. 두말할 나위도 없이 몸의 대표적 걸작이고 아마도 20세기가 낳은 영국 산문소설의 최고 작품의 하나라고 생각되는 이 작품이 오늘날 우리가 볼 수 있는 형태로 완성되기까지에는 꽤 복잡한 곡절이 있었던 것 같다.

새 전집판에는 몸 자신의 짧은 머리말이 들어 있는데 그 가운데서 인용하면 아래와 같다.

"23살 때 의학교의 학위를 따고 드디어 작가 되기로 결심, 그 사이 생활비를 벌기 위해 세빌리아로 갔는데 그때 제1고를 썼다. 원고는 지금도 남아 있을 것이지만 그 뒤 읽은 일이 없다. 아마도 미숙하다고 느꼈기 때문일 게다. 그래서 이 원고를 앞서 나의 제1작(《램버스의 라이자》)를 출판해준 피셔 앤윈 사에 가지고 가서 보였으나 내가 요구하는 몇백 파운드라는 돈은 내놓지 않았다. 그런 뒤에도 몇몇 출판사로부터 거절을 당했다."

이상이 제1의 운명인데 그것은 오늘날의 《인간의 굴레》보다도 훨씬 짧고 이야기도 주인공이 24살 때까지로 끝나고 있다고 하며 제목도 《필립 케어리의 예술적 재능(The Artistic Temperament of Stephen Crarie)》이라는 꽤나 촌스러운 것이었다고 한다.

그래서 어쨌든 제1고는 햇빛을 보지 못했다. 그러나 이 출판 거부에 대해서 몸은 "그러나 지금에 와서 생각하면 다행이었다. 왜냐하면 만일 그대로 출판이 되었더라면 내가 젊기 때문에 좀더 멋지게 사용할 수 있는 재료를 그대로 낭비하고 마는 결과가 되었을 것이다. 즉, 그 뒤 현재의 모양으로 만들 때에 적어 넣음으로써 훨씬 풍부한 것으로 할 수 있었던 그러한 숱한 경험을 그때의 나는 아직도 몰랐었다."라고 회상하고 있는 점은 관심을 가져도 좋을 것이다.

적어도 작가라고 할 만한 작가는 무엇보다도 우선 자기 자신을 위해서 쓰는 강렬한 에고이스트이다. 어설프게 세상 인심이나 양속 교육을 위해 씌어진 문학은 변변한 것이 없고 오로지 자아의 카타르시스를 위해 씌어진 작품만이 오히려 인간을 높여주고 맑게 하는 문학이라는 것은 문학이 가지는 하나의 아이러니이다.

《인간의 굴레》가 바로 그러한 작품의 하나였다. 몸은 무엇보다도 우선 그 자신을 위해서 이 작품을 썼다. 그 자신의 해탈을 위해서, 낡은 몸에서 새로운 몸으로 발전하기 위해서, 남이야 어떻든 그는 어떤 일이 있어도 이 작품을 쓰지 않으면 안 되었다.

그의 말을 빌리기로 하자.

"나는 어처구니없이 길어져가는 원고에 적잖이 놀랐다. 그러나 나는 타인을 즐겁게 하기 위해 쓰고 있는 것이 아니었다. 무엇보다도 우선 나 자신을 어떤 견딜 수 없는 고정관념에서 해방시키기 위해 쓰고 있는 것이었다. 결과는 훌륭하게 달성되었다. 왜냐하면 교정쇄를 다 보고 나자마자 한때의 망령은 모두 흩어져버리고 이 작품에서 활약한 여러 인물도 그들이 관계한 여러 사건도 이미 두 번 다시 내 마음에 떠오르는 일은 없었다."

《인간의 굴레》를 하나의 자전 소설이라고 보는 것은 어떤 의미에서는 옳다. 그러나 그것은 결코 사실적인 의미에서 그런 것이 아니며 오히려 정신적 자전의 장르에 속한다고 보는 것이 적절할 것이다.

물론 주인공 필립 케어리 속에 작자인 몸의 경험이 어느 정도 사실적인 의미에서도 농후하게 투영되어 있는 것은 말할 것도 없다.

일찍이 부모와 사별하여 고아가 되는 것, 어리석은 목사인 백부에게 양육되는 불행한 유년시대, 내성적이고 수줍음을 잘 타는 소년의 비참한 학교생활, 종교에서 멀어져가는 과정, 독일 생활에서의 여러 가지 인생 계몽, 나아가서는 회계사 사무소, 의학교에서의 경험까지 그것들은 거의 그대로 몸 자신의 경험(물론 다소의 소설적 윤색은 있지만)이라는 사실이다. (그러나 여기에서도 그가 사실을 어떻게 소설에 이용하고 있는가의 방법에는 매우 흥미로운 바가 있다. 예를 들어 하나님에게 빌어 기도의 효과를 실험하는 삽화 같은 것은 그대로인 것 같지만 주인공 케어리의 절름받이는 물론 몸 자신이 아니다. 그에게는 다만 소년 시절부터 지독하게 말을 더듬는 버릇이 있었고 그 때문에 특히 사람들 앞에서는 극도의 열등감으로 고민을 한 모양인데 그것이 안짱다리라는 신체적 결함의 형태로 바뀌어진 것이라고 해석해도 무방할 것이다.)

그러나 의학교를 나온 뒤의 소설과 전기 사이에는 급속한 차이가 생긴다. 우선 케어리는 의사가 되지만 몸은 그대로 곧장 작가생활로 들어가고 만다. 따라서 그 뒤의 작품에서 말하자면, 가장 중요한 부분은 이것을 곧 몸의 전기로 꾸민다는 것은 극히 위험하다고 하지 않으면 안 된다.

가령 케어리가 결혼하는 샐리라는 여자는 오히려 그가 아내의 이상형으로 생각한 여성을 구상화한 것으로서 현실의 몸 부인은 아닌 것 같으며 이 작품 가운데서 가장 흥미있는 부분인 악녀 밀드레드와의 치정은(어떤 전기 작가에 의하면) 반드시 작자의 공상이라고만 할 수는 없는 것 같지만 그렇다고 해서 현실 그 자체는 더욱 아니다.

따라서 여기에서도 시와 진실의 문제는 매우 미묘하지만 다만 마지막에 케어리가 고대 그리스의 묘석과 크론쇼에게서 받은 페르시아 융단에서 힌트를 얻어 도달하는 깨달음, 그것만은 거의 그대로 40세의 몸이 도달할 수 있었던 철학 그 자체였다는 것은 후년에 씌어진 회상록 《서밍 업》의 그것과 비교해보더라도 단언할 수 있는 일이라고 생각된다.

이 작품을 크게 장르적으로 말하면 독일어에서 말하는 교양소설 또는 발전소설이라고 불리는 것에 속하며 말하자면 몸의 《빌헬름 마이스터》인 것이다. 외적 사건의 뒤얽힘과 전개에서 오는 스토리적 흥미보다도 주인공(그것은 당연히 어느 정도는 작자 자신이지만)으로 설정된 한 인간의 반생을 통해 그 인생관, 세계관이 어떤 체험과 고뇌를 거쳐 성장하고 완성되었는가 하는, 주로 정신의 내적 발전에 초점을 둔 이런 종류의 소설은 통상 명칭을 독일어로 불림에도 불구하고 사실은 오히려 영국문학에서 풍부하게 발견되는 것이다. 멀리는 18세기 필딩의 《톰 존즈》가 있고 19

세기에 들어와서는 카알라일의 《의상 철학》, 페이터의 《향락주의자 말리우스》, 사무엘 버틀러의 《무릇 살아 있는 모든 것》이 있다.

《인간의 굴레》도 또 명백히 이 계보에 속하는 작품이며 주인공 케어리가 인생에 좌절하고 고민한 끝에 '인간의 굴레'를 벗어나 하나의 자유로운 수용적(受容的) 인생관에서 정신의 자유를 발견하기까지의 한 인간기록이라고 해도 좋을 것이다.

여기서 《인간의 굴레》라는 제목에 대해 한 마디 해두겠다. 출처는 스피노자의 《에티카》이다. 그 제4부에서 스피노자는 《정념(情念)》론을 전개하는 첫 머리에 '인간의 굴레에 대하여(영역본에서 Of Human Bondage)'라는 제하에 "사람이 그 정념을 지배하고 제어할 수 없는 무력한 상태를 나는 묶여진 상태라고 부른다. 왜냐하면 정념의 지배하에 있는 인간은 스스로의 주인이 아니라 운명에 지배되어 그 손아귀 안에 있으며 따라서 그는 곧잘 그 앞에 선(善)을 보면서도 오히려 악을 좇지 않을 수 없는 것이다."라고 쓰고 있다.

소설 제목 《인간의 굴레》는 여기에서 온 것이다.

이리하여 주인공 케어리의 반생은 굴레에 묶인 한 인간이 이윽고 굴레를 끊고 자유로운 주인인 인간이 되기까지의 발전 과정이다.

그렇다면 필립 케어리에게 있어서 그 인간의 굴레는 무엇이었는가. 그의 소년 시절의 불행이나 청년 시절의 고민도 이것을 요약하면 인생의 행복이라는, 정념이 마음대로 만들어낸 환상에 대한 헛된 추구였다고 할 수 있을 것이다. 더욱이 그는 도처에서 행복을 추구하려다가 패배한다. 그리고 지치고 야윈 나그네처럼 그가 마지막에 도달한 곳은 낡은 무명의 묘석과 무심한 페르시아 융단이 암시해준 하나의 허무주의였다. 그것은 그가 지금까지 설정해놓고 있던 모든 가치 전체의 공허함이었다. 그리고 또 그러한 공허 속에서 행복을 추구해온 데 대한 공허함이었다.

"인생에 의미 따위는 아무것도 없는 것이다. 우주를 돌진하고 있는 한 항성의, 그 또 위성에 지나지 않는 이 지구상에 이 유성의 역사의 일부인 어떤 종류의 조건들이 갖추어졌을 때 그것에 의해 생물은 다만 우연히 태어난 것이며 따라서 다른 어떤 조건이 갖추어지면 그것은 영구히 사라지고 말 것이다.

　인간도 역시 다른 모든 생물과 마찬가지로 무의미한 존재에 지나지 않는다는 데에는 변함이 없으며 창조의 정점으로서 태어난 것은 결코 아니다. 다만 환경에 대해 물리적 반응으로서 나타난 것에 지나지 않는다. …… 인생도 무의미하고 인간의 삶도 헛된 영위에 지나지 않는다.

　태어나든 태어나지 않든, 살든 죽든, 그런 것은 아무것도 아니다. 삶도 무의미하고 죽음도 무의미하다. 필립의 마음은 기쁨에 떨렸다. ……책임의 마지막 한 조각이 그의 어깨에서 떨어져 나간 것처럼 생각되었다. 태어나서 처음으로 그는 완전한 자유인이었다. 그의 존재의 무의미함은 오히려 힘으로 변하고 순식간에 그는 지금까지 그를 그토록이나 괴롭혀온 냉혹한 운명과 당당하게 대등한 입장에서 선 것 같은 느낌이 들었다.

　만일 삶이 무의미한 것이라면 세계는 그 잔인성을 박탈당한 것이나 마찬가지였다. 그가 한 것, 미처 하지 못한 것, 모두가 모두 무의미한 것이다. 실패도 무(無)이고 성공도 무이다.

　그 자신은 이 지구의 표면에 잠시 존재했다가 사라지는 숱한 인간군 속의 가장 작은 생물에 지나지 않는 것이다. 더욱이 혼돈에서 그 허무의 비밀을 캐낸 그는 그렇기 때문에 또 전능자이기도 한 것이다.

　그는 벌떡 일어나 노래를 부르고 싶어졌다. ……또 동시에 인생은 무의미하다는 사실을 마치 수학의 증명처럼 강하게 그에게 제시한 그의 공상은 또 하나의 사상을 가져다주었다. 그리고 그것이야말로 크론쇼가 그에게 저 페르시아 융단을 보낸 진의였을 것임에 틀림없다.

　마치 융단을 짠 사람이 다만 자기의 심미감을 만족시키기 위해서 무늬 의장을 짜낸 것처럼 사람도 또 그렇게 이 인생을 살아가면 된다.

　필경 인생은 하나의 무늬 의장에 지나지 않는다고 생각하면 되는 것이다. 특별히 어떤 일을 하지 않으면 안 된다는 의미도 없고 필요도 없다. 다만 모든 것은 그 자신의 기쁨을 위해서 하는 일인 것이다.

　행동도 그러하고 감정도 그러하다. 인생의 착잡한 갖가지 진실 속에서 사람은 정교, 균형, 복잡, 화려 등 저마다 자기가 좋아하는 의장을 짜나가면 되는 것이다.

　……필립은 행복에 대한 소망을 버림으로써 그의 마지막 미망(迷妄)을 떨쳐버렸다. 인생을 행복의 척도로 재고 있을 때는 그의 생활은 무섭도록

비참한 것으로 생각되었었다.

그러나 이제 그것은 행복 이외의 무엇인가에 의해 측량되어야 한다는 것을 깨달았을 때 그는 힘찬 기력이 솟구쳐 오르는 것을 느꼈다.……이제 그에게서 일어나는 모든 일은 그저 단순히 의장의 복잡함을 한층 더해주는 것에 지나지 않고 죽을 때가 왔을 때 그는 다만 그 완성을 기뻐할 뿐이다.

인생은 결국 일개의 예술, 그것을 아는 사람이 다만 그 한 사람이며 그의 죽음과 더불어 영구히 사라진다고 해서 그 아름다움에 추호도 변함은 없는 것이다. 필립은 행복했다.”

버드나무는 푸르고 꽃은 붉다고 우리는 여기에다 덧붙여야 하는 것일까? 아니면 행복을 부정함으로써 적멸(寂滅)의 행복에 도달했다고 할 것인가?

어쨌든 이런 필립의 심경이 거의 그대로 40세의 작가가 도달할 수 있었던 일체 수용의 철학이었다는 것은 상술한 회고록《서밍 업》의 마지막 몇 장을 읽어보더라도 확언할 수 있는 것이라고 생각한다.

위에 인용한 “나는 견딜 수 없는 고정관념에서 나 자신을 해방시키기 위해서 썼다.”는 몸 자신의 말은 여기에 이르러 수긍이 될 것이다.

요컨대《인간의 굴레》는 좋아하든 좋아하지 않든 그에게 있어서 응어리 불식을 위한 책, 즉 카타르시스의 책이었다.

그리고 또 그러한 의미에서 그의 거의 모든 작품이 어떤 의미에서든 오락문학이었음에도 불구하고 이것은 예외적이라고 할 만큼 몹시 진지한 작품이라고 할 수 있을 것이다. (이러한 그의 철학 그 자체가 경박하다든가 불건전하다든가 퇴영적이라고 하는 비판은 이것은 전혀 별개의 범주에 속하는 일이라는 것을 잠깐 양해를 구해두는 것이 좋지 않을까 생각한다. 그렇게 하지 않으면 또 공연히 잡음을 낳을 소지가 있으니까.)

서머셋 몸 年譜

1874년	1월 25일, 윌리엄 서머셋 몸, 파리에서 출생. 양친 다 영국인으로 서머셋은 6형제의 막내. 할아버지 로버트는 런던의 유명한 법정 변호사였고 아버지 오몬드도 변호사로 파리에 거주하며 주불(駐佛) 영국 대사관의 고문 변호사였으며, 어머니는 금발의 미인으로 파리 사교계의 꽃이었는데 몸은 《인간의 굴레》 첫머리에서 어머니를 자세히 묘사했다.
1882년 (8세)	어머니, 결핵으로 사망. 아버지, 암으로 사망.
1884년 (10세)	고아가 된 몸은 켄트 주의 목사인 백부 집에서 킹즈 스쿨 예비교에 입학하다.
1887년 (13세)	캔터버리의 킹즈 스쿨에 입학. 프랑스 식 영어와 말더듬이로 아이들의 따돌림을 받고, 폭군적인 백부 밑에서 지낸 고독한 소학교 생활이 몸의 성격 형성에 큰 영향을 끼치다.
1890년 (16세)	폐결핵으로 한 학기를 휴학하고 남 프랑스로 전지 요양을 가다.
1891년 (17세)	백부를 설득하여 하이델베르크로 유학. 몸은 이곳에서 자유로운 청춘을 구가하고 문학·예술에 관심을 쏟다.
1892년 (18세)	런던으로 돌아와 가을에 성 토마스 병원 부속의 학교에 입학. 의학에는 흥미가 없고 작가수업에 열중하다. 실습생으로 빈민굴에 나가 활동한 것이 후에 작가로서의 귀중한 체험이 되다.
1897년 (23세)	처녀 장편 《램버스의 라이자》 출판. 세평은 여러 가지로 났으나 작가로서 입신할 자신감을 가지게 되다. 의사 자격증을 땄으나 의업은 팽개치고 스페인 여행을 떠나 이후 해마다 스페인에 가다.
1898년 (24세)	장편 《어떤 성자의 반생》 출판. 스페인을 거쳐 로마로 가다.

1899년 (25세)	단편집 《정위(定位)》 출판하다.
1901년 (27세)	장편 《영웅》 출판하다.
1902년 (28세)	장편 《크라도크 부인》 출판하다. 최초의 1막짜리 희곡 《난파》가 베를린에서 상연되다.
1903년 (29세)	2월, 1898년에 쓴 4막짜리 희곡 《깨끗한 사람》이 무대협회에 의하여 상연되었으나 반응이 좋지 않았다.
1904년 (30세)	장편 《회전목마》 출판, 파리로 건너가 아파트에 살면서 처음으로 보헤미안 생활을 알게 되다. 이때의 생활은 《인간의 굴레》에 여실히 묘사되어 있다.
1905년 (31세)	여행기 《성모의 나라》 출판하다.
1906년 (32세)	장편 《감독의 앞치마》 출판하다.
1907년 (33세)	시칠리아 여행. 10월, 희곡 《프레데릭 부인》이 런던의 코트 극장에서 상연되어 크게 히트, 1년 이상 장기 흥행하다.
1908년 (34세)	《프레데릭 부인》의 성공에 이어, 《잭 스트로》 《도트 부인》 《탐험가》 등의 희곡이 런던에서 연이어 상연되어 인기가 높아지다. 장편 《탐험가》와 《마술사》 출판하다.
1912년 (38세)	장편 《인간의 굴레》 집필에 들어가다.
1914년 (40세)	7월, 제1차 세계대전 발발. 적십자 야전병원 요원으로 프랑스 전선에 종군. 이어 정보부 근무로 바뀌다.
1915년 (41세)	스위스의 제네바를 근거지로 정보 활동에 종사하다. 이때의 경험을 살려 후에 스파이 소설 《아셴덴》을 쓰다. 이 해에 의사의 딸 젠드룬 실리 버나드와 결혼. 자전적 장편 《인간의 굴레》 출판. 미국의 작가 드라이저가 격찬하다.
1916년 (42세)	미국에 정양하러 갔다가 소설 《달과 6펜스》의 취재를 위해 타히티 등 남양의 섬들을 여행하다.
1917년 (43세)	중대 임무를 띠고 혁명하의 러시아로 가다.

430

1918년 (44세)	스코틀랜드의 사나토리움에서 투병생활. 《달과 6펜스》는 이때 집필. 희곡 《윗사람들》 뉴욕에서 상연되다.
1919년 (45세)	3월, 희곡 《시저의 아내》, 8월 《가정과 미인》 상연. 《달과 6펜스》를 출판하여 베스트 셀러가 되고 독·불·이·스위스·스페인 어 등으로 번역되다.
1920년 (46세)	중국여행을 하다. 희곡 《미지의 것》 상연되다.
1921년 (47세)	단편집 《나뭇잎의 흔들림》 출판.
1922년 (48세)	여행기 《중국의 병풍》 출판. 희곡 《수에즈의 동쪽》 상연. 다음 해까지 보르네오, 말레이 등지를 여행하다.
1925년 (51세)	장편 《5색의 베일》 출판.
1926년 (52세)	단편집 《캐주어리나 트리》 출판. 11월, 희곡 《정숙한 아내》 상연하다.
1927년 (53세)	단편 《편지》를 극화하여 런던에서 상연하다.
1928년 (54세)	단편집 《아셴덴》 출판. 희곡 《성화(聖火)》를 뉴욕에서 상연하다.
1929년 (55세)	5월, 아내와 이혼. 부부 사이에는 외딸 엘리자베스가 있다. 이 해에 보르네오, 말레이 등지를 여행하다.
1930년 (56세)	여행기 《일등실의 신사》 출판. 장편 《과자와 맥주》 출판. 희곡 《일꾼》 상연, 키프러스와 뉴욕으로 여행하다.
1931년 (57세)	단편집 《1인칭 단수》 출판하다.
1932년 (58세)	장편 《한구석의 인생》 출판. 희곡 《보상받은 것》 상연하다.
1933년 (59세)	《분노의 그릇》 등을 포함한 단편집 《아경(阿慶) Ah King》 출판. 영국 현대작가의 소설, 시, 에세이를 자신이 골라 서문과 작품명을 쓴 《트래블러즈 라이브러리》를 뉴욕에서 출판. 9월, 희곡 《셰피》를 상연하고 이 작품을 끝으로 극장을 그만둔다고 발표.

1935년 (61세)	스페인 기행 《돈 페르난도》 출판하다.
1936년 (62세)	단편집 《코즈모폴리턴》 출판. 여행기 《남해기행》을 시카고에서 출판. 남미와 서인도제도를 여행하다.
1937년 (63세)	장편 《극장》 출판. 몸 원숙기의 걸작으로 평가되다.
1938년 (64세)	자전적 회상록 《서밍 업》 출판. 몸의 인생관, 문학관 등을 살필 수 있는 대표적 저술. 인도를 여행하다.
1939년 (65세)	장편 《크리스마스 휴가》 출판. 9월 1일, 제2차 세계대전 발발. 영국 정보성으로부터 프랑스의 전쟁 노력에 관한 정부수집을 의뢰받다. 영·미·독·불·러시아의 근대단편 명작 1백 편을 골라 해제를 붙인 《세계문학 100선》 출판.
1940년 (66세)	평론 《싸우는 프랑스》 출판. 단편집 《여전한 잡동사니》 출판. 6월 15일, 파리 함락으로 배를 타고 역국으로 돌아오다. 10월, 리스본 경유로 뉴욕으로 가 1946년까지 체재.
1941년 (67세)	중편 《여자 마음》, 자서전 《극히 개인적인 이야기》 뉴욕에서 출판.
1942년 (68세)	장편 《동트기 전》 뉴욕에서 출판.
1943년 (69세)	모옴 자신이 선정한 《현대 영미 명작선》을 뉴욕에서 출판.
1944년 (70세)	장편 《면도날》 출판. 종교문제를 테마로 한 소설로 영화화 되다.
1946년 (72세)	장편 《옛날도 지금도》 출판. 《어떤 성자의 반생》과 마찬가지로 마키아벨리의 전기에서 취재한 작품이다.
1947년 (73세)	단편집 《환경의 동물》 출판.
1948년 (74세)	단편집 《여기저기》 출판. 장편 《카탈리나》는 몸이 《나의 마지막 소설》이라 하여 출판. 《세계의 10대 소설》 뉴욕에서 출판.
1952년 (78세)	평론집 《인생과 문학》 출판. 스스로 편집하여 서문을 붙인 《키플링 산문선집》 런던에서 출판.

1954년 (80세)	80세 생일을 축하하여 하이에만 사에서 《과자와 맥주》 천 부 호화한정판으로 출간. BBC에서 《80년의 회고》라는 제목으로 방송.
1958년 (84세)	평론집 《포인트 오브 뷰》 출판.
1959년 (85세)	극동을 여행하다.
1965년 (91세)	12월 16일, 그의 저택에서 멀지 않은 니스의 앵글로 아메리칸 병원에서 향년 91세로 별세.

完譯版　世界　名作100選

1 누구를 위하여 종을 울리나	E. 헤밍웨이	
2 폭풍의 언덕	에밀리 브론테	
3 그리스 로마신화	T. 불펀치	
4 보바리 부인	플로베리	
5 인간 조건	A. 말로	
6 생의 한가운데	루이제 린저	
7 분노의 포도	존 스타인 백	
8 제인 에어	샤일럿 브론테	
9 25時	게오르규	
10 무기여 잘 있거라	E. 헤밍웨이	
11 성	프란시스 카프카	
12 변신/심판	프란시스 카프카	
13 지와 사랑	H. 헤세	
14 15 인간의 굴레 Ⅰ Ⅱ	S. 모옴	
16 적과 흑	스탕달	
17 테 스	T. 하디	
18 부 활	톨스토이	
19 20 바람과 함께 사라지다 Ⅰ Ⅱ	마가렛 미첼	
21 개선문	레마르크	
22 23 24 전쟁과 평화 Ⅰ Ⅱ Ⅲ	톨스토이	

25 백 경	허먼 멜빌	
26 죄와 벌	도스토예프스키	
27 28 안나 카레니나 Ⅰ Ⅱ	톨스토이	
29 닥터 지바고	보리스 파스테르나크	
30 31 카라마조프가의 형제 Ⅰ Ⅱ	도스토예프스키	
32 마지막 잎새	O. 헨리	
33 채털리부인의 사랑	D.H. 로렌스	
34 파우스트	괴 테	
35 데카메론	보카치오	
36 에덴의 동쪽	존 스타인 백	
37 신 곡	단 테	
38 39 40 장 크리스토프 Ⅰ Ⅱ Ⅲ	R. 롤랑	
41 마 음	나쓰메 소세키	
42 전원교향곡·배덕자·좁은문	A. 지드	
43 44 45 레 미제라블	빅토르 위고	
46 여자의 일생·목걸이	모파상	
47 빙 점　48 (속)빙 점	미우라 아야꼬	
49 크눌프·데미안	H. 헤세	
50 페스트·이방인	A. 카뮈	
51 52 53 대 지 Ⅰ Ⅱ Ⅲ	펄 벅	

일신서적출판사

121-110 서울 마포구 신수동 177-3호
공급처 : ☎ 703-3001～6, FAX : 703-3009

東洋 古典 百選

일신서적출판사

121-855 서울시 마포구 신수동 177-3호
TEL (02)703-3001~5 / FAX (02)703-3009

한국 남북 문학 100선

№		저자		№		저자
1	소나기 · 이리도	황순원	●	30	절망 뒤에 오는 것	전병순
2	무녀도 · 역마	김동리	●	31	청동기	장용학
3	사랑손님과 어머니	주요섭	●	32	수라도	김정한
4	삼 대	염상섭	●	33	신과의 약속	한말숙
5	표본실의 청개구리	염상섭	●	34	때까치	최일남
6	농 민	이무영	●	35	서울 1964년 겨울	김승옥
7	을지문덕	안수길	●	36	청산을 기다리며	백시종
8	고향 없는 사람들	박화성	●	37	가사자의 꿈	최창학
9	남풍북풍	이호철	●	38	토비아의 집	김의정
10	감자 · 붉은 산	김동인	●	39	비	박경수
11	운현궁의 봄	김동인	●	40	디데이의 병촌	홍성원
12	무영탑	현진건	●	41	핏 들	이동희
13	고향 · 운수좋은 날	현진건	●	42	수난이대	하근찬
14	상록수	심 훈	●	43	여름사냥	김주영
15	물레방아	나도향	●	44	아테나이의 비명	정을병
16	탁 류	채만식	●	45	무 정	이광수
17	레디 메이드 인생	채만식	●	46	흙	이광수
18	메밀꽃 필 무렵	이효석	●	47	유 정 · 꿈	이광수
19	동백꽃	김유정	●	48	사 랑	이광수
20	날 개	이 상	●	49	단종애사	이광수
21	순애보	박계주	●	50	무 명(단편집)	이광수
22	한밤의 목소리	최상규	●	51	이차돈의 사	이광수
23	화요일의 사내들	김병총	●	52	마의 태자	이광수
24	그날의 초록	천승세	●	53	소설 이순신	이광수
25	이상한 토요일	김문수	●	54	원효대사	이광수
26	광상곡	구혜영	●	55	난중일기	이순신
27	농 지	유승규	●	56	만세전	염상섭
28	메아리 메아리	조정래	●	57	태평천하	채만식
29	세화의 성	손장순	●	58	백범일지	김 구

🙂 일신서적출판사

121-855 서울시 마포구 신수동 177-3호
TEL (02)703-3001~5 / FAX (02)703-3009

인간의 굴레

- 저 자 / 서 머 셋 몸
- 역 자 / 김 선 영
- 발행자 / 남 용
- 발행소 / 一信書籍出版社

주 소 : 121 - 110
　　　서울 마포구 신수동 177-3
등 록 : 1969. 9. 12. (No. 10-70)
전 화 : 703 - 3001~6
FAX : 703 - 3009

값 10,000원